WOLFGANG JOHANNES BEKH

DIE HERZOGSPITALGASSE

ODER

NUR DIE VERGANGENHEIT HAT ZUKUNFT

ROMAN

ILMGAU VERLAG W. LUDWIG

Ähnlichkeiten mit lebenden Personen sind unbeabsichtigt.

Schutzumschlagbild Vorderseite: Herzogspitalgasse, Schutzumschlagbild Rückseite: Ölgemälde von Walther Gabler, 1974, Vignette auf Schmutztitelseite: frei nach Münchner Häuserbuch, Herzogspitalgasse 5, 6.

ISBN 3-7787-30509
© 1975 Ilmgau Verlag Pfaffenhofen/Ilm
Nachdruck nur mit Genehmigung des Verlages
Satz und Druck: Ilmgaudruckerei Pfaffenhofen/Ilm

Schutzumschlaggestaltung: Ulrich Eichberger

Wehmut beschleicht mich, wenn ich durch die Herzogspitalgasse gehe und zu den Fenstern im ersten Stock zweier schmalbrüstiger städtischer Häuser hinaufschaue. Die Wohnung, die hinter diesen Fenstern liegt, ist mir verschlossen, als wäre der Sonnentag schon vorüber, den ich beschrieben habe.

Wolfgang Johannes Bekh

Für Veronika, Martin und Anna

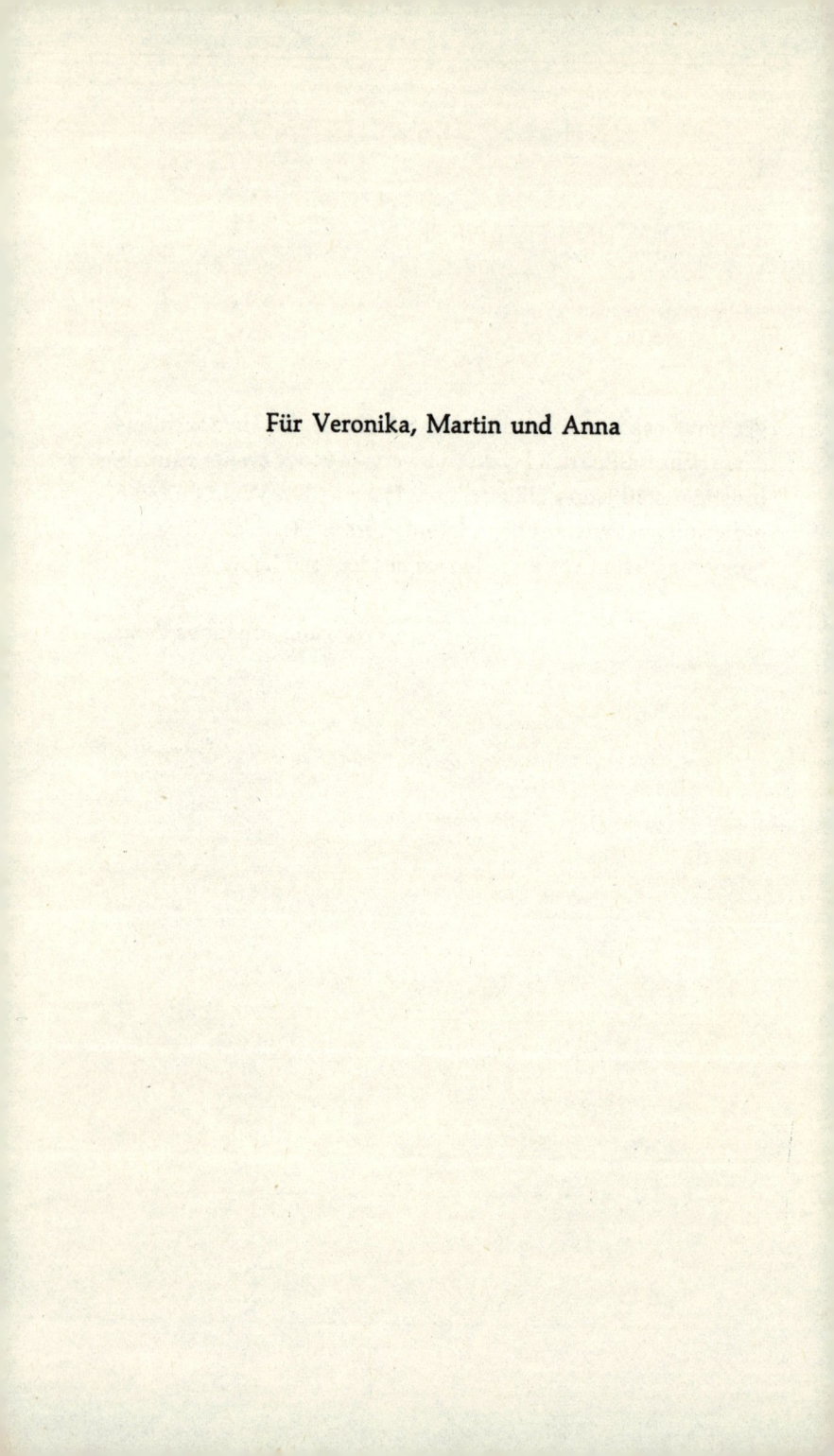

INHALTSVERZEICHNIS

URSPRUNG UND ERFAHRUNG

Das Gansessen	11
Keim und Werden	17
Prinz und Magd	29
Frühe Kindheit	51
Begegnungen	69
Knospen und Blüten	95
Abschied vom Vater	129

LIEBE UND WELT

Glanz der Stadt	137
Kerzen verlöschen	143
Die Herzogspitalgasse	179
Besuch in Kammerlehen	203
Scheiden tut weh	219
Himmel voller Helfer, Welt voller Wunder	243
Die stumme Glocke	277

HEIMKEHR UND GEIST

Schloß Kalling	303
Michael streitet mit Luzifer	329
Ausklang der Silvester-Erzählung	339
Die Zerstörung der Welt	357
Einstand im Haus des Herrn	363
Im Frührotschein	375
Der Sieg über die Zeit	415

ERSTES BUCH

Ursprung und Erfahrung

DAS GANSESSEN

Eine Dienstmagd wird vorgestellt

Zwei alte Häuser in der Herzogspitalgasse — auf der Suche nach einer Brennschere — der Martinitag vis-à-vis vom Gregorianum — furchtbares Begebnis mit einem »Bischof«

Wie war die Herzogspitalgasse früher schön! In diesen Ruf könnte mancher ausbrechen, der gewöhnt ist, seine Gegenwart als vergangen zu betrachten, was sie im Handumdrehen auch ist. Schön war es wirklich am Martinitag Neunzehnhundertdreiundsechzig zwischen den stuckverzierten Häuserzeilen.

Ein Hauch von Vergangenheit umwehte die beiden engbrüstigen, steildachigen Häuser mit ihrem klassizistischen Zierat, die erst in späteren Jahren zu einer inneren Einheit verwachsen waren. Hergestellt war dieser Zusammenhang aus Mauerdurchbrüchen, Türen und Treppen, die unterschiedliche Geschoßhöhen überbrückten. Man sah den beiden Häusern ihr gemeinsames Innenleben von außen nicht an. Gleich ins Auge dagegen sprang die lange, keiner Häusertrennung unterworfene Reihe blanker Schaufenster — auch ein Zins an die Zeit — mit der Überschrift »Johann Baptist Angermaier, Devotionalien, Krippen, religiöse Bücher«. Darunter häuften sich Kirchen- und Andachtsgegenstände aller Art, Weihwasserkessel aus Zinn und Kupfer, Kruzifixe, von Lindenholz und Elfenbein geschnitzt, kleine Sterbkreuze, Rosenkränze, Heiligenbilder, Kunstbücher, liturgische Nachschlagwerke und fromme Schriften.

Im Laden drängten sich die Kunden, denn weit und breit war das Fachgeschäft mit seiner umfangreichen Versandabteilung das einzige dieser Art.

Während der Aufgang des Ladenhauses als eisengeländerte Wendeltreppe nur bis zur Wohnung des Geschäftsinhabers führte, leitete das Stiegenhaus des Nachbargebäudes bis unters Dach und bot allen durch beide Häuser reichenden Wohnungen Zugang.

Hinter der Tür des ersten Stocks war an diesem Martinitag in aller Herrgottsfrühe zwischen Flaschen, Tiegeln und Näpfen, zwischen Bergen von Erdäpfeln, Blaukraut und Selleriesalat, die Köchin Crescentia Weilbuchner am Werk. Ein Leben lang hatte sie den ersehnten Treueschwur am Traualtar versäumt und forderte, beleibt wie sie war und fleißig dazu, die Redewendung vom guten alten Schlag heraus. Auf jedes »Vergelt's Gott« antwortete sie mit einem »Gsegns Gott«. Kein Reim lief seit hundert Jahren um, den sie nicht aufzusagen wußte, »Hansdampf Nudeldrucker, um a Fünferl Bärenzucker«, kein Spiel, das sie nicht mitmachte, mit dem Drallawatsch oder mit dem buntscheckigen Kasperl, kein Familiengeheimnis, das sie nicht in ihrer Brust vergrub. »Auf die Tante Crescentia ist ein Verlaß«, hatte ihr Geschwisterkind Stasi, die das Lehrerinnenseminar besuchte, einmal gesagt, »sie kann schweigen wie das Grab.«

Wo sie aufgewachsen war, auf dem Kammerlehen, gab es in ihrer Kinderzeit wenig »Hörndlbauern«, die später überhandnahmen, weil die Milchwirtschaft mehr abwarf.

»Mogst auf Minka sehng«? hatte der ältere Bruder Sebastian vor vielen Jahren seine Schwester Crescentia, die noch ein zopfiges Dirnlein war, gefragt, und, als sie erwartungsvoll nickte, an beiden Ohren in die Höhe gezogen, was recht schmerzhaft war. Nun konnte sie die »Stadt« jeden Tag sehen, ohne bei den Ohren genommen zu werden.

Freilich: Den Blick über die Äcker ihres Vaters, braun, grün und gelb, je nach der Jahreszeit, die abends den roten Sonnenball immer schneller schluckten, mußte sie schon lange missen, aber die Kreidebuchstaben K+M+B auf dem Türstock wurden immer noch an Lichtmeß abgewischt, wie daheim. Wenn von der nahen Herzogspitalkirche oder von der Damenstiftskirche die Wandlungsglocke herüberklang, bekreuzigte sie sich. Und mittags wie abends betete sie den »Engel des Herrn«. Für diesen Herrn und keinen anderen arbeitete sie. »Omnia ad maiorem Dei gloriam«, sagte sie zuweilen, denn sie war gut ein Dutzend Jahre lang Köchin des Pfarrers von Buchbach gewesen. Nicht nur die Praefatio der Dreifaltigkeit, die sie am meisten liebte, war in ihrem neben dem Bett auf einem Kästlein griffbereiten Schott eingemerkt, das schwarze, goldgeschnittene Buch war mit Lesezeichen, schönen Wallfahrtsbildern, gespickt. Mit einem Wort, die alte Crescentia gehörte zur Einrichtung des Hauses.

Kein Wehtum plagte sie an diesem Martinimorgen, aber mit dem Seufzer »D'Trud hat mi druckt«, war sie aus einer schlechten Nacht in einen noch schlechteren Tag gestolpert. Zuerst fand sie ihre Augengläser nicht, und als sie sich endlich das Nickelgestell über die Ohren klemmte, hatte sie ihre Brennschere verlegt, die sie dringend brauchte. Denn an einem Festtag, der im Hause Angermaier hochgehalten wurde, ließ sie ihrem Äußeren alle erdenkliche Pflege angedeihen.

Jedes Jahr war es dasselbe: Mit dem Glockenschlag zwölf trappelte es auf der gußeisernen Wendeltreppe und im Nu waren alle Plätze an der langen Tafel des Eßzimmers eingenommen. Dank einer Schar von sieben Kindern, bis hinauf zum vierundzwanzigjährigen Geschäftsnachfolger, der als Verlagskaufmann ausgebildet war, konnte Johann Baptist Angermaier einem Familienbetrieb vorstehen. Auch seiner Frau, der die Buchhaltung oblag, stand er vor, denn er war ein Patriarch im guten und schlechten Sinn, ein Mann, der zu befehlen wußte. Von mancher Neuerung war er nicht erbaut. Betont-eigensinnig sprach er an der Speisetafel von der Epistelseite und der Evangeliumseite.

Eines bedauerte Johann Baptist Angermaier: Daß das braungebratene Gansvieh, das Crescentia jedes Jahr durch das Wohnzimmer über fünf Stufen ins Speisezimmer — eigentlich von einem Haus ins andere — trug, mit dem Wachstum der Familie nicht Schritt hielt.

Über ein Ding konnte er in Wut geraten; dieses Ding ging die brave Tante Crescentia an: Wenn der Kater Leo, dem sie als struppigem Streuner einst mitleidig Obdach gewährt und zu stattlichem Aussehen mit glänzendem Fall verholfen hatte, auf die Stuhllehne der Frau sprang und mit der Pfote ins Essen tappte. »Wo das Essen zugerichtet oder aufgetragen wird, hat der Kater nichts zu suchen, in der Küche, in der Speis und im Zimmer!«

Seitdem hatte Leo ein Roßhaarkissen und einen Blechteller auf dem Gang. Sie wollte den Kater nicht neuen Zornausbrüchen ihres Herrn und sich selbst seiner Ungnade ausliefern.

Das Gansessen gestaltete sich immer zu einer Feierlichkeit. Nach dem stehend und allgemein zum Herrgottswinkel gesprochenen Gebet intonierte Vater Angermaier den in Hexametern gehaltenen Gesang »Anser Martinianus«, der schon gut dreihundert Jahre früher vor den Fenstern, schräg vis-à-vis, aus hellen Knabenkehlen im Gregorianum erklungen war. Erst dann setzte sich die Familie zum Festschmaus.

Vater Angermaier, der gern zu erkennen gab, daß er einige Halbjahre Medizin studiert hatte und in der Zergliederungskunst nicht unbewandert war, zerlegte die Gans wie ein Chirurg. Das breite Tranchiermesser wurde unter seinen bedächtig zirkelnden Fingern zum Skalpell. Die Pfaffenschnitzel, wie man beide Brusthälften nennt, auch die Flügel, die Schlegel, den Halsansatz und den Rücken, alles teilte er mit listig blitzenden Augen aus. Den Berzel oder »Bischof«, wie man zu sagen pflegt, diesen spitz auslaufenden, saftigen Steiß, behielt er für sich. Galt ihm die Gans ohnehin als königlicher Braten, der Berzel war ihm der Genuß aller Genüsse.

Keineswegs die Porzellankrüge, die in ihren gegen das Licht gehaltenen, durchscheinenden Böden leichtgeschürzte Marketenderinnen und unbedenklich zugreifende Landsknechte zeigten, holte Crescentia dann vom altdeutschen Büffet im Wohnzimmer (sie stammten wie das Möbel selbst vom verblichenen Johann Baptist Angermaier senior, der ein Witzbold war), sondern feingeschliffene und geätzte Gläser, die zum Feiertagsgeschirr paßten. Dann langte der Hausherr nach dem Stopselzieher, und alsbald floß der geliebte Tiroler Rote.

So sollte es auch an diesem Martinitag wieder kommen. Aber noch immer suchte die arme Crescentia verzweifelt nach ihrer Brennschere.

Endlich hatte sie den eisernen Wuckerldreher gefunden, zuunterst in einem Fach des Nachtkästleins, das eigentlich anderen Gegenständen vorbehalten war. Als sie die heiße Zange abwechselnd in alte Zeitungen und in ihre graue Haarpracht knitschte, stieg es ihr wie eine Blutwelle in den Kopf, daß sie auf dem Markt noch frischen Beifuß und Rosmarin besorgen mußte. Ihr Geschwisterkind Anastasia wollte wie jeden Tag mit dem Sechs-Uhr-Zug von Landshut kommen und auf dem Weg zur Lehrerinnenschule die Gans mitbringen, ein feistes Tier, bei dem man, wie Vater Angermaier meinte, den weiten niederbayerischen Auslauf schmeckte. Als sie um dreiviertelsieben immer noch nicht erschienen war, lief die aufgeregte Crescentia schnell zum Viktualienmarkt hinunter.

Wie sie gegen acht Uhr mit dem notwendigen Grünzeug vom Markt heimkehrte, war ihr Geschwisterkind inzwischen da gewesen. Die Gans hatte sie gebracht, ein gut zehnpfündiges Vieh, gerupft, gepechelt, gebrüht und ausgenommen, wie die jüngere Angermaiertochter Gertraud berichtete. Sie habe es der Stasi abgenommen — erzählte sie — und in das kleine zweitürige Kästlein in der Speiskammer gelegt.

Tante Crescentia, umgeben von den Früchten ihres Fleißes, zentnerweis in Gläsern eingeweckten Fisolen, Birnen und Pfirsichen, sah gleich, daß beide Türen des Kästleins sperrangelweit offen standen. Blasser Novembersonnenschein warf den Scherenschnitt des Fensterkreuzes auf das Linoleum. Für solches Licht- und Schattenspiel hatte sie allerdings kein Auge, nur für die gähnende Leere des Kästleins.

Von schlimmen Ahnungen gepeinigt, hetzte sie ihren Blick umher. Da überraschte sie in einer Ecke den Kater Leo, der die schwere Gans fortzuschleppen versucht und nicht weiter gebracht hatte. Das hintere Ende war schon weggefressen, vom Bischof oder Berzel nichts mehr vorhanden.

Crescentia war wie versteinert. Was half es, wenn sie den ertappten Kater am Davonspringen hinderte, prügelte und bei den Haaren beutelte. Den Berzel konnte er nicht mehr herausgeben. Sie trug das angefressene Federvieh stockenden Schritts in die Küche und war dem Weinen nahe. Was konnte sie machen? Der Herr wollte tranchieren und seinen Berzel sehen! Die Angst trieb ihr den Schweiß aus allen Poren. Da kam ihr der rettende Einfall.

Sie trennte Fleisch und Haut vom Hals des zehnpfündigen Vogels, nahm Nadel und Faden zur Hand und flickte einen Berzel an das verkürzte Ende der Gans, wie ihn die Natur nicht echter bildet. Dann legte sie das Schwarzseidene mit den silbernen Sauduttnknöpfen an wie jeden Martinitag.

Sie rückte die Bratreine aus dem Rohr, zog die Fäden aus den Narben des geglückten Eingriffs und trug die Gans, garniert mit Brokkoli, Maroni, Äpfelkoch, Preiselbeeren und Petersil, über die fünf Stufen ins Eßzimmer. Vor Angst schlotterte sie am ganzen Leibe. Der gelernte Chirurg roch aber den Braten nicht, das heißt, er roch keinen anderen als an jedem anderen Martinitag auch, und die gerettete Crescentia — Gott verzeih ihr die Notlüge — hatte nach wie vor alle schuldige Achtung vor ihrem Herrn, nur nicht mehr vor seinem Gaumen.

Vergessen konnte sie dieses Gansessen nicht. Wenn sie später vor dem jüngsten Angermaierbuben Andresel, den sie im vergangenen Jahr von einem gefährlichen Keuchhusten gesund gepflegt und besonders lieb gewonnen hatte, den beinernen Rest dieses Tages, den sogenannten Hupfhainzl, springen ließ, überkam sie wieder ein gelinder Frost. Aber nicht umsonst hieß es von ihr, daß auf sie ein Verlaß sei und daß sie schweigen könne wie das Grab.

KEIM UND WERDEN

Vom Geheueren ins Ungeheuere

Herkommen der Haushälterin Crescentia — vom Prograder Sebastian und seinem Eheweib Anna — zweierlei Hochzeiten — Kammerlehen — Johannes Baptista und das Feuerhüpfen — der sägmehlstaubige Schreiner von Bergham — Entbindung mit Überraschungen — ein vollbärtiger Knecht galoppiert übers Land — — Stickereien in der Wehendecke — der Schreiner Sepp wird kleiner

Knapp siebenzig Jahre vor dieser Begebenheit in der Herzogspitalgasse lag einmal die Kammerlehnerin in gewittriger Nacht halbwach auf ihrem Strohsack. Es war ein schwüler Junitag gewesen, Johannes der Täufer stand im Kalender, ein Tag voller Heuarbeit, Schweiß und Mücken. Spät war das Unwetter losgebrochen, mitten in der stickigen Nacht. Die prasselnden Feuer der Bauernsöhne waren erloschen und Sankt Petrus zündete die seinen an. Taghell stand die Kammer im Schein der Blitze. Schwere Schläge ließen das Bauernhaus erzittern.

Gott sei Dank, daß sich das Unwetter in der Dunkelheit entlädt, und keiner sich im Haus vorm Hagel ängsten muß, ging es der Bäuerin durch den Kopf. Der eisige Unsegen war am meisten zu fürchten, wenige Wochen vor der Ernte, wo das Korn verwundbar und bald sichelreif auf den Halmen schwankte.

Nach dem Einbruch der Dunkelheit waren die weißen Schloßen ja noch nie gefallen, die kugelig waren wie Schusser der Kinderzeit oder wie Schwalbeneier; größer noch, wenn fünf oder sechs als Klumpen aneinanderpickten und Zentner um Zentner wie rollender Schotter das Land zu Tode walzte.

Das wußte auch der Kammerlehner Sebastian Weilbuchner, sonst wäre er aufgestanden bei dem Leuchten und Tosen. So lag er neben seiner Anna ausgestreckt im Federbett und atmete in den tiefen, gleichmäßigen Zügen eines vom Tagwerk und von etlichen zu Ehren des heiligen Täufers geleerten Krügen erschöpft Schlafenden. Gelegentlich gab er einen schnarchenden Laut von sich, wenn der Himmelsschein über sein Antlitz huschte. Sekundenschnell standen ein blonder Schnurrbart, ein eckiges Kinn und ein struppiger, nachtwirrer Haarschopf im grellen Licht und erloschen wieder.

Das sah die Bäuerin Anna Weilbuchner vom Kammerlehen mit immer klareren Augen. Aber noch jemand anderes war in dieser Nacht in der Schlafkammer wach: die beiden Ungeborenen, die Joseph und Martin oder Crescentia und Notburga heißen sollten. Daß es Zwillinge waren, vermutete jedenfalls die runzlige Hebamme Baldauf. Notburga, die Mutter des Bauern, die im Austrag über ihren Köpfen hauste, schwor es ebenfalls und hatte nun mehr Sicherheit, im Namen einer Enkelin fortzuleben. Auch Crescentia Haselböck, die ältere, unverheiratete Base des Vaters, war dieser Meinung. Immer wieder, wenn sie den geschwollenen Leib der Mutter betastete, schüttelte sie den Kopf; ihr kugelrunder Haarknoten, der wie ein Zwillingskopf darüber thronte, schwankte gleichmäßig mit. Crescentia Haselböck war zur Taufpatin der Weilbuchner-Nachkommenschaft bestimmt, seit sie beim erstgeborenen Sebastian vorbildlich ihrer Pflicht genügt hatte.

Seine Bettstatt hatte die Mutter in erreichbare Nähe zur linken Hand gerückt. Gottlob, der kleine Hoferbe schlief. Das konnte die Mutter an seinen friedlich geröteten Backen, seinen sanft vom Atem geblähten Nasenflügeln und den schwarzen Halbzirkeln seiner Wimpern ablesen.

Für die Ungeborenen waren zwei Namen im Gespräch: Martin einmal, so hieß der älteste Bruder der Mutter. Mit mehr Recht durfte Onkel Sepp erwarten, daß man seinen Namen in Anspruch nahm. Er war ein Bruder des Vaters und hatte als Schreiner von Bergham dem Bauern in die Hand hinein versprochen, eine Zwillingswiege zu zimmern. Kosten sollten ihm keine erwachsen. Vielleicht standen sogar noch mehr Güter in Aussicht, denn verheiratet war der hagere, sägmehlstaubige Sepp immer noch nicht.

Dieser Namengeber inter spem et metum hatte seinen eigenen Namen gleichfalls einem Onkel Sepp zu verdanken, der es als Handwerksbursch gelernt hatte, sich städtisch zu kleiden, was das bunte, auf eine Kachel gemalte Emaillebildnis aus den vierziger Jahren bewies. — Ein Blitz erhellte die Kachel, da stand für einen Augenblick der uralte Onkel Sepp in seiner verspäteten Werthertracht im Zimmer; einen azurblauen Frack hatte er angelegt, auf dem zwei Reihen Messingknöpfe blitzten, eine kanarigelbe Weste und sandfarbene Pantalons, die in braunen Stulpenstiefeln steckten. In den derbstolzen Bauernschädel hatte er einen vornehmen, mausgrauen Zylinder gedrückt. Über die staubigen Landstraßen, unter schattigen Alleen zog er mit seinem Felleisen im großen Heerzug der Kaufleute, Gaukler, Fuhrknechte, Vagabunden, Mönche, Bettler, Wundärzte, Hausierer, Pilger und Studiosi.

Die zierlich gesetzten, biedermeierlichen Buchstaben »Joseph Weilbuchner, Geselle des ehrbaren Schreinerhandwerks« waren kaum zu lesen, so schnell sank die Stube ins Dunkel zurück.

Noch einmal blitzte es: Die alte Heiligenlegende, mit fettigem Deckel und hundert Eselsohren, lag hell auf dem Nachtkästl oben. Da stieg die Mutter aus dem Bett, schloß die offen stehenden Flügel des kleinen Fensters und zog die Vorhänge zusammen. Einen breiten Himmelsstreifen ließen sie unbedeckt.

Dieses nächtliche Band glühte auf und rückte der zum Bett zurücktastenden Mutter für einen Atemzug ihr Hochzeitsbild in den Blick. Eine saubere photographische Arbeit war es, auf üblichem Chamoisgrund, was den Eindruck des bereits Vergilbten machte, wenn die Hochzeit auch erst zwei Jahre zurücklag. Neben der blütenweiß gekleideten Braut, deren tiefschwarze Augen und zur Krone aufgeflochtene Haare scheinbar noch dunkler hervortraten, ragte der sehnige, blonde Bräutigam mit aufgezwirbeltem Schnurrbart (dem zeitüblichen Mannesschmuck), im schwarzen Gehrock mit Samtkragen und Silberknöpfen. Noch milchiger machte ihn sein finsterfeierliches Kleidungsstück. Die Hochzeitsphotographie erlosch und die Bäuerin kroch stöhnend unter ihr Federbett.

Auf den Bauern Sebastian Weilbuchner, der neben der schlaflosen Schwangeren in regelmäßigen, schweren Zügen atmete, war vom Vater das Geschäft des Prograders oder Hochzeitladers überkommen. Im vollen Staat kehrte er bei den Geladenen zu. Am hohen Ehrentag war um ihn das Geriß. Ein solcher Tag hatte ihn mit der Jungfrau Anna zusammengeführt.

Bald drei Jahre mußte sie zurückrechnen: da hatte sie als »Draufgeherin« mit ihrem Bruder Martin eine Hochzeit beim Jungbräu besucht. Den Prograder Sebastian Weilbuchner kannte sie gut, der im schwarzen Gehrock, mit der Tri- oder Quatuorkolore aus Streifen und Maschen am Hut, mit dem buntbebänderten Stock in der Hand seines Amtes waltete, stammte er doch von Kammerlehen. Und war ihre Heimat nicht der Nachbarhof zum Weber, den man Ödgarten nannte? Wenn sie auch oft auf dem Feldweg, beim Holz oder bei der Michelikapelle, dem langen Sebastian begegnet war, wirkte er jetzt erst in seiner ganzen Erscheinung auf sie. Nicht anders erging es ihm mit ihr.

Er war »fidel«, wie es sich für einen Hochzeitlader ziemt; er steckte voller Geschichten und Verse. Er griff sich, gegen alle Regel, als es schon in die Nacht hinein ging, die rotbackige Anna und drehte sie hitzig über den Bretterboden. Der Schweiß rann ihm über die Stirn und hing in feinen Tropfen an seinen Schnurrbartenden.

Gerade hatten sie eine Runde zu Ende gedreht und die Bläser schlenzten ihre Mundstücke aus —, da fragte er sie, ob sie herunten auf der Welt schon Himmel und Hölle finden könne. Sie schlug die Augen nieder.

Er redete weiter auf sie ein und preßte ihre Hand: »Was tuast denn so gschaami', du g'schmachs Weiberl, du g'schmachs? Du Menscherl, du daanschigs . . . ?!«

Sie hielt ihren Blick fest auf den Boden geheftet und flüsterte hastig: »Bist grad siri' aaf mi'!«

Er sagte lachend, manchmal in Versen (er hatte sie so oft geschmiedet, daß ihm immer wieder welche einflossen): »Dees is net sünd und is net frumm, aber an Wastl is halt drum! Du bist no jung und i bi' ledi; ja, hast as du denn gor nia gnädi?«

Ein Lächeln huschte über ihre Lippen. Da fragte er sie unverblümt: »Nannei, mogst de meine wern?«

Sie drehte ihre schwarzen Augen zu ihm hinauf, es war

das erste Mal, und ließ den Wimpernvorhang gleich wieder fallen. Sie zuckte die Achseln, zog ihre Hand aber nicht aus der seinen. »I woaß net?«

»Is scho gwunnga!!« jubelte er und schnalzte mit den Fingern. »Wen 's Glück wui, den kalbert der Schlegel am Herd!«

Aufs neue drehte er sie im Tanz, daß es unter ihren Füßen staubte. Manche Burschen, die bis jetzt etwas zu kurz gekommen waren und noch an den langen Tischen saßen, hatten ihre Augen nirgendwo anders als bei dem ungewohnten Bild eines tanzenden Hochzeitladers. »Is leicht scho' Auerhahnbalz?« rief einer der grantigen Zecher. So unbegründet war die Frage nicht gewesen, denn von einer Hochzeit zur andern war es nicht weit.

Zuvor stattete die Braut mit ihren Eltern dem Kammerlehen einen Besuch ab. Sebastian wies der Zukünftigen den elterlichen Hof, einen dreiseitigen, wie man ihn oft im Vilstal findet. Wer durch das Tor hereinkam, hatte zur linken Hand einen Garten liegen. Üppig sproß das Grün; für jedes Wehtum bot er ein Heil. Hinter dem Garten ragte der Treidkasten; der quergelagerte Stadel, gleichfalls aus Balken gezimmert, riegelte den Hof ab. Ans Wohnhaus rechts schlossen Stall und Heuboden an.

Der junge Kammerlehner führte Anna durch die Flöz auf kühlem Ziegelpflaster in die Stube, wo rote Geranien bei vergitterten Fenstern hereinleuchteten. Ausgiebig nahm sie die Küche hinter der Stube in Augenschein, ihr künftiges Reich. Von dort gelangten sie durch eine zweite Tür in die Flöz zurück. An die Mauer gegenüber stießen zwei Kammern, dazwischen führte ein Gang in den Stall. Über eine schmale Stiege mit ausgetretenen Staffeln gewannen sie die Höhe, wo man den Mittelgang »Diele« nannte. Am anderen Ende der Diele, kerzengerad über der Haustür, öffnete sich eine Tür auf die Laube, die ein geschnitztes Geländer hatte. Wie zu ebener Erde gab es auch hier vier Zimmer. Da schliefen Knecht und Magd in ihren Kammern, Anton mit wallendem Vollbart und die alte Martha. Tagein, tagaus lief sie mit demselben geblümten Kopftuch herum. Auch die obere Stube zeigte er seiner Braut.

Wohl hatte Anna vernommen, daß der Vater ihres Bräutigams zwischen scheuendem Roß und Zugscheitel unter dem bergab rollenden Fuhrwerk zu Tod gekommen war. Ein hölzernes Marterkreuz an der hinteren Senkung des Kieblbergs erinnerte daran. Auch war ihr bekannt, daß alle seine Töchter übers Land geheiratet hatten. Eine Arbeitskraft mußte ins Haus, das wußte sie. Auf Rosen gebettet zu werden erwartete sie nicht. War ihr Leben seit Jahr und Tag etwas anderes gewesen als übliche Pflicht? Und war es nicht schön, wenn der Glasschrank in der oberen Stube ihren Hochzeitsbuschen bewahrte? Wächserne Blumen neben verstaubten Namenstagstassen ...?

Die Schwangere, die keinen Schlaf finden konnte, lag mit offenen Augen auf ihrem Strohsack. Die Donnerschläge waren in der Ferne vergrollt. Regen rauschte. Es dämmerte. Unbestimmte Umrisse tauchten in der Kammer auf. Die Falten und Schatten des karierten Federbetts wuchsen sich in der Einbildung der Frau zu fabelhaften Untieren aus. Das Stoßen der Arme und Füße unter ihrem Herzen machte ihr große Beschwer.

Der Tag erwachte, die Schlafkammer stand bald im hellen Licht, Regen und Wolken waren vom Himmel geblasen und Sonnenschein fiel in den grünen Wald der Apfelbäume. Dazwischen ragte der Eisengriff des Pumpbrunnens, glänzte ein tönerner Blumentopf mit Menschengesicht. Auch das Fensterkreuz hatte einen grünen Rahmen: von unten das strotzig wuchernde Geranienlaub, von oben die hereinfallenden Zweige des Birnspaliers. Unwirklicher Blätterschein lag auf dem Holz des Zimmers, dem Gewandkasten, der Kommode, dem Waschtisch, wurde vom Spiegel auf den Fußboden geworfen, sprang über die Stühle. Auch auf den weißgekalkten Wänden flimmerten grüne Flecken, huschten — um vieles angenehmer als die Blitze der Nacht — über das Hochzeitsbild, die Heiligenlegende, die bunte Kachel vom Onkel Sepp, den kleinen Buben in seiner Bettstatt, den Ehemann Sebastian. Sonnenkringel und grünes Blattgeschimmer hüpften über sein Gesicht — — er schlug die Augen auf, krauste die Nase, als jucke ihn ein lauer Atemzug, blinzelte zu seinem Eheweib hinüber, gab sich einen Ruck und sprang aus dem Bett.

Als er an den Waschtisch trat, hörte er den Knecht Anton und Martha, die Magd, über die Stiege herunter kommen und mit bloßen Füßen hinaustappen in den Stall. Das letzte Stück klapperten ihre Füße, denn sie waren in die bereitgestellten Holzpantoffeln gefahren.

»'S Hei müaß ma no einabringa, ehvor 's es a'regnt!« meinte der Bauer.

»Hat's scho, hat's scho«, lachte sie, »a Stund a zwo. Aber 's is eh bereits trücket.«

Der Bauer pfiff durch die Zähne. »Dees muaß i voschlafa ham.« Er strich die Vorhänge zurück, stieß das Fenster auf und holte tief Atem. Die Luft schmeckte nach Blätterduft und Tau. »Drum nimmt si' alles so frisch aus.«

Die Bäuerin saß unschlüssig auf der Bettkante; schwarze Flechten fielen ihr über den hohen Leib. »Wast, i moa', i bleib heit dahoam. Mir is' net guat. Ös werds es scho' einabringa zu dritt.«

Nach der morgendlichen Milchsuppe machte er sich ans Ausbessern der Rechenzähne, bis unter spiegelheiterem Himmel der Tau verdunstet war. Dann ging er mit Knecht und Magd auf die Lohwiese zum Auseinanderstreuen des trockenen Grases. Es wollte ihm nicht in den Sinn, daß er den nächtlichen Regenguß verschlafen haben sollte. Endlich ließ er die Sache auf sich beruhen und gab bloß noch Johannes dem Täufer die Schuld.

Erzheilige vom Schlag eines Johanni forderten zum Feiern heraus. Wenn eine volksfremde Obrigkeit dem Ackerbauern, der die wochenlangen Vakanzen des Beamten nicht kannte, seine Feiertage nehmen zu müssen glaubte: der Geprellte muckte nicht auf, schimpfte nicht einmal, aber in seiner fuchsischen Weise widersetzte er sich mancher hartherzigen Neuerung. Besser verstanden sich die christlichen Wanderprediger auf einen ersprießlichen Umgang mit dem Landmann. Sie ließen ihm seine Sonnwendfeuer. Nur daß die Burschen und Dirnen, wenn sie paarweise durch die Flammen hüpften, es nun zu Ehren des Heiligen taten.

Um den feiertäglichen Blick in den Krug ließ sich ein altbayerischer Bauer auf keinen Fall bringen. Wenn der junge Kammerlehner auch nur auf eine durstlöschende Maß beim Jungbräu in Bergham einzukehren gedachte: er kam später heim als ihm lieb war. Der Schreiner Sepp, der ihn aufhielt, lang und hager wie sein Bruder, aber bartlos und fahl, war ein ewiger Junggeselle; so sagten manche Berghamer von ihm.

Er bedrängte den Bauern zum dutzendsten Mal, doch auf den schönen Namen Joseph nicht zu vergessen. Und ob es nicht ratsam sei, mit der Arbeit an der Zwillingswiege anzufangen, fragte er, damit sie fertig sei, wenn man sie brauche.

»Haand ja no net amoi da, dee Zwilling'«, lachte der Bauer.

»Aber kemma kinnans jedn Tag, netwahr, net? Hat's doch d'Hebamm selm gsagt!«

»Gschmaatz!« Der Bauer winkte ab, »dee redt vöi, wann der Tag lang is. Den selln Spruch woaßt eh: ›Dee Baldauf bringt für weni Geld dee kloana Butzl bald auf d'Welt‹ ...« Mit der Sache selbst hatte dieser Spottreim nichts zu tun. Er war aber für den Augenblick der beste, der ihm einfiel.

»Wannst moanst.« Der Sepp ließ nicht locker. »Aber balst ebbs inna werst, laßt as mi glei wissn. Den naaxtn Tag is d' Wiagn firti!«

»Is scho recht«, brummte der Bauer.

»Also wia gsagt; ko's geh, wia's mag. I' bau' dee Zwillingswiagn. Netwahr, net?! Gratis und franko! Kost' di' koan Pfenning net. Aber ausgmacht is ausgmacht: A Bua wann dabei is, hoaßt er Sepp!«

Als der Bauer mit dem Knecht und der Magd unter brennender Sonne in schräger Reihe das Heu auseinanderstreute, ging es daheim drunter und drüber. Die Bäuerin, die nicht untätig sein wollte, hatte der Großmutter das Kochen abgenommen und legte, eine halbe Stunde vor elf, die gedrehten Teigknödel ins Wasser. Da wurde sie von heftigen Wehen erfaßt.

Die Großmutter, die abseits am Küchentisch einen Weidling voll Erdäpfelsalat anmachte, konnte gar nicht so schnell zuspringen, wie die Bäuerin in die Knie ging. Mit einem Aufschrei brach sie nieder und, immer noch einen Knödel, den sie gerade ins sprudelnde Wasser werfen wollte, in der Hand, schenkte sie einem gesunden Mägdlein das Leben.

Es ging so schnell, als hätte die Kleine in der Gewitternacht den letzten Vorrat Geduld verbraucht, daß sie auch das nicht mehr schreckte, den wichtigsten Engpaß des Lebens ohne fremde Hilfe zu überwinden. In einem Schwall von Blut und

Wasser schwamm sie daher und landete auf dem Ziegelboden der Küche, als wäre er das weichste Wehenlinnen.

Großmutter Notburga schlug die Hände über dem Kopf zusammen und wußte nicht, was sie zuerst beginnen sollte. In der blassen Erinnerung an eigene Niederkünfte band sie die Nabelschnur mit einem aus der Schublade gewühlten Spagatende zweimal ab und zertrennte den Lebensstrang mit einer Schere, die sie in fliegender Hast aus dem Nähkorb in der oberen Kammer geholt und zuvor in das kochende Knödelwasser getaucht hatte. Eine gehörige Folge von Schlägen trommelte sie der kleinen Erdenbewohnerin auf den Buckel, bis diese heftig schrie, stoßweise schluchzte und die gute Luft zum ersten Mal durch die Lunge zog.

Einen vom frühen Fallobst zweckentfremdeten Waschkorb schüttete die Alte in aller Eile aus, daß die harten Früchte durch die Küche kullerten und klopfte darin hastig einen Polster zurecht. Kaum damit fertig, änderte sie, kopflos wie sie war, ihren Plan, schob der Mutter, die noch auf der Erde lag und stöhnte, das Kissen ins Genick und gab ihr das wärmend umwickelte Neugeborene an die Brust. Aus krebsrotem Kopf schrie es spitz, und auch der einjährige Sebastian, der in der Küche zwischen den Füßen der Frauen herumkroch, brüllte wie am Spieß.

So schnell sie in ihren schweren Röcken konnte, lief die Großmutter auf die Lohwiese. Bauer, Knecht und Magd hielten in ihren Bewegungen ein, als sie die kleine dunkle Gestalt, die winkte und rief, in der Ferne wahrnahmen.

»Der Toni ... der Toni ...«, die Großmutter rang nach Atem, als sie näherkam, aber doch nicht ganz nahe, denn sie blieb kräftesparend in Rufweite stehen. »Da Toni soll glei um d' Hebamm auf Bergham umifahrn!!«

Der Bauer ließ die Heugabel fallen. »Is' scho' so weit?« Die Großmutter hastete heimwärts. »So weit? Is scho' vorbei! Geht guat alle zwoa!«

Der Zwillingsbauer, wie er schon genannt wurde, war von allen Seiten so zwillingsnärrisch gemacht worden, daß er nur dieser einen zauberischen Silbe bedurfte; kaum hörte er das Wort »zwei«, als er dem Knecht, der schon im Laufen war, nachrief: »Zwoa! Hast as ghört!? Wannst an Seppn sehgst, der werd di fragn. Ko'st as eahm glei sagn!«

Der Knecht, der im gestreckten Lauf nicht verstanden hatte, hemmte den Schritt. »Ha'?«

»An Seppn sollst as sagn!« herrschte ihn der gleichfalls laufende Bauer an. Der Knecht nickte und rannte weiter. »... wannst'n sehgst!« Diesen Zusatz hatte der Knecht in seiner Aufregung nicht abgewartet und verstand ihn nicht. Erneut blieb er stehen. »Ha'?«

»Wannst'n sehgst!!« brüllte der Bauer, der am ganzen Leib bebte. Und ob gleich der vollbärtige Knecht rannte, daß Schweißtropfen spritzten, schrie ihm der Prograder nach: »Tummel di'!!«

Der Knecht, der die Wirkung eines dritten Aufenthaltes mehr als alles fürchtete, blieb nicht mehr stehen. Er stürzte in den Stall, daß das friedlich wiederkäuende Hornvieh aufrumpelte, packte den gutmütigen Damerl, den Fuchsen, am Halfter, spannte in der Remise das Gäuwagl ein und jagte beim Hoftor hinaus nach Bergham.

Sebastian, der seine im schwarzen Haarrahmen elfenbeinblasse Anna auf die Bettstatt hob, die mit der Wehendecke überzogen war, blickte sich im Haus umsonst nach Zwillingen um. »Bi do' zfriedn, daß's Dirndl gsund is!«, rief die Alte zornig. »Dees is d'Hauptsach! Is s' net liab, dee kloa' Burgl?« Dabei lachte sie in den Waschkorb, der schon dem kleinen Sebastian als Liegerstatt gedient hatte, und schürzte die Lippen: »Dadadada...«

»Aber du«, brauste der Bauer auf, »hast do' selm gsagt: ›Haan gsund alle zwoa!‹. Dees war dei' Red!! Hast' as gsagt oder ned?«

»Ned wer i's gsagt ham!«, erwiderte die Austräglerin. »Gsund haan s' all zwoa: D' Muatter und's Menscherl! Sehgst denn dei' Weiberl gor nimma, du narrischer Kampel?«

Beschämt drückte der Bauer seinem Eheweib einen Kuß auf die blutleeren Lippen.

Als der Knecht, neben sich die Hebamme Baldauf am Kutschbock, durch Bergham galoppierte, schaute der Schreiner Sepp aus dem spinnwebverhangenen Werkstattfenster. Er ließ seinem Lehrbuben, der mit offenem Maul neben ihm aus dem trüben Fenster starrte, den Hobel auf den Fuß fallen, daß er aufschrie, und stürzte aus der Tür. Beide Hände flogen ihm ans Mundwerk als Schalltrichter: »Is' so weit??«

Der Toni legte seinen Kopf in die Richtung, in die der Fahrtwind seinen Vollbart blies, und sah den Sepp in der Werkstattür stehen. »Zwoa haand's!« rief er. »Is alls scho' vorbei.«

Der Sepp konnte wegen dem Hufgeklapper nicht verstehen. »Ha'?« schrie er durch den Schalltrichter zurück.

»Zwoa haand's!!« und zur Bekräftigung bediente Toni sich der ältesten Menschheitssprache: er zeigte zwei Finger.

Aber auch die Hebamme Baldauf, die sich ihre Hände in Weingeist wusch und aus dem Grandl heißes Wasser in den Zuber schöpfte, konnte kein zweites Kind herbeischaffen. Als sie die Nachgeburt zutage gefördert hatte, war alles weitere Warten umsonst. Godin Crescentia Haselböck wunderte sich. Ihren Kopf mitsamt dem kugelrunden Haarknoten mußte sie immer wieder schütteln.

Als der Bauer beim Heuwenden wieder auf der Lohwiese schwitzte, stritten sich die Frauen mit versteckten Worten um einen Namen. Mit gewissem Recht durfte die Frau Godin hoffen, daß sie für die Spende eines Tauftalers, eines Rosenkranzes, einer Taufkerze und eines Wachsstöckleins den Zuschlag erhalten würde. Aber es kam anders.

Am nächsten Tag fuhren beide Frauen mit dem schwarzgekleideten Vater und der Hebamme nach Bergham, wo die alte Kirche ihren achteckigen Turm zeigefingerspitz der heiligen Dreifaltigkeit entgegenstreckte, in deren Obhut sie befohlen war. Der Säugling im Steckkissen, von dem der Hochzeitsschleier der Mutter wehte, wie es damals üblich war, verzog sein Gesicht, als der Geistliche ihm das Wasser des Lebens spendete.

Man hatte eine Übereinkunft getroffen: Die Mutter daheim stickte in die Wehendecke, der schon Name und Geburtstag des Ältesten anvertraut worden waren, zur gleichen Stunde vier Buchstaben mit zittriger Hand. Vier Buchstaben und drei Zahlen, die bedeuteten:

Crescentia Notburga Weilbuchner, Kammerlehen,
25. Juni 1895

Am meisten enttäuscht war der Schreiner Sepp, als er seine Zwillingswiege ablieferte. Stolzgeschwellt kutschierte er vor den Hof, sprang mit langen Beinen vom Bock, tätschelte den schweißnassen Apfelschimmel und lud das umfängliche Ding aus der Chaise.

»A Zwillingspaarl hat in an Waschkarb net Platz, netwahr, net?« schwatzte er und ließ die anderen nicht zu Wort kommen — im Grund waren sie froh, nichts sagen zu müssen — » Is dees an Arbat oder is dees koane? Schaugts enk amal dee Fugna o'! Und dees Holz! Dee beste Oacha, de ma findn ko', netwahr, net. Koan oanzigs Astloch net. Und dee Breatn! Da hat ebbs Platz! Netwahr, net...« — — — —

Wie herb war die Enttäuschung. — Und noch lange hatte Sepp den vollbärtigen Knecht Toni im Verdacht, ihn genasführt zu haben.

Da lag sie, die kleine Crescentia Notburga mit ihren zwei Namen, in der Zwillingswiege neben dem Nachtkästchen der Mutter, gerade unterhalb der speckigen, vielfältig aufgebogenen Heiligenlegende, in der so schöne Kupferstiche waren. Der Hochzeitlader Sebastian Weilbuchner betrachtete das schlafende Dirnlein, das schon im Mutterleib Freude für zwei gemacht hatte. Es war blond wie er selbst und das gefiel ihm. Er strich sich seine blonden Schnurrbartspitzen und bedachte: Alles hat sie für zwei. Wenn die es im Leben einmal nicht gut bekommt. Ich vergönn ihr alles doppelt, was ihr frommt...

Der trauernde Sepp, der noch immer herumstand, räusperte sich einiges Sägmehl der Zwillingswiege aus den Lungen und sagte weinerlich: »Hättst as ja eigentli aa J o s e p h i n' hoaßn kinna...«

Dann kutschierte er seinen leeren Karren hinaus ins Land. Mit seinem Fahrzeug und dem Apfelschimmel wurde er kleiner und kleiner, bis er als winziger Punkt in einer Wiesenmulde vor dem dunklen Holz verschwand.

PRINZ UND MAGD

Wieder in der Herzogspitalgasse

Lustiges Begebnis im Haus Angermaier oder: Ein Teller mit Leberspätzlsuppe — die Kupfer der Heiligenlegende, im Föhn betrachtet — folgenreiche Begegnung im Maria-Theresia-Gymnasium am Regerplatz — das Märl vom Prinzen und der Gansdirn oder: Der verlorene Sichelring — zeitgemäße Darstellungen der Himmelmutter — verdächtige Studenten und lästige Vertreter — ein Prinz wird von der Tür gewiesen — neun Mal Angermaier — von den Gebeten im Hackenviertel — ein Schwiegersohn wird gemacht — Rede über das Glücklichsein

Das Gansessen hatte die alte Haushälterin Crescentia nicht vergessen können. Aber nur ein einziger Winter war vergangen, als sie sich ein neues Stück leistete.

Es war nicht wieder ein Unheil mit dem Kater Leo geschehen; der fraß aus dem Blechteller auf dem Gang, wenn er nicht im hintern Garten auf die Mauspirsch ging.

Auch das kleine Mißgeschick mit dem von Crescentia in Dienst genommenen Sänger Hansi ist nicht gemeint. Für Hansi, einen Kanarienvogel, gab es in jeder Bürgerstube neben dem gefräßigsten Kater Platz. An einem unfreundlichen Tag im Spätherbst kam sie vom Markt mit einem Käfig samt Inhalt und mehreren Futterkörnersäcklein zurück. Damit hatte sie sich selbst eine Freude für die dunklen Wintertage gemacht.

»Das lob ich mir«, rief Johann Baptist Angermaier, als er in der Stille vor dem Gebet aus unbestimmtem Hintergrund ein zartes Flöten hörte. Und er bestand darauf, Crescentia ihren neuen Zimmergenossen schenken zu dürfen. Erst nach langem Zieren ließ die beschämte Haushälterin sich den sorgsam auf Heller und Pfennig abgerechneten Kaufpreis in die schlecht geöffnete Hand zwängen.

»Aber jetzt herein mit dem Orpheus«, dröhnte der kunstsinnige Devotionalienhändler, um zu zeigen, daß er kein Unmensch sei, der ausnahmslos jedes Tier aus dem Speisezimmer verbannt.

Mehrere Mittage lang gab es nun eine zarte Tafelmusik. Der Reiz der Neuheit ließ nicht nach, erfuhr sogar eine Steigerung, als nach einigen Tagen der Hausherr übermütig das Käfiggatter öffnete und den Vogel durch die Stube flattern ließ.

Da stach den kleinen Andresel der Hafer; er lockte mit sanfter Stimme: »Hansi! Hansi!«, wie er es an langen, winterdämmerigen Vormittagen geübt hatte. Das kleine Tier, das auf einem Arm des Deckenlusters saß, erkannte den Ruf. Mit schwarzen Stecknadelköpfen äugte es herunter. Als aber der Bub rief: »Kimm Hansl, sing uns was vor«, schwirrte der zutraulich gewordene Kanari auf den Tisch, trillerte und zwitscherte. Auf einmal sprang er dem verdutzten Johann Baptist Angermaier, der sich seine dampfende Lieblingssuppe, die mit Leberspätzln, schmecken ließ, dicht vor die genießerisch gespitzten Lippen auf den Tellerrand, blinzelte ihm ins Gesicht, stieß nach vorn einen schrillen Triller aus, daß Angermaier entsetzt zurückfuhr, und gleichzeitig nach hinten einen kräftigen Schuß in die Suppe.

Unangenehm war, daß man die Zugabe im schwärzlichen Gewimmel der Leberspätzeln mit dem schärfsten Auge nicht ausfindig machen konnte. Als Angermaier den frisch in der Küche gefüllten Teller kostete, fiel ihm zwischen dem verunreinigten Teller und dem neu gebrachten kein Unterschied auf. Das Mißtrauen des Feinschmeckers wurde wach. Wenn er auch den Teller, um Crescentia nicht Lügen zu strafen, bis zur Neige leerte, konnte er von diesem Tag an keine Leberspätzlsuppe mehr über die Lippen bringen.

Nein, auch das Mißgeschick mit dem kleinen Vogel, der jetzt wie vorher, samt seinem Käfig, in der Küche hing, ist nicht gemeint, wenn vom neuesten Stück der alten Crescentia die Rede ist.

An einem lauen Frühlingsmorgen, im Heraufkommen der Ostertage, stand Anastasia in der Küche an der geöffneten Balkontür und blätterte in der alten Heiligenlegende, die von Kammerlehen mit ihrer Tante Crescentia Notburga in die Hauptstadt gekommen war. Anastasia hatte ihre Examina auf dem Lehrerinnenseminar bestanden und war Handarbeitslehrerin an einer Volksschule in der Au. Des stundenlangen Hin- und Herfahrens müde, hatte sie ein Zimmer in der Liliengasse gemietet. Die Osterferien waren angebrochen. Und man erwartete sie daheim in Kammerlehen. Crescentias älterer Bruder Sebastian Weilbuchner, der schon ins siebzigste Lebensjahr ging, sah an hohen Festtagen die Familie gern vollzählig versammelt, zu der auch seine Tochter Anastasia gehörte.

Aber eine bestimmte Sehnsucht hielt sie noch in der Stadt, an der geöffneten Balkontür bei ihrer Tante Crescentia. In den schönen Kupfern der Legende fing sich zuweilen ihr Blick. Doch ihre Augen starrten wie blind in die abgegriffenen, stockfleckigen Seiten mit den altertümlichen Lettern.

Angermaier wollte der Köchin oft eine neue aus dem Laden geben, »eine viel schönere«, wie er sagte. Eine, die ihn »viel Geld gekostet hatte«, weil sie in seinem eigenen kleinen Verlag erschienen war. Insgeheim hoffte er auf die Stiche, war er doch ein Sammler alter Heiligenbilder und sakraler Kupferstiche nach Art der frühen Sulzbacher Kalender: Nicht verwunderlich angesichts des Devotionalienschunds, der neuerdings viele Wallfahrtsorte verunzierte. Aber Crescentia gab ihre »Legend« nicht her. Keineswegs weil es ihr die Stiche angetan hatten; davon verstand sie nichts. Aber die Heiligenlegende war ihr eine treue Begleiterin durchs Leben gewesen, von dem Augenblick an, als die Mutter ihr das Leben geschenkt hatte, bis zum heutigen Tag. Sie wollte das fromme Buch nicht aus der Hand lassen.

Mit Tränen — niemand als sie selbst hätte sagen können, ob es vom Zwiebelschneiden oder von der Trauer kam — gedachte sie ihrer lang zurückliegenden Jugend. Gedachte ihres Vaters, der lange schon auf dem Feldkirchener Gottesacker von seinem unruhigen Prograderleben ausrastete, gedachte seiner Redewendung, gereimt, wie das meiste, was ihm von den Lippen ging:

> Bevor ma se umschaugt, bevor ma se bsinnt,
> votrenzt ma sei Lebn, als votragats da Wind...

Dasselbe Schicksal stellte man der wählerischen Anastasia vor Augen, daheim in Kammerlehen, wo sie die einzige war, die noch nicht geheiratet hatte. Dazu war es mit ihren sechsundzwanzig Jahren nicht mehr zu früh.

»Wannst oiwei zuabeidst«, sagte ihr Vater einmal, »geht's dar-aaf d'letzt wia da Zenz!«

»A was, Zenz! Wia da oidn Kath muaßt sagn!! Koa' bißl net anders!« übertrumpfte ihr Bruder Martin, der seit einigen Jahren der Bauer war, und pfiff den bekannten Zwiefachen durch die Zähne.

»Der Grecht is no net kemma!« fuhr ihm die mehr betrübte als wütende Anastasia über den Mund.

Nun war er gekommen. — Darum hatte sie keine Ruhe. Sie war ihm begegnet, von dem sie das im Grund frevelhafte Wort »Der oder keiner« sagen konnte. D a r u m lehnte sie am Türstock in der Küche, ließ sich den Osterwind in den Rücken blasen, der ihr die Röcke bauschte, darum blätterte sie in der alten Heiligenlegende, nur um etwas zu tun in dieser Stadt, der sie nicht den Rücken kehren mochte, solange sie fürchten mußte, ihn zu verlieren. Darum war sie tief hinabgesunken in sich selbst, als sie von der Tiroler Magd Notburga las, die vor vielen Jahren auf einem Schloß gedient hatte:

»Und sie erwarb sich so viel Vertrauen«, stand geschrieben, »daß man ihr die Verwaltung des Hauswesens in die Hand legte. Nach dem Tod ihrer alten Herrschaft aber that man ihr großes Unrecht. Man wollte nicht erlauben, daß sie die Überreste von der Tafel an die Armen vertheile. Sie mußte das Schloß verlassen. Sie verdingte sich bey einem Bauern. Als sie ihren Dienst antrat, stellte sie die einzige Bedingung, daß sie am Vorabend der Sonntäg und Feiertäg beim Angelusleuten die Arbeit ruhen lassen dürfe, damit sie sich in der nahen Rupertuskapelle auf den Empfang der Sakramente vorbereiten könne. Als der Bauer sie zwingen wollte, diese Gewohnheit aufzugeben, rief Nothburga Gott um Hilfe. Als Bekräftigung warf sie ihm ihre Sichel entgegen. Die Sichel blieb in der blauen Luft über dem Kornfeld stehen. Fortan ließ der erschrockene Bauer sie gewähren. Drey Worte waren der Leitstern der frommen Magd: Bethen, Arbeiten, Leiden.«

Nicht nur das Druckerschwarz der Zeilen, auch der Sinn stand auf einmal klar vor Anastasias Augen. Aber sie sträubte sich dagegen, wenn er ihr nichts weiter als das Leben der Tante Crescentia verhieß. Jahr für Jahr und auch in diesem Augenblick war die Alte mit unvermindertem Fleiß bei der Küchenarbeit, nicht zum Nutzen selbstgeborener Kinder, sondern für fremder Leute Gaumen. Anastasia klappte die schweinsledergebundenen Hälften des Buches zusammen. Weit geringer als Notburga kam sie sich vor. Unwillkürlich rief sie: »Big'netta-r-a Gansdirn!«

Crescentia hielt im Gemüsputzen ein. »Was bist'?« Anastasia, die mit feuerrotem Kopf dastand, konnte ihre Verlegenheit nicht verbergen, nahm ein Messer aus der Anrichtschublade und half wortlos beim Erdäpfelschälen.

Crescentia schüttelte den Kopf: »Werst ma do net liabskrank sei?«

Über den Himmel voller Helfer, wie er in der alten Legende geschildert wurde, hatte der Sprachforscher und Schriftsteller Studienrat Michael Thaler vom Maria-Theresia-Gymnasium zu Anastasia gesagt — sie konnte sich gut daran erinnern: »Die Heiligen der Römischen Kirche sind die früheren Götter. Was dagegen steht, ist die Seinsvergessenheit der Sekten, die nichts besser macht.«

Die Klassenlehrerin, mit der Stasi sich am besten verstand, Fanny Burger, hatte eines Tages, kurz vor den Ferien, gesagt: »Woaßt was?! Heit bsuach mar-an Michael Thaler!« Und es war so herausgekommen, als hätte sie einem augenblicklichen Einfall nachgegeben.

Anastasia meinte, die Freundin wolle ihr einen Bären aufbinden: »Dees glaabst selba net, daß du den Michael Thaler kennst!«

»Echt wahr! Wettma?« Fanny hielt ihr die Hand hin. Als Anastasia nicht einschlug, bekam sie erklärt, daß der Sprachwissenschaftler aus dem Nachbaranwesen von Fannys Thalheimer Elternhaus stamme und daß sie ihn von daheim kenne. Die Schulpause sei lang genug und der Weg vom Mariahilf-Platz zum Regerplatz nah, wirklich nur ein Katzensprung auf dem geschlängelten Fußpfad über die strauchbewachsene Steilböschung der Isar. Allein habe sie Hemmungen, aber zu zweit sei es weit lustiger, den Mann zu besuchen. Dabei lachte sie. »Und ledig is er-aa no!«

Wollte Fanny sich den Kuppelpelz verdienen? Anastasia hatte sich später oft bemüht, das herauszufinden, war aber mit ihren Nachforschungen auf keinen grünen Zweig gekommen. Was man gemeinhin »Absichten« nennt, hatten sie beide nicht.

Der »Thaler von Thalheim«, wie er sich im Lauf des Gesprächs einmal scherzhaft nannte, empfing die jungen Lehrerinnen, die von Fanny Burger fernmündlich angekündigt worden waren, im Sitzungszimmer während einer Pause zwischen zwei Unterrichtsstunden.

Man darf sich diesen Mann, der neben Glaubenslehre auch Latein und Deutsch unterrichtete, nicht als weißbärtigen, schmerbäuchigen Stubengelehrten vorstellen! Der Verfasser einiger aufsehenerregender Bücher: »Hebräische Wurzeln in den baierischen Mundarten«, »Flaccus Quintus Horatius im Spiegel von Eduard Stemplingers Verskunst«, »Das Bild des Ländlichen in der bayerisch-österreichischen Dichtung« und »Die Anfechtung des Dogmas von der Dreifaltigkeit durch die Anti-Trinitarier« war ein Mann, der im Leben stand. Seine »hebräischen Wurzeln« hatten ihm die Spalten der Feuilletonbeilagen geöffnet. Kein Zeitungsschreiber, der Erfolg haben wollte, keine Schriftstellergesellschaft, die in Übersee Beachtung heischte, hätte es gewagt, über die »hebräischen Wurzeln« hinwegzugehen. Dabei fand Thaler, wie er seinen Besucherinnen versicherte, dieses Buch, wenigstens an den anderen gemessen, nicht einmal gut. Gegen den Erfolg der »hebräischen Wurzeln« war er machtlos.

Auffallend an dem zurückhaltenden, geradezu schüchternen Gelehrten war die kräftige Gestalt, waren die schwarzen Haare und die lebhaft sprechenden, glanzschwarzen Augen, vor denen gelegentlich ein Schleier aus bläulichem Rauch vorbeizog, der von der Zigarette aufstieg, die er sich angezündet hatte. Das ausgeblasene Zündholz war in einen gläsernen Aschenbecher geworfen worden, der auf dem altmodischen Schreibtisch mit eingelassener grüner Filzschreibunterlage stand. Kein Feuerzeug benützte Thaler und auch kein Etui. Wenig Feinheit war um ihn. Gar nichts Glattes versöhnte mit seinen starken Bartschatten. Den finsteren Eindruck, wenn das möglich war, unterstrich noch seine Kleidung, der nachtschwarze Anzug mit der schwarzen gestrickten Krawatte. Aus der allgemeinen Finsternis stachen grell die angeschnittenen weißen Winkel seiner Augäpfel, die Manschetten und der Hemdkragen hervor. Thaler machte den Eindruck eines Geistlichen, allerdings eines Geistlichen, wie man ihn seit den Lockerungen der Bekleidungsvorschriften kaum noch sah. Das gefiel Anastasia. Es berührte sie väterlich und überlegen.

Thaler hatte die heimatlich bekannte Fanny Burger fast aus den Augen verloren und sich immer mehr ihrer Begleiterin Anastasia zugewendet, die als unverkennbares Kind des Landes vor ihm saß, hellhaarig, rotwangig, blauäugig.

»Anastasia!« So sprach er sie ohne Umschweife an. Sein dunkler Blick durchdrang sie, daß sie zum ersten Mal ihre Lider senkte, sie allerdings, wie unter einem Zwang, gleich wieder hob.

Er beugte sich vor: »Wia sagt ma denn? — Stas?« Die Angesprochene nickte stumm und schluckte. Thaler hatte seinen Redefluß kaum unterbrochen: »Mei', liab! Liab!«

Jetzt lachte er, lachte heftig wie ein Kind und strahlte sie an. Dann fragte er weiter: »Wo hamma denn dees Blauaugate her? Und dee liachtn Haar?«

Anastasia gab bereitwillig Auskunft: »Mei Groußvada is liacht gwen und blauaugt, sagt ma, und a meinige Tant hat als Junge akkrat so ausgschaut«.

Wenn sie nicht das untrügliche Gefühl gehabt hätte, daß auch er seit dieser kurzen Begegnung mehr in ihr erblickte als die Freundin einer Jugendnachbarin, die Handarbeitslehrerin von der Au, hätte sie sich jeden Gedanken an Michael Thaler aus dem Kopf geschlagen. Aber es konnte nicht sein, daß der feste, mehrmals bekräftigte Händedruck als alltäglicher Gruß gemeint war! Gar nicht mehr loslassen wollte er ihre Hand und ihren Blick!

Das ging ihr in der folgenden Nacht vor dem Einschlafen durch den Kopf. Und bis in den Traum hinein verfolgte sie das Erlebnis des gewesenen Tages. Sie lag in ihrem kleinen Zimmer in der Liliengasse und träumte

das Märlein vom Prinzen und der Gansdirn

Vor vielen Jahren ist ein König zum Sterben gekommen und hat in der schweren letzten Stunde seinen Sohn an das Lager kommen lassen:

»Mein lieber Bub«, hat er zu ihm gesagt, »es wird nicht

mehr lang dauern, dann geht es mit mir in das Reich, wo man kein Wehtum kennt. Du bist mündig und heiratsfähig; such dir eine Königin, mit der du das milde Zepter führen kannst. Eines lege ich dir aber ans Herz, darum habe ich dich gerufen: wenn du einem Weib die Hand reichst, laß dir ein Erkennungszeichen vorweisen. Dieses Zeichen ist der Sichelring, ein Ring aus Gold, mit sieben Diamanten besetzt, die wie eine Sichel angeordnet sind. Eine weise Frau, die Kiliwabn von der Holzloh, hat es mir auf die Seele gebunden. Dein Sohn, hat sie gesagt, soll nicht heiraten, bis eine kommt, die ihm den Sichelring weisen kann. Außer dem Ring wird sie keine goldenen Güter in den Ehestand bringen — aber sie wird den Segen bringen. Den Ring habe ich ihr selber an den Finger gesteckt, als sie auf der Weide eingeschlummert war. Er trägt an der Innenseite die eingegrabene Schrift:

> Wer mir gebührt
> dem schenke ich das Glück
> wer mich verliert
> dem kehre ich zurück ...

Nur du — schloß der König seine letzte Rede — kennst den Ring, mein Sohn. Bewahre sein Geheimnis, damit kein Mißbrauch geschieht. Schwöre mir, daß du tun willst, was ich dir sage!«

Der Königsohn schwor es. Nicht lange darauf starb der Vater.

Der Hofstaat trug Trauerkleidung, die besonders dem schwarzhaarigen und schwarzäugigen Prinzen gut stand. Schwarz vom Scheitel bis zur Sohle, saß er auf dem Thron. Um keine Zeit zu verlieren, hatte er das Trauerjahr nicht verstreichen lassen, sondern gleich seinen Willen, sich zu vermählen, bekanntgegeben. Zu seiner Linken kauerte der königliche Hofkater und schnurrte. Auf seiner emporgehaltenen rechten Hand trillerte der königliche Kanarienvogel.

Fast schien es, als sollte er nie zum König gekrönt werden. Einen Ring konnten alle vorweisen, die sich um den Thron bewarben, goldene sogar, fingerdicke, mit Rubinen, Smaragden, Perlen und Brillanten besetzte — nur nicht den Sichelring.

Schließlich kam der Martinitag, der noch jedes Jahr, solang

der König lebte, mit einem Gansessen im Schloß gefeiert wurde. Man wollte von dem löblichen Brauch im Trauerjahr nicht ablassen. Um die Tafel saßen die Teilnehmer nicht mehr in der schönen Zahl sieben. Es gab nur noch sechs: die bejahrte Königin, den Sohn, seine zwei Schwestern, die Hofdame und den Zeremonienmeister.

Eben hatte sich der Prinz einen Löffel voll feines Füllwerk genommen, das die alte Köchin vorzüglich zu bereiten wußte, als er mitten im Kauen einhielt, würgte, einen dunkelroten Kopf bekam und zu ersticken drohte. Dank mehrerer kräftiger Schläge, die ihm der Zeremonienmeister auf den Rücken gab, spie er mit einem tosenden Hustenanfall ein hartes rundes Ding hervor, das klirrend auf den Teller fiel.

Als der Prinz den Gegenstand zwischen zwei Finger nahm und näher betrachtete, sah er zu seinem Erstaunen, daß es der gesuchte Sichelring war. Alles fand er daran richtig, die sieben Diamanten hatten ihre vorgeschriebene Ordnung, auch der Inschrift ermangelte er nicht:

> Wer mir gebührt
> dem schenke ich das Glück
> wer mich verliert
> dem kehre ich zurück.

Schnell wurde die Köchin herbeigeklingelt.

Das beleibte Weib, das alt und grauhaarig war, hatte kein gutes Gewissen, weil ihm vorige Woche eine Wurzelborste vom Topfkratzer in die Leberspätzlsuppe geraten war, die der Prinz für sein Leben gern aß. Was mochte ihr mit der feierlichen Festtagsgans widerfahren sein? Vor Angst schlotternd, schlurfte sie über die fünf Stufen zum Speisesaal hinauf und näherte sich in Erwartung einer lautstarken Zurechtweisung der Tafel. Stattdessen deutete der Prinz auf das Ding, das vor ihm aus dem Teller blitzte, und fragte: »Wie kommt dieser Ring in die Gansfüllung?«

Die Alte klemmte sich ihre Augengläser auf die Nase und streckte den Kopf vor: »Der kann nur ... der kann nur im Magen der Gans gewesen sein«, stotterte sie.

»Wer hat die Gans in die Küche gebracht?« forschte der Prinz. »Woher stammt sie? Wo ist sie gemästet worden?«

Darauf wußte die Köchin gleich eine Antwort: »Auf der

Holzloh ist sie fett geworden! Mein Geschwisterkind hat sie in die Stadt gebracht. Schon viele Jahre bringt sie die Martinigans und unser König selig hat noch nie etwas daran auszusetzen gehabt!«

Der Prinz sprang auf und begehrte die Gansdirn zu sehen.

Nichts war leichter als das, denn die Gansdirn war bei der Schwester ihres Vaters zu Besuch und aß von einem Holzteller geschutzte Nudeln mit Kraut in der Küche. »Was wird es nun wieder geben«, dachte die Köchin, als sie hinausging und der Gansdirn anschaffte, in den Speisesaal zu kommen.

Die junge Hofdame, die zur Rechten des Prinzen an der Tafel saß, wäre nichts lieber geworden als Königin. Sie war aus adeligem Geblüt und bildhübsch, mit einem Gesicht, wie auf japanisches Porzellan gemalt. Nun war ihr die Stunde hold. Sie ergriff den Ring, den der Prinz nicht wieder versteckt oder wenigstens mit seinem Mundtuch zugedeckt hatte. Schnell hatte sie ihn mit allen Einzelheiten ins Auge gefaßt. »Gott sei Dank!« rief sie, »daß ich den Ring wieder habe, den ich vor einem Jahr bei unserem Ausflug ins Unterland auf der Holzloh verloren habe! Das ist er! Da ist auch der eingeritzte Spruch:

> Wer mir gebührt
> dem schenke ich das Glück
> wer mich verliert
> dem kehre ich zurück.«

Die königliche Familie hatte wirklich vor einem Jahr, als der alte Herrscher noch lebte, einen Ausflug in das Unterland gemacht. Aber sonst war alles an der Geschichte der Hofdame erfunden. »Wie wahr!« rief sie, »Zu dem kehr ich zurück!« und steckte sich den Ring an den Finger. Es war ein zarter, schlanker Finger.

Die herbeibefohlene Gansdirn stand schon lange an der Schwelle und hörte, was die Hofdame sagte. Sie war lichthaarig, blauäugig, rotbackig und kräftig. Ihre Kleidung war aus Leinenflecken zusammengenäht. Ihre Füße waren bloß. Den rechten streckte sie aus und beschrieb einen Halbkreis auf dem Boden. Das bedeutete ihren Abstand vom Prinzen. Die Handflächen legte sie zusammen und breitete die Arme aus. Das bedeutete ihre Demut und ihre Erwartung. Dann beugte sie ihr linkes Knie an die Erde. Das bedeutete ihre Unterwerfung. — Dabei fiel sie hin. Die Hofdame lachte. Die ganze Tafel lachte mit.

Als der Prinz, den ihr merkwürdiges Benehmen mißtrauisch machte, fragte, wie der Fingerring in den Bauch der Gans komme, sagte sie, daß sie auf der Holzloh, wo sie Gänse hüte, einmal mit dem Sichelring gespielt habe. Immer höher habe sie den Ring in die Luft geworfen und sich an seinem Blitzen in der Sonne gefreut. Auf einmal sei er nicht mehr zurückgekommen. Von der Sonne sei sie beim Hinaufschauen geblendet gewesen. Wahrscheinlich sei der Ring ins hohe Gras gefallen. Die Gans mußte ihn mitsamt einem saftigen Büschel verschlungen haben.

»Gut aufgepaßt!« lachte die Hofdame und die ganze Tafel lachte mit.

»Aus wieviel Diamanten ist die Sichel zusammengesetzt?« fragte der Prinz.

»Aus sieben«, erwiderte die Gansdirn.

»Gut zugehört!« lachte die Hofdame und die ganze Tafel lachte mit.

»Wie lautet der Spruch, der in den Ring gekratzt ist?« fragte der Prinz.

Die Gansdirn sagte:

> »Wer mir gebührt
> dem schenke ich das Glück
> wer mich verliert
> dem kehre ich zurück.«

»Gut nachgeplappert!« lachte die Hofdame und die ganze Tafel lachte mit.

»Hinaus mit der Gansdirn!« rief der Prinz zornig. »Sie ist eine Lügnerin!!«

Die Gansdirn schlug sich die Hände vors Gesicht und lief weinend aus dem Schloß.

Fast auf den Tag, seit der schwarze Prinz die Hofdame zur Königin gemacht hatte, war der Segen aus dem Schloß gewichen. Der Kater bekam ein Stück vergiftetes Fleisch zu fressen und starb. Der Kanarienvogel hatte ein Körnlein von dem Giftweizen gepickt, den man gegen die überhandnehmende Rattenplage gestreut hatte, und war verendet. Die Mutter des

Königs erkrankte und starb nach langem Siechtum. Die dicke Köchin stürzte auf den fünf Stufen zum Speisezimmer und brach sich ein Bein. Sie lag wochenlang in ihrer Kammer und konnte nicht mehr kochen. Zuletzt wurde die falsche Königin selbst sterbenskrank und war nach den Worten des Arztes nur noch durch ein Wunder zu retten.

Sie erkannte, wie es um sie stand, und wollte ihr Gewissen erleichtern. Darum beichtete sie ihrem Gemahl die Wahrheit.

Der König ahnte nun die Ursache seines Unglücks und tat einen schweren Gang. Er suchte nach der Gansdirn, die er verstoßen hatte. Er fand sie auf der Holzlohwiese. Von schnatternden Gänsen umringt, zeichnete er mit dem rechten Fuß einen Halbkreis auf den Wiesenboden, schloß die Handflächen zusammen, breitete die Arme aus, beugte sein linkes Knie und sagte: »Ich habe dir großes Unrecht getan. Ich bitte dich, nimm diesen Ring an.« Was er ihr an den Finger steckte, war der Sichelring.

Dann bat er sie, mit ihm auf das Schloß zu kommen.

Die Gansdirn kam mit. Vergessen war, was die unrechtmäßige Königin ihr angetan hatte. Darum pflegte sie die Kranke und opferte sich für sie Tag um Tag.

An dieser Stelle wachte Anastasia auf. Als sie sich an diese Nacht erinnerte, stand sie in der Küche bei ihrer Tante Crescentia und hatte die Augen voll Wasser. Schnell ergriff sie die vergilbte Heiligenlegende und trug sie an ihren Platz.

Dieser Platz war in der Schlafkammer der alten Haushälterin, wo es ein hohes Nußbaumbett mit noch höherem, nahezu bis in die Gegend des gekalkten Plafonds aufgetürmtem weißen Polsterzeug gab, einen Schrank aus der Zeit des Wiener Barocks und eine Waschkommode. Über dem geschweiften Kopfende des Betts thronte auf einem hölzernen Wandbrett eine uralte wurmstichige Dreifaltigkeitsgruppe, die sie vom Buchbacher Pfarrer als Abschiedsgeschenk bekommen hatte, ein sogenannter Gnadenstuhl. Gottvater hielt den dornengekrönten Sohn auf dem Schoß; über seiner dreifachen Krone schwebte die Taube des Geistes.

Dieser Gnadenstuhl war schöner als die massenweise gefertigten Schnitzereien aus Angermaiers Laden, die blaue Muttergottes etwa, die in der linken Ecke des Schlafzimmers von einem kleinen, immer mit Grün geschmückten Hausaltar lächelte. Der Geschäftsinhaber hatte sie vor Jahren hingestellt, in der Hoffnung, dafür tauschweise den alten Gnadenstuhl zu bekommen. Er hatte seine Haushälterin über diese Hoffnung nicht im Zweifel gelassen — aber noch immer stand der Gnadenstuhl auf seiner Konsole ober dem Bett.

Eigentlich gefiel ihr die Muttergottes besser. »Nimmt si' guat aus«, meinte sie. Ihr hätte vielleicht sogar eine gipserne Lourdes-Madonna besser gefallen, wenn der »weißen Dame« etwas Mütterliches nachzusagen gewesen wäre. Nicht einmal der Sternennimbus und die Mondsichel waren ihr beigegeben. Die blaue Muttergottes im Eck dagegen hielt den segnenden Jesusknaben im Arm. Die war ihr näher.

Crescentia hatte wie immer eine »Leckerei« im Haus, eine selbstgebackene Bisquitroulade, die sie als Nachspeise aufzutragen und mit selbstgebrautem Johannisbeerwein zu übergießen liebte. Dafür war sie bei ihren Geschwisterkindern berühmt. Wenn dann die Zungen schnalzten, lachte sie über ihr breites Gesicht und sagte: »Es gibt nix bessers wia-r-ebbs Guats!« Auch Anastasia hatte oft von der ribislweingetränkten Roulade gekostet und dabei die vor Glück leuchtenden Augen ihrer Tante beobachtet, die gern eine Mutter gewesen wäre. Von der blauen Muttergottes konnte man sich vorstellen, daß sie ihren Buben mit weingetränkter Roulade füttere, so menschlich war sie dargestellt.

Und doch war sie über menschliche Bezirke hinausgerückt, trug eine hohe Krone auf dem Haupt, die in das Kreuz des Heils auslief, hielt den Zepter in der Hand. Sogar ihr Sohn hatte die hochbügelige Kreuzkrone in die Stirn gedrückt.

Anastasia legte die alte Berghamer Heiligenlegende auf ihren angestammten Platz. Der war zu Füßen der Gottesmutter auf dem weißgedeckten schmalen Altartisch. Dann kniete sie auf das Betbänklein der Tante Crescentia nieder und brach in Tränen aus. Was lang zurückgehalten worden war, stürzte aus ihr hervor und heftiges Schluchzen schüttelte ihre Schultern.

Sie weinte, weil sie ihr Glück gefunden zu haben glaubte und nicht wußte, wie sie es behalten sollte. Mit der Überzeugung »Der oder keiner« war es nicht getan. Wie sollte sie ihn wiedersehen? Mußte sie die Annäherung nicht ihm überlassen? Oder konnte sie eine Gelegenheit herbeiführen, die ihm diese Annäherung erlaubte? War er überhaupt noch in der Stadt oder wartete sie umsonst auf ihn? Es stellten sich ihr Fragen, auf die sie keine Antwort wußte.

So kam es, daß sie die Muttergottes, die auf ihr verweintes Gesicht herablächelte, um Hilfe bat.

Da hörte sie, mitten in ihr Schluchzen hinein, den Kanarienvogel aus dem Käfig von der Küche her trillern. In diesem Augenblick kam sie sich zum ersten Mal wie die alte Tante Crescentia vor und erschauerte.

Crescentias Welt, dieses Refugium in Johann Baptist Angermaiers Haus (oder besser: Häusern), das nur in solchen Mauern blühen konnte, stand in unauflöslichem Widerspruch zur Umgebung, zur Herzogspitalgasse, die von Jahr zu Jahr einen traurigeren Anblick bot.

Draußen vor der Haustür fand sich kaum eine freie Fläche, die nicht von marktschreierischen Anpreisungen in Anspruch genommen worden wäre. Das riesige Kaufhaus schräg gegenüber, das wie ein gewaltiger Berg aufragte, wo früher zwölf Häuser gestanden waren, hatte seine sechs Stockwerke hohen Fassaden mit Osterhasen aus Kunststoff zugenagelt. Man stelle sich dazwischen das Gewirr der Verkehrszeichen und Lichtampeln vor, man denke sich nachts eine blau-, grün- und gelbglänzende Leuchtbuchstabenflut, in der Angermaiers zwei bescheidene gotische Häuser wie eine dunkle Insel ausgespart blieben. Man denke sich auf der anderen Gassenseite eine nächtliche Vergnügungsstätte mit blutrot aufeinandergetürmter Leuchtschrift!

Crescentia wußte gern Türen um sich herum geschlossen. Sie zog sich von solcher Art Welt immer mehr zurück. Und wehe, wenn die Sünde ihre Fangarme auf die Insel der Seligen ausstreckte! Dann konnte sie zornig werden! Wenn die Vertreter von Möbeln und Staubsaugern, deren gaumige Sprache sie kaum verstand, an ihrer Wohnungstüre klingelten, wenn die Zeitschriftenverkäufer es wagten, die entblößten Schönheitstänzerinnen der Vergnügungsstätte gegenüber auf den Umschlägen bebilderter Zeitungen über ihre Schwelle zu tragen.

Was sich täglich mehrmals am Geländerholm zum ersten Stock hinaufhandelte, waren beileibe nicht mehr die Hausierer ihrer niederbayerischen Kindheit, die aus dem Wald, dem bayerischen und böhmischen, mit ihren Steigen und Kraxen herbeihatschten, die der Bäuerin Bandeln, Kampeln und Hafteln unter die Nase hielten, Spagat, Spangerln und Spiegerln — ja nicht einmal den kaiserlichen Doppeladler hatten sie mehr auf ihren Knöpfen, der die Kammerlehnerkinder so beeindruckt hatte.

Besonders manche Studierende, die sich ihre Ausbildung durch Bettelei an Haustüren verdienten, hatten es auf alleinstehende ältere Frauen abgesehen und verstanden es, ihr Mitgefühl zu wecken.

Erst vor zwei Tagen war es einem ordentlich aussehenden jungen Mann gelungen, sich Eingang in die Wohnung zu verschaffen und seine Papiere auf dem Tisch vor dem altdeutschen Büffet auszubreiten. Er sei von der »Unternehmung Kinderschutz«, sagte er. Schon war Crescentias Herz offen. Sicher trage auch sie ihr Scherflein bei, wenn minderbemittelten Großstadtkindern die Möglichkeit gegeben werde, sich einige Tage auf dem Land zu erholen. Er sei beauftragt, die Verschickung für den kommenden Sommer zusammenzustellen. Er gehe wohl in der Annahme nicht fehl, daß auch sie ihn — er zeigte eine lange Liste mit Unterschriften — in dieser verantwortungsvollen Tätigkeit unterstützen werde. Crescentia holte ihren Geldbeutel.

»Selbstverständlich soll Ihr Geld nicht umsonst ausgegeben sein!« versicherte der junge Mann. »Sie sollen dafür etwas bekommen. Wir von der Unternehmung Kinderschutz lassen Ihnen als Vergütung — nach der Höhe Ihrer Spende — ein halbes Jahr oder ein ganzes Jahr kostenlos die Zeitung ›MODERN UND FREI‹ ins Haus schicken. Das ist eine sehr ansprechende Zeitschrift und eine vorzügliche ...«

Der junge Mann war von ihr ruhig, aber bestimmt aus dem Haus gewiesen worden. Seitdem hatten die Studenten bei ihr »das Kraut ausgeschüttet«, wie sie zu sagen pflegte.

Und wieder — mitten in ihre neuerdings aufwallende Entrüstung hinein — klingelte es an der Wohnungstür. Selten war Crescentia mit der Zubereitung des Mittagessens so in Eile gewesen. Von der Kreuzkirche hatte es schon viertel vor zwölf geschlagen. Noch hielt sie das Reibeisen in der Hand. Sie ließ es klirrend in die Schüssel fallen und hastete zur Wohnungstür. »Es derf koa' Vormittag net umageh«, rief sie ihrer Nichte zu, die gerade aus der Schlafkammertür kam, »daß' dene Votreter net z'dumm is! Aber den wer i's amoi sagn!«

»Bleib du bei deiner Arwat«, bot sich Anastasia an, »laß mi an d'Tür!«

Da kam sie bei der alten Crescentia schlecht an: »Nix da! Jatz, wo i so sche' in da Wuat bi! An dee Tür ghört neamd was grad i! Und dees geht aa koan Menschn nix o', daß a Bsuach da is. Geh liaba-r-a d'Kuchl außi und höif ma Erdäpfi reibm!«

Wortlos ging Anastasia in die Küche. Ihre Tante Crescentia stapfte den finstern Gang entlang zur Wohnungstür und gönnte sich nicht einmal Zeit, vorher durchs Guckloch zu schauen. Sperrangelweit riß sie die Tür auf, bereit, allen angestauten Unmut, an dem sie zu zerplatzen drohte, loszuwerden.

Und wirklich stand ein Mann auf dem Fußabstreifer, den sie nicht kannte, in den Dreißigern, mit schwarzen Haaren, dunklen Augen und bläulichen Bartschatten. Ein gestrickter schwarzer Schlips trat aus seinem weißen Hemdkragen hervor. Er trug einen grauen Übergangsmantel und hielt seinen dunklen Hut, zusammen mit einer schwarzen Aktentasche, in der rechten Hand. Er sah wie ein Handelsvertreter aus.

»Was wolln S'n?« fauchte sie den Besucher an, »i han fei' koa' Zeit!!«

»Aber — hier ist doch die Wohnung von Herrn Johann Baptist Angermaier — oder nicht?« fragte der bereits eingeschüchterte Besucher.

»Was S'wolln, han i Eahna gfragt!« Leise traten diese Worte über die Lippen der Türhüterin. Es war wie die Stille vor dem Sturm. Der wäre losgebrochen, auch wenn die Antwort des fremden Mannes weniger herausfordernd ausgefallen wäre.

»Ich bin — ich bin hier wegen einer Kinder- oder Jugendarbeit, die ich im Auftrag...« weiter kam er nicht, denn ein Schwall von Beschimpfungen ergoß sich über sein Haupt: »Ja freili! Dees kenn i! Dees han i alls scho' dalebt!! Zeidunga mit solchane Weibsböider drauf! Jugendarwat mog er sagn! Schaama daat a mi!!« Die Tür fiel ins Schloß.

Der dunkel gekleidete Mann schüttelte den Kopf und machte sich auf den Rückweg. Durch die Haustür trat er auf die lärmende Gasse hinaus. Nach wenigen Schritten schwenkte er zum Haus zurück und kehrte in Johann Baptist Angermaiers Devotionalienhandlung ein. Er verharrte, mit dem Hut in der Hand, beim Eingang. Sein Blick schweifte hinauf: Zuoberst hing von der Decke, wie früher in Gemischtwarenhandlungen eine Kramerschlange, die Mutter Christi im Rosenkranz. Es war die Nachbildung eines heimischen Meisters, die von einem starken, in die Decke gedrehten Haken vor dem Sturz in den Laden bewahrt wurde.

Der dunkle Fremdling am Eingang fiel den Verkäufern — Angehörigen Johann Baptist Angermaiers — unter den Kunden zunächst nicht auf. Es waren keineswegs nur Landpfarrer, Kapläne und Präsiden von Kolpinghäusern, die sich eingefunden hatten. Hier traf sich zur vorösterlichen Zeit viel kaufwilliges Volk aus der kleinbürgerlichen Nachbarschaft.

Auf den dunklen Mann trat eine Verkäuferin zu und fragte ihn nach seinem Wunsch. In diesem Augenblick machte der lästige Zeitschriftenvertreter eine Wandlung zum Schriftsteller und Sprachforscher Michael Thaler durch. »Dees is aber nett!« Ein Leuchten ging über das Gesicht der jungen Verkäuferin. »Ich bin die Ursula. Wir sind ja nachher beim Essen zusammen. Kommen S' bittschön gleich hinter zu meinem Vater in sein Comptoir.«

Johann Baptist Angermaier sagte gerade seiner Sekretärin einen Brief an, als Thaler ins Büro trat. Angermaier sprang auf und drückte die Rechte des Besuchers überschwenglich mit beiden Händen. »Was für eine Freude, Herr Studienrat! — Darf ich Sie mit meiner ältesten Tochter Amalia bekannt machen?« und zu ihr: »Das ist der Verfasser der ›hebräischen Wurzeln‹!«

Sie legte den Bleistift auf ihren Papierblock und stand auf. Thaler, der ihr die Hand küßte, eine zarte Hand, mit schlanken weißen Fingern, sah im Aufblicken, daß ein sehr hübsches Frauenzimmer mit feinen Zügen vor ihm stand. Dieses Bild von einem Gesicht trat mit seinen glänzend braunen Augen aus dem Rahmen dunkler Haarflechten hervor, die zu zwei Schnecken über die Schläfen gelegt waren. An ein Gemälde aus Stielers Schönheitengalerie fühlte er sich erinnert, ohne behaupten zu wollen, daß dieses Frauengesicht übel ins Jahrhundert der Bagger und Baukräne passe.

Johann Baptist Angermaier und seine im Hintergrund über Bücher gebeugte Ehefrau wußten nicht, daß Anastasia unter ihrem Dach war. Sie ahnten es so wenig wie Thaler, den sie bei der Eröffnung der städtischen Bücherschau kennengelernt hatten.

Thaler verriet nichts vom allerneuesten Stück der Tante Crescentia, von seinem üblen Empfang an der Wohnungstür im ersten Stock. Nur so viel sagte er, daß er schon oben gewesen sei.

»Sie sind überpünktlich, Verehrter!« Der Devotionalienhändler zog seine Uhr aus der Westentasche, ein goldenes Erbstück von Johann Baptist Angermaier senior, und ließ den Deckel aufspringen. »Fünf oder zehn Minuten später wenn Sie gekommen wären, hätte ich Sie schon in meiner Wohnung empfangen können! Lang wird es ohnehin nicht mehr möglich sein«, fügte er vertraulich hinzu, »weil wir in der Karwoche nach Nymphenburg umziehen, in das frei gewordene Elternhaus meiner Frau, das im Grünen liegt. Ich bin den ewigen Lärm in der Herzogspitalgasse leid. Ich hoffe aber«, er bezog Amalia mit einem Blick ein, »daß Sie auch dann noch den Weg zu uns finden«.

In diesem Augenblick trat ein junger Mann ins Comptoir, von Kopf bis Fuß ein Ebenbild Johann Baptist Angermaiers, nur jünger. »Mein Sohn Peter! Verlagskaufmann und mutmaßlicher Geschäftsnachfolger. Seine Anwesenheit ist wichtig, wenn wir das geplante Buchvorhaben über die Jugendarbeit der Kirche besprechen.«

»Natürlich müßte man sich über einen zugkräftigen Titel einigen«, warf der Sohn ein.

»Freilich!« entgegnete der Vater. »Aber dazu ist bei einer guten Zigarre und einem Glas französischem Cognac immer noch Zeit.« Er zückte wieder seine Taschenuhr und ließ den Deckel aufschnappen. »Ich glaube, wir gehen zum Essen.« Erklärend wendete er sich an Thaler: »Wir schließen am Samstag um zwölf. Wir können dann gleich hinaufgehen. — Aber wollen Sie nicht Mantel und Hut ablegen?« Der höfliche Sohn half dem Besucher.

Langsam, während sich der Laden von den letzten Kunden leerte, sammelte sich die Familie um Johann Baptist Angermaier am Fuß der eisernen Wendelstiege. Auch beide Verkäuferinnen aus dem Laden, Ursula, die dem Besucher schon bekannt war, und Lisbeth, die das Telephon bediente, traten hinzu. Dann Christian, der jüngere Sohn, der mit seiner abgeschlossenen kaufmännischen Lehre Auslieferung und Versand betreute, sowie die elfjährige Gertraud, die während der Schulferien im Schriftlager half. Schließlich kam bei der hinteren Tür Andresel hereingestürmt, atemlos und nicht ohne Furcht, vom Spiel beim Nachbarbuben zu spät zu kommen. Morgen früh als Palmesel aufzuwachen war nicht so schlimm wie Saumseligkeit in der Mittagsstunde. Denn das Familienoberhaupt liebte außer dem Essen nichts so sehr wie Pünktlichkeit. So setzte sich der zehnköpfige Zug — unter Zurücklassung einer Putzfrau, die nicht zur Familie gehörte — klappernd auf der gußeisernen Wendeltreppe in Bewegung.

Das Erstaunen Crescentias, als sie in dem gewohnten Zug ihren schwarzen Vertreter entdeckte, grenzte ans Entsetzen. Aber der Beschimpfte, der in seinem dunklen Anzug einem Geistlichen ähnlich sah, bedachte die versteinerte Köchin mit einem milden Lächeln und einem Augenzwinkern des Einverständnisses. Dafür blieb sie ihm zeitlebens dankbar.

»Herr Studienrat Thaler ist unser Gast«, ließ Angermaier seine Haushälterin wissen. Diese konnte die Bemerkung nicht unterdrücken: »Dees han i gar net gwißt!«

»Na, na, na«, wendete Angermaier ein, »für ein zehntes Gedeck war an meiner Tafel immer noch Platz!« Damit hatte der Hausherr recht.

Nicht anders als alle Tage sprach man das Tischgebet, das Vaterunser und das Gegrüßet-seist-du-Maria. Dieses summende Geräusch mehrerer im Chor betender Menschen sollte bald nur noch montags bis freitags am Mittag in diesem Zimmer zu hören sein. Wer weiß, ob das Gebet nicht ganz aus diesem Haus verbannt wurde, wenn einmal der alte Angermaier nicht mehr lebte. Die betenden Lippen in den Nachbarhäusern waren längst verstummt.

Crescentia berichtete in der Küche draußen, während sie die fettäugige Panadelsuppe in eine Nymphenburger Terrine goß, ihrem Geschwisterkind vom Gast der Familie Angermaier. Aus Rede und Widerrede, aus Schilderung und Erinnerung enthüllte sich Thalers dunkle Gestalt. Als die alte Crescentia den letzten, schon beschädigten Teller aus einem zu

Ende gehenden Service mit dampfender Suppe auf den blanken Holztisch stellte, verriet Anastasia den wahren Grund ihres Kummers.

Die ins Vertrauen gezogene Alte gab nicht gleich Antwort. Mehrmals lief sie hin und her, um Braten und Soße, Knödel und Salat ins Speisezimmer zu tragen. Dann setzte sie sich endlich an den Küchentisch zu Anastasia, schlürfte selbst ein paar Löffel heiße Suppe und sagte wie nebenbei: »O mei', Stas! Schlag da do dees aus'n Kopf! Daß d'jatz du gar so houh außimuaßt?! Moa'st net aa, daß a söichana Mo' ebbs anders in Sinn hot?«

Anastasia erwiderte mit schamrotem Kopf, daß sie den Mann, der ihr so lieb sei, wiedersehen müsse. Aber wie?

Crescentia hörte nicht mehr auf Anastasias Worte. Sie, die sonst immer ein offenes Ohr für anderer Menschen Sorgen hatte, war zu tief in der eigenen Vergangenheit versunken. Auf der Netzhaut ihres Auges haften blieb der Käfig mit dem unaufhörlich trillernden Kanarienvogel und das leere Zifferblatt ihrer Küchenuhr, deren beide Zeiger in der Anrichtschublade zwischen Gabeln und Messern lagen. Die Uhr war dem dünnen Nagel in der Mauer zu schwer geworden; er hatte sie fallen lassen mitten in der letzten Föhnnacht. Nun waren Ziffern und Zeiger geschieden, bis der Uhrmacher sie wieder vereinigte.

Michael Thalers Anwesenheit in Johann Baptist Angermaiers Häusern war aus zweifachem Grund erwünscht. Die geschäftliche Seite, nämlich die vertragliche Bindung des Verfassers, hätte sich zur Not in den nüchternen Wänden des Comptoirs (wie Angermaier lieber statt Büro sagte) abwickeln lassen. Obwohl Angermaier auch in solchen Fällen den Dunstkreis seiner Wohnung vorzog. Da gab es jedoch noch einen besonderen Grund für das familiäre Zusammensein mit Thaler. Der Gedanke lag nicht fern und war Amalias sorgender Mutter schon bei der ersten Begegnung mit Thaler auf der städtischen Bücherschau gekommen, daß dieser umworbene Mann, im besten Alter und in sicherer Staatsstellung, von frommer Lebensart und gutem Aussehen, eine wünschenswerte Verbindung für ihre älteste Tochter sei.

Man hatte es eingerichtet, daß er am Tisch neben sie zu sitzen kam, und glaubte im Lauf des Gesprächs zu erkennen, daß ihm das nicht gleichgültig war. Freilich lobte er der Mutter ein wenig zu viel das Essen, an dessen Entstehung sie den geringsten Anteil hatte. Sie wußte auch nicht, worauf er hinaus wollte, als er sagte: »Schade, die Dienstmägde sterben aus...« In diesem Augenblick griff er zugleich mit seiner schönen Nachbarin nach dem Silberlöffel der Sauciere und bekam, da er vielleicht eine halbe Sekunde später dort anlangte, statt dem Löffelstiel Amalias weiße schlanke Hand zu fassen. Er behielt sie eine Weile in der seinen, solange jedenfalls, als er in ihre Augen blickte. Dann brachen beide in ein herzhaftes Gelächter aus.

Die Familie lachte mit und die Mutter am lautesten. Thaler wurde ein wenig verlegen, als fühle er sich bei etwas Verbotenem ertappt, was die Mutter mit Behutsamkeit übersah. Mehr als einmal gab sie mit ihren Augen einen Wink, das Paar nicht zu verwirren. Thaler bezog indessen das allgemeine Gelächter auf seinen Satz von den Dienstmägden. »Nein, nein!« bekräftigte er auch Amalia gegenüber, deren Brust vom Lachen noch bewegt war, »die Dienstmägde sterben wirklich aus! Daran ist nicht zu rütteln! Sagen Sie von Glück, wenn Sie noch eine haben! Vom Land draußen kommt nichts mehr nach. Wer will noch verzichten und entsagen? Wer will noch dienen? Wer will im Glücklichmachen glücklich sein?«

FRÜHE KINDHEIT

Fortsetzung von Crescentias Lebensgeschichte

Kunde von Dingen, die ausgesucht sind nach Alter, Zweck und Schönheit — warum die alte Notburga »Bötin« hieß — Kasperl Larifari — Abenteuer mit einem Kinderwagen — Phantasmagorien der Eifersucht — Dauerhaftigkeit der Dreschflegel, Brechmühlen, Mahlsteine und eines Backofens — Schafherden und Schottergruben — Wort um Wort wächst die Sprache — Tagträume und Nachtängste — Klöpfler und Frauenträgler — das verunglückte Weihnachtsmahl — die vererbte Kunst des Holzaufschichtens — verspätete Heimkehr, Versöhnung und Bettschlummer mit einem Hut auf dem Kopf

Lachen ließ es sich wohl über den Schreiner Sepp, der zwar ein Jahr jünger als der Bauer war, aber schon bald nach dem Sprießen des ersten Bartes ein leibhaftiger Hagestolz. Ein gutmütiger, wie man zugeben muß, die rosige Haut von Jahr zu Jahr tiefer in Falten gelegt, Haar und Habit immer dauerhafter mit Sägmehl angestaubt. Aber einholen konnte ihn das Lachen aus dem Munde der Kammerlehner nicht. Sie standen, der Bauer und seine Mutter, die Magd und der Knecht, auch die Patin Haselböck, am Etterzaun, genau so wie er sie im eiligen Davonkutschieren stehen gelassen hatte. Die Blicke schweiften ihm nach, bis er, unterhalb des dunstfernen Berghamer Kirchturms, ein kleiner Punkt nur noch, ins Holz eintauchte und verschwand.

Die Erziehung der kleinen Crescentia begann an ihrem ersten Lebenstag. Das Zeichen des Kreuzes, später so selbstverständlich, kam ihr vor der Taufe nicht zu; darum hauchte die Mutter, als die Kleine zum ersten Mal an ihre Seite gebettet wurde, auf die dunklen Druckstellen an der Nasenwurzel und an der Stirn einen Kuß. Liebe, das wußte sie, weckt Liebe und zur Güte erzieht Güte.

Im Schein der Petroleumlampe umhegten den Säugling viele Dinge, wie ausgesucht nach Alter, Zweck und Schönheit: Der Gewandkasten, die Kommode, der Waschtisch, der Spiegel, die

Stühle, das bunte Emaillebildnis vom alten Onkel Sepp, die vergilbte Hochzeitsphotographie, das Nachtkästlein. Auf dessen spiegelnder Platte drängten sich kleine Sachen: Die alte Heiligenlegende, die Gaben der Patin, unter denen das Wachsstöcklein besonders auffiel, die zartfärbige Nachbildung eines Gebetbuchs, mit umlaufendem Goldrand, mit appliziertem Wiesenblumenflor und römischem Kreuz. Auf die Rückseite war ein Bild des Jesuskindes geklebt: Mit bloßen Füßen trat es die Weltkugel, an der Brust seines knöchellangen Kleides zeigte es das Herz im Strahlenkranz. Dann der Kinderrosenkranz mit Filigranknöpfen vom Biburger Schmuckkünstler und vielfach geschliffenen Kugeln aus rotem Böhmerwaldglas, der Tauftaler, der eigentlich ein silbernes Fünfmarkstück war, Grundstock allen irdischen Vermögens, und endlich die Taufkerze, die während der heiligen Handlung gebrannt hatte.

Das erste Lebensjahr ist entscheidend für die künftigen Erschütterungen eines Lebens. Die Umwelt in der Stube, die Menschengruppe der engsten Umgebung, der traute Schürzenzipfel, das warme Nest, was ist es anderes als ein erweiterter Mutterleib, ohne den es für einen jungen Menschen kein Gedeihen gibt, kein Aufrichten der Glieder, keinen Gebrauch der Sprechwerkzeuge, kein sinnvolles Handeln?

Weniger Dinge bedarf ein Mensch, wenn er klein ist. Kaum nennenswert mehr braucht er, wenn er die Bühne der Welt betritt, als wenn er von ihr abgeht. Fließen Geburt und Tod nicht auch dann ineinander, wenn man ein Auge, das brechend auf jedem Ding dieser Erde zum letzten Mal weilt, mit einem anderen Auge vergleicht, das jedes Ding zum ersten Mal in seinen Grenzen faßt? Welcher Vorgang ist erhabener?

Zum ersten Mal faßte der Blick der kleinen Crescentia Gesponnenes und Gewebtes, erkannte sie ihr gestricktes Jäcklein und das baumwollene Hemd, das über der Windel zusammengeschlagen wurde, die bunten Buschen und Bänder ihres Vaters, die vor ihren Augen wirbelten. Lustig fand sie, daß am Habit des Prograders die Doppelreihe silberner Zwanzigkreuzerstücke funkelte. — Seit Jahr und Tag waren sie außer Kurs, aber mit dem Rock hatte er sie geerbt.

Während so die Liebe der Tochter zu Dingen und Kleinigkeiten wuchs, ging eine Betrübnis durch die Brust der Mutter. Das war der erste Schatten, der auf die helle Kinderlandschaft fiel. Wie oft suchte die Frau ihre Vermutungen als Hirngespinste, als Erzeugnis überreizter Nerven abzutun! Sie standen mit einer für abgedrängte Gedanken eigentümlichen Hartnäckigkeit immer wieder auf.

Wie es das Geschäft eines Hochzeitladers mit sich bringt, war ihr Gemahl nicht bloß am Tag der Hochzeit vom Morgenmahl bis zu den Ehrtänzen beim Wirt in Amt und Würden. Die Feiern, die sich wie ein bunter Kranz um die heilige Handlung legten, waren ein letzter Aufschwung und Ausklang. Allen Stolz setzte der Prograder darein, daß sich noch Kinder und Kindeskinder von der gelungenen Kopulierung erzählten, — aber seine Arbeit war von weiter her. Tage zuvor galt es, hügelauf und talab, im vollen Staat, in wohlgereimter Rede, die Ladung vor jeden Hof zu bringen. Da mußte die schwarze Anna oft froh sein, wenn sie in der Frühe ihren Sebast noch bei den Frackschößen angeln konnte und ihr Nachtgebet nicht neben einem verwaisten Bett sprechen mußte.

Kleinliches Mißtrauen widersprach den Grundsätzen ihres Glaubens, in dessen Namen Treueschwur gegen Treueschwur geleistet worden war und einer sich dem andern zum Eigentum gegeben hatte. Daß keine Liebe ohne Vertrauen gedeiht, wußte sie. Mein Gott, mein guter Gott, fragte sie sich immer wieder, wie soll ich Gewalt über meine Seele gewinnen, daß ich sie nicht der sündigen Eifersucht überlasse?

Noch fand sie nicht den Mut, ihrem Mann den Kummer ihrer Seele auszuschütten und ihn zu bitten, sie von dieser nicht ungefährlichen Krankheit zu heilen. Noch fürchtete sie, er könnte ihr das Schäbige solcher unbestimmten Verdächtigungen vorhalten. Sie schwieg und verschob die Aussprache bis zur nächsten Hochzeit mit den gefürchteten Ladegängen.

So kam der Namenstag der kleinen Crescentia. Aus diesem Anlaß machte der junge Bauer Martin Lechner vom Nachbarhof zum Weber seiner Schwester Anna eine Freude. Er brachte ihr, sorgsam in Seiden- und Zeitungspapier gewickelt, ein selbstgesponnenes und gewebtes blaues Leinenkleid mit reichlicher Überweite und eingenähtem Saum. Er tat es mit einem kurzen, scherzhaft an die unmündige Crescentia gerichteten Begleitbrief. Den gab er schlitzohrig für ein Erzeugnis des eben sechsjährigen Georg Zechmeister aus, des Sohnes einer Schwester seiner Frau. Der brave Berghamer Abc-Schütze war in

Ödgarten als gelegentlicher Spielgenoß des älteren Lechnersohnes Felix gern gesehen.

In der Stube, wo das Kind krabbelte, auch gelegentlich aufrecht an der Bank sich forthandelte, bis es über den Stiefelzieher des Vaters stolperte und schreiend auf den Boden plumpste, surrte in der Ecke das Spinnrad. Großmutter Notburga trat es an den Winterabenden mit nimmermüdem Fuß und legte die Ernte des Sommers Rocken um Rocken auf die Spule.

Kaum noch ein Mensch hatte die Alte beim Namen nennen gehört. Dem Ehepaar Anna und Sebastian war sie schlicht die »Muatta«, dem Enkel Sebastian die »Ahnl«. Kam von Bergham ein Besuch herüber oder vom Nachbarhof, hieß die Alte die »Bötin«. Das war so gekommen:

Als Austragbäuerin hatte man ihr die Aufzucht von Gänsen erlaubt und den Erlös zugebilligt. Nicht nach Bergham, wo sich beim Frauenmarkt und beim Mittefastenmarkt sieben oder acht Dutzend Stände der Kleider-, Stoff-, Woll-, Geschirr- und Zuckerwarenhändler drängten, sondern auf den Samstagsmarkt von Biburg stiefelte sie in den Wochen zwischen Kirchweih und Dreikönig mit zwei gefüllten Zögerern. Dabei verstand es sich, daß sie nach dem Spruch »Er hat si' in d'Ruah gsetzt und is a Bot worn« hin und wieder eine Nachricht übermittelte. Es waren Dienste, die sie für ein blankes Vergeltsgott leistete. Nun war im Alter ein gutes Gedächtnis nicht mehr ihre starke Seite. So konnte es vorkommen, daß sich auf ihren Botengängen eine Auskunft ins bare Gegenteil verkehrte. Man war froh, wenn sich meldenswerte Schulnoten, *drei Einser* des Lechnerbuben Felix, auf dem Weg zu seiner Tante Katharina, die sich Auer schrieb und einen Hof hart vor Biburg bewirtschaftete, nicht in *einen Dreier* verwandelten. Aber sonst gab es Verdrehungen und Verwechslungen genug. Es hatte seinen guten Grund, wenn man sagen hörte: »Du werst dir so a Bötin sei!« — Das halb spaßig, halb ernsthaft gemeinte Wort blieb an ihr hängen.

Den Kindern Sebastian und Crescentia war sie mit ihren blitzenden Augengläsern und ihrem hüftenbreiten, schwarzen Fürtuchschurz eine Erscheinung aus anderer Zeit. Da sie finster war wie in ewiger Trauer, stach ihr Haar weiß ab. Menschen, die wenige Jahre älter sind, wirken auf Kinder oft alt: Die »Bötin« war ihnen altersmäßig nicht mehr faßbar.

Kaum näher stand dem Kind Crescentia das Brüderlein Sebastian. Die Beziehung zu den Menschen war noch nicht geweckt. Als Wirklichkeit entdeckte sie die glänzende Schere der Störnähterin und die Glaskugel des Schusters, die wie eine durchscheinende Sonne in der Stube schwebte. Die Godin Haselböck kam dann mit schwankendem Haarknoten von Bergham herüber, wickelte zuckrige Zeltln aus dem Pergamentpapier und schnipste ihr beim Gehen einen Spritzer Weihwasser ins Gesicht.

Mit einem Besen, einem von denen, die der Vater im Winter stapelweis aus Birkenreisern und Weidengerten band, staubte Crescentia, als die Tage wieder wuchsen, durch Stube, Küche und Flöz. Das bekam der reihenweis in irdenen Weidlingen zum Stöckeln aufgestellten Milch nicht gut. Auch ein Flederwisch war ihr zum Staubaufwirbeln recht, wie man den Gansflügel nannte, der von der weißgefiederten Herde vor den Fenstern gespendet wurde.

Dann war da die Flöz mit ausgetretenem Ziegelpflaster, von dem die Schritte bis tief unter ihr Federbett hallten. Dieses Knarzen über die Stiege herunter, wenn das Kind sich den Morgenschlaf aus den Augen rieb, dieses barfüßige Tappen bis zur Stalltür und dieses helle Klappern der übergezogenen Holzschuhe... Kein Tag begann anders für den Knecht Anton und für Martha, die Magd. Crescentia wußte es. Stück um Stück entdeckte sie das Haus.

Über den Stubenboden irrende Flecken der steigenden Sonne, aus blitzenden Glaskrügen geworfene Spiegelungen, suchte sie mit spitzigem Mund wegzublasen oder wegzuscheuchen wie eine Fliege.

Eines Tages rüttelte sie mit ihren winzigen Fäusten am Fensterkreuz und am Eisengitter wie ein eingesessener Sträfling. Sie war dazu nicht aufs Fensterbrett gekrochen. Der Schattenriß nur, den die Sonne auf den Dielenboden malte, war das Opfer ihrer Wut. An solche Erfahrungen dachte sie noch nach Jahren gern zurück.

Diese Ausgeruhtheit der Welt! Der buntscheckige Kasperl, der seit Wochen über ihrem Arm hing, der mit ins Kinderbett mußte, spendete fast schon zu viel Glück. Was das Kind zum

Spielen brauchte, bildete ihm die schwellende Vorstellungskraft, bunte Bachkiesel, die der Vater von seinen Gängen mitgebracht hatte, Holzklötzel, Abfälle von der Schneidsäge und runde Flaschenstöpsel.

Nun wurde der graue Schleier des Winters von den Tagen genommen. Sie durfte ihre Nasenspitze aus dem Haus in das grelle Sonnenlicht strecken. Daß ihre Mutter beim Kirchgang ein schwarzseidenes Kopftuch mit abstehenden, knisternden Zipfeln trug, bemerkte sie erst, als ihr die stummeligen Zöpfe geflochten und mit rosa Maschen verknüpft wurden.

Je tiefer das Jahr in den Sommer ging, desto schmerzlicher sehnte sich die Mutter nach den Tagen zurück, als ihre Tochter so unsicher auf den Beinen war, daß sie, ohne bei der Hand gewiesen zu werden, keinen Fuß vor den anderen setzen konnte. Damals rutschte sie oft auf dem kleinen Flickteppich aus und segelte davon wie ein Moslim in Tausend und einer Nacht. Wenn sie nun allein und aufrecht ging, waren Vater und Mutter Zeugen ihres raschen Wachstums. Der zottigschwarze Hund Nero überragte sie wie ein urweltliches Fabeltier.

Mit dem Wachstuchkinderwagen, genannt »Chaisn«, rumpelte sie einmal über den Hof, daß der leere Spritzkrug mit Geschepper auf die Seite flog, rammte Pumpbrunnen und Kräutergartenzaun, faßte die Leiter unter, die am Schupfen lehnte, daß sie umkippte und auf den Odelwagen fiel. Die »Chaisn« ragte mit drehenden Rädern in die Luft und hatte ein fransiges Loch im Wachstuch davongetragen. Das Kind war unverletzt geblieben. Der schwarze Hund sprang aufgeregt im Kreis herum, soweit die Kette reichte, und bellte heiser.

Als sich die Mutter vom ersten Schreck erholt hatte, stellte sie die »Chaisn« sicher, die reichlicherem Kindersegen eine fahrbare Liegestatt bieten sollte. Im übrigen hatte sie nun ein wachsameres Auge auf die Kleine.

Das Kind entzog der Mutter mehr Kraft und Aufmerksamkeit als der Ehefrau lieb war. Sie wußte, wie lang die Wege des Hochzeitladers waren, wußte, daß ihr Mann zu vielfach in Anspruch genommen war, um noch von ihrer Neigung so viel für sich fordern zu können wie in der Hochzeitsnacht. Wer sagte ihr aber, daß sie sich nicht täuschte? Vielleicht wartete er noch immer auf innigere Beweise ihrer Gunst? Vielleicht war er so selbstsüchtig, die Belastungen der jungen Mutter zu verkennen? Vielleicht hatte er sich innerlich von ihr gelöst? Das schlechte Gewissen, vor lauter Mühen um das jüngste Kind den Ehemann zu vernachlässigen, ließ ihr keine Ruhe mehr. Wenn sie ihre Schuld auch überschätzte, genügte es nicht, daß die kleine Crescentia in ihren Augen vorübergehend weiter in den Vordergrund rückte als der Prograderbauer? Zwar war es bei weitem nicht so, daß ein Bild sich vor das andere geschoben hatte. Ihre Liebe zu Sebastian war nicht mehr lodernd wie beim Jungbräu, als er, mit schweißperlender Stirn, sie in der Runde drehte, aber einem ruhigen oder schläfrigen Gemütszustand war ihre Leidenschaft noch nicht gewichen. Ein wundersames und geheimnisvolles Gewebe aus Gewöhnung, Verzauberung, Begehren, Anhänglichkeit und Gütigsein erfüllte sie. Innige Gattenliebe hatte ihr wie eine ausdauernde Glut alle Herzensfibern ergriffen. Dieselbe Glut entfachte ihre alte Eifersucht, wenn sie den Gatten in Gedanken auf seinen Gängen begleitete.

Sie war sicher, ihm trauen zu können, aber ein häßlicher Schatten grub sich in ihre Seele, den sie als abstoßend empfand, dem sie sich aber von Tag zu Tag weniger erwehren konnte. Zu gern hätte sie gewußt, was er bei seinen langen Abwesenheiten erlebte. Wohl erzählte er von diesem und jenem Hof, wo er noch zukehren mußte. Aber welcher Mensch kann über jede Minute eines Tages Rechenschaft geben?

So verging auch diese Hochzeit. Wieder hatte sie den Kummer nicht ihrem Ehemann anvertraut. Sie hatte es zu ihrem Unglück nicht gewagt. Was anfangs gering wog, nahm allmählich Riesengestalt an. Daß sie mit ihm sprechen mußte, war sicher. Sie ahnte, daß in ihrer verwirrten Seele schon durch die bloße Öffnung zur Sprache augenblicklich Frieden einkehren konnte. Darum wartete sie auf eine günstige Gelegenheit, um — ohne ein Aufheben zu machen — Beruhigung und Trost zu erbitten.

Crescentia eroberte sich eine Welt, die ihr neu war. Unter dem Treidkasten stand in einem Holzverschlag die Brechmühle. Wenn man ihre mächtige Handkurbel umrieb, staubte mit Geklapper der oben eingefüllte Weizen grob gemahlen in den geräumigen Holzbehälter. Dieser Kiste wurde das geschrotete Mehl zum Füttern entnommen. Feineres Mehl lieferte der Müllner. Klares Bachwasser, das unterhalb des Ödgartens ins Tal, der Vils zu, rann, zwängte er in eine lange Holzrinne, daß es ihm donnernd auf das Schaufelrad schoß und seine Mahlsteine in Bewegung setzte. Gegenüber der Gred, wie man den Platz vor der Haustür nannte, öffnete der alte Backofen seinen Schlund, dem das begehrte Brot entquoll, braunglänzend, von Kümmel und Koriander übersät.

Wie die Welt gemacht war, das konnte sie überblicken und die Zusammenhänge durchschauen. Wenn ihr auch das gleichmäßige Dröhnen der Dreschflegel bereits wie Blut im Ohr gesaust war, konnte sie noch nicht ahnen, welcher harte Dreschwinter einem frohen Backsommer vorausging. Das zu erfahren stand ihr im kommenden Winter bevor. Der Vater oder der Knecht Anton arbeiteten ihm entgegen, wenn sie mit den Ackergäulen hinter dem handgeführten Sterzpflug Furche um Furche zogen, Bifang um Bifang warfen — so sagten sie, wenn die Erde zu einem Strang von beiden Seiten zusammenfiel.

Dann waren da die unverwechselbaren, dank bekräftigender Wiederholung erst Erinnerungen schaffenden Gerüche: Der Geruch der Blumen, der an Fülle und Schwere zunahm, je älter das Jahr wurde, der verblühte Flieder und der verwehte Rotdorn, der Liguster und der Jasmin, die Heckenrose an der Wand des Treidkastens, die Rumpelrose im Garten. Der Geruch des frischen Heus, der ihr das Niesen entlockte und ihrer Mutter den Zuruf: »Helf dir Gott!« Der Dunst der Kühe im Stall und der Duft des jungen Pferdes, des kleinen Heißls, der süßliche Geruch vom Acker heimkommender, dampfender Rosse und der Hauch von Schmalznudeln, der hinter Wochen saurer Arbeit durch das Haus zog.

Wenn es nach dem Kind gegangen wäre, hätte alles immer gleich bleiben müssen.

Über viele Dinge, die gern hätten bleiben wollen, täuschte sich die kleine Crescentia und nahm sie für die Welt in Bausch und Bogen. Niemand sagte ihr: Merk dir das nicht erst! Diese Dinge sind wie die meisten schon vom Wurm des Todes angefressen (v-e-r-m-o-u-l-u-wurmstichig), der köstliche Geruch des selbstgebackenen Brotes nicht nur, wie viele andere Gerüche, die meisten auf dem Bauernhof, die Töne, die Rufe auf dem Acker, die »Wüa!«, »Hot!«, »Wüstaha!« und »Brr!«, die nach tausend und mehr Jahren ermatteten, das Klingeln des

Geschirrs und das Wiehern der Stute gehörten dazu wie die
Töne aus dem Posthorn, die unverwechselbaren, silbrigen, die
der Kutscher auf der Landstraße von Bergham nach Biburg
zweimal am Tag herüberblies.

Wie viele Dinge sollte ihre Nichte Anastasia ein halbes Jahrhundert später nicht mehr vorfinden auf demselben Bauernhof! Immerhin stand noch die Vogelscheuche, wenn auch mit
anderer Pfoad (die sich langsam die Bezeichnung »Hemd« erkämpfte) und mit einem anderen durchlöcherten Chapeauclaque auf der Stange. Auch die Schafherden zogen noch blökend über kurzgeschorene Wiesen im herbstlichen Pelz. Und
die Schottergrube hinter der Holzlohwiese hatte sich tiefer in
den Feichtenbichl gegraben. Auch der Rost hatte sich tiefer in
das schmiedeiserne Kreuz auf dem Kiblberg gefressen, das
dort, steil aufwärts hinter dem Hof, zwischen zwei oder drei
Eschen, an der Stelle errichtet worden war, wo der Blitz einmal einen Bauern erschlagen hatte. Und die Michelikapelle
am Feldweg zwischen Kammerlehnerhof und Ödgarten, wo
Sebastian mit Anna Lechner vom Weber zusammengetroffen war, bot der kleinen Anastasia nicht anders als der kindlichen Crescentia ein willkommenes Versteck hinter dem holzgeschnitzten Erzengel, der allerdings — um die vierziger Jahre
— einer gipsernen Muttergottes Platz gemacht hatte. Man
mußte dazu ein mannshohes Gitter erklimmen, zwischen dem
sternenbesetzten blauen Plafond und einem Dutzend dolchscharfer Zaunspitzen den eingezogenen Bauch durchzwängen.

Wie grausam enttäuscht hätte Crescentia sein müssen, wenn
sie eines Abends wie alle Abende in der Kinderbettstatt eingeschlafen und nach einem Traum — Crescentia träumte stürmisch von Druden, Hexen und Gespenstern, von federsprühendem »Hennergfigat«, von juckenden Nasen (»Werst ebbs
Neis inna?«), von goldglänzenden Gansköniginnen und sprechenden Mauskatern — in der Gestalt Anastasias wieder aufgewacht wäre. So ungefähr mag es der Menschheit zumute
gewesen sein, als nicht mehr der Augenschein recht hatte, als
die Sonne sich nicht mehr um die Erde, sondern die Erde um
die Sonne drehte.

Flüchtig war auch eine andere Wirklichkeit geworden:
Der Abend, an dem die Himmelmutter in der Kammerlehnerstube Herberge fand. In einer Nische des Wohnhausgie-

bels stand die brokatgewandete Muttergottes hinter einer Glasscheibe, vor den Unbilden der Witterung geschützt. Für diese Muttergottes hielt Crescentia die bunt bemalte Holzfigur, die betende Nachbarn hereintrugen und auf den Stubentisch stellten. Auch das verstand sie nicht, daß dieses summende Beten kniender Menschen, die in mollige Mäntel gemummt waren, zur Erinnerung an die bethlehemitische Herbergssuche der Himmelmutter geschah. Was für eine selige Entdeckung auf sie wartete, auch das wußte Crescentia nicht, nämlich daß Maria zur Mutter des göttlichen Kindes erkoren war. Mochte das Glück unsagbar sein, daß Gott als Mensch wie alle Menschen lebte und litt — es war noch nicht das ganze Glück, das ihr der Glaube bescherte. Nicht nur Gott wurde ja Mensch, auch die Frau wurde Gottes Mutter! Die Gestalt der Mutter *so weit* Gott genähert zu haben, das war das größte Geschenk, das die Kirche für sie bereithielt. Es war ein Geschenk, das ihrem späteren, natürlichen Wunsch nach Mutterschaft die Tiefe einer Sehnsucht gab. Darum war dieser Abend, als das holzgeschnitzte Ebenbild der gottgebärenden Frau in der Stube unter betenden Menschen Herberge fand, ein Körnlein des Guten, das in die Brust des Kindes gelegt wurde.

Am nächsten Tag stand die brokatgekleidete Himmelmutter hinter der Glasscheibe in der Nische der Giebelwand, als hätte sie ihr kleines Haus nie verlassen. Das war nicht verwunderlich, denn sie hatte es wirklich nicht verlassen! Die wandernde Muttergottes wurde längst auf einem andern Hof im Gebet verehrt.

Am Morgen nach der Christnacht hatten auch die Kinder ihre Freude. Zwischen Tür und Fenster gab es in der Stubenecke einen Kasten mit hohem Aufsatz. Unter geschliffenem Glassturz, auf roten Samt gebettet, in starre Seide gekleidet, von Perlen und bunten Similisteinen besetzt, lag dort als zartes Wachsgebild der große Gott im kleinen Kind. Daneben, auf dem Fensterbrett, waren Kirschbaumzweige, die man am Sankt-Barbaratag geschnitten und in einen Steinkrug mit Wasser gesteckt hatte, von frisch aufgebrochenen Blüten übersät. Als der Vater seine Tochter auf den Arm nahm, um ihr die Herrlichkeit des Jesuskindes aus der Nähe zu zeigen, glaubte sie, daß die »Wurzel Jesse«, von der sie in diesen Tagen wiederholt gehört hatte, nichts anderes als die Wurzel der weißblühenden Kirschzweige sein könne. Mag sein, daß ihr eine solche Gedankenverbindung erst im kommenden Jahr glückte. Dieses Hochgehobenwerden und dieser erste Blick auf den neugeborenen Heiland aus bossiertem Wachs hatte den entscheidenden Anstoß dazu gegeben. —

Beim weihnachtlichen Mittagsmahl war der ledige Schreiner Sepp, der in Kammerlehen geboren und aufgewachsen war, regelmäßiger Gast. Begnügte man sich morgens und abends, bei Milchsuppe oder Zwetschgentauch, mit einer gemeinsamen Schüssel aus Ton, die von einem Kranz knuspriger Rohrnudeln oder roggener Schuxen umgeben war, so kam bei gesottenem Fleisch oder Schweinsbraten mit Teigknödeln kein Tischplatz ohne zinnernen Teller aus. An hohen Festen, wie zu Weihnachten, wurden die bunten Steingutteller aus dem Schüsselkorb genommen, die dem Bauern ans Herz gewachsen waren, weil sie von seinem Urgroßvater stammten, der auch schon für einen guten Prograder gegolten hatte.

In der Entwicklung eines Kindes gibt es verschiedene Abschnitte. Crescentias Mutter war in keiner so günstigen Seelenverfassung, daß sie ihr Verhalten den wetterwendischen Launen des Kindes anpassen konnte. In dieser Zeit beginnender Selbständigkeit wußte Crescentia auf jede Frage eine Verneinung. Zuerst wollte das störrische Kind zum Ärger des Vaters keinen Knödel mit Soße über die Lippen bringen, von dem es sonst nie genug bekam, dann verlangte es nach einem Apfelspaitel. Als die Mutter ihm Kalbfleisch in feine Streifen schnitt, wischte das Kind seinen bunten Teller mit einem wütenden Handstreich vom Tisch, daß er auf dem Boden klirrend in Scherben sprang.

Die Mutter verlor die Fassung und schlug das Kind auf die Hand, daß es schrie. Den Vater litt es nicht mehr an seinem Platz. Die Bank fiel um. Ein allgemeiner Aufruhr war die Folge. Auch der bisher unbeteiligte kleine Sohn begann zu weinen. Um einiges verspätet und um so ausgiebiger brüllte der Bauer: »Dees is ja aus da Weis! Dees is ja aus der Weis!!«

Die Mutter, der ihre Unbeherrschtheit leid tat, nahm die schluchzende Crescentia in Schutz und bedachte ihren Gatten mit einem vorwurfsvollen Blick: »Muaßt d' denn gar a so schrei?!«

»Ehnder scho' wia net!« brüllte der Bauer. Und weil er sah, daß ihm seine Frau das undankbare Geschäft des Zurechtweisens überließ, packte ihn erst recht der Zorn. Worte, wie er sie, immer schnell oben hinaus, in den Mund nahm, taten seinem Weib weh. Schon geraume Zeit fühlte sie sich wieder in der Hoffnung und war von geschärfter Empfindsamkeit. »Schee' schlampert macht wampert!« schrie der Bauer. »Und so zügelt ma schlechte Menscha her!!«

Das tränenüberströmte Kind streckte seine Hände zur Mutter aus. Die nahm es auf den Schoß und fühlte sich von zitternden Armen umklammert. «Jatz host as voschmoocht!«

Der Vater geriet noch mehr in Wut: »I? Voschmoocht? — Und sie hat ebbs kaputt gmocht!« Als die Kleine sich bei ihrer Mutter verkroch und den Kopf an ihren hohen Leib schmiegte, schrie er weiter: »Ja, tua di no zuridrucka! Und i soill mi um dee Scherbm da bucka!!«

Gottlob lachte kein Mensch über diesen Prograder, dem in einer unglücklichen Sekunde das Reimen auskam, und verbiß sich auch der Schreiner Sepp den Ausruf: »Di hot's ja vom Boa' weg«, der ihm auf der Zunge lag. Im Gegenteil, gerade rechtzeitig huschte ihm die Erinnerung an einen Marktschreierspruch durch den Kopf, den der alte Onkel Sepp, dessen buntes Biedermeierbildnis in der Schlafkammer hing, auf seinen Wanderungen aufgeschnappt hatte. Die zugehörige heisere Marktschreierstimme stand dem Schreiner ohne Verstellungskünste zu Gebot. Er erhob sich von der Bank und schuf in der Stube augenblicklich Ruhe:

»Ös khommt vor:
Därr Mann khommt bäsoffen nachhaus,
Fällt met därr Haustür dorch dä Stubtür,
Schmoißthalles kapott.
Da mag zärbrochen sein:
Oin Pfoif, oin Tassbeschläg,
Steingut, Alabaströrr, Marrmuhr —
Die Frau gäht hin, käuft oine Stange Kitt,
Machthalles wieder hoil!«

In der wiedergewonnenen Fröhlichkeit fiel jetzt erst auf, daß die kleine Crescentia beim Versuch, die verschuldeten Scherben heimlich zu beseitigen, sich an den Fingern verletzt hatte. Eifrig trug sie die Scherben in die Küche hinaus. Erst als die Mutter mit Schaufel und Flederwisch zu hantieren begann, zeigte sich das Unglück. »Wehweh« klagte das Kind, streckte der Mutter die verletzte Hand hin und verlangte, auf die Wunde, der hellrote Blutstropfen entquollen, geblasen zu bekommen. Die Mutter klebte ihr zwei Streifen Heftpflaster darauf.

Nachts beim Zubettgehen hielt sie die geheftpflasterte Hand in die Höhe und rief mitleidheischend: »Wehweh!« Immer wieder: »Wehweh«! Da sagte die Mutter ein Wort, das die Tochter zum ersten Mal hörte, das später öfter fiel, aber nicht oft genug, daß sie nicht jedes Mal an dieses Zubettgehen mit der geheftpflasterten Hand zurückdenken mußte: »Bis d' heiratst, is's vorbei.« Da war es gesagt, das Wort, das spätere Erzählungen der Mutter auf den zweiten Weihnachtsabend ihres Lebens legten. Da war es heraußen, das Wort, das eine neue Erinnerung und eine neue, unbestimmte Erwartung in ihr Leben einführte: »Bis d'heiratst, is's vorbei«.

Der Vater war wieder auf Ladegängen unterwegs. Eine Hochzeit im Fasching sollte es werden. In den frühen Auswärts hatte man sie gelegt, aber noch vor den Anbruch der Fastenzeit.

Die Eifersucht der jungen Bäuerin auf etwas Fernes, Unbekanntes hatte ihren Höhepunkt erreicht. Tag für Tag war sie in Gedanken bei ihrem Mann, aber auf eine falsche, krampfhafte Weise, von der sie wußte, daß sie keinen Segen brachte. Dazu kam eine durch ihren körperlichen Zustand bedingte Empfindlichkeit. Genug, sie nahm sich von einem Tag auf den anderen vor, mit ihm zu reden. Aber sei es, daß einfach nur die geeignete Gelegenheit fehlte, sei es, daß sie vor sich selbst Scham fühlte: sie hätte auch diesmal wieder ihren Mund nicht aufgebracht, es wäre auch diesmal wieder zu keiner Aussprache gekommen, wenn ihr nicht ein unvorhergesehener Umstand zum ersehnten und gefürchteten Gespräch verholfen hätte.

Der Bauer hatte für einen wolkenlosen Nachmittag, als die ersten Märzlüfte über die Äcker strichen, seine Arbeit am neuen Holzstoß vorgesehen. Berge frisch geklobener Küchen- und Kachelofenscheiter lagen um den Hackstock. Sie sollten als zweieinhalb bis drei Meter hoher Turm zum Trocknen aufgeschichtet werden. Es war eine eigene Kunst, von innen nach außen, von unten nach oben, gehörig verzahnt und haltbar wie ein Maurergewölbe, den gewaltigen Bienenkorb zu errrichten, eine Kunst, die niemand besser als der Bauer verstand. Er konnte sie allerdings nicht allein ausüben, sondern brauchte immer einen Handlanger. So schön und nach uraltem Gesetze standen die hohen Holzstöße im Gras, daß es die Geschwister des Bauern, als sie noch Kinder waren, kaum übers Herz brachten, sie kurzerhand im Herbst einzureißen und Schicht für Schicht, unter Aufdeckung manchen Wespennestes und scharweiser Austreibung der Ohrenhöhler, mit Schubkarren, Radltrage und Leiterwagen, in die Holzlege zu verfrachten.

Ein solcher Holzstoß sollte wieder errichtet werden. Zu dieser Arbeit wollte Sebastian am frühen Nachmittag heimkommen, um die Zeit bis zum Sonnenuntergang nützen zu können. Wer aber um eins und um zwei nicht kam, das war Sebastian. Vom Berghamer Kirchturm schlug es drei und vier herüber, doch der Bauer kehrte nicht heim.

Neben dem Handlanger Anton, dem Knecht, wartete noch jemand anderes, mit Schmerzen, auf die Rückkunft des Bauern. So unbegründet Annas Verdacht sein mochte: die auffällige Säumigkeit eines für Ordnung und Pünktlichkeit zuständigen Hochzeitladers nährte ihn weiter. Das Bild des haarnadelborstigen Hausdrachens, der mit rücklings verborgenem Nudelwalker seinen heimkehrenden Stammtischhokker einem hochnotpeinlichen Verhör unterzieht, — weniges gab es, das ihr abstoßender erschienen wäre. Dennoch fühlte sie sich wider Willen in diese Rolle gedrängt.

Nach Stunden der Qual, die zuletzt in Angst für das Wohlergehen des Gemahls umschlug, als der letzte rote Sonnenrest im Strahlenkranz hinter dem Frauenholz versank, zog der Bauer, vom Winseln des Hundes begrüßt, das Zaungatter hinter sich zu und trat in die Stube. Er nickte und nahm den Hut vom Kopf.

Noch immer hielt die Bäuerin sich zurück, als sie, ein wenig schüchtern, fragte, warum er ihr solche Sorgen gemacht habe — — und wo er denn gewesen sei.

Der Bauer gab eine ausweichende Antwort, so daß ihn die Frau, noch immer ruhig, aber mit mehr Festigkeit in der Stimme fragte, wo er gewesen sei. Der Bauer schwieg völlig, drückte mit dieser und jener Andeutung herum, zog sich mit der Vertröstung aus der Klemme, daß er es ihr noch nicht sagen wolle.

Die Angesprochene nahm sich keine Zeit mehr, in den Gesichtszügen ihres Mannes zu forschen, der sich auf die Ofenbank niedergesetzt hatte und die Stiefel von den Beinen streifte, sonst hätte sie vielleicht ein feines Zucken der Verschmitztheit um seine Mundwinkel spielen sehen. Der Augenblick des Überquellens eines randvollgelaufenen Gefäßes war gekommen. Was Wochen früher leicht hätte abgemessen werden können, ließ sich nun nicht mehr eindämmen. Ein Schwall rauher Worte sprudelte über ihre Lippen, weit heftiger, als sie es beabsichtigt hatte. Im Schreien erschrak sie über sich selbst.

Die alte Bötin rauschte aus der Küche hervor, zerrte die Enkelkinder hinter den Herd und schloß die scheppernde Tür. Die erregte Stimme der Mutter drang aber nicht nur durch Mauer und Stein, sondern erst recht durch die Klimsen der Küchentür.

Der Bauer schaute sein Weib mit großen Augen an und hielt lange Zeit einen Stiefel, den er ausgezogen hatte, in der Hand. Der Hut war ihm auf den Fußboden gefallen. Als sie geendet hatte, brach sie schluchzend auf die Eckbank nieder und ließ den Kopf auf die Tischplatte fallen. In den Mann auf der Ofenbank kam langsam wieder Leben. Er legte den Stiefel weg, schlüpfte in die Pantoffeln, stand auf und trat neben seine weinende Frau. Sie sah nicht, daß er da war, aber sie fühlte seine Nähe, und als sie seine Hand über ihre Haare streichen spürte, immer wieder und unendlich sanft, hatte sie die Empfindung, daß ihr nichts geschehen konnte.

Die große Erleichterung, die sie nach dem Redefluß fühlte, die Linderung, die ihr die Tränen gewährten, die Nähe des Mannes und der sanfte Druck seiner Hand, — das alles machte, daß seine Worte einen gut bereiteten Boden fanden.

»Wenn ich es nicht sagen wollte, wo ich war«, sprach er ruhig, »so hatte es nur einen einzigen Grund, nämlich daß ich bis morgen damit warten wollte. Ich sehe ein, daß ich dich nicht bis morgen auf die Folter spannen kann. So sag ich es dir schon heute. Niemand anderer als der nachlässige Silberschmied von Biburg ist schuld daran, daß ich mich verspätet habe. Er hatte meinen Auftrag nicht ausgeführt. Die bestellte Arbeit war nicht angerührt, und ich konnte ihm nicht eher aus der Werkstatt gehen, bis er mir das da mitgegeben hatte.«

Durch den zerreißenden Tränenschleier sah Anna auf der breiten Handfläche ihres Mannes eine Brosche aus durchbrochenem Silberfiligran liegen. Morgen (sie wäre kein liebendes Weib gewesen, wenn ihr das nicht sofort eingefallen wäre) morgen war der Tag, an dem sie vor vier Jahren in der Berghamer Dreifaltigkeitskirche geheiratet hatten. Daß er auf so überraschende Weise daran gedacht hatte, ließ erneut den Strom ihrer Tränen fließen. Aufschluchzend barg sie den Kopf an seiner Brust und bat ihn um Verzeihung.

Er zog sie halb zu sich herauf, halb beugte er sich zu ihr nieder und drückte einen Kuß auf ihre salzigen Lippen. Dann steckte er ihr die Silberzier an den Halsbund der weißen Bluse und flüsterte ihr ins Ohr: »Daloadn muaßt d' da d' Freid, süst hot s' di fredi greit.«

Vielleicht wollte er sie seiner doppelten Aufmerksamkeit versichern, zumal eine Frau, die das Leben und den Tod unter ihrem Herzen trägt, noch innigerer Liebe als sonst bedarf.

Auch Crescentia glaubte jetzt begriffen zu haben, was das Weh sei. Auf der Tischplatte im Herrgottswinkel entdeckte sie ein rötlichdunkles Astloch, deutete mit spitzem Finger darauf und rief: »Wehweh!« Den Tisch meinte sie, als sie klagte: »Tisch, wehweh!« Und nicht eher gab sie Ruhe, bis ihre Mutter dem Tisch sein Wehweh — wie einst ihr selbst — kreuzweise geheftpflastert hatte.

In den kommenden Tagen war die Hebamme Baldauf im Haus, diesmal rechtzeitig genug, um die Bäuerin von einem gesunden Mädchen zu entbinden.

Das wußte Crescentia noch nicht, wie lieb sie diesen kleinen Menschen, der in Bergham schon am nächsten Tag auf den Namen Anna getauft wurde und nun wimmernd in der großen Wiege lag, einmal gewinnen sollte. Der künftige Hoferbe schlief über ihrem Kopf in der Kammer der alten Bötin. Sie war mit ihrer Schwester allein in der elterlichen Bettkammer.

Der Hut des Vaters — der im entscheidenden Augenblick auf den Boden gefallene — war ihr zu einem festen Begriff geworden. Seit die Mutter zum Scherz einmal sich das nächstbeste Stoffstück, ein weißes Kinderhemd, auf den Kopf gesetzt und dazu »Hut« gesagt hatte, konnte sie nicht mehr einschlafen, ohne selbst ein solches Kinderhemd auf den Kopf gestülpt zu bekommen. Wenn sich die Mutter mit der Petroleumlampe aus der Schlafkammer stehlen wollte, rief die kleine Crescentia: »Hut!« Schnell mußte die Mutter ihr das weiße Kinderhemd auf den Kopf legen. Erst dann — im wahrsten Sinn des Wortes behütet — sank sie mit zufriedenem Lächeln in die wohltuende Dunkelheit zurück.

BEGEGNUNGEN

Siebenundsechzig Jahre später in der Herzogspitalgasse

Der Devotionalienhändler oder Eine Villa von Emanuel Seidl — Amalia Angermaier oder Der Spaziergang im Nymphenburger Schloßpark — Michael Thaler oder Notwendige Unterhaltungen über Fragen des Gottesdienstes — Anastasia Weilbuchner oder Vom Trübsalblasen in der Eisenbahn — Crescentia Weilbuchner oder Drei Dutzend Kammerlehner in der Herzogspitalgasse — Die Erinnerung oder Begegnungen in der Silvesternacht

> Die Seele schirmend, den zarten Gottessamen,
> mögt ihr, o Heilige, nie verwelken! Amen! Amen!
>
> Richard Billinger

Geht es um Schilderungen, um Abbilder einer Welt, oder nicht vielmehr um die Lust, eine Welt zu erschaffen? Fortzudichten an dem ewig schönen Menschenbilde, das ohne Götterbilder nicht sein kann, und die Fälle auszuwittern, wo die große Seele noch möglich ist? Ja sogar die vom Neid ersehnte Zukunft bauen zu helfen?

Der Devotionalienhändler

Das Nymphenburger Haus Johann Baptist Angermaiers stand am Ende der nördlichen Auffahrtsallee, hart vor ihrer Öffnung ins Schloßrondell.

Der Großvater seiner Frau — einer geborenen Elisabeth Engasser — hatte es nach Plänen Emanuel Seidls im Jahr 1903 bauen lassen. Von der Straße gab es eine Zufahrt, nach hinten stieß das Grundstück an einen der Pavillons aus dem achtzehnten Jahrhundert, die in einem riesigen, gegen die Ferne verschwimmenden Halbzirkel den Wasserspiegel umstanden.

Eine solche Umgebung und die eben erlassene Staffelbauordnung der Haupt- und Residenzstadt hatten dem Baumeister Pflichten auferlegt. Trotzdem war ihm eine jener gediegenen Villen der Prinzregentenzeit gelungen, mit einer Durchfahrt für Equipagen, mit Vestibül, Halle und Speisezimmer zu ebener Erde, mit Terrasse, Frühstückszimmer, Damensalon, Musikzimmer, Bibliothek, Herrenzimmer und Kinderspielzimmer im ersten Stock, mit verschiedenen Schlafgemächern im Dachgeschoß darüber.

Das klingt Gott weiß wie herrschaftlich und auftrumpfend. Es konnte aber von Prunk nicht die Rede sein, denn das Haus bot schon seit Jahrzehnten ein Bild des Verfalls.

Ein kleines Vermögen hatte die Instandsetzung und Anbequemung des Hauses an neuzeitliche Lebensbedürfnisse verschlungen, als die Familie Angermaier sich Ende April ans Übersiedeln machte.

Da außer dem werktäglichen Mittagessen alles gesellschaftliche Leben in die neue Behausung verlegt worden war, hatten sich in Kisten und Koffern nicht nur Frack und Flaus, Bilderrahmen und Rauschgoldengel, sondern auch edles Tafelgeschirr, darunter die Suppenterrine aus Nymphenburger Porzellan, auf die Reise gemacht. Mit dröhnender Stimme sagte Johann Baptist Angermaier: »Die Nymphenburger Terrine ist nach Nymphenburg heimgekehrt!« In der Tat war die weltberühmte Manufaktur keine dreihundert Schritte entfernt. Die neugotischen Bierkrüge waren mit dem altdeutschen Büffet, auf dem sie standen, und einigen dunklen Möbeln aus dem Herrenzimmer des seligen Johann Baptist Angermaier in der Herzogspitalgasse verblieben. Der Devotionalienhändler wußte, daß sie sich der Wertschätzung seiner Frau nicht erfreuten.

Was eine Hausfrau leisten muß, begann er einzusehen, als man keine Crescentia mehr um die Wege hatte und keine erschwingliche Hilfe für den Nymphenburger Haushalt auftreiben konnte.

Angefangen bei der Bestellung der Blumenbeete, aufgehört beim Säubern der Zimmer, angefangen beim Einkauf in den umliegenden Kolonialwarenhandlungen, aufgehört bei der allmählich wieder gewohnteren Ausübung der Kochkunst, angefangen bei der Kindererziehung, aufgehört bei der Bewirtung abendlicher Gäste — alles in allem war es ein Geschäft, so rund und bunt, daß jede zusätzliche Arbeit außer Haus zu seiner Vernachlässigung geführt hätte. Ursache genug, daß in der Herzogspitalgasse nun ein Buchhalter eingestellt wurde.

So geordnet sich Angermaiers Lebensverhältnisse darstellten, traten die Schattenseiten seines Umzugs bald zutage. — War alles im schönsten Lot, wenn ein Hackenviertler in Nymphenburg wohnte? Auf dem Grund seiner Seele fühlte er das Ungehörige dieser Entwurzelung. Wie es die Kreuzviertler und Graggenauer hielten, war ihm gleichgültig, denn er gehörte nicht zur Frauenpfarrei. Als geschichtlich denkender Mensch wußte er, daß »seine« Pfarrei Sankt Peter hieß. In diesem Zusammenhang fiel ihm ein Wort des Abtes Hugo Lang von Andechs und Sankt Bonifaz ein, der auf das Geständnis eines Bürgers vom Rindermarkt, »keineswegs gut katholisch zu sein«, geantwortet hatte: »Wer da wohnt unterm Alten Peter, a weng katholisch is da a jeder!« Konnte man das auch von einem Nymphenburger Villenbesitzer behaupten, der im Bannkreis des Schlosses wohnte, wo der hauptstädtische Magistrat zu Anfang des letzten Jahrhunderts vor dem König kniefällig werden mußte, weil er einem lutherischen Weingastgeb das Bürgerrecht verweigert hatte?

Johann Baptist Angermaier hatte guten Grund zur Klage, wenn er sich allabendlich, rechtschaffen abgespannt vom Tagwerk, mit seinem alten Kraftwagen, den der Sohn Peter nicht »standesgemäß« fand, in das mörderische Verkehrsgewühl am Stachus stürzte. Wenn er, zum Umfallen erschöpft, an seiner Gartentür anlangte, zu einer Abendstunde, die ihn früher, nach längst genossenem Nachtmahl, bei geruhsamem Lesestoff und einem Glas Würzburger Stein auf das Kanapee hingestreckt fand. Oder wenn er sich, des Autofahrens überdrüssig, mit Peter, Amalia, Lisbeth, Christian und Ursula in die überfüllte Trambahn zwängte und, manchen Mantelknopfes ledig, später heimkam als zuvor.

Schließlich das Haus selbst oder vielmehr, was sich das Baugeschäft bei den Erneuerungsarbeiten geleistet hatte! Oft rief der geprellte Angermaier: »Das ist ein Scheyrer Kreuz! Nämlich ein doppeltes!«

Die getäfelten Fußböden, die sehr schadhaft waren, konnten nicht mehr gerettet werden. Der Baumeister überredete

Angermaier, bloß im Musikzimmer und im Herrensalon bei den getäfelten Böden zu bleiben, in allen übrigen Zimmern aber Kunststoffbeläge zu wählen, die nicht nur billiger, sondern auch haltbarer und leichter zu pflegen seien. Bei den Fenstern war es ähnlich. Gut, die Fensterstöcke und Sprossen waren verfault; sie mußten erneuert werden. Daß die alte Unterteilung der Fenster nicht beibehalten werden konnte, darüber war man sich einig. Dann begann jedoch das Mißverständnis. Angermaier bildete sich ein, daß die Fenster künftig mit einer einfachen Kreuzsprosse gegliedert werden sollten, der wackere Bauunternehmer stellte sich aber die zeitüblichen sprossenlosen Riesenscheiben vor und baute sie ein. Als Angermaier zur nächsten Besichtigung kam, war das Unheil schon geschehen. Weil er ein friedliebender Mensch war, ließ er den Schaden auf sich beruhen — und mußte gleich die nächste Enttäuschung hinnehmen. Sie betraf die Zimmertüren. Die alten waren zersprungen und schlossen schlecht. Was aber der Schreiner als Ersatz in die Angeln hängte, wurde für Johann Baptist Angermaier zu einer Quelle steten Ärgers: Es waren die — wiederum zeitüblichen — Sperrholzplatten, weiß wie die gekalkte Wand und spiegelglatt lackiert. Wohin war das matte Braun der Eiche gekommen, wohin hatten sich die Felder mit ihren Vertiefungen und Erhebungen verflüchtigt? Wie sollten von dieser Glätte die Striche der Kreide sich abheben, statt abzugleiten? Mit einem Wort: Am Dreikönigstag mußte Angermaier die Enttäuschung erleben, daß es mit den Kreidebuchstaben K + M + B, die er aufs obere Band jeder Tür zu schreiben pflegte, vorbei war. Wie traurig ist es, dachte er unter mühsam verhaltenen Tränen, daß man weitum in dieser Hauptstadt der Frömmigkeit nichts mehr von den heiligen Königen Kaspar, Melchior und Balthasar, nichts mehr von einem geweihten Rauch und einer geweihten Kreide hält! Fiel dem Hackenviertler die Aufgeklärtheit seiner Zeitgenossen erst auf, seit er der Nymphenburger Fremde ausgesetzt war?

So viel hatte sich jedenfalls herausgestellt, daß die Kunststoffböden keine Ersparnis brachten, weil der Hausherr sie lieber früher als später loswerden wollte. Die als fortschrittlich gepriesenen Platten hatten sich als ungemütlich und ungastlich herausgestellt. Auf ihrer glatten Härte war schon mehr als eines der guten Geschirrstücke in Scherben zersprungen, schon mehr als eines der Angermaierkinder zu Schaden gekommen. Weit gefährlicher ließen sich die einteiligen Kippfenster an, die in geöffnetem Zustand bis in die Zimmermitte hereinragten und — von einem schnellen Wind bewegt — erbarmungslos auf Körper und Köpfe schlugen.

Als der biedere Baumeister das gründlich umgekrempelte Haus, wie er sich ausdrückte, »schlüsselfertig« übergab, verstieg er sich zu einem Lob, das dem Besitzer ein säuerliches Lächeln entlockte: »Schee' is's wordn, göi? Fast wia'ra nei's . . .« Und, als hätte ihn diese Äußerung zu mehr ermutigt, wagte er einen Vorschlag, der weit über alle bisherigen Umbaumaßnahmen hinausging: Die Zwischenmauern in den Stockwerken sollte man bei nächster Gelegenheit herausreißen, meinte er. Wohnen, essen und lesen — verschiedenartige Tätigkeiten sollten im selben freien Raum möglich sein. Mit dem Aufbrechen der Fenster sei es noch nicht getan, auch das »Raumerlebnis« — so gewunden drückte er sich aus — müsse offen sein.

Sonst noch etwas! dachte Johann Baptist Angermaier, hütete sich aber, seine Meinung zu sagen, denn er war es langsam leid, als altmodisch zu gelten. — Mir reicht es, daß man hinter diesen leeren Glasscheiben wie auf einem Präsentierteller sitzt! Soll ich mich etwa auf den stillen Ort verkriechen, wenn mich einmal die Lust ankommt, mit meinem Schneuztuch in der Nase zu bohren? Oder soll gar der bewußte kleine Ort ein rundum sichtbares Raumerlebnis werden?

Amalia Angermaier

Gern wäre die gewissenhafte Mitarbeiterin im »Comptoir« an der Herzogspitalgasse eine Bauerntochter gewesen. Von diesem Gefühl war sie zwar nicht beschlichen worden, als ihr die junge Kammerlehnerin Anastasia, die alljährliche Überbringerin der niederbayerischen Gans, zum ersten Mal auf dem dämmerigen Gang vor der Kammer der Haushälterin Crescentia über den Weg gelaufen war. Aber die Begegnung mit Michael Thaler hatte diesen Wunsch in ihr keimen lassen. Unwillkürlich schien ihr die lichthaarige Bauerntochter besser neben den schwarzen Thalheimer Bauernsohn zu passen. Seitdem empfand sie ihre städtische Erziehung, ihre städtische Gefühlswelt als Mangel. Sogar ihre Vorstellung von der Stadt und ihre Verklärung des Landes waren städtisch. Gewiß war sie darin anders als andere Städter, anders als ihre Eltern und Geschwister, denen das städtische Vaterhaus nicht nur keine Bedenken machte, sondern zu gesteigertem Selbstbewußtsein verhalf. Sie war ihrer Wirkung auf andere unsicher und erkannte, daß sie nur deshalb gern eine Bauerntochter gewesen wäre, um Michael Thaler besser zu gefallen.

Lebhaftes Ungenügen an ihrer Umwelt hatte sie früh den Fluchtweg aus Zaghaftigkeit und Daseinsangst suchen lassen. Jeden Anflug eines Dünkels der vornehmen Geburt hatte sie mit tätigem Christentum vertauscht. Getreu ihrem Vorsatz war sie zwei Jahre lang Lernschwester im Schwabinger Kinderspital gewesen.

Sie war die einzige ihrer Familie, die des Vaters Neigung zur Beharrlichkeit übertraf. Darin war sie das Gegenteil ihres älteren Bruders Peter, der auf den Bogenhausener Tennisplätzen als meisterfertiger Gegner mit dem Schläger gefürchtet war, der an schönen Sommersonntagen das Wasser des Würmsees mit einer schnittigen Segeljolle durchpflügte und sich endlich ein rotes Sportauto geleistet hatte. Angesichts des nahezu verkehrsunsicheren Beförderungsmittels, mit dem sein Vater in das Geschäft fuhr, hatte er die Kundgebung solchen Aufwandes lange genug gescheut.

Worin sie das Beharrungsvermögen ihres Vater übertraf, das war ihre Vorliebe für alte Kleider. Nicht, daß sie alte Kleidungsstücke an sich geliebt hätte, nein, sie liebte nur die ihrigen. Und nur aus dem einen Grund waren ihre Kleider alt, weil sie sich von ihnen nicht trennen konnte. Ihre Unfähigkeit, Dinge der Umgebung zu wechseln, rückte sie in einen weiteren unvereinbaren Gegensatz zu ihrer Zeit, die unter dem Zeichen der »Vernutzung« stand, die sogar Kleiderstoffe und Nähte zum »alsbaldigen Verbrauch« bestimmte. Was von Amalias Wesen einmal getränkt war, sei es eine Handtasche oder ein Paar Schuhe, sei es ein kleines Abendkleid oder ein Hut, was ihr einmal lieb und wert geworden war, das konnte sie nicht mehr weggeben oder in die Abfalltonne werfen; sie hätte auf zauberische Weise der Welt Macht über sich gegeben. So war es immer ein lange hinausgeschobenes besonderes Ereignis, wenn sie einen ausgedienten Gegenstand ihrer Umgebung, ein rettungslos verlorenes Kleid, durch ein neues ersetzte.

Ihrem Vater sogar, dem gewiß niemand Flatterhaftigkeit nachsagen konnte, war die sonderbare Neigung seiner Tochter unheimlich. Dabei machte Amalia keinen vernachlässigten Eindruck, im Gegenteil, das Mädchen wirkte gepflegt, häufig nach der letzten Mode gekleidet, die mit genügender Geduld — den immer behenderen Kreislauf der Bekleidungssitten vorausgesetzt — zurückerwartet werden konnte. Einen wunderbaren Einklang wußte sie aus ihrer Art, sich zu bewegen, zu kleiden und aufzukämmen, aus dieser Vermengung von Angeborenem und Künstlichem hervorzubringen. Auch daß sie einen Brustausschnitt gewöhnlich mied, tat ihrem Reiz keinen Abbruch. Und braune volle Haarflechten, die in Schnecken auf die Schläfen gelegt waren, stimmten nicht von ungefähr zu ihren großen, braunglänzenden Augen, die Michael Thalers dunklem Blick entsprochen hätten, wenn sie nicht ein klein wenig heller, Peter sagte »rehiger«, gewesen wären. Auch darin drückte sich Zurückhaltung und Lebensangst aus, daß ihr die fast auffälligen Bemühungen der Mutter, sie an Thalers Seite unter die Haube zu bringen, unwillkommen waren.

Der erste Sonntagnachmittag, an dem Thaler seinen Besuch angesagt hatte, fand sie auf einem Spaziergang durch den Nymphenburger Schloßpark, von dem sie — wie zufällig — erst heimkehren wollte, wenn der Gast sie lang genug erwartet hatte.

Im Sand, dem ihr randscharfer Schatten sich aufdrückte, durchschritt sie Räume, die einst von heißen Perückentürmen ausgefüllt gewesen waren — mit kleinen, gebogenen Wassergläslein in der Haartracht, zur Tränkung des Blumenschmucks bestimmt.

Der Sonntag machte seinem Namen Ehre. Über den gelben Wegen flimmerte die Hitze. Nur der zitternde Zeiger einer riesigen Sonnenuhr aus emporschießendem und niederrauschendem Wasser warf seinen langen Schatten. Als die ausschreitende Amalia ihn durchquerte, kletterte er über ihre Haare und sprang über ihr helles Kleid.

Nachdem ein schmiedeisernes Tor sie eingelassen hatte und ihre Schritte dem verjüngten Fluchtpunkt der Bosketts entgegenflogen, hatte sie eine Erscheinung, die ihr den Atem stocken ließ. Sie sah einen Mann auf sich zukommen, dem sie entrinnen wollte. Es gab keine Täuschung: Der ihr entgegen schritt, war Michael Thaler. Wie so oft, hatte er sich vor Angermaiers Gartentor verfrüht und vertrieb sich die Zeit im Spazierengehen. Es gab keinen Seitenweg; wie ein Gittergang leitete das belaubte Boskett die Beiden auf einander zu. Aus einem staubdurchwirkten Sonnenstrahl tauchte sein Auge auf. Endlich blieben sie voreinander stehen.

Was sollten sie tun, als gemeinsam zu Emanuel Seidls verunstalteter Villa in der nördlichen Auffahrtsallee zurückschlendern? Sie gönnten sich nur einen einzigen Aufenthalt, im sonnenhellen Rondell, an der gemauerten Einfassung des bläulichen Sees, der seine Oberfläche vom niederbrausenden Wasserstrahl zu Wogen zerwühlen und zu Wellen kräuseln ließ. Schaum schwappte ihnen entgegen und rieselnde Schauer trug ihnen der Wind ins Gesicht. Kalte Nässe zwang ihre Köpfe auf die Seite und, als der Sprühregen im Luftzug schwankte, ins Genick, daß ihnen der Zielpunkt des springenden Strahls in den Blick rückte. Silbrig, als ließen die Fische vom Wassergrund ihre Schuppen im Äther blitzen, zerstäubte die glasklare Flüssigkeit und spann eine Glocke aus Nebel über sie.

»Ich habe nicht gewußt, daß Sie heute kommen«, sagte Amalia und erschrak im selben Augenblick über ihre Lüge. Dann schoß ihr der Gedanke durch den Kopf, daß sie eine Dummheit gesagt haben könnte, die das Gegenteil von dem vermuten ließ, was gemeint war.

Noch im Hinaufschauen — er hatte nicht auf ihre Unwahrheit geachtet — kam es einmal, daß zwei oder drei ihrer Finger zusammenstießen. Nur kurz, denn anders als beim gemeinsamen Griff nach dem Silberlöffel der Sauciere, zog sie ihre beweglichen Finger rasch zurück.

Dann folgten sie bedächtig dem Wasserlauf, der sich zum Kanal verjüngte und schnurgerade durch die Ebene fort von zwei alten kaiserlichen Lindenalleen begleiten ließ. Ab und zu schwangen sich Brücken hinüber mit Steingeländern und gekrönten Laternen.

Michael Thaler

Dem Studienrat aus dem Holzländer Wallfahrtsort war etwas von einem Sonderling nachzusagen. Das fing mit seinem Scherznamen an, den er sich beilegte, der aber zu einem ackerstolzen Getreidebauern eher als zu einem städtischen Bücherschreiber paßte. Wenn er die Gelübde des geistlichen Standes geleistet hätte, wäre ihm ein Lehrstuhl für Theologie sicher gewesen. Das Lehrfach hatte er sich aus uranfänglicher Liebe zur Jugend in den Kopf gesetzt und gern hätte er auch das schwarze Kleid des Gehorsams getragen. Was ihn eines Tages — zum Kummer seiner Eltern — veranlaßte, dem gefaßten Entschluß untreu zu werden und in die Unrast einer weltlichen Welt zurückzukehren — das war eine Ungereimtheit in seinem Leben.

Einmal, wußte er, würde er darüber sprechen können, warum es mit ihm so gekommen war. Vielleicht zu diesem Mädchen, das neben ihm durch das offene Eisentor Emanuel Seidls schritt.

In der Hand hielt er einen Blumenstrauß. Auf der geschwungenen Stiege wickelte er Rittersporn, Glocken, Vergißmeinnicht und Akelei aus dem Seidenpapier.

Im Vestibül trat ihnen Frau Elisabeth Angermaier mit ausgestreckten Armen entgegen, was beinah zu viel Herzlichkeit für Emanuel von Seidls feierliche Architektur war.

»Gartenbesitzern Blumen bringen«, sagte Thaler, indem er den Strauß überreichte, »ist so viel, wie Eulen nach Athen tragen, aber ich bitte, aus Gnade und Barmherzigkeit vorlieb zu nehmen.«

»Wenn Sie wüßten, wie lieb mir so ein bunter bäuerlicher Strauß ist«, beteuerte Frau Angermaier und hauchte, indem sie ihre Nase in die Blüten steckte: »Zauberhaft!«

Gleichzeitig kam Johann Baptist Angermaier gemessen, aber ein wenig verklemmt über die ausladende, noch nicht ganz in seine Wendeltreppengewohnheiten einbezogene Marmorstiege heruntergeschritten, die goldene Taschenuhr seines Vaters mit aufgeschnapptem Deckel in der Hand und auf den Lippen den Ruf: »Immer pünktlich! Immer pünktlich! Meine Anerkennung!«

Der in Thalers Faust zusammengeballte Seidenpapierknäuel wurde von Amalia, die es lächelnd beobachtet hatte, übernommen. Dabei berührten sich ihre Finger zum zweiten Mal an diesem Tag.

Auf dem Weg ins Speisezimmer tauchte hinter dem vorausgehenden Hausherrn umrißhaft gegen das Fensterlicht seine Tochter Ursula auf, die noch mit dem Zurechtrücken des Kaffeegedecks und dem Glattzupfen der Tischdecke beschäftigt war. Ihre Geschwister waren ausgeflogen, bei Verwandten eingeladen oder, wie Peter, in der Stadt unterwegs. Amalia überließ ihrer Schwester den Seidenpapierknäuel. Als Ursula damit in die Küche hinauslief, kam ihr die Mutter entgegen, eine Vase mit den Blumen in Händen. »Immerhin müssen wir heute kein Fachgespräch über Verlagsabsichten erwarten«, meinte sie, mit einem Seitenblick auf Amalia, »was ja Ihrem Buch über die Jugendarbeit der Kirche nicht schaden kann...«

Man setzte sich an den gedeckten Tisch. Thaler nahm die Einrichtung flüchtig in Augenschein, die hier durch Ergänzungen, Umgruppierungen oder durch stärkeren Lichteinfall anders als in der Herzogspitalgasse wirkte. »Gut haben Sie es verstanden«, meinte er, »den Geist der Herzogspitalgasse nach Nymphenburg zu verpflanzen.«

Schon war eines der Gespräche im Gang, die Frau Angermaier zur Genüge kannte und gern an diesem Tag vermieden hätte.

Angermaier holte aus einem umfangreichen, mit vielerlei Edelhölzern eingelegten Schrank eine rote Samtmappe hervor und breitete den Reichtum seiner Heiligenbildersammlung vor dem Gast aus. Am eindrucksvollsten waren Kupferstiche, die in goldgeprägte, fein durchbrochene Papierspitzen gerahmt waren.

Angermaier sagte, und seine Rede war geheimnisvoll verschlüsselt: »Mein kaum siebenjähriger Bub muß in Kauf nehmen, von seinen Klassenkameraden ausgelacht zu werden. Ich lasse mich nicht dazu bewegen, ihm bleibende körperliche Schäden zuzufügen. Und Rückgratverkrümmungen, die nachweislich vom frühzeitigen Schleppen schwerer Büchertaschen kommen, sind solche Schäden. Ich bleibe beim guten alten Schulranzen. Gesiegt haben die unverständigen Eltern! Solange haben sie den Vater des Ranzenträgers rückständig gescholten, bis es ihm zu dumm wurde. Der Bub, der nun der Rückgratverkrümmung ausgeliefert wird, ist der gläubige Mensch. Die Glaubensrückgratverkrümmung . . .«

Er stockte, denn seine Frau trat ihn unter dem Tisch. Es mußte weit fehlen, wenn sie ihre Zurückhaltung aufgab und dem bewunderten Mann ins Wort fiel, zwar immer noch nicht offen, was ihn bloßgestellt hätte, sondern versteckt, mit dem Fuß unter dem Tisch. Angermaier konnte — was er im Eifer des Gesprächs vergessen hatte — seine Abneigung gegen manche Neuerung nicht gefahrlos verlauten lassen. Der Geschäftsumsatz hing zu keinem geringen Teil vom Wohlwollen der Kirchenleitung ab.

»Am gemütvollsten finde ich eigentlich«, sprach die Hausfrau unvermittelt ihren Gast an, »und immer neben meinem Bett aufgeschlagen liegt Ihr Buch von der bayerisch-österreichischen Dichtung«. Dabei hielt sie ihm einen Aschenbecher unter das eben ausgeblasene Zündholz — denn er hatte sich eine Zigarette angesteckt —, um ihrem Einwurf den Anschein der Unhöflichkeit zu nehmen.

Thaler überlegte. »Ach so, Sie sprechen von meinem Buch über das Ländliche.«

Frau Angermaier hielt noch mehr Lob bereit: »Und wenn ich es fertig gelesen habe, fange ich wieder von vorn an.«

Thaler wehrte lächelnd ab. »Man meint, Sie kennten das kluge Wort, daß ein Buch, das nicht wert ist, zweimal gelesen zu werden, auch nicht verdient, daß man es einmal liest.«

Noch etwas fiel Frau Angermaier ein: »Sie haben meine Tochter Amalia bekehrt!«

Thaler merkte auf: »Wieso? Zu was bekehrt?«

»Von den gängigen großstädtischen Schreibern zu den bayerisch-österreichischen Dichtern — Sie nennen es doch so? —, vom Städtischen zum Ländlichen. Wenn Sie wüßten, wie meine Tochter für das Ländliche schwärmt!«

Thaler, der an Angermaiers vorzüglichem Cognac schlürfte, sah, daß Amalia, die ihm nun recht leid tat, mit rot übergossenem Kopf in ihren Schoß schaute. »Ach wissen Sie«, sagte er mehr zu Amalia als zu ihrer Mutter (der er dabei ins Gesicht blickte): »Ich bin eigentlich kein richtiger Sohn dieses Bodens, weil ich mich nicht mehr vom Strom der Zeit tragen lasse, sondern anfange, mich dagegen zu stemmen.«

»Dichten in einer Zeit«, fragte Johann Baptist Angermaier, der sich an den Rand der Unterhaltung gedrängt fühlte und manchmal hinter einem Vorhang aus Zigarrenrauch verschwand, »dichten in einer Zeit, in der zu viel und zu wenig geschrieben wird — ist es nicht unendlich schwierig?«

»Ich kann darauf nicht antworten«, sagte Thaler bedächtig, »weil ich kein Dichter bin. Aber so viel bin ich sicher, daß jetzt eines noch schwieriger sein mag als dichten; ich meine, gelesen zu werden. Es gab nicht nur in Zeiten der Unterdrückung verbotene Dichter, auch in anderen Zeiten gibt es sie. Vielleicht lieben Sie sogar selbst verbotene Dichter, Fräulein Amalia?«

Diese schrak auf, blickte den Sprechenden verständnislos an und schüttelte den Kopf. Thaler hob die Hand, als wolle er die Bedeutung seiner Worte einschränken: »Ich weiß es nicht, aber anzunehmen ist es. Nicht verboten ist ein solcher Dichter freilich wie einst im Mai, mit Schaftstiefeln und Gewalt — o nein, man spinnt feiner heute: er ist nur belächelt, in Verruf gebracht, mundtot gemacht. Welcher Dichter kann schon von ›Hebräischen Wurzeln‹ schreiben, wie ich als bescheidener Studienrat vom Maria-Theresia-Gymnasium?«

Anastasia Weilbuchner

Als der Studienrat vom Maria-Theresia-Gymnasium in Johann Baptist Angermaiers Nymphenburger Villa über verbotene Dichter sprach, ging Anastasia, Tochter von Crescentias Bruder Sebastian und Schwester des jungen Kammerlehner Bauern Martin, an der Michelikirche vorbei.

Zwar barg das kleine weiße Haus nicht mehr den heiligen Erzengel Michael mit Flammenschwert und Schalenwaage, sondern die gipserne Muttergottes, aber sonst hatte sich seit siebenzig Jahren nichts geändert. Noch immer war die gegossene Gestalt hinter einen lanzenspitzen Eisenzaun gesperrt, noch immer rahmten zwei schlanke Säulen, wie einst vor argivischen Tempeln, den Eingangsbogen, noch immer war in das dreieckige Giebelfeld, das auf beiden Säulen ruhte, das Auge Gottes gemalt.

Noch immer lief eine junge Bauerndirn an der Kapelle vorbei, verweilte, bekreuzigte sich und setzte ihren Weg fort. Noch immer hatte sie einen Gesichtsschnitt, den man in dieser Gegend häufig traf, der sogar zwischen Bergham und Biburg allgemein war, was von der Abgeschiedenheit einer Gegend zeugte und von ihrer Unzugänglichkeit für fremde Einflüsse.

Noch immer führte der Weg, der schon keine Fahrt mehr war, sondern von Grün überwuchert, an der Stelle vorbei, wo vor einem Jahrhundert das alte Brotweiblein jämmerlich umgekommen war. In einer Gitterkürbe lieferte sie auf dem gekrümmten Rücken Semmeln, Brotlaibe und Wecken vom Berghamer Bäcker ins Umland hinaus. Humpelnd und raschelnd vom reichgefalteten Kattun, strebte sie bei früh einbrechender Dunkelheit mit einer wegweisenden Kerzenlaterne ihrer heimischen Holzhütte zu.

So kam sie einmal am Tag der heiligen Lucia, der noch schneelos, aber sehr stürmisch war, an der Stelle vorbei, die nun Anastasia mit Schaudern betrachtete. Vom kürzesten Tag im Jahr hieß es: patet mundus; wie den guten Geistern, so stand die Welt auch den bösen offen. Eine Bauerntochter, die sich von der Beichte verspätet hatte, kehrte bei stockfinsterer Nacht in ihr Elternhaus hinter dem Feichtenbichl heim. Das war eine Anhöhe, auf der sich das Nadelgehölz wie eine große Pelzhaube sträubte. Da glaubte das Mädchen, im Krachen der niedergepeitschten Bäume ein markerschütterndes Kreischen und ein erbärmliches Wimmern zu hören. — Heimwärts rannte sie, von der Angst gejagt, mit windzerzaustem Haar, und berichtete außer Atem von dem Erlebten. »Dees hast da ei'böidt«, meinte der Vater, »in seechane Naacht treibt da Wind sein' Gspoaß. An Schnee kriagnma, dees is alls!«

Am nächsten Tag zeigte sich, wie recht der Vater gehabt hatte. So weit das Auge reichte lag Schnee. Die alte Brotfrau aber, die man am Vortag noch über die Wege hatte humpeln sehen mit ihrer Kürbe und der Laterne, war verschwunden, als hätte sie der Erdboden verschluckt.

Nicht der Erdboden hatte sie verschluckt, sondern der Schnee, was sich erst im Auswärts zeigte, als die weiße Hülle von den Feldern aperte, von Fahrten und Pfaden schmolz. Da fand man des Brotweibleins Leichnam — oder was noch von ihm übrig war: Ein schwarzverkohltes Häuflein.

Das fürchterliche Geschehen der Lucianacht ließ sich nur ahnen. Das Kerzenstümpflein in der Laterne war umgefallen. Sofort hatten flackernde Flammenzungen ihre dicken Röcke erfaßt, die damals, von alten Leuten zumal, noch lang und stoffreich getragen wurden. In Sekundenschnelle schürte der Sturm den Brandherd zur feuersprühenden Fackel. Das Kreischen, das die heimeilende Bauerntochter gehört hatte, war keine Einbildung gewesen. Lebendigen Leibes war das Brotweiblein verbrannt und verglüht bis auf ein schwarzes, zusammengeschrumpftes Bündel aus Haut, Knochen und Asche.

Ein Marterkreuz aus geschmiedetem Eisen bezeichnete seitdem den Ort, wo sie ihren schrecklichen Tod gefunden hatte.

Nun verließ Anastasia ihre Heimat nach kurzem Sonntagsaufenthalt und ging unterhalb vom Feichtenbichl auf den Bahnhof zu.

Von einem Bahnhof konnte kaum die Rede sein, da es kein Bahnsteigdach und kein Gebäude gab. Ein schmaler aufgekiester Weg am Rand eines einschichtigen Gleises, ein Lichtsignal und eine Tafel mit der halb verwaschenen Aufschrift »Höhenberg«, — das war alles.

Dann saß Anastasia im Zug und überlegte: Woher kam es, daß sie beim Vanillegeruch in Tante Crescentias Küche an die überzuckerten schwarzen Stangen des Berghamer Kramerladens denken mußte, die von der Ladnerin mit pinzettenspitzen Fingern aus den hohen Gläsern geangelt wurden? War es Lebensangst oder nur Angst vor einem bestimmten Leben, einem Leben der Entsagung, wenn ihr aus dem Suppenessen vom letzten, beschädigten Teller eines zu Ende gehenden Services die Mär vom Prinzen und der Gansdirn aufstieg? Wenn ihr das Trillern des Kanarienvogels eiskalte Schauer über den Rücken jagte? Wenn sie nie mehr an der Dreifaltigkeitskirche vorbeigehen und die erzene Inschrift »Deo Trino Condidere Voto tres Boici Status« lesen konnte, ohne zu fürchten, gleich der frommen Jungfrau Maria Anna Lindmayr doch noch eine Karmeliternonne zu werden?

Seit sie Michael Thaler gesehen hatte, waren die Werbungen des Berghamer Jungbräu zur Bedeutungslosigkeit verblaßt. Gewiß, er war ein achtbarer Mann und konnte eine Frau glücklich machen. Aber es gab keinen Weg zu ihm zurück. War das sträflicher Hochmut?

Als Anastasia wieder hauptstädtischen Boden unter den Füßen hatte, stand es für sie fest, daß die Ungewißheit ein Ende finden mußte. Michael Thaler wiederzusehen war für sie schwieriger geworden, seit sich Johann Baptist Angermaiers Leben nach Nymphenburg verlagert hatte.

Als Anastasia ihren Unterricht zu vernachlässigen begann und das Bild des Geliebten zwischen sie und ihre handarbeitenden Schülerinnen trat, fragte sie einmal die Klassenlehrerin Fanny Burger in einer Unterrichtspause — das Herz schlug ihr bis in den Hals hinauf — ob sie nicht Lust habe, noch einmal mit ihr ins Maria-Theresia-Gymnasium hinüberzugehen? So aus Spaß nur, fügte sie stockend hinzu, als sie nicht gleich eine Antwort bekam. Aber die Lehrerin Fanny Burger fand, daß sich ein neuerlicher Besuch zu zweit sonderbar ausnehme, und riet ab.

Die junge Kammerlehnerin hatte erfahren, daß Michael Thaler in der Ackergasse, nahe beim Max-Regerplatz, wohnte. Von der Liliengasse, wo sie ein Mietzimmer hatte, bis zur Ackergasse war es nicht weit. Wie wäre es, dachte sie nicht ohne Trotz, wenn sie plötzlich vor ihm stünde und ihn fragte...? Noch ehe sie weiter dachte, wußte sie aber, daß sie viel weniger allein, als in Begleitung zu Thaler gehen konnte.

Crescentia Weilbuchner

Seit Johann Baptist Angermaiers kinderreiche Familie nach Nymphenburg übergesiedelt war, fühlte sich die alte Crescentia einsam in der großen Wohnung. Vom Speisezimmer verlor sich der Blick nach hinten in eine Flucht ehedem hübsch möblierter, nun leergeräumter Zimmer. Die Einrichtung des Wohnzimmers und des Speisezimmers war unangetastet geblieben. Das altdeutsche Büffet und der vergoldete Stuckspiegel, die schwere Eichentafel und ein rundes Dutzend Sessel standen an ihren Plätzen, wo sie werktags um die Mittagsstunde nützlich waren. Weiter hinten wurde es öde. Von einem verschlissenen Sofa abgesehen, das Angermaier zu nachmittäglichem Schlummer verhalf, gab es nur Stapel verstaubter Bücher, Kisten unausgepackter Devotionaliensendungen und Stellagen mit verjährten Ordnern.

Es konnte nicht ausbleiben, daß die leere Wohnung an gelegentlichen Wochentagsabenden, öfter noch an Samstagen und Sonntagen, zum Tummelplatz der Leute von Kammerlehen wurde. Hatte einst der Probst von Polling sein Absteigequartier in der Herzogspitalgasse, warum nicht auch ein biederer Ökonom aus Niederbayern, mit Namen Weilbuchner Sebastian, der von seiner Schwester Crescentia, der Köchin, mit brennschergelocktem Haar an der Wohnungstür empfangen wurde (den Haustürschlüssel pflegte sie durch das Fenster aufs Trottoir hinunterzuwerfen), warum nicht auch das ganze Kammerlehner Geschlecht mit seinen Verästelungen und Verzweigungen?

Da war einmal außer ihrem Bruder Sebastian und seiner Frau Loni ein Schock Nachkommen: Martin, der zweitälteste Sohn, der schon den Hof bestellte, dessen junge Bäuerin Barbara und ihre beiden Kinder, die achtjährige Resi und der sechsjährige Franzl. Der drittälteste Sohn Franz Weilbuchner, der Taufpate dieses Buben, war Lehrer geworden und seit kurzer Zeit mit der jungen Regina, einer geborenen Kerschreiter, verheiratet. Das nächste Kind in der Reihe, Gretl gerufen, war mit dem Bauern Engelbert verehelicht, der sich Aigner schrieb. Im Frühjahr des Fünfundsechziger Jahres wurde ihre erste Niederkunft erwartet. Die nächste in der Geburtenfolge, Loni, nach der Mutter genannt, war mit dem Bauern Benno Breitbrunner verheiratet. Schließlich gab es Anastasia, für die sich noch kein Freier gefunden hatte. Von ihrer Schwester Loni wurde sie am allermeisten geliebt.

Dann waren noch weitere Geschwister der alten Crescentia am Leben, die in der Herzogspitalgasse einkehrten. Ihr Bruder Sepp einmal, der in Amerika gewesen, aber vor lauter Heimweh wieder zurückgekehrt war. Ihm hatte der sägmehlstaubige Onkel Sepp sein Erbe vermacht und die Berghamer Schreinerwerkstatt dazu. Auch er war kinderlos geblieben und schon zwei Jahre lang verwitwet. Unter den Besuchern war nicht selten ihre Schwester, die Bäuerin Anna Straßmayr, mit Ehemann und Kindern. Es war die zweite Tochter, die den Mutternamen trug, weil die erste im zarten Kindesalter gestorben war. Auch Cilly Pointenrieder kehrte oft mit ihrem Bauern und ihren Kindern ein. Und schließlich noch Crescentias Bruder Martin, der ein Viehhändler geworden war, mit

Eheweib und Kindern, ganz abgesehen von den Kindern und Kindeskindern ihrer gleichfalls in Kammerlehen aufgewachsenen Tanten Cilly Schacherbauer und Maria Übelhör. Ein heilloses Gewimmel und Gewuzel war es. Kaum ein Samstag- oder Sonntagnachmittag verging, an dem nicht helles Kinderlachen aus den hohen Fenstern der beiden schmalbrüstigen Häuser an der Herzogspitalgasse drang.

Solche Besuche verschafften Tante Crescentia auch den Vorteil, daß sie die Überbleibsel vom Mittagsmahl aufbrauchen konnte. Noch nie hatte sie einen Rest weggeworfen und sich abends lieber den Magen verrenkt, als die geringste Gottesgabe der Verderbnis preisgegeben. Solche Gefahr hatte es bei der Martinigans nicht, die wieder im Herbst von Anastasia gebracht und in Crescentias Ofenrohr knusprig gebraten wurde. Keine Faser kam unter dem Tranchiermesser des gelernten Anatomen um, der sich das herkömmliche Gansessen bei seiner niederbayerischen Köchin nicht ausreden ließ. Kein Schnipfel blieb am Tischtuch hängen. Das war aber ein Ausnahmefall. Sonst gab es mittags Reste genug. So konnte eine umfangreiche Verwandtschaft, die mit den Rückständen aufräumte, nur willkommen sein.

Es wurden Knödel aus Erdäpfeln oder Semmeln, aufgeschnitten oder geröstet, Dampf- oder Rohrnudeln, kalt, wie sie besonders munden, zum heißen Minzentee mit selbstgebrautem Orangensaft gereicht und manchmal auch fettäugige Grießnockerl- oder Panadelsuppe aus der Terrine geschöpft. Gelegentlich galt es auch, ein angebrochenes Glas Fisolen oder Zwetschgen auszulöffeln oder auszugabeln. Manchmal holte Crescentia ein halbes Dutzend Eier aus dem prall mit landwirtschaftlicher Lieferung gefüllten Rucksack der Gäste, befreite sie Stück für Stück von ihrer Umhüllung aus Fetzen des Biburger Anzeigers und schlug sie in die Pfanne.

Die in ihrem vorderen Teil immer noch von Urväterhausrat strotzende Wohnung wurde den umhergehenden Gästen gezeigt. Schätze, wie die neugotischen Bierkrüge, wurden begutachtet und gegen das Tages- oder Lampenlicht gehalten, daß die freisinnigen Landsknechte aus ihren Böden klar hervortraten. Klingelnde Kristallgläser, die an Lusterarmen von der Decke schaukelten, wurden von den Kindern bestaunt. Gebrochenes, eingesammeltes und zurückgeworfenes Licht flimmerte über die Wände und vervielfältigte sich im goldgerahmten Spiegel.

Noch blitzte Crescentia mit ihren Augengläsern, in denen sich die vom Spiegel zurückgeworfenen Lichter zu einem kleinen Sternenhimmel vermehrten, den sechsjährigen Franz, den Sohn des jungen Kammerlehners Martin und Enkel ihres Bruders an. Noch reimte sie, als er einen Sessel unter den Luster schob und nicht wußte, ob er hinaufsteigen oder herunten bleiben sollte: »Entweder oder! Katz oder Koder!« Noch sang sie, als er hinaufgestiegen, aus dem Gleichgewicht gekommen und auf den weichen Teppich gepurzelt war: »Waast net aufhigstiegn, waast net abhagfalln!« Noch fuhr sie dem spitznasigen Kasperl mit drei Fingern in den Kragen und in die Holzhände, daß Resi, die Schwester des Kletterfranzls, ein Jubelgeschrei ausstieß. Noch ließ sie den Drallawatsch auf der blanken Tischplatte tanzen, noch rotteten sich unter ihren Händen zwischen den Tischbeinen Volksaufläufe von Flaschenstöpseln zusammen, noch schob sie den Kindeskindern ihrer Besuche Veigerlwurzeln oder aus knitterndem Butterbrotpapier gewickelte Zeltln in den Mund.

Noch gab es Crescentias Schlafkammer, ein dämmeriges Gemach, zu dem wenige Menschen vordrangen. Es war ein dunkler Spiegel ihrer Seele und ein Stapelplatz aller Gegenstände, die sich im Lauf ihres Lebens angesammelt hatten. Hier gab es noch den schwarzen, goldgeschnittenen, von Wallfahrtsbildern gespickten Dünndruck-Schott. Vom Garten her drang noch immer die Wandlungsglocke der Herzogspitalkirche ins Ohr.

Diese Kammer war noch immer wie eine Insel, auf der bisher niemand gelandet war. Nirgendwo im Haus gab es ein Zimmer, das neben Crescentia nicht auch anderen Menschen gehört hätte. Hier war sie allein. Aber mindestens ein Mensch außer Crescentia gehörte zu dieser dämmerigen Kammer: Anastasia! Und nicht nur am Gebetbänklein war sie gekniet, auch ihr Bild, ihr leicht vergilbtes Kommunionbild war neben verschiedenen schwarz umrandeten Sterbebildern in die Rahmenecke eines großen eingeglasten Herz-Jesu-Farbdrucks gesteckt.

Es war aber nicht Anastasias Kommunionbild, sondern Crescentias, vom damaligen Berghamer Fotografen Kumpfmüller aufgenommen, was ein schnörkeliger Aufdruck verkündete. Hier wurde deutlich, wie sehr sich diese beiden Menschen glichen. Von der Sohle bis zum Scheitel in Weiß gehüllt, stand sie da, mit weißen Kinderschuhen und weißgebleichten Baumwollstrümpfen, mit weißem Faltenkleid und weißem Blütenkranz im Haar, mit abstehenden weißen Maschen an den Zöpfen. In der rechten Hand hielt sie die weiße Kerze aufrecht, die mit weißer Manschette und blütenbesetzter Taftschleife geschmückt war. In der linken Hand hielt sie das schwarze Gebetbuch — sonst gab es nirgends ein Schwarz auf dem Bild —, aus ihren Fingern rieselten Perlen des Kinderrosenkranzes; bis zum Rocksaum baumelte an langer Kette das Kreuz. Auch auf ihrer kindlichen Brust lag — von der feingliedrigen Halskette gehalten — ein funkelndes Kreuz. Sie hatte es von ihrer kleinen Schwester Anna geschenkt bekommen. Ihr rechter Unterarm, der die Last der Kerze trug, war auf eine Stuhllehne gestützt. Aus ihren hellen Augen strahlte der Glanz dieses Tages.

Hastige Sachen gefielen Crescentia nicht; sie glaubte nicht, daß sie an ein gutes Ende führten. Sie konnte mit ihrer Nichte offen darüber reden, was sie am meisten bedrückte: über die Liebe zu Michael Thaler, die nicht ewig währe — wie sie sagte — weil kaum eine Leidenschaft ans Ziel der Ehe führe.

Oft dachte Crescentia an ihr Streitgespräch mit Michael Thaler vor der Wohnungstür. Es war ihr eine Lehre und ein Ansporn, weiter an Ruhe zuzunehmen. Immer schwerer fiel es ihr, einen Menschen zu verdammen. Dabei forderte Thalers zaudernde Haltung gegenüber ihrem Geschwisterkind manche Unmutsfalte auf ihrer Stirn heraus.

Noch waren die beiden alten Häuser in der Herzogspitalgasse eine liebenswerte Wirklichkeit und eine Stätte der Begegnung. Wenn diese Mauern aber eines Tages abgebrochen sein sollten? Würde es die Welt dieser Frau noch geben? Oder würde ein anderer Mensch beauftragt werden, eine neue Welt aufzubauen?

Immer öder wurde es in Johann Baptist Angermaiers Häusern. Alle Gewohnheiten, sogar das Lied vom »Anser Martinianus«, das heuer noch einmal gesungen worden war, auch das mittägliche Sammeln der Familie vor dem Comptoir und das Trappeln der Tritte auf der Wendelstiege, erschienen ihr wie ausgehöhlt. Die Zimmer, die Fassaden, die ganze hübsche Hülle war eine Schale um ein Nichts.

Noch gab es die Haushälterin Crescentia. Aber es gehörte immer mehr Stärke dazu, so zu sein wie sie. Das fühlte sie nachts, wenn sie in ihrer Bettstatt schlaflos lag. Mit offenen Augen hörte sie, wie der Föhnwind in den ausgeleierten Angeln der Küchenbalkontür nackelte. Johann Baptist Angermaiers Häuser waren grabesdunkel. Zu Häupten der Wachenden gab es nur noch verstaubte Lagerräume und eine elende Hausmeisterwohnung. Der alte Hausmeister war verwitwet. Fast war das Haus leer. Die Tür auf den Korridor hatte sie offen gelassen. Angestrengt horchte sie hinaus und lauschte auf die Wohnungstür, wo es gespenstisch knackte. Wer schützte sie davor, daß ein Verbrecher heimlich seinen Dietrich im Türschloß drehte? Zwar hatte sie die Kette vorgelegt, aber für Gesindel, das nachts in der menschenleeren Altstadt sein Unwesen trieb, gab es weder Riegel noch Kette.

In der stockfinsteren Wohnung hatte selbst die beherzte Crescentia Angst. Das Ticken der Küchenuhr kam gegen das Heulen des Sturmes nicht auf. Schwach und abgerissen drang es manchmal an ihr Ohr. Über den Käfig des Kanarienvogels war ein dunkles Tuch gebreitet. Die Küchenuhr, deren Perpendikel unermüdlich ging, wies keine Zeiger auf. Crescentia hatte die Uhrmacherkosten gescheut. Es war ihr gelungen, die Zeiger selbst einzusetzen. Einige Wochen war es gut gegangen. Dann allmählich, Ruck um Ruck, hatten sich die Zeiger, die nicht fest genug angedrückt waren, gelöst und waren gestern zum zweiten Mal heruntergefallen. Das zeigerlose Zifferblatt erinnerte sie an ein Erlebnis ihrer Jugend. Noch, noch! Wie lange noch?

Die Silvesternacht

Was neuerdings Johann Baptist Angermaiers Mißfallen erregte, war ein Mangel seines leichtfertig dem Zeitgeschmack überantworteten Besitztums. Wie sich im Spätherbst herausstellte, hatte man keine Verwendung für Holzabfälle, von trockenen Staudenstengeln bis zu armdicken Buchenästen, die aus dem großen Garten jährlich herausgehauen werden mußten. Ein gewöhnlicher Brennofen stand nicht zur Verfügung und die mit Öl betriebene Warmwasserheizung war andere Nahrung gewöhnt. Alles miteinander auf einen großen Scheiterhaufen zu werfen und anzuzünden, wäre dem Hausherrn als Verschwendung erschienen. Davon abgesehen, hätte es den Widerspruch der Nachbarn herausgefordert. Kurz, ein Rückgriff auf die altmodischen Kachelöfen in der Herzogspitalgasse war unvermeidlich.

So brachte Angermaier allmorgendlich nicht nur Briefschaften in der Aktentasche, sondern auch zwei Arme voll krummer und kleingeschnittener Holzprügel im Kofferraum seines Automobils in die Herzogspitalgasse. Weil der Sohn Peter sich weigerte, seinen roten Sportwagen zu beschmutzen, zog sich die Verfrachtung über mehrere Wochen hin. Und so lang die kalte Jahreszeit andauerte, schob Crescentia Scheit um Scheit ins Kachelofenloch.

An einem frühen Dezembertag, um Sankt Nikolaus, als schon der Flockenschleier vor dem stuckverzierten Winterpalais auf der anderen Gassenseite fiel, faßte Crescentia einen kühnen Entschluß. Sie ging zur Weinhandlung gegenüber und bat, telephonieren zu dürfen. Um ja nicht in den Verdacht zu kommen, gelegentlich ein Zwanzigerl auf Angermaiers Schuldenrechnung umzulegen, führte sie Gespräche in eigenen Angelegenheiten (die selten waren) außer Haus. Nun rief sie im Maria-Theresia-Gymnasium an und verlangte nach Michael Thaler. Als ihr seine Stimme aus der Muschel ohne Ablenkung, in aller Eigenart, ans Ohr drang, mußte sie vor Aufregung schlucken. Sie bat ihn, etwas gutmachen zu dürfen, und lud ihn zu einem — wie sie sagte — »lustigen Silvesterabend« in die Herzogspitalgasse ein. Als sie am anderen Ende der Leitung keine Antwort hörte, erzählte sie schnell etwas von einer Reihe lieber Gäste und fügte hinzu, daß er ihr mit seinem Besuch eine große Freude machen würde. Thaler, der die Silvesterabende in seinem Thalheimer Elternhaus zu verbringen pflegte, ließ sich erweichen und sagte zu. Aufatmend hängte Tante Crescentia ein, schnippte ihre Börse auf, kramte zwei Zehnpfennigmünzen heraus und legte sie auf die Ladenbudel.

Ihre Silvesternachtsgäste waren aber eine Erfindung, besser gesagt, eine Notlüge. So krampfhaft sie überlegte, von der weitverzweigten Kammerlehnerfamilie blieb nur Anastasia übrig. Crescentia lud sie mit der Ankündigung einer »Überraschung« in die Altstadtwohnung ein.

Und wieder machte sie sich auf den Weg zur Weinhandlung vis-à-vis, um zwei Flaschen Tiroler Rotwein zu kaufen. Sie verstand nicht viel vom Wein, aber auf den Geschmack ihres Brotgebers, auch wenn sein Gaumen einmal versagt hatte, konnte sie sich verlassen.

Diesem Brotgeber war der erste Heilige Abend in seinem großräumigen Haus ein wenig langweilig vorgekommen. Ob er nun die gutmütige Besorgtheit der alten Haushälterin vermißte oder sie an einem solchen Fest ungern allein in der alten Wohnung wußte, er lud sie im Namen seiner Familie ein, den Silvesterabend in Nymphenburg zu verbringen.

Jetzt war guter Rat teuer. Crescentias erster Gedanke war, ihr Geschwisterkind Anastasia und den Bücherschreiber Thaler wieder auszuladen.

Schließlich fand sich eine Lösung. Warum sollten die Nymphenburger nicht wieder einmal wie früher in der alten Herzogspitalgasse lustig sein? Von Herzen wollte Crescentia einen Abend genießen, an dem Sessel, Tisch, Büffet und Lampen aus dem Schlaf aufgeschreckt wurden. Das leuchtete auch Angermaier ein, zumal ihn seine Tochter Amalia bat, Silvester noch einmal in der alten Umgebung zu feiern. Er fügte sich sogar in die Rolle des Gastes, mit der ihn seine Köchin bedachte, sah lächelnd, daß Crescentia Flasche um Flasche aus der Weinhandlung schleppte, und beschloß im stillen eine Aufbesserung ihrer Bezüge.

Und man kam in der schneereichen Silvesternacht, man kam von mehreren Seiten der Stadt. Lisbeth, Christian und Ursula liefen durch die Zimmer und kicherten boshaft, wenn sie in einem abgestorbenen Winkel die geringste Spinnenwebe entdeckten, Gertraud lüpfte die Tiegeldeckel in der Küche, begutachtete das Blaukraut und im Rohr den gespickten Hasenbraten. Am meisten Übermut zeigte der kleine Andresel, der am längsten nicht mehr da gewesen war: er verkroch sich mit verrenkten Gliedern im Büffetkasten und erschreckte die Vorbeigehenden, wenn er ihnen die Tür gegen das Schienbein schlug. Das machte er allerdings nicht lange, weil es ihm der Vater verwies. Frau Elisabeth Angermaier, die ein blaues Kostüm angelegt hatte, ging mit versonnenem Blick in den alten Zimmern herum, die ihr so abgeschlossen und, trotz ihrer Unbewohntheit, immer noch wohnlich erschienen. Einmal streifte sie einen der hohen Vorhänge zurück und warf einen Blick in die schneehelle Winternacht hinaus. In einem dunkelgrauen Anzug mit Nadelstreifen war der Devotionalienhändler gekommen; die goldene Uhrkette baumelte mit dem Schariwari auf seiner vom Bauch gewölbten Weste. Peter Angermaier trug einen lichten Anzug mit grün und beige karierter Weste. Einen vollendeten Gegensatz bildete Amalia, die ihr ältestes Kleid angezogen hatte. Da es selten getragen worden war und die neueste Mode um Jahre zurückgriff, wirkte es wie neu. Über ihr raschelndes Seidenkleid fiel eine braune, an den Rändern gefältelte Samtstola, die so stoffreich war, daß sie das darunterliegende Kleid fast ganz bedeckte. Mit viel Geschick hielt Amalia die weite Hülle über ihre Arme geschlungen. An den Fesseln ihrer Hände klirrten goldene Spangen. Dieses satte Braun, das bisweilen ins Lila spielte, machte aber seine Trägerin nicht alt; im Gegenteil, es stach wohltuend von ihrer hellen Haut ab, stimmte mit ihren »rehigen« Augen und ihren brünetten, an die Ohren gelegten Haarschnecken überein, auf denen einzig noch, was das altertümliche Bild abgerundet hätte, ein Schutenhut fehlte.

Wie erstaunte sie, unvermutet Michael Thaler gegenüber zu stehen. Erstaunen ist nicht das rechte Wort: sie erschrak gehörig. Ihre ganze Familie war auf Thalers dunkle Erscheinung nicht gefaßt, die sich in der vom elektrischen Licht schwach beleuchteten Stube kaum von Crescentias schwarzseidenem Kleid abhob, von dem eher noch die silbernen Sauduttnknöpfe abstachen. Hinter Crescentias Rücken und ausladenden Hüftpolstern hervor trat nun Anastasia, wie es der Zufall wollte, in den Lichtkegel hinein, der sich hell über sie ergoß. Strahlend und blauäugig stand sie da in einem himmelfarbenen Dirndlgewand, reich verziert mit Borten, Geschnüren und Schurz, alles in wellengleich abgestuftem Blau, auf dem weiße Spitzen und blinkende Ketten wie Schaumkronen schaukelten. Es waren die Eltern Angermaier mit ihren Kindern und Michael Thaler gemeinsam, denen vor Staunen die Rede erstarb. Anastasia, die längst nicht mehr so strahlte wie im ersten Augenblick, auch eher von gedrungener als gestreckter Leibesgestalt war, fühlte sich gegenüber einer Menschenmauer, die sie aus aufgerissenen Augen anstarrte, mit Recht, wie ihr die alte Crescentia angekündigt hatte, »überrascht«. Kurz, das Staunen und »Überraschtsein« pflanzte sich durch das Zimmer fort.

Der einzige Mensch, der keinen Augenblick die Fassung verlor, war Crescentia, die Urheberin der Verwirrung. Sie konnte von Glück sagen. Sonst hätte sie nach dem Abklingen der Verblüffung nicht die Ruhe aufgebracht, ihre noch keineswegs eingestimmten Gäste im Auf- und Niedertrippeln über fünf Stufen, im geschäftigen Schüsselschleppen, Austeilen, Verkosten, Mundspitzen und breiten Lachen, mit heiterer Laune zu versorgen.

Ein über das andere Mal dröhnte Johann Baptist Angermaier anerkennend: »Unsere alte Zenz ist ein Muster! Unsere alte Zenz ist ein Muster!« Mehr brachte er nicht über die Lippen, keineswegs allein, weil er aus vollen Backen kaute, sondern weil es diesmal die Köchin und Gastgeberin war, die redete.

Crescentias eigentliche Leistung war es, daß sie ihren Gästen, plaudernd, erzählend und Gebärden machend, eine Silvesternacht bescherte, an die sie noch lange zurückdenken sollten. Glaubte auch jeder sie zu kennen; so wie sie nun, voller Leben und lustig, mit blitzenden Augen und sprühendem Witz, an der Schwelle zu einem neuen Jahr von den vergangenen Jahren ihres Lebens erzählte, kannte sie keiner. Daß ausnahmsweise sie und nicht die anderen redeten, daß die anderen lauschten, ja sogar, wenn die Alte fragend still schwieg, sie zu weiterem Erzählen aufmunterten, das war neu.

Während Johann Baptist Angermaiers Gartenholz im Kachelofen des alten Hauses glühte und die Stube mit angenehmer Wärme füllte, während der Punschtopf auf den Eisenringen dampfte, während würziger Rotweindunst und harziger Nadelduft, der von gestreuten, gemach verkohlenden Tannenzweigen aufstieg, mit des Hausherrn Zigarrenwolken vermischt die Luft durchwoben, gab es keinen üblichen silversterlichen Vorausblick, sondern einen Rückblick. Erst als die Alte geendet hatte, wendete sich die allgemeine Aufmerksamkeit widerwillig anderen Richtungen zu.

Sogar der kleine Andresel, der ausnahmsweise länger aufbleiben durfte, saß mit glutrotem Kopf hinter seinem Glas und lauschte auf Crescentias Erzählung von dem reichgeschmiedeten Gedenkkreuz für ein jämmerlich verbranntes Brotweiblein. Er nahm den Bericht der Alten unmittelbar auf. Er meinte, die Posaunen der Engel vom Jüngsten Gericht, das Schwert, das aus dem Hals der heiligen Lucia ragte, und die Augäpfel, die sie auf einem Teller vor sich hinhielt, greifen zu können. Von Dingen, von tausend Dingen wurde geredet. *Noch* hatte er die kindliche Freude an den Dingen und hörte verständnisinnig eine Frau erzählen, die sich diese Freude ein Leben lang bewahrt hatte.

Anderes beeindruckte seine Schwester Gertraud: wenn die Alte erzählte, daß mit der Geburt eines Bruders, des vom Berghamer Schreiner ersehnten Joseph, das Schlafgemach der Kammerlehner Eltern zu eng geworden war. Für Martha, die Magd, bedeutete es, daß sie mit ihren Habseligkeiten in die hintere Kammer zu ebener Erde umziehen mußte, damit sich Crescentia mit ihrer Schwester Anna in die Magdkammer teilen konnte, die von diesem Tag an »Dirndlkammer« hieß.

O, du schönes Kinderzimmer! Wo die junge Crescentia, die nun schon verständiger wurde, ihren Kasperl — nicht den Theaterkasperl aus der Herzogspitalgasse, sondern den Kammerlehner Dockenkasperl, den mit Sägmehl ausgestopften — auf einen Gummifleck legte, damit er nicht nässe. Statt mit Windeln wickelte sie ihn mit dem Schneuzhadern ihres Vaters, dreieckig gefaltet, einmal von unten herauf, einmal links, einmal rechts, wie eine richtige Mutter.

KNOSPEN UND BLÜTEN

Kindheit in Kammerlehen

Ein Kleiderkasten und ein Marischanzkerbaum — der gefatschte Kasperl wird mit Milch gefüttert — Fortsetzung von Crescentias Lebensgeschichte — Eintauchen des Frühstückbrotes in eine blauglasierte Kaffeetasse und des Putzhaderns in einen Zinkeimer — ein Kind als Kampfrichter mit der Birkenrinde — erste Nachricht von der Königin Nirdu — der böhmische Hausierer — Schreiner Sepp will sein Erbe vermachen und erleidet einen Hustenanfall — Nullerhochzeit und Überheblichkeit eines ABC-Schützen — die Totenmesse — Glasspiegelungen von Blüten und Pfauenfedern — Marterwerkzeuge, Heilkräuter, Spinnennetze, Federkiele und ein Benediktuskreuz — das Geheimnis des Frauenwassers

> Ich höre gerne die alten Frauen von der Zeit sprechen, in der sie junge Mädchen waren.
>
> Apollinaire

Neben Crescentias Bettstatt lag der buntscheckige Kasperl mit gefatschten Hüften unter dem Baldachin des Puppenwagens aus Weidengeflecht. Seit Annas Geburt hatte sie ihn an Kindes Statt angenommen und ließ ihm alle mütterliche Liebe angedeihen. Sie fütterte ihn mit warmer Milch und blies aus vollen Backen, wenn sich das Getränk als zu heiß erwies. Sie hielt ihn aufrecht in ihrem Arm, damit er aufstoßen konnte. Sie gab ihm »Bussi« und wetzte ihre Nase an der seinen, wie es die Mutter mit ihr tat. Und von Zeit zu Zeit fühlte sie ihrem Kasperl zwischen die Beine, ob er nicht genäßt habe.

Manchmal drückte sie dem Kasperl seinen Kopf an ihren blanken Bauch und rief mit spitzer Stimme: »Mund weg!« Zu diesem wunderlichen Benehmen war es so gekommen: Als Anna geboren war und in dem verschnürten Kissen steckte, wie stark und körperlang kamen die Kinder Sebastian und Crescentia ihrer Mutter vor! Crescentia fand erstaunlich, daß ein kleiner Menschenwurm an der enthüllten Brust der Mutter lag! Auch machte es sie stutzig, daß dieses Kind, sobald es schräg in den Armen der Mutter lag, von selbst seinen Kopf auf die Seite, der Brust zu, neigte. Nicht immer fand es mit seinen geschürzten Lippen die Milchquelle, legte den Kopf manchmal auf die abgewendete Seite, weil es nicht wußte, nach welcher Richtung es in den mütterlichen Armen ruhte. Crescentia hatte kein Verständnis dafür, daß hier ein neugeborenes Menschenkind von seiner Mutter das Leben empfing. Unüberhörbar schrie sie: »Mund weg! Mund weg!« und zerrte den Säugling an seinen Stummelbeinen. Der ließ sich aber nicht von seinem Platz verdrängen, zeigte, wenn er die Brust wechselte, seine zum Trinken wie eine Rinne gerundete Zunge und hatte einen Schleier vor den Pupillen.

Eifersucht kannte Crescentia nicht. Eilte sie doch einer Stellung entgegen, die jedem erstgeborenen Mädchen zufällt: Der Stellung einer Erzieherin jüngerer Geschwister. Eigentlich liebte sie ihr kleines Schwesterlein, das schwarzhaarig war und bald das dunkle Augenpaar der Mutter bekam, vom ersten Atemzug an, aber mit jedem Tag mehr.

Als Anna fast ein Jahr alt war und nicht mehr wie ein Käfer krabbeln wollte, übte sie sich im Aufstehen. Dazu diente ihr die Kette der Stubenuhr, die bis zum Boden herunterhing. Einmal glitt Anna aus. Die Glieder der Kette rissen, das Zahnrad schnarrte, ein fünfpfündiges Bleigewicht sauste haarscharf neben ihrem Kopf herunter ... Mit Zittern und Heulen wäre sie nimmer davon gekommen, wenn Crescentia ihre Schwester nicht im letzten Augenblick zurückgerissen hätte. Seitdem begnügte sie sich mit Klimmzügen an der Stuhllehne.

Anna erreichte ein Alter, das Crescentia gehabt hatte, als ihre Schwester geboren wurde. Eines Tages lag wieder ein Kind in der Zwillingswiege. Es hatte in der Taufe den Namen des Schreiners bekommen: Joseph. Die Mädchen zogen — wie die alte Crescentia in der Silvesternacht erzählte — über eine Stiege hinauf in ihre eigene Dirndlkammer mit einem bemalten Kleiderkasten.

Dieser Schrank war vom Rankwerk blühender Schoßen eingesponnen und von Blättern übersät. Vor dem vergitterten Fenster draußen fuhr der Wind in die Blätter des Marischanzkerbaumes.

Nirgendwann zeigte sich deutlicher, daß das Lernen auf unverstandener Nachahmung beruht, der die geistige Bewältigung erst später folgt, als im Broteintauchen der kleinen Anna. Weil sie einmal bei ihrem Vater gesehen hatte, daß er sein Brot vor jedem Bissen in die hohe, blauglasierte Tasse mit dem Zichorienkaffee tauchte, tat sie künftig von ihrer eigenen Brotscheibe keine Bissen mehr, ohne sie nicht vorher in eine — leere — Tasse eingetaucht zu haben.

Immer wieder forderte sie ihrer Mutter das geliebte Spiel mit den fünf Fingern ab: »Dees is da Daumen — der schüttelt die Pflaumen — der klaubt sie auf — der tragt sie nachhaus — und der kloane Wuziwuzi, der ißt sie alle miteinander auf ...« Wer aber das Daumenspiel bald öfter mit ihr trieb als die Mutter, das war Crescentia.

In der Eroberung der Wirklichkeit machte Anna Fortschritte. Bald wußte sie, was die Bachkiesel zu bedeuten hatten, wenn man sie in eine Reihe legte: sie bedeuteten einen Eisenbahnzug! Wenn Anna den Stuhl darüber stellte, fuhr der Zug durch eine Unterführung — wie hinter dem Bahnhof von Höhenberg. Legte sie ein weißes Tischtuch über den Stuhl und kroch darunter, so wohnte sie in einem Haus. Breitete sie eine wollene Roßdecke über denselben Stuhl und setzte sich darauf, so ritt sie auf einem »Roßi«. Crescentia gab der Reiterin eine Spagatschnur als Zügel in die Hand, streichelte den Stuhl und fütterte ihn mit einem Schüppel Gras, denn sie lebte in der Welt ihrer Schwester.

Bruder Sebastian, das älteste der Geschwister, sagte trokken, als Crescentia wieder einmal fünf Finger ihrer Schwester vom Daumen bis zum kleinen ›Wuziwuzi‹ abzählte: »Dees hoaßt doch 1,2,3,4,5!« (Manches Jahr später wurde Crescentia dazu bestimmt, beim Wettrennen Sebastians mit mehreren Nachbarbuben, die Reihenfolge aufzuschreiben, in der sie durchs Ziel, das Hoftor, gingen, wie ein regelrechter Kampfrichter. Sie riß ein weißes, vielfach aufgeblättertes Rindenbündel vom nächsten Birkenbaum und tat »als ob«. Sie tat es mit Feuereifer und immer noch, als hinter ihrem Rücken lange schon der Vetter Felix vom Ödgarten mit Schulheft und Bleistift zur Zufriedenheit der Wettkämpfer hantierte. Wie groß war Crescentias Beschämung, als sie es bemerkte und sich vom Spiel der »erwachseneren« Kinder ausgeschlossen sah.)

Den Fuchsen Damerl liebte Anna von Herzen; sie besuchte

ihn oft im Stall und schaute ihn aus großen dunklen Augen an, daß er freudig erregt mit den Hufen scharrte und manchmal wieherte, aber sie hielt ihr eigenes »Roßi« für größer als den Damerl.

Später begriff Anna die wahren Maße der Dinge. Es fing damit an, daß ihr davor graute, auf den Schultern des Vaters »Buckelkraxn« getragen zu werden. Was für ein Abgrund dehnte sich bis zum Boden! Der schwarze Hofhund Nero, dem sie schon einmal aufgesessen war, und sich in sein zottiges Fell geklammert hatte, wurde gemieden. Wie lang war seine rote Zunge gegen die Zunge im Schnürstiefel der Mutter!

Das Zauberwort »Als ob« wurde groß geschrieben in der Kinderwelt. Ein schäbiger Büchsendeckel wandelte sich zum Eßteller und des Vaters Hosenträger wurde zur blitzenden Silberkette. Daran erinnerte sich Crescentia später gut, daß sie mit Anna Blumen vom bemalten Kasten ihrer Dirndlkammer brocken und den Strauß ins Wasser stecken wollte. Ein rosa marmoriertes Umschlagpapier, das den Kochbuchdeckeln ihrer Mutter abgezogen worden war, dehnte sich zum Kleid der großen Königin Nirdu, von der ihnen die alte Bötin mit schaurigem Ton am Spinnrad erzählte, die bunte Kachel an der Wand der Elternkammer war das Fenster zu Nirdus Reich, ein Flaschenstöpsel, der in einer Schüssel mit Wasser schwamm, wurde zu Nirdus Ring, der bekanntlich im großen Weltmeer nicht untergeht. Wenn auch der älteste Bruder Sebastian zu lächeln anfing über den tuchbehängten Stuhl, über das papierene Kleid, über das Meer in der irdenen Schüssel — ob seine Welt die richtigere war?

Crescentia konnte die Bleisoldaten ihres Vetters Felix noch immer nicht leiden, trieb dagegen oft halbe Stunden lang einen kleinen Faßreifen mit dem Stecken durch den Hof. Ihre Zöpfe waren schulterlang und endeten in zwei steifen hellblauen Maschen, die sich gut zu ihren blauen Augen fügten. Das blaue Leinenkleid, das Onkel Martin vor drei Jahren mit einem (Georg Zechmeister untergeschobenen) Begleitbrief geschickt hatte, wurde von ihr mit herausgelassenem Saum noch immer getragen.

Dann keimte in ihr eine vorübergehende erste Neigung zum anderen Geschlecht, das sie in Sebastian, ihrem Bruder, und in ihrem Vater verkörpert fand, und eine Abneigung gegen das eigene Geschlecht, gegen Anna und gegen die Mutter. Das führte so weit, daß sie ihrer Mutter den Vater plötzlich nicht mehr gönnte und neidisch wurde, wenn sie die beiden beim Austausch einer Zärtlichkeit beobachtete.

Zerstörerische und erhaltende Triebe stritten in der Brust des Kindes. Hin- und hergerissen war es zwischen bejahenden und verneinenden Äußerungen. Als am frühen Abend ein böhmischer Hausierer der Mutter aus seiner Kraxe allerlei Krimskrams, Armreife, Strumpfbänder, Nähnadeln, Steckklufen, Fingerhüte, auch ein Stehaufmännlein, zum Verkauf anbot, bemerkte Crescentia, die mit ihren Geschwistern den schnauzbärtigen Besucher neugierig musterte, daß er goldene Ringe durch die Ohrläpplein gestochen hatte und bisweilen aus einer silbernen Dose zwei Finger voll schwarzen Pulvers in die Nasenlöcher schob. Dabei rümpfte er die Oberlippe und zeigte drei oder vier schwärzlichbraune Zahnstumpen. Das Essen schmeckte ihr an diesem Abend nicht mehr und sie herrschte ihre Mutter an: »Essn wegtoa'!« Als die Mutter den Inhalt des kleinen Tellers in die allgemeine Schüssel zurückschütten wollte, widersprach sie: »Essn net wegtoa'!« Ebenso schwankte sie zwischen »mag no« und »mag net«. Schließlich, mit rotheißem Kopf auf der Bank sitzend, stammelte sie abwechselnd: »Tut weh« und »tut net weh« —

Ängste überfielen Crescentia im Traum dieser Nacht — und der Traum steigerte sich zum Fieber.

Am nächsten Morgen hatte die Gesichtsrötung nicht nachgelassen. Es war ein trockener, rauher Husten dazugekommen, die Nase schleimte und die Augen tränten. Dem rasch herbeigerufenen Doktor Hochhäusl von Bergham weinte sie von stechendem Kopfweh vor. Dieser fühlte den Puls und schaute auf seine dickbauchige Taschenuhr, horchte mit einem trompetenähnlichen Ding, das an zwei roten Schläuchen in seinen Ohren steckte, Brust und Rücken ab, zwängte ihr einen Löffel in den Mund und ließ sie »a« sagen. Er nickte bedächtig. Vor allem, sagte er, habe man das Kind ins Bett zu stecken. Vierzehn Tage sei an kein Herauskommen zu denken. Die Liegestatt sei warm, das Zimmer frisch gelüftet zu halten. Zugluft sei zu vermeiden. Er empfahl, den Boden und die Möbel täglich feucht abzuwischen und die Fenstervorhänge geschlossen zu lassen. Als Getränk verordnete er Brusttee aus

Eibisch, Veigerl, Huflattich, Wollblumen und Anis, als schonende Kost Gersten- und Haferschleim.

Drei Tage später zeigte sich, zuerst im Gesicht, dann am Hals und schließlich am ganzen Körper des Kindes ein Ausschlag, der aus dunkelroten, leicht geschwulstähnlich von der übrigen Haut hervortretenden Flecken und Knoten zusammengesetzt war. Die Mutter verschreckte ihre Tochter nicht, sondern lachte ihr den bewährten Hausspruch ins Gesicht: »Bis d' heiratst, is's vobei!«

Als die Haut der Kranken sich in klebrigen, kleienförmigen Schalen abzuschuppen begann, traten bei Anna dieselben Merkmale auf. So war die Dirndlkammer zu einem Krankenzimmer geworden, und die Kinder schauten aus schwärender Haut mit ihren blauen und schwarzen Augen die Mutter an.

Auch Anna wurde wieder gesund. In den Wochen der Bettlägerigkeit waren die Kinder sichtbar gewachsen. Während ihrer Krankheit plagte sie großer Durst. Die Mutter ließ ihre Kinder Sprudelwasser trinken. Man mußte nur eine buntschillernde Glaskugel — »Arwa« oder »Arwl« genannt, was eigentlich Marmor heißt — mit dem Daumen in eine Auskropfung des Flaschenhalses drücken, dann schäumte das erfrischende Naß wie ein rauchender Geysir. Überhaupt entdeckten die Kinder, wie wohltätig Wasser ist. Wenn sie beim Spiel im Hof Erde und Hühnerdreck in den Mund bekamen, wuschen sie ihre Gesichter am klaren Strahl des Pumpbrunnens. Abwechselnd hängten sie sich an den gußeisernen Schwengel und fielen sich lachend in die Arme. Crescentia konnte sich nicht mehr vorstellen, daß es Anna nicht gäbe. Was war es für eine Freude, wenn die Kinder früh in ihren Betten erwachten!

In solchen Morgenstunden blies Crescentia auf ihrer Mundharmonika, die der Vater vom Mittefastenmarkt mitgebracht hatte. Auf den Spielzeugständen gab es hölzerne Rosse und Bilderbögen, Blechfrösche, die quakten, wenn man mit dem Daumen daraufdrückte, Speiteufel, die Wasser spuckten, auch Pfeifen und Maultrommeln, Klappern und Rohrschalmeien. Es waren markerschütternde Töne, die sie dem winzigen »Fotzhobel« entlockte. Das Geschenk, mit dem der Vater seine Tochter Anna beglückte, war von lieblicherem Klang: es war ein kleiner Schellenbaum, eigentlich ein Stamm mit Zweigen, an dem statt der Blätter zierliche, verschieden hoch klingende, gut aufeinander abgestimmte Glocken baumelten. Man konnte den Schellenbaum in der Hand schütteln wie ein Säuglingsschepperl, dann gab er einen unwirschen Ton, wie Scherbengeklirr, man konnte ihn mit seinem Bodenbrettlein auf den Tisch stellen und aus gespitzten Lippen anblasen, dann klang er fein. Den zartesten Klang, der an eine Äolsharfe erinnerte, wie man sie in die Bäume spannt, entlockte ihm andauernder Luftzug, wenn er zwischen geöffneten Fenstern und aufgeschlagenen Türen stand.

Der Vater zeigte seinen Töchtern, daß er ihnen zugetan war, und sie brachten ihm Liebe entgegen. Wenn sie sich in ihren Betten morgens unterhielten, drehte sich das Geschnatter meistens um den Vater. Am herzhaftesten konnten sie über seine Reime lachen. Die schönsten brachte er von seinen Prograderreisen heim.

Ihre Mutter schuf wahre Wunderwerke hinter dem Glasfenster der Küchentür, wo die Milch in braunen Weidlingen aufgestellt war, wo die winzigen, gekümmelten Käselaiblein sich auf dem Holzbrett drängten, wo Tontiegel und Emailtöpfe dampften. Sie kannte noch einen andern Spruch, einen altväterischen, den ihr der Ehegatte nicht erst auf die Nase binden mußte: »Wo's in da Kuchl net stimmt, stimmt's in da Stubn zwoamoi net«.

In der Stube hing noch der irdene Weihbrunnkessel neben dem Türstock, ragte noch der hohe Anrichtkasten im Eck zwischen Eingang und Fenster, aber niemand mußte Crescentia mehr hinaufheben, wenn sie das Christkind unter der Glasglocke betrachten wollte; sie war groß genug. Trotzdem verlangte sie, daß der Vater sie auf den Arm nehme, was er lachend tat. Hinter seinem Rücken stand Anna bereit, gleichfalls aufgehoben zu werden. Der Schatten des Fensterkreuzes war auf den Stubenboden gezeichnet wie zum Greifen. Der Vater mußte mit seinen Töchtern auf dem Dielenboden kauern und durch das Schattenfenster hinausschauen, als gelte es einen Blick ins Paradies zu tun, mindestens ins Land der Königin Nirdu, von dem die Kinder ihm erzählten mit roten Wangen. Er lauschte aufmerksam.

Wo der Vater schlief, aus der Stubentür über die Flötz und bei der gegenüberliegenden Tür hinein, waren alle Gegenstände braun und kalkweiß die Wände. In einer Kommodschublade verwahrte die Mutter die Silberbrosche, die sie vom Vater geschenkt bekommen hatte.

Auch die Magd brachte eine Art Reimerei ins Haus, denn sie wurde mit zunehmendem Alter harthörig und äußerst mißtrauisch. Wenn ihr der Bauer eine Arbeit schaffte, verstand sie häufig etwas ähnlich Klingendes. Statt »Tintn«, die der Prograder zum Aufschreiben neuer Ehrverse brauchte, glaubte sie etwas von »findn« zu hören, dann verstand sie »bindn« und schließlich suchte sie statt in der Stube vorn in der Küche »hintn«. Was Wunder, daß die reimnärrischen Bauerntöchter jubelten und der Alten mit kindlicher Arglosigkeit, die der Grausamkeit benachbart ist, zuriefen: »Tintn, findn, bindn, hintn!« Anna wagte sich noch näher an die Kopftuchige heran und zeigte, daß sie im Reimen erfinderisch war: »Nixn, Bixn, Schixn!« Die Mutter war gerade nicht in der Nähe, die ihnen ihren billigen Spaß mit der tauben Magd verboten hätte. So konnte niemand außer den beiden Mädchen das böse Wort der Gehänselten hören. Sie fuhr mit ihrem hageren Gesicht aus der Hülle des Kopftuchs auf Anna los und schrie aus zahnlukkigem Mund: »Di werd scho' no amoi da Teifi holn! Du Drack, du elendiga!!« Anna wurde schreckensbleich. Die Kinder hatten seitdem große Angst vor der Alten, erzählten den Eltern aber nichts von dem Vorfall.

In einem Reimspruch, der den Kindern unvergeßlich blieb, hatte das ganze Leben Platz. Als der Vater einen Hocker auf den Ziegelboden der Flötz rückte, sich daraufsetzte und, zwischen Bergen von Birkenreisern, Besen um Besen band, die er mit Weidengerten umwickelte, ächzte er — seine Augen waren matt und traurig, wie sie niemand an ihm kannte:

»Bevor ma se umschaugt, bevor ma se bsinnt,
votrenzt ma sei' Lebn, als votragats da Wind.«

Alle Reime des Vaters, auch die der Kinder, waren aus dem harmlosen Daumenspiel hervorgegangen. Daß die Festreime des Prograders und die Spruchreime altväterlicher Weisheit einer viel allgemeineren Kindheit angehörten, der Kindheit der Menschheit, wußten sie nicht.

Das meiste, was Kinder tun, ist ein Erfolg der Nachahmung. Wenn der Prograder wieder einmal seinen Kopf über die Wiege des kleinen Joseph beugte und wie eine aufgescheuchte

Henne gackerte, neckte ihn seine Tochter Anna mit einem Reim: »Henderl bibi, Henderl gaga, wannst ma koa' Oa net legst, stich i di a!« wetzte Zeigefinger an Zeigefinger und bohrte — »Wetzi — wetzi — wetzi — bäähh!« ihrem Vater die Fingerspitze in den Bauch.

Als das geschah, beugte sich gerade Sebastians Bruder, der Schreinermeister Sepp aus Bergham, von der anderen Seite über die Wiege des Patenkindes. Er schreckte auf, schüttelte den Kopf, machte »ts ts ts« und sagte mißbilligend, er hoffe, daß der kleine Sepp nicht eines Tages ebensoviel Spott für seinen alten Göden übrig habe. Sebastian überging das sauertöpfische Wesen seines Bruders mit Nachsicht.

Es gibt genug Beispiele dafür, daß der Mensch einen älteren Zeitgenossen immer für gleich alt hält. Nicht anders erging es den Mädchen Anna und Crescentia mit ihrem Onkel Sepp. Er war immer alt, faltig, grau und staubig gewesen, wurde nicht jünger, aber auch nicht älter. Er war schon immer ein liebenswürdiger Sonderling gewesen. Kaum denkbar, daß er je zu einer Hausfrau kommen würde. Bei Hochzeitsfeiern drängte er sich den unerfahrensten Mägdlein als Tischgenosse auf. War eine von den kichernden Jungfrauen gutherzig genug, dem staubigen Hagestolz, wenn er schamrot um einen Tanz bat, keinen Korb zu geben, so mußte sie es büßen. Das war ein Gewakkel und Gezappel! Als ewiger Hochzeiter war er in Bergham verschrien, der den Dorfschönen, wenn sie von der Feldarbeit heimkehrten, mit einem Sträußlein Blumen in der Hand, gehörig hinter einem Zauneck oder Strauch verborgen, bis zur elterlichen Haustür nachstieg und dann unverrichteter Dinge abzog. Ein einziges Mal gelang es ihm, die nächste beste, nämlich die leicht überfällige Hubermagd Antonia Weckl hinter seine Schwelle zu locken. Als sie jedoch über den unentwirrbaren Verhau in der schlecht gelüfteten Junggesellenkammer, über die abgewetzten Wintermäntel, die als Bettdecken dienten, über die stapelweise mit Bindfäden verschnürten, von einer dicken Staubschicht eingehüllten Jahrgänge des »Altöttinger Liebfrauenboten« die Nase rümpfte, nur leicht, denn sie war weder anspruchsvoll noch herzlos, entrüstete er sich: »Ja mei', i han koan Palast, netwahrnet — dees is gnetta-r-a guatbirgerlicha Haushoit, netwahrnet ...« Er war tödlich getroffen.

An diesem schwarzen Tag ließ er alle Hoffnung auf einen Stammhalter fahren. Vielleicht hatte er den Gedanken an Liebe überhaupt begraben, denn er wollte eben — nach tiefem Räuspern — vor aller Ohren bekannt geben, daß er dem Säugling in der Wiege die einträgliche Berghamer Schreinerwerkstatt vermache, als die kleine Anna den Schellenbaum ergriff, damit vor den Onkel hintrat und die geballte Faust schüttelte, daß es wie ein Sack voll Scherben klirrte. Je länger sie schüttelte, um so mehr Gefallen fand sie an dem scheußlichen Geklirr. Als ihr Crescentia das störende Dinge aus der Hand gewunden und sie hinter sich her durch die Türöffnung gezogen hatte, stand Onkel Sepp noch immer sprachlos, mit offenem Mund, mitten in der Stube und erlitt, weil er sich beim Luftholen verschluckte, einen tosenden Hustenanfall.

Draußen kutschierte Crescentia ihre jüngere Schwester mit dem Leiterwagen durch den Hof. Als Anna, die noch heftig erregt war, in dem bergab rollenden Leiterwagen, den Crescentia, mit der Deichsel zwischen den Beinen, steuerte, einmal aufstand, schrie ihr die Schwester zu: »Net! Fallst abher, brichst da's Gnack, bist dout!!« und machte alle Anstrengung, sie auf das Bodenbrett hinter sich niederzudrücken. Als die Mädchen schnaufend zum Stehen kamen, fing Anna zu grübeln an: »Du, Zenz, was is'n dees, ›dout‹?« Crescentia überlegte. Da fiel ihr die Antwort ein: »Dout? — Dees is, wann ma in' Himmi kimmt! Woaßt«, sie deutete in die Höhe, wo sich plötzlich Regenwolken ballten, »da aufhi' in' Himmi!«

Annas Blick wanderte mit dem Geschiebe der Wolken hinüber zum Frauenholz, wo der Himmel schwarz verhängt war. Die Mauer des Hochwaldes stand vom prallen Sonnenlicht überflutet und hob sich, leuchtend wie im Schneekleid, von den nachtschwarzen Wolken ab.

»Woaßt was?« fragte Anna ihre Schwester unternehmungslustig, »gehma-r-as Frauaholz!« Gesagt, getan. Die ältere ließ sich von der jüngeren aufstacheln, und weil beide noch nie weiter gekommen waren als bis an die Stelle, wo die schmale Fahrt durch ein enges Loch ins Tannicht schlüpfte, machten sie sich augenblicklich auf den Weg. Sie gingen auf blanken Sohlen, denn anders als barfüßig liefen sie im Sommer nie.

Vom Kammerlehnerhof gelangte man auf zwei Wegen ins Frauenholz. Es gab den Feldweg, der hart vorbei am Hof zum

Kieblberg führte. Er ging steil aufwärts und war mit alten Ziegelsteinen gepflastert, damit Fuhrwerke bei Regenfall nicht im Schlamm stecken blieben. Auf der Höhe, wo die Umrisse dreier Eschen vor dem Himmel standen, beim Erlöserkreuz, das einem vom Blitz erschlagenen Bauern galt, stieß der Weg im rechten Winkel auf eine grobkiesige Fahrt, die wie auf einem Kamm lief, denn auf der andern Seite fiel das Land ins nächste Tal ab.

Wer den zweiten Weg wählte, mußte beim hinteren Stadeltor hinausgehen, eine Doppelreihe Obstbäume durchmessen, die regelmäßig gepflanzt waren, damit man dazwischen pflügen konnte, und einen steilen Wiesenbuckel hinaufklettern. Dieser Weg war kürzer als der erste, weil er den weiten Bogen zur Eschengruppe abschnitt. Allerdings konnte man ihn nicht zu jeder Jahreszeit benützen. Nun hatte die Bäuerin ihren Hauskalender beim sommerlichen Monat Juni aufgeschlagen: Die Grashalme waren unter der Sense gefallen und nichts hinderte die Kinder, den Wiesenbuckel zu ersteigen.

Als die Mädchen auf der Höhe ankamen, traf ihr Pfad mit dem Schotterweg zusammen. Sie hatten einen freien Blick nach allen Seiten. Als sie mit ineinandergelegten Händen auf das finstere Holz zuschritten, konnten sie im Tal zur Linken keine Spur einer menschlichen Behausung entdecken. Nur das ausgewogene Bild der Landschaft ließ den menschlichen Arbeitsfleiß ahnen, die eingezäunten Grasweiden, auf denen unzähliges Hornvieh immer ferner und kleiner lagerte, die geradlinigen Felderstreifen und schattenwerfenden Wälder, die sich im blauen Dunst der Ferne verloren. Von rechts blies der Wind kräftig her, drückte ihnen die Röcke an die Beine. Hier konnte der Blick weit schweifen, zum ziegelroten Turm der Biburger Martinskirche, der mit seinem Glockengeschoß und seiner frisch verkupferten Spitze aus dem Wiesengrün ragte, weiter in die Höhe, wo die Doppeltürme der Maria-Hilf-Kirche vor dem Himmel standen, über den Hochwald hinaus zum achteckigen Berghamer Dreifaltigkeitsturm, dann zu einer baumlosen Graskuppe mit der Berghamer Wallfahrtskirche Sankt Theobald, endlich hinüber zu den Gehöften von Feldkirchen mit der altersgrauen Kirche Mariä Himmelfahrt, einer Filiale der Berghamer Pfarrkirche. Der Gottesacker der Mariä-Himmelfahrtskirche mit seinem Gewirr schmiedeeiserner Grabkreuze lag im Schatten des Frauenholzes. Der Name »Frauenholz« deutete an, daß dieses Waldgebiet früher zum Pfarrgrund der Marienkirche gehört hatte.

Als die Kinder weitergingen, schob sich ein mächtiger Tannenausläufer vor den Kirchturm. Noch wenige Schritte und sie waren an der schwarzen Mauer des Waldes. Sie blieben stehen und schauten sich unschlüssig an. Auf beiden Seiten des Weges waren hohe Tannen vor den Ausblick getreten. Die Kinder fühlten sich von der Finsternis verschlungen und hielten sich bei den Händen. Als sie ihren Kopf in den Nacken legten, sahen sie, daß die dunkle Mauer sehr hoch war. Aber die Dunkelheit endete nicht über den Tannenwipfeln, sie pflanzte sich über das Zelt des Himmels fort, das ihnen wie ein schwarzes Tuch vorkam.

So schwarz mußte das »Frauenwasser« sein, das nach übereinstimmender Auskunft der Erwachsenen mitten im Holz, dort wo es am dichtesten war, als kleiner, kreisrunder, sehr tiefer Weiher lag. Mochte es sein, daß Anna, die halb vor Angst und halb vor Kälte schlotterte, der älteren Schwester ihren Mut beweisen wollte, mochte es sein, daß die Warnung der Nachbarbäuerin vom Ödgarten, die ihr einmal zu Ohren gekommen war, »gähts ma net zun Frauawossa!« ihre Neugier auf die Spitze trieb: sie schlug der Schwester vor, und ihre Augen blitzten unternehmungslustig: »Gehma zun Frauawossa!«

Crescentia, der die heraufziehende Gewitterwand unheimlich war, hätte lieber am Waldrand »Kuckuck« gespielt. Darum versteckte sie sich hinter dem nächsten Stamm. Doch damit erreichte sie nur, daß Anna, die immer Angst bekam, wenn sich jemand vor ihr versteckte oder hinter der Muttergottes in der Wegkapelle verbarg, aufstampfte und weinerlich rief: »Net Kuckuck macha!« Crescentia richtete ihre Augen traurig auf die Schwester. Diese rupfte Stengeln und Blätter vom Wegrand und stellte sie zu einem Strauß zusammen, hüpfte von Steinbrocken zu Steinbrocken und rückte dabei immer tiefer in den Wald hinein, dem Frauenwasser entgegen.

Unterdessen hatte sich der Onkel Sepp nicht hindern lassen, nach seinem Hustenanfall den Erben seiner Werkstatt bekanntzugeben: »Es is da Sepp, netwahr net . . .« Aber kaum, daß er zu seinem lange vorbereiteten Satz ausholte, brach eine

Finsternis ein, als hätte jemand sämtliche Vorhänge zugezogen und alle verfügbaren Roßdecken vor die Fenster gehängt. Er schüttelte den Kopf und machte seinen Mund zu, weil ihm niemand mehr zuhörte. Die alte Magd humpelte über den knarrenden Bretterboden und zündete die Petroleumlampe an. Auch die drei Dochte der Wetterkerze zündete sie an. Als man in der finsteren Stube unter dem blassen Lichtkegel saß, den der Schirm der Lampe warf, heulte draußen der Sturm auf und brachte erste schwere Regentropfen mit.

»D'Kinda sollnt eina geh'!« rief die Mutter. »Da Hund hot eh scho' gnua 'kaußt!«

»Ja, haan dee no daußtn?« fragte der Vater erstaunt.

»Freiling!« Die Mutter riß die Haustür auf und schrie sich gegen den Sturm heiser: »Zenzi! Anni! Eina gehts! Zenzi! Anni!« Der Leiterwagen stand mit ausgestreckter Deichsel da. Eine Staubwolke wirbelte über den Hof. Die Kinder waren verschwunden.

»Liabe Muatta Gottes, wo haan dee Kinda —?« stammelte die Bäuerin tonlos. Im selben Augenblick stürzte das Wasser vom Himmel wie aus Eimern geschüttet, daß sie die Haustür schließen mußte, um nicht völlig durchnäßt zu werden.

In Kammerlehen wußte man sich keinen Rat. Die Kinder waren weggelaufen. Es gab so viele Wege und Richtungen, die sie gegangen sein konnten, daß ein Hinterherlaufen sinnlos gewesen wäre. Der prasselnde Wassersturz hätte die Retter zur vorzeitigen Umkehr gezwungen. Es war nur zu hoffen, daß die Kinder einen Unterschlupf gefunden hatten. Die Mutter gab sich damit nicht zufrieden. Sie wollte nicht untätig bleiben. »So dinn o'glegt haan s' all zwo...!« jammerte sie. Der Bauer mußte sie gewaltsam hindern, mit Kinderumhang und Regenschirm ins Toben des Unwetters hinauszustürzen.

Einen Unterschlupf hatten die vermißten Kinder nicht gefunden. Das Frauenholz hatte sich schon weit hinter ihrem Rücken geschlossen, als der Regen zu fallen begann. Es war ein Wolkenbruch, dem auch das dichteste Unterholz keinen Widerstand bot. An ein Unterstehen im Wald war nicht zu denken, abgesehen von der Gefahr, in die sich die Kinder begeben hätten, da der Blitzschlag gewöhnlich die höchsten Bäume sucht. So fingen sie zu laufen an, was sie konnten, zurück in die Richtung, aus der sie gekommen waren. In wenigen Augenblicken waren sie bis auf die Haut durchnäßt. Die dünnen Kleiderfähnlein klebten ihnen an Armen und Beinen. Anna schrie, weil ihr der Regenguß ins Gesicht peitschte.

Endlich kamen sie an die Stelle, wo der Weg das Holz verläßt. Auch draußen wartete kein heller Tag auf sie, wie es gewöhnlich ist, wenn man einen Wald im Rücken läßt — es blieb so dunkel wie im innersten Frauenholz. Im Forst hatten sie wenigstens hinter dem Wasserschleier Umrisse von hohen Bäumen ahnen können. Draußen gab es keine Gegenstände, keine Schatten, keine Begrenzungen mehr. Wo vorher der Blick über Täler und Wälder geschweift war, gab es nur noch eine Mauer aus Wasser, die gleich hinter ihren ausgestreckten Armen undurchsichtig wurde, eine Mauer aus Gischt und Regen, die sogar von dem zuckenden Himmelsfeuer nur schwach durchdrungen wurde. Netzartig, wurzelähnlich verästelten sich die grellen Blitze in den Wassergüssen, die wie schwefelgelber Feuerdampf heranwallten. Kaum hörbar wimmerte Anna: »O mei' — o mei' — o mei' . . .!«

Vor dem Marterkreuz, das an das Opfer eines Blitzschlags erinnerte, graute es ihnen. Sie wußten auch nicht, ob sie es finden würden, selbst wenn sie ihre Blicke krampfhaft an die Erde hefteten. Der Boden schien sich unter ihren Tritten aufzulösen, mit schmierigem Lehmwasser davonzuschwimmen — auf allen Wegen und Fahrten stürzten reißende Bäche ins Tal — die Kinder jagten den Abhang hinunter, spürten ihre Glieder, diese Nässe und Kälte, die sie anfangs wie schmelzender Schnee durchschauert hatte, längst nicht mehr, taumelten in dem Meer von Wasser, Blitzen und Donnerschlägen, immer in der Richtung, die ihnen nachhause zu führen schien.

Sie hatten Glück. Ehe sie von ihren Kräften ganz verlassen wurden, ehe sie vor Schwäche in den Schlamm niedersanken, wankten sie, was ihnen später keine Erinnerung zurückrief, durch das hintere Stadeltor in den Hof. Sie brachen erst in der Flötz zusammen, überschwemmten den Ziegelboden mit Wasser, hatten einen Vorhang aus klatschnassen Haarsträhnen im Gesicht. Anna hielt noch immer einen bis zur Unkenntlichkeit zerrupften und zerweichten Buschen Gräser, Blätter und Blüten in der Hand.

Mutter und Großmutter eilten klagend herbei, rissen den Kindern die triefenden Kleider vom Leib, rieben die kleinen Körper mit rauhen Tüchern ab und hüllten sie in wärmende Wolldecken. Dann erst bekamen die Ausreißerinnen geziemende Scheltworte zu hören und gleichzeitig löffelweise heißen Lindenblütentee eingeflößt. Diese uralte Behandlung, zusammen mit den weit älteren Kräften der Natur wirkte Wunder. So schnell hatte ihnen das Pechmanndl noch nie die Augen verschlossen.

Am nächsten Tag fühlten sie sich nicht schlechter als ihr Bruder Sebastian, der das bessere Teil erwählt hatte: Er war über seiner Schiefertafel gesessen und hatte sie randvoll mit Nullern gekritzelt. Er ging in die erste Volksschulklasse.

Einige Wochen später fragte Sebastian seine Schwester Crescentia, als er mit ihr auf dem Kieblberg, also nicht gerade niedrig stand: »Magst auf Minka sehgn?« Da sie ahnungslos nickte, zog er sie an den Ohren in die Höhe, daß sie zwar immer noch nicht die ferne Hauptstadt, aber dafür tausend Sterne sah.

Dieser Schmerz war ihr besser im Gedächtnis haften geblieben als manches andere Erlebnis, denn am nächsten Tag wurde Maria, das fünfte Kind der Bäuerin Anna Weilbuchner geboren, und auf den Tag genau eine Woche später ging aus dem Kammerlehnerhof ein anderer Mensch in den ewigen Frieden ein. Es war eine alte Frau, mit schwarzen Röcken — wie das selige Brotweiblein sie getragen haben mochte — mit weißen Haaren und blitzenden Augengläsern: Die Bötin, die greise Notburga, war nach kurzem Altersleiden gestorben.

Notburga Weilbuchner, die Mutter des Bauern, war in der Flötz aufgebahrt. Auf zwei Schragen und drei Brettern lag sie ausgestreckt. Ihre dürren Hände waren gefaltet und von einem Rosenkranz durchflochten. Die Blumen der Jahreszeit, Astern, Georginen, Ringelblumen und Reseden, verwoben ihren Duft mit dem Geruch tropfender Wachskerzen.

Gegenüber dem Hauseingang, beim untersten Stiegenabsatz, war der Sarg ins Eck gelehnt. Aufrecht stand er. Das sparte Platz. Er hinderte die Kinder beim Hinaufsteigen in die Diele. Es graute ihnen, wenn sie sich an ihm vorbeidrücken mußten.

Totenmesse
oder
Was einem Kind durch den Kopf gehen kann

Meine Mutter sitzt links neben mir; sie ist noch schwach von der Niederkunft mit ihrer Tochter Maria und kann nicht lange knien. Rechts neben mir kniet Anna. Sie heißt nicht nur wie die Mutter, sie hat auch dieselben schwarzen Haare und Augen. Sie kann schon »ich« sagen; unser kleiner Bruder Bepperl, den wir daheimgelassen haben, sagt immer noch »er«, wenn er sich selber meint. Der Pfarrer auf dem Predigtstuhl spricht mit fester Stimme. Die Wurzel Jesse — sagt er — treibt Blüten aus jedem Menschenherz. Von den alten Leuten geht der Segen aus. »O Herr, gib ihr die ewige Ruah! Und das ewige Liacht leuchte ihr! Herr, laß sie ruhen in Frieden! Amen!« Das Wachslicht brennt in den Bänken. Weihrauchwolken steigen von Silberfässern auf, die an Ketten geschwungen werden, damit die Glut nicht erlischt. Der Harzgeruch erinnert mich an daheim. Bei uns wird ausgeräuchert in der Thomasnacht, in der Mettennacht und am Dreikönigstag — in der Mettennacht herrscht aber der Heugeruch vor. Wir Kinder sitzen im Kuhstall, nicht beim Vieh, sondern vor dem Barren, mitten in den Heubergen, halten uns bei den Händen und singen Hirtenlieder. Wir singen solange, bis in der Stube die Kerzenlichter angezündet sind und das samtgekleidete Christkind auf dem Stroh liegt. Wir bekommen Äpfel, Nüsse, Lebzeltschifferl und Strickstrümpfe beschert. Endlich geht es in die Nacht hinaus zur Mette. Voriges Jahr hat uns der Vater eine Bahn aus dem Schnee schleißen müssen, von der Gred bis in den Hof hinaus. Gansfedern haben wir Kinder auch schleißen müssen, das Gefiederte von den Kielen reißen, damit sie luftig werden wie neue Schneeflocken oder Bauchflaumflocken für die Bettpölster. Dumpf dröhnt die Kirchenglocke, die zur heiligen Wandlung läutet, sogar die Kirchenbank zittert und auch meine Hand, die darauf liegt. Schlittenglocken bimmeln silbriger. Am liebsten höre ich das Glockenspiel von meiner Schwester Anna. Wenn der Zugwind hineingreift, gibt es einen schönen Klang. Hinten beim Ausgang hängen viele kleine Bilder, auf denen immer wieder die schön gewandete Muttergottes erscheint. Orgelschall begleitet uns hinaus. In der grellen Sonne stehen die Leute in schwarzen Kleidern beisammen und sprechen gedämpft. Vor der eisernen Gottesackertür, wenn wir die Granitstaffeln hinuntersteigen, weht schon der Vollbart unseres Knechtes im Wind. Bei der Feldkirchener Frauenkirche ist es immer zugig. Er fährt die Mutter, das Geschwister Anna und mich im Gäuwagen heim. Die anderen gehen über die Straße ins Wirtshaus und kommen spät abends mit roten Köpfen heraus. Dann sagen sie: Es war eine schöne Leich.

* *

Krankheitswochen und winterliches Stubenhocken legen der Körperlänge eines Kindes einige Fingerdicken zu. Das erfuhren auch die Kammerlehnertöchter.

Wenn sie die Stubenenge gegen die Weite der Felder vertauschen wollten, nahmen sie ihren Weg am liebsten durch das Fenster. Sie taten einen Satz auf die Bank, drehten am Reiber, öffneten die Flügel, schmiegten sich ans Fensterbrett und schloffen zwischen Stock und Stäben durch. Wichtig war, daß man den Kopf durchbrachte. Vor Jahren hatte er noch Spielraum, später zwängte man ihn durch, wobei sich die Ohrmuscheln sträubten oder bei zaghaftem Rückzug stülpten und als schmerzendes Hindernis erwiesen. Aber immer noch brachte man ihn Ruck um Ruck durch die Klamm.

Als vom Schnee nur noch weiße Flecken in den schattigen Mulden der Holzlohwiese lagen, als die Bäume junge Knospen trieben, brachte Crescentia ihren Kopf nicht mehr durch die Stäbe. Sie konnte sich plagen wie sie wollte. Selbst wenn sie einen Stuhl vor das Haus trug und von außen durch den Spalt zu kommen suchte, mühte sie sich vergeblich.

Als das geschah, fehlte ihr nicht viel zum Alter von sechs Jahren. Ihre Schwester Anna war fast ein halbes Jahr über vier; ihr Kopf hatte noch eine kleine Frist. Wie leicht wäre es ihr gefallen, die Schwester zornig zu machen, vor ihren Augen hinaus- und hineinzuklettern. Aber das brachte sie nicht übers Herz. Als Crescentia sich verzweifelt mühte, ihren Kopf durch die Gitterstäbe zu zwängen, wollte es auch die Schwester Anna einmal versuchen. Crescentia, die auf dem Sessel stand, rückte mit ihren Füßen auf die Seite und ließ die Schwester heraufsteigen. Wie vorauszusehen war, schob diese ihren dunklen Lockenkopf klaglos in die Stube. Aber sie ließ nicht, was Crescentia erwartete, ihren behenden Körper hinter dem Kopf nachschlüpfen, sondern tauchte zurück ins Freie, umarmte ihre Schwester zärtlich, preßte sie an sich und sagte: »Naa', dees is aa nimma schee'!«

In diesem Augenblick schloß die Mutter von innen das Fenster, denn es wehte eine kühle Frühlingsluft hinein, und der Kachelofen war geheizt. Die Mädchen sahen ihre Umarmung vor dem dunklen Stubenhintergrund gespiegelt. Nichts Neues war das: Oft hatten sie beobachtet, daß das Glas zwei Ebenen hat, eine eigene und eine zweite dahinter. So konnten sie im Winter von der Eckbank aus die Eisblumen glitzern und, wenn die große Schmelze kam, den Regenfluß über die Scheiben rinnen sehen. Hinter dem Fensterglas aber starrte dürres Astgestrüpp. Wie oft im letzten Sommer hatten sie, wenn sie von außen in die Fenster spähten, einen Hintergrund geahnt, Kachelofen, Büffetkasten und Schüsselkorb, zugleich aber Sonnenblumen, Bartnelken und Molbeeren gesehen, die sich aus dem Wurzgarten darin spiegelten. Als die Kinder einmal beim Nachbarn zum Weber durchs Fenster in die Stube lugten, umfaßte ihr Blick die zum Trocknen über das Ofengestänge gehängte Wäsche und ein farbenschillerndes Pfauenrad. Im Ödgarten hielt man sich einen Pfau. Der Vogel der Göttin Juno war überrieselt mit Schmuck, trug silberne Federbüsche auf dem Haupt, eine azurblaue Halskette, eine schillernde Schleppe. In funkelndem Glanz rauschte der eitle Vogel durch den Obstgarten und fegte tausend abgefallene unzeitige Zwetschgen, die winziger als Arwaküglein waren, auf die Seite.

Auch jetzt hatten sie zweierlei Bilder in einem einzigen, das Bild hinter dem Glas und das Spiegelbild auf der Oberfläche der Scheibe. Wenn der Berghamer Lichtbildkünstler Kumpfmüller auf eine bereits belichtete Platte zum zweiten Mal photographiert hätte, wäre etwas Ähnliches herausgekommen. »Mir stengan a da Stubn«, sagte Anna zu Crescentia und deutete in die Tiefe des Fensters.

Crescentia achtete mehr auf die Umarmung als auf das doppelte Bild, prägte sich mehr das Nebeneinander als das Hintereinander ein, denn umarmt hatte sie ihre Schwester oft, aber noch nie gleichzeitig im Spiegel gesehen. Anna scheute das

Spiegelbild und hüpfte vom Stuhl. Nun gab es auch für sie nur noch die Tür.

Von der zu Grabe getragenen Ahnl hatten die Kinder erzählen gehört, daß nicht nur die »Himmelmutterkirchen«, sondern auch Büsche und Wiesen, Felder und Wälder voller Frömmigkeit stecken. Sie meinte nicht die zahlreich aus Hain und Flur sprießenden Zeugnisse des römischen Glaubens, meinte nicht das eiserne Marterkreuz auf dem Kieblberg. Das Namensschild war nicht mehr zu entziffern. Rechts und links der Blechtafel lehnten Johannes und Maria, aus Eisen gegossen. Die beiden Sterbengel, die das Erlöserkreuz flankierten, hatten früher von den Kindern manches »Ei-ei« bekommen, weshalb ihre Hinterteile zeitweise blank poliert waren.

Nein, die alte Notburga meinte keine kirchliche Frömmigkeit, wenn sie von der heidnischen Königin Nirdu erzählte, die nach dem Volksglauben vor vielen Jahren hier geherrscht und im Frauenholz ihr Stammschloß gehabt hatte. Die geheimnisvollen Erzählungen einer Toten ließen der kleinen Anna keine Ruhe mehr: An einem sonnenhellen Maimorgen lockte sie ihre Schwester: »Aba heit gehma zon Frauawossa!« Da diese nicht aufwachte, knitschte sie ihr mit zwei Fingern ins Ohrläppchen, kicherte, als Crescentia erschrak, und rief lauter: »Heit gehma zon Frauawossa!!«

Anders als bei ihrem letzten Gang auf dem Kammweg lag das Land zu beiden Seiten. Frisches Baumgrün, flammendes Gelb der Rapsfelder und tiefes Flachsblau fügten sich zu einem scheckigen Bild. So weit wie an diesem Morgen hatten sie nur an windstillen, trockenen und staubarmen Herbsttagen blicken können. Die Luft war von einer Durchsichtigkeit, als sei zwischen ihren Augen und den Gegenständen keine Kluft. So bar aller Tiefe war dieses Bild, daß man versucht sein konnte, es mit einem Lappen abzuwischen. Als die Kinder eine Zeitlang gegangen waren, tat sich der Wald auf.

Die Geräusche gewannen einen sonderbaren Schall, den sie nur in abgeschlossenen Räumen haben. Es war kein Weltlärm, nur ein feines Knacken und Knistern, ein tausendfältiges, das zum großen Raunen des Waldes wurde.

Einmal kam ihnen ein Holzknecht entgegen. Er trug wie der Apostel Simon eine Säge geschultert. Schnell schlugen sich die Kinder ins Gebüsch. Als die Schritte verhallt waren, richteten sie sich auf. Sie erschraken, denn über ihren Köpfen ragte ein Kreuz. Es zeigte, aus Eisenblech geschnitten, die Leiden des Erlösers in allen Stufen des Schreckens: an der Spitze den Gockelhahn mit aufgesperrtem Schnabel, eine Uhr, deren Stundenzeiger auf den römischen Neuner wies, ein flatterndes Schriftband und den gekreuzigten Heiland selber, strahlenförmig von Marterwerkzeugen umrahmt, von Zange, Hammer, Dornenkrone, Kreuznägeln, Geißel, Säbel, Schilfkolben, Stange, Schwamm, Lanze und Hellebarde. Das Kreuz stand schief, war verrostet und von Spinnennetzen eingewoben. Der Blick der Kinder irrte an den glatten Stämmen der Baumriesen hinauf. Wie Kirchensäulen strebten sie zum Himmel. Aus dem hohen Laubdach brach ein Sonnenstrahl und ließ die Spinnenfäden silbrig blitzen. Auch dieses Kreuz hatte die Bötin nicht gemeint, wenn sie von der Königin Nirdu sprach. Damals, als die Kinder vom Unwetter aus dem Wald gewiesen wurden, waren sie nicht so weit vorgedrungen wie heute. Sie wollten sich das Kreuz für ihren Rückweg merken.

Wenn die alte Notburga recht gehabt hatte, mußten sie schon im Reich der Königin Nirdu sein, im Reich der Herrin über Fledermäuse und Stacheligel, über Tollkirschen und Einbeeren, über Gickerlblumen und Gelbe Rüben mit Blutstropfen in den weißen Dolden.

Da lag über dem Weg, der in wuchernden Kräutern versank, eine riesige Tanne. Mochte sein, daß sie hundert Jahre alt geworden war oder mehr — nun hatte der Sturm ihren flachen Wurzelteller aus dem Nadelboden gerissen und den stolzen Baum über den Weg der Kinder gelegt. Sie mußten sich rittlings auf den borkigen Stamm setzen, um die andere Seite zu gewinnen. Auch diese umgestürzte Tanne wollten sie sich für ihren Heimweg merken.

Als sie weiter über Waldwurzeln stolperten, teilten sich die Zweige eines Vogelbeerstrauches und ein altes Weib stand vor ihnen. Sie schien etwas verloren zu haben, denn sie starrte wie gebannt auf einen Grasbüschel oder einen Krautstock zu ihren Füßen; darum bemerkte sie die Mädchen nicht. Vom Kopftuch bis zu den Schnallenschuhen war sie in Schwarz gehüllt. Wenn das Brotweiblein nicht schon tot gewesen wäre, hätte man sie dafür halten können. Schreiend und sich im Schreien Mut machend liefen die Kinder davon, immer tiefer ins Gehölz hinein.

Die Alte war ein Kräuterweib: Stengel, Blätter und Blüten pflückte sie, von denen sie zuweilen ein Frauenkäferlein abblies, grub Wurzeln mit spitziger Schaufel aus dem Boden und verwahrte alles in einem Deckelkorb. Sie sammelte Heilpflanzen gegen das Antoniusfeuer, eine verheerende Krankheit, die vom Mutterkorn hervorgerufen wird und mit schmerzhafter Glut Beine, Arme, Teile des Gesichtes brandig zerstört. Über alle Kräuter, die dem Antoniusfeuer gefährlich werden, gebot Königin Nirdu.

Immer tiefer liefen die Mädchen in den Wald hinein. Sie ahnten nicht, daß er noch stundenlang kein Ende nehmen sollte. Ihr Geschrei, mit dem sie sich anfangs Mut gemacht hatten, ging in Singen über. Und wie ihr Vater, der fern auf heimatlichen Erdäpfelfeldern mit dem eisernen Häunlein arbeitete, reimend einzuleiten pflegte, taten es auch sie: »Schneida, Schneida, singts oans, gähts weida, weida, singts a scheens Liad!«

Vom Laufen und Singen erschöpft, fielen sie sich in die Arme, atmeten heftig und sanken auf ein Polster aus Moos nieder.

Als Crescentia ihrer Schwester eine flink füßelnde Ameise vom Knie, das aus dem Rocksaum aufgetaucht war, streifte, schob sich die Haut zu einer Falte zusammen. Da mußte sie frühester Kinderspiele gedenken und drückte die Hautschwarte fester zusammen: »A Kaibifotz!« rief sie, »a Kaibifotz!« Damit meinte sie das Maul eines Kalbes, dem die Quetschspalte ähnlich sah. Anna lag auf dem Rücken im Gras und blickte ihrer Schwester in die Augen. Neben Annas rechtem Ohr streckte ein Löwenzahn seinen gelbzüngelnden Stern aus dem Gras. Crescentia brach den hohlen Stengel ab und kitzelte Anna mit dem Blütenkopf an der Nase. Anna tat, als ob sie niese und machte »hatschi!!« Crescentia fuhr ihr mit der Blume an den Mund. Das kitzelte Anna und sie lachte. Crescentia beschrieb mit leichten Strichen den Umriß der Lippen ihrer Schwester. Diese wurde von schmerzendem Kichern geschüttelt und zeigte im lachend geöffneten Mund ihre Zähne. Crescentia fuhr mit dem Fingernagel holpernd darüber und kitzelte sie mit dem Blütenkopf an der Zungenspitze. Anna stöhnte vor Lachen. Crescentia kam mit ihrer zitternden Blume ans Kinn. Nur noch zwei Fingerbreiten trennten sie und ihre gelbe Peinigerin vom Hals. Kaum ahnte Anna in dieser empfindlichen Gegend nur den Hauch eines einzigen Züngleins der Blüte, als sie aufschnellte, Crescentia an den Armen packte, schnappte wie ein Fisch, der sich Mücken über der Wasseroberfläche fängt, den Löwenzahnkopf mit beiden Lippen abknitschte und im hohen Bogen ausspuckte. Crescentia kniete sprachlos mit dem kopflosen Stengel in der Hand.

Crescentia hielt ihren Blick auf den Hals der Schwester geheftet, die wieder zurück ins Gras gesunken war. Der Ausschnitt des verwaschenen Leinenkleides, das einmal ihr gehört hatte, gab ein vergoldetes Kettlein frei und ein funkelndes kleines Kreuz, das daran hing. Crescentia ließ die feinen Glieder der Kette durch ihre Finger rieseln, mußte an Getreidekörner und Perlen eines Rosenkranzes denken. Da fühlte sie einen fremden Blick auf sich gerichtet, schlug die getroffenen Lider auf und begegnete den großen Augen ihrer Schwester. Diese zuckten ein wenig, als wollten sie niedergeschlagen oder abgewendet werden, hielten aber dem kräftigen Anblick stand, wurden weich; die Regenbogenhaut vertiefte ihr Braun. Auf einmal sagte Anna und bewegte ihre Lippen kaum: »Zenzl, i han die sovui gern.«

Die ältere Schwester wußte nicht, wie ihr geschah, mußte den dunklen Lockenkopf in die Hände nehmen und einen Kuß auf die Lippen drücken, wie es die Mutter oft getan hatte. Eine rote Welle schoß der Geküßten ins Gesicht — sie wollte ihrer älteren Schwester das vergoldete Kreuzlein schenken.

Crescentia wehrte ab. Das Kreuz nehme sie nicht an, denn es sei ein Namenstagsgeschenk der Mutter. Außerdem habe sie selbst eines von der Mutter bekommen. Sie zog ihr Kreuz heraus, das ihr unter das Kleid gerutscht war.

Anna gab nicht nach. Sie wollte der Schwester ihr Kreuz schenken und hatte im Nacken schon den Haken aus der Öse gelöst.

Der Schwester kam ein Gedanke. Sie nehme das Geschenk an, meinte sie, wenn sich auch Anna beschenken lasse; sie werde ebenfalls ihr Kreuz hergeben.

Anna war einverstanden. Als sie aber das Kreuz der Schwester umhängen hatte, sagte sie enttäuscht, daß das ja bloß ein Tausch sei.

Crescentia hatte eine Entdeckung gemacht. Sie sah, daß dem

empfangenen Kreuz drei Buchstaben eingeritzt waren: VRS. (Das hieß: Vade Retro Satanas und bedeutete soviel wie: Teufel, weiche zurück, wenn du dieses Zeichen siehst!) Es war ein Benediktuskreuz.

Anna sprang auf, zog ihre Schwester, die noch kniete, in die Höhe und wollte weiter zum Frauenwasser. Die Schwestern streiften sich gegenseitig Gräser und Waldnadeln von den Kleidern und machten sich auf den Weg. Da bemerkten sie, was ihnen zuerst entgangen war, daß es keinen Weg mehr gab. Ob sie ihn aus den Augen verloren hatten, oder ob er sich — wie die meisten Bauern- und Holzwege — unmerklich aufgelöst hatte, wußten sie nicht. Es gab kein Vor und Zurück mehr. Von allen Seiten starrte ihnen das Dickicht entgegen. Der Ausschnitt des Himmels über ihren Köpfen war klein. Ein Ablesen der Himmelsrichtung aus dem Sonnenstand war nicht möglich. Sie kamen sich wie in einem Käfig vor.

Auf einmal glaubte Anna, durch die Baumstämme ein schwankendes Glitzern zu bemerken. Sie wollte dem Glanz nachgehen. Da kam sie auf einem mit Nadeln überschütteten Hang ins Rutschen. Sie suchte von Stamm zu Stamm Halt und glitt in einen tiefen, bewaldeten Tobel hinab. Auch unten, wo sie wieder Stand auf den Füßen fand, weil sich die Abschüssigkeit des Geländes besänftigt hatte, wollte sich das Gewirr der Stämme nicht zu einer Lichtung öffnen. Im Gegenteil, aus Wurzeln und Knollen stachelte ein Gestrüpp treibender Weidenschoßen auf. Die Palmkätzchen waren schon am Verblühen. Das undurchdringliche Weidengeflecht ließ auf eine starke Feuchtigkeit des Erdreichs schließen. Wirklich sanken Annas bloße Füße im Morast ein. Plötzlich, als sie die nächsten Ruten auf die Seite schob, weitete sich vor ihren Augen ein blanker Wasserspiegel.

Das Wasser war tiefschwarz. Weil sich aber eine kleine, runde Himmelsöffnung darin spiegelte, wirkte es hell. Anna schaute mit großen Augen zum anderen Ufer hinüber, das nicht weiter entfernt war, als in Kammerlehen das Gatter des Wurzgartens von der Haustür. Sie suchte die Himmelsöffnung und sah, daß sich das Laubdach über dem Wasser beinah lückenlos schloß. Das Licht des Himmels fand nicht reichlicher Platz hindurchzubrechen, als im Kirchengewölbe durch das kreisrunde Loch, aus dem die Taube herabschwebte. Vögel flatterten zwischen ihren Nestern hin und her und kreuzten als Schattenrisse vor der lichthellen Öffnung.

Crescentia, die hinter Anna aus den Büschen trat, staunte nicht weniger als ihre Schwester über das dunkle Wasser mitten im Wald.

Mit dem Frauenwasser hatte es eine eigenartige Bewandtnis. Vor Jahrhunderten war das Marienheiligtum von Feldkirchen einer heidnischen Gottheit geweiht — der Königin Nirdu. Es war die Zeit, als die Schwegeln der Hirten, die Crescentia und Anna von den Schafweiden hinter dem Kieblberg heraufklagen hörten, Pansflöten hießen, als die Kräuter, Huflattich und Storchschnabel, noch der Beschwörung dienten, an die ein Kinderreim erinnerte: »Hokus pokus — Marokus — Griwes grawes Katzenschwanz — Zahnweh macht den letzten Tanz«, und als noch kein Kraut für das christliche Antlaßkränzlein gewachsen war. Aber konnte es nicht auch als Beschwörung gelten, wenn das Antlaßkraut nur zu bestimmter Zeit und mit bestimmten Gebeten gebrochen werden durfte?

Nun wehrte nicht mehr der zähnebleckende Roßkopf alles Böse, der vom Bauern eigenhändig auf den oberen Boden genagelt worden war, sondern die brokatgewandete Muttergottes in der Nische unter dem Giebel. Und der Drudenfuß, den die große Nirdu so schätzte, änderte sich zum Zeichen der heiligen Könige.

Seit das unermeßliche Gehölz nicht mehr der Göttin Nirdu, sondern der Jungfrau Maria zugeeignet war, hieß das Wasser mitten im Wald, wo die Göttin jeden Freitag ihren Schleier wusch, »Frauenwasser«, denn es hatte sich nach dem Volksmund aus lauter Tränen angesammelt, die von der Himmelmutter über den Kreuzestod ihres Sohnes vergossen worden waren.

Aber die Kraft der heidnischen Gottheit war noch nicht gebrochen. Im Frauenholz, munkelte man, gehe es um. Die Erdgöttin sei beleidigt, daß Maria sie aus dem Herzen des Volkes verdrängt habe.

Unter dem Blätterdach, das über dem glatten Wasserspiegel wie ein Kirchengewölbe zusammenstieß, verharrten die Kinder und schwiegen. Das Grün des Laubs teilte sich dem durchscheinenden Licht mit, das etwas giftig Brütendes bekam. An silbrigen Fäden ließen sich schwarze, langbeinige Spinnen aus unbestimmten Höhen fallen. Da flatterten Schmetterlinge mit überstäubtem Faltergefieder, schwirrten unzählige in Mückengold gefaßte Seelen, schwärmten wie sonnengetroffene Weihrauchwolken, vielkehlig quakten die Frösche aus glucksenden Tiefen, über Graskolben und Weidenstrünke krochen, in Flügeldecken gepanzert, schillernde Käfer.

Anna stieß im Weitergehen mit ihrem großen Zehen an einen harten Gegenstand. Sie hob den Fuß und faßte sich an die schmerzende Zehe. Da erkannte sie im Dämmerlicht, was ihr im Weg lag: Ein Stein wie ein Würfel, glatt, als wäre er zugehauen. Wäscherinnen an Bachufern benützen solche Steine.

Crescentia bekam in der Nähe des Wassers ein unheimliches Gefühl. Das Wort der Nachbarin »Gehts ma net zun Frauawossa« schoß ihr durch den Kopf. Die Sorge, den Heimweg zu verfehlen, ließ ihr keine Ruhe. Sie hätte Anna gern bei der Hand genommen, wäre gern mit ihr heimgegangen — wenn sie die Richtung gewußt hätte. Die kleine Schwester war inzwischen auf den Stein getreten, der wirklich wie die Steine der Bachwäscherinnen unmittelbar aus dem Wasser ragte. »Anni! Gehma hoam!« mahnte die ältere Schwester. »Gehma hoam! Kimm!«

Anna wollte sich nicht ablenken lassen. »Dees is 's Frauawossa!« flüsterte sie aufgeregt: «'s Frauawossa! Schaug! Mir hammas gfundn!«

Der schwarze Weiher blickte sie wie ein großes Auge an, und auch sie starrte in den Spiegel zu ihren Füßen. Wenn sie ihren Kopf neigte, wurde ihr das eigene Gesicht aus dem Wasser zurückgeworfen. Nicht ganz so klar wie im Fensterglas trat ihr Bild hervor, nicht so ruhig standen die Umrisse vor dem Hintergrund. Wenn die Wasseroberfläche sich kaum wahrnehmbar bewegte, schwankten hauchzarte Wellen mit den Rändern ihrer Haare und Backen hin und zurück. Auch die Erfahrung mit den zweierlei Ebenen im Fensterglas, das eine Daraufsicht und eine Durchsicht, ein Spiegelbild und ein Bild der dahinter liegenden Stube geboten hatte, wiederholte sich nicht. Dunkel und bodenlos war das Wasser. Nur ähnlich wie daheim im Fensterglas war Annas Gesicht von Blattgrün und Blumengelb umrahmt. Ein färbig bestäubtes Pfauenauge flatterte wie eine Schleife über ihrem Haar.

Die Zeit, daß der kleinen Anna zum ersten Mal über den Stuhl, der mit einer Roßdecke verhängt war, über das Weltmeer in der irdenen Schüssel und über das eingebildete Kleid der Königin Nirdu ein Lächeln auf die Lippen trat, war noch nicht gekommen. Sogar Crescentia breitete immer noch den Mantel der Schwesterliebe über die Erkenntnis der sachlichen Welt. Für Anna wurde das regenbogenfärbige Pfauenauge in dem zitterigen Spiegelbild vor ihren Füßen zu einem marmorierten Arwa — einem Schusser also — und zu einem rotgeäderten Einbandpapier. Voll Scheu erkannte sie, daß Königin Nirdu hinter ihr stand, von der sie bisher nur geträumt hatte. Nun war sie Wirklichkeit. Gansfedern starrten ihr nach allen Seiten vom Kopf, regelmäßig wie die gestärkten Fältlein einer Nachthaube. Anna fühlte sich an einen Traum in ihrer Bettstatt neben dem angemalten Schrank erinnert. Damals hatte sie die Königin Nirdu zwar nicht gesehen, aber ihre Stimme gehört und ihre Worte verstanden: Ich komme wieder! Ich komme wieder! — Die Königin deutete auf das Kreuz, das an feiner Kette vom vorgeneigten Hals gegen den Wasserspiegel baumelte. »Wieviel schöner ist ein Ring!« sagte sie, »der nicht untergehen kann! Das ist nämlich kein Frauenwasser, wie du meinst, das ist das Wasser, in dem ich alle Freitage meinen Schleier wasche!« Die Königin im Strahlenkranz aus Gänsefedern beugte sich von hinten über Annas rechte Schulter und flüsterte: »Siehst du die feinen Wellen? Wenn der Nachtwind weht, werfen sie sich auf — eine springt hinter der anderen her — und wie eine Welle nach der andern, so trachte ich nach dir!!«

Anna fiel ein Spruch ein, den sie vom Bruder Sebastian gehört hatte: »Alle guten Geister loben Gott den Herrn!« Aber sie brachte den Mund nicht auf, der Hals war ihr wie zugeschnürt. Die Königin, die dicht hinter ihrem Rücken stand, antwortete schnell, als hätte sie Annas Gedanken erraten. Dabei tauchte einen Augenblick der bärtige Blumentopf des Brunnens auf, dann nahm ihr Gesicht die Züge der alten Bötin an, die gesträubten Gansfedern wurden zu den steifen Falten einer Nachthaube, wandelten sich zu weißen Haarsträhnen, und Augengläser blitzten auf ihrer Nase. Mit keifender Stimme schrie sie ihr die Worte der tauben Magd in die Ohren: »Di werd aa no amoi der Teifi holn! Du Drack, du elendiga!!«

Geschwind riß Anna einen Blätterast vom nächsten Busch und zerwühlte damit die Wasseroberfläche, daß das Spiegelbild zerrann. Aber, hatte sie den Widerstand des Wassers unterschätzt, zu fest gerudert oder den Ast zu schwach umklammert — er glitt ihr aus der Hand, als wäre er herausgeschlagen worden. »O mei', o mei', o mei'!« jammerte sie über den verlorenen Stock. Was dann geschah, war das Werk eines Augenblicks.

Anna ging in die Knie und beugte sich dem Zweig, der auf den Wellen schaukelte, entgegen. Ganz langsam wurde er vom Ufer abgetrieben. So langsam, daß ihr Zugriff ihn leicht einholen konnte. Nur noch eine Fingerbreite trennte die Spitze ihrer ausgestreckten Hand von dem Ende des Zweiges. Die kleine Anna streckte ihren Arm noch weiter aus, — da bemerkte sie, daß sie die Neigung ihres Körpers nicht mehr rückgängig machen konnte, daß sie das Übergewicht bekommen hatte, daß die drohende Wasserfläche ihr entgegenwuchs. So nah wie in diesem Augenblick war sie der geliebten Mutter nie gewesen. Mit dem Aufschrei »Mama!!« stürzte sie ins Wasser und verschwand unter der Oberfläche. —

Crescentia, die sonst hätte eifersüchtig sein können, empfand mit Annas Ruf nach der Mutter sich selbst als Angerufene. Sie lief hinunter und blieb auf dem Stein stehen, wo ihre Schwester bis vor einem Herzschlag gestanden war. Aus tiefster Brust entrang sich ihr der Schreckensschrei: »Net Kuckuck macha!!« Aber sie wartete umsonst. An der Wasseroberfläche perlten und platzten Luftblasen. Einsam schaukelte der Zweig im Wasser. Als die Wellenringe sich verliefen, lag er wieder ruhig auf dem Spiegel des Sees. Ein Häherschrei durchschnitt die Luft.

Crescentia wußte, daß hier, wenn überhaupt jemand, nur der Vater helfen konnte. Sie gönnte sich zum Weinen keine Zeit, sie erkletterte mit der Kraft der Verzweiflung den steilen, von Tannennadeln glatten Hang, der die Kinder zum Unglück in die Wasserschlucht hinabgelockt hatte. Oben hielt sie Umschau, prüfte mit genäßtem Finger die Windrichtung, wie sie es vom Vater gelernt hatte, und suchte, ob sie nicht Sonnenstrahlen zwischen den Stämmen blitzen sehe. Beides gelang. Die Richtung, die sie einschlug, mußte sie nach Hause führen. Sie hatte den rechten Weg gefunden, überkletterte die umgestürzte Tanne, sah das Blechkreuz stehen, lief und lief, bis der Wald auseinander wich, und tief unter ihren Füßen der heimatliche Hof auftauchte. Den Wiesenhang stürzte sie hinab ohne Rücksicht auf das Gras, das eine beträchtliche Höhe erreicht hatte, lief und lief, daß ihr vom Seitenstechen das Wasser in die Augen trat, durchmaß keuchend die doppelte Apfelbaumreihe, stürmte von hinten durch die Stadeltenne, fiel dem Vater, den sie in der Schupfe beim Zurechtlegen der Leitern für den Heuwagen fand, um den Hals, öffnete ihren Mund, schluchzte, stammelte mit pfeifendem Atem etwas vom Frauenwasser — und von der Schwester Anna, die darin liege...

Der Vater wurde leichenblaß. Das konnte Crescentia, so erschöpft sie war, sehen. Er nahm lange Stangen aus der Holzlege und brach mit seinem Knecht Anton auf.

Am Neujahrsmorgen kannten die Bauernkinder im Vilstal keinen größeren Spaß als das »Neujahr Agwinga«. Jedes von den Kindern versuchte, seiner Schwester oder seinem Bruder mit dem Ausruf: »A glücksäligs Neis Joahr« zuvorzukommen. Dazu mußten beide, nämlich Rufer und Angerufener, aus den Federn sein. Durchaus nicht erlaubt war es, diesen Segenswunsch einem ahnungslosen Strohsackhorcher an den Kopf zu werfen. Heuer hatte Crescentia, die schon länger in diesem Brauch geübt war, ihrer Schwester Anna einen Streich gespielt. Wenn es das Neujahr abzugewinnen galt, war man erfinderisch. Sie blieb solang in ihrer Bettstatt liegen, bis Anna aufgestanden war, und noch ein wenig länger. Plötzlich, als die Schwester sich das Kleid über den Kopf zog, sprang sie vom gespielten Schlummer auf und schleuderte ihr den wohlbekannten Ruf entgegen: »A glücksäligs Neis Joahr!«

Was ein neues Jahr bringen wird, weiß kein Mensch, aber das hätte sich das blondzopfige Mädchen nicht träumen lassen, daß es ihrer kleinen Schwester Anna den Tod bringen würde. An eine Rettung des Kindes war nicht mehr zu denken. Von weitem sah man schon die Männer, den hageren Vater und den bärtigen Knecht, auf einer eilig von mitgebrachten Stangen, von Waldästen und Weidenschoßen zurechtgeflochtenen Bahre die ausgestreckte Anna über den Wiesenbuckel heruntertragen. Als sie die Bahre in der ziegelroten Flötz ablegten, die vom Wehklagen der Mutter widerhallte, hob Crescentia sacht einen Zipfel des Hemds auf, das der Vater über sein totes Kind gebreitet hatte (er war mit entblößter Brust aus dem Wald heimgekommen) — und Stück für Stück, je weiter sie die Hülle zurückschlug, traten die Stufen ihrer vergangenen Zärtlichkeiten zutage — die Haare — wie lang und strähnig waren sie aus dem Wasser emporgetaucht und an den Enden schon wieder etwas aufgekräuselt —, die Stirn, die Brauen, die Augen — mit geschlossenen Lidern diesmal und angeklatschten Wimpern —, die Ohren, die Backen, die Nase, der Mund, dessen Lippen leicht offen standen, so daß die Zahnreihen halb entblößt waren, das Kinn und endlich der Hals, an dem die Kette hing. Von fernher wehte der Wind den ersterbenden Klang eines Glockenspiels.

Jemand nahm Crescentia den Hemdzipfel aus der Hand und schob sie sanft hinweg. Es wäre nicht nötig gewesen, denn die Kleine sah von ihrer Schwester nichts; ihre Augen waren vom Weinen blind. Sie wurde an allen Gliedern geschüttelt, sie konnte die Wahrheit nicht glauben.

Als sie über die Schwelle der Dirndlkammer trat und das Blütengewirr auf dem Kasten mit stumpfen Augen sah, das täuschend gemalt war, wie wenn von ihm das Blättergeraschel ausgehe, das die Luft erfüllte, das aber von dem Marischanzkerbaum herrührte, der vor dem geöffneten Fenster im Abendwind rauschte — mußte sie an diesen Morgen zurückdenken und an das Versäumnis, daß sie ihrer Schwester nicht zugerufen hatte: Bleib in der Schlafkammer, bleib in der Schlafkammer, du kommst nicht mehr zurück!

In dieser Nacht war Maria, die ihr erstes Lebensjahr fast vollendet hatte, in Annas Bettstatt gelegt worden, damit Crescentia nicht allein sei. Diese schlief nur oberflächlich und wurde von schlimmen Träumen gepeinigt. Ihr träumte, der Bruder Sebastian kratze mit seinem Griffel immer wieder zwei Zeilen auf seine Schiefertafel, in der seltsamen Schreibsprache, die so sehr von ihrer Mundsprache abwich:

»Schwarz und licht
vertragt sich nicht ...«,

immer wieder dieselben Reimzeilen untereinander, wie es die Abc-Schützen bei Hausarbeiten aufgesetzt bekommen.

Das Mädchen schrie »Nein!« und erwachte vom Klang ihrer eigenen Stimme. Dann stürzten wieder Tränen aus ihren Augen. Die Dirndlkammer war stockfinster. Wolken verhängten den Mond. Das Kind konnte die Hand nicht vor den Augen sehen. Unten, aus der Flötz, drangen eintönige Stimmen der Nachbarn herauf, die am Totenlager Annas den Rosenkranz beteten.

Was war das für eine Nacht! Als die Gegenstände in der Morgendämmerung langsam wieder Umrisse annahmen, tauchten auch wieder die gemalten Kräuterranken des Kleiderkastens auf, die Blätter des Marischanzkerbaumes rauschten im Ostwind — es war wie gestern früh, als Anna noch lebte.

Lebtest du noch, kleine Anna! Das Zimmer war leer. Der Blick des Mädchens irrte suchend umher. — Wo bist du, Anna? — Anna, wo bist du?

Vor der aufgebahrten Leiche schreckte sie zurück, nicht anders als vor dem Leichnam der Bötin — damals hatte Anna noch ihren Schrecken geteilt. Nun lag sie selber da, ein weißer Gegenstand, von der Sterbekerze flackernd beleuchtet. Und Wasserkrüge voll weißer Lilien. Das bist du nicht, Anna! Bist du das? Ob du jetzt weißt, was der Tod ist? fragte sie. Dann kam der nächste Abend.

Die Mutter saß mit einer Stickerei am Bett der kleinen Maria, die in der allgemeinen Verwirrung nicht einschlafen konnte, und sang ein Wiegenlied:

»Heija, mei' Dirnei, i schutz di,
kimmt ge' da Samsta, i putz di ...«

Bei Crescentia verfing das Lied nicht. Der Vater mußte sein schluchzendes Kind trösten, ob er gleich selber des Trostes bedurfte. — Das ist deiner Schwester Anna nicht an der Wiege gesungen worden, und doch hat es sein müssen — begann er, — schau, der Tod ist ein braver Mann. Er macht ja, daß geboren werden kann. — Aber durch nichts war Crescentia zu trösten. So fuhr der Vater mit einschmeichelnder Stimme zu reden, eigentlich zu ü b e r reden fort: — Schau, man weiß bei keinem Geschöpf Gottes, wie lang es auf der Welt ist. Man weiß nur: Alles, was irdisch ist, muß vergehen. Jeder gelebte Tag ist ein Geschenk. Wir können mit Gott nicht hadern. Es

hat so sein sollen, daß die kleine Anna nicht schon beim Sturz des Bleigewichts der Wanduhr zu Tode getroffen worden ist. —
Auch das ließ Crescentia nicht einschlafen, daß es um die siebente Abendstunde noch hell war. Dennoch fürchtete sie die finstere Nacht. Die Mutter, die an Marias Bett saß und sang, hatte die Wehendecke in den runden Rahmen gespannt und stickte hinter Annas Namen Tag, Monat, Jahr und ein Totenkreuz.

»... kimmt ge' da Sunnta, i leg di schee' o',
daß i mit mein Dirnei an Hoa'gartn geh' ko'.«

Nun rückte Crescentia mit ihrer Betrübnis über den Bruder Sebastian heraus. Des Vaters offenes Herz löste ihr die Zunge: Eigentlich habe sie jetzt nur noch den älteren Bruder, aber der sei fremd und kalt zu ihr, nehme sie nicht ernst, ziehe sie höchstens einmal an den Ohren, daß ihr Hören und Sehen vergehe. Und sie habe sich von ihm sagen lassen müssen, die Geschichten von der Königin Nirdu und ähnliche Flausen seien schuld, daß es mit Anna so gekommen sei.

Der Vater wurde rot vor Zorn und erboste sich über Sebastian. »Der wird meine Meinung zu hören bekommen!« —

Crescentia erschrak; ihr Bruder dauerte sie nun. Und sie bat den Vater, Gnade vor Recht ergehen zu lassen. Der lächelte, strich ihr über das Haar und ging hinüber in die Bubenkammer, wo der Älteste mit Joseph schlief.

Crescentia fragte ihre Mutter, die in der Kammer geblieben war, leise »Wo is'n d'Anni jatz?« — Dem Kind prägte sich tief ein, was die Mutter still und tränenlos antwortete: »Im Himmi.« Und es gehörte zu den Erfahrungen, die Crescentias ferneres Leben bestimmten, daß die Mutter sagte: »Unsa kloane Anni is furtganga...«

Am nächsten Tag wurde das Fuhrwerk für Annas letzte Reise bereit gemacht. Der Wagen war von jedem Aufbau — Brettern zum Mistfahren und Leitern für die Heuernte — befreit worden, so daß er eine nackte Leichenfuhre war. Der Stutzen, auf dem die Kinder — auch Anna — immer so gern vom Feld heimgefahren waren, ragte über das hintere Ende hinaus, aber niemand saß darauf, als der schwarz verhängte Wagen mit dem kleinen Kindersarg an der Michelikapelle vorbeirollte. Der brave Damerl wußte nicht, welche Last er zog.

Über die Granitstufen hinauf und durch das Eisengatter auf den Feldkirchener Gottesacker stolperte Crescentia. Der schrille Klang des Zügenglöckleins schwebte über dem schwarzen Zug, in dem das zopfige Mägdlein lief. Sie hielt zum Staunen ihrer Mutter den kleinen Kasperl unter dem Arm, der so abgegriffen war, besonders um Stirn, Augen, Nase, Mund und Kinn, daß man ihn kaum noch als den beliebten Spaßmacher erkannte. Annas Liebkosungen waren es, die ihm den Rest gegeben hatten.

Als der kleine helle Sarg von der Totenbahre gehoben wurde, und Anna für immer in den dunklen Schacht hinabglitt, mußte Sebastian seine Frau, die dem toten Menschenkind ihren Namen gegeben hatte, stützen, weil sie schwankte. Als die Trauergäste, von denen viele weinten, drei Spritzer Weihwasser darüber gaben, fiel es nicht auf, daß der kleinen Crescentia, während sie dicht an der Grube stand, der abgenützte Kasperl aus dem Arm glitt und zu Anna hinabstürzte. Daß dieser das Kreuzlein auch im Tod am Hals blieb, hatte sie durchgesetzt. Daß der Kasperl, der zuletzt mehr Anna als ihr selbst gehört hatte, mit in die Grube gefallen war, wußte niemand.

Erst als die Mutter merkte, daß die Kleine ohne Kasperl nach Hause kam, ahnte sie es. Aber sie sagte nichts.

Crescentia hatte noch immer die Augen voll Wasser, als sie die Mutter fragte: »Bis d' heiratst, is's vobei?« Die Mutter lächelte, verstand nicht, was das Kind meinte. Crescentia fragte deutlicher: »Is dees aa vobei? — — dees — Drandenka??« Die Mutter glaubte zu begreifen. Sie wischte dem Kind mit dem Schürzenzipfel die Tränen aus den Augen und ließ es schneuzen. Sie nickte. »Ganz gwiß! Bis d' heiratst is's vobei!« Crescentia konnte sich nicht vorstellen, daß dieser Kummer einmal vorbei sein sollte. Denn die Welt war bis zum Rand gefüllt mit Erinnerungen an Anna. Wie sollte sie jemals einen Gegenstand in die Hand nehmen, den nicht Anna schon in der Hand gehabt hatte — vor ihren Augen in der Hand gehabt hatte? Sie konnte sich nicht vorstellen, daß sie einmal, Jahre später, wenn sie nach langer Abwesenheit in ihr Elternhaus zurückkehrte, den Fuß über diese Türschwelle setzen würde, ohne sofort an Anna zu denken. Denn auch durch diese Tür war Anna gegangen. — Jetzt ist Anna nicht mehr da, wie sie vorher nicht da war. Aber es ist nichts genau so wie vorher, weil in der Zwischenzeit Anna da war.

Crescentia kannte noch nicht die Macht der Zeit, die unablässig Dinge schafft und Dinge verringert. Sie war daher von vornherein etwas ungläubig, als sie weiterfragte: »Und wann i gheirat han — kriag i nachand aa Kinder?« Die Mutter lächelte, nickte, umfaßte den Kopf der Kleinen und preßte ihn an sich.

Crescentia erzählte ihrer Mutter, die es nicht gewußt hatte, daß Anna in der höchsten Todesgefahr nach der Mutter gerufen habe. »Mama!« — habe sie geschrien. —

Die Mutter schluckte und sagte, daß der Schmerz, den Kinder ihrer Mutter zufügen mit der Geburt anfange, mit den Wehen, die davon ihren Namen haben. Und die Welt werde weiter mit jedem Kind — auch mit einem verlorenen.

Über vieles, was Crescentia wußte, war sie unsicher, ob es eigene Erfahrung oder Erzählung der Mutter sei. Als sie ins Bett ging, griff sie nach der Hand der kleinen Maria, ordnete ihre Finger und begann mit dem Anfangsreim — »Dees ist da Daumen...«

Das kleine Kinderkreuz auf dem Gottesacker der Feldkirchener Frauenkirche mahnte sie an eine verlorene Zeit. Wenn die Abendsonne in den Baumwipfeln des Frauenholzes versank, glaubte kein Mensch und schließlich Crescentia selbst nicht mehr, daß dieser Wald, der sanft schimmernd im Abendlicht stand, der die Küchentiegel mit Eiglbeeren und Rehgeißen füllte, einmal gefährlich und menschenmörderisch gewesen sein sollte. Die Zeit war weitergegangen, ganz wie der Vater in einem seiner Reime meinte:

»Bevor ma' se umschaugt, bevor ma' se bsinnt,
votrenzt ma' sei' Lebn, als votragats da Wind...«

Nur, wenn sie hörte, daß hinten, fern in der Tiefe des Holzes, immer noch das unheimliche Frauenwasser glitzere, weil es von einem unterirdischen Quellzulauf gespeist werde, daß es aber nicht mehr gefährlich sei, weil man einen Zaun herumgezogen habe, dann wurden ihre hellen Augen ein wenig dunkler und ihre Wimpern zogen sich fast unmerklich zusammen.

ABSCHIED VOM VATER

Ignaz Loher tritt in Erscheinung

Wie aus den meisten Brunnen Bräuhäuser geworden sind — wie der junge Ignaz Loher gewürfelt und geknobelt hat — von der Not der Biersieder — über die Sudpfanne wird kein Segen mehr gesprochen — Ignaz Loher kehrt in sein Heimatdorf zurück und läßt sich die Haare schneiden — Zwischenfall beim Bader, Windbeutelei, Schande und roter Kopf

Die Entdecker der Brunnen sind geistliche Ansiedler gewesen, die vor anderthalb Jahrtausenden oder später ihre Klause, ihre Zelle, ihre Kirche über einer lebenspendenden Quelle errichtet haben. So ging das Kollegiatstift Sankt Wolfgang im Isengau mit seinem Brunnquell auf eine Gründung des Regensburger Bischofs zurück. Vielfach übernahmen die geistlichen Herren weit ältere Wasserheiligtümer und richteten sie für ihre Zwecke her. Auch Bräustätten, die im braunen Bier eine erquickende Fastenspeise lieferten, waren von Kuttenträgern gegründet worden. Ob das nahgelegene Dorf Kaltenbrunn, das in einem windgeschützten Wiesental zwischen zwei bewaldeten Hügeln lag, seinen Ursprung ebenfalls einem geistlichen Wünschelrutengänger verdankte, war nicht auszumachen. Auch die Kaltenbrunner Brauerei mit ihrem Gasthof war anhand der Grundbucheintragungen nur fünf Jahrhunderte weit zurückzuverfolgen. Soviel galt als sicher, daß das Dorf um die Brauerei und die Brauerei um den Brunnen entstanden war. Eine kleine dürstende Welt hatte in der Sudpfanne von Kaltenbrunn ihren Mittelpunkt; auf ihren Wohlgeschmack waren die Kehlen drei Pfarreien weit im Umkreis eingetrunken.

Der Bräu war auf den heiligen Ignatius getauft und schrieb sich Loher. Er war ein Mann des Volkes, behäbig, mit fröhlich geröteten Wangen, schweißglänzender Glatze und einem goldenen Flinserl im Ohrläppchen. Sein Anwesen und die leidlich ausgedehnten Ackergründe hießen »in der Loh«. Seine brave

Philomena, die schon gestorben war, hatte ihm vier Kinder geschenkt.

Das jüngste, der Sohn Stephan, war im Dreiundsechzigerjahr volljährig geworden. Er half in der väterlichen Brauerei und Gastwirtschaft. Die Tochter Magdalena hatte einen Landwirt von Sankt Wolfgang geheiratet. Der zweitälteste Sohn Mathias ging als gutbezahlter Dreher in eine Schlosserei nach Isen. Der älteste, Ignaz nach dem Vater getauft, hatte zwar nicht die Lehrbrauerei in Weihenstephan besucht, aber die unerläßliche Meisterprüfung abgelegt, und war zum nächsten Bräu in der langen Reihe bewährter Kaltenbrunner Biersieder bestimmt. Gerade er sollte sich zum Sorgenkind des verwitweten Brauereibesitzers auswachsen.

Von Jahr zu Jahr brachte er weniger Liebe für das heimische Gewerbe auf. Er fand immer mehr Gefallen an Prahlerei und Abenteuer. Wo man Geld verjubelte, war er zur Stelle. Von Glück sagen konnte sein Vater, daß er das Sudhaus und den Gerstenboden noch nicht übergeben hatte. Beim Ganspaschen in Neufahrn verwürfelte der lustige Sohn manches gute Silberstück, gewann allerdings keine Gans, nur eine junge Kellnerin, die sich in den schwarzhaarigen Spruchbeutel vergafft hatte. Im Wirtshaus von Neufahrn verkehrten mehr städtische als ländliche Besucher. Eine kurze Wegstrecke weiter, in der Großstadt, erzählte Ignaz Loher lachend, er habe in Neufahrn wirklich eine — Gans gewonnen.

Die Würfelei gab ihm viel ab. Er verschaffte sich mit seinem glatten Wesen Eingang in die großstädtische Welt. Er schrieb mit flüssiger Feder manchen Bericht für die Klatschspalten bebilderter Zeitungen. Eines Tages warf er — von Zuschauern umringt, sonst hätte er es nicht getan — eine Zehnpfennigmünze auf das Pflaster, um ihr die Entscheidung zu überlassen, je nachdem, ob sie Zahl oder Wappen zeigte, welches Kraftwagenmuster er sich kaufen sollte.

Der alte Bräu war in einer anderen Welt aufgewachsen. Sein Wahlspruch hieß: »A Wossa, an Hopfa, a Malz! Da Germ kimmt vo' selm, nachand schnallts!« Hielt ihm der Erdinger Mayrbräu zum Spott vor: »Tölz und Aarding, Vilshofen und Schaarding — im Bayernland der Orte vier, wo man braut das beste Bier« ... so antwortete er seelenruhig: »Zur Hochzeit und zur Fahnaweih, trinkts mäßig enker Loherbräu!« Dieser launige Reim war beinahe die einzige Werbung, die er sich leistete, wenn man von der Güte seines Gerstensaftes absah. Aber die zählte nur noch wenig. Da half kein Heimlichtun: Es stand nicht zum besten um den Loherbräu, der gefahrlos ein halbes Jahrtausend überdauert hatte. Großbrauereien überschütteten die Landbevölkerung mit Postwurfsendungen, schickten ihre Motorwägen von Haus zu Haus und lieferten das Flaschenbier in bunten Tragln. Auch Steuern und Abgaben, die der Staat verlangte, führten dazu, daß sich die Biersiederei im Kleinen nicht mehr lohnte. Die Landbrauereien kamen in die roten Zahlen und ein Bräu nach dem anderen versilberte seine Sudpfanne.

Eines Tages hatte Ignaz, der Sohn, eine Auseinandersetzung mit seinem Vater.

Der Bräu wußte freilich auf alle Vorhaltungen eine Antwort. Wenn der Sohn über die schwere Arbeit auf dem Feld, im Stall und im Sudhaus seufzte, wenn er klagte, daß ihm sein Brotgeber keinen Urlaub gönne und Tag für Tag vierzehn Stunden Arbeit zumute, sagte er etwas vom »Schweiße deines Angesichts...« und erzählte mit schwärmerischem Blick von seinem Vater, der über die offene Pfanne noch den Biersegen gesprochen hatte, die »Benedictio pro cerevisia«.

Darauf antwortete der Sohn, daß in seinen Augen beim Loherbräu in Kaltenbrunn die nackte Not herrsche.

Die Welt sah im Kopf des alten Bräus nicht so aus, daß jeder Sohn ein Stubenhocker bleiben mußte. Wenn aber der Nachfolger im väterlichen Gewerbe Haus und Hof im Stich ließ, dann sollte er wenigstens mit geübten Fäusten zupacken und im Leben — wie es der Alte verstand — etwas vorstellen. Nicht ein sogenannter »geistiger«, höchstens der *geistliche* Stand fand in seinen Augen Gnade.

Er empfahl seinem Sohn, sich in der Großstadt umzuschauen und, wenn er sich in seinen Erwartungen getäuscht sehe, zurückzukommen. Das Vaterhaus stehe ihm jederzeit offen.

Nun war der Sohn im März wieder nach Kaltenbrunn gekommen. Er stieg aus einem schweren Automobil. Von der Kühlerhaube wehten zwei Fuchsschwänze. Als er sich dem Eingang näherte, steckte die Haushälterin Leni den Kopf beim Küchenfenster heraus und blinzelte in der Sonne: »Da Bräu is auf Toaskira umi mitn Radl!« Die Haushälterin war mürrisch. Der erste April galt ihr als Lichtmeß, und das nicht zum Scherz. Mit dem Lohn war sie unzufrieden, nannte ihn: Zum Leben zu wenig und zum Sterben zu viel.

Der Sohn wollte sich, wie die Haushälterin richtig vermutete, mit seinem Vater aussprechen. Eigentlich wollte er ihm nur sagen, daß er bei der großstädtischen Zeitung, für die er schon früher geschrieben hatte, angestellt worden sei, daß er also auf die väterliche Brauerei zugunsten seines jüngsten Bruders verzichte. Es konnte ihm nicht daran liegen, diese Absicht nach Taiskirchen hinüberzutragen und seinen Vater bei der Unterhaltung mit dem dortigen Wirt, der Loherbier ausschenkte, zu stören. Er zog es vor, auf die Rückkunft des Bräus zu warten und die Zeit nützlich herumzubringen, indem er sich im »Damen- und Herrensalon Pankraz Dirl« die Haare schneiden ließ. Als er vom Hof des Bräugasthauses unschlüssig auf die Straße hinausging, fiel ihm das großflächige Schild auf. Das kam ihm gelegen. Der Vater des Haarschneiders war noch als Dorfbader bekannt gewesen. Er hatte Eiterbeulen geschnitten, Pflaster geklebt, Blutegel gesetzt und bei Sonntagsraufereien erste Hilfe geleistet. Bis vor zwei Jahren war als Firmenschild noch das alte Seifenschaumbecken aus glänzendem Messing über der Ladentür im Wind geschwankt, hatte ein schepperndes Glockenspiel den Eintretenden begrüßt.

Das war anders geworden. Der Sohn war mit der Zeit gegangen. Er hatte den Spiegelrahmen aus eingelegtem Nußbaumholz auf den Abfall geworfen und das Baderbecken aus blankem Messing durch großstädtische Leuchtbuchstaben ersetzt. Wenn er seinen bäuerlichen Kunden im grellen Schein der Leuchtstoffröhren den neuesten Messerhaarschnitt verpaßte, kamen sie sich ein wenig verlassen vor. Dergleichen Gefühle wandelten den verlorenen Bräuersohn nicht an. Im Gegenteil, er versprach sich vom »Baderwaschl« (wie der Haarschneider immer noch genannt wurde) ein dankbares Ziel für seine Prahlereien.

Der Haarschneider war beeindruckt, als er vom Aufstieg seines ehemaligen Nachbarn hörte. Geschäftig kippte er die Fläche des Ledersessels um, lud den seltenen Gast zum Sitzen ein und schraubte ihn mit einer Tretvorrichtung, wie sie sonst nur der Dentist von Sankt Wolfgang hatte, in die Höhe. Dann legte er seinem Hals eine Manschette aus Kreppapier um, schlug ihm ein weißes Leinentuch um den Anzug, dessen neuzeitlicher Schnitt ihm nicht entging, sah auch vor dem Schaufenster über der Straße ein großes Automobil stehen und fiel, während er flinkfingrig mit Kamm und Messer klapperte, von einem Ausruf des Erstaunens: »Mach koane Schwaank!« in den anderen: »Mach Meis!«

Das sei ein Angebot gewesen, wie es auch einem Sonntagskind nur alle fünfzig Jahre in den Garten schneie, prahlte Ignaz. Um ja nicht in den Ruf des Versagers zu kommen, was einem Einheimischen, der sein Vaterhaus verließ, leicht geschehen konnte, brachte er sogar ein Lob des Brauanwesens über die Lippen, wozu er sich sonst nicht herbeigelassen hätte. Sein Vater — verkündete er großsprecherisch — habe anerkanntermaßen den besten Ackergrund im weiten Umkreis. Geschäftlich sei die Brauerei in der Loh ein Erfolg. Bei geringer Anstrengung könne sie zur Goldgrube werden. Wenn man aber ein solches Angebot schwarz auf weiß in die Hand bekomme, sei es eine Sünde, nicht zuzugreifen. Selbstverständlich hätte er des Vaters Bräugasthof und Landwirtschaft übernommen, aber mit einem solchen Vertrag in der Tasche . . .

Ob die Ackergründe seines Vaters wirklich so gut seien, fragte mit zweiflerischem Unterton der alte Mesner Xav, der auf der Bank im Rücken des Lohersohnes wartete und fand, daß einer den Mund zu voll nehme. Der Gefragte lachte schrill. Und ob sie gut seien!

»Besser wia-r-an Biribauern Lenz dee sein'?« fragte scheinheilig der Mesner, denn jener war gerade, ohne daß das Opfer des Haarschneidekünstlers Pankraz Dirl es bemerkte, durch die Ladentür eingetreten. Als der ein wenig verschrumpelte, recht gutmütige Landmann seinen Namen nennen hörte, wußte er nicht, wie ihm geschah. Der Mesner legte den Zeigefinger auf die gespitzten Lippen, zum Zeichen, daß er schweigen solle. Der Neuankömmling verstand, schlich auf Zehenspitzen an die Wartebank und setzte sich neben den Mesner. Kaum daß er saß, hörte er Ignaz Loher, der ihm den Rücken kehrte, vernehmlich sagen: »Was! Fallt da nix Dümmers net ei'!? An Biribauern de sein'!? Den Schundnickl, den noutign! Den Schlucka, den nissign! Der wo dee schlechtern Erdäpfe hot, d'Gerschtn voll Windhalm und an Woaz voll

Flughabern ...« Er mißverstand die verzweifelten Gebärden des Haarschneiders, dessen Lippen er vor sich im Spiegel stumm auf- und zugehen sah, und bedauerte, daß er (von der alten ländlichen Umgebung verführt) den gebotenen vornehmeren Umgangston hatte vermissen lassen. Eben wollte er von einer »Zumutung« zu reden anfangen, als der Haarschneider, der ihm bisher den Hintergrund verdeckt hatte, beiseite trat, so daß im hohen Spiegel sich der Blick auf die Wartebank und damit auf den Biribauern Lenz öffnete, der mit langem Gesicht, aus grünlichen Augen den Windbeutel in der weißen Hülle anstarrte. Inzwischen hatte noch ein weiterer Bauer den Salon des Haarkünstlers Pankraz Dirl betreten. Auch vom anstoßenden Damensalon reckten sich Lockenköpfe herüber, so daß die Schmach des hereingefallenen Aufschneiders vollkommen war. Das erwies sich als des Biribauern schärfste Waffe, daß er geradeheraus lachte. Gelächter brandete von allen Seiten auf. Mit rotem Kopf und in eine Wolke von Pomadenduft gehüllt, zog der Ruhmredner unrühmlich ab, während sein Vater draußen auf dem Fahrrad in den Bräuhof bog.

Ganz anders, kümmerlicher und gekrümmter, stolperte er die zwei Stufen des »Herren- und Damensalons« hinunter, als er heraufstolziert war, und bedachte: Wie gut, daß ich mich zum Verlassen der Heimat anschicke! Wie gut! Und im Rückblick auf seine Schande, mit deren Hilfe das Böse durch Lächerlichkeit aufgehoben worden war, fielen ihm die Worte seines Vaters ein: Wem die Kotbatzen des Ackers einmal an den Sohlen geklebt sind, der bringt sie seiner Lebtag nicht mehr herunter. — Jetzt, wenn sein Vater zum letzten Mal mit ihm sprach — das straffte wieder des Sohnes Gang — mußte er zugeben, daß das Zeitalter der Söhne angebrochen war.

ZWEITES BUCH

Liebe und Welt

GLANZ DER STADT

Spaziergang durch den Englischen Garten — Entenflaum und
Faschingsprätsche — der Apollo-Rundtempel — Chinesischer
Turm und Jugendstilkarussell — Aufenthalt beim Milchhäusl
— Glaube, Hoffnung, Liebe — zwei doppelschalige Spring-
brunnen — wehende Gefühle — Abschied beim Siegestor

Ein Vierteljahr nachdem die betagte Crescentia in der Herzogspitalgasse ihre Lebensgeschichte erzählt hatte, anfangs April,
ging Anastasia Weilbuchner neben Michael Thaler durch den
Englischen Garten.

Die List der alten Dienstmagd hatte sich gelohnt. Anastasia hatte ihren Eindruck auf Thaler nicht verfehlt. Seit der
Silvesternacht waren sie öfter zusammengekommen. Zum ersten Mal hatte der Lehrer einen Kandelaber nahe dem Max-
Joseph-Denkmal als Treffpunkt gewählt. Und sie war gekommen. Pünktlich wie immer harrte er ihrer. Im alten Residenz-
theater war sie neben ihm gesessen. Von Begegnung zu Begegnung war ihre Freude gewachsen.

Ein Ahnen des Frühlings ging durch den Garten. Eine aus-
geschlüpfte Schar gelber Flaumenten watschelte hinter der gefiederten Mutter in langer Reihe. Am Bachufer lagen Federn
ausgestreut. Dazwischen leuchtete eine papierbunte Faschingsprätsche. Ein Stadtkind in Kasperlmaske und Hans-
wurstgewand mochte sie verloren haben.

Ein ausgedehnter Garten war es, viele Fußstunden im Umfang, aber nur ein Garten, kunstvoll angelegt, mit künstlich
aufgeschütteten Hügeln, mit künstlichen Wasserfällen und
künstlichen Seen. Wie zufällig wirkten die wohlberechneten,
behutsam gepflanzten Baumgruppen. Aber gerade weil es
keine gestutzten Hecken gab, keine Fluchtlinien, keine Alleen
und keine Marmorbildwerke, weil es der Zufall war, den man
gestaltet hatte, wurde der Abstand vom echten Zufall so deutlich, der Abstand vom Frauenwasser und vom Frauenholz,
von Äckern und von Wäldern. Auf dem Vorsprung einer von
wasserreichen Bächen umfluteten Insel, nahe bei König Ludwigs Monopteros, stand — als Nachfolgerin eines verfallenen

hölzernen Apollo-Rundtempels aus dem Jahr 1789 — eine
ausladende halbrunde Bank aus Kalkstein mit der eingegrabenen Inschrift:

›Hier wo ihr wallet,
da war sonst Wald nur und Sumpf‹

Nein, man wollte keinen Zufall, sonst hätte man Wald und
Sumpf lassen müssen. Man wollte den »Als ob«-Zufall. Man
wollte zwar nicht mehr die geradlinige Aufklärung, man war
gefühlvoll genug, die Verödungen des Vernunftglaubens abzulehnen, wendete die Münze und zeigte ihre Kehrseite.
Wahrscheinlich wäre sogar der Zufall in der Stadt nicht zweckmäßig gewesen, denn der Nutzen, den man sich versprach,
war kein landwirtschaftlicher, sondern einer für das Gemüt.

Nicht so empfand es Anastasia, die sich durch ein aufgespanntes Pfauenrad im Wirtsgarten beim Chinesischen Turm,
einer zuckersüßen Chinoiserie mit geschweiften Dächern,
an den Nachbarhof zum Ödgarten und an ihre eigene kleine
Heimat erinnert fühlte, wo sie manchmal, wenn der Wind
günstig wehte, den Pfauenschrei herüberhörte. Jedesmal,
wenn sie aus der Stadt in ihr Kindheitshaus heimkehrte,
schien es ihr ein wenig kleiner geworden zu sein.

Zum Kinderkarussell waren es nur wenige Schritte. Anastasia ging sie nachdenklich an der Seite Michael Thalers. Das
Ringelspiel, das aus der Jugendstilzeit stammte, war nach der
winterlichen Stillegung zum ersten Mal in Betrieb genommen
worden. Die abweisenden Holzläden hatte man geöffnet: Feierlich, wie bei einem ritterlichen Ringelreiten, drehten sich
die täuschend geschnitzten Rösser zum dröhnenden Klang der
Schleifladenorgel um eine Walze. Als eine gelbe Postkutsche
an Anastasia vorüberglitt, verband sich mit der Anschauung
des Holzgehäuses die Vorstellung der eichenen, verstaubten
Zwillingswiege auf dem oberen Boden ihres Elternhauses. Die
hölzernen Schenkel der vorbeihuschenden Rösser wurden zu
den Schlegeln der Rösser des heiligen Leonhard — und alle
anderen Heiligen von Feldkirchen standen auf ihren Kragsteinen.

Mit roten Blumengirlanden waren die Kutschen verhangen,
die von bunten Rössern gezogen wurden, Apfelschimmeln,
Rappen und Fuchsen. Aber wie im Märchen drehten sich auch

Schwäne, Störche und ein Vogel Strauß mit langgedehntem Hals auf der Scheibe, sogar Fabelwesen waren als Zugtiere eingespannt, der Vogel Greif und das weiße Einhorn. Sie liefen im unendlichen Kreis, zogen lautlos hinter sich die Fensterkutschen, die offenen Truhenwägen und die verschnörkelten Winterschlitten. Mitten unter sie sprang der Hubertushirsch, aus dessen verästeltem Geweih ein strahlendes Kreuz ragte.

Auch beim Eingang zum Frauenholz gab es ein hohes Eisenkreuz mit den strahlenartig angeordneten Marterwerkzeugen des Karfreitags. Am Rosenkranz des Mädchens baumelte ein Kreuz, und seine Perlen rieselten durch ihre Finger wie Getreidekörner. Als Anastasia zu den kräftig geblasenen Tönen der Spielorgel ein silbriges Kinderlachen aufklingen hörte, dachte sie an die vergangene Zeit, als ihr Bruder Franz noch Pfeifen aus den Hollerstecken schnitt, und ihre Schwester Loni, mit der sie sich am besten verstand, über einen von beiden Händen geschwungenen Strick hüpfte. Nun hatte ihre Schwester das Elternhaus verlassen, um einem Mann anzugehören, um ein Kind zu bekommen ...

Helles Lachen gluckste aus der Tiefe der Kutschen. Wie gebannt lauschten die Kinder auf die Musik der Spielorgel, wagten in ihren geschwungenen Sitzen kaum eine Hand vom Sattelknopf zu lösen, kaum einen Blick nach innen zu der bemalten Walze, aus der die geheimnisvolle Musik drang, kaum nach außen zu den glücklichen Eltern zu wenden. Mitten in der Elternschar standen Anastasia und Michael und konnten sich an den leuchtenden Augen der Kinder nicht sattsehen. Da fühlte Michael den Blick seiner Begleiterin auf sich gerichtet. Er schaute sie an. Sie schlug die Augen nicht nieder, hatte in ihnen denselben Glanz wie die vielen in dem Ringelspiel kreisenden Augenpaare.

Dann gingen sie über die Kieswege weiter. Anastasia ließ sich von hellen Gefühlen tragen, weil er an ihrer Seite schritt, weil er die gleichen Bilder in seine Augen aufnahm, die Reiter, die im gestreckten Galopp auf den Aschenwegen durch die Wiesen stäubten, die steinernen Türme der Ludwigskirche, die aus den astreichen, von einem grünen Knospenflaum umschleierten Büschen aufragten. Dann mündete ihr Weg in den Ausgang zwischen Veterinärschule und Milchhäusl.

Bei dem kleinen Erfrischungshaus mit dem Walmdach, wo man an diesem Nachmittag schon auf Gartenstühlen im Freien saß, tranken sie ein Glas Milch und aßen Butterbrezeln.

Auf dem Weg stadteinwärts glitten weißgelbe Biedermeierhäuser und hochstöckige Gründerzeitbauten mit bewegten Giebelskulpturen an ihnen vorbei, bis alle Mauern vor einem großen Platz zurückwichen. In der Weite standen zwei doppelschalige, grün schimmernde Springbrunnen, deren Wasserfluten wie zurückgeschnellte Blumensterne in rauschenden Schleiern fielen.

Der Platz war links begrenzt vom Georgianum, einer Priesterschule, die auf eine Gründung Herzog Georgs des Reichen zurückging, in der Ferne von König Ludwigs langgestrecktem Universitätsbau, und rechts von den Mauermassen des Max-Joseph-Stifts, eine auf Wunsch König Max Josephs gegründeten Anstalt für höhere Töchter: Im Schülermund war diese Dreiheit wenig ehrfurchtsvoll »Glaube-Hoffnung-Liebe« genannt.

Zwar schätzte sich Thaler glücklich, kein Geistlicher zu sein und kein Hochschullehrer, fühlte sich aber, wie so viele andere, ausgestoßen, allein, ohne Vater, nicht nur ohne leiblichen (denn sein Vater war gestorben), sondern auch vom Vater im Himmel verlassen, ohne Herkunft und ohne Ziel, auf einer sich stetig beschleunigenden Fahrt ins Ungewisse.

So sprach er zu Anastasia, während er mit ihr weiterging. Sie aber, als sie von der Unschlüssigkeit ihres Freundes hörte, mußte an die Bewerbung des Berghamer Jungbräus denken, an diese kurz entschlossene Hand, die sie ausgeschlagen hatte um des Mannes willen, der an ihrer Seite ging.

Damals bei der ersten Begegnung in der Maria-Theresia-Schule hatte es ihm ihre heimatliche Sprache angetan, die von einer anderen Zeit herübergrüßte. Das war die Ursache von Thalers früher Verzauberung gewesen. Allerdings redete Anastasia bei weitem nicht mehr so ungekünstelt in ihrer Muttersprache, wenn sie sich mit Menschen unterhielt, die dieser unverfälschten Sprache nicht mächtig waren, etwa mit Amalia —

Da stand in ihrer Erinnerung der Gedanke an Amalia auf, an die Tochter Johann Baptist Angermaiers, mit der sie in der Silvesternacht am selben Tisch gesessen war. In der Herzogspitalgasse. Das war eine »höhere Tochter«. Sie dachte daran, als sie mit Michael Thaler am Max-Joseph-Stift vorbeiging, auf den ersten Springbrunnen zu.

Anastasia blickte neuerdings zu Thaler auf. Sein Gesicht war vom Wassernebel umwölkt. Sein dunkles Antlitz von milchigen Schleiern umwoben, die riesigen doppelschaligen Springbrunnen in flatternde, lichtdurchwirkte Wasserbahnen gehüllt und darüber der Frühlingshimmel von zerrissenen Wolken durchsegelt — —

Michael Thaler mußte an ein früheres Verweilen vor einem anderen Brunnen denken, an seine Begegnung mit Amalia Angermaier und an das Zusammenstoßen ihrer Finger beim Hinaufblicken zum Wasserstrahl. Er wehrte sich gegen ein mächtiger werdendes Gefühl für Anastasia. Es war nicht Selbstsucht, was ihn zurückhielt, eher das Gegenteil: Sorge, hinter seiner Liebe zu Anastasia nicht ganz zu stehen, ihre Hoffnung zu täuschen und nicht nur sich selbst, sondern auch sie unglücklich zu machen.

Er gab ihr die Hand zum Abschied. Sie hatte die Augen gesenkt. Nach und nach hob sie den Blick, bis er sich mit dem seinigen traf. Sie zog ihre Hand zurück, drehte sich um und lief ohne Aufenthalt zum Siegestor hinüber, wo die Trambahnhaltestelle war. Kleiner und kleiner wurden ihre Umrisse, je näher sie dem Tor kam. Michael Thaler sah ihr nach. Anastasia fuhr zu ihrer Tante Crescentia in die Herzogspitalgasse.

KERZEN VERLÖSCHEN

Crescentia erzählt mehr Erlebnisse aus ihrer Jugend

Die Tröstung — Fräulein Concordia Witzgerl und der Geistliche Rat Haberl — versteckte Schubladenschlüssel — Spiegelscheiben werden mit Tüchern verhängt — Erstkommunion in der Dreifaltigkeitskirche — im Salon des Photographen Kumpfmüller — Opferbräuche an Pfingsten — Wachtraum im Laden des Uhrmachers — Stranitzengeschenk der Kramerin — Crescentias verschiedene Arten, sich die Haare aufzustecken — Der Georgiumritt — mit Blattgrün geschmückte Eisenbahn — Herbstgewitter

Crescentia stand am Silvesterabend in der Herzogspitalgasse. Sie war weißhaarig und beleibt, als hätte sie nie begehrt und getrauert. Sie beschämte ihre Zuhörer mit der Schilderung ihrer Hoffnungen, Freuden und Verzweiflungen! Soviel verstanden die Lauscher, daß im Leben dieser Dienstmagd, die in Heiterkeit alt geworden war, die Verzweiflung überwogen hatte. Die erste Verzweiflung, in die sie der Tod ihrer Schwester Anna gestürzt hatte, sollte weiter wirken.

Thomas Weilbuchner, ein Bruder ihres Vaters, der die Priesterweihe empfangen hatte und die Stelle eines Kooperators in Holzhausen versah, war in den Tagen nach Annas Tod und Begräbnis nach Kammerlehen gekommen. Er blieb einige Nächte im Vaterhaus und suchte Crescentia zu trösten.

Bei ihren Eltern hätte er sich leichter getan. Ihnen waren die Wahrheiten des Glaubens geläufig. Aber wie sollte er seiner Nichte, deren Untröstlichkeit nichts Lautes und Auffälliges, eher etwas Verborgenes und Verstocktes hatte, Trost spenden?

Er bemerkte, daß in ihrer Kammer die kleine Mundharmonika und der Schellenbaum, die Kinderspielzeuge, die sein Bruder vom Mittefastenmarkt gebracht hatte, nicht auf dem Tisch lagen.

Er setzte sich abends neben ihre Bettstatt. In der zweiten Bettstelle an der gegenüberliegenden Kammerwand, in der früher Anna geschlafen hatte, lag die kleine Maria mit schlafgeröteten Wangen; man konnte es gut sehen, weil die Abendsonne durch das kleine Fenster fiel. Er nahm Crescentia bei der Hand und sprach zu ihr wie ein Freund zum anderen Freund spricht. Dabei sank mit der zunehmenden Dämmerung sein schwarzer Habit in die Dunkelheit der Kammer zurück. Nur sein helles Gesicht stand über Crescentias Augen.

Als er ihr das Leiden am Kreuz schilderte und die Marterwerkzeuge bei ihren erschreckenden Namen nannte, stürzten Tränen aus ihren Augen. Und sie sah wieder das Eisenkreuz mit den geschmiedeten Marterwerkzeugen am Eingang vom Frauenholz, das ihr und Anna den Heimweg hätte weisen sollen.

Thomas, der nicht ahnte, was die Ursache dieser Tränen war, mußte glauben, es sei die Vorstellung vom Leiden des Erlösers gewesen; er fand solchen Schmerz heilsamer als den alten Kummer um die verlorene Schwester. Dennoch erschrak er über die Heftigkeit, mit der seine Schilderung das Kind zum Mitleiden hinriß. Er versicherte ihr, daß der Heiland keine Tränen der Erschütterung von ihr verlange, nur ein sündenreines Leben. Allmählich glättete sich das Gesicht des Mädchens. Er sprach ein kurzes Abendgebet, fand ein schlichtes Scherzwort, gab ihr einen Gutenachtkuß auf die Stirn und verließ leise die Dirndlkammer.

Er wußte, warum die kleine Mundharmonika und das Glockenspiel nicht in der Kammer waren: sie lagen mit allen anderen Erinnerungen des Hauses hinter den Türen des Glaskastens in der oberen Stube. Die obere Stube hatte mit der unteren nur den Namen gemein. Sie war feiner, diente zur Aufbewahrung wenig benützter guter Schreinerstücke und hatte immer den leicht schimmeligen Geruch unbewohnter Gemächer. Auch waren hier zwei mit Polstern aufgetürmte alte Bettstellen gelegentlichen Besuchern vorbehalten.

In dieser Nacht richtete Thomas, weil er am nächsten Morgen zurückkehren wollte, seine Habseligkeiten in dem hölzernen Koffer zusammen. Während er nach liegengelassenen Gegenständen forschte, blieb sein Blick am Glasschrank hängen. Der Schlüssel steckte. Es war ihm ein Leichtes, daran zu drehen, den rechten Türflügel zu öffnen und mit tastenden Fingern die Erinnerungsstücke des Kammerlehnergeschlechtes zu berühren. Verwirrend war die Vielfalt der Dinge: Es gab Hochzeitsbuschen und Rosmarinkreuze, Sträuße aus Papier-, Glas- und Strohblumen, Tabakpfeifen mit Weichselrohr und Porzellankopf, handgemalte Spanschachteln, goldumränderte Namenstagtassen, Wachsstöcke der Godin Crescentia Haselböck, gestreifte Schmalzlergläser, ein wächsernes Christkind, in perlenbesetzten Samt gekleidet und seinerseits in einer Glasvitrine geborgen, weiße Taufkerzen der Kinder, jede in eine Papierbanderole gehüllt, auf die von der Mutter ein Name geschrieben war: Sebastian, Crescentia, Joseph und Maria. — Annas Kerze war abgebrannt und erloschen. Dann strich er mit seinen Fingern über zwei andere Gegenstände: über den winzigen Fotzhobel und den Schellenbaum, der an seinen Zweigen statt Blätter feine Glöcklein trug. Er griff das Glockenspiel heraus, daß es einen schwirrenden Ton durch die nachtstille Stube schickte, nahm die Kindermundharmonika — und ließ beide Gegenstände zwischen Büchern und Hemden in seinem Holzkoffer verschwinden.

Wenige Wochen später ging Crescentia zum ersten Mal in die Berghamer Volksschule. Die neue Umwelt verdrängte allmählich ihren Schmerz. Der Kleiderkasten in der Dirndlkammer war nicht mehr vom Rankwerk grüner Schoßen eingesponnen, von Blättern überwuchert. Stumpf waren seine Farben. Und wo war der Marischanzkerbaum vor dem Fenster? Sie hatte ihn vergessen. Er konnte mit seinen Blüten duften, mit seinen Blättern rauschen, ihr blieb er auch im Sommer ein kahles Astgestrüpp.

Solange die Herbstsonne den Boden durchwärmte, gingen die Kinder ihren Schulweg, mit dem Ranzen auf dem Rücken, aus dem der Schwamm an der Schnur baumelte, barfuß. Wie oft hatten sie sich einen schmerzenden Gegenstand in die Fußsohle getreten, einen spitzen Stein, einen Bienenstachel! Sie kamen an der Michelikapelle vorbei — aus dem links vom Weberhof einmündenden Seitenweg stießen manchmal der Nachbarsohn Felix und seine Schwester Johanna zu ihnen —, bald polterten sie auf dem hölzernen Steg über den Rettenbach, verließen hart vor dem Bahndamm ihr Sträßlein, verkürzten sich den Weg, liefen auf einem Trampelpfad am Schotterdamm entlang, bis das Frauenholz mit seinem Fußgestrüpp sie am Weiterkommen hinderte, überquerten die Schienen, trafen wieder auf ihre Berghamer Straße, wanderten fort, bis kühles Granitpflaster sich unter ihre nackten Sohlen schob, und sie durch das schattige Tor von Bergham liefen.

Fräulein Witzgerl, die mit Vornamen Concordia hieß, was auf den Zeugnissen nur als ein C mit Punkt erschien, wurde von den Kindern unveränderlich »Frau Fräulein« genannt. Fräulein Witzgerl, mit umfänglichem Leib und dickem Haarknoten, die lieber den Fiedelbogen als das Spanische Rohr führte, verlangte zwar keine gotischen Minuskeln, aber sauber geschriebene Buchstaben, die sie »deutsch« oder »gotisch« nannte, und die man der Mondsichel anlegen konnte, das A wenn sie ab-, das Z, wenn sie zunahm.

Crescentia machte bei den ausgefallenen Scherzen der Buben mit und lachte rauh mit ihnen. Immer wacher wurde sie und immer vordergründiger ihr Verständnis für eine Welt, die nach Bodenwachs, Ranzenleder, Holztafel, Schwamm und Kreide roch.

Noch einmal brach die alte Wunde auf, als ihre Mutter wieder ein Kind bekam. Es wurde in der Berghamer Dreifaltigkeitskirche auf den Namen Anna getauft. Der Geistliche Rat Haberl hatte seinen Schützlingen das vierte Gebot ans Herz gelegt: Du sollst Vater und Mutter ehren, auf daß es dir wohlergehe und du lange lebest auf Erden. In den kommenden Wochen fiel es Crescentia schwer, dieses Gebot zu beherzigen, denn sie meinte, daß man ihr die Erinnerung rauben wollte.

Darum nahm die Mutter ihr trauriges Kind auf die Seite und erzählte ihm von seinem Herkommen. Das geschah an einem Sonntagmorgen, der von großer Klarheit war. Der Feuerball stieg von Biburg her auf unsichtbarer Bahn über das Himmelszelt und tauchte das Land in einen kalten Schein. Die Eisheiligen waren im Anzug. Der strenge Pankraz, der morgen im Kalender stand, konnte den Blüten gefährlich werden. Das Gespräch, das beim Anlegen der sonntäglichen Kleidung begonnen hatte, spann sich auf dem Weg in die Kirche fort. Daß die Mutter, die ein dunkles, taftenes Kopftuch in die Stirne band und im Nacken kunstvoll zu zwei abstehenden Flügeln flocht, über dunklen Augen schwarze, in der Mitte gescheitelte und am Hinterkopf zu einem glänzenden Knoten geknüpfte Haare hatte, bemerkte Crescentia erst jetzt. Auch einen Mantel hatte die Mutter angelegt — es war kühl — und sicherheitshalber den Parasol zwischen die Henkel des geflochtenen Zögers gezwängt. Auch der Vater in seinem schwarzen Anzug, der Knecht Anton und ihr Bruder, mit blankgeputzten Schuhen, gingen in die Berghamer Dreifaltigkeitskirche (in der Feldkirchener Filiale wurde nur alle drei Wochen Messe gelesen). Martha Amerstorfer, die taube Magd, hütete die daheim gebliebenen Kinder. Crescentia tue ihrer Schwester Maria Unrecht, sagte die Mutter, und, wie sie ihrem Kind immer, wenn sie ihm ein Spielzeug nahm, ein anderes zu geben pflegte, erzählte sie von seinem Herkommen.

Dabei dachte sie: Wie sehr gleichst du deinem Vater, Crescentia, an dessen Arm du früh gegangen bist, an dessen Hand im schrägen Sonnenschein — es war ein Morgen wie dieser — du entdeckt hast, daß euere beiden Schatten, deines Vaters langgestreckter und dein kurzer, nebenher auf dem hellen Kiesweg liefen! Wieder ins Haus zurückgekehrt, hast du dir beim Spiel nicht gern zuschauen lassen, beim ordnungseifrigen Zusammenlegen auseinandergefalteter Tücher, beim Aufräumen verstreuter Gegenstände, beim Schließen offenstehender Türen, wie es dir die Mutter vorgemacht hatte. —

Bevor Haus und Hof zum Kirchgang verlassen wurden, standen in der Schlafkammer Schubladen und Kastentüren offen, weil die Mutter Leibwäsche und Gewänder zum sonntäglichen Anlegen herausnahm. Als die Schublade der Kommode in den Rahmen glitt, zog die Mutter sorglich den Schlüssel ab. Er hatte einen geschwungenen Ring, der sich gut um den durchgesteckten Finger schloß, wies eine mehrfach gestufte Kröpfung auf, die dem eingeführten Schlüssel an der richtigen Stelle Halt bot, und trug einen gezähnten Bart.

Diese Folge von schönen Formen gefiel den Kindern. Mehr als einmal mußte die Mutter vor versperrten Schlössern stehen, weil die Kinder das geheimnisvolle Werkzeug verräumt hatten. Darum zog sie den Schlüssel ab und legte ihn zu vielen anderen Schlüsseln in eine Holzdose. Auf den gedrechselten Schraubdeckel war die heilige Jungfrau gemalt. Von der Großmutter der Bäuerin, die in Buchbach begraben lag, stammte diese Dose. Auch von der Bäuerin selbst war mancher Gegenstand gekommen. Sogar Möbelstücke hatte sie vom Ödgarten zum Kammerlehnerhof herübergebracht. So waren die hohen Nußbaumbettstellen der oberen Stube, zwei Nachtkästlein, zwei Stühle und eine Spiegelkommode Teile ihrer Aussteuer gewesen. Wer in einen Bauernhof hineinheiratet, bringt mit, erklärte sie ihrer Tochter Crescentia: Ein anderer, der wegheiratet, nimmt fort — das ist der Kreislauf der Dinge. Eine Stube voll guter Sachen sollst du einmal mitbekommen, wenn du auf einen anderen Hof heiratest! Wenn du willst, lassen wir dir eine Bettstatt oder einen Kasten vom Schreiner Sepp machen. Wie immer neue Menschen auf die Erde kommen, so kommen auch immer neue Dinge.

— Aber, wenn Menschen uns verlassen, so sterben sie doch nicht —, fragte Crescentia — sie sind doch unsterblich und warten im Himmel auf uns?! —

Ja, sagte die Mutter.

Crescentia war noch nicht zufrieden: Also werden die Menschen immer mehr? —

Ja, sagte die Mutter, aber diesmal zögernd; und nun kam eine Frage, die sich schwer beantworten ließ:

— Werden auch die Dinge immer mehr? —

Die Mutter wußte, daß jede Frage eines Kindes beantwortet werden muß, und sagte hastig — Ja —, im gleichen Augenblick bekam sie Zweifel an der Richtigkeit ihrer Antwort und verbesserte sich: — Nein! Auch Dinge vergehen, wie Kerzen vergehen, die vom Docht her brennen. — Aber ganz zufrieden war sie mit ihrer Antwort immer noch nicht.

Crescentias Großmutter, eine Tochter der Buchbacher Urgroßmutter, hatte vor einem halben Jahrhundert in den Ödgarten geheiratet. An der Geburt dieses sechsten Kindes war die Urgroßmutter auf dem Schmittenhof bei Buchbach gestorben. Crescentia hatte das Buchbacher Grabkreuz noch nie gesehen, kannte nur die eisernen Feldkirchener Grabkreuze, das Ödgartenkreuz und das Kammerlehnerkreuz (jedem Hof stand eine Grabstätte zu). Im nächsten Augenblick rückte noch ein anderes Kreuz vor ihr inneres Auge, das hölzerne Gedenkkreuz am rückwärtigen Abhang des Kiblberges, wo die Straße abschüssig und gekrümmt nach Holzhausen lief. Sie glaubte die angezogene Kurbelbremse auf den Eisenreifen kreischen zu hören, — eine Staubwolke wölbte sich — o, heiliger Stephanus, Patron der Rösser! — da war das Unheil geschehen — tot streckte der Großvater an der Handseite unter den Rädern seine Glieder aus — Blut sickerte in den Straßenkot — vorbei, vorbei, schon eineinhalb Jahrzehnte vorbei. — Das unscheinbare Holzkreuz war morsch geworden und neigte sich auf die Seite.

Könnte nicht genau so — meinte Crescentia — im Ufergebüsch des Frauenwassers ein Kreuz an ihre kleine Schwester Anna gemahnen? Sie bettelte beim Vater darum.

Der Prograder, der sich zum Kirchgang rüstete, war hinzugetreten und band sich vor dem Spiegel des Waschtisches die schwarze Masche unter den Hemdkragen. Er schlug der Tochter ihren Wunsch ab.

Vom Geistlichen Rat Haberl hatten die Schulkinder gelernt, bei jedem Feldkreuz »Gelobt sei Jesus Christus, in Ewigkeit, Amen« zu sagen und bei jedem Marterl ein kräftiges Vaterunser für das Seelenheil des Verstorbenen zu beten. Daran dachte Crescentia. Und sie erinnerte ihren Vater an die vielen Zeichen des Christentums im Land: An das Kreuz zum Gedenken eines vom Blitz erschlagenen Bauern, an das große Marterkreuz beim Eingang ins Frauenholz und an das Luciakreuz zur Erinnerung an ein elend verbranntes Brotweiblein.

Der Vater antwortete nicht mehr. Dann waren die fünf feiertäglich gekleideten Menschen aus dem Haus gegangen. Sie kamen an der Holzloh vorbei, wo die kalte Morgensonne den Schatten des Luzienkreuzes in die Wiese warf. Die heilige Lucia galt als Helferin bei Augenkrankheiten. Soviel Crescentia aus der abgenützten Heiligenlegende der Mutter herausbuchstabiert hatte, sollen ihre schönen Augen die Liebe eines heidnischen Jünglings erweckt haben. Um sich seiner Leidenschaft zu erwehren, riß sie sich beide Augen aus den Höhlen und ließ sie ihm auf einer Schale bringen. Von Malern, Bildschnitzern und Schmieden wurde sie mit einer Schüssel, in der zwei Augäpfel liegen, dargestellt.

Es gab noch eine zweite Lucia, eine böse: Das war die alte Schreckgestalt, die am kürzesten Tag des Jahres — was der dreizehnte Dezember vor der Einführung des Gregorianischen Kalenders war — ihr Unwesen trieb und sich von der Heiligen, der später dieser Tag geweiht wurde, nicht verdrängen ließ. Die böse Lucia war bei den Kindern gefürchtet. Am Vorabend des Luciatages lief sie in einer Strohvermummung über die Schneefelder und fuchtelte mit einer rußenden Fackel durch die Luft. Aber die Böse gewann keine Macht über die Gütige, die unter dem Volksnamen »Kiliwabn« ihre guten Werke tat.

Auf die Wiesenmulde zwischen dem Elternhaus und dem bewaldeten Feichtenbichl hatte Crescentia manchmal die schnatternde Gänseschar hinausgetrieben.

Wochen waren seit dem Gespräch auf dem Kirchgang vergangen. Crescentia trug ihre Zöpfe nur noch selten schulterlang, hatte sie immer häufiger zur lichten Krone aufgesteckt und nahm damit Anastasias Bild um vier Jahrzehnte vorweg. Manchmal konnte Crescentia, wenn sie Gänse hütete, bis zur Holzloh herüber ihren Bruder mit den anderen Buben auf der selbstgeschnittenen Hollerpfeife flöten hören. Es nahm sich wie der schwermütige Ton einer Hirtenschwegel aus, den der Südwind über den Kiblberg herüberwehte. Zuweilen vermischten sich die Klänge von Hollerpfeifen und Hirtenschwegeln mit den Pfauenschreien, die aus dem Ödgarten gellten, wenn die buntgefiederten Vögel ihr Rad schlugen. Vom geschnittenen Hollerstecken zur eigentlichen Prograderpfeife war kein weiter Weg. Sebastian erhielt in Bergham Unterricht auf der Klarinette und übte oft, wenn er neben seiner Schwester in der Holzloh saß, auf dem schwarzen Rohr. Das Notenblatt steckte, wie bei den Feldmusikanten, in einem aufgeklemmten Halter, der die Form einer kleinen Lyra hatte, damit alle Finger zum Niederdrücken der silbernen Klappen frei waren. Crescentia wurde nicht müde zuzusehen.

Der alte Prograder Sebastian und sein Sohn Sebastian begannen unmerklich zu einer einzigen Gestalt zusammenzuwachsen. Drei oder vier Jahrzehnte später, als Anastasia auf der Welt war, gab es kaum einen Unterschied mehr zwischen ihm und seinem Vater, in Sprüchen und Reimen schon gar nicht! Höchstens darin, daß der Vater das wichtige Progradergeschäft, nämlich das Laden, hoch zu Roß besorgte. Er liebte seine Rösser, die im Stall stampften und mit den Ketten klirrten, die in der Christnacht sogar reden konnten. Mit dem gutmütigen Damerl hielt er oft Zwiesprache, wenn er ihm Haber und Heu in die Raufe schüttete.

Fuhr er zum Eggen auf die schneefreie Erde hinaus, spannte er seinen rotbraunen Hengst mit dem gebleßten Wallach, der auf den Namen »Hias« hörte, ins Geschirr. Lebhaft erinnerte sich Crescentia später an das Anbauen der Saat, an das aufrechte Schreiten ihres Vaters, an seine ausgreifenden Bewegungen, an das gleichmäßige Nach-innen-Führen des hageren Arms, wo er dem umgebundenen Tuch eine Faust Körner entnahm und sie ausholend über den Acker streute. Im Getreidekasten kämmte sie gern mit gespreizten Fingern durch die rieselnden Berge, die nach Weizen, Haber, Gerste und Korn, nach Lager- und Saatgut getrennt aufbewahrt wurden.

Einmal stand Crescentia im Stall, als der feistnackige Stier zu einer Kuh geführt wurde. Der Kopf der Kuh war eng ans Futtergitter gebunden, daß er sich nicht bewegen konnte. Wie der Stier über die Kuh herfiel, dieses Gepumper und Gerumpel mit den Hufen auf dem Holzpflaster, dieses Geschnaube, und endlich die Erschöpfung — das blieb ihr im Gedächtnis haften. Die Mutter hatte ihr erklärt, daß nun wieder ein kleines Kälblein auf die Welt komme.

Also nicht allein *Körndln* — wie es hieß — auch *Hörndln* hatte der Prograderbauer auf seinem Hof. Denn die landwirtschaftlichen Zweige wirkten ineinander. Es kam das Stroh in den Stall und der Kuhmist auf den Acker. Auch das gehörte zu Crescentias Welt, das Kauen und Malmen der Milchkühe, das traumhafte Melken der Magd, das Qualmen der Stallaterne und das Schäumen der Milch im Zuber.

Nicht nur in der landläufigen Brotsuppe, die häufig auf den Morgentisch kam, war das Brot ein wichtiger Bestandteil — auch in der Buttermilchsuppe fanden sich Brotstücke eingebrockt, so daß der Löffel stecken blieb. Es wirkten auf dem Tisch im Herrgottswinkel die Früchte des Feldes und des Stalles zusammen.

Man benützte ein gemeinsames Eßgefäß. Höchstens wenn roggene, mit der Säuer aufgegangene Dampfnudeln oder Knödeln aus der Küche kamen, hatte jeder Esser einen eigenen Zinn- oder Holzteller, an Sonn- und Feiertagen einen der bemalten, glasierten Tonteller des Urgroßvaters, die beim Prograder als besonders wertvoll galten. Ehrwürdig waren sie nur ihrer Herkunft und ihres Alters wegen, denn die meisten Behälter waren aus Ton gebrannt, die Malzkaffeekanne, der Mostkrug, die Essigflasche, der Dampfnudeltopf, der Seiher, die Schmarrnpfanne, der Brotzeitkrug, die Bratreine, die Schüsseln, Häfen und Tiegel ...

Vor dem Mahl knieten alle Kinder, Vater, Mutter, Knecht und Magd um den Eßtisch, auf den Lippen das Tischgebet, das

Vaterunser, das Gegrüßest-seist-du-Maria und eine Bitte für die armen Seelen im Fegfeuer.

Seit die Hebamme Baldauf zum letzten Mal auf dem Hof gewesen war, gab es eine kleine Cäcilia unter den Kammerlehner Kindern, was die Schwester des Vaters, die Bäuerin Cilly Schacherbauer, die zu Besuch kam, freute. Und endlich, knapp zwei Jahre später, wurde noch Crescentias Bruder Martin geboren.

Der Nachbarbauer vom Ödgarten — auch »beim Weber« geheißen —, der sich Lechner schrieb und Martin gerufen wurde, war ein Bruder der Mutter. Zusammen mit seinem Sohn, dem Vetter Felix, kam er zum Kindstaufschmaus beim Berghamer Jungbräu. Auch der hagere, grauhaarige Schreiner Sepp war gekommen und lobte, weil soviel vom kleinen Täufling Martin die Rede war, sein Geschwisterkind, den fröhlichen Sepp, der einmal die Schreinerei übernehmen sollte.

Crescentia lernt Wirklichkeiten sehen, hören, riechen, schmecken und greifen

Es mag sein, daß ein Bauer, der anders von den Kräften der Erde, des Wassers, der Luft und des Feuers abhängt, als ein Städter, schon immer fromm war. So innig er sich einmal auf die Freya oder den Dionysos verlassen hatte, so fest vertraute er später dem heiligen Isidor und der heiligen Notburga, die in dem Ruf standen, besonders gute Fürbitter zu sein. Die heilige Dienstmagd war in Feldkirchen mit einer goldenen Sichel gezeigt. Auf einem Seitenaltar war in reicher Schnitzarbeit der reitende Soldat Martin dargestellt, wie er mit goldenem Schwert seinen scharlachroten Mantel auseinanderschneidet und sich vom steil aufgerichteten Schimmel herabbeugt, um die abgetrennte Hälfte einem auf Krücken gestützten Bettler hinunterzureichen.

Oft erklärte Crescentia ihrer jüngsten Schwester Cilly, was der heilige Martin Gutes tat. Fast von derselben Stelle aus hatte sie ihrer Schwester Anna gezeigt, wie die Mutter Gottes von der heiligen Anna lesen lernt.

Ihr Schmerz linderte sich. Es wurde ihr zum Traum, daß die

kleine schwarzlockige Anna einmal gelebt und mit ihr Kinderspiele gespielt hatte, daß Anna, wenn der Vater mit dem Zeige- und Mittelfinger auf ihrer Hand, am Arm hinauf und über den Kopf wie ein Käfer krabbelte, immer wieder gerufen hatte: »No amoi Käfer macha« — »no amoi« — »no amoi« —

Als die alte Haushälterin Crescentia in ihrer Silvester-Erzählung an diese Stelle kam, lauschte Johann Baptist Angermaiers kleiner Sohn Andresel mit glutrotem Kopf. Er war ein Stadtkind und hatte einen in Silberpapier gewickelten Schokoladekäfer eher zu Gesicht bekommen als einen echten. Der erste richtige Marienkäfer, den ihm Crescentia zeigte, entlockte ihm den Freudenschrei: »Den kann man auspapierln!«

Die grauhaarige Crescentia erinnerte sich an einen früheren Kinderspruch in Kammerlehen: Es war vor vielen Jahren, zur Zeit der Kirschenernte gewesen. Die kleine Anna saß pflückenderweis in den Kirschbaumästen, wo die roten Früchte am besten schmecken, trug Doppelkirschen als Gehänge in den Ohren und rief: »Guckw!« — Die Kinder kamen wieder mit heilen Knochen von den Bäumen herunter — und nicht etwa, weil es den uralten Scherzspruch gab: »Wen's Dasaufa gsetzt is, der braucht si vorn Gnackbrecha net firchtn!«

Der Prograder, der sonst so leicht keinen Spruch verachtete, mochte ihn später nicht mehr hören. Und Crescentia konnte nicht einmal das alte Kinderspiel mehr leiden, das Spiel mit Anna, das Aufschlitzen des hohlen Löwenzahnstiels und das Zerteilen des glitschigen Bandes in viele schmale Streifen —, die sich, wenn man sie ins Wasser warf, zu eng gerollten Stopsellocken kräuselten ...

Mit dem Tod der alten tauben Magd Martha Amerstorfer wachte neuerdings die Erinnerung an den Tod Annas in Crescentia auf. Die alte Magd, die jahrzehntelang auf Kammerlehen gedient hatte, war kein böser Mensch gewesen. Das Leiden der Taubheit hatte sie hart gemacht. Nun lag sie in ihrer Kammer mit eingefallenen Zügen.

Der bemalte, in vielen Jahren abgegriffene und verkratzte Kasten, der einmal, wie es früher Brauch war, am Blasius-Tag mit aller Habe der Magd in den Hof hereingepoltert war, wurde von einem Verwandten abgeholt. Für ihre neue Dienststelle brauchte Martha Amerstorferin keinen Kasten mehr. Sie brauchte einen anderen Kasten, in dem noch jedermann seine

Reise zum höchsten Dienstherren angetreten hat. Dieser Kasten war aus sechs langen Brettern geschreinert. Er lehnte wieder aufrecht im Eck, gegenüber dem Hauseingang, nahe beim unteren Stiegenabsatz, daß den Kindern abends beim Hinaufsteigen in die Diele eine Ganshaut über den Rücken lief.

Vielleicht ist es so, daß die Berufsbezeichnung eines Schreiners vom wichtigsten Schrein eines Menschen hergeleitet ist. Der Schreiner Sepp hatte den Sarg der Magd gezimmert. Bei jedem Tischgebet sprach man jetzt ein Vaterunser mehr und ein zusätzliches Gegrüßet-seist-du-Maria für das Wohl ihrer abgeschiedenen Seele.

Bald sollte ein weiteres Vaterunser und noch eine Gegrüßet-seist-du-Maria dazukommen: Die fröhliche Godin Crescentia Haselböck, der man ihre siebenzig Jahre nicht angesehen hatte, war in Bergham gestorben. Sie lag in ihrer kleinen Dachwohnung, von der man auf den achteckigen Turm der Dreifaltigkeitskirche hinübersah, und hatte über dem winzigen Kopf ihren runden Dutt im Polster liegen. Zwischen den knittrigen, aufgebogenen Blättern der alten Heiligenlegende, wo schon andere schwarz umränderte Bilder steckten, versank das Sterbebild der hingeschiedenen ehrengeachteten Jungfrau Crescentia Haselböck.

Wenn im Haus jemand starb, wurden alle Spiegel mit Tüchern verhängt, damit der Tote nicht bleiben konnte. Einmal waren die schlierigen Glasscheiben eines Stubenfensters, des Fensters neben dem Büffetkasten (in das Anna so gern hineingeschaut hatte) mit dem Vorhang verhängt worden. Bei der alten Jungfer Crescentia Haselböck war es nicht anders gewesen. Der Spiegel war von der Seelnonne verhängt worden, daß kein Totenantlitz und keine brennende Kerze in ihm Platz hatte. Umso vielfältiger, wie in der Herzogspitalgasse die gebrochenen Lichter der geschliffenen Lustergläser, vermehrten sich die dreiunddreißig brennenden Kerzen beim Totenamt in Spiegeln und Fensterscheiben, in Augen und Augengläsern der Menschenmenge.

Noch weit mehr Kerzen brannten in der Berghamer Dreifaltigkeitskirche am Weißen Sonntag, am Sonntag nach Ostern, als Crescentia mit der vierten Schulklasse, Buben und Mädeln, die Erstkommunion feierte.

In zwei Monaten sollte sie zehn Jahre alt werden. Bis dahin

hatte sie noch kaum ein eigenes Gewand, fast durchwegs von der Nachbarschaft und Verwandtschaft übernommene Kleidung getragen. Alle Dinge des Lebens, auch zum Anziehen bestimmte, waren dauerhaft. Der Großvater hatte seinen Prograderfrack ein Leben lang getragen und noch seinem Sohn vermacht. Das Leben war nicht von Flüchtigkeiten umgeben, sondern von Dauerhaftigkeiten. Nicht anders war es mit dem ersten eigenen Gewandstück der Tochter Crescentia, dem weißen Kommunionkleid und den weißen Schuhen. Was der Schuster und die Näherin in stundenlanger Störarbeit zurecht nadelten, bügelten, pfriemten und nagelten, auch davon hieß es »das hebt lang her«, denn das Festgewand mußte drei weiteren Kammerlehner Töchtern gut genug sein.

Alle Angst vor der ersten Beichte hatte ihr der Geistliche Rat Haberl, der seine Schützlinge in der Glaubenslehre auf die Gnade der Buße vorbereitete, genommen. »Denkt 's enk, Dirndln, ös beicht's an heiling Nikló! Dees is do aa-r-a guata Mo'! Er woaß äh alls; wer aba seine Fähla net vostockt a' laugnt, wer s' ei'gstäht und a Reu zoagt, den setzt ar-a Liadl odar a Gebetl auf, ermahnt 'n recht fir's Lebn und laart aftn sei' Sackl aus mit lauter Guatl, Aapferl und Kern!«

Ein harmloser Scherz, gewiß, aber nichts anderes als eine kindliche Entsprechung der großen Wirklichkeit.

Dann kniete sie weißgekleidet in der ersten Kirchenreihe vor dem lichterschimmernden Hochaltar. Weiß waren die Schuhe, die Strümpfe, das Lilienkleid, der Blütenring im lichten Haar, die abstehenden Schleifen an den Zöpfen, die Wachskerze und die Taftschleife, die über die Hand fiel. Ihre Taufkerze war es, aus dem Papierband gewunden, die sie steil und angestrengt in der Rechten trug. Nun war es ihre Kommunionkerze geworden und sollte eines Tages auch ihre Sterbekerze werden.

Die Godin Crescentia Haselböck hatte sie gestiftet. Wie oft waren die Kinder Sebastian und Crescentia nach dem Schulbesuch in ihrer Dachwohnung neben der Kirche eingekehrt und hatten von der Bisquitroulade gekostet, die mit Ribislsaft getränkt war. Der Saft, meistens schon in Gärung übergegangen, hatte sie immer ein wenig schwindlig gemacht.

Alle Kerzengeschenke für ihre Godenkinder hatte sie beim Berghamer Wachszieher gekauft, einem rundlichen Mann mit freundlicher Ehefrau, der neben sämtlichen Wachswaren auch alle anderen Erzeugnisse der Bienen, wie Honig, Met, Lebzelten und Zuckerbäckereien, führte. Der gern unter die Leute gebrachte Wahlspruch des braven Mannes lautete: »Wachs und Zelten sollen immer gelten.«

Die Godin hütete sich nur ein einziges Mal im Jahr, den fleißigen Wachszieher mit ihren besonderen Wünschen zu behelligen, wenn Mariä Lichtmeß rot im Kalender stand. Dieses Fest gilt nicht nur für einen Zahltag, an dem die Dienstboten ihren Jahreslohn aus der bäuerlichen Schatulle, der Saublattern, empfangen — in Kammerlehen bekamen sogar die Jüngsten ein kleines Scheidemünzlein ausgehändigt — es ist der eigentliche Tag der Befreiung von aller Winterbangnis! Das Licht wächst, die Arbeit geht bei Tageslicht von der Hand. Am Lichtmeßtag weiht der Pfarrer den Kerzenbedarf für das kommende Jahr. Und dieser Bedarf wurde beim Berghamer Wachszieher gedeckt: Körbe voll von Wachskerzen, Wachsstöcken und schwarzen Wetterkerzen, alle aus Bienenwachs und nach Honig duftend, wurden zur Lichterweihe in die Dreifaltigkeitskirche geschleppt.

Als das Kind, vor Aufregung zitternd, in eine lange Reihe geordnet, an der Kommunionbank kniete, über die ein spitzenbesetztes weißes Speistuch herunterhing, wußte es, daß ihm dieser unverwechselbare Duft nach brennendem Bienenwachs im Gedächtnis bleiben mußte.

Dann stand sie im Salon des Photographen Kumpfmüller. Die bescheidene Auslage ragte in den Salon als Holzkasten hinein, dessen zwei Deckel wie Fensterläden zu verriegeln waren. Hinter diesem Kasten, in der Mitte des Salons, zwischen Plüschsessel und brokatgedecktem Tisch, mußte sich Crescentia in ihrer Pracht aufstellen. Hier wurde ihr vom Photographen das weiße Gewand zurechtgezupft, wobei die anwesenden Eltern nicht mit aufmunternden Zurufen sparten, wurde ihr das funkelnde Benediktuskreuz an seiner feingliedrigen Kette genau in die Mitte der Brust gerückt, wurde der Kinderrosenkranz der Godin kunstvoll um Zeige- und Mittelfinger ihrer linken Hand geschlungen, daß das Kreuz an langer Perlenschnur bis unter den Rocksaum, gut sichtbar vor dem dunklen Hintergrund baumelte, wurde ihr in dieselbe Hand als elterliches Geschenk das erste Gebetbuch gedrückt, das von bunten Heiligenbildern der Verwandtschaft überquoll. Während der Vorbereitungen und Bemühungen des Photographen hielt sie immer ihre brennende Kerze in der rechten Hand. Obwohl sie ihren Arm zur Erleichterung auf die Lehne des Plüschsessels stützen durfte, wurde sie vom ziehenden Muskelweh noch tagelang an die Entstehung ihres Kommunionbildes erinnert.

Wieder einmal klappte der Lichtkünstler die Läden seiner kleinen Auslage zurück, damit es darin Platz fand neben den anderen Erfolgen seiner Mühe. Sogar das Hochzeitsbild ihrer Eltern hing noch da, gamsfarben und ein Jahrdutzend älter. Die Verdienstgelegenheiten Kumpfmüllers (eines Invaliden aus dem Siebziger Krieg, dem sein hölzerner Fuß am humpelnden Gang anzukennen war) beschränkten sich immer noch auf Hochzeiten, Primizen, Fahnenweihen und die jährliche Erstkommunion.

Es war nicht in diesem Mai, sondern erst im nächsten; ein Jahr lag dazwischen: Am Pfingstsonntag herrschte in der grünenden Flur ausgelassene Freude. Der Name des Pfingstfestes bedeutet, wenn man ihn aus dem Griechischen übersetzt, »fünfzigster Tag« (nach Ostern) wie der römische feria quinta oder Pfinsta »fünfter Tag« (vom Sabbat an gerechnet). War Pfingsten dem Namen nach christlich geworden, in der bäuerlichen Flur blieb es das jahrtausendealte Grasfest. Über die Weidewege trottete der mit Laub und Päonien umkränzte Pfingstochse als farbenprächtiges Sinnbild des früher üblichen Tieropfers. Man beging den Tag als Gleichnis für den langersehnten Sieg des Sommers über den Winter. Den sogenannten Graskönig, einen jungen Burschen, der bis zur Unkenntlichkeit hinter einer Hülle aus Ginster, Farnkraut und Feldblumen verborgen war, trug man über die Holzlohwiese und über die sprossenden Felder. Endlich ging die Prozession im Hohlweg aufwärts durch den finsteren Feichtenbichl und jenseits hinab zum Mühlweiher. Dort wurde der Graskönig unter Geschrei ins Wasser geworfen. Er tauchte gleich wieder auf, weil ihm sein Opfertauchen nur noch sinnbildlich zugemutet wurde.

Wie gemessen sind kirchliche Feiern! Und doch haben sie kein anderes Ziel als heidnische Feste: Die Erlangung göttlicher Gnade. Nichts anderes will das heilige Sakrament der

Firmung. Es hängt so eng mit dem Pfingstwunder zusammen wie kein anderes. Darum wurde in Bergham die jährliche Firmung bald nach dem Pfingstfest gefeiert.

Wieder strömte eine Schulklasse durch das angelweit aufgerissene Tor der Berghamer Dreifaltigkeitskirche, um in langer Reihe immer näher zur Firmungsbank nachzurücken, auf der sich der erste niederkniete, das knisternde Firmzeugnis zwischen Zeige- und Mittelfinger der gefalteten Hände geklemmt, wohl achtend, daß die Rückseite des Blattes mit seinem Taufnamen obenauf war.

Es schob sich aber nicht nur eine einzige Reihe nach vorn, es waren zwei: Neben jedem Firmling stand auch der zugehörige Göd. Und eben dieses war für Sepp, den Schreiner, eine Freude: Daß ihm beschieden war, als schwarz gekleideter Firmgöd neben Sebastian in der Dreifaltigkeitskirche zu stehen.

Der Schreiner hatte sich etwas Besonderes ausgedacht: Er wollte seinen Schützling zum Einkauf der goldenen Firmungsuhr in den Laden des Berghamer Uhrmachers mitnehmen. Auch Crescentia lud er zum Mitkommen ein.

Als der Schreiner vom Uhrmacher den bestellten Chronometer ausgehändigt bekam, dickbauchig, golden und für ein Leben genug, in den gewölbten Deckel — der aufschnappte, wenn man auf einen verborgenen Knopf drückte — die sieben ausgemachten Wörter geritzt: Weisheit, Verstand, Rat, Stärke, Wissenschaft, Frömmigkeit, Gottesfurcht — schaute sich Crescentia in der Werkstatt des Meisters um: Alle vier Wände vom Boden bis zur Hohlkehle waren mit Uhren bedeckt. Es gab nur Uhren, immer wieder Uhren, mit römischen und arabischen Ziffern, runde und rechteckige, bemalte und kahle, Federuhren mit Schlüssellöchern und Kettenuhren mit herunterhängenden Gewichten, Kuckucksuhren, Weckuhren mit kupfernen Glocken, Standuhren und Wanduhren in hohen Kästen mit langen Perpendikeln. Die Luft war vom vielfältigen Ticken der instandgesetzten und in Gang gehaltenen Uhren erfüllt, das wie ein unaufhörliches Geschnurre ineinanderschwirrte.

An der hohen Wand hinter der Ladenbudel waren viele neue Uhren, die eines Käufers harrten, aufgehängt. Ihr Werk war nicht in Gang gehalten; alle Zeiger waren auf drei Uhr gestellt, peinlich genau nach dem rechten Winkel. Für Crescentia hatte diese vielfach angezeigte dritte Stunde eine besondere Bedeutung. Ihr wurde der bescheidene Uhrmacher zum heimlichen Hohenpriester der Dreifaltigkeit. Da schau her — dachte Crescentia — so verschämt dient er dem Dreieinigen, dessen Gnade der Herr Bischof Franz Joseph Stein, der von der fernen Hauptstadt angereist war, beim Salben ihres Bruders beschworen hatte: In nomine Patris et Filii et Spiritus Sancti. Da fiel es ihr wie Schuppen von den Augen: Daß ich das übersehen konnte! Nein, wie fromm ist dieser Mann! Drei Uhr, das ist ja die jüdische neunte Stunde, die Sterbestunde des Menschensohnes, was den Schmied des großen Marterkreuzes im Frauenholz dazu verführt hatte, seine Zeiger fälschlich auf neun zu stellen. — Da stockte ihr der Atem. Denn mitten unter den vielen Uhren entdeckte sie ein Zifferblatt ohne Zeiger.

Die Welt um sie versank. Aus finsterer Ferne drang eine Stimme an ihr Ohr, die sich wie die krächzende Stimme der tauben alten Magd Martha Amerstorfer anhörte. Die Stimme sagte: »Sogar die Ewigkeit ist Zeit! Zeit ohne Zeit!« Und wenn sie damit fertig war, begann sie von vorn: »Sogar die Ewigkeit ist Zeit! Zeit ohne Zeit!« ... Diese krächzende Stimme lag ihr weiter im Ohr, als ihr Fuß über das Steinpflaster einer menschenleeren Gasse schritt; rechts und links waren die Giebel zu ihr gekehrt, die hölzernen Türen der einsamen Häuser verschlossen — da wußte sie, daß es die Hauptgasse von Bergham war, einsam, lautlos und leer, durch die sie mit hallenden Schritten ging. Die unaufhörliche Stimme: »Ewigkeit ist Zeit ohne Zeit« verfolgte sie durch das Tor hinaus, wo die Pflasterung aufhörte. Ihre Füße waren bloß wie beim täglichen Schulgang. Sie lief auf dem kiesigen Fuhrweg weiter. »Gäh a's Gros eina, da Weg is gor so waax, sünst dastichst da d'Fuaßsoin ünta da Hax!« hörte sie die Stimme ihres Vaters. Sie gehorchte und schritt wie auf einem Polster. Unter ihren Füßen wuchs aber kein Gras; es waren lauter Kräuter — sie bückte sich, um Gewürzkräuter für eine Gansfüllung aus dem allgemeinen Grün herauszusuchen, pflückte Beifuß, Basilikum, Rosmarin und Petersil in ihr aufgehaltenes Fürtuch. Da hörte sie die Turmuhr der Dreifaltigkeitskirche aus der Ferne schlagen; sie zählte die Schläge — richtig, die hohe Frühmeßglocke wurde viermal vom Hammer getroffen — die tiefere Praesenzglocke läutete die vollen Stunden — Crescentia zählte mit — es war aber des Zählens kein Ende, denn die Praesenzglocke wollte nicht mehr zu schlagen aufhören — das Mädchen zählte und zählte — hielt sich die Ohren zu — alle gesammelten Kräuter fielen ihr aus der Schürze — sie sprang vor und wollte verhindern, daß die zeigerlose Uhr ins Fallen kam, hielt sie fest — auf einmal hörte sie die Stimme des Schreiners, der zu ihrem Bruder Sebastian sagte: »Woaßt, dein' goldaran Prater tuast an Fronleichnam uma! Der braucht si auf der Prozession denat net vostecka! Und kimmt d'Zeit, wachst dir no a Schariwari an d'Kettn anhi, a poar Hirschgranln, netwahrnet ...«

Crescentia, die hinter der Ladenbudel stand, seitlich, daß der vorn beschäftigte Uhrmacher sie nicht sehen konnte, hielt plötzlich die zeigerlose Uhr in Händen — sie hatte ihr gutes Gewicht — und rief dem Meister zu, fast stimmlos vor Schreck: »Dee is abhagfalln, grad han i's no dafangt ...«

Der Uhrmacher schaute um und wunderte sich: »Iatz so ebbsn! Dee hängt an sein Hagka wia dee an- ...« es blieb ihm das Wort im Hals stecken, denn der Haken war aus der Wand gebrochen und lag mit mehreren Mauerbrocken auf dem Fußboden. »Gibt s denn dös aa?!« Der Uhrmacher schaute entgeistert bald auf das Kind, bald auf die zeigerlose Uhr, bald auf den Haken an der Erde. »Aba den Nagl hast scho' *du* außazogn mit lautern Habn!« Crescentia, die nicht hätte sagen können, was in den Augenblicken ihrer seltsamen Entrücktheit geschehen war, mußte es zugeben. Doch der Uhrmacher, weil er sah, wie verstört sie war, beruhigte sie: »A Kundt hat eahm anderne Zoaga ei'böidt. Hast ma netta hoifa wolln, Dirndl, daß d'Uhr zo seine neichn Zoaga kimmt, goi?! Wannst mogst, konnst bo mir als Lehrbua ei'steh ...« Alle lachten, auch Crescentia, und der Spuk war vergessen.

Als man den Uhrmacherladen verließ und auf dem buckligen Pflasterweg unter den gassenwärts gewendeten Giebeln ging, winkte aus dem dunklen Innern des Nachbarhauses eine Frau. Es war die Kramerin, die hinter einem winzigen, in der mächtigen Mauerfläche verlorenen Fensterlein etliche Zuckerhüte, Mausfallen, Griffelschachteln und Schiefertafeln zur Schau gestellt hatte. Man drückte auf die Türschwelle — schon bimmelte die Ladenglocke — und stolperte über zwei Stufen in das dämmerige Gewölb hinab. Eine Bamperlkramerei war es gewiß, aber welche Mengen unentbehrlichen Hausrates und Nährstoffes hatte man in tausend Schubläden und Lädlein, Kästen und Kisten, Säcken und Zubern angehäuft! Erst in den unergründlichen Tiefen des Gemäuers verlor sich das Gewirr. In einem Winkel lehnten die Erzeugnisse der Besenbinder, Sagfeiler und Rechenmacher, an einem gespannten Strick hingen reihenweis Reibeisen und Schürhagken, in hölzernen Steigen harrten Karfiolköpfe und Krenwurzen williger Käufer, die, wenn sie zugreifen wollten, mit dem handschriftlichen Hinweis »Anlangen verboten!« in die Gewalt der Kramerin gegeben wurden. Eine unumschränkte Herrscherin war sie in ihrem Reich! Eigenhändig streute sie mit ihrem Holzschäuflein »Oneis«, »Kimm« und »Brotkugeln« in drei Stranitzen, die der Waagschale allmählich das Übergewicht gaben, mit eigenen Fingern angelte sie überzuckerte schwarze Vanillestangen aus den hohen Gläsern.

Wie oft war Crescentia zu der Kramerin in das Gewölbe hinabgestiegen. Mit leerem Mund kam sie nie zurück — eine schwarze Bärendreckschnecke oder eine gestreifte Pfefferminzkugel (die wie ein Arwa von der Kracherlflasche in Farben spielte), steckte immer darin.

Erregt schoß die Kramerin, als die drei feiertäglich gekleideten Besucher in das Gewölbe traten, hinter ihrer Ladenbudel hervor, faßte Sebastians Rechte und schüttelte sie kräftig. Dann langte sie über sich, riß mit geübten Fingern ein Papiersäcklein von der hölzernen, doppelköpfigen Schlange, an der eine reiche, nach Größen gestaffelte Auswahl Tüten und Stranitzen hing, spreizte ihre Hand hinein, daß die zusammenhaftenden Papierflächen auseinanderklafften, füllte es, halb und halb, mit Pfefferminzkugeln und Bärendreckschnecken, bis es prall voll war, faltete die überstehenden Ecken ein und reichte es mit den Worten »Zo dein Ehrntag« Sebastian hinunter. Ihr Fingerspiel wiederholte sich und Crescentia empfing die gleiche Gabe aus der Hand der Kramerin. Das war eine unerwartete Freude für die Geschwister, die im Chor, sauber nach Silben getrennt, wie sie es vom Fräulein Witzgerl gelernt hatten, ihr »Ver - gelts - Gott!!« schmetterten. Mit breitem Lachen über dem Doppelkinn murmelte die Kramerin: Gesegne es Gott!

Solche kindlichen Anwandlungen wurden in der folgenden Zeit seltener. Alljährlich deutlicher vollzog sich Crescentias Wandel von knabenhafter Kindlichkeit zu jungfräulicher Mädchenhaftigkeit, von geborgener Ahnungslosigkeit zu freierer Mündigkeit.

Als die Dirn einst neun Jahre alt gewesen war, wurden ihr die Haare von der Mutter noch mit Zuckerwasser genäßt und in einzelnen Strähnen auf Zeitungspapierstreifen gewickelt.

Im nächsten Jahr war es schon schwieriger, mit den Haaren zurechtzukommen. Das Flechten der Zöpfe und das Binden der Seidenmaschen war für die Mutter eine zeitraubende Morgenbeschäftigung. Als immer mehr Töchter nachwuchsen, kam sie, zumal vor dem sonntäglichen Kirchgang, ins Schwitzen.

Als wieder ein Jahr vergangen war, brachte Crescentia weit längere Zeit vor dem Spiegel zu, um sich das Haar bald auf diese, bald auf jene Art hinaufzustecken.

Im nächsten Jahr hatte sich die Zahl der Haar- und Lockennadeln, die sie benötigte, der Spangen und Spänglein, der Haarpfeile und Steckkämme bereits verdoppelt. Als wieder ein Jahr vergangen war, zog sie noch die Brennschere der Mutter zur Verschönerung ihres Haarschmucks heran. Die geheimnisvollen Kräfte, die beunruhigend in ihr wirkten, veränderten ihr Äußeres und forderten von ihr eine Unterstützung. Nur so, nicht als leere Befriedigung einer eitlen Hoffahrt, begriff sie ihre Bemühungen, schön zu sein.

Nach dem Abschluß der Volksschule kam sie in die Feiertagsschule. Das war zunächst eine reine Christenlehre. Später wurde der Unterricht um Hauswirtschaft erweitert und auf den Werktag verlegt.

Als die Bauerntochter Johanna Lechner vom Ödgarten, die Schwester des Nachbarsohnes Felix, Hochzeit hielt, bat sie ihre sechzehnjährige Base, die Kranzljungfrau zu machen. Das war die herkömmliche Begleiterin und Zofe der Braut, gewissermaßen die Braut des Brautführers. An der Seite des echten Brautpaares pflegte nämlich nach höfischem Vorbild ein lustiges Dienerpaar zu gehen. Die Entsprechung der beiden Paare reichte so weit, daß die Kranzljungfrau zusammen mit der Braut aus dem Tanzsaal entführt wurde.

An diesem Hochzeitsmorgen — es war ein Irta oder Erita,

eigentlich Arestag, der nach uralter Meinung für den Abschluß des Ehebundes vorteilhaft ist— steckte sich Crescentia vor dem Spiegel der Dirndlkammer mit Nadeln und Spangen die glatten Zöpfe zur Krone auf, wie es ihr am besten zu der hellen Hautfarbe und zu den blauen Augen stand. Auch das erforderliche Blattkränzlein wand sie herum.

Nach der Morgensuppe beim Jungbräu bewegte sich der Hochzeitszug feierlich zur Feldkirchener Höhe hinauf. Crescentia schaute ihren Brautführer manchmal verstohlen von der Seite an. Lang dauerte es, bis endlich ihr voller Blick ihn traf.

Der Brautführer war jener bewußte Georg Zechmeister aus Bergham, der vor sechzehn Jahren, nach Onkel Martins Behauptung, zu Crescentias Namenstag einen Brief und ein blaues Leinenkleid geschickt hatte. Der Hochzeiter, mit Tauf- und Schreibnamen Zeno Buchberger, Bauernsohn vom Schafflerhof in Höhenberg, hatte ihn um diesen Ehrendienst gebeten.

Gegen Abend mußte der Brautführer seine Kranzljungfrau vom Semmelmeierwirt, wo sie mit der weißgekleideten Hochzeiterin und den Entführern beim Wein saß, zurückholen auf den Tanzboden. Als die Braut und der Bräutigam, die Kranzljungfrau und der Brautführer den Saal betraten, wurden sie von rauschender Musik empfangen. Der Brautführer, der zeigen mußte, daß er nicht auf den Mund gefallen war, faßte Crescentia um die Hüfte, wiegte sich mit ihr zum Spiel der Musik im Dreivierteltakt und sang:

>»Wann i a Musi her,
>kenn i koa' Traua mehr,
>zon Tanzn treibts mi hi',
>weil i gern lusti bi'!
>Schee' gschlingi rund an Kroas,
>da wird ma so senghoaß;
>daß i net brinnad wir,
>da is da Trunk dafir!«

Schon hatte ihm einer aus der Menge den löschenden Trunk gereicht. Schon drehte er zur Verbildlichung seiner Worte zwei Runden mit der noch ein wenig unsicheren, aber leicht im Arm des Tänzers liegenden Kranzljungfrau. Da hörte die Tanzende eine Stimme aus der Ferne: »A böidsaubers Paarl!« und sie wurde blutrot, bis unter die Haarwurzeln hinauf.

Sie wand sich los, wie es die Ausschwingung des letzten Drehers erlaubte, und lief an ihren Platz neben der Braut zurück. Belustigt sah sie aus, denn ihre Scham ließ keine stärkere Regung zu. Auf dem Podium hinter ihrem Rücken blies der Bruder in sein schwarzes Klarinettenrohr und drückte mit flinken Fingern auf die silbernen Klappen. Wenn die allgemeine Musik verstummte, lauschte er seinem Vater, der mit dem bunten Bänderstock zwischen den Tischen regierte, seine Ehrverse aufsagte und hinter jedem Vers ein Gesätzlein sang.

Im Anschluß an die Hochzeiterin saßen die Brauteltern vom Ödgarten. Crescentias Mutter, Martin Lechners Schwester, saß ihrer Tochter gegenüber. Sie hatte ihre zwei kleinsten Kinder beim alten Knecht im Haus gelassen, um ihrem Bruder die Ehre zu geben. Am Halsbund ihrer weißen Bluse blinkte die durchbrochene Brosche des Biburger Silberschmieds.

Nichts weiter als lustig stellte sich dieser Hochzeitstag in Crescentias Erinnerung dar. Immer seltener dachte sie an den liebenswürdigen Brautführer zurück.

Dennoch hätten ihr manche Veränderungen, die sie an sich und ihrer Umgebung feststellte, zu denken geben sollen. Die Zeiten, in denen gleichaltrige Nachbarbuben, mit einem knorrigen Stecken in der Hand, alle Mädchen, die ihnen über den Weg liefen, als die »anderen«, in die Flucht jagten, waren vorbei. Als »anders« empfanden sie das weibliche Geschlecht immer noch, aber das war ihnen kein Anlaß zu Verfolgungsjagden und Prügeleien mehr. Die heimliche Annäherung — eine öffentliche ließ ihr Stolz nicht zu —, die scheue Gunstbewerbung und das verwirrte Zieren auf der anderen Seite waren an die Stelle früherer Fehden und Zungenbleckereien getreten. Crescentia beobachtete das mit unverhohlener Neugierde.

Ihr Leben kam ihr nun wie eine unheimliche Stille, wie ein winterliches Warten vor. Im Ofenrohr sang der Apfel, in den Bettkammern war es »huscherl«-kalt und auf der gefrorenen Gred konnte man mit glatten Schuhsohlen schliefazen. Es war wieder so winterschön, die Bäume glitzerten, mit Eiskristallen gefiedert.

So unwiderstehlich der Zauber sein mag, der von den weißen Stäben, Sternen und Blüten ausgeht: Was ist dem jungen

Frühlingsgrün der Bäume vergleichbar? Der Sankt Georgstag war es, wie alle Jahre, an dem man sagen konnte: Die Welt wird grün. Der Kammerlehner Prograder und sein Sohn Sebastian ritten am taunassen Morgen nach Bergham hinein, der Sohn auf dem gebleßten Wallach Hias, der Vater auf dem altersmatten Fuchsen Damerl. Der Gaul trottete mit gesenktem Kopf. Der Hochzeitlader brachte es nicht übers Herz, ihm diese Freude zu versagen. Er wollte ihn zum letzten Mal, bevor der Berghamer Abdecker ihm den Gnadentod gab, am feierlichen Georgiumritt teilnehmen lassen.

Ungern zeigt der Bauer am Georgstag ein schlechtes Pferd. Sebastian Weilbuchner hatte sich mit einem übertrieben üppigen Aufputz des alten Damerl beholfen: Als Schachbrettmuster hatte er sein Fell zurechtgestriegelt, hatte den Schweif in Zöpfe geflochten und mit weißblauen Bändern durchzogen. Das schönste, von klingenden Kettengliedern überrieselte Zaumzeug hatte er ihm angelegt und ein wiegendes Bündel schillernder Pfauenfedern auf den Kopf gesteckt. An den Rand der Lächerlichkeit hatte er seinen Abschied vom alten Damerl gerückt. Es war ein Abschied von der schönsten Zeit seiner Ehe und von der frühesten Jugend seiner Kinder.

Die ganze Pfarrgemeinde war aus den umliegenden Dörfern und Höfen in den Gassen des Marktes zusammengeströmt. Die Menschen standen dichtgedrängt auf beiden Seiten der Hauptgasse und bewunderten den prunkvollen Reiterzug. Beim Portal der Dreifaltigkeitskirche war ein hölzernes Gerüst aufgebaut. Dort wurden die vorbeiziehenden Rosse mit Weihwasser besprengt.

Neben dem Podest stand Crescentia, fast versunken zwischen den Köpfen der vielen Menschen, sah die Reiter, die paarweise nebeneinander zogen, reitende Bauern und reitende Buben — die werktags mit dem Trensenzügel auskamen, für den heiligen Georg aber Sattel und Steigbügel angeschnallt hatten —, sah den Fahnenwald und das Standartengewirr der Feuerwehr, der Schützen, der Krieger, aller Vereine, sah die blitzenden Spitzen, die kleinmaßstäblichen Kronen, Sterne und Monstranzen, die einen Kranz von Ringen um ihren goldenen Schaft laufen hatten. (In die Ringe waren Erinnerungsbänder eingehängt, flatternde, farbige, über und über gestickte, mit leuchtender Seide gefütterte Bänder der befreundeten

Vereine, auch schwarze Trauerbänder zum Gedächtnis der Toten.)

Immer hielt ein geschmückter Reiter seine Fahne, die in einem umgebundenen Gurt steckte, und wurde von zwei anderen Reitern in die Mitte genommen. — Crescentia sah das mächtige Erlöserkreuz auf hohem Roß heranschwanken, von beiden Armen des Reiters umklammert. Ein Ministrant im weißen Chorrock und roten Kragen wies das Roß am kurzgehaltenen Zügel. Aus der Vierung des großen Kreuzes schwangen vier Bänder in schwarzen und gelben Farben, spannten sich nach allen vier Himmelsrichtungen über die Gasse, und wurden von vier Reitern getragen.

Dann rollten Brückenwägen auf ihren Eisenreifen knirschend über den Kies, mit weißen Tüchern verhängt und als Bühnen für lebende Bilder eingerichtet. Der heilige Georg, der von einem kleinen Buben dargestellt wurde, mit Helmzier und rotem Umhang, saß auf einem geschnitzten Roß, das manche Ähnlichkeit mit einem Schaukelpferd hatte, und stach dem gekrümmten grünen Drachen eine spitzige Lanze in den zähnebleckenden Rachen. Das Bild war in diesem aufregenden Augenblick zur Bewegungslosigkeit erstarrt, so daß der kleine Knabe nach einer Stunde geduldig ertragener Ritterwürde alle Mühe im Gebrauch seiner Gliedmaßen hatte. Der nächste Wagen zeigte eine blumengeschmückte verkleinerte Darstellung der Dreifaltigkeitskirche, die von mehreren Schulklassen in mühevoller Arbeit gebaut und gestrichen worden war. Dann folgte wieder ein lebendes Bild: Der heilige Isidor, neben dem verlassenen Pflug auf dem Acker im Gebet kniend, während ein Engel für ihn weiterpflügt. Dann rollte wieder ein Kirchenmodell vorbei: Mariä Himmelfahrt in Feldkirchen mit der unverkennbar schlanken Turmspitze. Das Sichelwunder der heiligen Notburga wurde als lebendes Bild vorgeführt; die goldgleißende Sichel schwebte allerdings nicht frei in der Luft, sondern baumelte an einer Art Galgen. Auf dem nächsten Wagen wurde die holzgezimmerte Wallfahrtskirche Sankt Theobald mit ihrer grünen Zwiebelhaube gezeigt. Festliche Musik schmetterte dazu. Drei Wägen waren — gehörig voneinander abgerückt — in den Zug eingeflochten, mit goldenen Kränzen, Girlanden und Papierrosen behängt, vom hohen Musikantenpodium gekrönt, auf dem die Trompetenbläser und Trommler saßen, auch die Klarinettisten mit ihren aufgeklemmten Notenblättern, in schwarzen, eng bis zum Fußknöchel reichenden Lederhosen und schwarzen Jacken, von denen zwei Reihen Silbertaler abstachen. Dann rollten mehrere Chaisen vorbei mit der herauswinkenden Geistlichkeit — auch der Geistliche Rat Haberl nickte heraus —, mit den Bürgermeistern und dem Jungbräu, der ein rotes Samtkäpplein auf dem Kopf hatte. Und immer wieder zogen Reiter vorbei. Endlich kam auch Crescentias Bruder geritten, auf dem scheckigen Wallach, und ihr Vater daneben, auf dem üppig zurechtgeputzten Damerl, die Hand grüßend erhoben, als würde sie den bunten Bänderstab schwingen.

Tränen traten ihr in die Augen, wenn sie an das baldige Ende des guten Freundes ihrer Kindheitstage dachte, sonst hätte sie lachen müssen.

Aber schon schwand ihre Traurigkeit. Jetzt kam der Höhepunkt des Zuges und sein Ende zugleich: Der heilige Georg selbst. Ein Herold mit kniehohen Stiefeln, in abenteuerlichem Aufputz, mit buntem Barett, ritt voraus, eine weißblaue Fahne durch die Luft wirbelnd, hinter ihm kam ein himmelblau gekleideter Page gegangen, am ausgestreckten Arm den knapp gefaßten Zügel eines tänzelnden Schimmels. Es war eine erregte, vollblütige Stute mit blauen Scheuklappen, silberblauer Brokatschabracke und blauem Reiherfederbusch auf dem erhobenen Kopf. In die Steigbügel gestemmt stand er, der Überwinder des Drachens und Beschützer der Jungfrau Cleodolinde, Vorbild aller Ritter und ritterlichen Menschen, stand Georg selbst, in weiße Seide gekleidet und in einen körperlangen blauen Umhang gehüllt. Auf die Schultern fiel ihm ein weicher Hermelinkragen, darüber hing eine silberne Kette, an der das achtspitzige blaue Malteserkreuz baumelte. Auf dem Haupte trug er einen blauen Hut mit aufgebauschten weißen Reiherfedern. An der Seite hatte er einen silbernen Degen hängen. In beiden Händen trug er die dreimal menschenlange Lanze.

Der Bauernsohn, der sich hinter dem weißblau gewandeten Ritter Georg verbarg, war ein wirklicher Georg, war Georg Zechmeister, der dieses Jahr vom Schützenverein dazu ausersehen worden war. Nur ein unbescholtener junger Mann konnte sicher sein, mit allen Stimmen für würdig befunden zu werden, denn einstimmig mußte er gewählt werden.

Als einige Spritzer Weihwasser den Schimmel trafen, bäumte er sich auf, dann drängte — denn hier begann sich der Zug aufzulösen — eine Schar weißgekleideter Erstkläßlerinnen vor und warf mit vollen Händen aus einem kleinen Korb geschöpfte weiße und blaue Frühlingsblumen, Buschwindröslein und Veigerl, auf Roß und Reiter — der Schimmel scheute, machte einen Satz, Funken stoben unter den Hufen, der Herold sprang ab, faßte mit dem Pagen knapper zu und hielt das edle Pferd, das Schaum im Maul hatte. Im gleichen Augenblick sprang der weißblaue Ritter mit Schwung aus dem Sattel auf das Pflaster herab, der wiehernde Schimmel — inzwischen von der zugelaufenen Menge umstellt — wurde seitwärts abgedrängt und in den Stall des Postwirts geführt — der Ritter stand da, rotwangig, erhitzt, stürmisch atmend, und wurde wieder mit Blumen überschüttet. — Crescentia sah das Bild und konnte es nicht mehr vergessen.

Wochen später, als Crescentia eines Morgens auf der Holzloh Gras rechte, mußte sie an diesen Tag zurückdenken. Nachts hatten die Blumen geschlafen, bei Sonnenaufgang war die Wiese ein Flammenmeer von leuchtenden Löwenzahnblüten. Fern rauschte das Gras unter der Sense ihres Bruders, an der Wagendeichsel schnaubte ein fremdes Roß — der treue Damerl war tot. Crescentia ordnete mit breitem Holzrechen das blütengescheckte Gras zu langen Strängen. Da sah sie auf der Fahrt, die zweispurig von Bergham herauslief, einen Mann kommen, hochgewachsen, luftgebräunt, den sie gleich für Georg Zechmeister erkannte. Die östliche Sonne schien ihm voll ins Gesicht; er war geblendet und erkannte Crescentia nicht.

Ihr schlug das Herz bis in den Hals hinauf. Der Näherkommende wollte gerade bei der Michelikapelle in den Seitenweg zum Ödgarten einbiegen — als ein Wort von ihren Lippen glitt — »Schosl« — und eine Frage hinterdrein »Wia gäht's da?« Kaum waren diese Worte herausgeschlüpft, hätte sie gern die Frage zurückgenommen. Es war zu spät. Der Angesprochene hemmte den Schritt, wendete den Kopf, hob seine rechte Hand an die Augenbrauen und erkannte die schamhaft Abgedrehte. »Auf di hätt i iatz net denkt.«

Er trat näher. »Kimmst ma fir wia d'Pfingstbraut z'Holzhausen.« — Als Crescentia ihn fragend anschaute, deutete er auf die grünen Grasberge, die sich, untermischt mit Kleeköpfen,

Salbeiblüten und Löwenzahnsternen, um ihre nackten Füße häuften. Sie lächelte, weil sie wußte, daß er auf den kommenden Pfingsttag anspielte. In Holzhausen wurde dem Graskönig, bevor ihn die Dorfbewohner ins Wasser stürzten, eine mit Gräsern und Blüten geschmückte Pfingstbraut angetraut.

Georg Zechmeister, der älteste Sohn vom Gawernhof in Bergham, dessen Mutter eine Schwester der Weberin war, hatte sich in Ödgarten angesagt, um eine gekaufte Kalbin abzuholen. Nun ging er neben Crescentia nach Kammerlehen hinüber, trat zu ihrer Mutter in die Stube. Über das bewußte blaue Leinenkleid wurde keine Silbe verloren.

Von diesem Tag an sahen sich die jungen Leute öfter. So oft wie in diesen Wochen war Georg früher nie nach Ödgarten gekommen. Auch in Feldkirchen hatte er nie die Messe besucht, weil für ihn die Pfarrkirche näher lag. Fast immer, wenn sich beim Hinauspräludieren der Orgel im Mittelgang zwischen den Prozessionsstangen die sonst streng getrennte Männer- und Weiberseite ineinanderdrängte, fühlte sie Georgs Anzugtuch an ihrem Arm, fast immer trafen sich ihre Hände wie zufällig an der eisernen Schnalle der Friedhofstür. Auch in Kammerlehen war der Berghamer Bauernsohn ein gern gesehener Gast. Einmal, als er in Ödgarten eine Fuhre Birkenbäumchen für die Fronleichnamsprozession holte, zum Spalier für das Allerheiligste unter dem Traghimmel, brachte er einen Strauß Pfingstrosen hinüber nach Kammerlehen, weil es schade um die vom Wind gebrochenen Stengel sei, und einmal ein Sträußlein Veronikablumen.

Er kam nun regelmäßig am Sonntagnachmittag und sprach mit ihren Eltern. Manchmal saß er neben ihr auf der Hausbank oder unter dem Blitzmarterl im Schatten der drei Eschenbäume.

Einmal, als Crescentia mit ihm zwischen hohen Grashalmen saß, tauchten alte Erinnerungen in ihr auf: sie verstand nun, warum viele Empfindungen, die bisher dem Vater gegolten hatten, auf Georg Zechmeister übergingen. Er lehnte sich an den übergrünten Erdwall, aus dem das eiserne Marterkreuz wuchs. Crescentia richtete sich auf und blickte ihn an. Da gestand er ihr, daß er schon die Kranzljungfrau nicht ungern gesehen, aber — anders könne er es nicht nennen — etwas wie

Scham empfunden habe, und Angst, ein für allemal etwas Schönes zu zerbrechen.

Selbst ein jungfräuliches Geschöpf hätte sich aus dem Mund eines Geliebten andere Worte erhofft. Nicht Worte wie die, daß er Scheu vor der reinen Stirn eines Mädchens empfand. Anders Crescentia. Es war alles ganz einfach. Ihre Eltern wußten, darüber hatte man oft gesprochen, daß Georg und Crescentia Mann und Frau werden wollten. Da mochte Hast nur Schaden stiften; sie konnten sich nicht verloren gehen, und sie ahnten: wer von der Liebe spricht, zerstört die Liebe.

Da erschien vor Crescentias innerem Auge — das trieb ihr die Röte ins Gesicht — auf einmal das weiße Ehebett. War eine solche Vorstellung zuchtlos? Nein, weil sie das Geheimnis des Totenbettes einschloß, das Bild der Bahre in der Flötz, die Vorstellung von den weißen Hüllen, aus denen das bleiche wächserne Antlitz der toten Magd hervorbrach. Niemand als die Seelnonne hatte den Leib, das reine Gefäß, aus dem Gott eine Seele trank, mit Augen gesehen.

Eines Abends erhob sich Georg spät von der Haustürbank — die Sonne war schnell, immer schneller und röter, hinter dem Frauenholz versunken — alle Wolken und Pflanzen schwanden im Schwarz, Sterne glühten auf, Sternschnuppen umschwärmten die bleiche Sichel des Mondes. Georg deutete auf den hell vom Sternennebel heraustretenden Abendstern und erzählte von zwei Menschen, die immer, wenn sie getrennt waren, zur ausgemachten Stunde den hellen Abendstern gesucht hatten. Dadurch waren ihre weit voneinander entfernten Augen um die selbe Stunde am selben Ort vereint. Crescentia lauschte und bedachte, was Georg sagte.

Es waren zwei Jahre vergangen, seit sie ihrem künftigen Bräutigam beim Grasen gegen Pfingsten begegnet war, da hörte man Gerüchte von einem kommenden Krieg. — Nie hätte Crescentia, die eine schöne, vollerblühte, neunzehnjährige Bauerntochter war, glauben können, daß einmal ihre Trennung von dem Geliebten länger als zwei Wochen dauern, weiter als bis über den Berghamer Waldrücken reichen würde.

Auf den Feldern war es in den Hochsommertagen nicht anders als in den Jahren zuvor. Die Schnitter aus dem unteren Donauland, die sich in Scharen eingefunden hatten, vergossen manchen Schweißtropfen. Die einen mähten, die anderen banden. Garbe um Garbe wurde aufgestellt, Feld für Feld wurde abgeräumt, Fuder um Fuder wurde heimgefahren. Alles ging seinen gewohnten Gang. Nie hätte Crescentia gedacht, daß die finsteren Gerüchte eines Tages Wirklichkeit werden könnten; niemand aus ihrer Umgebung hätte es für möglich gehalten. Dennoch kam eines Tages der geschmückte Eisenbahnzug von Osten, Haltestelle um Haltestelle vorgerückt, um endlich auch in Höhenberg die jungen Bauernsöhne aufzunehmen und bis Landshut weiterzubringen.

Crescentia begleitete ihren Freund, dem sie ein Sträußchen Rosmarin in den Rockaufschlag gesteckt hatte, zum Bahnhof von Höhenberg, wo eine Tafel mit verwaschener Schrift neben dem Gleis stand.

Langsam fuhr der Mühldorfer Zug ein, der über Nacht aus Güterwägen und ausgedienten Waggons zusammengestellt worden war, geschmückt wie eine Stadt im Antlaß, mit Birkenbäumlein und Eichenzweigen. Georg hatte die Tür in der Hand; hinter ihm waren die Bänke von lachenden Burschen besetzt, als er sich zu seiner Geliebten umwendete, die hilflos hinter ihm stand. Handkoffer und Türschnalle ließ er noch einmal aus und schloß die Braut in seine Arme. Als er sich losreißen wollte, klammerte sie sich fester an ihn. Er blickte ihr ins Gesicht, in dem die Lippen zuckten; er sah, daß die Freundin sehr blaß war. Ihre Arme fielen herab. Er nahm den Koffer, erkletterte die Eisenstiege. Die Tür schnappte ins Schloß, der Koffer flog ins Gepäcknetz — und sein Gesicht erschien zwischen den anderen Gesichtern im Fenster. —

Er sparte sich Worte, die sie beunruhigt hätten, riet ihr auch nicht ab, ihm in Bergham noch einmal Lebewohl zu sagen. Dort war der nächste Bahnhof, beileibe kein schmaler aufgekiester Weg neben dem einschichtigen Gleis, im Gegenteil, der Bahnsteig war gepflastert, überdacht und stand wie eine Insel in der Gabelung der Schienenstränge. Es gab auch ein Rangiergleis mit einem Prellbock und ein Bahnhofsgebäude aus roten Ziegelsteinen, mit Schalter, Wartehalle und Gepäckabfertigung.

Crescentia lief nach Bergham und kürzte sich den Weg über den Waldrücken ab, hinter dem der achteckige Dreifaltigkeitsturm erschien. Im Berghamer Bahnhof sollte der Zug einen längeren Aufenthalt haben. Als das Mädchen mit gerötetem

Gesicht und schweißnassen Schläfenhaaren, die sich aus den Zöpfen lösten, durch die Menschenmauer drang, stand vor ihr der fauchende Zug. Es war ein verwirrendes Bild: Die Lokomotive sprühte Dampf ab, lärmende Menschen liefen herum, Körbe voll Brot, Wurst, Äpfeln und Zigarren wurden auf den Bahnsteig herangeschleppt, große Zuber voll Wasser geschöpft als Vorrat für die weite Reise. Mit einem hochräderigen Karren war der Kramer aufgefahren; Stangeneis, das er im Winter aus dem Mühlweiher gestochen hatte, polterte in der verzinkten Kiste. Durstige Männer rauften ihm Kracherlflaschen aus der Hand, preßten den schillernden Arwa in den Flaschenhals, daß die rauchende Flüssigkeit entwich. Der Zug war bis zur Unkenntlichkeit hinter einem Gestrüpp aus Ginster, Farnkraut und Feldblumen versteckt — bot ein Bild wie der Graskönig, bevor er ins Wasser gestürzt wird. Georgs Wort von der »Pfingstbraut« ging Crescentia durch den Sinn. Auch weißblaue Bänder und Fahnen flatterten zwischen den Blumengebinden. Rosen und Lilien leuchteten hervor. Immer wieder kamen Scharen lachender Bauerndirnen mit Kränzen und Blumenbüscheln gelaufen.

Crescentia stand vor Georg — die Fensterscheibe war mit dem losgelassenen Riemen in den Schlitz gesaust — er lachte zuversichtlich aus der Fensteröffnung herunter und schüttelte ihr die Hand — seine Eltern waren auf die Seite getreten — Crescentia konnte sich nicht mehr von seinem Blick lösen, aber sie schaute ihm nicht mehr klar in die Augen wie damals unter dem Blitzmarterl auf dem Graspolster; seine Augen wurden trüber; das kam davon, daß Crescentias Pupillen von Tränen verschleiert waren. Sie schluchzte: »Jatz fahrst dani — jatz fahrst dani!«

Georg beugte sich weiter herunter und streichelte mit rauher Hand über ihre nassen Wangen: »I ko' denat net dahoam bleibn! Insa Kini braucht an iadn! Es werd aa dei' Bruada no fahrn! Werst as sehng: Es werd aa da Wast no kemma! I ko' net dahoam bleibn zwegng deiner! Dees muaßt' vosteh! I gfrei mi aufs Hoamkemma! Zenzl! Aufs Joahr samma Mo' und Wei!«

Ein langgezogener Pfiff gellte über den Bahnhofplatz — der Zug setzte sich in Bewegung — unmerklich zunächst — aber immer schneller rollten die Räder — Crescentia wollte seine Hand nicht loslassen — lief nebenher, lief und lief immer weiter, bis der Bahnsteigkies aufhörte und sie ins grüne Graspolster trat — ihre Hände rissen auseinander — Hüte wurden geschwenkt — weiße Tücher flatterten — sie sah nichts mehr — blieb stehen mit blindgeweinten Augen.

Dann war Crescentia wieder beim Grasen in aller Frühe auf der Holzlohwiese, als geschähe nichts draußen in der Welt, und mußte an seine letzten Worte denken »Aufs Jahr samma Mo' und Wei!«, dachte wieder an Zeno Buchbergers Hochzeit und vermischte die Erinnerung mit der Vorfreude auf die eigene Hochzeit.

Aber es war alles bloß Einbildung — Crescentia stand in der Wiese und wischte sich den Schweiß von der Stirn. — Einbildung war alles, und Crescentia hatte das Gefühl, weit hinter der Zeit zu sein, fürchtete, das alles schon vorbei war und alle prächtigen Bilder als leere Hülsen herumlagen.

Es kam, wie Georg zu ihr gesagt hatte: Gut erinnerte sich Crescentia später an die wassergebürsteten Haare ihres Bruders auf seinem Gang zum Höhenberger Bahnhof. Sebastians nasse Haare waren dunkler, nicht mehr so licht wie die Haare seines Vaters. Auch der Nachbarsohn Felix rückte ein. Die beiden Mütter begleiteten ihre Kinder bis zum Bahndamm, liefen neben ihren schneller und schneller fahrenden Söhnen her — und kehrten mit nassen Augen heim.

Sebastian Weilbuchner, der Vater, hatte Angst vor der Zukunft, weniger vor der eigenen als vor der Zukunft seiner Leute. Als einmal beim Mittagmahl, das schweigend eingenommen wurde, Crescentia von ihrer Hoffnung auf eine baldige Hochzeit mit Georg sprach, meinte der Vater lachend: »I han scho' aaf so vöi Haohzatn gsunga; jatz is de dei' gent aa boid gwunnga!« — und lachte, als er den unfreiwilligen Reim bemerkte, noch lauter. Aber Crescentia hatte das Gefühl, daß hinter dem fast unmäßigen Gelächter die Sorge stand, ängstigte sich, daß der Vater seinen eigenen Worten nicht traue und nur ihr zuliebe lustig sei, war hellhörig und überempfindlich ...

Es kamen schon Briefe mit Meldungen von Gefallenen ins Land, und tiefe Trauer kehrte in mancher Bauernstube ein. Der alte Lichtbildner und Invalide Kumpfmüller sagte in diesen Tagen manchmal und deutete auf seinen Hinkfuß: Besser nur den Fuß, als das Leben eingebüßt ...

Nacht für Nacht, wenn die Hausbewohner, erschöpft von der Tagesarbeit, schliefen, stand Crescentia vor der Hausbank neben der Gred, wie an dem letzten mit Georg verbrachten Abend — über den Tannenspitzen des Frauenholzes schimmerte noch die Abendröte —, lauschte auf die Glocken der Dreifaltigkeitskirche, deren ferne Schläge — viermal die kleine Frühmeßglocke, neunmal die schwere Praesenzglocke — der Wind abgerissen herübertrug, und suchte am Firmament — wie ausgemacht — den hellen Abendstern. Sie betete für Georg und wußte, daß Georgs Augen sich mit ihren Augen auf diesem Stern trafen, wußte, daß ihre Gebete gemeinsam zum Gottesthron drangen. Seit Wochen war keine Zeile von ihm gekommen. Sie betete um seine gesunde Heimkunft.

Einmal umwölkte sich der Himmel und eine riesige Gewitterwand verdunkelte den Tag. Für das Ende des Septembermonats war das eine seltene Himmelserscheinung. Die Felder waren abgeräumt und die Grummetstränge längst eingebracht, so daß wenigstens kein Ernteschaden zu befürchten war. Crescentia ging mit dem Vater durch Haus und Hof, sie verriegelte die Fensterläden, sah im Stall nach dem Rechten, schloß die Luftlöcher im Traidkasten und trat gerade, an den aufgehängten Sensen vorbei, unter das Schupfendach hinaus, wo vor dreizehneinhalb Jahren der Leiterwagen der Kinder mit ausgestreckter Deichsel stehen geblieben war, erinnerte sich, daß damals das Wetter ähnlich drückend war — als plötzlich eine Sturmwand gegen das Gehöft anprallte. Der Hofhund kauste mit blanken Zähnen. Es war eine solche Wucht des Anpralls, daß ihr die Atemluft vom Mund gedrückt wurde. Jählings jagten Blätter auf. Regenspritzer zerplatzten. Die Äste der Eschenbäume bogen sich und Vögel scheuchten ins Gebüsch.

Im gleichen Augenblick, als das Wasser vom Himmel zu stürzen begann — Crescentia wollte über den stauberfüllten Hof auf die Haustür zulaufen, wo ihr Vater stand und sie unter die schützende Laube heranwinkte —, huschte eine von schwarzen Gewändern umhüllte Gestalt mit einem aufgespannten, gegen den anstürmenden Wind und gegen die niederbrausenden Wassermassen gestemmten schwarzen Parapluie durch das offene Hoftor. Crescentia, die mit der dunklen Gestalt auf ihrem Weg zum Vater in der Mitte des Hofs zusammentraf, setzte mit ihr gemeinsam den Weg bis an die Haustüre fort. Als die Frau den Mund öffnete, um etwas zu sagen, prasselte der erste Donnerschlag und hallte langgezogen durch das Tal zwischen dem Frauenholz und dem Feichtenbichl, schlug gegen den Berghamer Waldrücken und kroch wie eine Schlange zurück nach Kammerlehen.

Die schwarzgekleidete Frau war Georg Zechmeisters Mutter. Ihr Gesicht, über das der Schein der Blitze zuckte, war blaß — das kam nicht von der schwarzen Gewandung, auch nicht von dem schwefelgelben, an Hagel gemahnenden Wolkenlicht — in ihren Augen war die Erschütterung zu lesen, bevor die Kunde von ihren Lippen kam, die sich wieder öffneten und Worte bildeten — aber keinen Laut; eine nicht aufhörende Kette von Donnerschlägen verschluckte die Stimme — nur die Lippen öffneten sich stumm — wie die Lippen eines Fisches. Die Botschaft, die von Georgs Mutter zu Crescentia gebracht wurde, war nicht zu verstehen.

Crescentia hätte längst verstanden haben müssen, zumal ihre Ahnung kein anderes Verständnis zuließ, aber sie wollte nicht das Entsetzen wahrhaben, zog die Frau mitsamt ihrem triefenden Parapluie in die Flötz, wo vom Schirm und von den Schuhen das Wasser in kleinen Bächen über das Ziegelpflaster rann. Da sagte ihr die schwarzgewandete Frau, während gedämpft aus der Stube das vielstimmig gesprochene Wettergebet erklang, daß sie selber gekommen sei. Niemand anderen habe sie schicken wollen. Es wäre ihr nicht recht gewesen, wenn Crescentia von jemand anderem die Wahrheit erfahren hätte, weil Trost nur von einer ausgehen kann, die selbst untröstlich ist, und Stärke nur eine geben kann, die selber stark sein muß.

Obwohl Crescentia die Wahrheit immer unverhüllter zu hören begehrte, obwohl sie das Unheil seit vielen Tagen auf sich zukommen gesehen hatte — wollte sie nicht glauben, daß ihr, daß wieder ihr das Glück genommen werden sollte. Den Boden fühlte sie unter ihren Füßen schwanken — »mir wird ganz gspoaßi« — und fühlte sich im selben Augenblick von den Armen ihres Vaters gefaßt, der seine schluchzende Tochter an sich drückte, über ihre bebenden Schultern und ihren wild geschüttelten Kopf streichelte.

Als die Kammerlehner Mutter nach dem Abzug des Unwetters die Fenster aufriß, um die dumpfe Stickigkeit von erfrischenden Luftstößen hinauswehen zu lassen, dachte Crescencia an ein altes Trostwort: »Bis d'heiratst, is's vobei ...«, aber sie brachte kein Wort mehr über die Lippen.

Alles war ihr gleichgültig. Sogar der grimmigste Schmerz verflüchtete sich in ein Nichts, denn die Welt der Verlassenen war leer. Keinen Gedanken erübrigte sie an die Scham des Hochzeitsbettes — wo stand es? — an die Scham des Totenbettes — wo war der ferne Fleck Erde, der sein Blut getrunken hatte? — — Vor dem Berghamer Kriegerdenkmal in einer Seitenkapelle der Pfarrkirche brannte eine weiße Kerze zum Gedenken an den gefallenen Jüngling Georg Zechmeister. Und bei der Totenmesse in der Dreifaltigkeitskirche — wo heißes Kerzenwachs auf die Pulte der Bänke tropfte — starrten ihre Augen ins Leere.

Auf der Heimfahrt im Gäuwagen saß Thomas Weilbuchner neben Crescentia; sie spürte, als das Gefährt bei einer Unebenheit des Weges schwankte, seinen Arm gegen ihren Arm gestoßen. In der allgemeinen Dunkelheit der Kleidung ihrer Umgebung nahm sie das Priesterschwarz ihres Nachbarn zunächst nicht wahr. Ihr trübes Augenpaar hob sie zu seinem Gesicht — sie erkannte Thomas und erschrak.

Er war nicht mehr Kooperator in Holzhausen, sondern Nachfolger des verstorbenen »Herrn« von Buchbach geworden. Er übernachtete in der oberen Stube wie damals, als er die kleine Mundharmonika und den Schellenbaum in seinen Reisekoffer gesteckt hatte. Er blieb nur eine Nacht.

Er setzte sich, als es dämmerte, neben ihre Bettstatt — im Hintergrund schliefen die Schwestern —, nahm Crescentias Hand und sprach wie ein Freund zu ihr. Wieder, wie damals, sank sein schwarzer Habit in die Dunkelheit der Kammer hinab. Nur das helle Gesicht des Sprechenden stand über ihren Augen.

Du denkst nur an dich — flüsterte Thomas — das ist zu verstehen, aber denk auch an die anderen Menschen. Denk an die arme Mutter, die ihren Sohn verloren hat, den sie in ihrem Leib getragen hat, den sie gekannt hat von seinem ersten

Atemzug an. — Denk auch an ihn! Ist sein Schicksal wirklich beklagenswert? Wohl dem, der versteht, daß das Leben eine Pflicht ist, und wohl dem, der verstanden hat, wie man sich einer Pflicht erfreuen kann. — — Diesmal schilderte er ihr, die mit ausdruckslosem Gesicht lauschte, nicht ein Marterkreuz mit grauenhaften Leidenswerkzeugen, sondern suchte ihr den verlorenen Begriff von der Schönheit der Welt zurückzugeben, bat sie, die Augen offen zu halten, um alles, was schön ist, sehen zu können — aber — er wählte fast die gleichen Worte, die sie in der Zeit des Glücks mit Georg gewechselt hatte, und erreichte, daß Crescentia — wie damals — ihrer Tränen nicht mehr mächtig war, wie damals nach der Schilderung des grausigen Erlöserleidens. Und wieder erschrak er über die Heftigkeit, mit der seine Schilderung ihre Vorstellungskraft angegriffen hatte. Wenn er auch in dieser Nacht wieder mit einem Mißverständnis schied, so war es ein Mißverständnis, das ihn ehrte.

Die Wiesen zwischen dem Frauenholz und dem Feichtenbichl waren ihr tagelang blauschimmernd, funkelten wehmütig wie eine regenüberströmte Landschaft im Abendschein. In der Ferne starrten eiserne Türme mit kleinen Windrädern, die zum Antreiben der Wasserpumpen dienten, in den Himmel.

DIE HERZOGSPITALGASSE

Außenwelt und Innenwelt

Morgendlicher Ärger und Wut über die Verweltlichung der Welt — Kreidestriche haften schlecht an lackierten Türen — Anleitung zur Bereitung von Powidlmus — Johann Baptist Angermaier senior, seine Zither, sein Namensschild und sein Sarg — klassische Türangeln und ein zusammengesessenes Sofa — das Barthsche Seelhaus — seminarium musicale und Palais Woronzow — ein König erspäht tanzende Kinder durch ein erleuchtetes Fenster — Michael Thaler spielt mit Amalia vierhändig Klavier — Johann Baptist Angermaier schläft unter der vergilbten Fotographie seines Vaters.

Aller Zauber wächst aus dem Verhüllten.

Richard Billinger

Im Fünfundsechzigerjahr, am ersten Freitag im Mai, dröhnte Johann Baptist Angermaiers Stimme in aller Frühe durch das Nymphenburger Haus. Seine Frau hatte ihm die Briefpost und die Zeitungen ins Frühstückszimmer neben den Morgenkaffee gelegt. Als die jungen Leute, die den Aufbruch in die Herzogspitalgasse erwarteten, in der Garderobe schwatzten, daß das Vestibül widerhallte, und ihre Mäntel anlegten, denn der Mai machte seinem Übernamen von der Wonne keine Ehre, erbrach Johann Baptist rasch die Banderole der Kirchenzeitung, die das Datum des kommenden Sonntags trug. Da geschah das Unglück: Während sich Frau Elisabeth unten in der Küche mit dem Entleeren des Speiseaufzugs beschäftigte, donnerte die Stimme des Hausherrn vom oberen Stock über das Geplauder der Kinder und das Geklapper des Küchengeschirrs hinweg. Doch Angermaiers Gebrüll war nicht von der gewöhnlichen Freude am Vollklang seiner Stimme beseelt: Als ein Bild der Auflösung kam er über die Marmorstiege ins Vestibül heruntergestürzt, in der rechten Hand die auseinandergefaltete Kirchenzeitung, in der linken die gezückte goldene Taschenuhr, mit aufgeschnapptem Deckel und scheppernden Kettenanhängern: »Da hört sich alles auf!« schnaubte er. »Das ist der Gipfel!« Er suchte, als er die unterste Stufe übersprungen hatte, das Vestibül mit den angrenzenden Zimmern nach seiner Frau ab. (Es war in dem weiträumigen Nymphenburger Haus oft mit ermüdenden Märschen verbunden, den Aufenthalt eines anderen Bewohners ausfindig zu machen.) »Das ist eine bodenlose Gemeinheit!« Und wieder warf er einen Blick auf die Uhr. »Mit dem Schriftleiter muß ich reden!« Endlich hatte er seine Frau gefunden und streckte ihr das Blatt entgegen: »Das mußt du lesen!! Das ist unerhört!!«

Frau Elisabeth Angermaier trocknete sich die Hände an der Schürze und ergriff das in der bebenden Hand des Mannes knisternde Zeitungsblatt. »Da! Da!« Er deutete mit bohrendem Finger auf die balkengroße Überschrift:

SCHAFFT DIE KOMMUNIONKERZEN AB!

Darunter stand zu lesen: »Was sind Kommunionkerzen im Grunde anderes als unzeitgemäße Erinnerungen rührseliger Klatschtanten, die ihren betulichen Sakristeiflüsterton als Freifahrschein für den Himmel ansehen? Die Wenigen, die hartnäckig an diesen Fossilien festhalten, sind höchstens gewisse Devotionalienhändler, die mit dem Glauben oder was sie für den Glauben halten, ein gutes Geschäft machen.«

Frau Angermaier war wie vom Donner gerührt. Alles andere hätte sie eher erwartet als diese Meinung ausgerechnet von der Kirchenzeitung, die zum Überfluß ihre Schriftleitung in der Herzogspitalgasse hatte. Nun war es so, daß Johann Baptist Angermaier auch dann für die Verwendung von Kommunionkerzen eingetreten wäre, wenn er sie nicht in seinem Laden verkauft hätte. Es tat ihm nachgerade leid, mit diesen Kerzen Handel treiben und die Unabhängigkeit seiner Meinung von einem böswilligen Zeitungsschreiber anzweifeln lassen zu müssen.

Das Wichtigste hatte er vergessen: Wie war der Zeitungsaufsatz unterschrieben? Angermaier hielt sich das Blatt nahe an die Augen, um die kleinen Buchstaben entziffern zu können. Die Schmähschrift war mit den zwei Buchstaben »il« gezeichnet.

In einem Punkt war Frau Angermaier glücklich, und das gestand sie ihrem Mann offen. »Wieso?« fuhr dieser ein wenig ungehalten auf, weil er als Zuspruch andere Worte erwartet hatte. Sie lächelte und faßte ihn sanft am Oberarm: »Weil du gleich zu mir gekommen bist und den Gram nicht in dich hineingefressen hast.« Er winkte ab und ging zur Kleiderablage.

Mit angelegtem Mantel, um den Hals gewickeltem Schlips und etwas weiter als sonst in die Stirn gedrücktem Hut, so daß ihm das graue Haar auf dem unbedeckten Hinterkopf zu Berge stand, die hastig zusammengefaltete Kirchenzeitung in die Mantelaußentasche gestopft, stürzte Johann Baptist Angermaier in die Garage. Wenig später verließ er in seinem altmodischen Fahrzeug, von dem der Mechaniker behauptete: das größte Rätsel seiner beruflichen Laufbahn sei die Tatsache, daß es sich immer noch fortbewege, die eisentorbewehrte Ausfahrt. Hinter ihm drein schoß in seinem knallbunten Sportwagen der Sohn Peter. An seiner Seite saß die zweiundzwanzigjährige Schwester Lisbeth und auf dem zugigen Notsitz der zwei Jahre jüngere Bruder Christian. In des Vaters wackligem Gefährt saß als Beifahrerin außer Ursula, der Nächstjüngeren, die Tochter Amalia.

Beide Wägen bewegten sich auf der nördlichen Auffahrtsallee ostwärts, bis sie das große Waisenhaus erreichten. Dort überquerten sie die Kanalbrücke und näherten sich auf der kaiserlich-königlichen Prachtchaussee dem Bereich der alten Stadt, fuhren in das kleinmaßstäbliche Häusergewirr hinein.

Johann Baptist Angermaier hatte sich so weit beruhigt, daß er fähig war, seinen beabsichtigten Besuch im Haus der Kirchenzeitung ein wenig zu verschieben. Im Wagenschuppen hatte nur das Automobil des Vaters Platz. Die drangvolle Enge des Hofs mußte Peter Angermaier mit einer Reihe anderer Fahrzeuge, die dort ihren Mietplatz hatten, teilen. Glücklicherweise hatte man im hinteren Teil des Hofes einen Garten mit einer Wiese und Zwetschgenbäumen freigehalten, der des Katers Lieblingsaufenthalt war. Nach Sonnenuntergang grenzte der Garten an die Ziegelmauer der Herzogspitalkirche, nach Sonnenaufgang an das Lerchenfeldpalais.

In der alten Wohnung, die Angermaier mit seiner eingewöhnten verschränkten Gehweise über die gußeiserne Wendeltreppe erreichte, stand nicht mehr der jüngst gefühlte Neid auf die säuberlich mit geweihter Kreide an die Türstöcke geschriebenen Buchstaben K + M + B in seiner Seele auf. Zum Glück hielt Crescentia am heimischen Brauch fest und hatte alle Kreidestriche an Mariae Lichtmeß mit Schwamm und Lappen abgewischt. Am Tag der Weihe der Kreide und des Rauches ging der Kaplan von Sankt Peter nicht nur durch die Gemächer der beiden schmalbrüstigen Häuser in der Herzogspitalgasse, sondern kam auch in Johann Baptist Angermaiers Nymphenburger Haus. Mit einer Räucherpfanne, in der glühende Kohlenstücke mit Weihrauchharzkörnern vermengt waren, schritt an der rechten Seite des Kaplans die Frau des Hauses und an der linken Johann Baptist Angermaier selbst, in beiden Händen ein Kupfergefäß mit Dreikönigswasser. So ging man durch alle Zimmer. Der Kaplan, im goldenen Rauchmantel, sprach Gebete, sprengte das Dreikönigswasser und wollte mit der Kreide schreiben, mußte es aber bei einer sinnbildlichen Tätigkeit bewenden lassen, weil an den glatt lackierten Türen kein Kreidestrich haftete.

Was hätte in diesem Haus nicht alles geändert werden müssen! Von der Unbrauchbarkeit der Böden und Fenster abgesehen, hatte sich nach Jahresfrist mancher andere Mangel herausgestellt: Ja, der Garten wies nicht einmal Nutzpflanzen auf! Nein, Birnen und Äpfel bezog man vom Viktualienmarkt, Zwetschken kamen von der Herzogspitalgasse.

Auch eine besondere Köstlichkeit, die Crescentia aus Zwetschken zu bereiten verstand, wurde nach Nymphenburg verschickt, eine Leckerei, die keine andere Mühe zu ihrer Bereitung kostete, als das Aufbrechen der blauen Früchte, und keine andere Einrichtung erforderte, als ein stetes Herdfeuer, wie es bei Tante Crescentia brannte, die täglich so viele hungrige Mäuler zu stopfen hatte. Der Hafen mit den hineingebrochenen Zwetschken durfte nicht auf der Flamme stehen. Das Fruchtfleisch durfte nicht sieden, mußte seinen Saft langsam abgeben; je langsamer, desto größer war die Haltbarkeit. Hast bewirkte baldige Verderbnis. Kein elektrischer Strom und kein Stadtgas taugten zur Herstellung dieser Gaumenfreude. Ein Sinnspruch, mit gestickten Blumen umkränzt und von Glas geschützt, hätte sich in Crescentias dampfender Küche nicht übel ausgenommen: »Was lange währt, wird gut. Mit Hast verdirbst du viel. Nur Langsamkeit führt dich ans Ziel.« (Bei Johann Baptist Angermaier senior war dieser

Spruch auf ein Überhandtuch in der Küche gestickt.) In zwetschkenreichen Jahren, um die Mitte des Oktobermonats, schleppte sogar Crescentias Verwandtschaft von Kammerlehen die blaue Ware durch das Stiegenhaus. War dann der Fruchtbrei gehörig gestockt, wurde er in Glasbehälter abgefüllt. Nicht selten waren es dreißig oder vierzig Gläser, die von der Herzogspitalgasse nach Nymphenburg wanderten, wo sie sich wegen ihrer verlockend dunklen Farbe, ihres Dufts und Wohlgeschmacks eines größeren Zuspruchs als der beste Honig erfreuten:» Powidl« war der Name dieser Speise aus Crescentias Küche.

Gedankenverloren stand Johann Baptist Angermaier vor dem schweren altdeutschen Eßtisch unter dem Herrgottswinkel und gab sich der Vorfreude auf seinen täglichen Mittagsschlummer hin, der ihn hier wieder ein wenig daheim sein ließ. War es nicht schlimm, diese schönen Häuser leer stehen zu lassen? Gewiß, der Hausmeister und die alte Crescentia wohnten hier, eine Putzfrau und ein Buchhalter gingen ein und aus, tagsüber waren seine Häuser voll Leben. Aber nachts und samstags? Oder sonntags? Oder wenn die betagte Crescentia, die an zunehmender Altersschwäche litt, einmal ernstlich krank werden sollte? War es nicht gespenstisch, daß er sich von der Wach- und Schließgesellschaft vertreten lassen mußte?

Hier war sein Vater, ein allzeit fröhlicher und tätiger Mann, alt geworden und gestorben. Er hatte das Nachbarhaus erworben und die unterschiedlichen Geschoßhöhen überbrückt. Sein Namensschild aus Messing, mit getriebenen Jugendstilbuchstaben, prangte noch an der Wohnungstür. Es war dem Sohn leicht gefallen, das Schild weiterzuverwenden, weil er denselben Vornamen hatte. Die Tür war ausgehängt worden, sonst hätten die Träger den Sarg des Vaters aus dem engen Wohnungsgang nicht ins Stiegenhaus gebracht. Auf dem Kraigadern, wie des Vaters gewöhnliches Wort für die Zither war, hatte er — Herzog Max nacheifernd — das Lied von der »grünen Isar« gespielt, hatte den Kindern die Liebe zu ihrer Vaterstadt eingeimpft, von Kurfürst Max Emanuels Tochter Maria Anna Carolina erzählt, einer Clarissin im Angerkloster, überhaupt vom Anger, der seit Urzeiten Heimat der Angermaier war, von der Jacobidult am sommerlichen Anger, von der Dreikönigsdult am Maximiliansplatz. Er zeigte seinen Kindern vom Fenster der Altstadtwohnung den Schäfflertanz und deutete hinunter auf die römisch-bayerischen Triumphgespanne der klingelnden Bräurösser, auf die Pferdegeschirre, die wie Gold in der Sonne blitzten. In der ehrwürdigen Peterskirche hatte der Sohn Johann Baptist — wie einst sein Vater — die Firmungsuhr vom Göden bekommen! Wie lang war das her! Nun kam der Kaplan zu ihm nach Nymphenburg und brachte außerhalb der alten Stadt nicht einmal mehr ein paar Kreidestriche zusammen. Hier in der Herzogspitalgasse hatten die Türen immer noch ihre klassischen Angeln. Von oben her folgte Form auf Form: Kugel, Kegel, Kerbe und Zylinder steckten spiegelbildlich auf Zylinder, Kerbe, Kegel und Kugel. Die oberen Hälften der Angeln waren damals von den unteren getrennt worden, als man die Wohnungstür ausgehängt hatte. Sein Vater war geboren und gestorben in derselben kleinen Kammer. Sein Leben hatte in diesen vier Wänden seinen Ausgang genommen und war hierher zurückgekehrt. Erst Johann Baptist Angermaier junior hatte mit dem Brauch gebrochen, hatte seine vier Wände verlassen, hatte das Bildnis des Vaters zurückgelassen. Es hing über dem zusammengesessenen Sofa an der abgeschabten Zimmerwand. — Hatte er nicht gehörig das Seine zur Entvölkerung der Stadt beigetragen? War er noch ein Bürger? Gehörte er noch zur Peterspfarrei? Der uralte Leib der Stadt alterte schnell. Der Strom der Erinnerungen erhielt Zuläufe von allen Seiten, schwoll und schwoll. Beim Stichwort ›Sankt Peterskirche‹ fiel ihm seine Erstkommunion ein. Augenblicklich geriet er in Zorn. Alle Träumerei war verflogen, hellwach klapperte er auf der gußeisernen Wendelstiege hinunter in den Laden, stürmte nach hinten ins »Comptoir«.

Er verzichtete auf eine Anmeldung, weil er wußte, daß er den verantwortlichen Schriftleiter Untersberger freitags um diese Zeit antraf. Er legte Mantel, Schlips und Hut an, verwies die Mitarbeiter auf seine baldige Rückkunft, ließ Peter, der Bedenken hatte, nicht zu Wort kommen und trat hinaus auf die Herzogspitalgasse.

Gemessenen Schritts, gelegentlich, wenn ihn ein Vorübergehender grüßte, seinen breitkrempigen Hut aus dem wehenden grauen Haar ziehend, näherte er sich auf dem Gehsteig vor dem Servitinnenkloster dem Gebäude der Kirchenzeitung. Hinter dem frischverputzten und aufgestockten Äußeren versteckte sich das mittelalterliche, einst an die Stadtmauer gelehnte Elternhaus Joseph Schlotthauers, eines Malers lieblicher Heiligenbildnisse. Auch innen war das Eckhaus der Herzog-Wilhelm-Straße zu abweisender Kühle und marmorner Anmaßung umgekrempelt worden. Vielleicht sollte der Besucher von deckenhohen Glasscheiben, schimmernden Aluminiumrahmen, bitzenden Klingelknöpfen, Lichtsignalen und lautlosen Aufzügen eingeschüchtert werden. Das verfing nicht bei Angermaier: Stolz auf seine zwei redlichen altmodischen Häuser, rauschte er mit der Fülle seiner Erscheinung an der verdutzten Empfangsfrau vorbei und schob sich unter Verachtung des »Käfigs«, wie er den Aufzug nannte, auf der Marmorstiege in die oberen Stockwerke. Ohne Verzögerung schritt er durch Gänge und Vorzimmer, bis er dem Leiter der Kirchenzeitung, Prälat Florian Untersberger, gegenüberstand. Was einen Geistlichen ausmacht, hatte dieser abgelegt, seine Bewegungen waren nicht mehr still und nach innen verschränkt, sondern weit und weltlich, sein Habit war nicht mehr schwarz, sondern grau.

Er lud den eingetretenen Johann Baptist Angermaier, den Inhaber der ältesten Devotionalienhandlung der Hauptstadt mit einer Handbewegung zum Sitzen ein. Johann Baptist Angermaier blieb stehen, hängte seinen schwarzen Hut an den Türhaken, verschränkte die Hände auf dem Rücken, was die Fülle seines Leibes noch mehr nach vorn trieb, trat selbstsicher ans Fenster und blickte hinaus, als wäre er hier zuhause. Dann fragte er den an Verlegenheit zunehmenden Prälaten gemütlich nach dem Urheber des Aufsatzes gegen die Kommunionkerzen.

Das sei kein ständiger Mitarbeiter der Kirchenzeitung, beeilte sich Untersberger zu erklären. Er war froh, sich entlasten zu können. Das sei ein freier Zeitungsschreiber und gelegentlicher Mitarbeiter der Kirchlichen Nachrichten-Vermittlung, von der, wie so viele Meldungen, auch dieser Bericht bezogen worden war.

So so? Angermeier wendete sich ins Zimmer zurück. Warum muß man aber auch alles abdrucken, was die Nachrichtenvermittlung verbreitet? Warum? Sollte sich die Kirchenzeitung in der Herzogspitalgasse nicht zu schade dazu sein?

Untersberger hatte seine Unschlüssigkeit, die eine Folge der Überrumpelung gewesen war, überwunden: Nein, so kraß könne man es nicht nennen. Erstens drucke die Kirchenzeitung nicht unbesehen jede Zeile der Nachrichtenvermittlung ab. Die meisten Arbeiten entstünden im eigenen Haus. Zweitens spreche der getadelte Aufsatz den Argwohn unserer Zeit und weiter Kreise der Kirche aus.

Johann Baptist Angermaier war wie vor den Kopf geschlagen. Nie und nimmer hätte er aus dem Munde des Leiters der Kirchenzeitung ein solches Eingeständnis erwartet. »Was! Diese Ausschleimerei bringen Sie in Zusammenhang mit einer angeblichen Meinung weiter Kreise der Kirche?« Untersberger wollte etwas erwidern, Angermaier ließ aber seinen Redefluß nicht hemmen: »Gut! Gut! Ist schon recht!« sagte er in gekränktem und zugleich strafendem Ton: »Ich kenne Sie nun, Herr Prälat. Nein, Sie müssen nichts mehr sagen. Sie haben mich an die Kirchliche Nachrichtenvermittlung verwiesen, und ich werde mich dort nach einem gewissen Herrn ›il‹ erkundigen. Was heißt das eigentlich: ›il‹??«

»Ignaz Loher ist der Verfasser.«

Loher — Loher? — Angermaier dachte nach, als er schon seinen Hut in der Hand hielt, aber noch zögerte, ihn aufzusetzen. Da hatte er das treffende Wort gefunden, mit dem er sich einen launigen und selbstherrlichen Abgang zu verschaffen wußte: »Kerzenloher!! Der Kerzenloher!!« Wohl oder übel lächelte Prälat Untersberger, der den Griff der geöffneten Tür in der Hand hielt, mit verkniffenem Mund über den Spaß des Besuchers und schaute dem Davoneilenden mit augenblicklich todernst gewordenem Gesicht nach.

In Johann Baptist Angermaiers Comptoir gab es an diesem Tag eine Auseinandersetzung — die erste war es nicht, aber die heftigste — zwischen dem alten Geschäftsinhaber und seinem Sohn. Dieser war mit den Auftritten seines Vaters nicht einverstanden. Wer mit seiner Meinung siegen wolle, meinte er, dürfe sich nicht auf unzeitgemäße Weise wehren. So sprach er zu dem erfahrenen, in den Stürmen des Lebens gereiften Mann! War es verwunderlich, daß in diesem der Verdacht keimte, seinem Sohn gehe es nicht um eine sanftere

Verfechtung der väterlichen Meinung, sondern um eine von Grund auf andere Ansicht? Vielleicht war der Sohn sogar ein heimlicher Gefolgsmann Lohers, hatte sich innerlich schon gegen die Kommunionkerzen entschieden, trat für Drahtplastiken in den Händen der Erstkommunikanten ein — oder für leere Hände? So weit schien Peter nicht zu gehen, weil er vorschlug, den Feind in die Höhle des Löwen, nämlich in die Herzogspitalgasse zu locken. Das koste den Gast keinen weiten Weg und den Vater keinen seiner liebgewonnenen Abende. Man wolle den Schreiber stellen und mit ihm einen Burgfrieden schließen.

Nicht schlecht gesprochen, fand Vater Angermaier. Schnell hatte er die Anschrift Lohers ermittelt — er wohnte in der Türkenstraße — und ebenso schnell seiner Tochter Amalia einen Einladungsbrief zugesprochen. Darin hieß es, er gebe sich die Ehre, den Schriftsteller Ignaz Loher zu einem Mittagessen im Kreise seiner Mitarbeiter einzuladen. Als Zeitpunkt wurde der nächste Donnerstag Schlag zwölf Uhr angegeben. Da der Hausherr bei seinem Sohn mit keiner Unterstützung in der erwarteten Bedrängnis durch den geladenen Gesprächspartner rechnen konnte, verfiel er auf den Gedanken, auch in die Ackergasse ein Einladungsschreiben zu schicken, um an der Seite Michael Thalers gleichsam einen Zweifrontenkrieg gegen Loher führen zu können. Dieser hatte zwar zu erkennen gegeben, daß er als Bewerber um die Hand seiner Tochter nicht in Betracht gezogen werden wolle, was Angermaier — im Gegensatz zu seiner Frau — nicht störte, aber bewog, den Eingeladenen auf das Dienstliche der Zusammenkunft hinzuweisen. (Er bat ihn um die Unterzeichnung des Buchvertrages.)

Die Einladungen waren hinausgegangen, der Dienstag war ohne Absage verstrichen. Johann Baptist Angermaier wähnte alles in schönster Ordnung. Der Begegnung mit Ignaz Loher im altdeutschen Speisezimmer an der Herzogspitalgasse schien nichts im Weg zu stehen. Da drohte eine böse Hürde im letzten Augenblick den Plan zu vereiteln. Um die Gesundheit seiner immer tätigen Haushälterin Crescentia Weilbuchner stand es nicht zum besten. Zwar erwartete sich Angermaier zunehmende Schwierigkeiten bei der Bewältigung ihres Dienstes, aber er wollte seine Befürchtungen vor sich selbst nicht wahrhaben. Zweierlei mußte man ihm zugute halten, einmal, daß er mit Welt und Zeit vollauf in Anspruch genommen war, so daß ihm — wie er sagte — »schändlich« wenig Muße für seine Umwelt, seine Nächstverwandten und Crescentia blieb, zum andern, daß der braven Haushälterin nichts unangemessener erschienen wäre, als einen Ton der Klage zu verlieren. Konnte sie auf ihren Beinen stehen, war sie glücklich und rang ihrem alten Körper die letzte Kraft ab. Einmal aber — im ungünstigsten Augenblick — war ein Punkt erreicht, an dem es nicht mehr weiter ging. Zu wenig Vorsorge für die Zukunft hatte Angermaier getroffen und war ratlos, als ihm an diesem Mittwoch in der Frühe am obersten Absatz der Wendeltreppe, die er bei Geschäftsbeginn immer als erster hinaufzueilen pflegte, Anastasia entgegenkam. Das Mädchen berichtete von einer schrecklichen Nacht ihrer Tante Crescentia.

Die Haushälterin lehnte schon seit Jahren hartnäckig die Hilfe eines Arztes ab und begehrte um keinen Preis zu wissen, wie es um ihre Gesundheit stand. Sie hielt für jedes erdenkliche Leiden ihr eigenes uraltes Hausmittel bereit. Sie mischte sich ihre Arzeneien aus dem Absud heilkräftiger Pflanzen, die im Frauenholz von kundigen Kräuterweibern gesammelt und im Nachtkästlein der Herzogspitalgasse in Fläschlein und Säcklein aufbewahrt wurden. Weil die Gebrechen ihres Körpers zunahmen und die Beschwerden, meistens im Gefolge von Wetterumschwüngen und Föhnstürmen, unerträglich wurden, hatte sie sich der Hilfe eines Naturheilkundigen vertraut und auf dessen Rat im Laufe von drei Tagen alle Zähne ziehen lassen. Mochten manche von ihnen auf Eiter gesessen sein, was den Körper heimtückisch zu vergiften drohte: die alte Crescentia tat des Guten zu viel. Es war eine Roßkur. Die früher kaum wahrnehmbaren Behinderungen an Armen und Füßen wuchsen sich zu regelrechten Lähmungen aus. Es fiel ihr immer schwerer, diesen Zustand hinter lächelnder Miene und unvermindertem Arbeitseifer zu verbergen. In der vergangenen Nacht war ein Höhepunkt ihres Leidens erreicht, denn zu den Lähmungen der Gelenke waren brennende Schmerzen der viel beanspruchten Füße und eine vom Herzen ausgehende Atemnot gekommen.

Anastasia, das Geschwisterkind, hatte den Gesundheitszustand ihrer Tante seit Wochen mit Sorge beobachtet und ihr geraten, den ahnungslosen Angermaier aufzuklären. Anastasia ließ ihre alte Tante nicht im Stich, besuchte sie fast allabendlich oder erkundigte sich telephonisch nach ihrem Befinden. Am vergangenen Abend hatten die Bedrängnisse der Alten so zugenommen, daß sie ans Wandtelephon mehr wankte als ging, nicht auf die andere Gassenseite in der Weinhandlung, sondern auf ihren Wohnungsgang, und den Hausmeister der Maria-Hilf-Schule um seinen Beistand bat. Sie brachte den arbeitsmüden Mann, der sich eben zur Ruhe legen wollte, dazu, in die Liliengasse zu gehen und ihr Geschwisterkind in die Herzogspitalgasse zu schicken. Der Hausmeister machte einen Schneidergang, weil Anastasia, wenige Augenblicke nachdem die Alte den Hörer auf die Gabel und zwei Zehnpfennigmünzen auf die Konsole gelegt hatte, an der Wohnungstür klingelte. Anastasia übernachtete zum ersten Mal in der Herzogspitalgasse. In dieser Nacht war der Plan geboren worden, daß Crescentia, der nichts entsetzlicher gewesen wäre, als ihren Brotherrn in Verlegenheit zu bringen, sich am Donnerstag von Anastasia vertreten ließ.

Angermaier, der das alles zu hören bekam, war bestürzt und augenblicklich zufriedengestellt, als er von der Rettung seiner Einladung erfuhr. Ohne Aufenthalt eilte er an der Wohnungstür vorbei durch den düsteren Korridor, in dessen Enge er über den Blechteller des Katers stolperte, daß die Milch sich über den Boden ergoß, und verweilte erst in der offenen Kammertür, hinter der Crescentia in ihrer hohen Nußbaumbettstatt lag. Er schlug die Hände zusammen. Die alte Dienstmagd war verschämt und hätte sich am liebsten nicht in diesem untätigen Zustand blicken lassen.

Johann Baptist Angermaier umfaßte mit einem Blick die dämmerige Schlafkammer, zu der wenige Menschen vordrangen, lüftete ihre Verborgenheit, schloß den schwarzen, goldgeschnittenen, mit Wallfahrtsbildern gespickten Dünndruckschott in seine Augen, die wurmstichige Dreifaltigkeitsgruppe, die blaue Himmelmutter mit ihrem auf die Hüfte hinausgesetzten Kind, den weißgedeckten Altartisch und das rotsamten ausgeschlagene Gebetpult, auf dem die gegilbte, an Ecken und Kanten vielfach aufgeblätterte Heiligenlegende lag. Auch eine altertümliche, von schwarzem Wachstuch überspannte

Nähmaschine bezog sein Blick ein, und einen Vulkanfiberkoffer, der zuhöchst auf dem Schrank lag.

Da gab es ein Geschenk, das der Bruder Sebastian am zwanzigsten Jänner, seinem Namenstag, mitgebracht hatte, als er zum letzten Mal gekommen war. Er war es selber, der das Wort vom »letzten Mal« gebraucht hatte, denn er fühlte, daß es ans Abschiednehmen ging. Er erzählte seiner Schwester von einer veränderten Landwirtschaft und einer unheiligen Unruhe, die ihre Heimat erfaßt habe. Vielleicht war ihm der Gedanke ans Abschiednehmen besonders lebhaft gekommen, weil ihm Crescentia zum Namenstag ein in Johann Baptist Angermaiers Laden gekauftes Bild seines Patrons übergab mit einem kreisrund umlaufenden Schriftband: »Heiliger Sebastian, steh mir bei in Todesangst!« — Sebastian schneuzte sich, senkte das Sacktuch in seine Hosentasche, zog die Hand mit dem Gebetbuch heraus, klappte es auf und drückte ihr, statt eines Dankwortes, ein Andachtsbild in die Hand, eines aus alter Zeit, das es nicht mehr gab, dessen letztes Stück Sebastian besessen hatte. Sie klemmte sich die Nickelbrille auf die Nase und betrachtete es. Eine wehmütige Erinnerung an die Zeit ihrer Jugend stieg in ihr auf. Es war ein Andachtsbild zu Ehren des gegeißelten Heilands in der Wies bei Holzhausen.

Auch dieses Andachtsbild war in den Dünndruckschott zu den anderen gewandert. Es war dem Blick Angermaiers entzogen. Das war gut. Hätte er gewußt, welcher Schatz in diesem goldgeschnittenen Meßbuch steckte, er hätte ihn vielleicht sein eigen nennen wollen.

Der große eingeglaste Herz-Jesu-Farbdruck beherrschte die Kammer. Auch viele in die Rahmenecken geklemmte Lichtbilder fielen auf: Crescentias gelbliches Kommunionbild und die vielen fächerartig übereinandergesteckten Sterbebilder, die sich jedes Jahr um eines oder zwei vermehrten. Auch auf die Waschkommode traf Angermaiers Blick und auf die oberste Schublade mit dem Messinggriff. Aber die vielen Dinge, die dahinter angesammelt waren, blieben ihm verborgen. Verborgen wie die Gesichter und Namen der Totenbilder. Angermaier hätte es nicht gewagt, ihre Schublade zu öffnen oder neugierig an die Totenbilder heranzutreten, denn im Hause gab es nirgends einen Ort, der neben Crescentia nicht auch anderen Menschen gehört hätte: hier war sie allein. Das wollte er würdigen und nichts Fremdes auf diese Insel tragen — er wollte den dunklen Spiegel ihrer Seele nicht verletzen. Als die Glocken der Herzogspitalkirche die Stunde hereinschlugen, deutlich über den Garten her zu hören, und ihren Klang wohlbehalten um die wohlbehaltenen Dinge legten, zog Angermaier sich mit einem leisen Segenswunsch, als wolle er sie nicht wecken, nach hinten auf den Gang zurück, wo Anastasia, die dort stand, gerade noch Zeit fand, auszuweichen.

Sie drückte an einer Bitte herum. Als Angermaier sie zum Sprechen ermunterte, fragte sie, ob sie hier übernachten dürfe, in der Kammer hinter dem Speisezimmer? Es war nicht das Zimmer, in dem Angermaiers Kanapee stand, sondern die Kammer dahinter, die früher Amalias Schlafkammer gewesen war, wo von Zeit zu Zeit ein Vertreter übernachtete.

Angermaier lachte ihr gerade ins Gesicht: »Selbstverständlich! Wie Sie nur fragen mögen! Selbstverständlich! Wir sind in Ihrer Schuld! A propos Schuld: Wir müssen uns darüber unterhalten...«

Es gibt nichts zu unterhalten — wehrte Anastasia ab. — Was ich tue, das tue ich für meine Tante, die ihr Auskommen hat.

Von so viel Hilfsbereitschaft beeindruckt klapperte Johann Baptist Angermaier auf der engen Wendeltreppe hinunter in den Laden.

Am nächsten Mittag trafen die erwarteten Gäste ein. Im Gänsemarsch kamen auf der gußeisernen Wendelstiege hinter dem vorausgehenden Hausherrn Michael Thaler und Ignaz Loher, der hier, wenn man von seiner gedrungenen Gestalt absah, dunkelhaarig und braunäugig, eine gewisse Ähnlichkeit mit dem Studienrat vom Maria-Theresia-Gymnasium hatte, dann die übrige Familie: Amalia — mit einem von Loher gebrachten Blumenstrauß in der Hand —, Peter, Lisbeth, Christian und Ursula, auch der dazugewonnene Buchhalter Dominikus Steinberger. Im Speisezimmer war der Tisch gedeckt. Anastasia eilte mit der dampfenden Suppenterrine herein.

Als Johann Baptist Angermaier mit seiner Familie im Stehen das Vaterunser und das Gegrüßet-seist-du-Maria sprach, war Anastasia nicht im Zimmer. Sie betete draußen in der Küche und löffelte dann am blanken Holztisch aus einem beschädigten Teller ihre Suppe. Dazu trillerte der Kanarienvogel im Käfig. Das gewohnte Ticken der Küchenuhr fehlte; sie war noch immer zeigerlos. Warum hätte man sie aufziehen sollen? Der jungen Kammerlehnerin gegenüber saß die alte Crescentia, die es nicht im Bett gelitten hatte. Nun stand sie ihrem Geschwisterkind bei. So dunkel wie ihre Tante war Anastasia nicht gewandet. Sie trug ein blaues Leinenkleid. Als sie mit der Speise in goldumrandeter Schüssel über die fünf Eichenstufen und mit geröteten Wangen in die Türöffnung trat, zog sie die Blicke auf sich.

Thaler war überrascht, anstelle der alten Crescentia seine Freundin Anastasia mit den Pflichten der Haushälterin betraut zu sehen. Ebenso erging es Anastasia, die nicht gewußt hatte, daß Thaler mit Ignaz Loher gekommen war. Sie trat nun zwischen Amalia Angermaier und Michael Thaler an den Tisch und setzte die Schüssel ab, so daß ihr Körper im Vorbeugen einen unbeabsichtigten Druck auf Thalers Schulter ausübte. Auch das schöne Bild war unbeabsichtigt, zu dem ihrem lichten Blau der dunkle Rahmen aus Thalers schwarzem Anzug und Amalias düsterem Kleid verhalf. Dabei war dieses Blau nicht grell. Es war ein gedecktes Leinenblau.

Noch weiter von Lautheit und Buntheit war Amalias Kleid entfernt, und, als genüge ihr das nicht, trug sie es knöchellang. Mutig oder nicht: — ihr war es ein Bedürfnis, diese altmodische Kleidung zu tragen. Kaum ein Kleid gab es in ihrem Kasten, das jünger als fünf oder sechs Jahre war. Dieses war ihr eines der liebsten, denn es gehörte zu den ältesten; es stammte von ihrer Mutter und hatte — für die Dauer genäht, wie es war — die Zeit überdauert. Sie hatte, längst ehe die Unterrichtung der Öffentlichkeit über alles und jedes, die Enthüllung des Geheimsten, alltäglich geworden war, längst ehe das Dunkelste ans Licht gezerrt wurde, ihre Freude am Verborgenen, am Verhüllten. Schon lange lebte sie gegen die Zeit. Aber eines hatte sich geändert: Sie wollte nicht mehr anders sein. Sie bedauerte es nicht mehr, keine Bauerntochter zu sein; sie hatte eine Wandlung zum Städtischen, zum Bürgerlichen durchgemacht.

Ignaz Loher, dessen Äußeres mehr zum Hellen, ja zum Grellen hinneigte — er trug einen lichtgrauen Anzug mit schwarzen Samtrevers, eine grünlich geblümte Weste und eine himbeerfarbene Krawatte, am Ringfinger seiner linken Hand steckte ein Rubinring — betrachtete die ungewohnt und erstaunlich gekleidete Tochter des Hauses mit zunehmendem Wohlgefallen. Er fand ehrliches Gefallen an einer so fremdartigen, der seinen unähnlichen Haltung, sonst hätte er es vermieden, ein paar Dinge zu sagen, die Amalia vom Grund ihrer Seele zuwider waren.

Als Anastasia nämlich die Nachspeise — sie wollte dem braven Angermaier ein vollwertiger Ersatz der erkrankten Crescentia sein —, Biskuitroulade mit Ribislwein, auf den Tisch setzte, platzte Loher in den Ruf der Begeisterung aus: »O, das ist eine leckere Nachspeise! Das macht Spaß! ...« Ein wenig holperig klang es, wie es eben klingt, wenn ein junger Mann, der zwei Jahrzehnte lang nur seine heimische Mundart gesprochen hat, krampfhaft den Ton der sogenannten großen Welt treffen will. Angermaier hatte genug gehört und benutzte eine ihm aufreizend klingende Äußerung, um zur lange hinausgeschobenen Sache zu kommen. Barscher als notwendig, was mit seiner wiederkehrenden Erinnerung an den herausfordernden Zeitungsaufsatz und seiner neuerlich aufwallenden Empörung zusammenhing, fiel er dem Gast ins Wort: »Das Essen ist kein Spaß. Das Essen ist etwas Heiliges.«

Ignaz Loher war sprachlos. Ihm, der zwei helle Räume in einem siebenstöckigen Neubau bewohnte, mußte das Gemäuer in der Herzogspitalgasse uralt vorkommen. Gut, die anderen Häuser der Umgebung wirkten ähnlich, aber man sah ihnen wenigstens die Gegenwart an! Mindestens versuchten sie Neuheit vorzutäuschen! Einscheibige Fenster ließen sich in ihren Aluminiumrahmen auf- und niederkippen, die Ausschnitte waren vergrößert, die Putzkanten wirkten frisch wie hellrote Haut über aufgerissenen Narben. Ganze Stirnwände sahen zuweilen wie verletzte, vielfach verwundete Haut aus. Die Spuren der abgeschlagenen Stuckverzierungen waren dunkle, nässelnde, zuweilen schimmelnde Flecken. Leere Wände, in denen schwarze Fensteröffnungen starrten, bunte Geschäftsschilder und ausgedehnte Glasflächen — so boten sich manche alten Häuser dar.

Anders die beiden Häuser Johann Baptist Angermaiers, die ihre spätgotischen Maße bewahrt hatten; schmalbrüstig, mit kleinen Fenstern, zeigten sie die unverminderte Stuckzier des ausgehenden achtzehnten Jahrhunderts. Am Stammhaus war in der Höhe des zweiten Stockwerks eine steinerne Gedenktafel eingelassen. Ihre Inschrift besagte:

> Hier befand sich das von
> Gabriel Barth,
> Canonicus bei Unserer Lieben Frau,
> im Jahre 1595 gegründete
> Barthsche Seelhaus,
> welches zu Ehren seines Stifters
> und des Patrizier-Geschlechtes
> derer von Barth
> bis zum Jahre 1878
> seinem edlen Stiftungszwecke gedient hat.

Der alte Kanonikus Barth hatte seine Grablage mit dem gesamten Domkapitel draußen vor dem Sendlinger Tor auf dem Südlichen Friedhof, was die Mitglieder des Geschlechtes derer von Barth als alte Sankt-Petler mindestens einmal im Jahr mit Trauer erfüllte, nämlich am Seelentag, wenn sie in ihrer Familiengruft, nächst den Grüften der Schrenk, Unertl, Hörwarth und Rambeck den Rosenkranz beteten.

Bei Seelhäusern handelte es sich um Stiftungen reicher Bürger, der Pütrich, Ridler, Pienzenauer, Kazmair und eben jener Barth, zum Zwecke der Vereinigung verwitweter oder unverheirateter Frauen in klösterlicher Gebetsgemeinschaft. Man führte kein beschauliches Leben, sondern machte sich nützlich in der Krankenpflege und Altenfürsorge, wusch die Toten und nahm an Leichenbegängnissen teil. Ein selbstloser Dienst am Nächsten, dem sich ein Mädchen, das die Ehelosigkeit erwählt hatte, schon in jungen Jahren widmen konnte. Es war ein Haus für Frauen, die der Aufgabe als Ehefrau und Mutter, einer Aufgabe, die ebenso dem Wohl der Allgemeinheit dient, nicht nachkommen konnten.

Ignaz Loher, der sich schnell wieder gefaßt hatte, zahlte seinem Gastgeber das scharfe Wort über die Heiligkeit der Speise mit einer abfälligen Bemerkung über die Gedenktafel des Kanonikus Barth und ihre altertümliche Ausdrucksweise heim. Er gebrauchte nicht einmal das Wort »altertümlich«, sondern das schlimmere »altertümelnd«.

»Was?!« fuhr Angermaier auf: »An dieser Gedenktafel stoßen Sie sich? An einer einzigen Gedenktafel? Was glauben Sie?! Viel m e h r Gedenktafeln bräuchten wir in dieser Gasse! Viel mehr Gedenktafeln! An jedes Haus gehört von rechtswegen eine! Was ist in der Welt draußen los? Sie sehen es doch! Es m u ß Bezirke der Dichtheit geben! Jawohl, viel mehr solcher Tafeln!«

Zum Beweis erzählte er seinem Gast, immer in dem selben aufgebrachten Ton, vom alten Herzogspital, nach dem die Gasse benannt war. Schon im Jahr 1555 hatte man es für kranke Hofbedienstete gegründet. Seine Baulichkeiten begannen jenseits der Spitalkirche. Diesseits, an Johann Baptist Angermaiers Häuser schloß das Kloster der Servitinnen an, das von Max Emanuels Gemahlin, der polnischen Königstochter Therese Kunigunde, für den Frauenorden zur »Ewigen Anbetung« gestiftet worden war. Wie vor zweihundertfünfzig Jahren widmeten sie sich dem Mädchenunterricht und unterhielten einen Kindergarten. Auch von dem Haus schräg vis-à-vis erzählte Angermaier. Der Probst des Augustinerchorherrnstiftes Polling, ein Wohltäter der Stadt, der jahrelang täglich hundert Arme auf seine Kosten speisen ließ, dabei selber in einem Frack daherkam, durchgewetzt und von Motten zerfressen, daß es Gott erbarmte, stieg hier ab, sooft ihn seine Geschäfte in die Hauptstadt riefen. Auch das nächste Gebäude, schräg gegenüber auf der anderen Gassenseite, durfte nicht vergessen werden. Vom Erkerfenster des Verbindungszimmers, das zum zweiten Haus Johann Baptist Angermaiers gehörte, dem sogenannten »Spion«, hatte man einen vorzüglichen Blick auf seine Eingangspforte, wo früher in einer Kartusche aus Stuckmarmor zu lesen war:

Domus pauperum Studiosorum
S. Gregorii Magni

Es war ein »Seminarium musicale«, das dem ärmsten Dorfbuben eine kostenlose Ausbildung für den Chorgesang an der Michaelerkirche und für das Spiel in der Hofkapelle ermöglichte. Eine Pflegstätte der Musik, wie wir sie heute weit und breit vergeblich suchen! Heller Knabengesang drang aus den weitgeöffneten Fenstern. Und am Martinitag brauste gaßauf gaßab der lateinische Hexametergesang vom »Anser Martinianus«.

Der westliche Teil des Gregorianums wurde 1806 zu einem Palais für den russischen Gesandten am bayerischen Hof Graf Woronzow umgebaut. An einem Herbstabend besuchte König Maximilian I. mit Königin Karoline, mit der ungarischen Königin, mit Prinzen und Prinzessinen einen großen Festball im Gesandtschaftspalais. »Der Saal war«, berichtete ein Zeitgenosse, »so wie die Treppen und Gänge mit fünfzehnhundert Blumentöpfen und mehr als elfhundert Lichtern geziert, und Seine Majestät geruhten, nachdem Sie die Huldigungen der Anwesenden empfangen hatten, Sich in ein besonderes Gemach führen zu lassen. In dem Nebenzimmer haben Se. Königliche Majestät ein besonderes Wohlgefallen an den fröhlich tanzenden Kindern bezeugt, welche Sie in einem Zimmer des gerade gegenüber befindlichen Hauses bemerkt hatten.« In derselben Nacht — Angermaier endete seinen Bericht und schaute Loher scharf in die Augen — ist der König gestorben. Die tanzenden Kinder aber, die der König mit Wohlgefallen betrachtet hat, haben hier, in diesem Zimmer, getanzt. Und eines der Kinder, die vor den Augen des Königs, in der Nacht, in der er starb, getanzt haben, ist mein damals siebenjähriger Urgroßvater gewesen. —

Loher wich dem bohrenden Blick seines Gastgebers aus. Peter Angermaier, der Sohn, wollte zur Sache kommen. Das übertriebene Schauspiel von Verstaubtheit, das der Vater bot, vielleicht um den schlau zurückhaltenden Besucher zu reizen, berührte ihn peinlich. Zunächst holte er aus einem Wandschrank Zigarren und Zigaretten, öffnete die Deckel der beiden Lederkästlein und bot den Rauchern an. Während er dazu rund um den Tisch ging, kam er einmal mit Anastasia, die abräumte und das leere Geschirr auf ein Tablett stellte, in Berührung. Diese lächelte, wobei ihr Blick nicht auf Peter Angermaier, sondern auf Thaler gerichtet war, und ging mit den klirrenden Geschirrtürmen hinab in die Küche.

Dort saß Crescentia noch am Holztisch vor dem leeren Teller. Die Suppe hatte ihrem zahnlosen Mund behagt. Sie wollte sich niederlegen, hatte aber nicht mehr die Kraft, aufzustehen. Draußen war der Himmel verhängt. Die Wolken zogen tief. Ein warmer Frühlingsregen rauschte gegen die Scheiben.

Die steilen Dächer der Stadt glänzten. Die alte Crescentia dachte an einen anderen Regen, dachte an einen unheilvollen Regen, der ihr einmal die Kunde vom Verlust ihres Geliebten gebracht hatte. Sie wagte nicht mehr, ihrem Geschwisterkind von einer Freundschaft mit dem Lehrer abzuraten. Anastasia konnte nur mit Mühe vor der Alten verbergen, daß sie eifersüchtig war. Es gab aber keinen Grund. Michael Thaler hatte Amalia seit dem Silvesterabend nicht mehr gesehen. Für Mutter Angermaier war dieses Auseinanderleben schmerzlich. Trotzdem fragte sich Thaler, und machte sich Vorwürfe, ob er sich klar genug ausgedrückt habe.

Damals, als er in Emanuel von Seidls Nymphenburger Haus zu Gast war, hatte er sich am späten Nachmittag mit Amalia im vierhändigen Klavierspiel versucht. Es war eine Sonate von Joseph Rheinberger gewesen. Ihre schmalen, für das Pianoforte geeigneten Finger waren ihm aufgefallen. Er schied bald aus dem Spiel, weil er auf Amalias Fingerfertigkeit neidisch wurde und lieber zuhörte.

Nun saß er an Angermaiers Tisch in der Herzogspitalgasse. Sein mißverstandenes Buch über die »hebräischen Wurzeln« war vergessen; er hatte sich längst als »Finsterling« entpuppt, ach, zwei Seelen wohnten in Angermaiers Brust, eine gläubige und eine geschäftliche: die gläubige, die ihn den Vertrag über Thalers neues Buch »Jugend und Kirche« begeistert hatte unterzeichnen lassen — die geschäftliche, die ihn um den Erfolg des Buches bangen ließ.

Ignaz Loher beobachtete das Mädchen Amalia. Gewiß, was ihm an ihr gefiel, diese runde und rührende Aura, diese eigenartige Sinnlichkeit, war nur eine hübsche Schale, ein ansprechendes Behältnis der Sehnsucht, der das W e g w e r f e n als gefährliche Seuche galt. Wie war sie im Grund ihres Wesens anders als Loher! Das hatte er noch nicht gedacht, als er ihr unten im Laden seinen feuchten Blumenstrauß ausgehändigt hatte. Er war erst einige Minuten n a c h der festgesetzten Frist gekommen, was neben Thalers Überpünktlichkeit einen schlechten Eindruck machte und zu einiger Unruhe Anlaß gab. Der Blumenstrauß in einer Vase auf dem Tisch war für Frau Angermaier bestimmt gewesen; er sollte ihr abends als Gruß des Gastes mitgebracht werden. Aus Verlegenheit, auch weil er seinem auf Einigung drängenden Sohn einen Gefallen tun wollte, hatte der Hausherr die unverbindliche, mehr höflich gemeinte Einladung nachgeschickt: »Nächstes Mal kommen Sie zu uns nach Nymphenburg«. Der Gast hatte sie ernst verstanden und zugesagt.

Loher wurde mehr und mehr für Amalia eingenommen, die anders als alle Mädchen seiner Bekanntschaft war; vielleicht geschah es d a r u m , daß er unbewußt jeden Zusammenprall mit dem Vater des schönen Mädchens vermied, sich mit seiner Meinung versteckte und auch durch scharfe Angriffe nicht aus der Zurückhaltung locken ließ.

Amalia wollte Loher nicht vorwerfen, von anderer Lebensart als Thaler zu sein, etwa die Haltung einer gottlosen Weltansicht, einer abwertenden Auffassung der Liebe und einer Feindseligkeit gegen die Natur, dachte nicht an den giftigen Dampf, der dem Herzen dessen, der zum ersten Mal in das atheistische Lehrgebäude tritt, erstickend entgegenzieht — sie hatte auch keine Beweise dafür, daß Loher wirklich noch gegen Tieferes als gegen Kommunionkerzen eingenommen war —, empfand aber einen eigenen, unbekannten Reiz in der Nähe dieses unruhigen Mannes. Dieser dachte, wenn er Amalias betont altmodische Kleidung betrachtete, obwohl sie ihr zu Gesicht und Wesen nicht besser hätte stehen können: Die ist mehr als eine Außenseiterin — vielleicht sogar im Oberstüblein nicht ganz richtig, aber er schwieg, unterdrückte seine Empfindung, gab sich als Gleichgesinnter, machte ihr den Hof. Angermaier, der sich auf ein Streitgespräch gefaßt gemacht hatte, wo Meinung gegen Meinung steht, kam nicht auf seine Kosten. Lag es daran, daß auch er, der Worte seines Sohnes eingedenk, sich mehr zurückhielt als ihm lieb war? Sooft er bei seinem Gast auf den Busch klopfte, wich der Befragte aus.

Angermaier mußte endlich deutlicher werden: »Daß Sie der Einladung eines Devotionalienhändlers nachgekommen sind, obwohl Sie kurz vorher geschrieben haben, daß nur Devotionalienhändler, und zwar aus Angst um ihr Geschäft, für die Beibehaltung der Kommunionkerzen eintreten, darf wohl so verstanden werden, daß Sie Ihre Meinung geändert haben?«

Loher sagte weder Ja noch Nein, sondern erwiderte ausweichend: »Ein Zeitungsschreiber muß die Strömungen der Zeit aufdecken.«

Hier hakte Angermaier ein: »Aufdecken! Wohl auch enthüllen! Verzeihen Sie! Ist es nicht genug, daß die bebilderten Zeitungen enthüllen?« Ahnungsvoller Angermaier! Noch wußte er nicht, daß Ignaz Loher Schriftleitungsmitglied einer — wie er es nannte — »bebilderten Zeitung« war und dank seiner Freundschaft mit dem Leiter der kirchlichen Nachrichtenvermittlung für dessen vervielfältigte Blätter in lockerer Folge arbeitete. Loher schwieg. Angermaier fragte unerbittlich weiter: »Sie lehnen also Kommunionkerzen ab?«

Loher schwieg. Er sog an seiner Zigarette, blies den Rauch in die Luft und schwieg. In der Stille war nur das Geräusch des Regens zu hören. Angermaier sah in seinen verstockten Gegner weit mehr hinein, als darin steckte, redete sich von der Seele, was da seit Jahren angestaut war, schalt, schmähte und züchtigte den kleinen Zeitungsschreiber für alles, was er als ein Übel seiner Zeit empfand.

»Was Hänslein nicht lernt, lernt Hans nimmermehr! Wie wollen Sie lehren? Wie wollen Sie Erinnerungen schaffen?«

Da ließ der angegriffene Gast sich zu einer Antwort herbei. Verhalten und mit einem fast lauernden Unterton sagte er: »Aber Sie selbst! Sie fahren doch mit einem Kraftwagen, bedienen sich des elektrischen Lichts und des Telephons! Wir leben nun einmal nicht in der Barockzeit.«

Angermaier platzte zornig heraus und vergaß alle Höflichkeit: »Barockzeit! Wenn ich das schon höre! Als ob man darüber nicht jeden Augenblick belehrt würde, daß man nicht in der Barockzeit lebt! ›Barock‹ — wie leicht sagt sich das hin!«

Für einen Augenblick tauchte Loher aus der bisher geübten Zurückhaltung auf und sagte mit aller der Tochter Amalia gegenüber gebotenen Vorsicht: »Könnte es nicht sein, daß in Ihrer Beweisführung Wesentliches und Unwesentliches vermengt sind? Was ist wesentlich? Ist unserer Wissenschaft nicht etwas gelungen, was der Kirche zweitausend Jahre lang nicht gelungen ist: Nämlich, uralte Völkergeißeln von Seuchen aus der Welt zu schaffen?«

»Bravo! Ganz meine Meinung!« rief plötzlich Peter Angermaier zu Lohers Überraschung und klatschte sogar in die Hände. Der Sohn des Geschäftsinhabers, dem die klare, vordergründige Haltung des Gastes auf Anhieb gefiel, zumal ihm die Ansichten seines Vater, die er seit Jahren bis zum Überdruß kannte, in diesem Augenblick zu viel wurden, beschwor mit seiner schnellfertigen Äußerung den Zorn Johann Baptist Angermaiers herauf, der sich später in einer ihrer heftigsten Auseindersetzungen entladen sollte.

Anastasia saß draußen in der dämmerigen, von tiefziehenden Wolken noch mehr verdunkelten Schlafkammer ihrer Tante, die wieder in die weißen Pölster hinabgesunken war, und hatte einen Sessel an die Bettstatt gerückt.

Ignaz Loher hoffte, Amalia zu beeindrucken, als er nun von seiner Freundschaft mit dem Leiter der kirchlichen Nachrichtenvermittlung erzählte. Mit einem Schlag wurde es Angermaier bewußt, daß er den falschen Mann zum Mittagessen eingeladen hatte, daß der Drahtzieher des Aufsatzes über die Kommunionkerzen eine Stufe höher saß, daß der kommende große Gegenspieler noch in weiter Ferne war. Sollte er eine zweite Einladung geben? Angermaiers Augenlider wurden von Ermüdung schwer. Mochte Thaler, der Jüngere, die Welt eines Tages von diesem Gegenspieler befreien. Er fühlte sich zu schwach, zu alt dazu. Sollte er sich gegen eine Welt von Widersachern stemmen, gegen eine Welt, der sogar der eigene Sohn angehörte? Seine Gegner waren lauter g a n z e Gegner. Und er mußte sich zur Halbheit zurückziehen, wenn er nicht zermalmt werden wollte.

Aus dieser Haltung der Ergebung wurde Johann Baptist Angermaier, als die Gäste längst gegangen waren, durch das Rascheln eines Mantels aufgeschreckt: Anastasia stand vor ihm und streckte ihm die Hand hin. Sie verabschiedete sich und erzählte, daß Crescentia eingeschlafen sei, erwähnte, daß die Alte in der nächsten Stunde besser nicht gestört werde. Anastasia wollte am anderen Tag wieder kommen und weiter nach dem Rechten sehen, sagte aber zu Angermaiers Überraschung, daß Crescentia sich erstaunlich schnell genesen fühle und morgen wieder arbeiten wolle.

Angermaier, der aufgesprungen war und Anastasias Hand mit ausgestrecktem Arm gedrückt hatte, zog das Mädchen mit ausladener Gebärde — denn er hatte plötzlich seinen Griesgram abgeschüttelt, alle Ermattung war wie weggeblasen, und er gab sich als der Alte — etwas weiter vom Tisch weg und lobte sie überschwenglich für ihre Hilfe in der Not; für ihre selbstlose Hilfe, wie er hinzufügte, denn sie lehnte nach wie vor jede Vergütung ab.

»Nun gut, dann kommen wir auf andere Weise ins Geschäft«, meinte Angermaier, der sich gedankenvoll unter seinem grauen Haupthaar kratzte. Dann platzte er, dröhnend wie je, heraus: »Kommen Sie wieder zu mir! Kommen Sie, so oft Sie wollen! Warum denn in die Ferne schweifen...«

Anastasia schüttelte den Kopf: »So weit mir meine Unterrichtsstunden Zeit lassen —«

Angermaier ließ nicht locker: »Auch wenn sie Ihnen keine Zeit lassen!«

»Ich bin gerne Handarbeitslehrerin. Ich verdiene zwar nicht viel...«

»Auch über eine Sicherheit können wir reden! Über einen Lebensvertrag meinetwegen.« Er drückte von neuem ihre Hand und streckte dabei wieder seinen Arm aus: »Nur um eines möchte ich bitten: sagen Sie jetzt noch nicht Nein!«

»Nein —« — im selben Augenblick lachte Anastasia; sie hatte es nicht so gemeint. Sie stand mit rotem Kopf da und wußte nicht, was sie sagen sollte. Schnell entzog sie dem Hausherrn die Hand, drehte sich auf dem Absatz um, lief über die fünf Stufen hinunter zur Wohnungstür und hinaus.

Ignaz Loher hatte Anastasia scharf beobachtet. Er genoß erst, seit er die Brücken nach Kaltenbrunn abgebrochen hatte, alle Freiheiten der Großstadt und bezog außer Amalia auch Anastasia in den Bereich seiner Erwägungen ein. Ob ihm die kräftige Bauerntochter gefallen würde?

Angermaier hatte sich vorgenommen, die große Auseinandersetzung mit seinem Sohn auf den Abend zu verschieben. Die Begegnung mit Loher war nach den Worten des Hausherrn ausgegangen wie das »Hornberger Schießen«. Sogar den Vertrag hatte er Thaler vorzulegen vergessen (dabei hatte er die feierliche Überreichung der Stahlfeder und seinen zum Eintauchen einladenden Hinweis auf das Tintenglas ein Dutzend Mal im Geist vollführt). Die Wohnung war wieder menschenleer und die Fenster waren zum Lüften in den Regen geöffnet. Mittag war vorbei. Da ging Angermaier in das bewußte leere Hinterzimmer, wo es Stapel von Büchern, Kisten unausgepackter Devotionaliensendungen und Holzgestelle voll verjährter Ordner gab. Er legte sich auf sein vertrautes, etwas zusammengesessenes Sofa unter das vergilbte Lichtbild seines Vaters Johann Baptist Angermaier senior, um der nachmittäglichen Ruhe zu pflegen, schloß aber kein Auge. Rings um ihn war es still. Nur, wenn er sich von der einen Seite auf die andere wälzte, krachte eine Sprungfeder.

BESUCH IN KAMMERLEHEN

Der Tod des Bauern

Ankunft auf dem Dorfbahnhof — Rundblick bei klarer Luft — Milchkaffee auf dem Küchentisch — Vergleich zwischen der Städterin Elisabeth Angermaier und der Austragbäuerin Apollonia Weilbuchner — ein Sohn streitet mit seinem Vater beim Regenwetter — die Dinge entweichen in die Vergangenheit — die Berge der Abfälle wachsen — die Kreuze werden vom Erdboden getilgt — erloschenes Johannifeuer und trocken gebliebener Graskönig — verwandelter Bauernstand und verwandeltes Bauernhaus — Anastasias unverwechselbare Stimme — wenn es Winter ist, schläft die Schönheit unter der Erde.

Im Brachmonat, an einem Tag, der die Klarheit der Luft vor dem Regen hatte, ging Anastasia mit Michael durch das Land ihrer Kindheit. Vom Bahnhof Höhenberg, der noch immer aus einem einschichtigen Gleis und einem verwaschenen Ortsschild bestand, verfolgten sie den Weg hinter dem Feichtenbichl aufwärts bis zum Kreuz des Blitzbauern unter der Eschengruppe. Von dort gingen sie auf dem Kammweg weiter, bis ihnen der Schatten des Frauenholzes entgegenwuchs.

Weit reichte der Blick an diesem Tag des kommenden Regens, genauso weit wie damals vor den Augen der Kräuter sammelnden Kinder Anna und Crescentia, bis über den Waldrücken nach Bergham, dessen achteckiger Turm über den glasklaren Tannenwipfeln stand, bis zur Zwiebelhaube der Wallfahrtskirche Sankt Theobald und zum nadelspitzen Turm von Feldkirchen, dem der Gottesacker mit den Gräbern der Kammerlehner zugeordnet war.

Weit ging der Blick, als gäbe es keine Luft vor den Gegenständen. Messerscharf umgrenzt waren die entferntesten Dinge, als erreiche das Auge, wie es der alte Kinderscherz meinte, die fernen Türme der Hauptstadt.

Als Anastasia den Freund mit nach Hause nahm, bezog sie ihn in ihre Welt ein — aber sie führte ihm eine verletzte Welt vor. Crescentias Jugendwelt hatte sich nicht von der Welt ver-

gangener Jahrhunderte unterschieden. Das galt auch noch von
Anastasias Kinderwelt. Nachher waren Änderungen gekommen, Schritt für Schritt, Woche für Woche. Zuerst war sie mitgewachsen. Die Änderungen der Außenwelt waren ja nicht von
inwendigen Änderungen zu unterscheiden. Dann war sie in
ihrem Leibeswachstum stehen geblieben — die raschen Wandlungen ihrer Umgebung waren aber nicht stillgestanden. Bei
jeder Heimkunft erkannte sie ihre Heimat weniger, wurde ihr
Altgewohntes fremder. Das brachte sie oft den Tränen nahe.

Wo man Häuser sah, gab es ein einziges Anbauen, Ausbauen
und Umbauen. Auch das liebliche Weiß, das aus dem Grün des
Landes leuchtete und auf die Anwesenheit von Menschen vertröstete, wich allmählich modischeren Farben. Unvorstellbar
war es geworden, daß in diesem Nutzland, in dem die Hügel
und Gliederungen zum Hindernis zu werden drohten, einmal
die alte bescheidene Bötin mit ihren Martinigänsen im Zöger
den Ackerrain entlang gehumpelt war. Wie alles Hinderliche
waren die Straßenbäume, unter denen die Handwerker gewandert waren, abgeholzt.

Weit lagen die Anbauflächen ausgebreitet, auf denen der
Bulldog seine Furchen zog; sie stammten aus einer Zeit, in
der die Tier- und Pflanzenwelt noch das Überwuchernde,
Feindliche war, dessen man sich erwehren mußte, dem der
Mensch seinen Ertrag abringen mußte. Heute, das sahen die
Wanderer, wenn sie von ihrem Kammweg den schnellen Gang
der Maschinen und die Hast der Ausnützung beobachteten,
war sie das Verdrängte, das Bedrohte, das Restliche.

Dennoch trog dieser Blick über das Ausmaß der Veränderungen. Als ein Windstoß, der den dunklen Regenwolken voranzog, in ihre Kleider fuhr, daß ihre Körper erschauerten, liefen sie den Wiesenweg hinunter, der steil abfiel, und gingen
durch die doppelte Apfelbaumreihe auf den Stadel des Kammerlehnerhofes zu. Dort unten, wußte Anastasia, waren die
Veränderungen gründlicher, als man es vom Kammweg ahnte. Die alte Wehmut beim Wiedersehen ihres Elternhauses ergriff sie, aber sie empfand es fast als ein sehnsuchtsstillendes
Glück, daß die Heimat nicht mehr die alte war.

Der erste Eindruck, den ein Mensch empfing, der sich an das
Gewimmel und Getreibe, an das Gelaufe und Gescherze vor
einigen Jahrzehnten erinnerte, war die Stille in Kammerlehen.

In Crescentias Jugendzeit hatte es viele Kinder gegeben. Zusammen mit Crescentia waren es elf Kinder gewesen, von denen allerdings vier gestorben waren. Ihre Schwester Maria war unter dem Klosternamen Ambrosia zu den Zisterzienserinnen nach Landshut gegangen. Geistliche Blüten waren am bäuerlichen Wurzelstock üblich. Aus der Geschwisterschar von Crescentias Vater war nicht nur eine Mater Benedicta hervorgegangen, sondern auch ein Pfarrer Thomas, der einzige aus Crescentias Elterngeschlecht, der als achtundachtzigjähriger Altpfarrer von Buchbach noch lebte. Und Crescentia selbst? Was war eine ledige Dienstmagd anderes als eine weltliche Nonne?

Von Anastasias Geschwistern war das älteste, das auf den Vaternamen Sebastian getauft war, im frühen Kindesalter gestorben. Gretl, die auf dem Sattlstätter Hof nächst Holzhausen verheiratet war und sich Aigner schrieb, Franz, der seit kurzem verheiratete Lehrer, und sogar die Lieblingsschwester Loni, die den Bauern Benno Breitbrunner von Scheuereck geehelicht hatte — alle waren ausgeflogen. Nur den jungen Bauern Martin Weilbuchner traf man an. Seine Ehefrau Barbara sagte gelegentlich: Mit ihrem zehnjährigen Reserl und ihrem achtjährigen Franzl sei es genug: »Mehr Kinder wollen wir nicht.«

Als Trost empfand es Anastasia, daß es noch den Austragbauern Sebastian mit seiner alten Bäuerin gab.

Anastasia hatte sich brieflich für den Samstagnachmittag angemeldet, um ihrem Vater den Freund vorzustellen. Die Mutter setzte vier hohe Tassen und eine Kanne Milchkaffee, dazu eine Schüssel Schmalzschuxn, die vom Freitag übriggeblieben waren, auf den Holztisch im Kucheleck. In die Stube, wo man behäbig sitzen konnte, gingen sie nicht hinaus. Anastasia scheute sich zu fragen, warum. Die Mutter schob mehrere unordentlich herumliegende Zeitungen zu einem Stoß zusammen und räumte sie aus dem Blickfeld. Die Kinder, die nicht mehr zufuß, wie ihre Vorfahren, den weiten Schulweg gehen mußten, weil sie zwei Fahrräder hatten, waren noch nicht heimgekommen. Der junge Bauer arbeitete mit seinem Eheweib im Stall. Daß der Haussegen schief hing, hatte Anastasia bald von ihrem alten Vater herausbekommen, weniger durch Worte als durch Unausgesprochenheiten.

An den Menschen konnte es nicht liegen, das wußte Anastasia, höchstens an der veränderten Welt, der ein Landmann auf dringlichere Weise ausgeliefert war als ein Städter.

Sie erkundigte sich nach ihrer Schwester Loni. Die erwarte ihr erstes Kind. Ein regelmäßiges viereckiges Brett mit Stiften aus geschälten Christbaumzweigen, die man in geometrisch zueinander geordnete Löcher stecken mußte, genannt »Fuchs und Henn«, ruhte sich auf dem Kasten von seinen Benützungen aus. Anastasia hatte meistens »im Spöi gwunga«. Das war lange her.

Da trat der junge Bauer Martin mit seiner Bäuerin in die Kuchel. Der alte Sebastian, der ein wenig in die Bank hineinrutschte, um dem Sohn Platz zu machen, während sein Weib die junge Bäuerin Barbara an ihre Seite rücken ließ, begann darauf los zu plaudern, als wolle er seine Besucher über die fehlende Freude hinwegtrösten. Was er aber aus dem unendlichen Vorrat der Erinnerung holte, klang eher wie ein Abschiednehmen vom Leben, ein Abschiednehmen, mit dem er bei seiner Schwester Crescentia angefangen hatte.

Was von der heimischen Sprache in ihm steckte, holte er ans Ohr der Zuhörer, legte es in seine Rede, als suche er die Jahrhunderte, wenigstens die einundsiebzig Jahre seines Lebens in einer knappen Stunde darzustellen. Viel stärker, meinte Anastasia, klang die ererbte Sprache der Väter beim Bruder ihrer alten Tante Crescentia, als sie es in Erinnerung hatte. Mit der Erinnerung ist es eine eigene Sache: Sie verfärbt sich an der Gegenwart und hat am Ende nur noch wenig mit der Vergangenheit gemein.

Anastasia mußte an die Kranawittstauden denken, deren schwarze Beeren so raß zum Sauerkraut schmeckten. Diese Stauden waren selten geworden. Vielleicht weil sie »verbrunnen« waren wie der biblische Dornstrauch am Wegrand? »Verbrunnen« dachte sie, denn ein Dornstrauch, wie jener einer war, in dem sich der Herr verbarg, brennt ja nicht, — selbst wenn er in den Flammen unversehrt bleibt — sondern »brinnt«.

Wurde wirklich noch in den vielen Sprachen gesprochen, von denen Sebastians Sprache eine war? Sicher: er suchte die seine rein darzustellen; aber schon seiner Tochter Anastasia, die ihre echte Mundsprache eher pflegte als verleugnete, kam des Vaters Rede wie ein Gruß aus der Vorzeit vor.

Der Austragsbauer erzählte von der Vergangenheit. Seine Zuhörer wurden immer stiller. Er erzählte, wie ihn sein Vater in die Lehre des Prograderhandwerks genommen und durch die Hochzeitsstuben des Niederlands geschleift hatte, nach Aschering, Aschelsried und Asenkofen, immer weiter hinunter, bis ins Flachland hinaus. Er erzählte — und seine Augen glänzten — von den Freundesbünden junger Bauernsöhne, von den Zechen, die alle Festlichkeiten auf den Dörfern ausgerichtet und Jahrhunderte lang zu den Erzverbündeten eines Prograders gehört hatten.

Auch von den Schützenvereinen erzählte Sebastian, die aus den sterbenden Zechen hervorgegangen waren als farbenfrohe Wiedergeburt, aber gleich den Zechen seltener und seltener wurden, bis ihre hellen Lieder nur noch aus dem Tal der Erinnerungen heraufdrangen, urwüchsig und schwerelos.

Von seinen Ritten über das Land erzählte Sebastian, auf dem glänzenden Schimmel, den er sich endlich hatte leisten können. Denn ein Schimmel gehörte zum Prograder, der eine richtige Amtsperson war. So ritt er aus, stolzer als einst sein Vater auf dem Fuchsen Damerl, im Frack und schwarzen Hut, hielt in der freien Hand seinen buntschillernden Bänderstock, der in einen geschnitzten Widderkopf auslief und aus den Getreidefeldern wie ein wanderndes Ackerblumenbüschel auftauchte, trug in der Gilet-Tasche seine goldene, dickbauchige Gödenuhr, an deren Kette, wie der alte Schreiner Sepp vorausgesagt hatte, etliche Hirschgranln »hingewachsen« waren. Wenn er die Uhr herauszog und ihren Deckel aufschnappen ließ, konnte man die eingeritzten sieben Wörter »Weisheit, Verstand, Rat, Stärke, Wissenschaft, Frömmigkeit und Gottesfurcht« lesen.

Als einmal seine Tochter Anastasia beim Abholen der jährlichen Martinigans von Frau Elisabeth Angermaier und Christian, dem zweitältesten Angermaiersohn, begleitet war, fiel der beträchtliche Unterschied zwischen der städtischen Mutter, der das Nymphenburger Elternhaus zu gesteigertem Selbstbewußtsein verhalf, und Sebastians biederer Bäuerin, der alten Kammerlehnerin Apollonia Weilbuchner, auf. Keinen Augenblick hätte Elisabeth Angermaier bezweifelt, daß ein städtischer Mann allein schon durch seine Geburt in der Lage sei, eine Bauerntochter auf eine höhere gesellschaftliche Stufe zu heben, und mußte Amalias Anschauungen, die in die entgegengesetzte Richtung zielten, mißbilligen.

Frau Elisabeth Angermaier sah sich auf dem Hof um, spähte, wo die Martinigänse der Herzogspitalgasse ihren »weiten niederbayerischen« Auslauf hatten. Als man ihr schonend beibrachte, daß die heurige Gans die letzte gewesen sei, weil man in Kammerlehen die Ganshaltung aufgegeben habe — das Mästen, Rupfen und Federnschleißen koste zu viel Zeit —, und ihr Gemahl in Gottes Namen auf seine Gans verzichten solle, verwahrte sie sich gegen ein solches Ansinnen: »Das wird schwer gehen, denn wir leben im Patriarchat!« Weil aber der Kammerlehner Austragbauer nicht weniger altväterisch als der hauptstädtische Devotionalienhändler war, mußte es ihn kränken, als der zwanzigjährige Christian, sicher nicht bös gemeint, »von dem bißchen Hochzeitladen« sprach.

Vor vier Jahren war der Schimmel — als letztes Kammerlehner Roß — verkauft worden. Wie hatte Anastasia ihm nachgetrauert! Sie konnte seither nicht mehr das edle Schimmeltier des heiligen Martin in der Feldkirchener Gottesackerkirche ohne Rührung betrachten. — Sebastian war den Anstrengungen des Hochzeitladens nicht mehr gewachsen. Der Sohn hatte es abgelehnt, in seine Fußstapfen zu treten. Der erste Sohn auf dem Kammerlehner Hof, der es abgelehnt hatte! Das war die Ursache der Verbitterung des Austragbauern. Eine Verbitterung zog die andere nach sich. Der Alte fing immer wieder von der früheren Zeit zu reden an, mindestens wenn Besucher kamen.

Die Zuhörer schwiegen. In den Pausen, die der alte Bauer in seiner Klagerede machte, hörte man ab und zu einen schweren Regentropfen auf das Fensterblech klopfen. Als der Greis, dem der fehlende Widerspruch auch nicht recht war, den jungen Bauern herausforderte: »Ja, no, übergebn und nimma lebn! Dös is a Kreiz und koa' Herrgod dra'!«, hatte er endlich sein Ziel erreicht.

Wieder einmal sah sich der Sohn — während der Regen in Schauern gegen die Scheiben rauschte — zur Verteidigung gezwungen. Er redete von der schwierigen Lage der bäuerlichen

Wirtschaft. Ein Hof, der früher ein Dutzend Menschen ernährte, erhalte mit knapper Not noch vier.

Die junge Bäuerin Barbara und die alte Auszüglerin Apollonia, die Tochter Anastasia und der Studienrat Michael Thaler, die schweigend einem unerquicklichen Gespräch lauschten, wurden Zeugen, daß die beiden Bauern, der junge und der alte, am Ende nicht so verschieden dachten.

Aber es gab eine Schwierigkeit, die den Versammelten bewußt wurde, als die Kinder Resl und Franzl, die auf ihren Fahrrädern beim Nachbarn gewesen waren, mit roten Köpfen und nassen Mänteln in die enge Kuchl hereinstürmten. Sie begrüßten ihre Tante Anastasia und zurückhaltender den unbekannten dunklen Mann, der neben ihr auf der Bank saß. Das war die Schwierigkeit, die es in diesem bäuerlichen Haushalt gab: Die Kinder sollten zum Leben fähig bleiben, durften also nicht anders als die Welt sein, in die sie hineinwuchsen. Was hätte Martin davon gehabt, wenn er die Welt — wie es der Großvater Sebastian tat — nicht als anständig empfunden hätte?

Anastasia stand auf und bat Michael Thaler, mit ihr durch Hof und Garten zu gehen, eine kleine Prozession um den Akkergrund des Kammerlehnerhofes zu machen, wie es früher an Ostern der Brauch war, als die bäuerliche Sippe mit zusammengesteckten Kreuzlein aus versengtem Holz, mit Zweigen vom Segenbaum und geweihten Eierschalen um die Getreidefelder lief, als man mit den gebenedeiten Gaben gleich Grenzsteinen die Ecken zeichnete.

Michael trat mit Anastasia in den Hof hinaus und kam an die Stelle, von der man einen guten Blick in die Schupfe mit der Holzlege hatte. Wasser schoß aus der durchlöcherten Rinne wie aus einem Spritzkrug in den Hof. Man konnte im dunklen Hintergrund einen alten, von Wurmfraß und Fäulnis zusammengesunkenen Kasten erkennen. Er war lange Zeit den durchnässenden Tropfen des Regens und dem niederen Gebrauch der Aufbewahrung von Werkzeugen ausgesetzt gewesen, so daß er auf die letzte Stufe vor dem Ende im Feuerofen heruntergekommen schien. Dieser traurige Rest war einmal ein schöner Kleiderkasten gewesen. Unter seinem aufgemalten Blatt- und Rankenwerk hatten die Kinder Crescentia und Anna mit roten Wangen geschlafen. Als die Blumen abgewetzt und unansehnlich geworden waren, hatte jemand eines Tages den Kasten mit brauner Ölfarbe zugestrichen. Wenige Jahre später war er von der Kammer in die Flötz gewandert und schließlich in die Holzlege verbannt worden. Es blühten zwar immer noch Blumen in den Wiesen, vornehmlich die weißen handgroßen Doldenteller mit dem dunkelroten Tropfen in der Mitte, — aber die Blumen des Herzens, die früher einmal Crescentia und später Anastasia von der Schranktür »brocken« und »ins Wasser stellen« konnten, waren verdorrt.

Anastasias Erlebnisse, die sie mit eineinhalb Jahren beeindruckt hatten, kehrten ihrem Gedächtnis mit zwei oder zweieinhalb Jahren zurück, um nie mehr ganz zu verlöschen. — »Komm, ich zeige dir, wo ich klein gewesen bin!« rief sie dem Freund Michael zu.

Das Leben Anastasias auf dem Kammerlehner Einödhof hatte bis zu ihrem zwölften Jahr dem Leben Crescentias geglichen. Aber aus der Stasi wurde eine Stas wie aus dem Martl ein Mart. Langsam, und ein wenig schneller erst als sie das neunzehnte Lebensjahr erreicht hatte, begannen die Veränderungen. Auf eben diese Weise schwinden die Ereignisse der Vergangenheit aus unserem Gedächtnis, als wären sie nie darinnengewesen, indem sie, verdorrt wie braune Buchenblätter, aus der Wirklichkeit fallen, und sich täglich neue an ihre Stelle schieben.

Der Regen war verflogen, das Grün atmete erfrischt — es war der unverkennbare Geruch erquickter Blätter und nasser Blumen, der vom Wurzgarten herwehte. Dieser Nutzgarten wurde von der Alten bestellt. Der Zaun, der zur Sicherung der Gemüsepflanzen gegen Wildfraß diente und aus Eschenhanicheln bestand, die von der rundgebogenen Weidengerte, der sogenannten Ettergerte, zusammengehalten wurden, war einem Eisenzaun mit Maschendraht gewichen.

Anastasia zeigte ihrem Begleiter die Holzloh, wo sie früher Gänse gehütet hatte. Wie klein und grau kam ihr die Wiese vor! Den Feichtenbichl hatte die ausgebeutete Schottergrube halb verschlungen. Das Luciakreuz war verschwunden.

Fast alle Kreuze, von denen früher die Feldraine gewimmelt hatten, waren abhanden gekommen. Zuerst ist der Glaube geschwunden — hatte einmal der alte Sebastian gemeint — dann sind die großen Ackermaschinen gekommen, die alles, was ihnen hinderlich war, aus dem Weg räumten. Das Luciakreuz, mit den Ochsen und dem Palmzweig, war dieser Flurbereinigung zum Opfer gefallen — daran mußte Anastasia denken —, auch das hohe Kreuz aus kunstvollem Schmiedeeisen am Eingang zum Frauenholz, auf dessen schwankender Spitze der Gockelhahn krähte. An der Stadelostwand hatte man vor Jahrhunderten die aus Blech geschnittenen Darstellungen der Jungfrau Maria und ihres gekreuzigten Sohnes befestigt. Sie waren verrostet und längst entfernt. Nur die hellen Flecken an der luftgegerbten Stadelwand erinnerten an sie. — Die kostbar gewandete Muttergottes in der Giebelnische des Treidkastens war auch nicht mehr da. Eines Morgens hatte man die Glastür zerbrochen gefunden. Die Holzfigur war gestohlen worden.

Als einziges Kreuz war das Blitzmarterl zwischen den drei Eschenbäumen auf dem Kiblberg erhalten geblieben. Aber es war umgesunken und von langen Grashalmen überwuchert. Wer nicht wußte, was unter den gegilbten Strähnen schlummerte, würde es nicht gefunden haben.

Dann kamen die Besucher auf ihrem Weg an der alten Michelikapelle vorbei, wo Anastasia zu der gipsernen Muttergottes hinter das Gitter geklettert war. Der Marienfigur waren beide Arme abgebrochen, so daß ein Eisengeripp zum Vorschein kam. Das Gitter war verrostet. Die leuchtenden Buntglasscheiben waren geborsten; man sah noch an den Rändern gezackte Splitter und dazwischen ein dichtes Spinnennetz. Der Verputz an den Außenwänden war in großen Tafeln abgefallen. Das aufgemalte »Auge Gottes« im Giebeldreieck war verblichen. Seit Jahrzehnten hatte sich kein Bauer gefunden, der die alte Kapelle instand gesetzt hätte.

Dann gingen sie an der Abzweigung zum Ödgarten vorbei und kamen an den Platz, wo früher eine Holzbrücke über den Rettenbach geführt hatte. Anastasia zeigte die Stelle, wo ihre Schwester Loni beinahe ertrunken wäre. Sie überquerte einmal hinter ihrer Schwester, die in die erste Volksschulklasse ging, den Rettenbach. Die Schritte der Schwestern polterten auf dem Steg. Unten schoß der Bach vorbei, der viel Wasser führte und wenig später den großen Mühlweiher speiste. Mutwillig trampelten sie und sprangen, daß es dröhnte. Da trat Loni auf ein morsches Brett. Es brach und ließ das Kind blitzschnell durchfallen. Anastasia, die ihr auf den Fersen folgte, streckte wie im Traum ihre Arme unter den Armen der Schwester hindurch und purzelte mit ihr auf die Bretter. Die Kinder schauten zum Mühlweiher hinüber und atmeten auf. Dann fing Loni zu weinen an.

Jetzt ratterten die Lastwägen von Bergham nach Höhenberg auf einer breiten geteerten Straße. Es gab keine Gefahr des Ertrinkens mehr. Auch das Frauenwasser, von dem ihr oft in gruseligem Ton erzählt worden war, hatte seine Schrecken eingebüßt. Sie mußte daran denken, daß dort eine Schwester ihrer Tante Crescentia ertrunken war. Der herumgeführte Holzzaun war verfallen. Aber das bedeutete keine Gefahr, weil der Weiher versumpft und vermoost war. Die steile Senkung gab es noch, aber auf ihrem Grund lauerte kein Grauen mehr.

Von der Straßenkreuzung, wo Anastasia und Michael standen, konnte man die ausgedehnte Berghamer Abfallgrube, die sich oberhalb vom Bahngleis zu einer hohen Halde türmte, qualmen sehen. Es brannte ständig in diesem Gebirge aus verbeulten Büchsen, zerrissenen Schachteln und aufgeplatzten Matratzen. Der Westwind trieb den giftigen Rauch bis Kammerlehen.

Anastasias Gedanken wanderten über die Qualmwolken nach Bergham hinein, das von hier aus unsichtbar blieb. Sie dachte an die bunten Jahrmärkte, den Mittefastenmarkt, den Frauenmarkt und den Martinimarkt. Sie dachte daran, daß alljährlich die Marktstände weniger geworden waren, bis endlich die berühmten Jahrmärkte aufgehört hatten. Dasselbe Schicksal hatte der Georgi-Umritt gehabt: Von Jahr zu Jahr waren weniger Rösser gekommen. Am Ende waren es nur noch vier — dann hörte man auf.

Michael Thaler bemerkte, daß Anastasia weinte. Er fragte sie nach dem Grund. Sie schwieg und schluchzte. Zum ersten Mal bei diesem Besuch und bei diesem Streitgespräch zwischen Bruder und Vater, fühlte sie, daß sie nicht mehr bei ihren Eltern zu Gast war, nicht mehr im Haus ihres Vaters, sondern in einem Haus, das jemand anderem gehörte, in dem sie selbst eine Fremdlingin war.

Die Besucher gingen zurück nach Kammerlehen.

An den Wiesenhängen des Feichtenbichls brannte im Brachmonat kein Johannisfeuer mehr. Von keinem Hügel flackerte mehr ein Scheiterhaufen in die Täufernacht. Wie lebhaft hatten die Buben früher von riesigen Holzstößen und prasselnden Feuergarben geträumt!

Im Ödgartenhof zum Weber, der linkerhand hinter ästestarrendem Strauchwerk verborgen war, gab es keinen Pfau mehr, weil er als Unglücksvogel galt.

Auch die alten Geräusche der Erntezeit gab es nicht mehr. Der Ruf »Zum Brot« wurde nicht mehr gehört. Das Knallen der Geißeln war verklungen, das Wiehern der Rösser, das Klirren der Ketten, das Getrampel der Hufe, das Knarren der Getreidefuhren mit ihren eingesetzten Leitern. Auch keine Kornmanndln gab es mehr, die, Garbe für Garbe auf den Wagen getürmt worden waren und zuoberst mit Weihwasser besprengt.

Anastasia holte aus den tiefsten Grüften der Erinnerung Wörter wie den »Wojer«, die Bezeichnung für den Ochsenzügel, hervor. Jedes Ding hatte sein Wort. Nur schwer konnte sie sich erinnern, aber an diesem traurigen Tag fiel ihr alles wie von selbst wieder ein.

Die Rückkehrer waren in den Hof gekommen. Da stand der Bulldog mit dem grasverschmierten Mäh-Balken, einer riesigen Säge aus Stahl. Zwischen die doppelten Zähne drangen scharfe Messer. Anastasia erinnerte sich an das Geräusch des scheppernden Wetzsteins im Kumpf, der ein abgeschnittenes Kuhhorn war, und an das Wetzen der Sensen. Keine Gänse, nicht einmal Enten und Hühner gab es mehr auf dem Hof. Das Gockelkrähen war verstummt. Um das Haus wuchs keiner der sorgsam aus gekloBenen Holzscheitern geschichteten Türme in den Himmel. Der Backofen gegenüber der Gred war abgebrochen. Seit in Kammerlehen so wenig Menschen wohnten, wurde nicht mehr gebacken. Die Gewürzmischung aus Kümmel, Koriander, Fenchel und Anis wurde nicht mehr in Stranitzen von Bergham geholt. Am Platz des Pumpbrunnens mit dem gußeisernen Schwengel und dem irdenen Kapuzinerkopf, aus dessen abgeschnittener Hirnschale Blumen gequollen waren, gab es nur noch einen betonierten Deckel in der Hofeinfahrt.

Das böhmische Gewölbe des Kuhstalls mit seinen runden Rotmarmorsäulen war herausgeschlagen. Man hatte Eisenschienen eingezogen. Die Kühe wurden mit einer Maschine gemolken und vom Vieharzt aus einem Glasrohr mit einem roten Druckball künstlich befruchtet.

An der ehemaligen Magdkammer vorbei, die zum gekachelten Badezimmer umgebaut worden war, kamen sie in die Flötz. Das rote Ziegelpflaster, das von den Wasserbächlein aus Annas Haaren — die mit offenem Mund auf der Bahre lag — und von den Rinnsalen aus dem tropfnassen Schirm der Mutter Georg Zechmeisters genetzt worden war, hatte man durch grünlich gesprenkelte Mosaiksteine einer ausländischen Kachelfabrik ersetzt. Die Wellpappschachtel mit dem Aufdruck der Warennummer lag noch im Eck.

Als die Eltern aus der Kuchel traten, fragte Anastasia, warum sie nicht in der Stube säßen. »Pscht!« wehrte die Mutter ab, beschwichtigte die Tochter und riet ihr, sich zu gedulden — sie werde es schon sehen. Anastasia schüttelte den Kopf. Alles der Reihe nach, meinte die Mutter, alles der Reihe nach.

Zuerst kamen sie in die Elternschlafkammer linkerhand. Als Crescentias Eltern hier geschlafen hatten, gab man sich bescheiden. Die Wände waren frisch geweißelt und reinlich. Alles war einfach. Bewundernswert war die angeborene Sicherheit in der Ausgestaltung der Kammer. Obwohl der Kalender neunzehnhundert Jahre nach der Geburt des Herrn zählte, lebte man immer noch im Biedermeier. Über den Fensteröffnungen liefen Holzstangen, an denen die Leinenvorhänge hingen. Außerhalb, auf der Fensterbank, standen Töpfe mit Geranien. Von allen Seiten drängten die Zweige des Birnspaliers herein.

Das alte Hochzeitsbild hing noch da, auf dem der Bräutigam einen aufgezwirbelten Schnurrbart hatte, dessen Nährboden, die Oberlippe, unter den krabbelnden Füßen einer Morgenfliege zusammengezuckt war. Aber in welcher Umgebung hing es, einziges Überbleibsel aus der großelterlichen Schlafkammer! Die Fensterblumen fehlten und der Birnspalier war abgeschlagen. Welche Umgebung für ein Hochzeitsbild! Roh gezimmerte Stellagen, gefüllt mit Gläsern und Büchsen, dazwischen aufgeklappte Schachteln, Holztragln, Bierflaschen, übereinandergetürmte Eierbehälter, an Mauernägeln hängend alte Arbeitshosen. Wo mochte die Einrichtung der Schlafkammer hingekommen sein? Auf den obern Boden, hieß es.

Dort unter dem Dachstuhl fand man sie auch, in einer finsteren Ecke zusammengepfercht, auf einen Berg geschlichtet mit Krautfässern, Zinkzubern und einer hölzernen Mostpresse, übereinandergelehnt, staubbedeckt, von Spinnenwetten überzogen, die in ihrem Netzmuster alle Veränderungen der Welt überdauert hatten, den Waschtisch, die Kommode, die zerlegten Bettstellen, die zusammengesessenen, aus dem Leim gegangenen Stühle, vom Spiegel nur den leeren Rahmen, der einen zweiten Rahmen faßte: den zackigen Rand seines herausgebrochenen Glases. Zuoberst war die alte Wiege aufgetürmt, Gabe des längst verstorbenen Großonkels Sepp, die rissig geworden und von Sebastian mit Ölfarbe überstrichen worden war. Einen traurigen Anblick bot dieser unentwirrbare Berg verlebter und zerbrochener Altertümer. Nur der hohe Gewandkasten hatte ein besseres Los; er war in einen ehrenvollen Austrag bei der Haushälterin Crescentia in die Herzogspitalgasse geschickt worden. Auch eines der zwei Nachtkästlein war nach dem Tode der Eltern zu Tante Crescentia übergesiedelt. Wo war das Emailbildnis des Biedermeieronkels hingekommen? Es hänge in der Berghamer Schreinerwerkstatt, erfuhr Anastasia.

Man ging zurück in das untere Stockwerk, in den Bereich des neuen Lebens. Der Marischanzkerbaum, der die Kinder aus offenem Fenster in den Schlaf gerauscht hatte, war gefällt. Die Bettstatt wurde nicht wieder erkannt; sie war weiß lackiert. An der Stelle des bemalten Kastens gab es einen Sperrholzschrank. Auch in der Bubenkammer, die über dem Vorratsraum lag, gab es einen Sperrholzschrank. Er war blau gestrichen. Manche Gegenstände deuteten auf die Anwesenheit eines Knaben hin, Holznachbildungen von Flugzeugen und Segelschiffen.

Stolz zeigte die alte Apollonia, wie weit es das junge Paar gebracht hatte. Die obere Stube war nicht wiederzuerkennen. Der Glaskasten mit seinen wächsernen Blumen und Namenstagstassen, mit seinen roten, aus Goldstaub verfertigten Glaskrüglein, war auf den Berg der Vergangenheit im Dachboden gewandert. Die jungen Leute hatten sich ein sogenanntes »Schlafzimmer« geleistet. Die Dielen waren mit einem roten Teppichboden ausgelegt, Bettstellen und Nachtkästlein so niedrig gefertigt worden, daß man darüber stolpern konnte, der mehrflügelige Schrank, der eine ganze Wand einnahm, war weiß lackiert. Das vermeintlich Beste hatte Apollonia, die von den hinzugetretenen Bauernleuten Barbara und Martin begleitet wurde, bis zuletzt aufgehoben. Die Stube war ein Wohnzimmer geworden, ein »neuzeitliches, wie man's jetzt hat«, erklärte Apollonia, die vielleicht mehr sich selbst als andere überzeugen wollte.

Das war also das Wohnzimmer, so vornehm in der Einrichtung, daß es nicht mehr täglich benützt werden konnte. Michael Thaler war so sehr mit Schauen beschäftigt, daß ihm Anastasia, die ihr Erstaunen mit einem Unterton des Bedauerns ausdrückte, im Augenblick, in dem sie sprach, ohne daß er sie sah, als unverwechselbare Stimme bewußt wurde. Die Wanduhr, die der kleinen Anna ein erstes Unglück gebracht hatte, war verschwunden, das Spinnrad entfernt, der Schüsselkorb weggeworfen, auf den großen Berg der Vergangenheit unter dem Dachstuhl gewandert. Die kupfernen Guglhupfmodel, die geätzten Glaskrüge und die Zinnteller waren für Pfennige an herumreisende Aufkäufer gegeben worden. Die bemalten irdenen Teller, auf die der Urgroßvater soviel gehalten hatte, waren zerbrochen. Der Wassergranter war weggeschlagen, der irdene Weihwasserkessel entfernt, der grüngeflammte Kachelofen abgebaut. Vom ehemaligen Trokkengerüst waren Spuren einer Unebenheit in der Weißdecke geblieben. Der Büffetkasten, auf dem alljährlich das wächserne Christkind in der Glasschatulle lag, war in die Holzlege hinausgeschafft worden. Ehedem hatten die Fenster fein gestufte Rahmen gehabt. Fensterkreuze gab es nicht mehr. Die Fenster waren aus doppeltem Glas und einscheibig. Auch Gitterstäbe gab es nicht mehr, zwischen denen Crescentia und Anna den schwellenden Umfang ihrer Köpfe gemessen hatten. Die kleine Anastasia hatte es nicht anders gemacht. Und auch sie hatte nach dem Schattenkreuz am Boden gegriffen.

Der Herrgottswinkel war leer. Es gab keine Stühle, keine Bank, nicht einmal einen Tisch. Früher war immer knieend an diesem Tisch gebetet worden. Bruder Martin war der erste, der sich seit dem Besuch der Landwirtschaftsschule nicht mehr hingekniet hatte. Während alle anderen knieten, blieb er stehen. Nach und nach blieb dieser und jener stehen. Endlich konnte auch der Vater nicht mehr knien. Jetzt wurde in diesem Herrgottswinkel überhaupt nicht mehr gebetet.

Anastasia wußte, was dieser Tisch bedeutet hatte! Am Heiligen Abend lag auf seiner Platte die Legende aufgeschlagen. Der Vater las vor und seine Kinder — früher Crescentia, später Anastasia — lauschten.

Männer saßen um diesen Tisch, hatten ihren breiten Ledergurt um den Bauch geschlungen, der in kunstvoller Stickerei aus Pfauenfederkielen den Namen des Erstbesitzers zeigte, trugen ihre bockledernen schwarzen Hosen, kniehohe schwarze Stiefel, schwarze Hosenträger, eine rote Weste und eine kurze schwarze Jacke, mit silbernen Zwanzig-Kreuzerstücken. Ein Bild aus vergangenen Tagen. Am Nachmittag machte sich die Bauernfamilie auf den Gang in die Hochvesper zum Krippenanschauen. Es war eine heimatliche Krippe: Bethlehem bestand aus unerklärlich vielen Bräuhäusern! Und Wegweiser, die wie ausgestreckte Zeigefinger nach allen Richtungen deuteten, trugen die Aufschrift: »Nach Bergham«.

An der Wand hing nun das neue Kreuz, winzig, ohne Herrgott, aus gebräuntem Messing. Man hatte es von Johann Baptist Angermaier bekommen, aber nicht käuflich, sondern im Tausch. Dem Devotionalienhändler war der alte Kammerlehner Herrgott, den der Austragsbauer in seine Schlafkammer genommen hatte, zugesprochen worden.

Außerdem gab es eine Schrankwand mit einer Kristallscheibe, einen Glastisch und gewaltige Ledersessel. Das Wohnzimmer war schonungsbedürftig. Der blaue Teppichboden konnte nicht — wie früher die Stubenbretter — mit Arbeitsstiefeln betreten werden.

Beim Abschied bat Michael Thaler den jungen Bauern Martin, die Michaelikapelle zu verputzen, vielleicht auch die Fenster einzuglasen und das Blitzmarterl wieder aufzurichten. Er war wenig hoffnungsfroh, hatte er doch beim eigenen Bruder Barthl in Thalheim mit der Bitte, den Fenstern ihre Kreuzsprossen zu lassen, keinen Erfolg gehabt.

Sie standen auf der Gred vor der Haustür. Die Dämmerung der Nacht war eingebrochen. Sie mußten sich tummeln, wenn sie den letzten Zug in Höhenberg erreichen wollten. Der alte Sebastian, der sich mit allen anderen verabschiedet hatte, streckte noch einmal den Gästen die Hand hin und legte ihre

rechten Hände ineinander, als wollte er sie zusammengeben
— weil es bei ihrem nächsten Besuch vielleicht nicht mehr möglich sein könnte. Noch einmal verabschiedete er sich und blieb
mit seinem roten Faltengesicht, seinem eisgrauen Haar, seinem
hellen, gesträubten Schnurrbart und seinen blauen Augen, wie
er da stand, im Gedächtnis der Scheidenden.

Dann liefen sie aus der Hofeinfahrt hinaus, blickten sich
nicht mehr um nach den zurückbleibenden vier Menschen in
der Haustür, den zwei alten, den zwei jungen und den dahinter versteckten Kindern, liefen auf dem geschlängelten Wiesenweg in die Holzloh hinein, dem pelzhauben-ähnlich gesträubten Feichtenbichl entgegen.

Anastasia sagte unterwegs zu Michael, daß sie nichts gegen
das uralte Werden und Vergehen habe. Doch es beschleiche
sie die Ahnung, daß es kein Werden mehr gebe.

Michael Thaler sagte, daß es schon öfter Winter war. Schau
die Pfingstrosen an, die im Winter unter der Erde schlafen und
im Frühling ihre Blüten an die Oberfläche schicken!

Bist du so zuversichtlich? fragte Anastasia.

Michael blieb stehen. Auch Anastasia blieb stehen.

Daß die beiden schon länger »du« zueinander sagten, fiel
ihnen jetzt erst auf, weil es die Landeskinder hier, wo einmal
Anastasias Heimat gewesen war, als selbstverständlich empfunden hatten. Sie bemerkten es — und, ohne darüber zu
sprechen, blieben sie dabei. Die Nacht war kühl. Anastasia
erschauerte. Sie schmiegte sich kaum wahrnehmbar an Michael. In einer Aufwärtsbewegung des Kopfes sah sie einen
von Wolkenschleiern leer gefegten Nachthimmel. Ausgeschüttetem Silbersand gleich kreisten die Sterne am schwarzen Firmament. Beherrschend in der Wirrnis der Bilder und Zeichen
stand eine gewaltige Sterngruppe. Anastasia deutete hinauf
und erzählte von einem alten Spiel: Daß zwei Menschen ein
Sternbild betrachten und mit ihren Blicken am Himmel vereint
sein können. Sie faßte ihn bei der Hand, drückte die Hand im
Fassen kräftig und lief mit ihm durch den Hohlweg unter dem
Nadeldach des Feichtenbichls zum Bahnhof.

SCHEIDEN TUT WEH

Särge, Mauern und Wiesen — die blaurot-uniformierten Feuerwehrmänner — geschliffene Marmorgrabsteine — beabsichtigte Geburtstagsfeier — Streit im Comptoir — Peter und Ines — Crescentias Krankenlager in der Herzogspitalgasse — Ignaz Loher begegnet einer Städterin — Michael Thaler im Anwesen zum Kothmüller — Anastasia Weilbuchner sitzt an einer Nußbaumbettstelle

Quousque tandem . . . ?

Cicero

Prae — caput

Schneller als gedacht mußte Anastasia in ihre Heimat zurückkehren. Ihr Vater hatte für immer Abschied genommen.

Die Handarbeitslehrerin mußte die traurige Reise allein antreten. Crescentia hatte am Vorabend ihres siebzigsten Geburtstages einen Rückfall erlitten, warf Johann Baptist Angermaiers Festplanung um und konnte dem Bruder nicht die letzte Ehre erweisen. Genau genommen hatten ihre Beschwerden an Herz und Gliedern nie nachgelassen. Heldenmütig hatte die Alte alle Schmerzen geleugnet, sich Zahn für Zahn reißen und ein Gebiß einzwängen lassen, so gewaltig, daß der gröbste Scherz Johann Baptists ihr kein Lächeln, geschweige eine Trennung der geschämig zusammengekniffenen Lippen entlocken konnte. Der Quell des Übels, wenn sie auch an hartnäckigen Zungenschmerzen litt, saß tiefer, zwang sie am Vorabend ihres Ehrentages in die Pölster der Nußbaumbettstelle zurück. Dort lag sie, bleich, mit Schweißperlen auf der Stirn, in der nämlichen Stunde, als ihrer Mutter Sohn der Erde übergeben wurde.

Sebastian war nicht mehr, wie seine Vorfahren, in der Flötz des Bauernhofes, wo im Winkel neben der Stiege die Särge aufrecht lehnten, sondern in der neugebauten Totenkammer des Feldkirchener Gottesackers aufgebahrt worden. Obwohl

Anastasia in der Gruppe der Angehörigen stand, hatte sie das Gefühl, ihm allein gegenüberzustehen. Umrahmt von den Blumen der Jahreszeit, Pfingstrosen, Schneeballen und Lilien, lag der Vater im offenen Sarg und hatte gelöste Züge. Alle Gruben waren geglättet, alle Schatten gewichen. So sehr wie in den letzten Augenblicken seiner irdischen Sichtbarkeit, hatte er nie seiner Schwester Crescentia geglichen.

Anastasia hatte Mühe, nicht von dem Gedräng, das an der Glastür herrschte, hinweggeschoben zu werden. Da lag er — sie war mit ihm allein — der ihr das Leben gegeben hatte, der sie mit den Schönheiten der Welt vertraut gemacht hatte, aus dessen Mund sie die Namen der Dinge, der Vögel, der Bäume, der Blumen und Gräser gehört hatte. Der weiße, gefältelte Sterbekittel machte ihn wieder zum Kinde, das er einmal gewesen war. Mit seinem verklärten und in Blumen gebetteten Gesicht tauchten auch die Spiele der Kinderzeit vor Anastasias Auge auf, das Wasserpritscheln im Hof, an dem sie sich mit ihrer Schwester Loni nach einem Gewitterguß erfreut hatte, das Aufschichten steiler Sanddämme, das Ableiten des Wassers in kunstvoll gegrabene Rinnen: Und darüber gebeugt das breit lachende Gesicht des Vaters.

Die Grube schien sich ins Bodenlose aufzutun. Gegen ein Zusammenstürzen der Erdwände war sie mit Spreizpfosten versteift. Ehe vier blaurot uniformierte Männer der freiwilligen Feuerwehr den Sarg an breiten Leinengurten in die Tiefe gleiten ließen, tat Anastasia einen Blick hinab; sie spürte eine Schwäche in den Knien. Gleichzeitig fühlte sie sich an ihrer Rückseite von einem Blick getroffen. Sie zuckte zusammen und fuhr herum. Sie ertappte kein einziges Augenpaar — alle Lider der Trauerversammlung waren gesenkt. In der Herzogspitalgasse hatte die alte Crescentia in diesem Augenblick lebhaft an den kleinen gefatschten Kasperl denken müssen, der unter der Erde — und, als der Sarg in die Tiefe geglitten war, Seite an Seite neben dem Leichnam Sebastians lag. Etwas anderes fiel Anastasia bei ihrem scheuen Blick in die Runde auf: daß alle geschmiedeten Kreuze, mit denen dieser Gottesacker früher die Undurchdringlichkeit eines Waldes aus Eisenspitzen hatte, entfernt und gegen rechtwinklige Marmorblöcke vertauscht worden waren. Den unerschöpflichen Reichtum der Ranken, Rundungen und Windungen, der immer weiter und fülliger aus dem Kreuz entwickelt worden war, hatte man auf den Abfall geworfen und sich mit dem klotzartig geschliffenen Marmor begnügt, der in einheitlichen Ausmaßen, Woche für Woche, auf Lastwägen angeliefert wurde.

Als die junge Weilbuchnertochter bei der Totenmesse zwischen Säulen in der Marienkirche kniete und ihren Blick geistesabwesend auf die geschnitzten Bankwangen heftete, überlief sie ein Frösteln. Vor ihren beengten Knien war an die Rückenlehne der nächsten Bank ein kleines Blechschild genagelt mit einer verschnörkelten und nicht mehr gültigen Aufschrift: »Weilbuchner Notburga, Kammerlehnerin von Höhenberg, 1856«. Auf der Männerseite gab es die gleiche Blechtafel mit dem Rufnamen »Sebastian«. Auch in der Dreifaltigkeitskirche hatten die Kammerlehner zwei Plätze, aber niemand kümmerte sich mehr darum. Sogar Weiber und Männer saßen längst nicht mehr getrennt.

Im umgebauten Genossenschaftssaal kam die Leichengesellschaft zusammen. Ein bestimmtes Gefühl des Landbewohners fehlte: Das Gefühl, in einer Gemeinschaft *unter sich* zu sein. Anastasia wußte nicht, an welchen Einzelheiten es lag, aber sie spürte diesen Mangel gewaltig und war froh, als sie am frühen Abend wieder in der Großstadt ankam, in der man von Verlusten weniger ahnte.

Zum dritten Mal Streit
zwischen Vater und Sohn

Johann Baptist Angermaier verkaufte Kunst und Handwerk ohne Rücksicht auf seinen Vorteil. Daß der Erfolg der »Hebräischen Wurzeln«, an dem ein anderer Verlag verdient hatte, sich nicht wiederholen konnte, wußte er, als er Thalers jüngstes Buch über die Jugendarbeit der Kirche in Druck gehen ließ. Aber die Gedanken, die in diesem Buch entwickelt wurden, waren ihm so sehr aus der Seele gesprochen, daß er von einer Veröffentlichung nicht mehr absehen wollte. Er fühlte in sich selbst eine bedrohlich zunehmende Verhärtung der Standpunkte, was ihn oft in einen unauflöslichen Widerspruch zwischen der mannhaften Verfechtung einer als Wahrheit empfundenen Meinung und einem zum Fortleben notwendigen Selbsterhaltungstrieb brachte. Die Folge dieses aufreibenden Kampfes war zunehmende Ermattung und ein beschämender Eindruck von Halbheit. Er vermied, wo er konnte, Auseinandersetzungen und Mißhelligkeiten. Er wich einer Entscheidung aus wie Anastasia, die das Haus in der Herzogspitalgasse, um der kränkelnden alten Crescentia an die Hand zu gehen, täglich betrat. Entzog sich Anastasia ausdauernd und geschickt einer Begegnung mit Crescentias Dienstherrn, um der endgültigen Antwort auf seine offengebliebene Frage enthoben zu sein, so verschob dieser die fällige Auseinandersetzung mit seinem Sohn von der mißglückten Einladung Ignaz Lohers auf den Abend, vom Abend auf den nächsten Abend und so weiter, bis eine unvermutete Gelegenheit zur heftigen Entladung führte. Es zeigte sich dieselbe Erscheinung wie bei einem von Strauch- und Wurzelwerk gehemmten Flußlauf: daß es nämlich von der Dauer der Stauung abhängt, wie reißend die freiwerdenden Wassermengen sind, und wieviel sie hinwegschwemmen müssen, dessen Beseitigung gar nicht notwendig ist.

Den Anlaß gab Johann Baptist Angermaiers eigensinniges Festhalten am gutkatholischen Brauch, den Namenstag, keinesfalls den Geburtstag zu feiern. Weil aber der siebenzigste Geburtstag der Dienstmagd nicht gut unterschlagen werden konnte, verfiel er auf eine List: auf eine Zusammenlegung dieses Geburtstags mit seinem eigenen Namenstag, dem tags zuvor gefeierten Tag Johanni des Täufers. Er setzte jedes Jahr seinen Stolz darein, zu zeigen, daß er Anlaß zu einem Namensfest hatte, wie es in seiner üppig wuchernden Kraft sich nur an dem Mittwintertag messen ließ. Was daran heidnisch war, tat ihm nicht weh; das Herkommen galt ihm als wichtiger Bestandteil der Verkündigung. Es wunderte ihn nicht, daß der Versuch, sein Namensfest nach Nymphenburg zu verlegen, mißlungen war. Es fehlte der Rahmen: der gealterte Leib der Stadt. Dieses Namensfest weitete sich in den verschieden hoch gestaffelten Stockwerken der beiden Häuser an der Herzogspitalgasse zu einem Schauspiel. Vater Angermaier thronte unter dem Kruzifix im Herrgottswinkel. Seine wie Orgelpfeifen aufgereihten sieben Kinder Andresl, Gertraud, Ursula, Christian, Lisbeth, Amalia und Peter stellten in vorsorglich für diesen Tag beim Gewandmeister des Hoftheaters ausgeliehenen Kleidern die sieben wesentlichen Patronate des Sonnwendhansls dar: einen Gerber, einen Gürtler, einen Kürschner, einen Schneider, einen Färber, einen Maurer, einen Messerschmied, und überreichten dem Vater sieben sinnbildliche Gaben: einen dickleibigen Lederband, ein weißgelocktes Lamm aus Zuckerschaum, das den Kreuzstab in den zusammengerollten Vorderläufen hielt, einen Schübel Sankt-Johannis-Kraut, genannt Sempervivum tectorum, ein Sträußlein unzeitiger Johannisbeeren, eine Schote Johannisbrot, ein aus Schokolade und Silberpapier nachgebildetes Johanniskäferlein (diesen Käfer hatte Andresel eher gesehen als einen echten) und einen aus sieben heilkräftigen Kräutern gebündelten, mit weißblauen Bändern zusammengehaltenen Sonnenwendbuschen.

Die sieben Gratulanten sollten ihre sieben Gaben zwar am Tag Johannis des Täufers, aber nicht Herrn Johann Baptist, sondern Crescentia überreichen, die an Angermaiers Stammplatz auf drei übereinander gestapelten Pölstern thronte. Dann sollte er selbst hinzutreten, mit einem großen, aus Pappendeckel geschnittenen und mit Blattgold überzogenen Siebener in Händen, sowie Frau Elisabeth mit dem zugehörigen Nuller. Gleichzeitig sollten die sieben Kinder das von Jahr und Tag beherrschte Lied »Gott hat alles recht gemacht« singen. Bei dem anschließend aufgetragenen Lammfleischmahl sollte wie jedes Jahr der Pfarrer von Sankt Peter zu Gast sein.

Der Devotionalienhändler hatte seine Planung ohne den ältesten Sohn gemacht. Peter begehrte auf, weil es an der Zeit war, wenigstens die erwachsenen Teilnehmer aus einem für Kinder berechneten Schauspiel zu entlassen.

Zwei Tage vor dem Täufertag kam es zum lang verschobenen Streit im Comptoir. Der Buchhalter, der in der Nebenkammer arbeitete, schloß rücksichtsvoll die Glastür. Amalia verließ unter einem Vorwand den Ort, wo Vater und Sohn auf ganz ungeschäftliche Weise miteinander abrechneten. Eigentlich hätte der Vater alle Ursache gehabt, Peter zu fragen, wie er dazu komme, die Partei des gegnerischen Zeitungsschreibers Loher zu ergreifen, aber es war zu spät. Längst hatte der Sohn Spielraum gewonnen und genug Anlässe geboten bekommen, seine Verteidigung in einen Angriff umzumünzen.

Dabei war Vater Angermaier wider Erwarten geduldig. Er sah die Fragwürdigkeit einer Mitwirkung Erwachsener in seiner kindlich-sinnbildlichen Namenstagsfeier ein und war bereit, Peter und Amalia aus ihrer Verpflichtung zu entlassen. Aber dieses Zugeständnis, das vielleicht vor einem Jahr genügt hätte, kam zu spät. Zuviel Widerspruch gegen die väterliche Lebensart hatte sich in Peters Herzen angesammelt. Er forderte größere Opfer von seinem Vater. Die Verquickung des Namenstags mit dem Geburtstag, meinte er, sei insgesamt ein gequälter Unsinn. Der Vater war nicht gleich bereit, von seinem Plan abzulassen. Schon ging der Sohn, der offensichtlich einen grundsätzlicheren Streit suchte, einen Schritt weiter, dem Johann Baptist, wenn er nicht die Grundfesten seiner Lebens- und Glaubensburg zum Einsturz bringen wollte, unmöglich folgen konnte. Peter verlangte nicht weniger als die Abschaffung des Namenstagsbrauchtums in der Herzogspitalgasse. Er begehrte sogar gegen die Namenstagsfeier an sich, und wenn es die schlichteste gewesen wäre, auf.

Solche Widersinnigkeiten, mindestens im Haus eines Devotionalienhändlers, konnte der Vater nicht unwidersprochen hinnehmen. Das schien der Sohn auch nicht zu erwarten, denn, einmal in Fahrt, entfernte er sich einen weiteren Schritt von der väterlichen Welt. Er verlangte, mit der Veröffentlichung frucht- und gewinnloser Bücher wie Thalers »Jugendarbeit der katholischen Kirche« Schluß zu machen. Jawohl, er sei gegen dieses Buch, dessen Vertrag, ohne daß er als Geschäftsnachfolger gefragt worden sei, mit der Post abgegangen und vom Verfasser unterschrieben zurückgekommen war, dessen Druck sogar — woher nehme der Vater das Recht zu einem solchen Vertrauensbeweis — vor der Vertragsunterzeichnung begonnen worden war, ohne Aussicht auf eine Deckung der Unkosten, einzig aus dem Grund, weil der Vater in Thalers unzeitgemäßen Ansichten eine Bestätigung seiner eigenen verschrobenen Altertümeleien erblicke — eine teuere Stärkung des Selbstvertrauens, müsse er sagen, die er als junger Nachfolger eine Geschäftsschädigung nenne.

Vater Angermaier fiel aus allen Wolken: Daß er und sein Sohn sich schon so weit auseinandergelebt hatten, war ihm bei seiner ins eigene Innere verschränkten Haltung entgangen. Da hatte er sie also, die Auseinandersetzung, der er überängstlich zu entgehen getrachtet hatte. War es verwunderlich, daß der Sohn an Lebenskräftigkeit und Durchsetzungsvermögen seinem Vater nachgeraten war und ihm jetzt mit seinen eigenen Waffen, allerdings im Kampfauftrag eines — wie Johann Baptist meinte — »luziferischen« Weltverständnisses, zusetzte?

Wie groß die Enttäuschung des frommen Mannes über seinen abtrünnigen Sohn war, geht aus dem Umstand hervor, daß er ihm zum ersten Mal seine Lebensweise als verwerflich vorhielt, daß er ihm unterstellte, nicht mehr in einer mit dem Sinn der Welt gleichklingenden Arbeit, sondern in der Freizeit, nicht mehr in der weisen Beschränkung auf einen umgrenzten Ort, sondern in der Vernichtung des Raums ein letztes Ziel zu sehen. Ja ja, bekräftigte er, als der Sohn eine Geste des Widerspruchs machte: Kaum sei die Ladentür geschlossen, finde man den jungen Herrn Gott weiß wo, nur nicht mehr über den Geschäftsbüchern. Das Vergnügen beginne für ihn erst n a c h der Arbeit.

Peter Angermaier, der vor sechsundzwanzig Jahren über den Taufstein der Peterskirche gehalten worden war, hatte Glück mit seinem Namen; er mußte ihn nicht als »pfäffisch«, konnte ihn als »aufgeklärt« empfinden. Der Vater hielt ihm daher eine Wahrheit entgegen, die geradezu die Verdichtung eines Sinnspruchs hatte: »Nicht mehr die Ewiggestrigen sind belächelnswert, sondern die Ewigheutigen.«

Die kleine Pause, die er eintreten ließ, wie um den Erfolg seiner Worte abzuwarten, nutzte der Sohn zu einer Erwiderung, die den Vater reizen sollte und auch reizte: »Halb gestrig und halb heutig hilft nichts! Dir fehlt der Mut zur Entscheidung! Du bist ein Halber!«

Johann Baptist Angermaier schwieg eine Weile. Dann hielt er seinem Heißsporn vor Augen, daß es im Leben nie um ganze Dinge, von denen sich so gescheit reden lasse, sondern immer um Übereinkünfte gehe. Wohl halte er die Vergangenheit mit seinem Herzen umschlossen, wie etwa die keltische Vergangenheit eines Dorfes Trudering, wohl wisse er, daß hierzulande das griechische Kreuz verehrt worden sei, daß die Gründung der Klöster zwischen Lech und Enns auf das Jahr siebenhundert falle ... und so weiter und so weiter — alle diese Geschehnisse lebten in seinem Inneren, seien im Bedarfsfall — Er-innerung, sein Leben bestehe aber nicht nur aus einem einzigen Jahresring, wie es die Fortschrittler gern möchten. Ein Baum, der nur aus dem äußersten Ring bestehe, umschließe mit diesem äußersten Jahresring die Leere. Nein, sein Leben schließe sich Ring für Ring um die innersten und ältesten Ringe, die alle noch vorhanden und gesund seien. Das Leben sei kein Leben ohne den Ring des gegenwärtigen Jahres, aber auch nicht ohne die immer tiefer reichenden Kernringe der Vergangenheit. Wer ein rundes Geschichtsbild habe, müsse sich deswegen noch lange nicht — wie Peter spöttisch meinte — zu den Toten legen, viel eher sei der ein Toter zu nennen, dem die Fäulnis vom Kern her die Rinde zerfresse. Das müsse er seiner Verherrlichung des Fortschritts entgegenhalten: Daß die Übersättigung mit Eindrücken der notwendigen Bereicherung des Geschichtsbildes abträglich sei.

»Wer sagt, daß die Bereicherung des Geschichtsbildes notwendig ist? Du sagst es! Und wenn ich mir die paar klapprigen Gestalten anschaue, die es außer dir noch sagen, so komme ich zu dem Schluß, daß es mitnichten auf die Bereicherung des Geschichtsbildes ankommt, sondern auf seine Schmälerung! Das muß dir die einfachste Rechnung sagen, daß der Lernstoff, der, zum Beispiel gerade in der Schule, bewältigt werden soll, sich nicht ins Uferlose ausdehnen läßt! Es muß auch verzichtet werden können! Und ich bin schon der Meinung, daß nicht von heute nach hinten, sondern von hinten, von den Anfängen der Geschichte her, nach heute verzichtet werden muß!«

Johann Baptist Angermaier tappte im Dunkeln, denn er wußte vieles nicht, vor allem ahnte er nicht, wie weit sich sein Sohn schon auf die Gegenseite verirrt hatte. Die Verächtlichmachung des größten einschlägigen Kaufgeschäftes durch die zuständige Nachrichtenvermittlung ließ Peter Angermaier hellhörig werden. Mochte auch sein Vater die Befreiung vom großen Gegenspieler aus altersbedingter Mattigkeit einem anderen, möglicherweise Thaler, überlassen: der Sohn bemühte sich auf eigene Faust, die Gefahr der Vereinsamung vom väterlichen Unternehmen, das einmal sein eigenes werden sollte, abzuwenden. Das fiel ihm leicht, weil er innerlich bereits auf der Gegenseite stand. Ging es doch längst nicht mehr um Kommunionkerzen allein, sondern um das Verhältnis kirchlicher

Einrichtungen zur verweltlichten Öffentlichkeit. Dabei war er überzeugt, daß eine Anpassung an die geänderte Welt keinen geschäftlichen Rückgang, Starrsinn aber den sicheren Untergang bedeutete.

Die Verbindung zu Loher benützte er, mit dem Leiter der kirchlichen Nachrichtenvermittlung ins Gespräch zu kommen. Dieses Gespräch war leicht herbeizuführen, weil der, wie man in der Großstadt sagte, »lebenslustige« Ignaz Loher eine gute und seiner Laufbahn nützliche Freundschaft (Johann Baptist Angermaier würde sie einen »concubitus anticipatus« genannt haben) mit der Schwester des mächtigen Mannes unterhielt. Ihr reizvolles Äußere wurde dem fremdländischen Rufnamen Ines gerecht. Loher, der auf der Woge des Erfolges schwamm und bei vielen Zeitungen ein gesuchter Berichterstatter war, hatte die Fürsprache der schönen Ines nicht mehr nötig. So war ihm seinerseits daran gelegen, das Mädchen mit dem jungen Peter Angermaier in Verbindung zu bringen, um für die Knüpfung einer neuen, ihn lockenden Bekanntschaft mit dessen Schwester frei zu sein. Man traf sich zu viert in dem Neubau an der Türkenstraße, wo Ignaz Loher wohnte, zu ebener Erde in einer Gaststätte mit schwarzen Ledersesseln und dämmeriger Beleuchtung. Der Leiter der Nachrichtenvermittlung Jürgen Knöppke saß mit seiner Schwester und Ignaz Loher schon da, als Peter Angermaier in einem hellen sportlichen Anzug, hochgewachsen und braunäugig, überaus anziehend, eintrat. Lohers Rechnung ging auf: Das Fremdartige, nicht Einheimische, an der schönen Ines bestrickte Peter Angermaier. Der Mann allerdings, der Hauptgrund seines Kommens, wirkte gleichgültig auf ihn. Wie man sagt »weder Fisch noch Fleisch«, fast wesenlos war dieser Mann, der mit wächsernem Gesicht und nichtssagenden Zügen, die obendrein beinahe zur Hälfte von einer grünlichen Brille verdeckt waren, in der schwarzen Lederpolsterung saß und seine Beanstandungen an Johann Baptist Angermaiers Handlung vorbrachte. Peter Angermaier, der sich mehrmals dabei ertappte, daß er solange in den großen Augen der fremdländischen Ines, aus deren Glanz die matten Lampen zurückfunkelten, versunken war, bis ihr sonderbarer Blick ihn seinerseits festzuhalten begann, verstand nur die immer wiederkehrenden Bruchstücke aus Knöppkes Rede: »Ihr mit euerem Barock! Die Erneuerung, wie man sie in anderen Städten durchführt (Knöppke war erst vor zwei Jahren hierher gekommen) ist für alle da! Christus würde manchen Devotionalientempel reinigen!«

Was das Niederschmetternde an dieser Begegnung war: Der Schriftsteller Michael Thaler, von dem man sich früher, zur Zeit seiner »Hebräischen Wurzeln«, eine Unterstützung der fortschrittlichen Kräfte versprochen hatte, galt als »schwarzes Schaf«, als Rückschrittler, der bekämpft werden mußte. Die Mittel — sagte Knöppke leise — hätten von Fall zu Fall verschieden zu sein, die »Tonleiter« reiche vom gehässigen »Verriß« über das gebräuchliche Ins-Lächerliche-Ziehen bis zum völligen Totschweigen. Man einigte sich, daß — zum Vorteil der Devotionalienhandlung — künftig keine Veröffentlichung Michael Thalers im Schaufenster gezeigt werden dürfe. Peter Angermaier hütete sich, zu erwähnen, daß in wenigen Tagen das neueste Buch dieses Verfassers ausgerechnet in der Herzogspitalgasse erscheinen sollte, sagte die Erfüllung der in liebenswürdige Vorschläge gekleideten Bedingungen (»Sie sollen frei entscheiden können, was für Sie vorteilhafter ist...«) mit der Einschränkung zu, daß ihm das Geschäft noch nicht gehöre.

Von diesem Gespräch rührte es her, daß Peter Angermaier, darin ganz ein Anhänger der neuen Aufklärung, mit der Ausmerzung der Sage — sein Vater nannte es: Entdauerung, Entwurzelung, Entwirklichung, Entgöttlichung — noch nicht zufrieden war. Er erzwang ein Zugeständnis. Schuld daran, daß es ihm gelang, war weniger Johann Baptist Angermaiers Einsehen, als dessen große Müdigkeit. Viel hätte nicht mehr gefehlt und er hätte die Gesamtleitung des Geschäfts vorzeitig, denn er war erst zweiundsechzig Jahre alt, seinem Sohn überlassen. Satt, übersatt hatte er die Kämpfe, Enttäuschungen und kraftmordenden Entscheidungen. Einzig der Gedanke an eine Reihe unmündiger Kinder hielt ihn vom Äußersten ab. Daher mußte weiter der Gewinn des Unternehmens in eine gemeinsame Kasse gelegt werden. Aber die Zuständigkeit wurde geteilt: Peter bekam den Buchverlag, die Buchhandlung und das Buchschaufenster in eigener Verantwortung überlassen, die in dem einzigen Punkt eine Schmälerung erfuhr, daß der Vater sich ein Jahr lang das Einspruchsrecht vorbehielt. In Johann Baptist Angermaiers Hand verblieb nur noch die Devotionalien- und Krippenhandlung, sowie die zugehörige Auslage. Der Vater bestand auf einer urkundlichen Niederlegung der Abmachung, die sofort eingeleitet und für die nächste Woche anberaumt wurde. Dann öffnete er die Glastür, hinter der immer noch der Buchhalter harrte, der inzwischen einige Fragen aufgespart hatte, und begann mit scheinbar großem Eifer, seine unterbrochene Arbeit fortzusetzen. Aber der Schein trog. Sein vollsaftiges dröhnendes Wesen hatte eine Einbuße erlitten, war vielleicht an diesem Tag, an diesem zweiundzwanzigsten Juni 1965, gebrochen worden.

»Das Hauptbuch!« Bei der zweiten Silbe dieses Rufs, schnappte ihm die Stimme über, was noch nie vorgekommen war, und klang seinen eigenen Ohren fremd.

Der äußere Anlaß zu diesem Streit war Crescentias siebzigster Geburtstag gewesen. Daß Johann Baptist seine sinnbildliche Festplanung ändern mußte, war ein weiteres Ergebnis dieses Gesprächs. Über Einzelheiten unterhielt man sich nicht weiter und tat gut daran. Es wäre vergebliche Mühe gewesen. Ein anderes unbeabsichtigtes Ereignis warf alle Planungen um.

Daß nicht nur im ehemaligen Gregorianum schräg vis-à-vis die hellen Knabenstimmen verstummt waren, sondern auch im Herrgottswinkel der Chor der Beter mit seinem tiefen Gesumm, seit sich das Leben nach Nymphenburg verlagert hatte, zehrte an Crescentias geschwächter Lebenskraft. Die beiden ineinander gebauten spätgotischen Häuser waren bloß noch eine außerhalb der Zeit stehengebliebene Hülse, in der die gleichfalls aus anderer Zeit übrig gebliebene Tante Crescentia hauste, die — neben immer seltener werdendem Verwandtenbesuch — diesem Gemäuer Leben gab.

Wie es bei gesundheitlichen Störungen häufig der Fall ist, wirkten mehrere Umstände zusammen, die sie wieder aufs Krankenlager warfen: Einmal war es ein Diebstahl in Johann Baptist Angermaiers Devotionalienhandlung, in der Nacht nach dem heftigen Wortwechsel zwischen Vater und Sohn. Durchs Stiegenhaus war der Einbrecher gekommen und hatte mit einem Dietrich die kleine eiserne Verbindungstür ins Nachbarhaus und in die Devotionalienhandlung geöffnet. Daß es eine Sturmnacht war, begünstigte sein Vorhaben. Der Einbrecher mußte nicht einmal die Schritte dämpfen. Die Balkontür schepperte im Wind und Crescentia, die alte Haushälterin, lag schlaflos, während im leeren Haus der Einbrecher am Werk war — vielleicht waren es mehrere? Die Alte wußte gut, warum sie nachts kein Fenster offen ließ!

Am nächsten Morgen stellte sich der Schaden heraus: Die wertvollsten Meßkelche und silbernen Kanontafeln waren geraubt, goldene Kreuze und Halsketten aus den immer noch offen stehenden Schubläden gerissen worden. Es half nichts, daß man die Polizei auf die Fährte der Diebe setzte — die Verbrecher waren über alle Berge. Was der einsamen Crescentia am allermeisten zusetzte, war die traurige Tatsache, daß in derselben Sturmnacht in nächster Nähe, vielleicht von denselben Einbrechern — ein Mord begangen wurde. Ein Mord in der Herzogspitalgasse! Der Hausmeister eines Zeitschriftenverlages am Altheimer Eck — es wohnte im ganzen Gebäude nur noch der Hausmeister — war ermordet worden, weil er zwei bewaffneten Räubern den Zutritt zum Kassenraum, wo nicht einmal große Beträge aufbewahrt wurden, versperrt hatte.

Am Morgen, als diese Entdeckungen gemacht wurden, kam auch noch die Unglücksbotschaft vom Tod ihres Bruders. — Gleich nach dem Mittagmahl legte sie sich, weil sie von Atemlosigkeit, Herzbeklemmungen und Schwindelanfällen gepeinigt wurde, in ihre Nußbaumbettstatt. Wenn sie in Haus und Küche ihrer Pflicht nachging, lag auf dem weißen Federbett ein kleines Kruzifix aus Elfenbein und Perlmutter. Nun lag das Kreuz auf dem Nachtkästlein. Ein anderes Kreuz trug die Alte auf ihrer Brust, das Benediktuskreuz, das ihr die kleine Schwester Anna um den Hals gelegt hatte.

Wieder mußte Anastasia für ihre kranke Tante einspringen. Das ehedem übliche Hinunterwerfen des Hausschlüssels war nicht mehr möglich; Anastasia hatte längst einen eigenen in der Tasche stecken. Und aus mehrfachem Grund wurde Johann Baptist Angermaiers Namenstag schlichter gefeiert. Nur an dem Brauch, daß die Kinder (auch Peter) ihren Vater einzeln beglückwünschten, und Frau Elisabeth ihm den Sonnwendbuschen überreichte, wurde festgehalten. Auch die altgewohnte Freude, den Pfarrer von Sankt Peter zu Gast zu bitten, an den ihn ein Vertrauensverhältnis band, mußte er sich dank Anastasias Entgegenkommen nicht nehmen lassen.

Der Ehrentag der alten Dienstbötin wurde wirklich — dazu hatten die Vorstellungen des Sohnes Peter beigetragen — an ihrem Geburtstag gefeiert, allerdings einfacher. Die Familie des Devotionalienhändlers drängte sich mehr an der Tür als in der Schlafkammer, weil Johann Baptist ihren geheimen Rückzugswinkel achtete und mit seiner Leibesfülle der nachdrückenden Kinderschar einen Riegel vorschob. Unter seinen ausgebreiteten Armen, von hinten über seine Schultern und vom Gang erklang aus vielen Mündern der schmetternde Gesang: »Gott hat alles recht gemacht durch seine Händ!« Dicke Tränen rollten der Alten über das runzlige Gesicht und sie mühte sich, in dem Bett mit aufgestützten Ellenbögen ihre Haltung zu verbessern. Auf die Kommode neben dem rot gepolsterten Gebetbänklein wurde ein irdener Krug mit Feldblumen gestellt. Ursula und Gertraud hatten sie an Wegrändern außerhalb Nymphenburgs zusammengebrockt. Daneben wurden dreierlei Gaben, die aus Eierschaum gebackene und mit Goldpapier überzogene Zahl »70«, ein Andachtsbild der heiligen Crescentia aus Angermaiers bemerkenswerter Sammlung und ein überschwenglich abgefaßtes Zeugnis des Brotgebers niedergelegt. Dieses Blatt wurde ihr auf ausdrücklichen Wunsch in die Hand gegeben, damit sie es mit aufgeklemmtem Nickelzwicker lesen konnte. Während in der allgemeinen Freude und Verwirrung die weiter ins Gemach eingedrungenen Kinder vierstimmig — es klang wie einst durch die offenen Fenster des Gregorianums — das Lieblingslied der alten Magd anstimmten: »Maria, Himmelskönigin, der Engel hohe Herrscherin«, stammelte sie und war kaum eines Wortes fähig: »Zu viel Ehr, gnä' Herr! Zu viel Ehr!« Das Blatt entglitt ihrer Hand und flatterte auf den Boden.

Eigentlich hatte Johann Baptist Angermaier ein weiteres, großzügigeres Geschenk im Sinn gehabt. Er konnte es ihr noch nicht machen, hoffte aber, sie bald damit erfreuen zu können. Er verriet noch nichts.

Inter — caput

Amalia kam wieder an einen ländlichen Mann, allerdings an einen ausgebrochenen, aus den alten Bindungen gelösten, der sich genau so gern zum Städter gewandelt hätte, wie sie einst zur Bauerntochter. Als Ignaz Loher an einem schönen frühsommerlichen Samstagnachmittag in Johann Baptist Angermaiers Nymphenburger Heim aus einer bemalten chinesischen Tasse Tee trank, kam ihr diese Umgebung fremd vor. Ein Oheim Elisabeth Angermaiers, der Engasser hieß und ein Bruder des Bauherrn der Nymphenburger Villa war, hatte sich als lediger Arzt in der Welt herumgetrieben. Er war jahrelang in der chinesischen Hof- und Hauptstadt Peking gewesen und eines Tages in die »Verbotene Stadt«, ans Lager der lebensgefährlich erkrankten Tochter des Herrschers gerufen worden. Daß das Mädchen an Scharlach erkrankt war und ein tödliches stadium morbi erreicht hatte, sah er mit einem Blick. Gleichzeitig erkannte er, daß die eigene Lage nicht hoffnungsvoller als die der Kaisertochter war, die vor seinen Augen mit dem Tode rang. Er war in eine Falle gegangen. Die livrierten Palastdiener gewährten ihm zwar jede Hilfe, erwarteten aber, daß er »gute Arbeit« leiste. Wie durch ein Wunder gelang es dem Nymphenburger Medikus, der Erkrankten das Leben zu retten. Der Kaiser schenkte ihm als Lohn einen Elefanten der riesigen asiatischen Gattung. Der Großonkel tauschte ihn an Ort und Stelle in feines chinesisches Porzellan um. Kistenweise kam die Sendung in der heimatlichen Hauptstadt an. Die weitgestreute Verwandtschaft wurde mit ihrem Inhalt versorgt. Mehrere Tassen und Teller gingen zu Bruch. Dieses gediegene Teeservice war noch vollständig und wurde gelegentlich auf den Gästetisch gestellt.

Amalia war mit ihren Gedanken abwesend. Im Geist betrachtete sie das vergilbte Lichtbild ihres Großvaters Johann Baptist Angermaier, das in einem schmalen Goldrahmen über dem heruntergekommenen Sofa des hinteren Zimmers an der abgewetzten Wand hing. Aus klaren Augen sah er in seine Welt — eine Welt, in der es Schnauzbärte und Vatermörder-Krägen gab; er trug selbst einen. Wie war es möglich, daß die Welt dieses Mannes auch die Welt seiner Enkelin Amalia war, die Welt, in der am Eck der Damenstiftgasse noch ein Säcklermeister seine Hosen an die freie Luft hängte, die Welt, in der es »Warschauer Brot« in der Bäckerei für ein Fünferl gab — wie war es möglich, daß die Welt ihres Großvaters auch ihre Welt war? Hatte sie sich früher die Häuser der Herzogspitalgasse, als sie noch darin wohnte, oft schon verlassen vorgestellt, so kam ihr jetzt Nymphenburg, das zu wenig städtische, unwirklich, die Herzogspitalgasse dagegen als einzige Wirklichkeit vor.

Peter Angermaier, der seit seiner Auseinandersetzung mit dem Vater das Elternhaus öfter als bisher mied, war an diesem Nachmittag ausgegangen. Der Vater war ein müder trauriger Mann geworden. Er begann Auseinandersetzungen zu scheuen, wußte, als er sich mit Loher unterhielt, wenig zu sagen, war auch, als der Gast seine Tochter Amalia in einem großen Automobil entführte, das mit wehenden Fuchsschwänzen behängt war, nicht begeistert von der Möglichkeit, einen solchen Schwiegersohn zu bekommen, verstand jedenfalls die Bedenken seiner Frau.

Als Amalia mit Loher in einem Gasthaus zu Abend aß, mußte sie daran denken, ob sie sich mit ihrer, der Trägerin bewußten, Kleidersonderlichkeit, mit ihrer Feinfühligkeit, die kaum ein Mensch verstehen konnte, nicht einmal zu einem schrulligen, überspannten Weib auswachsen würde. Sie bemühte sich, einen festen Zipfel des Lebens zu fassen, blieb aber außerhalb stehen. Das Zusammenstoßen ihrer Finger mit Lohers Hand auf dem Weg zum Salzfaß begab sich weit außen; sie dachte dabei an eine andere Amalia, die mit Michael Thaler befreundet gewesen war. Auch als ihr Loher von seiner Anstellung bei einer Zeitung erzählte und von seiner Arbeit für andere Tagesblätter, die er nebenher erledigte, was ihm »auskömmlich« viel Geld einbrachte, war sie nicht bei diesem Augenblick, hörte seine Stimme von fernher dringen. Amalia erinnerte sich an die Aufschrift »Neueste Nachrichten«, die sie jahrelang an der Brandmauer eines Miethauses in der Nymphenburger Straße gelesen hatte. Die Schrift mochte, nach der Rundung der Buchstaben, aus der Zeit um den ersten Weltkrieg stammen. Die Buchstaben verblaßten, aber die Schrift war deutlich zu lesen, was einer jahrzehntelangen Werbung für eine Zeitung gleichkam, die es nicht mehr gab. Eines Tages hatte man das Haus mit der Mauer und der Schrift abgerissen. Aber Amalia hatte jedesmal, wenn sie vorbei kam, das Gefühl, als würde oben in der leeren Luft weitergeworben, sinnlos und gegen den Tag, von dem eine Zeitung lebt. Loher erzählte über den Leiter der kirchlichen Nachrichtenvermittlung, der sein Freund sei. Er könne Menschen wie Michael Thaler, die in unserer Zeit leben, aber so leben, als lebten sie in einer anderen Zeit, nicht verstehen.

Vielleicht gehört er zu den seltenen Menschen, die i m m e r in einer anderen Zeit leben?, fragte Amalia, die mit ihren Gedanken weiter in den Vordergrund gerückt war. Was ist die Zeit, die schnell vergeht? Was ist die Zukunft? Sie ist schnell Vergangenheit. Laufen wir nicht Gefahr, das Bedürfnis des Tages zum Zaubermittel zu machen? Was ist die »neue Zeit«, von der einem die Ohren klingeln und sausen? Wenn Sie mich fragen: Das tägliche Geschäft der Zeitung! Darum bin ich gegen Zeitungen. — Amalia hatte zu sprechen aufgehört, aber ihre Gedanken arbeiteten weiter.

Sie sah in Lohers lachendes Gesicht. Gern hätte er seine Schadenfreude über Thalers zunehmende Erfolglosigkeit gezeigt, an der er keinen geringen Teil Schuld trug, weil er es gewesen war, der damit begonnen hatte, den ehemals beliebten Schriftsteller ins Lächerliche zu ziehen — was Amalia erst später erfuhr —, aber er fühlte, daß es ihm erst gelingen mußte, Thalers Bild aus ihrer Vorstellung zu verdrängen und sein eigenes an dessen Stelle zu setzen. Das konnte er bei einem Menschen wie Amalia nicht auf plumpe Weise, sondern nur versteckt tun.

Mancher Scherz gelang ihm an diesem Abend. Es gelang ihm, seine Begleiterin zum Lachen zu bringen und immer mehr auf seine Seite zu ziehen. Daß er so anders als dieses Mädchen war, seine Nüchternheit und Trockenheit, seine Vordergründigkeit und Glätte, all das verstand er hinter der Maske eines Frauenlieblings zu verbergen. Er hatte es nicht schwer: Amalia, die von Lohers Andersartigkeit beeindruckt war, bezauberte auch ihn durch ihre Außerordentlichkeit, ihre seelenvollen Augen, ihr weiches Weibtum, dessen äußere Merkmale schöne Körpergestalt und raschelnde Röcke waren. Auch bei diesem Mädchen — dachte er — ging alles reibungslos. Die Getränke wurden schärfer, die Wangen wurden röter — die Nacht wurde später. Lohers Angebot, »Du« zueinander zu sagen, wurde angenommen, wenn auch der Kuß, um den er gebeten hatte, nicht gewährt wurde. Das war ein erstes Hemmnis. Aber er ließ sich nicht beirren, berührte mit seinen Fingern mehrmals die ihrigen, zuerst wie zufällig, auch wie zufällig kam seine Hand auf der ihren zu liegen, während er zur Ablenkung mit blitzenden Augen redete, redete; — dann faßte er ihre Hand wie unbewußt und durchwühlte sie mit seinen Fingern. Die Rede kam zu Lohers Glück nicht aufs Klavierspiel, das hätte bei Amalia Gedankenverbindungen ausgelöst, die geeignet gewesen wären, seine Absichten zu durchkreuzen, sondern aufs Zeichnen: Amalia erzählte von ihren jahrelang geübten Zeichenversuchen, die erst in letzter Zeit ein wenig vernachlässigt worden seien — und schon entwickelte Loher einen Plan: Er verriet ihr, daß er selber zeichne, daß er zuhause eine Menge Mappen gestapelt habe, die er ihr zeigen müsse. Was liege näher als jetzt, zum »schönen Ausklang eines schönen Abends«, in seiner Wohnung eine Tasse Kaffee zu trinken und in Ruhe seine Zeichnungen zu betrachten? Er konnte von Glück sagen, daß die Zeichnungen in seiner Wohnung lagen — wenn sie auch nicht von ihm, sondern von einem Künstler stammten, der sie mit der Bitte um wohlwollende Beurteilung und in der Hoffnung auf Veröffentlichung des einen oder anderen Blatts abgegeben hatte. Es war ein verzweifeltes Mittel. Kein einfacheres wäre bei Amalia ohne Verdacht anwendbar gewesen, das wußte er. Darum hatte er zur Notlüge mit den Zeichnungen gegriffen.

In diesem Augenblick zog Amalia ihre Hand zurück. Sie wollte es eigentlich nicht. An ihren Gefühlen für diesen Mann hatte sich nichts geändert, aber sie entfernte sich unwillkürlich — ob sie wollte oder nicht — wieder vom Vordergrund, sie dachte an ihren Vater, dachte an das Vorbild, das ihre Eltern in allen schwierigen Lagen gegeben hatten, dachte an das nächste Sündenbekenntnis beim geistlichen Herrn von Sankt Peter, dachte an die Lebensweisheit ihrer Mutter: »Wenn dir ein Mann bestimmt ist, wird er dein eigen, auch wenn du keine Annäherung geduldet hast!« In ihrer Vorstellung strudelten grelle Farben durcheinander und das Blut pulste in ihren Schläfen. Sie war wieder bei den zeitlosen Dingen ihrer vorhergegangenen Überlegungen und hörte aus weiter Ferne Lohers drängende Stimme: »Nur ein Viertelstündchen!« Sie lächelte, weil sie an das Nachmittagsruhekissen ihres Vaters dachte, das von Johann Baptist Angermaier senior stammte, der die gestickte Decke an das Kissen geheftet hatte. Dieses

Lächeln gestattete es Amalia, verbindlicher und liebenswürdiger zu sagen, was sie sagen mußte: »Es ist nicht recht«.

Daß sie sich in diesem Gasthaus allein mit ihm getroffen hatte, war Freiheit genug. Es war eine Freiheit, die ihre Mutter, die geborene Elisabeth Engasser, nicht gekannt hatte, eine Freiheit, die der Tochter nachträglich fast zuviel dünkte. »Es ist nicht recht! Es ist nicht recht!« Sie sagte es, stand auf und bat ihn, sie nachhause zu fahren.

Auch er stand auf und war ratlos. So etwas hatte er noch nicht erlebt. Sogar er spürte nun das Auseinanderklaffen zweier Welten. Es war das erste Mal, daß Ignaz Loher bei einer Frau nicht den gewünschten Erfolg hatte, daß natürliche Neugier von kalter Vorsicht unterdrückt wurde. Amalias Erkühlung war nicht einmal so gemeint wie sie wirkte. Das Mädchen war nur ganz auf sich selbst zurückgekommen und seinen schnellen Absichten entglitten. Von einer dauernden Abkehr wollte sie nichts wissen. Er empfand aber ihr Verhalten so und kehrte sich — beleidigt wie er war — von ihr ab. Das nahm er sich vor, als er sie heimbrachte.

Post — caput

Michael Thaler wollte Anastasia seit Wochen eine wichtige Mitteilung machen. Er bekam jedoch, als er sich dazu durchgerungen hatte, Schwierigkeiten, ihren Aufenthalt zu ermitteln. Er hoffte auf ein zufälliges Zusammentreffen am Maria-Hilf-Platz. Er hatte ungünstige Tage gewählt: Am ersten versuchte er es vormittags, doch Anastasia kam erst nachmittags zum Unterricht. Am zweiten Tag hatte sie sich frei genommen und am dritten ausnahmsweise von der Freundin Fanny Burger vertreten lassen. Durch die neuerliche Erkrankung ihrer Tante und die Beerdigung ihres Vaters war sie ein seltener Gast auf dem Maria-Hilf-Platz geworden.

Wenn sich Michael auch wochenlang Zeit zu seiner Mitteilung gelassen hatte: da er sich nun zu ihr entschlossen hatte, wurde ihm jede Stunde der Verschiebung zur unerträglichen Frist. Als ob er befürchtete, daß ihn der Mut verlassen könnte, wagte er, was er seit Anbeginn seiner Freundschaft mit Anastasia nie gewagt hatte: einen Besuch im alten Wirtshaus an der Liliengasse, das »Zum Kothmüller« hieß. Es war der zweite Juli. Als er am späten Nachmittag in der Gassenschenke nach ihrem Zimmer fragte, seine Lage beschrieben bekam und an der bezeichneten Tür klopfte, hatte er Glück. Ihre unverwechselbare Stimme forderte ihn zum Eintreten auf. Er öffnete die Tür. Da stand sie, noch in der Trauerkleidung, einem schwarzen Gewand aus Leinen mit schillernder Taftschürze und schwarzen Stiefeletten, leicht in Schweiß und Staub gehüllt, weil sie gerade von der Leichenfeier ihres Vaters heimgekommen war. Thaler war so sehr mit dem Inhalt seiner Mitteilung beschäftigt, daß er die feierliche Kleidung nicht beachtete. Einer gewissen Seinsvergessenheit, die er in seinen Schriften geißelte, machte er sich schuldig, einer Seinsvergessenheit, die insofern verzeihlich war, als ihre Ursache in der plötzlichen Erinnerung an die Erfahrung mit ihrer Stimme in Kammerlehen lag. Bewußt wurde ihm jetzt auch, daß Anastasia bis in die winzigste Schwingung nichts anderes als die Sprache der Menschen ihrer Heimat sprach und aus der Einbettung in diesen Gleichklang, wenn sie einmal in eine andere Gegend versetzt wurde, ihre Unverwechselbarkeit bezog!

Er tat unschlüssig einen Schritt ans Kirschbaum-Nachtkästlein, auf dem ein Buch mit heraushängenden bunten Bändern, die als Lesezeichen dienten, lag. Er nahm es gedankenlos in die Hände, wendete es hin und her, betrachtete seinen schwarzen Einband, in den eine goldene Heiliggeisttaube geprägt war, schlug es auf, las auf dem Deckblatt eine mit zierlichen deutschen Handbuchstaben geschriebene Widmung: »Reif — rein — reich! Am 15. April 1956 von Deiner Tante Crescentia. Gott segne Dich!«, zog das erste Band in die Höhe, spaltete das Buch und sah, welche Weisheit sich die Leserin gekennzeichnet hatte:

»Sich liebend einem andern Wesen hinzugeben,
Ganz eines Andern Eigentum zu sein,
Und diesen Andern ganz zu besitzen
Ist tiefstes Verlangen des weiblichen Herzens.«

Michael Thaler erschrak, denn ihm wurde nun stärker die Ursache seiner Feigheit bewußt. Je länger er schwieg, desto schwerer fiel es ihm, die Wahrheit zu sagen — je bedingungsloser sie ihn liebte, umso mehr Angst bekam er vor den Folgen, die seine Worte haben konnten. Dabei war es immer später geworden. Unaufhaltsam war die Zeit verronnen — schließlich hatte er fast ein Jahr lang gezögert.

Wenn es nur einmal, nur bei diesem Menschenkind so gewesen wäre, daß die Jagd nach äußerem Glück die Leere des Herzens füllte! Aber gerade bei Anastasia war das Gegenteil einer häufigen Erfahrung der Fall. Weil sie ganz offen, ganz erwartungsvoll war, ganz Empfängerin, darum war ihr der Leib ein Hort der Ruhe, dem sie vertrauen konnte. Sie hatte es nie gesagt, aber er spürte es, daß sie große Freude an seiner Nähe hatte und sofort sein Eheweib geworden wäre, wenn er sie darum gebeten hätte.

Daß der Erwählte sie noch nicht um eine letzte Vertraulichkeit gebeten hatte, die nach den Grundsätzen ihrer Erziehung nur einem Ehepaar erlaubt ist, war für sie selbstverständlich. In jedem Gebet gedachte sie ihres Geliebten und der Kinder, mit denen Gott ihren künftigen Bund segnen sollte. Aber der Freund hatte ihr noch nicht einmal einen Kuß abverlangt, den sie ihm gewährt hätte. Ein weniger geduldiges Mädchen würde sich von einem so wenig Zärtlichkeit fordernden Mann wie Thaler innerlich entfernt haben — nicht Anastasia. Im Gegenteil, da sie nun keinen Vater mehr hatte, hing sie umso fester an ihm, freilich mit einem alles andere als flammend sinnlichen Begehren. Crescentia fand keine Ursache, für das Glück ihres Geschwisterkindes zu bangen und sie vor einer ungezügelten Leidenschaft zu warnen. Zu sehr ähnelte der eingetretene Zustand einer Pflicht und erhob in Crescentias Augen Anspruch auf Dauerhaftigkeit. Eine mildtätige und menschenfreundliche Neigung war daraus geworden.

Michael Thaler hätte einsehen müssen, daß auch die unzerstörte Hoffnung ein Versprechen ist. Um nicht mißverstanden zu werden, hätte er sie deutlicher zurückweisen müssen. Das brachte er weder damals noch heute übers Herz. Er ahnte, wie sehr sie darunter leiden würde.

Und er war weiter von dieser herben Entscheidung entfernt als je zuvor. Menschlicher, der Verzeihung und Liebe würdiger als an diesem Tag war ihr Thaler nie erschienen. Ohne eine Schulbildung wie die Amalias genossen zu haben, war sie fähig, seine Gedanken weiterzuspinnen, seine Empfindungen zu

Ende zu fühlen, nicht aus Selbständigkeit, sondern aus Hingebung. Und weil sie offen genug war, weil ihr Herz der dauernden Verbindung mit diesem Mann entgegenschlug, war der Zusammenhang zwischen dem eingemerkten Sinnspruch und der Besitzerin des Jugendbreviers augenblicklich hergestellt. Eine dunkle Röte schoß ihr ins Gesicht.

Thaler klappte das Buch zu und versuchte durch die Erwähnung allgemeiner Dinge abzulenken. In diesem Augenblick erschien ihr seine Gestalt, da er noch immer neben dem Kopfende des Betts, unmittelbar vor dem abendhellen Fenster stand, wie ein Schattenriß. Noch heller wurde der Ausblick dadurch, daß unten, auf einer zur Grünanlage gestalteten Erweiterung der Liliengasse ein Springbrunnen seinen Wasserstrahl in den Himmel schickte. Dieses gischtende Wasserspiel vermischte seine Sprühspitzen mit einem Schwarm tanzender Mücken.

Michael Thaler, der im Gegensatz zu ihr ein klar ausgeleuchtetes Mienenspiel beobachten konnte, das auf einen fesselnden Vorgang im Fenster deutete, sah hinaus und erschrak zum zweiten Mal, weil er sich an dieses Bild von irgendwoher erinnerte.

So krampfhaft er nach einem Gesprächsstoff suchte, um nicht vom Grund seines Kommens reden zu müssen — er fand keinen.

Wie es ihm zuweilen möglich war, mit einem Blick mehrere Dinge in eines zusammenzuschauen — das Auge wählte aus drei beieinanderstehenden Menschen drei Dinge aus, die schwarze Gabardinehose des einen, die blaue Drillichjacke des anderen, die weiße Schildmütze des dritten, und hatte die Vorstellung eines Gendarmen; bei genauerem Hinsehen fielen die Gegenstände wieder auseinander und vorbei war es mit dem Gendarmen — so vermischten sich nun in seinen Gedanken die Vergangenheiten von Crescentia und Anastasia, nicht zuletzt, weil sich beide Frauen selbst miteinander verglichen ... Er dachte wieder an Crescentias Widmung in Anastasias Jugendbrevier, an den Lebensbericht der Alten, den sie an einem Silvesterabend in der Herzogspitalgasse gegeben hatte, mit allen Erschütterungen und Verzweiflungen.

So gut kannte er Anastasia schon, daß ihm das Unverwechselbare an ihrem Gesicht nicht mehr auffiel, als es gegen das

Fenster und gegen ihn, der davorstand, in das Abendsonnenlicht blinzelte. Wer das Wesentliche eines Gesichts mit einem Schlag erfassen will, muß unmittelbar vorher ein fremdes Gesicht betrachtet haben. Aber wie lange war es schon her, daß er in Amalias Gesicht geschaut hatte! Inzwischen hatten sich viele Erinnerungen, die ihm und Anastasia gemeinsam waren, angesammelt. Gemeinsame Erinnerungen sind ein festigendes Band. Auch der gemeinsame Besuch in Kammerlehen war eine Schnur um ihre Herzen. Anastasia wünschte nun, seiner insgeheim schon geliebten Mutter in Thalheim vorgestellt zu werden.

Michael glaubte, weil er sich schon auf den heutigen Tag vorbereitet hatte und schon so viel Mut zu einem Geständnis gefaßt hatte, daß es mit einer bloßen Verschiebung dieses Besuchs nicht mehr getan sei. So kam ein erster kleiner Teil der für Anastasia fürchterlichen Wahrheit ans Licht. Er schlug sich an die Brust, weil er wußte, daß er Schuld auf sich geladen hatte. Ruckartig traten die Worte über seine Lippen und fielen tropfenweise in den Dämmer der vom Abendsonnenschein verlassenen Kammer, diese entsetzlichen Worte, daß er sie f r e i gebe, und gleich hinterher geschickt die Bitte um Verzeihung — — da bemerkte er, daß er das Buch mit der eingeprägten Heiliggeisttaube, das Jugendbrevier mit der Widmung der alten Crescentia noch immer in der Hand hielt. Wie wenn es ein Stück glühenden Eisens wäre, legte er es geschwind an seinen Platz zurück, ließ es fast fallen.

Wenn Thaler auch keine niederen Beweggründe hatte, seine Worte dünkten ihn die gleichen leeren, die in solchen Fällen tausendmal gebraucht werden mögen. Das war eine Erfahrung, mit der er nicht gerechnet hatte.

Längst hatte er eine dunkle Ecke des Zimmers als Blickpunkt ausgesucht, um ihr nicht in die Augen schauen zu müssen.

Nach langem Schweigen hörte er ihre Stimme: Ganz leise, Wort für Wort, träufelte ihre Stimme in sein Ohr, daß er sie so glücklich gemacht habe; daß sie, auch wenn er nicht heiraten werde, bei ihm bleiben wolle.

Thaler, der sah, daß sie sich noch Hoffnung machte, raubte ihr die letzte Zuversicht. Er bat sie, auf ihn zu verzichten. Ein Leben an seiner Seite würde ihr zu schwer fallen; er könne es nicht dulden.

Auf einmal hörte er Schritte hinter sich und fühlte sich von ihren Armen umklammert. Ihr Kopf schlug an seine Schulter. Tränen netzten ihm Hals und Nacken. Dieser Gefühlsausbruch kam nicht überraschend, war aber der erste, dem einer von ihnen sich hingab. Jetzt erst brach aus Anastasia die Verzweiflung hervor. »Nein, bitte nicht!« schluchzte sie. »Laß mich nicht allein! Bitte nicht!!«

Daß Anastasia Trauerkleider trug, hatte der Besucher immer noch nicht bemerkt. Seine fieberhafte Erregung bis zum Augenblick des Geständnisses war daran schuld. Ohne gefragt zu sein, wollte sie nicht über die Ursache reden. Aber nun konnte sie nicht anders. Unter Schluchzen entfuhr ihr das Elend dieses Tages, an dem sie ihrem Vater das Totengeleit gegeben hatte. Er drehte sich um. Als er verstand, wollte er vor Scham versinken.

Hätte er das Ausmaß ihrer Trauer eher erfaßt, er hätte sein Geständnis noch einmal, wer weiß auf welche ferne Gelegenheit verschoben.

Was half es, daß er ihr geistige Treue versprach? Um so bohrender wurde ihr Schmerz. — An ihren Händen, die er gefaßt hielt, zog sie ihn zu sich heran, stand ihm gegenüber, preßte ihren Kopf an seine Brust. »Verlaß mich nicht!« Sie sah das einsame Leben vor sich. Sie fürchtete sich. »Verlaß mich nicht!« Sie dachte mit verzweifelter Inbrunst an ihren toten Vater, dachte an ihren Schulweg nach Bergham, als er noch lebte, und sie ein ausgelassenes Kind war. Die Erwartung des Mannes war für sie nichts weniger Heiliges als der geistliche Advent, wenn auf dem Marktplatz von Bergham der große Kranz an einem gewaltigen Holzparadeis hing und seine vier langen dicken Kerzen in den Himmel streckte, von denen es hieß: »Wenn sie brennen alle vier, steht das Christkind vor der Tür.« Aber Michael Thaler ging.

Die kommende Nacht verbrachte sie in der Herzogspitalgasse; sie saß an den Polstern der bettlägerigen Crescentia. Sie war hingegangen, um zu helfen und von dem Leichenbegängnis ihres Vaters zu erzählen. Dabei war es zu einem viel vollständigeren Bericht über die Ereignisse dieses Tages gekommen. Crescentia, die Michael Thaler einmal um Entschuldigung gebeten hatte, daß sie ihn von der Wohnungstür gewiesen hatte (»Man kennt sich vor lauter Fremden gar nicht mehr aus!«), ließ den Mann, der sich aus ihrer Nähe hinweggestohlen hatte, in die Hülle des verlorenen Georg Zechmeister schlüpfen und fand nicht die Kraft, ihn zu verdammen.

Sie erinnerte sich an das, was n a c h der Seelenmesse für Georg Zechmeister gekommen war; sie war so alt wie Anastasia oder sogar noch jünger gewesen. Sie erinnerte sich an ihren Einzug im Pfarrhof von Buchbach. Auch das verband wieder ihr Schicksal mit Michael Thalers Leben, daß er um eine Wiederherstellung des verfallenen Pfarrhofs von Buchbach bemüht war, der es, nach seinem Worten, wert sei, wie eine schimmernde Perle aus der Landschaft zu leuchten. Damals, als Crescentia — um Leid zu vergessen — in den Pfarrhof übersiedelte, war er noch eine »Perle«, mauerstark und weiß gekalkt.

Die Spuren des hohen Geburtstags waren noch nicht getilgt, der Krug mit dem Strauß Feldblumen zierte das Fensterbrett, der vergoldete Siebziger, das Andachtsbild der heiligen Crescentia und das Brotherrnzeugnis lagen auf dem Gebetstuhl.

Wenn Anastasia die körperlichen Gebrechen der alten Crescentia betrachtete und einsah, wie dringend sie gebraucht wurde, empfand sie nur noch Nachwehen der Trauer.

HIMMEL VOLLER HELFER,
WELT VOLLER WUNDER

Die Ankunft — Leben im Pfarrhof — der Garten — das Votivbild — »Scherben bringen Glück« — der Schnitter Tod — Lösung der Rätsel

Die Ankunft

Pfarrer Thomas Weilbuchner saß am Tag des heiligen Placidus um die vierte Nachmittagsstunde vor seinem Schreibtisch im Pfarrhof von Buchbach und arbeitete an seiner Sonntagspredigt. Er konnte seine Gedanken nicht zusammenhalten; immer wieder brachen sie ihm aus und ließen seiner Hand, die darauf wartete, mit gespitztem Bleistift an den bläulichen Linien des Schreibpapiers entlang geführt zu werden, freien Lauf. Er grübelte, kritzelte und blickte träumerisch aus dem Fenster.

Der Pfarrhof, der eine gute Wegstrecke außerhalb von Buchbach lag, war als Vierseithof angelegt. Stadel, Stallungen und Wohnhaus waren regelmäßig zueinander geordnet.

Das Wohnhaus war als weißer Würfel gebaut, mit ausladendem schiefergedeckten Zeltdach, mit kräftig geschwungenen Hohlkehlen und schattenwerfenden Putzbändern um die Fenster. Im ersten Stock hatten die Fenster schiefergrau gestrichene Kreuzsprossen, zu ebener Erde auch geschmiedete Korbgitter, die nach oben in ein römisches Kreuz ausliefen.

Ein Torbogen stellte die Verbindung zwischen Wohnhaus und Roßstall her, dieser wiederum war mit einem zweiten Tor an den Stadel gebunden. Zwischen Stadel und Kuhstall gab es ein drittes Tor. Geschlossen wurde das Viereck vom letzten Tor zwischen Kuhstall und Wohnhaus.

Die Tür des Wohnhauses, die vom Hof zu erreichen war, hatte ein abgesetzt schiefergrau und weiß gestrichenes Sternmuster, der Hausgang war mit quadratischen Rotmarmorplatten ausgelegt. Der Gang war gewölbt und hatte viele Türen, die in die verschiedenen Zimmer führten. Hinter der letzten Tür erwartete den Eintretenden aber kein Gemach, sondern eine gewundene Stiege in das obere Stockwerk. Dort leitete ein zweiter Gang, der Söller, vor das Arbeitszimmer des Pfarrers. Dieses Zimmer war ins Hauseck gebaut und bot von seinen Fenstern einen Blick auf den Fahrweg nach Buchbach und ins Innere des Hofes.

Dort saß Thomas, dachte über seine nächste Predigt nach, ließ sich von seinen Gedanken entführen, grübelte und kritzelte mit dem Bleistift.

Er überlegte, ob es richtig war, daß er die junge Crescentia zu sich kommen ließ. Jeden Augenblick mußte sie mit dem Knecht eintreffen. Lebhaft standen ihm die fehlgeschlagenen Versuche, sich ihrer trauernden Seele anzunehmen, vor Augen. Es hatte ihn kürzlich in Verlegenheit gebracht, daß die steinalte Köchin, die sich nach dem Tod seines Vorgängers Ambrosius Mangoldseder außerstande erklärte, weiter in Küche und Keller zu wirtschaften, in ihr Elternhaus nach Felizenzell heimgekehrt war. Bald stellte sich heraus, daß die Stallmagd Sophie, die auch nicht mehr die Jüngste war, nur vorübergehend in der Küche verwendet werden konnte.

Die notwendigen Vorbereitungen waren getroffen. Crescentias Einverständnis hatte der Pfarrer erhalten. Auch die Zustimmung des Vaters war erlangt. Aber da kamen ihm wieder Zweifel. In diesem Augenblick bog der Knecht Maximilian geißelschnalzend von der Buchbacher Straße zum Pfarrhof ein. Wenig später rollte der Gäuwagen durch den gemauerten Torbogen in den Hof.

Thomas erhob sich von seinem Sessel, wendete sich zur Zimmertür, trat hinaus, kam über die gewundene Stiege in die Flötz herunter und klapperte über das Rotmarmorpflaster, daß es vom Gewölbe widerhallte. Ein Druck auf die Schnalle öffnete die Haustür — da stand er Crescentia gegenüber. Maximilian schaffte den Wagen in die Remise und führte das Roß in den Stall. Thomas begrüßte Crescentia, umarmte sie, drückte ihren Kopf an seinen Habit und strich ihr über die Haare — da bemerkte er, daß er in seiner Hand noch immer den Bleistift hielt. Leicht verwirrt steckte er ihn ein.

Er nahm ihr das zerbeulte Lederköfferlein aus der Hand und führte sie durch das Haus. Zuerst wurde der Koffer in ihrer

Schlafkammer zu ebener Erde abgestellt. Sophie kam vom Hof herein, streifte ihre Holzpantoffeln ab und trat barfüßig auf die Ankömmlingin zu. Auch die Küche, das Arbeitsfeld der neuen Haushälterin, hatte eine Türe vom marmorgepflasterten Mittelgang. Crescentia war sehr vom Schauen in Anspruch genommen. Die Einsilbigkeit der Magd fiel ihr nicht auf. In der Stube hingen mehrere Hinterglasbilder und zwei Leuchterengel. Von der Decke schwebte über dem Eßtisch eine geschnitzte Taube.

Gegenüber der Haustür gab es ein Pförtlein. Der Pfarrherr stieß es auf und zeigte der neuen Helferin einen gestrüppähnlichen Überfluß von Goldlack, Astern und Georginen. Der Pfarrergarten stellte eine Ergänzung des Haushalts dar, zeigte sich bei ausreichendem Fleiß des Gärtners als Vorrat von Küchenkräutern, Gemüsepflanzen und Blumen.

Nicht nur das Pflaster, auch den Türstock hielt Crescentia für Marmor. Sie war nicht sicher, darum betastete sie ihn. Da fühlte sie, daß er aus Holz gezimmert und mit Marmorfarben lasiert war. Wie bei den anderen Türen fiel ihr die Nachahmung des Marmors auch bei der Tür ins Stiegenhaus auf. In der Helligkeit eines höher gelegenen Ganges stand auf geschnitztem Sockel eine Holzfigur des heiligen Johannes Nepomuk mit schwarzem Birett, weißem Chorrock, violetter Beichtstola und schwarzer Cappa um die Schultern, mit Handkreuz und Palmzweig zum Zeichen seines Martyrtums. Das Haupt war von fünf Sternen gerahmt. Jeder trug einen Buchstaben, die zusammengesetzt das Wort »tacui« ergaben. Pfarrer Thomas erklärte: Das heißt »Ich habe geschwiegen«.

Der Söller hatte an beiden Schmalseiten Fenster. Von der Öffnung über der Haustür konnte man den Hof überblicken.

Die Flügel dieses Fensters standen offen. Crescentia beugte sich hinaus. Da sah sie, daß das Fenster Läden hatte und daß die eisernen Halter als Männlein-Köpfe, mit Hüten bedeckte, gegossen waren.

Gegenüber dem Wohnhaus versperrte ihr der Stadel mit seinem gewaltigen Walmdach den Blick. Beide Stallgebäude hatten Schopfwalmdächer. Die Fenster an den Schmalseiten waren mit Gitterstäben gesichert und von einer dem Vogelflug abgeschauten stuckierten Wellenlinie gekrönt. Die übrige weiße Mauer fand Crescentia mit gestuften Simsen, mit

Scheinfenstern, genannt »Fausse-Fenêtres«, mit Lisenen und Pilastern gegliedert.

Noch einmal streifte ihr Blick die gegossenen, mit Hüten bedeckten Männleinköpfe, die den Fensterläden einen Halt an der Mauer gaben. Dann wendete sie sich in den Söller zurück. Dabei streifte sie an eine Schnur, die vom Plafond baumelte. Sie sah, daß die Schnur aus einem Loch in der Decke hing.

— Hier wirst du leben — dachte Crescentia — hier wirst du leben — und ein Seufzer entrang sich ihrer Brust. Pfarrer Thomas fand keine Gelegenheit, eine Frage daran zu knüpfen, weil die Stiegentür aufging und Kooperator Emmeram Backmund auf den Gang trat. Er blieb vor der neuen Haushälterin stehen und gab ihr die Hand. Er war wegen einem Krankenbesuch unterwegs gewesen. Da standen sie, der Pfarrherr Thomas, die Stallmagd Sophie mit bloßen Füßen, die junge Crescentia und der Kooperator. Er mochte nicht viel älter als Crescentia sein. Gleich dem Pfarrer trug er eine schwarze, bei jedem Schritt raschelnde Soutane.

Leben im Pfarrhof

In der ersten Nacht lag Crescentia wach. Sie hatte die Unschlittkerze auf dem Nachtkästlein ausgeblasen, aber sie lag wach. Den Strohsack war sie von daheim gewöhnt. Frisch gefüllt mit duftendem Stroh vom ersten Gedroschenen war er. Manchmal glaubte Crescentia, sie schlafe, aber auf einmal schlug sie die Augen auf und wußte, daß sie wachte.

Auf dem Gottesacker der Mariä-Himmelfahrtskirche wäre Georg begraben gewesen. Crescentia glaubte, ihr Leben nicht mehr ertragen zu können.

Als sie eine Stunde vor Tag in der Küche das Feuer anfachte und sich des Blasbalgs bediente, kam der Kooperator durch die Verbindungstür in die Stube. Er hatte es eilig; er mußte ins Amt nach Pattigham oder Felizenzell — genau verstand ihn Crescentia nicht. Filialkirchen zu betreuen war seine Aufgabe. Dort gab es nicht nur einen Orgelspieler und Musikanten genug, sondern auch gute Sängerinnen und Sänger. Weil er alle Anzeichen der Eile erkennen ließ, aber Zeit zu einem kleinen

Aufenthalt fand, setzte ihm Crescentia einen Weidling Milchsuppe auf die Tischplatte. Der Kooperator bewegte seine rechte Hand mit senkrecht ausgestrecktem Zeigefinger verneinend hin und her. — Vor der Messe nicht! — Er lächelte. Crescentia sah ihren Irrtum ein und errötete. Seine Suppe bereite ihm die dortige Mesnerin, erklärte er im Niederdrücken der Türschnalle. Der Weg wollte gegangen sein, und Beichte hören mußte er noch vor dem Amt.

Im Haus wurde es lebendig. Sophie und Maximilian traten vom Stall herein. Der Pfarrer schlurfte in Hausschuhen die Stiege herunter. Als er Crescentia sah, die mit gefüllten Kupferkannen vom Brunnen hereingekommen war und am Herd hantierte, wo Wassertropfen auf der glühenden Platte zerplatzten, rief er mit voller Stimme, daß die Angesprochene erschrocken herumfuhr: »Du gfreist mit!«

Auch er machte sich nüchtern auf den Weg in die Kirche. Als er zurückkam, hatten die anderen ihr Neun-Uhr-Brot. Crescentia stellte heiße gesalzene Milch auf den Tisch, legte den Laib daneben, betete mit dem Pfarrer stehend, setzte sich, brockte Brot in den Weidling und aß.

Der Pfarrer ragte durch seine Studien in die hohe Welt hinein — das mußte Crescentia anerkennen —, durch Geburt und Erziehung wurzelte er aber im einfachen Volk. Sein Alltag war mit körperlicher Arbeit ausgefüllt. Als die Zeit nach längeren Regenfällen günstig war, sah man ihn mit zwei Kaltblütern hinter dem Pflug hergehen. An fünf Ster Brennholz hatte er mit seinem Knecht und dem zu Handreichungen angehaltenen Kooperator, dem noch zartgliedrigen »Studiosus«, gekloben.

Crescentia kam bei ihrer Tätigkeit allmählich durch Haus und Hof. Der obere Stock des Wohnhauses blieb der Geistlichkeit vorbehalten. Ein seltsames Gefühl war es für Crescentia jedes Mal, wenn sie über die knarzenden Dielen ging, in den Gemächern des Kooperators und Pfarrers Fenster putzte, Betten klopfte, Kommoden abstaubte, an kalten Tagen die Kachelöfen schürte oder den Boden mit Wasser putzte.

Einmal hatte sie im Arbeitszimmer des Pfarrers ein sonderbares Erlebnis. In hohen Regalen standen die Aktenfaszikel hinter Lederrücken dicht nebeneinander. Manchmal kamen Landleute zur Bestellung eines Aufgebots, zum Brautunterricht oder zur Anmeldung einer Kindstaufe. Nicht selten wurde der Pfarrer um Rat oder um einen Versehgang gebeten. Am Fenster, das auf die Straße nach Buchbach ging, stand ein Schreibtisch. Vor einem der beiden Fenster, die sich ins Innere des Hofes öffneten, war Platz für ein Stehpult, ein neugotisches mit eingeschnittenem Vierpaß in den Wangen. Von der Decke hing an einer Kette ein Petroleumzylinder. Neben der Eingangstür war ein kupferner Weihbrunnkessel befestigt. Im Zimmereck, das zugleich das Hauseck war, stand ein rotsamten gepolsterter Betschemel. Er war für beichtende Besucher bestimmt, auch für beichtende Bewohner des Hauses. Die Stola aus violettem Brokat hing über der Armlehne. Eine andere Wand war von Büchern eingenommen. In der Mitte ließen die Bücher einen Ausschnitt frei, genau vor der marmorierten Tür, die ins Schlafzimmer des Pfarrers ging. Dort stand im Blickwinkel des Eintretenden ein zweiter Betschemel neben der Bettstatt. Crescentia trat in des Pfarrers dämmerige Welt ein.

Über diesem Betschemel stand auf einer Konsole die geschnitzte Darstellung der Dreifaltigkeit, ein sogenannter Gnadenstuhl: Gottvater hielt den dornengekrönten Sohn auf dem Schoß. Über seiner dreifachen Krone schwebte die Taube. Es gab viele Kreuze im Haus, aber diese Art der Darstellung war ihr neu. Minutenlang blieb sie davor stehen — schließlich kniete sie nieder. Die Polsterung, auf der ihre gefalteten Hände lagen, war von einem lichten Lila.

Sonderbar fühlte sich Crescentia in dieser Abgeschiedenheit. Dumpfig war es und totenstill. Feierlich deutete Jesus auf einem lebensgroßen Gemälde, das gegenüber dem Bettpolster an der Wand hing, in seine geöffnete Brustwunde, aus der das Herz glühte.

Crescentia mußte sich mit Mühe aus ihrer Versunkenheit befreien. Schnell trat sie ans Fenster, riß die Flügel auf, stieß die angelehnten Läden hinaus und kippte zur Verriegelung die gußeisernen Männleinköpfe um, daß Luft und Licht in einem erfrischenden Schwall hereinfluteten. Jetzt ist es gut, dachte Crescentia, jetzt bin ich frei. Frisch an die Arbeit! Sie öffnete den Schrank, nahm die schwarzen Gewänder heraus und hängte sie zum Lüften ins offene Fenster. Fächer und Boden des Kastens wischte sie mit einem feuchten Lumpen aus.

Dann ging sie ans Auswischen des Nachtkästleins. Eigentlich war sie nur deshalb auf den Gedanken gekommen, weil die Schublade halb offen stand. Auffallend war das. Als Crescentia die Schublade herauszog, machte sie eine Entdeckung. Es lagen zwei kleine Gegenstände da. Eine winzige Mundharmonika, es war ein silbrig glänzender Fotzhobel, und ein kleiner Schellenbaum, ein Glockenspiel, eigentlich ein Stamm, von dem Zweige obstrebten, an denen statt Blättern Glöcklein baumelten.

Crescentia war wieder in einen Innenraum hinabgesunken und hatte trotz derber Lüftung und hereingelassenem Sonnenschein, trotz Umgang mit kaltem Eimerwasser und nassem Putzlumpen wenig erreicht. Es war, als wäre sie immer in dieser Abgeschiedenheit gewesen. Sie sank in tiefe Schichten der Vergangenheit hinab, die eigentlich die Vergangenheit der geliebten kleinen Anna war. Die vernarbte Wunde brach auf. Hier stand eine Crescentia, die es vierzehn Jahre lang nicht mehr gegeben hatte.

Da störte sie ein Geräusch. Sie schrak auf — hörte, daß draußen in der Kanzlei eine Tür ging. Der Pfarrer war eingetreten. Er sah die Tür zur Schlafkammer offen stehen, spürte eine Welle Zugluft und näherte sich. Crescentia stieß die Schublade zu, daß es knallte, und stand mit hochrotem Kopf, auf den ersten Blick als Ertappte zu erkennen, vor dem Pfarrer.

Ihr Verhalten kam ihr augenblicklich einfältig vor. Warum sollte sie die Nachtkästleinschublade nicht mit einem feuchten Tuch ausgewischt, warum sollte sie zwei Gegenstände einer halb offen stehenden Schublade nicht gesehen haben? Was geheime Schriftstücke waren, konnte sie der Pfarrer nicht in der Schreibtischschublade verschließen? Ganz unangebracht war ihr schlechtes Gewissen. Aber sie hatte ihr Verhalten festgelegt und konnte nicht mehr davon abweichen. Obwohl Pfarrer Thomas etwas Gefährtenhaftes in seinem Wesen hatte, war es ihr fortan unmöglich, zuzugeben, was ihre Augen gesehen hatten. Der Pfarrer fragte sie mit keinem Wort. Er ließ eine belanglose Bemerkung fallen, lobte sie ein wenig für ihren Fleiß, nahm auf dem Sessel vor dem Schreibtisch Platz und machte sich an die Arbeit.

Crescentia schloß die Tür zum Arbeitszimmer, damit kein

Luftzug aufkommen und des Pfarrers Schreibtischpapiere verwirren könne, öffnete sie aber gleich wieder, weil sie den Eindruck der Geheimniskrämerei vermeiden wollte, holte eilig die am Fensterstock baumelnden schwarzen Gewänder in den Schrank zurück und schloß die Fensterflügel. Der Weg war in dieser Richtung beschritten. Es gab kein Zurück.

Daß sie, je tiefer sie ihr Gewissen aufwühlte, um so gewisser ihre Seele in der Beichte zu reinigen habe, wurde ihr bewußt. Konnte sie nicht in einer anderen Pfarrei dieser Pflicht Genüge tun? Ihr Blick streifte beim Hinausgehen das Betbänklein mit der darüberhängenden violetten Stola. Sie bemerkte im Überfliegen seines Gesichts ein feines, augenblicklich wieder erlöschendes Lächeln: Da ahnte sie, daß der Pfarrer alles wußte.

Der Garten

Pfarrer Thomas Weilbuchner würzte sich und seinem Knecht Maximilian die langwierige Herbstarbeit mit einem alten Spruch: »Wer dieses Jahr seinen Garten nicht stürzt, wird nächstes Jahr in der Ernte gekürzt!«

Er schätzte die trüben Novemberwochen, weil sie ein großes Zurückziehen und Ausruhen des Landes ankündigten. Hier wurden Bäume und Sträucher umgepflanzt, anderswo aufgehäufte Gemüsevorräte zum Schutz gegen erwarteten Reif mit dürrem Laub verdeckt. Es war ein weiter Bezirk, der neben den letzten Feldarbeiten zu bestellen war. Er breitete sich beiderseits eines gekiesten Mittelweges aus, der als Fortsetzung des Hausganges bis zur Sandstraße reichte. Wie mit dem Lineal gezogen lief er durch einen von Rankrosen überwucherten schmiedeeisernen Bogen durch den Garten, wurde von einem Quergang gekreuzt. Der Kreuzungspunkt war zu einem kreisförmigen Platz erweitert und von einer Hecke eingefaßt. Hier standen vier steinerne Bänke.

Der Garten war bis auf wenige verwelkende Georginen abgestorben. Einzelstehende Bäume reckten ihre blattlosen Zweige wie struppige Reisigbesen in die Luft. Es war die Zeit zum Anzünden verdorrter Staudenstengel.

Die Last eines lange nicht erleichterten Gewissens wurde Crescentia schwer. Wohl hätte sie den Kooperator Backmund in Anspruch nehmen können, hätte sich aber mit ihrem Ausweichen für feige gehalten. Das Warten auf den gelegentlich vom Biburger Kapuzinerkloster nach Buchbach kommenden Pater Guardian Silverius Thalmayr wurde ihr sauer. So entschloß sie sich zu dem seltsamen Schritt, ihre Sünde demjenigen zu beichten, dem sie zu verbergen war. Das Ohr des Beichtvaters, wußte sie, war Gottes Ohr, und seine Menschlichkeit nicht im Spiel.

Als sie vor dem nächsten Amt in den Beichtstuhl trat, erinnerte sie sich an ihre allererste Beichte und an die Worte ihres Religionslehrers Haberl: »Denkts enk Dirndln, ös beichts an heiling Niklo!«

Schon manchmal hatte sie sich einem Priester anvertraut und gestanden, daß ihr das Leben keine Freude mehr mache, was eine Sünde wider Gottes größtes Geschenk war. Seit der Wiederentdeckung der kleinen Mundharmonika und des Schellenbaums mußte sie öfter an die Gespielin ihrer Kindheit, die ihr vom Wassertod im Reich der Heidenkönigin Nirdu genommen worden war, denken. Das Leid um sie wurde wiederbelebt und das um Georg Zechmeister trat zurück. Sie beichtete also, daß sie die Schublade des Nachtkästleins in der Absicht, sie auszuwischen, ein wenig habe öffnen wollen, dann aber, nach der Entdeckung der beiden Gegenstände, ihre gute Absicht in verwerfliche Neugier verwandelt gesehen, die Schublade zu deren Befriedigung weiter herausgezogen, als der Bewohner des Gemachs unvermutet eingetreten, hastig zugestoßen und über ihre Schuldgefühle hartnäckig geschwiegen habe.

Sie hörte den Priester flüsternd sagen: »Hänge dein Herz nicht an Dinge. Sie bergen Erinnerungen und verstellen dir den Weg in die Zukunft.«

Immer unlösbarer fand sie von diesem Tag an das Rätsel um zwei versteckte Kinderspielzeuge, verstand nicht, warum Pfarrer Thomas diese Dinge in seiner Nachtkästleinschublade aufbewahrt hatte, wußte nicht, ob sie es als Versehen oder als Absicht deuten sollte, daß die Schublade einen Spalt weit offen gestanden war. Denn, was dem Priester anvertraut war, darüber gab es mit dem Menschen kein Gespräch — es sei denn, sie selbst hätte es begonnen. Dazu fehlte ihr der Mut. Von Tag zu Tag verstärkte sich ihr Gefühl, dieser spreche schon lange mit ihr und belehre sie zielbewußt über die Welt, die er ihr am Beispiel seines schlafenden und aus dem Schlaf erwachenden Gartens zeigte.

So wies er auf die Kirschen- und Zwetschgenbäume hin, die ohne Laub in dichten weißen Büscheln blühten, damit die herandrängenden Bienen sicherer ihren Weg fanden. Ihr kam es vor, als wachse er mit der Freude selbst an dieser Aufgabe. Er wies ihr hunderterlei Steinmuster, machte sie auf Sprenkel, Streifen, Flecken und Farbspiele aufmerksam, ging mit ihr die Schotterberge der Hofeinfahrt ab, wo es besonders schöne Muster von Steinen gab, die wie mit Speck abgeriebene Ostereier glänzten und von schillernden Eidechsen aufgesucht wurden. Wo aber das Steingeröll in gebrochenen Kies und feineren Sand überging, auch das zeigte er ihr, glühte der Klatschmohn und bemühte sich, den fehlenden Mutterboden zu bereiten.

Vieles, was Crescentia vergessen hatte, holte er ihr in die Wirklichkeit zurück, erinnerte sie an Kräuter, die das dickflüssige Blut im Frühling reinigen, erzählte von einem Kräuterladen auf dem Petersberg in der Hauptstadt, wo immer eine große Nachfrage nach Heilgewächsen sei.

Ein Widerspruch fiel Crescentia in diesen Tagen auf: Daß Pfarrer Thomas ihr im Beichtstuhl von der Liebe zu den Dingen abgeraten hatte und seinen Schützling nun mit Dingen überhäufte.

Während die zahlreichen Heilpflanzen mehr oder minder am Rand bewußter Gartenpflege, näher den auslaufenden Bezirken der Verwilderung gediehen, war die Rose, deren große Zeit in diesen Tagen begann, der Lohn für gärtnerischen Fleiß.

Nahe der rückwärtigen Hauspforte gab es dann im Sommer ein verwirrendes Farbenspiel, das kaleidoskopartig wechselte, je nachdem eine Blume verblühte und eine andere aufging. Dieser Teil des Gartens war von Thomas geschickt nach niederen, halbhohen und hohen Stauden gestaffelt.

Wie alles Licht seinen Schatten hat, so hatte auch dieser Sommer seine Qual. Von Anfang an war in Crescentia der Verdacht gekeimt, daß sie hier eine Feindin habe. Das einsilbige Wesen der Magd ließ keinen anderen Schluß zu. Ihre Abneigung gegen »die Neue« war bald so groß, daß Crescentia keine Antwort auf eine Frage, dafür um so beredtere Blicke bekam.

Sie vermied es, dem Pfarrer ihr Leid zu klagen, wollte lieber warten, bis er die Zeit für gekommen hielt, an eine Schlichtung des Zwistes zu denken. Doch er schien von dem Verhalten seiner Stallmagd nichts zu bemerken, so daß die verzweifelte Crescentia endlich an ein geheimes Einverständnis zwischen Magd und Pfarrer glauben mußte. Als die Rachsucht der Magd in Zurechtweisungen, Beschimpfungen und handgreiflichen Schabernack (wie ein absichtliches Verschütten der Milch auf der glühenden Herdplatte) auszuarten begann, kam für Crescentia die Rettung auf eine Weise, die sie am wenigsten erwartet hatte.

Obwohl die Magd an Krampfadern litt und ihre Arbeit meistens im Stehen verrichtete, trug sie nur im Winter und beim Kirchgang Schuhe. Sonst sah man sie vom frühen Morgen bis in die Nacht mit bloßen Füßen gehen. Da wurde sie auf eine der geschwulstartig erweiterten Stellen am linken Unterschenkel von einer Fliege gestochen. Ein vermeidbares Unglück war es, daß die Magd in der darauffolgenden Nacht, schlafend, wegen des lästigen Juckreizes an der Umgebung des Einstichs zu reiben begann und sich blutig kratzte. Vielleicht hätte das zu ihrer gefährlichen Erkrankung schon genügt. Zum Überfluß glitt sie am anderen Morgen, als sie schlaftrunken melken wollte, auf einer glitschigen Stelle aus, warf im Fallen den Melkschemel um und schlug mit der blutig gekratzten Geschwulst ihres linken Unterschenkels auf die Kante des Hockers. Mit Anstrengung molk sie zu Ende. Am Abend zeigten sich die Folgen des Unfalls. Crescentia konnte sich immer gut an diesen Abend erinnern. Es war die erste Nacht des Sommers, in der die glühenden Johanniskäfer zur Paarung durch den Garten schwärmten. Vom Forellenweiher unterhalb der Sandstraße kamen die Lichter heraufgeschwebt, meistens schon zu Paaren geordnet.

Der Pfarrer und der Kooperator hatten sich in ihre Zimmer zurückgezogen. Crescentia war noch in der Küche. Da humpelte Sophie, von Schmerzen gepeinigt, aus ihrer Kammer und bat sie, nach Maximilian zu rufen. Der Knecht solle einspannen und den Doktor holen.

Nun tauchte der Pfarrer in der Kammer der Magd auf.
Der Arzt betrat wenig später den Pfarrhof. Er wies die Magd
ins Bett und bat den Pfarrer, ihn mit der Erkrankten allein zu
lassen. Nicht lang danach öffnete sich die Tür. Der Arzt
streckte den Kopf heraus. Er sah auf die Gruppe der draußen
Stehenden und winkte Crescentia herein. Weil die ernstlich
Erkrankte wochenlanger Pflege bedürfe, die niemand leisten
könne als sie, müsse sie ihre künftige Arbeit erlernen.

An der Stelle, wo die Wunde und der Aufschlag am Unterschenkel waren, hatte sich eine stark gerötete Geschwulst gebildet. Der Arzt sprach von einem lebensgefährlichen Gerinnsel, das bei der geringsten Bewegung der Erkrankten in die
Blutbahn geraten könne. Er flüsterte, daß Crescentia es gerade
noch hören konnte: Nur wenn sie zur Hilfe bereit sei, werde
die Kranke überleben. Zuerst bettete er die vor Schmerzen
Wimmernde flach auf das Lager und klemmte ihr den Kopfpolster unter die Fersen. Dann legte er ihr aus dem Vorrat
seines Arzneikoffers einen Umschlag mit Weingeist und Fischölsalbe an. Dann gab er Crescentia die Weisung, auf eine völlige Bewegungslosigkeit der Kranken zu achten und alle vier
Stunden abwechselnd einen Weingeistverband und einen Salbenumschlag anzulegen. Dazu ließ er ein Fläschlein mit
Weingeist und eine Büchse mit Salbe, die übel nach Kohlenstoff und Schwefel roch, auf der Waschkommode stehen.

Als drei Tage später der Arzt wiederkehrte und die Binde
abnahm, fand er, daß der Entzündungsherd noch nicht wesentlich zurückgegangen war. Auch die Schmerzen der Magd
hatten kaum nachgelassen. Er entschloß sich zu einem stärkeren Mittel. Er tupfte auf die verdickte und gerötete Stelle einige Tropfen Weingeist, nahm ein feines Messer aus dem Koffer und ritzte die dünne Haut über der erweiterten Ader zu einem winzigen Schnitt auf. Dann drückte er mit beiden Daumen das Blutgerinnsel heraus. Augenblicklich zeigte sich Sophie von ihren Schmerzen erleichtert. Crescentia mußte nach
dem Willen des Arztes diese Verrichtungen verfolgen und verstehen. Vor allem hatte sie das Anlegen eines Preßverbandes
zu erlernen. Die Liegende mußte ihr erkranktes Bein in die
Luft strecken. Dann wurde eine dehnbare Binde, die sich von
selbst wieder zusammenzog, von den Zehen ausgehend, über

den Ballen, die Ferse, den Knöchel, die Wade und das Knie gewunden.

Wochenlang schwebte Sophie zwischen Leben und Tod. Manchmal mißglückte Crescentia die Umwickelung des kranken Beins mit der elastischen Binde. Die Fatschung war zu streng, die Einengung bereitete Schmerzen, so daß der Verband entfernt und von neuem, etwas leichter, gewunden werden mußte. Vier qualvolle Wochen verstrichen. Die Magd war von einer erschreckenden Blässe. Crescentia durfte sich ihre Sorge nicht anmerken lassen.

Als der Arzt ein drittes Mal ins Haus kam, tröstete er die Pflegerin. Er sehe, woran es fehle, sagte er, als er den Preßverband gelöst hatte. Er säuberte die entzündete Hautstelle mit Weingeist und näßte sie mit Zuckerwasser. Dann griff er aus einem mitgebrachten feuchten Leinwandbeutel einen schwärzlichen, rostrot gestreiften Blutegel, setzte ihn mit seinen Saugnäpfen auf die Haut und stülpte ein Wasserglas darüber. Als der Egel vollgesogen war, fiel er ab.

Als die Magd auf torkelnden Beinen, von Crescentia gestützt, in den Garten hinaustrat, weinte sie und fiel ihrer Pflegerin um den Hals. Crescentia blieb ernst. Sie selbst war schwach, war schwächer als es ihre Arbeit erlaubte, und ihr Gesicht war von einer wächsernen Durchsichtigkeit. Sie konnte nicht verstehen, warum der Pfarrer keine vorübergehende Helferin eingestellt hatte.

Als die genesene Magd an Crescentias Arm durch den nächtlichen Garten ging, war es fast wie damals, als die schwere Krankheit sich angekündigt hatte: Die Nacht war von glühenden Punkten erfüllt. Es waren aber nicht mehr Johanniskäfer, sondern Sternschnuppen. Wie Silbermünzen, die vom Mondlicht getroffen waren, fielen sie aus dem Nachthimmel.

Als Crescentia einmal von der Kirche nachhause ging, den Turm im Rücken und vor ihren Augen die vom Luftstrom gemilderte Buntheit der Landschaft, die blauen Schatten der Ahornbäume und Eichen, sah sie jenseits des Böllerguts, das unten im Sandtal aus den Gebüschen schimmerte, vor dem Hintergrund einer Buchsbaumhecke, eine schwarzgewandete Nonne und hinterdrein eine Reihe weißgekleideter Novizinnen gehen. Ab und zu bückte sich eine, um eine frühzeitige

Brombeere oder eine vereinzelte Himbeere zu brocken (die in Crescentias Elternhaus ›Browa‹ und ›Moiwa‹ hießen), aber dabei im Weitergehen nicht zu erlahmen. Die weiße Reihe kam nicht ins Stocken, schritt aufgekettet wie helle Perlen vor dem dunklen Grund der Hecke weiter. Ab und zu tauchte eine der weißen Gestalten zu Boden und schnellte im Weitergehen empor. Dieses Bild löste in Crescentia merkwürdige Gedanken aus. Wenn auch der Pfarrer seiner Haushälterin viel erklärte und im Lehren selber lernte — die Rätsel, das erkannte Crescentia mit jedem Tag besser, wurden dadurch nicht weniger.

Wenn er ihr den Eberesschenbaum als »Aberesche«, nämlich als falsche Esche erklärte, die der echten Esche nur in der Form ihrer Fiederblätter glich, in Wirklichkeit aber zu den Rosengewächsen gehörte wie der Apfelbaum, und ihr als Beweis eine der kleinen roten Vogelbeeren mit dem Taschenmesser aufschnitt, so zeigte sich, wie groß die Ähnlichkeit mit dem Bau des Kernobstes war. Die Frucht war nichts anderes als ein Zwergäpflein mit derber Schale, bräunlichem Fruchtfleisch und zähem Kernhaus. Diese Frucht, die an einen Calvill-Apfel erinnerte, wirkte wie ein erster schüchterner Versuch des Schöpfers, den Apfel zu bauen. Was aber — und nun begann sich das Rätsel zu verdichten — war dann der *echte* Apfel, der rotbackig aus dem Baumgrün leuchtete?

Crescentia dachte an das Rauschen des Marischanzkerbaumes vor dem Fenster ihrer Kinderkammer.

Das Votivbild

Wenn Crescentias Vater den Progradersspruch sagte: »Micheli kendts Liachtl o', daß's Dirndl spinna ko!«, meinte er damit, daß die Lichtarbeit begann, weil es abends früher dunkel wurde.

Gedanken der Trauer drängten sich dem Pfarrer auf, dessen Blumengarten wieder welkte und starb. Man konnte Blumen pressen und auf diese Weise aufbewahren. Noch besser, man zog von vornherein Strohblumen, von denen es einige Arten im Pfarrergarten gab. Man konnte sich auch Blumen malen. Das waren die dauerhaftesten.

Als die Sommerfrüchte verzehrt wurden, als Äpfel im Ofenrohr brieten und manchmal eine Wälischnuß unter der Faust des Pfarrers splitterte — hatte Crescentia wieder ein wenig hoffen gelernt. Kooperator Backmund brachte ihr wunschgemäß eine Handvoll Zinntuben aus Biburg mit, gebrannte Siena, lichten Ocker, Umbra, Zinnober, Kremser Weiß, Krapplack, Elfenbeinschwarz, Ultramarinblau, sogar ein kräftiges Grün, dazu Malmittel, Terpentinöl und Firnis, in ausgediente Fläschlein abgefüllt, auch einige Haarpinsel in verschiedenen Größen. Dann erbat sie sich vom Buchbacher Schreiner ein geleimtes und gehobeltes Brett aus Lindenholz in handlichen Ausmaßen mit zwei zur Versteifung eingelassenen Schubleisten. Von Maximilian bekam sie ein Lattengestell, an dem sie die Lindenholzplatte aufrecht mit Wäscheklupperln befestigen konnte.

Als Kind hatte sie leidlich zeichnen gelernt, aber nicht anders als Kinder zeichnen — auf einmal, zum ersten und letzten Mal in ihrem Leben, malte sie ein Bild. Allabendlich, wenn sie ihre Hausarbeit abgedient hatte, kendete sie zwei Unschlittkerzen, dazu eine Öllampe an, damit das Licht ausreichte, und malte. Bezeichnend für ihre aufs eng umgrenzte Nützliche gerichtete Wesensart war es, daß sie ihrem Gefühl erst auf einer gediegenen Grundlage freien Lauf ließ, auf dem weißen Bolus, einer feinen, sich fettig anfühlenden Tonerde, die zum Beseitigen von Ölflecken, zum Kitten und als Waschpulver im Haus vorrätig war.

Das Gnadenbild in der Gottesackerkirche der Kammerlehner war eine kleine, aus Holz geschnitzte und mit Brokat gewandete weihnachtliche Darstellung der Mutter in einer als Goldmuschel ausgekleideten Nische des linken Seitenaltars. Crescentia malte das Gewand der Feldkirchener Muttergottes aus dem Gedächtnis. Es war ein einziger riesiger, mit dem Schleier vom Scheitel wie ein Kreisausschnitt starr abstehender Rock. Der Boden, auf dem die Himmelmutter stand, war eine kräftig geschwungene goldene Sichel. Von dieser Sichel arbeitete sich der Goldglanz an eingewebten Glitzerfäden, applizierten Spitzengirlanden, Edelsteinblüten, Perlenketten und kleeblättrigen Pailletten aufwärts, erstrahlte erst voll in der vom Kreuz überragten Herrscherkrone und sprang auf die Krone des Christuskindes über. Der Goldglanz war in die ganze Muschel ausgegossen. Das Muschelgold war eine Steigerung des schillernden Farbenspiels in dem gewölbten Perlenschoß.

Rechts unten malte sich Crescentia selbst ins Bild, in einem schwarzen, bis auf die Fußspitzen fallenden Gewand, ihren Kopf in den Floen gehüllt, ein zweifärbig glänzendes Kopftuch, wie es die ledigen Weibsleute trugen. Die glatt aneinandergelegten Handflächen hielt sie der Fürbitterin entgegen.

Crescentia versuchte Blumen zu malen, die im Garten längst verdorrt waren: Baldrian, Bärlapp und Nieswurz. Aber so schwierige Blüten wollten ihr nicht gelingen. Sie malte lieber Beifuß, Rosmarien und Petersil. Ihr schwarzes Kleid wuchs aus grünen Küchenkräuterbüscheln. Links in die Ecke malte sie eine Sonnenblume. Über den Samenteller ließ sie einen Marienkäfer laufen. Unterhalb der goldenen Sichel ragte mit stacheligem Stengel eine lange Distel auf. Der Kopf der Distel verwandelte sich in den Kopf des Pfarrers. Das hatte die Malerin besonders viel Mühe gekostet.

Endlich umschlang sie die Himmelmutter mit einem Kranz aneinanderhängender Rosen.

Indem sie an Feldkirchen dachte, kam ihr der glänzende Metallfaden im starr abstehenden Rock der Muttergottes wie Engelshaar vor, das die Kammerlehner Kinder mitunter am Heiligen Abend auf der Stiege entdeckt hatten, zufällig hingeweht, verloren vom vorbeifliegenden Christkind. Es war aber der Vater gewesen, der seinen Kindern heimlich Staniolfäden gestreut hatte, auf den Weg zur sehnlich erwarteten heiligen Nacht.

In ihrem blauen Leinenkleidlein, die rechte Hand mit dem Schellenbaum zum Gruß erhoben, schaute die schwarzlockige Anna über das Wolkengebirge herein. Crescentia hielt im Pinselstrich ein und erinnerte sich: Als sie zum ersten Mal ihre neugeborene Schwester Anna in der wochenlang leer gestandenen Wiege liegen sah, war ihr unvermittelt herausplatzender Ausruf: »Da is was drin!« Zum letzten Mal hatte sie ihre Schwester Anna gesehen, bevor der Sargdeckel geschlossen wurde.

Das Elternhaus leuchtete in der Bildmitte aus dem satten Grün der Wiesen wie die rotbackigen Äpfel aus dem Laub der Bäume.

Als das Bild getrocknet und gefirnist war, ließ Crescentia vom Schreiner einen gekerbten Rahmen machen. Bei ihrem nächsten Besuch in Kammerlehen gab sie es beim Meßdiener in der Sakristei von Feldkirchen ab.

Gerade auf dieses, auf keines der dutzendweis rechts und links vom Ausgang hängenden Bilder, hatte es Peter Angermaier abgesehen, als er knapp ein halbes Jahrhundert später mit dem Berghamer Pfarrer sprach. Um sich das Votivbild der alten Dienstmagd Crescentia auszuleihen, war er nach Bergham gekommen und hatte den Pfarrer in seinem neu gebauten Haus besucht. Dieser, ein aufgeschlossener Mann und das Gegenteil vom Geistlichen Rat Haberl, der längst gestorben war, verstand nicht gleich. Ging es um ein Votivbild? So etwas hatte man doch nicht mehr. Auch in der Berghamer Dreifaltigkeitskirche, sogar in den Filialkirchen des heiligen Theobald und Mariä Himmelfahrt war seit Menschengedenken keines mehr abgegeben worden. Ein Votivbild für die als fortschrittlich bekannte Devotionalienhandlung in der Herzogspitalgasse?

Fortschrittlich war allerdings, wie es die schriftlich besiegelte Abmachung zwischen Vater und Sohn vorsah, nur das Bücherschaufenster mit dem Verlag. Dort war, kaum daß Peter Angermaier die Leitung übernommen hatte, eine aufsehenerregende Streitschrift gegen die priesterliche Ehelosigkeit erschienen. Der Pfarrer von Sankt Peter schwor, solange ein solches Buch in diesem Haus feilgeboten werde, wolle er seinen Fuß nie mehr über dessen Schwelle setzen. Ein hartes Wort aus dem Mund eines alten Freundes! Für Vater Angermaier bedeutete es fast ein Todesurteil.

Erst als Peter Angermaier versicherte, daß er eine Art Sonntagsmalerausstellung in der Auslage des Buchladens vorhabe, glätteten sich des Pfarrers von der Beunruhigung etwas gekrausten Züge. Er fuhr in Peter Angermaiers Automobil nach Feldkirchen hinaus, sperrte die Kirche an der Sakristeitür auf, ging gemessenen Schritts durch das Schiff und suchte die von altersdunklen Votivbildern tapezierte Rückwand nach Crescentias Weihegabe ab. Daneben stand der im Vorbeifahren mitgenommene Mesner, Beißzange und Hammer in Händen, um im Bedarfsfall zugreifen zu können. Peter Angermaier war flinker. Genau hatte die alte Haushälterin an Silvester ihr

Bild beschrieben. Einmal hinauf, einmal hinunter und zweimal quer streifte sein Blick über die Wand — schon blieb er am Ziel seiner Wünsche hängen. Der Pfarrer kam näher, kniff die Augen zusammen, überflog das Bild, trat zurück, zuckte mit den Schultern — bitte — und überließ die zwei Mauerhaken der Zange des Mesners. Eine bereits zuhause ausgestellte Empfangsbestätigung der Leihgabe zog Peter Angermaier aus der Brieftasche und überreichte sie dem verdutzten Pfarrer. Dieser hatte sie mit keinem Wort verlangt, war aber damit zufrieden.

Peter Angermaier beabsichtigte keine der immer häufiger veranstalteten Sonntagsmalerausstellungen, obwohl sein Plan auf derselben Zeiterscheinung fußte, daß das Einfache, Ursprüngliche bei der großstädtischen Bevölkerung wieder zu zählen begann. Es mußte nur vom Hintergrund notwendiger Frömmigkeit abgelöst, aus dem Verdacht ursächlicher Erschütterung herausgeschält werden. Peter Angermaier tat es gern, lag doch der Hauptreiz der Rückwendung ans Alte, wie er sie mit seiner Ausstellung bezweckte, in der Durchdringung des Vergangenen mit dem Gegenwärtigen.

Es verstand sich, daß dieses Bild in Peter Angermaiers Schaufenster zu einem Teil der Geschäftswerbung wurde, daß es zusammen mit der aufgeschichteten Pyramide aus zwei oder drei Dutzend Stücken jenes Buches gegen die Ehelosigkeit der Priester, zusammen mit Abbildungen bunter Rennautowägen als Beispiel für Volkskunst zu gelten hatte.

Darüber stritten sich die wenigen Zeitgenossen, die noch zur Besinnung auf ihre eigene Zeit fähig waren; ob eine Rückgewinnung jahrzehntelang vergessener Bezirke eine Rückgewinnung des Geheimnisses war, jenes Lebenswurzelstockes, gegen den sich die Fortschrittler verschworen hatten, oder ob solche Versuche, wegen der zugrundeliegenden Glaubenslosigkeit, eitel waren. Wie dem auch sein mochte: Das Votivbild traf den Nerv des großstädtischen Betrachters. Sogar Amalia, die selbst jahrelang gezeichnet hatte, beneidete die Urheberin des Votivbildes um ihre Vorstellungskraft.

Johann Baptist Angermaier verstand seine Zeit nicht mehr. Was half es ihm, daß er versuchte, Thalers Buch vor der Papiermühle und in die Auslage zurückzuretten, wenn es gängigerer Ware den Platz streitig machte? Daß die Drohungen der

Nachrichtenvermittlung ernst zu nehmen waren, unterlag keinem Zweifel. Wurde nicht auch die mit Thalers Buch hingenommene geschäftliche Einbuße durch den Verkaufserfolg des neuerschienenen Buches gegen die priesterliche Ehelosigkeit wettgemacht? Was konnte Johann Baptist Angermaier dagegen einwenden, wenn ein Kaufladen mit Bedarfsgütern des Geschlechtslebens, der seine Pforten gegenüber der Damenstiftskirche eröffnet hatte, auf die Schaufenster der Devotionalienhandlung in der Herzogspitalgasse abzufärben begann? Was half es ihm, wenn er sich weigerte, den Ekel zu ertragen, den ihm, wie er sagte, mißbildete Gewissen aufnötigten? Was half es ihm, und wie sollte er die Behauptung widerlegen, daß mit solchen Angeboten in Wettbewerb getreten werden mußte?

Allen seinen Einwänden war durch den Erfolg des Sohnes der Boden entzogen. Das festgesetzte Jahr des Einspruchsrechts war zu mehr als Dreivierteln verstrichen, ohne daß Johann Baptist Angermaier davon Gebrauch gemacht hätte.

Der Geschäftsgang war dank Peters Umsicht glänzend. Es fiel ihm nicht schwer, des Vaters Einverständnis mit einer riesigen roten Leuchtschrift über beiden Schaufenstern zu erhalten, die zur weiteren Hebung des Umsatzes beitragen sollte. Dabei war der Sohn klug genug, seinen Vater nicht unnötig zu reizen und sowohl den Wortlaut als die Länge der Leuchtschrift auf beide Geschäftszweige, auf den Verlag und die Devotionalienhandlung, auszudehnen. Die zwei Meter hohen Buchstaben leuchteten so durchdringend, daß die gegenüberliegende Vergnügungsstätte nicht mehr dagegen aufkam. Die Schrift wurde durch ein weit herausragendes Nasenschild ergänzt, ein grün leuchtendes aufgeschlagenes Buch (aus dem ursprünglich ein Kreuz aufsteigen sollte, das aber als nicht geschäftsförderlich weggelassen wurde). Alle paar Augenblicke erlosch das grüne Buch und entzündete sich wieder von selbst.

Peter Angermaier hatte seinen Vater schlau in die Lage des Mitschuldigen gedrängt. Weil dieser in die geldbringende Neuerung einbezogen worden war, hatte er in der ersten Genugtuung seinen Einspruch vergessen. Als endlich die Bedenken in ihm überhand nahmen, mußte er einsehen, daß sie zu spät kamen. Von Tag zu Tag, oder besser von Nacht zu Nacht, zeigte sich deutlicher, daß die Herzogspitalgasse durch diese nervenaufreibende Neuerung wieder ein Stück unbewohnbarer geworden war. Der grelle Schein, der nachts in sämtliche Fenster drang, war das beste Mittel, die letzten Bewohner zu vertreiben. Solche Einsichten standen Johann Baptist Angermaier aber nicht zu. Hatte er es nicht selbst aufgegeben, hier zu wohnen?

Es blieb ihm nichts übrig, als dem Sohn einen Teil seines Erbes auszuzahlen und zuzusehen, wie er sich auf einem Hanggrundstück mit Bergblick ein Flachhaus bauen ließ. Hatte Peter seinem Vater und dessen altertümlichem Vehikel die Vorfahrt aus dem Nymphenburger Eisentor gelegentlich schon streitig gemacht, — nun war die Entfremdung vollständig.

Daran gab Johann Baptist Angermaier Peters neuer fester Verbindung mit Ines Knöppke, der Schwester des mächtigen Leiters der Nachrichtenvermittlung, die Schuld. Hinter dem fremdländischen Wesen dieser Frau verbarg sich etwas anderes, wohl etwas Andersartiges, aber nichts aus dem Süden, sondern etwas Nördliches. Darum hatte es ihr in dem, wie sie mit gerümpfter Nase sagte, nach Krautdunst muffelnden Stiegenhaus der Herzogspitalgasse nie gefallen, durch das ihr Anverlobter Peter wie alle seine Geschwister mit dem Lederranzen auf dem Buckel mittags von der Schule hinaufgestürmt war. Solche Erinnerungen zählten in ihrem kühlen Kopf nicht. Johann Baptist Angermaier konnte ihr das nicht verzeihen. Wie unangenehm war es ihm, daß er ebenfalls dieses Stiegenhaus verlassen und seinen Wohnsitz weiter draußen genommen hatte! In den Augen der schönen Ines war das eine halbe Sache. Wer etwas vorstellte, mußte nach ihrer Meinung in den Bergen wohnen oder mit dem Blick auf sie, nach Süden, keinesfalls nach Westen. Johann Baptist konnte sich über dergleichen herausfordernde Ansichten krank ärgern. Durch die bedauerliche Tatsache, daß er nicht mehr in der Herzogspitalgasse wohnte, mußte er es sich versagen, der künftigen Schwiegertochter eine Aufwertung der Herzogspitalgasse vor Augen zu führen. Davon war nicht im entferntesten die Rede. Dem Lärm und Staub auf der Straße entsprach das Gerenne und Gehaste im Innern des Hauses. Keine menschliche Stimme, nicht einmal bei geschlossenen Winterfenstern, kam gegen den Lärm vorbeiratternder Lastwägen und Polizeiautomobile auf. Im Inneren geriet alle Ordnung durcheinander, teils durch die häufigen Erkrankungen der greisen Crescentia, teils durch den Unfrieden zwischen Vater und Sohn. Auch die Gebete im Hergottswinkel schliefen ein, kein Mensch wußte warum. Am nächsten Martinitag kam zum ersten Mal keine Gans mehr auf den Tisch. In Kammerlehen wurden keine Gänse mehr gemästet und auf dem Viktualienmarkt gab es keine niederbayerischen mehr, die Angermaier, ihres »weiten Auslaufs« wegen, schätzte.

Der lustige Großvater Johann Baptist Angermaier senior, dessen Messingschild mit den verschnörkelten Versalien immer noch an der Tür hing, durch die sein Sarg hinausgetragen worden war, hätte sich im Grab umgedreht. Nicht einmal seine Zither war mehr in Ehren gehalten, sondern in irgend einem Nymphenburger Schrank versteckt. Er hatte gern die kleidsame Miesbacher Tracht angelegt und sich auf der Zither begleitet, häufig zu dem Lied: »Iatz steig i's nimma-r-aufi auf d' Zitheralm ...« oder am häufigsten zu seinem Lieblingslied:

»Wahre Freundschaft soll nicht wanken,
wenn sie gleich enfernet ist.
Lebet fort noch in Gedanken
und der Treue nicht vergißt.«

Daß der Lebensraum Johann Baptist Angermaiers vergiftet war, zeigte sich an manchem Streit, den Peter vom Zaun brach, bevor er abends — wie beinahe jeden Abend — das Nymphenburger Haus verließ.

Hatte er aber nicht recht, wenn er bezweifelte, daß mit der Anhäufung von Zeugnissen vergangener Frömmigkeit etwas gegen den Frömmigkeitsverlust der eigenen Zeit auszurichten sei? Das zielte auf Angermaiers umfangreiche Andachtsbildersammlung. Zu ihr gehörten Kupferstiche aller Art. Marienbilder, Darstellungen des heiligen Antonius, der Krankheits- und Schutzpatrone, der Wallfahrtsorte, Bilder des Lebensbaums, Schluckbilder, Kreuzwegstationen, Heiligenbilder mit Wasserzeichen. All das war in Peters Augen Gefühlsduselei, die ohne Einfluß auf die Zeit blieb.

Daß mit Peter Angermaiers Auslage Einfluß auf die Zeit genommen wurde, bezweifelte sein Vater nicht, aber er fragte sich, ob es ein guter Einfluß sei. Förderte dieses Schaufenster mit seiner schreienden Anpreisung des Genusses nicht die Abneigung gegen das Dienen? Einst war für zwei arme Mädchen aus einer großen Geschwisterschar, für Crescentias Vaterschwester Benedicta und für ihre leibliche Schwester Ambrosia, der Orden eine Lebenshoffnung gewesen: Er gab ihnen Kleidung, Nahrung, Wohnung und bot ihnen die Erziehung zu einem Beruf, der nach den »Institutiones christianae pietatis« des Canisi andere Menschen glücklich machte. Dienen, als Lehrerin und Krankenpflegerin, welches Glück für sie!

Mater Benedicta, 1869 als fünftes Kind des tödlich verunglückten Großvaters Weilbuchner geboren und seit 1892 Pförtnerin im Kloster der Ursulinen, hieß »Hochzeiterin«. Auch Crescentias Schwester Maria, die Mater Ambrosia, hieß »Hochzeiterin«. Davon hatte die alte Dienstmagd an einem Silvesterabend in der Herzogspitalgasse erzählt.

Johann Baptist Angermaier war ein Mann, der das Leben liebte. Wenn aber sogar ein gesunder Mann, der er war, ein kräftiger Mann, ein fröhlicher Mann, alle Hoffnung auf eine baldige Genesung der Welt aufgab, zeigte das nicht, wie weit es schon mit ihr gekommen war? Oder zeigte es nur, daß er ein sogenannter Lauer war? Ein Halber, der einerseits nicht ganz so, andererseits nicht ganz anders war? Der, ohne es zu wollen, zulassen mußte, daß die Himmelskönigin, die Hoffnung der Verzweifelten, gemalt aus Dankbarkeit für Erhörung in tiefer Not, zu einem Gegenstand geschmäcklerischer Kunstbetrachtung, weniger noch, zum Anlaß höhnischen Gelächters, zur Scheidemünze unter gewechseltem Kupfergeld wurde?

»Scherben bringen Glück«

Als Crescentia ihr Votivbild gemalt und gerahmt hatte, war es Frühling geworden. Sie stand auf der Wiese des Buchbacher Binders und hatte einen Waschzuber abzuholen. Die Faßdauben waren hier als hohe Krone zum Trocknen aufgetürmt. Wie eine Holztriste in Kammerlehen war die Daubenkrone gebaut.

»Willst du andere Türme sehen? Türme aus Geschirr?« fragte Thomas, der Pfarrer, seine Haushälterin, die ihm von der Daubenkrone erzählt hatte. »Wollen wir unseren Geschirrvorrat beim Kröninger Hafner ergänzen?« Schnell war der Entschluß gefaßt und das Roß vor den Gäuwagen gespannt.

Der Hafner hielt seine kreisende Holzscheibe durch ständiges Treten in Gang. Die Finger, die aus einem Tonklumpen die feine und immer feinere Rundung drehten, tauchte er immer wieder in einen Tiegel mit Wasser. Die niedere Kammer diente als Wohnung, Küche, Werkstatt und Lager zugleich. Drangvoll war die Enge.

Was du hier an Vielfalt und Schönheit siehst, ist nur ein schwacher Abglanz des Gewesenen — belehrte der Pfarrer seine Begleiterin. Crescentia erfuhr, daß es im Kröning nur noch drei Hafner gab und ihr alter Großvater mit seiner Wertschätzung des kostbar glasierten Tongeschirrs nicht unrecht gehabt hatte, weil die Massenfertigung aus Email alle Kunst verdrängte.

Die Haushaltsstücke, die Thomas zur Auffüllung seines Geschirrvorrats erwarb und in mitgebrachten Hanfrupfen hüllte, damit sie auf der holperigen Fahrt nicht Schaden litten, ein durchlöcherter Seiher, ein Weidling, eine Teigschüssel, ein Essigkrug, ein Milchtiegel, ein Suppenhafen, eine bauchige Henkelflasche zur Aufbewahrung des Öls, eine enghalsige Kanne mit eingeritztem Jesusmonogramm als Weihwasserbehälter, diese nützlichen Geschirrstücke, alle in doppelter, dreifacher und dutzendweiser Ausführung vorhanden und alle in blau, in klarem Blau, bevölkerten bloß den Vordergrund, hinter dem es auf Brettern, Borden und Schüsselkörben wimmelte von schlanken Brunnenkrügen, Waschbehältern, Tonpfeifen, Dampfnudelreinen, Schreibzeugen, Puppentassen und Mausfallen. Da gab es ein sogenanntes Kienmaul, eigentlich war es ein tönerner Katzenkopf, der mit aufgesperrtem Maul das Hineinstecken des Kienspans erwartete, einen Bierkrug wie ein Tanzbär, dem der Ring durch die Schnauze gezogen war, Ofenkacheln in Hülle und Fülle. Hier entdeckte Crescentia wieder ein Muster, das ihr an den Öfen des Pfarrers aufgefallen war: Die armen Seelen in den Flammen des Fegfeuers und ein emporsteigender Engel mit dem Hostienkelch in Händen. Der Reichtum der Dinge war unerschöpflich — immer neue tauchten auf — ein zerbrechliches Zauberreich. Auch ein stehendes Jesuskind war dabei; in einer Hand hielt es das doppelte Kreuz, in der anderen die Lilie der Reinheit. Schließlich war in einer plastischen Gruppe der geistige Ursprung der Hafnerkunst gezeigt: Gottvater mit dem Dreieck der Dreifaltigkeit auf dem Haupt, niedergebeugt, um dem aus Erde geformten Leib des Menschen sein Leben einzuhauchen.

Crescentia mußte an den bemalten, glasierten, unglücklicherweise zerbrochenen, aber von der Mutter sorgfältig gekitteten Teller ihrer Kindheit denken. Im nächsten Augenblick erzählte Thomas von einem lang zurückliegenden Erlebnis auf dem Berghamer Mittefastenmarkt. Hoch zu Roß kamen zwei junge Bauern und spornten im Übermut ihre Ackergäule mitten in den Geschirrmarkt hinein: Häfen, Schüsseln, Reinen, Deckel, Krügeln, Kacheln, Blumentöpfe, Kapuzinerköpfe und Kuckuckspfeifen, alles ging unter den Roßhufen krachend in Scherben. Die Hafner fluchten, die Hafnerinnen rangen die Hände und erhoben ein Geschrei. Mannsvolk, Weiber und Kinder rannten zusammen. Die zwei jungen Bauern saßen herausfordernd auf ihren Gäulen, gruben die Hände in die Hosensäcke, zahlten die Hafner blank und bar aus — und ritten lachend davon.

Thomas zeigte ihr, wie vergänglich das Geschirr ist, wie leicht es zerbricht. Aber er erzählte ihr nur davon. Früher hätte er dergleichen vielleicht mit eigenen Händen getan? An diesem Tag nicht mehr, denn es war ein offenes Geheimnis, daß zerstörte Dinge nicht mehr herzustellen waren, also nur noch künstlich, etwa durch Kitten, Schleifen und Reinigen, durch Ergänzen, Leimen und Nachmalen — auch durch völliges Herausnehmen aus der Nutzung, am Leben erhalten werden konnten. Diese Gedanken machten ihr zum ersten Mal bewußt, daß das Leben, das bäuerliche zumal, eine einzige Auflehnung gegen die Vergänglichkeit der Dinge war. Darum wohnte dem Unternehmen der beiden Bauernburschen, die den Stand der Geschirrhändler mutwillig in Scherben geschlagen hatten, etwas Frevelhaftes inne.

Beim Hinaustreten ins Freie standen die Türme der ungebrannten Schüsseln, zum Trocknen zwischen Brettern aufgeschichtet, vor dem Himmel. Als das Mädchen sich in den Kutschbock schwang und dabei fast die Höhe des Hausdachs erreichte, bemerkte sie in dem kurzen Augenblick, bevor das Roß anzog und alle bedrängenden Bilder hinter sich ließ, daß der Firstreiter zwar aus Lehm geformt war, aber nach Art der Tongefäße, die sie besichtigt hatte, als richtiger Reiter, der einen Hut auf dem Kopf trug, die Beine auf das Dach herunterbaumeln ließ, eine Hand in die Hüfte stemmte und mit der zweiten den vor ihm sitzenden Firstreiter an der Schulter hielt.

In der Folgezeit versuchte Crescentia, sich gegen die Wiederkehr des Leids abzuschirmen. Nur noch in ihrer Kammer fühlte sie sich geborgen, denn es wuchs, ohne daß sie es wollte, ihre Angst vor der Welt. In ihrer Kammer, in der die Bettstelle mit dem Strohsack stand, auf dem sie die erste Nacht außerhalb der Heimat verbracht hatte, gab es bereits eine kleine Sammlung geliebter Dinge. Wie der Feldaltar am Antlaßtag mit Linnen, Tafeltuch, Leuchtern, Glasstürzen, Bildtafeln und einem Kruzifix geschmückt war, so hatte sie auf dem Tisch neben ihrer Bettstatt ihre mitgebrachten Dinge sichtbar angeordnet. Auf einer Leinendecke, tagsüber von einem Spitzentuch bedeckt, um sie gegen das Abgenütztwerden zu schützen, lagen sie ausgebreitet. Das kleine, schön gestochene Andachtsbild mit der Darstellung des gegeißelten Heilands von Holzhausen, das ihr Thomas in seiner Kooperatorzeit geschenkt hatte, fehlte. Ihr Bruder Sebastian hatte sich um dieses Andachtsbild mit ihr gestritten. Sie erinnerte sich, als wäre es erst gestern gewesen: Er lehnte am Steigbaum im Stadel und neidete ihr den Besitz des Bildes. Endlich ließ er sich zu der Übertreibung hinreißen: »Himmi Landsat! Wannst ma dees Böidl gibst, aft ko's da Satan a'stelln wia-r-a mog — es ka' ma nix gschehng!« Crescentia lachte: »Du o'gschmaha Spraachta, du!«, gab ihm aber das Bild. Nun war Sebastian Soldat. Das Bild steckte in seiner Rocktasche. Darum fehlte es auf Crescentias Tischdecke.

Erst in der Herzogspitalgasse und kurz vor seinem Tod sollte ihr Sebastian das Andachtsbildlein des gegeißelten Heilands von Holzhausen zurückgeben.

Daß Crescentias Kammer in der Herzogspitalgasse zu einem wahren Zeughaus mehr oder weniger wertvoller Gegenstände wurde, hatte seine Ursache in ihrer Angst vor kommender Not. Was in der Buchbacher Pfarrhofkammer mit Gödengeschenken angefangen hatte, erfuhr hier eine Steigerung: Die Errichtung von Staudämmen gegen das tödlich drohende Weltmeer, die Sicherung und Abschirmung, die ihr Dasein demjenigen auf einer Insel näherte. Daß ihres Bleibens, wegen ihres häufig bettlägerigen Zustands, wegen des Zerwürfnisses zwischen Vater und Sohn, vielleicht nicht mehr lang war, bestärkte sie in ihrem Sammeleifer. Es war ihr Bestreben, in eine eigene Welt eingepolstert zu sein, um, falls das Schicksal es einmal nicht besser mit ihr meinte, etwas zum Drangeben zu haben.

Außer dem griffbereiten Dünndruckschott war die alte Kammerlehner Legende ihr Lieblingslesestoff in den Tagen, als sie das Bett hüten mußte. Ihre eitrigen Zähne waren wohl mit Stumpf und Stiel ausgerottet und durch ein künstliches Gebiß ersetzt, über dessen Erhebungen die Lippen sich nur mit Mühe schlossen, aber die Schäden, die ihr Herz im Lauf der Jahre davongetragen hatte, waren nicht mehr gut zu machen. Daß ihr kein Arzt der Welt bessere Hilfe leisten konnte als der Sud aus einer geheimnisvollen Kräutermischung und der römische Glaube, stand für sie fest.

Und sie gesundete: Wenn die Glocken der Bürgersaalkirche, der Michaelerkirche, der Kreuzkirche, der Damenstiftkirche und der Herzogspitalkirche hereinklangen, bekreuzigte und benetzte sie sich mit zwei Fingern voll Weihwasser aus dem Brunnentegel neben der Tür, der immer frisch aus dem Dreikönigszuber gefüllt war, und machte sich auf den Weg zur Andacht.

Es entbehrte nicht eines gewissen Widerspruchs, daß Crescentias Versenkung und Entrückung, die zugleich eine Gesundung war, von einem jungen Devotionalienhändler, von Peter Angermaier, unverhohlen belächelt wurde, überdies von einem Devotionalienhändler, der selbst dasselbe tat, freilich nicht auf die Weise Crescentias mit Rosenkranz und Litaneien, sondern aufgeklärter, umständlicher, mit dem sogenannten, vom Gehalt fernöstlichen Glaubens entleerten, »autogenen Training«. Wöchentlich zweimal suchte er einen keineswegs wohlfeilen, bei Schauspielern und Geschäftsleuten beliebten Arzt im südlichen Isartal auf, um unter seiner Anleitung die entspannende »Selbstüberwindung« zu üben, deren Wertfreiheit bequemer nachvollzogen werden konnte als Crescentias Stärkungsgebete.

Im Gegensatz zu Peter Angermaier, der Crescentias »Insel« lächerlich fand und seinen Vater davor warnte, auf dieselbe Stufe hinabzusteigen, brachte Michael Thaler Verständnis für die Welt der alten Dienstmagd auf. Bald nachdem er Anastasia so sehr verletzt hatte, überwand er sich, weil ihm auf sein Klingelzeichen an der Wohnungstür nicht geöffnet wurde, zur Gasse zurückzukehren und in den Laden zu treten. Er bat, mit Crescentia sprechen zu dürfen. Die Verkäuferin wies ihm die eiserne Wendelstiege. Es war Lisbeth, wie der Besucher bemerkte, ein schönes Kind mit Amalias braunen Augen, die aber hier in einem Rahmen aus hellem Haar auffälliger wirkten. Er ging hinauf.

Anastasia war nicht in der Wohnung. Crescentia, die sich angezogen hatte, stand an der spaltweit geöffneten Wohnungstür, der die Kette vorgelegt war, und spähte ins Stiegenhaus. So fand er sie auf dem Weg zu ihrem Gemach. Im dunklen Hintergrund sah man die weißen Pölster ihrer Bettstatt schimmern.

Crescentia saß dann an dem ovalen Tisch im Salon, lauschte und nickte, als ihr der Besucher von seinem Leben erzählte.

In einem Traum, den Crescentia in der folgenden Nacht hatte, erschien ihr Michael Thaler zum zweiten Mal. Ihr träumte von einer Messe in der Buchbacher Pfarrkirche. Wieder sah sie Pfarrer Thomas zelebrieren, wie sie es vor vielen Jahren zum letzten Mal gesehen hatte. Wieder war die riesige Rundkirche von einem Deckengemälde mit dem Triumph der Dreifaltigkeit überwölbt. Ihrem allmählich schärfer sehenden Auge waren die priesterlichen Gewänder noch blaß, noch durchsichtig: Hatten sie die violette Farbe der Vorbereitung, die nur an den Sonntagen Gaudete und Laetare vom Rosarot heimlicher Vorfreude abgelöst wurde? Hatten sie das Grün des wachsenden Senfbaumes, das Rot der Blutzeugen oder das Weiß der lilienhaften Jungfrau? Langsam entschleierte sich das Bild, wurden weiße Gewänder vor dem Hochaltar des heiligen Jacobus major sichtbar. Feierlich erhob sich der Priester vor der Predella. Allmählich, sie wußte selbst nicht wann, denn es geschah ihren träumenden Augen ja nicht auf einmal, wandelten sich die Züge des Priesters Thomas zum Gesicht Michael Thalers — allmählich ging dieser Wandel vor sich, aber schließlich gab es keinen Zweifel mehr, daß es Michael Thaler war — am deutlichsten zeigte er sein Gesicht, als er sich nach dem Altarkuß den Gläubigen zuwendete und aus dieser Drehung heraus, mit emporgehaltenen Händen, unnachahmlich lächelnd sprach:

»Orate, fratres« —— ——

So gefesselt war sie von dieser Übergabe der Meßfeier an Michael Thaler, daß ihr Geist erst wieder zu den Dingen fand, als schon die Praefation vorüber war.

Da erwachte Crescentia in ihrer Nußbaumbettstatt in der Herzogspitalgasse, fühlte sich gesundet, stand vom Lager auf und ging mit unverminderter Kraft an die Arbeit.

Der Schnitter Tod

Im fünften Jahr nach dem Besuch beim Kröninger Hafner starb der Schreiner Sepp. Der blasse, sägmehlstaubige Gottesdiener Joseph Weilbuchner war seit langer Zeit, wie man zu sagen pflegt, schwach auf der Brust gewesen. Vielleicht hatte er sich auf der vergeblichen Suche nach einer Ehegefährtin so abgezehrt — jedenfalls war seine unglückliche und lächerliche Wesensart für den, der ihn kannte, nicht lustig. Eine Lungenentzündung machte die schweißfeuchte Pfoad eines entkräfteten Mannes noch vor seinem sechzigsten Lebensjahr zum Totenhemd.

Ein einziger Mißklang erfuhr, solange der kinderlose Schreiner lebte, keine Auflösung. Daß der in Aussicht genommene Erbe, der die Berghamer Werkstatt samt dem Emailbildnis des Urahnen übernehmen sollte, seit zwei Jahren in Übersee sein Heil versuchte. Ein über das andere Mal jammerte er auf seinem Totenbett: »Iatz han i an Sepp, an richtinga Sepp, und iatz gäht ma der auf Amerika! Netwahrnet!!«

Aber auch diese Unordnung sollte geordnet werden. Der Erbe war rechtzeitig bei der Testamentseröffnung in Bergham zur Stelle, wo er zum Alleinerben eingesetzt und zur Fortführung der Berghamer Schreinergerechtsamkeit bestimmt wurde. Er nahm Säge und Hobel in die Hand und machte sich ans Werk. Daß der Plan des Erblassers verwirklicht werden konnte, lag allerdings weniger am Jubel des Erben über die Gewinnaussichten, die nach wie vor dürftig waren, als an seinem inzwischen unerträglich gewordenen Heimweh.

Als Crescentia mit Pfarrer Thomas zur Beerdigung in die Heimat kam, fiel ihr auf, daß das Elternhaus kleiner geworden war. Die Vernunft sagte ihr zwar, daß es sich um eine Sinnestäuschung handeln müsse, aber die Vernunft wurde von ihrer Beobachtung Lügen gestraft.

Zwischen schmiedeeisernen Kreuzen stand Crescentia auf dem Feldkirchener Gottesacker. Die morgendlich kühle Luft war durchzogen von Duftschwaden brennender Wachskerzen. Das gedruckte Sterbbild des Schreiners Joseph hatte sie in ihrer Manteltasche stecken. Da fiel ihr ein, daß sie ursprünglich auch den buntscheckigen Kasperl auf das Votivbild hatte malen wollen. Die kleine Anna, die in der Körpergröße eines vorschulpflichtigen Kindes auf dem Fuß der Grube lag, hatte den Kasperl als Kind und Ebenbild betrachtet, hatte ihn, wie es ihr von der Mutter vorgemacht worden war, auf der Nackenstütze des Oberarms gehalten, hatte ihn gelobt, niedergelegt und mit Puppenpölstern zugedeckt. Crescentia überlegte. Und sie kam darauf, daß Annerl nun sechsundzwanzig Jahre alt sein mußte. Sie konnte es kaum glauben. So blaß waren ihre Erinnerungen an die Schwester.

Die greise Crescentia in der Herzogspitalgasse wehrte sich gegen das Vergessen, das unbarmherzig zu löschen suchte, was ihr Mut gab. Sie brauchte wie jeder Mensch die Macht edler Toter, die dem Begehren und Wünschen, der Lust und Unlust entrückt waren. Gewaltig strengte sie ihr rückwärts blickendes Auge an, um geliebte Tote mit jener Heiligkeit Unantastbarer, der Gottheit Anheimgefallener, vor sich stehen zu sehen. Die Begleitung edler Toter — es wurde ihr schmerzlich klar — die durch keine Fehler und Irrtümer mehr verändert werden können, ist für den Erdenmenschen, der dem Wirrsal der Zeit und dem Weh eigener Unzulänglichkeiten ausgesetzt ist, ein fester Halt und ein sanfter Trost.

»Wer fleißig ans Sterben denkt, bringt es am ehesten zu einem braven Leben«, hatte der Geistliche Rat Haberl zu seiner Katechismusschülerin gesagt und ihr so den Sinn des Asche-Auflegens am »Aschlmicka« erklärt. Es war nichts Außergewöhnliches, daß Crescentia schon zu Lebzeiten, kaum daß sie ihre Stellung bei Johann Baptist Angermaier antrat, um ein Grab besorgt war.

Eigentlich hätte ihr der Petersfriedhof aus mehreren Gründen am meisten zugesagt, wenn er nicht schon vor zweihundert Jahren aufgelassen worden wäre. Durch mehrfache Kirchenerweiterungen und das Näherrücken der umgebenden Bürgerhäuser war er zu klein geworden. Darum war man auf den Peters-Gottesacker am Kreuz ausgewichen, der Johann Baptist Angermaiers Häusern eng benachbart war und für die wenigen Gestorbenen der inneren Stadt ausgereicht hätte. Als unzugängliche Brennesselwiese lag er eingezwängt zwischen Neubauten. Mindestens der hinten hinaus gelegene kilometerweit ausgedehnte Friedhof am Sendlinger Tor, auf dem Johann Baptist Angermaier senior mit seinem braven Eheweib lag, würde nicht nur für die Bürger des Kreuzviertels, sondern für die ganze Altstadt genügt haben. Die Altstadt war menschenarm geworden. Der Friedhof am Sendlinger Tor hatte für eine von Menschen erfüllte gereicht.

Auf ihrer Suche nach einer geeigneten Grabstätte fand Crescentia endlich einen kleinen unbenützten Fleck. Er wurde von einem Mauereck umschlossen und gehörte zum Friedhof der Vorstadt Haidhausen. Es war ein Dorf mit niedrigen Häusern in menschlichen Maßen. Die alte Kirche, die dem heiligen Johannes Baptista geweiht war, streckte ihren spitzen Turm in den Himmel. Sogar ein Pfarrhaus war dabei.

Lösung der Rätsel

Die Jahre im Buchbacher Pfarrhof waren für Crescentia eine Probe der Geduld. Insgeheim wußte sie, daß zweierlei kam: Die Lösung der Rätsel und der Abschied. Und daß eines nicht ohne das andere zu haben war. Zu gern hätte sie ihre Neugier gezügelt und sich damit ein dauerndes Bleiben erkauft. Aber der Pfarrer gab ihr durch verschiedene Andeutungen zu verstehen, daß ihre Unwissenheit ein Ende haben müsse — und ihr Aufenthalt.

Eines Nachmittags im Sommer in dem Hecken-Rondell, das der Pfarrer, sein Breviarum Romanum betend, von Zeit zu Zeit durchschritt, wußte sie, daß die Stunde gekommen war. Er zog sie auf eine der Steinbänke nieder und redete zu ihr, während hin und wieder mit einem Luftzug eine Welle des Duftes vom Rosentor herüberwehte. Crescentia war so unruhig, daß ihre

Ohren bloß Bruchstücke, bloß unzusammenhängende Fetzen seiner Rede aufnahmen.

Thomas, der das zusammengeklappte Brevier in der rechten Hand hielt und seinen Zeigefinger zwischen die Blätter klemmte, sah Crescentia nicht mehr von der Seite an, sondern blickte ihr offen ins Gesicht. Da bemerkte er, daß sie gar nicht zuhörte. Er faßte sie mit beiden Händen, auch mit der, die das Brevier hielt, an den Schultern und rüttelte sie in die Gegenwart auf der Steinbank zurück. Eindringlich mahnte er: — Du darfst dich nicht in deiner Kammer vergraben, Crescentia! Das ist Selbsttäuschung! Ich schreibe an den gräflichen Herrn von Mayrhofen, daß du die ausgebotene Stelle einer Haushälterin im Schloß Kalling antreten willst. Für eine, die heiraten soll, ist die Stellung als Pfarrersköchin keine Empfehlung. —

Crescentia schüttelte ungläubig den Kopf. Aber er ging noch weiter, sagte, daß er eine geeignete Nachfolgerin in der ledigen Schwester des Gäratbauern von Pattigham gefunden habe.

Weinend ging Crescentia über den Sandweg, unter dem Rosentor hindurch und bei der hinteren Haustür in die Flötz, drückte sich müde gegen die Tür zu ihrer Linken und stieg zum Söllergang hinauf. Ganz anders als in all den Jahren war ihr beim Vorbeigehen an der Statue des heiligen Nepomuk zumute. Sie ging in das Schlafgemach des Pfarrers, nahm die Soutane und den goldfunkelnden Rauchmantel aus dem Kasten und hängte die priesterlichen Gewänder, denen eine Spur von altem Weihrauchduft anhing, in das Kreuz des geöffneten Fensters. Jede dieser Bewegungen, die sie dreizehn Jahre lang ausgeführt und wie im Traum beherrscht hatte, war eine Bewegung des Abschieds geworden. Auch ihr Blick auf die gußeisernen Männleinköpfe war nun ein Blick des Abschieds. Alle Wege, die sie vorwärts gegangen war, ging sie zurück. Pfarrer Thomas hatte ihr scheinbar die Wahl zu einer eigenen Entscheidung gelassen. In Wirklichkeit hatte sie keine Wahl, denn das Ende ihres Aufenthalts war mit der Fertigstellung des Votivbildes gekommen und mit der Genesung der Magd Sophie besiegelt gewesen: Keinen Tag früher und keinen Tag später. Wenn es bis zum heutigen Tag hinausgeschoben worden war, hatte es die Ursache in ihrer Schwerfälligkeit und Schwerhörigkeit gehabt! Jetzt, wo sie zum Hören gezwungen war, gab es nur noch den Abschied von diesem Haus. Sie ging in ihre Kammer und begann zu packen.

Sie nahm die Wäschestücke, die ihr gehörten, aus dem Kastenfach und schichtete sie in ihr Köfferlein, das mit aufgeklapptem Deckel am Boden lag. Als Crescentia sich aus der knieenden Haltung aufrichtete, um ein zweites Mal zum Kasten zu gehen, sah sie, daß der Pfarrer auf dem Stuhl neben der Bettstatt saß. Da erschrak sie, denn sie hatte ihn nicht kommen gehört. Er machte eine beruhigende Handbewegung, als wolle er den Schreck, der zwischen ihnen zitterte, wegwischen und sprach:

— Ich habe dir noch nicht alles gesagt. Was zu sagen übrig bleibt, wird dir mehr Freude machen. Das Wissen um die menschliche Beschaffenheit, um die Endlichkeit, um die unveränderliche Angewiesenheit auf Gottes Hilfe, verleiht Gelassenheit. Nicht immer bin ich gelassen gewesen, Crescentia. Ich habe mich in der Zeit, in der ich mit dir gelebt habe, geändert. Ich wollte dich belehren — und habe selbst ein wenig gelernt.

Mit diesen Worten spielte Pfarrer Thomas auf eine Unterhaltung in seinem Arbeitszimmer an. Es waren zwar nicht viele Worte gewesen, die er damals, vor Jahren, mit Crescentia gewechselt hatte, aber sie hatten genügt, in seiner Seele eine Entwicklung in Gang zu setzen. Crescentia hatte angesichts der hohen Stellagen, in denen Lederrücken neben Lederrücken lehnte, ahnungslos gefragt: »Die vielen Bücher — werden immer neue geschrieben?«

»Ja.«

»Werden eigentlich die Dinge immer mehr?«

»Ja — und nein.«

Nun sagte Pfarrer Thomas: — Ich habe dir zwei Kinderspielzeuge entwendet, einen Schellenbaum und eine Mundharmonika — weil ich nicht nur gegen diese zwei Dinge, sondern gegen Dinge überhaupt eingenommen war, weil sich mir in diesen beiden Spielzeugen das Wesen aller Dinge auszudrücken schien. Dinge, die uns an die Vergangenheit binden, indem sie uns fruchtlos erinnern, fand ich, müssen weniger werden. Sonst ersticken wir an ihnen. Darum geschah es. Ich fand sogar, daß es Dinge gibt, die vernichtet werden müssen. Das Vergessen, fand ich, ist gut, es erhält unser Leben. Das Einzige, was besser ist als die Erinnerung, fand ich, ist das Vergessen. Um diesen Zweck, das Vergessen, zu erreichen, war mir sogar die Zuhilfenahme von Dingen recht. Absichtlich habe ich die beiden an mich gebrachten Gegenstände in diese Schublade gelegt und absichtlich habe ich die Schublade halb offen stehen lassen. Ich wollte dir durch das Aufwecken des Leids um Anna das Leid um Georg einschläfern. Sogar die Erinnerung sollte dir zum Ziel des Vergessens helfen. Wenn ich ein angemessenes Poen für deine Erinnerung an Georg hätte verhängen wollen, hätte ich noch Annas Sterbbild dazulegen müssen. Aber mein Ziel war erreicht. —

Von der Beichte konnte er nicht reden. Aber er konnte von Crescentias Blick in die Schublade reden, weil er vor der Beichte schon davon gewußt hatte.

— All das ist einmal gewesen, gilt nicht mehr — sagte er zu Crescentia, die mit einem leinenen Gewandstück in der Hand vor ihrem geöffneten Koffer stand. — Mußte ich nicht angesichts der zunehmenden Verwirklichung meiner jugendlichen Vorstellungen aufständisch werden, auch gegen mich selbst? Mußte ich nicht eine Zeit der Erneuerungen, in der ich immer haarscharf am Leben vorbei erneuerte und bei Kindern an Ecken stieß, mich sogar in der Richtung irrte, als eine Zeit des Unglaubens verstehen? Steuerte ich nicht auf leicht zerstörbare Dinge zu — denn wozu dient handwerkliche Kunst, wenn alles auf eine schnelle Zerstörung hinausläuft? Förderte ich nicht das Heraufkommen der Eintagsfliegen unter den Gebrauchsdingen, deren Wesen die Neuheit ist? Solche Überlegungen, Crescentia, machten aus einem Vernichter der Dinge einen Schützer der Dinge, einen, der sich gegen die Vernichtung sträubt, weil er gelernt hat, daß das Geschäft der Zerstörung von der den Dingen innewohnenden Vergänglichkeit besorgt wird und keines weiteren Helfers bedarf als jenes, der neue Dinge schafft. —

Mit diesem Hinweis gab er ihr die zwei Dinge zurück. Er hatte sie mitgebracht und in eine Mulde des Federbetts gelegt: Die Kindermundharmonika und das kleine Glockenspiel.

Dann reichte er ihr zwei andere Dinge hin: Einen in schwarzes Leder gebundenen, goldgeschnittenen Dünndruckschott, aus dem mehrere färbige Bänder zum Einmerken der verschiedenen Meßteile flatterten, und einen Rosenkranz mit roten Böhmerwald-Glaskugeln.

Als er sich überzeugt hatte, daß die Gaben zwischen den Wäschestücken in ihrem Reisekoffer verschwunden waren, bat er sie, zum letzten Mal in sein Zimmer hinaufzukommen.

Dort wies er über die Gebetbank auf die alte Dreifaltigkeitsgruppe. Sie hatte einmal Crescentias Buchbacher Urgroßvater gehört. Davon erzählte der Pfarrer. Dann sagte er: — Als Dank für deine Anwesenheit in diesem Haus! Ich möchte es dir mitgeben. —

Als Crescentia wie bei ihrer Ankunft vor dreizehn Jahren an der Seite des Knechtes auf dem Kutschbock saß, hineingedrückt in die Bank des Gäuwagens, reichte ihr Sophie die Hand hinauf, die sich rauh anfühlte. »I dank da schee'!« flüsterte sie.

Die dunkle Gestalt des Kooperators Emmeram Backmund schob sich an die Stelle der Magd. Auch er reichte ihr die Hand hinauf, vermochte aber, weil er an der Abschiedstrauer schluckte, seiner Bezauberung keine Worte zu geben, die allein der Grund für seine Hilfeleistungen und Handreichungen gewesen war. Er sei ein Kommorant, sagte er, und sie ziehe in die Ferne. Doch ihr klares Auge nehme sie nicht mit. Crescentia lächelte, weil sie an den Schützenspruch dachte, der auf die Berghamer Schützenfahne gestickt war: »Im Auge Klarheit, im Herzen Wahrheit.« Ihre Wimpern zogen sich fast unmerklich zusammen.

Als letzter reichte ihr Thomas die Hand hinauf.

Maximilian schnalzte mit der Geißel, der Rappe stieg in die Seile, der Wagen rollte zum Torbogen hinaus. Die Zurückgebliebenen winkten. Crescentia hätte das Winken und das Flattern eines Taschentuchs noch lange im Auge gehabt, wenn sie nicht starr geradeaus geschaut hätte, in die Richtung, in die der Wagen fuhr.

DIE STUMME GLOCKE

Verbrennung des Schorf-Apfels

Zweierlei Unglück mit Devotionalien — der Kapellplatz — Ignaz Loher lernt warten — Einzug im Flachdachhaus — alte Dinge — Verhüllungen — Kopfbedeckungen — Aberglaube — die Karwoche

Fast auf den Tag, als die Einspruchsfrist Johann Baptist Angermaiers abgelaufen und der Verlag mit der Buchhandlung in die Hände Peters übergegangen war, gab es in der Herzogspitalgasse einen Zwischenfall. Die holzgeschnitzte Madonna im Rosenkranz, die von Johann Baptist Angermaier senior vor einem halben Jahrhundert an die Decke gehängt worden war, löste sich eines Nachts — gottlob nachts, als niemand im Laden war — aus ihrer Verankerung und krachte mit Getöse auf den Fußboden. Crescentia, die schräg darüber schlief, erwachte sofort. Sie dachte wieder an Einbrecher, überzeugte sich, daß Tür und Fenster fest geschlossen waren und kroch mit klopfendem Herzen unter das Federbett.

Am Morgen, als sie über die Wendelstiege zaghaft in den Laden ging, um vor Geschäftsbeginn naß aufzuwischen, zaghaft, weil sie schreckliche Entdeckungen ahnte, überblickte sie das Unglück: Die schweren Haken, an denen das Schnitzwerk mit zwei Ketten befestigt gewesen war, hatten ausgefranste Löcher in der Decke hinterlassen. Der Parkettboden war mit Holztrümmern, zerbrochenen Armen und Füßen, geborstenen Kronen und winzigen Splittern der Rosen übersät.

Als Ursache des Unglücks stellte sich der weit fortgeschrittene Wurmfraß in den Deckenbalken und Fehlböden heraus. Den eingeschraubten Haken war ihr Halt entzogen worden. Der vom zunehmenden Mißerfolg der Devotionalienhandlung und vom einträglichen Geschäft mit weltlicher Ware verschüchterte Johann Baptist Angermaier glaubte an ein böses Zeichen.

Zum zwangsläufigen Streit mit seinem Sohn, ob die Muttergottes wieder aufgehängt werden sollte, kam es nicht, weil darüber erst nach der Erneuerung der Decke entschieden werden konnte. Wegen dem damit verbundenen Gesamtumbau des Ladenhauses schreckte Johann Baptist Angermaier davor zurück. Er beschränkte sich darauf, das Schnitzwerk von einem Kirchenmaler in Gangkofen instandsetzen zu lassen, was lange Zeit in Anspruch nahm und viel Geld kostete.

Es verstärkte sich in ihm das Gefühl, einem Ereignis von geheimnisvoller Bedeutung beigewohnt zu haben, als ihm nach dem Sturz der Gottesmutter von einer neuen, diesmal noch rätselhafteren Begebenheit erzählt wurde: Eine der ältesten Glocken der Altöttinger Stiftskirche, die sogenannte »Stürmerin«, hatte über Nacht — gleichfalls über Nacht — einen Sprung bekommen und war verstummt. Von einem Sprung in gegossenem Erz hatte er noch nie gehört. Geläutet hatte sie in allen Stürmen der Jahrhunderte, bei den späten Ungarneinfällen und Brandschatzungen der Schweden, im spanischen, österreichischen und bayerischen Krieg — immer wenn die Not am größten war, hatte sie geläutet. Nun war sie verstummt.

Als Johann Baptist in diesem Herbst, selbstverständlich mit Crescentia, eine Wallfahrt nach Ötting machte, nicht mehr zu Fuß wie ehedem, mit allen Anstrengungen eines weiten Marsches und lästigen Übernachtungen, sondern in seinem überfüllten Fahrzeug, fand er die Glocke im Kreuzgang des ehemaligen Kollegiatsstiftes aufgebockt, für immer zur Ruhe gesetzt.

Wieviel hatte sich auf dem Kapellplatz in den vergangenen Jahrzehnten verändert! Andachtsbilder, die Angermaier so liebte, echte Stiche zumal, waren aus den Jahr um Jahr üppiger ins Kraut schießenden Andenkenläden verschwunden. Dafür wurden Engel und Heilige aus Preßstoff und vom Fließband feilgeboten. Die Madonnen von Lourdes und Fatima schauten scharweise aus den Fenstern, gipsweiß und gegossen. Eine solche stand seit zwei Dutzend Jahren in der Michelikapelle von Höhenberg. Immerhin: Damals war noch eine Lourdes-Madonna aufgestellt worden, aber jetzt? Ihre Arme waren abgebrochen, daß das Drahtgestell zum Vorschein kam. Niemand erwog eine Erneuerung. Die Verdünnung des Glaubens war fortgeschritten. Jetzt wurden mehr weltliche Waren angeboten — nicht nur in der Herzogspitalgasse, auch auf dem heiligen Platz: Lederhosen in verschiedenen Farben und Stickereien, mehr oder minder geschmackvoller Frauenschmuck, Farbdrucke mit Südseelandschaften und braunen Insulanerinnen, Ansichtspostkarten und Schallplatten. Die Godin Crescentia Haselböck hatte von einer Wallfahrt nach Ötting immer köstlich mundendes Quittenmark in runden Spanschachteln heimgebracht. Crescentia Weilbuchner suchte vergeblich danach.

Vor einem Jahr war die Alte weitaus gebrechlicher, sogar bettlägerig gewesen, als ihr vom Geschwisterkind Anastasia über die Leichenfeier des Kammerlehner Bauern berichtet wurde. Erst spät, als es schon auf den Morgen zuging und Crescentia eingeschlafen war, begab sich Anastasia mit gestelltem Wecker in das kahle hintere Zimmer, um ein wenig auf dem zusammengesessenen Sofa zu ruhen. Sie blieb im Halbschlaf, dachte an den Kammerlehner Hof, erinnerte sich, wie es früher war. Wenn der große Nachbar, der Aigner, dessen Felder über dem Bahngleis lagen, sich die neuesten maschinellen Erleichterungen leistete, während Sebastian eigenhändig mähen, mit Hilfe der Kinderhände Garbe für Garbe binden und auflegen mußte, prägte er den Prograderreim, der alsbald die Runde machte:

»Der Oigner maaht mit'n Binder . . .
der Kammerlehner maaht mit seine Kinder!«

Das war der Anfang. Noch war man stolz darauf, selbst etwas zu tun. Eines Tages aber kam bei dem Anderen, bei dem Reicheren, der Mähdrescher. Nun trieb man selber keine Schnitter und Drescher mehr auf. Die großjährigen Kinder gingen aus dem Haus.

Auch als der Vater seinem Sohn Martin den Hof übergab, wußte er einen gereimten Spruch:

»Ös Junga macht's nachi
wia dee Altn habn to',
mog dees Oa' nimma weida,
hebt's Ander aft o'.«

Den Gegensatz zwischen Alt und Jung, zwischen Vater und Sohn, hatte es immer gegeben. Daß aber dieser selbstverständliche Gegensatz auch der Gegensatz zwischen zwei Zeitaltern, zwischen zwei Welten war, das hatte es noch nicht gegeben. Der Sohn war nicht mehr bloß Bauer. Das trug nicht mehr genug ein. Er mußte halbtags in der nahegelegenen Lederfabrik von Bergham arbeiten.

Anastasia spürte den Wandel der Zeiten deutlich am eigenen Leib. Hatte sie nicht bis vor ungefähr zehn Jahren die Haare bauernstolz in langen Zöpfen zur Krone aufgesteckt getragen? Lange vermutete sie, daß sie die ererbte Haartracht beim Eintritt in die Stadt abgelegt hatte, dann machte sie die Entdeckung, daß auch in ihrem Kindheitsland kein Mädchen mehr, das nicht von den Haarschneiderkundinnen ausgelacht werden wollte, die heimische Haartracht trug.

In den Wochen nach ihrer Trennung von Michael Thaler mußte Anastasia manchmal an den Besucher Ignaz Loher denken, dessen aufmerksame Blicke ihr nicht entgangen waren. Vielleicht kam dieses Erinnern auch davon, daß der Name Loher mit ihrer Erinnerung ans Ganshüten auf der Holzlohwiese zusammenfiel.

Als ob Loher ahnte, daß er nun mit einem Versuch, sich Anastasia zu nähern, Erfolg haben könnte, bemühte er sich in den Tagen, als Angermaiers Buchhandlung an den Sohn überging, um eine Begegnung mit ihr. Er wußte, daß sie in Angermaiers Haus an der Herzogspitalgasse aus- und einging. Er hätte aus Thalers Mund oder in Angermaiers Laden mehr über sie erfahren können. Eine Begegnung mit Michael Thaler vermied er, und seit er die Verbindung mit Amalia hatte abreißen lassen, war ihm ein Betreten der Devotionalienhandlung peinlich. Es wäre ihm schwer gefallen, Anastasia hier aufzusuchen, ohne Amalia über den Weg zu laufen. So blieb ihm nichts übrig, als ihr heimlich, wie es allenfalls Schüler einer höheren Volksschulklasse tun, vor dem Haus aufzulauern, einmal auf der gegenüberliegenden Gassenseite, einmal, weil er dort von Angermaiers Laden aus bemerkt werden konnte, am Eck gegenüber der Damenstiftskirche, endlich vor den Schaufenstern des bewußten Ladens, dessen Auslagen er — wie zufällig — in Augenschein nahm. Er hatte keine halben Tage Zeit zu seinem Treiben. Es war immer nur ein Stündlein, oft bloß ein halbes, das er so verbrachte.

Deutlich fühlte er, je länger er im Warten auf das begehrte Mädchen vor den Schaufenstern stand, bald sich mit der Auslage des einen beschäftigte, bald zum nächsten weiterwanderte und hinter den Glasscheiben, in denen sich die Fassade des ehemaligen Damenstifts spiegelte, wenn er die Einstellung seiner Augenlinsen veränderte, unzüchtige Bücher und Gegenstände aufgetürmt sah, eine Befleckung der Reinheit dieser blauäugigen, lichthaarigen Bauerntochter. Er befand sich in der merkwürdigen Lage, nach der kurzweiligen Befriedigung der Lust, die ihm das Leben in der Stadt gewährt hatte, ihrer Reinheit zu bedürfen, aber andererseits nicht auf die unverbindliche Körperlichkeit seiner Beziehung zu Frauen verzichten zu können, obwohl er wußte, daß das baldige Ende vom Lied doch nichts anderes als wieder der Ekel sein konnte. Ungeduldig ging er auf sein Ziel los, und, wenn er es — wie im Fall Amalias — nicht sofort erreichte, ohne Umschweife auf das nächste.

Er fand es merkwürdig, daß er nun schon Tage mit der Jagd auf Anastasia zugebracht und sich nicht längst mit einem Ersatz begnügt hatte. Schuld war das uneingestandene Bedürfnis, der Gebrochenheit seines scheinbar lustigen Lebens ein Ende zu machen. Weit war er noch von einer Umkehr entfernt! Nie hätte er für den Fall, daß jemand, etwa Thaler, die Reinheit Crescentias herausgestrichen hätte, anders geantwortet als: »Was heißt Reinheit? Sie hat ihre Keuschheit nicht freiwillig auf sich genommen. Keinen Mann hat sie bekommen! Da beißt die Maus keinen Faden ab!«

Mit ähnlichen Worten sagte es Peter Angermaier. Da fuhr ihm sein Vater, als der Sohn im Comptoir so ehrfurchtslos von der kranken alten Frau redete, über den Mund: »Na und? Sind es nicht immer die größten Taten gewesen, die als Ersatz für verwehrte erwünschte geleistet wurden?«

»Ich weiß nicht, warum du dich so aufregst? Ist es etwas Außergewöhnliches, wenn eine Frau sitzen bleibt?«

Der Vater sprang vom Schreibtischsessel auf und platzte heraus: »Freiwillig nimmt niemand das Kreuz auf sich! Das Äußerste, was ein Mensch leisten kann, ist, aus der Not eine Tugend zu machen!«

Da rückte Peter Angermaier mit der Sprache heraus, hielt mit seiner Meinung nicht mehr hinter dem Berg. Genau das war es, was die arme Crescentia nachts aus dem Schlaf geschreckt hatte, denn ihre Furcht, auf die Straße gesetzt zu wer-

den, war seit den Tagen im Buchbacher Pfarrhof nicht kleiner
geworden. Peter fand, daß die Alte zu viel krank sei. Kurz
und gut, er wollte sie aus dem Haus haben, in ein Altersheim
geben (»in der Marienanstalt an der Dachauerstraße können
alte Dienstboten billig wohnen!«) oder ganz in ihre Heimat
abschieben...

Johann Baptist Angermaier, der sich gesetzt hatte, sprang
neuerdings auf und schrie, daß ihm die Adern an den Schläfen
schwollen: »Verlange, was du willst, aber nicht das! Weißt du,
was du sagt? Zwanzig Jahre dient uns diese treue Seele, und
du scheust dich nicht, so zu reden?« Johann Baptist Angermaier erinnerte sich an die Nacht, in der sein Vater starb. Crescentia rannte ins Nachbarhaus, um den Sohn heimzuholen,
der bei einem befreundeten Ehepaar übte, das im Kirchenchor
von Sankt Michael sang. Als wäre es gestern gewesen, hörte er
den Pfarrer von Sankt Peter, der von zwei klingelnden Ministranten begleitet war, mit dem Allerheiligsten im Ciborium
die Gasse entlang kommen. Leute liefen barhäuptig neben dem
Priester her, knieten nieder, bekreuzigten sich. Das war schon
lange nicht mehr so. Ohne Ministranten und ohne Glocken
schlich sich der Priester, den Herrn in Brotgestalt unter dem
Rock verborgen, durch die Gassen, daß es niemand merkte.
Gelächter wäre das mindeste gewesen, was er geerntet hätte,
wahrscheinlicher Schimpfworte und Unflätigkeiten.

Wieder wallte das Blut in Johann Baptist Angermaiers
Adern: »Sie hat Freud und Leid mit uns geteilt, und nun
willst du sie auf die Straße setzen, weil sie ein Mensch ist und
weil das Absterben ein Erbteil des Menschen ist, genauso wie
es meines Vaters Erbteil war, wie es meines und deines ist!
Sind wir mit Armut geschlagen?! Ich weiß, was ich zu tun
habe! Ich habe eine ständige Aushilfe für Crescentia im Auge.
Solange ich Inhaber der Devotionalienhandlung in der Herzogspitalgasse bin, bleibt unsere alte Crescentia im Haus!«

Peter Angermaier schwieg. Er dachte, daß der Vater keinen
Anlaß hatte, den Mund so voll zu nehmen. Der Devotionalienverkauf ging von Tag zu Tag zurück. Wenn das Geschäft
einträglicher war als je zuvor, dann nur dank dem Verkauf
weltlicher Gegenstände, der färbigen Anschlagbilder, der Bücher gegen die Ehelosigkeit der Priester. Sogar kleine Modelle
bunter Kraftwägen und kostspielige Spielzeuge für Erwachse-

ne waren in Peters Schaufenster ausgestellt. Der Umsatz stieg. Die alte Kundschaft blieb aus, nicht nur der Pfarrer von Sankt Peter, auch die übrigen Einwohner der Altstadt, auf die Johann Baptist Angermaier angewiesen war. Mit anderen Worten: Peters Geschäftstüchtigkeit vertrieb dem Vater die Kunden.

Vielleicht lag dieser Verkaufserfolg auch an einer zunehmenden menschlichen Beweglichkeit. Das Lebensgefühl der Beweglichkeit hatte zum Bau des Flachdachhauses auf dem Hanggrundstück geführt. Peters Hochzeit mit Ines wurde nicht billig, nämlich im Salon der führenden Feinschmeckergaststätte an der Theatinergasse, im engsten Kreis gefeiert. Anschließend ging das Brautpaar auf eine vierzehntägige Mittelmeerreise.

Am ersten Jänner wurde das neue Haus bezogen. Zwar taten Alt und Jung unter demselben Dach nicht gut. Seit Menschengedenken war das so und erst recht im Hause Angermaier. Aber Peter hätte ebensogut statt in Nymphenburg in der Herzogspitalgasse wohnen können. Weit gefehlt! Es mußte auf einem Hanggrundstück mit Bergblick sein. Was hatte er nun davon, als weitere und anstrengendere Fahrten mit dem roten Automobil und nach dem ersten Gestöhn über die winterlichen Fahrbeschwerlichkeiten den Spott seines Vaters: »Merk dir, Peter! Die Stadt holt immer den Fliehenden ein! Wo der Städter hinflieht, ist immer Stadt, solang er seinen Arbeitsplatz in der Stadt hat.«

Die Ausstattung seines Flachdachhauses überließ Peter einer bekannten Möbelhandlung. Zu der weißlackierten und metallglänzenden Zweckeinrichtung gehörten freilich als Farbtupfer einige alte bäuerliche Stücke. Ines wollte es. »Wegen der Berge«, sagte sie.

Also sah sich Peter in der Westenriedergasse um, wo Tändler, Altwarenkrämer und Kunsthändler ihre Läden aufgeschlagen hatten, richtiger wäre »Gewölbe« zu sagen gewesen, weil es zu ihnen und ihrer Sammlung ausgedienter Dinge fast immer zwei oder drei Staffeln hinunterging, und wählte, was er brauchte: ein gedrechseltes Spinnrad, einige kupferne Guglhupfmodeln, einen Schüsselkorb, einige Zinnteller und ein paar Deckelkrüge.

Als Crescentia den bäuerlichen Hausrat in einem der hinteren Zimmer des Geschäftshauses abgestellt fand, schrie sie vor Schreck auf. Sie hätte schwören mögen, daß es die in Kammerlehen abhanden gekommenen Begleiter ihrer Kindheit waren. Sicherlich irrte sie, denn daß unter siebenzigtausend Spinnrädern, die verkauft wurden, gerade dieses eine aus Kammerlehen sein sollte, wäre ein zu großer Zufall gewesen. Auch die kupfernen Kuchenmodeln und die Zinnteller stammten gewiß nicht aus Kammerlehen.

Alte Dinge sollten also die Wirkung neuer Werkstoffe steigern, aus denen Peters Flachdachhaus gebaut war: Beton, Glas, Aluminium, Stahl, Kunststein. Dem Vater wurde übel, wenn er davon hörte, aber um des lieben Friedens willen machte er — halbherzig — gute Miene zum bösen Spiel und besuchte seinen Sohn im neuen Heim. Am Dreikönigstag war Johann Baptist Angermaier mit seiner Frau in dem Flachdachhaus zu Gast. Vor der gläsernen Südwand sahen sie die verschneite Alpenkette liegen.

Die einzige, die aus ihrer Enttäuschung keinen Hehl machte, war Amalia. Sie bezog das Votivbild Crescentias, das Peter Angermaier als »Dauerleihgabe« des Pfarrers von Bergham wirkungsvoll an eine kalkweise Wand gehängt hatte, in ihren Blick ein. Sie, die nichts von der Neuheitswut ihres Bruders hielt, konnte auch seiner Altertümelei keinen Geschmack abgewinnen. Freilich führte sie ebenfalls ein gebrochenes Dasein. Manchmal dämmerte ihr, daß nicht nur ihres Bruders Bindungslosigkeit, sondern auch die eigene rückwärts gewendete Haltung in einem zeitlosen Raum schwebte. Die Hinterlassenschaften der alten Bauernhöfe, aus denen dieses gläserne Flachdachhaus gespeist worden war, konnten keineswegs von dem Erbe der sprichwörtlichen altstädtischen Witwe, die im schwarzen Kleid mit ihrem Milchhaferl um das Altheimer Eck humpelte und vorgestern selber starb, getrennt werden. Auch ihre Hinterlassenschaft — warum nicht eines Tages auch Crescentias Hinterlassenschaft — wurde im Tändlergeschäft verkauft — erst pfundweise — als die Nachfrage stieg und das Angebot ausging — grammweise. Denn auch die Handwerker starben aus, die alle Dinge ihrer Hinterlassenschaft gemacht hatten, die Drechsler, die Schäffler, die Wagner, die Schlosser, die Schmiede.

Über die Herzogspitalgasse humpelnde oder bettlägerige

alte Weiber starben aus und keine jungen kamen nach. Die nächtliche, samstägliche, sonntägliche Leere der alten Stadt war unerträglich! Auch Amalia fehlte hier, die in der Herzogspitalgasse mit schlanken weißen Fingern Rheinberger-Sonaten gespielt hatte, die als Kind vor dem Elternhaus mit Geißel und Kreisel gelaufen war, die Himmel und Hölle auf das Pflaster gemalt hatte und durch das gedrehte Seil gesprungen war. Wie bedauerte sie, daß keiner dieser Augenblicke wiederkehrte, das Balancieren des Kindes Amalia auf der Mauer des ehemaligen Kreuzfriedhofs, das Zurückbiegen eines hereinragenden Strauchs durch die Hand ihrer sorgenden Mutter.

In dieser durchgehaltenen Liebe für Altes wurzelte ihre Vorliebe für alte Kleider. Es war nicht nur das Alte, das Geschichts- und Ichgesättigte, was ihr an alten Kleidungsstücken gefiel, es war auch das Verhüllende. Darum wurde sie oft von ihrem Bruder lächerlich gemacht. Als ihr zum Christfest einmal ein neues Kleid geschenkt worden war — von der Mutter — hatte es länger sein müssen als alle bisherigen, hatte mit seinem Saum fast den Erdboden berühren müssen. Immer wehrte sie den Spott aufdringlicher Beobachter mit einem Hinweis auf die Trachten ab, auf die bäuerliche Frauentracht, die über weiße Wollstrümpfe und weiße Spitzenhosen immer noch mehr Hüllen fallenließ, den knöchellangen Rock, das Mieder, den Schurz und das Schultertuch, auf die Bürgertracht, auf die Handwerkertracht, auf die Klostertracht, auf die Adelstracht, auf die Uniform der Soldaten, auf die Talare der Richter. Der gemeinsame Zweck aller Trachten war ja nicht nur die Unterstützung einer Haltung, sondern vor allem die Verhüllung.

Von Kopf bis Zeh verhüllt war auch Anastasia, als Ignaz Loher, von winterlicher Kälte schauernd, im Spiegel des bewußten »Ladens« endlich die Ersehnte vor der Fassade des Damenstifts auftauchen sah. Ignaz Loher wußte manchmal nicht, was mit ihm geschehen war. Ein halbes Jahr lang hatte er sich überlegt, ob er seine Beziehungen zu Amalia vertiefen oder abbrechen sollte. Er war im Grunde noch immer zu keiner Entscheidung gekommen. Dann wartete er auf Anastasia. Gut und gern eineinhalb Monate war er — manchmal täglich, manchmal alle zwei Tage — auf der erfolglosen Lauer gelegen. — Es gab auch Tage, an denen ihn der Mut verlassen wollte, an denen er zu zweifeln begann, ob sie überhaupt noch in dieser Stadt lebe. Nun kam Anastasia unverhofft und so, als ginge sie diese Qual nichts an, auf der anderen Gassenseite gegangen.

Im dichten Schneetreiben kam sie. Der weiße Schleier, den der Himmel fallen ließ, legte eine weitere Hülle um sie. Es war nur ihre vor langem eingeprägte leichte Gangart, die er zu keiner Zeit hätte beschreiben können, die er aber sofort wieder erkannte, ihre von der lebhaften Durchblutung gerötete Wangenhaut und eine hervordrängende Strähne des lichten Haupthaars, die ihn des letzten Zweifels enthob. Es strahlte von ihr so viel Selbstverständlichkeit aus, daß Ignaz im ersten Augenblick, der zugleich ein Augenblick des Zwangs zur Handlung war, unsicher wurde. Das war ihm noch keiner Frau gegenüber geschehen, daß er an seiner Wirkung auf den begehrten Menschen zweifelte.

Ignaz wußte, daß Anastasia auf seine Gassenseite herüberkommen mußte, wenn sie Johann Baptist Angermaiers Haus in der Herzogspitalgasse aufsuchen wollte. Wirklich kam sie herüber, sodaß er in der Damenstiftgasse nur einige Schritte auf die Kreuzung der Herzogspitalgasse zugehen mußte, um am Eck mit ihr zusammenzutreffen.

Dieses Zusammentreffen wurde zu einem leichten Zusammenstoß. Jedenfalls beeilte er sich so sehr, rechtzeitig beim Hauseck anzukommen, daß er seinen beschleunigten Schritt nicht genügend abbremsen konnte und mit ihr zusammenprallte. Das war wirkungsvoll, aber nicht von ihm beabsichtigt. Beide standen einen Augenblick stumm voreinander und schauten sich erstaunt an. Als er Anastasia aus der Nähe ins Gesicht blickte, war er verwirrt. Diese Hilflosigkeit spürte Anastasia und begann zu lächeln. Ignaz stammelte eine Entschuldigung, sagte aber gleich (damit Anastasia nicht weitergehen konnte), daß er sie von einer Begegnung in Johann Baptist Angermaiers Haus her kenne. Auch Anastasia erinnerte sich und fragte, ob er sie zu Angermaier begleite. Loher konnte nicht zugeben, daß er ein Zusammentreffen mit Amalia scheute. Er schützte große Eile vor. Um sich einmal ausführlicher mit ihr unterhalten zu können, bat er um ihre Anschrift; er wollte gelegentlich von sich hören lassen. Anastasia gab ihm die Fernsprechnummer der Mariahilf-Schule. Mit klammen

Fingern vermerkte er die sechsstellige Zahl in seinem Notizbuch.

Schon an einem der nächsten Tage wurde Anastasia an den Fernsprecher im Lehrerinnenzimmer geholt. Ignaz Loher lud sie zu einem Starkbierabend in den Augustinerkeller ein.

Sonderbar berührte es Ignaz, daß die Handarbeitslehrerin am anderen Ende der Leitung ihn zum Namenstag beglückwünschte. Ignaz überlegte einen Augenblick, dann fiel ihm ein, daß Ignatius, der Martyrer, im Kalender stand. Seit er in der Großstadt lebte war es nicht mehr vorgekommen, daß ihm jemand zum Namenstag gratuliert hatte. Daheim in Kaltenbrunn war es gang und gäbe gewesen! Wie lang war das her!

Auch im Augustinerkeller, den die ehemals geistliche Brauerei auf der westlichen Isaranhöhe in einen dichten Baumbestand gebaut hatte, konnte sich Ignaz Loher schwer der Erinnerung an seine ländliche Vergangenheit erwehren. Das waren immer noch Nachwirkungen des unverhofften Namenstagswunsches, der in seiner ersten Unmittelbarkeit sogar mit dem zugehörigen, aber schnell verschluckten »Du« vorgebracht worden war.

Vom Sterben der ländlichen Brauereien erzählte Ignaz, die nicht mehr lohnend seien. Ein Bräumeister nach dem andern versilbere die kupferne Sudpfanne. Der Zug gehe zu wenigen großstädtischen Riesenbrauereien, die ihren Einheitstrank dem ganzen Land aufzwängen. Seltsam, höchst seltsam war es, daß Ignaz auf einmal mit den Worten seines Vaters zu überzeugen suchte, als er von der ergötzlichen Vielgestalt der kleinen Bräustätten erzählte. Er selber sei zum Bräumeister bestimmt gewesen und in Weihenstephan auf die Hohe Schule der Biersieder gegangen. »Oa's sag i dir!« rief er mehr weinend als lachend und hob seinen Steinkrug empor: »'s brau' Bier taat i hart gratn! I trink's am liaban! Da Augustinerbräu wann sein Fürfleck auswascht, so macht er damit a bessers Bier wia de liachtn Soachbräua mitananda!«

Die Unzufriedenheit mit seinem großstädtischen Los, mit seinem beruflichen Werdegang, der offensichtlich in einer Sackgasse steckte, die Enttäuschung über seinen Umgang brach unvermittelt aus ihm hervor. Er machte sich Luft und wurde, je mehr er trank, in seiner Ausdrucksweise immer unbeherrschter.

Gerade ehemalige Landbewohner, die in der Schriftsprache nicht geübt sind, neigen dazu, eine fremde und verballhornende Ausdrucksweise für richtig zu halten und sich zu steifer Sprachkünstelei zu zwingen. Nicht anders war es bei Ignaz Loher. In der Nähe dieser Frau, die bisher kaum ein Wort gesprochen hatte und allein durch ihre Gegenwart wie ein Liebestrank auf ihn wirkte, redete er wieder ungezwungen in der Sprache seines Landes. Er rief: »A böichana Zwillich und zwiegnaahte Stiefi!« oder ein andermal: »Schaugts ünsane Menscher o'!«

Er hatte erlebt, wie unmittelbar der Landbewohner seinem Nachbauern gegenübersteht! Da gibt es keinen Polster dazwischen, da gibt es keine Auswahl! Er hat wenige Leute um sich. Aber er hat sie, er kennt sie und er nimmt sie, wie sie sind. Anders in der Stadt! Wenn am Nebentisch ein Liebespaar miteinander kost, paßt ein Städter kaum auf, weil es die eigenen Ziele nicht berührt! Ignaz betrachtete Anastasia, die mit glühenden Wangen bei ihm saß, musterte sie von Kopf bis Fuß, daß ihre Augen in den Schoß wanderten. Sie trug ein verschieden blau abgestuftes Dirndlgewand, dessen Rock bei weitem nicht die Länge von Amalias Röcken hatte, aber immerhin die Knie bedeckte. Zu begierig wäre er gewesen, diese Knie, die er sich zart, glatt und rund vorstellte, mit Blicken zu umfangen.

Er faßte sie unter den Arm und lachte breit: »A so a fests Landdirndl is deat epps anders wia-r-a so a durchsichtinge, zammazupfte Stadtchaisn!«

Anastasia, der die Zerrissenheit dieses Menschen wehtat, war von Herzen bereit, ihm zu helfen. Ignaz Lohers Unzufriedenheit mit Beruf und Lebensumständen, mit Werden und Wachsen, hatte ihm zum besseren Verständnis der väterlichen Welt verholfen. Als kleine Befriedigung seiner keimenden Sehnsucht nach der Lebensart eines Kaltenbrunner Bräus diente ihm das glatte bauchige Eichenfäßlein, das er beim letzten Heimatbesuch vom alten Isengäuer Binder erworben und vom Vater mit braunem Gerstensaft gefüllt bekommen hatte. Das Bier war nicht mehr jung, gut gelagert und frisch, das Bänzlein unangezapft, was lag näher, als mit einem solchen Köder Anastasia in seine Wohnung zu locken? Der Hinweis auf Handzeichnungen, mit dem er einmal Amalia zu reizen versucht hatte, wäre fehl am Platz gewesen, das Fäßlein dagegen lag nach seinem Dafürhalten im Bereich des heimatlich vertrauten jungen Weibes. Zudem war das Bänzlein zu unhandlich, um seine Beförderung an einen anderen Ort erwarten zu können. Er verstand es, die Seltenheit seines Fäßleins und die Güte des Kaltenbrunner Biers gehörig herauszustreichen. Schließlich war Anastasia vertrauensseliger als die gebildete Tochter des Devotionalienhändlers. Der Kunstgriff gelang.

Er hatte sie um die vereinbarte Zeit in der Liliengasse abgeholt und bei sich am blanken Holztisch, auf dem das Fäßlein stand, willkommen geheißen. Die Eisenreifen, mit denen die eichenen Dauben gebunden waren, erglänzten, denn sie waren mit einer Speckschwarte abgerieben worden. Der Banzen war auf zwei kleine Schragen gebockt. Zwei Deckelkrüge standen bereit, roggene Handlaiblein mit knuspriger Kruste, Laugenbrezln und Salzsemmeln, in einem Korb appetitlich aufgeschichtet, luden zum Zugreifen ein. Über dem Tisch hing eine Stallaterne. Loher zündete die Kerze an und löschte das große Licht. Er zog seine Jacke aus, band sich einen Lederschaber um, nahm einen hölzernen Schlägel in die Hand und trieb den Messinghahn mit wenigen gezielten Schwüngen in den Spund. Er hielt einen Krug darunter, drehte am Wechsel und ließ das kräftig treibende Braune herauszischen, bis der Schaum über den Rand des Kruges lief. Geschickt schob er den zweiten Krug an die Stelle des ersten, ließ ihn vollaufen, bis das Weiße überschwappte, schenkte wieder in den ersten Krug nach und so weiter. Jede seiner Bewegungen war gezielt und zeugte von Erfahrung. Er beeindruckte Anastasia. Als er seinen Steinkrug an den ihren gestoßen und schon den Zinndeckel zurückgeschlagen hatte, lachte er, bevor er die Lippen in den Schaum tauchte: »Es is a gwöhnlichs Brau's, hot aba-r-a Wüerzn, daß d' moa'st, du saafst a Märzn! Da werst Augn macha!«

Lohers Umstände, Vorbereitungen und Zurichtungen waren keineswegs echt, waren gut gespielt von einem Mann, der Bescheid wußte. Weil er aber das Dürftige der Nachahmung empfand, übertrieb er, übertrieb immer mehr, um ihre Bewunderung zu erregen. Alle Fröhlichkeit war gespielt. Hinter den kraftstrotzenden Bewegungen lauerte Trauer. Anastasia bedauerte ihn. Das war der Hauptgrund gewesen, warum sie gekommen war: sie wollte ihn trösten, vielleicht auch ändern, wollte ihn zur Dauerhaftigkeit bekehren. Doch er, der das Gefühl der Liebe vielleicht nur zur verlorenen Mutter, und zu den wechselnden Frauen keine andere Einstellung als die des neugierigen Abenteurers gekannt hatte, ließ sich nicht darauf ein. Je stärker der Trunk wirkte, umso heftiger drängte sich das aufreizende üppige Mädchen seiner erhitzten Einbildung an die Stelle der wirklichen Anastasia. Die vertrauensselige Bauerntochter war in die ungesunde und abgestandene Welt der bebilderten Massenzeitungen geraten. Nie wäre es ihr möglich gewesen, das Herz zu einem Spielball des Spaßes zu machen. Der Spaß war ja — wie diese ganze volkstümliche Aufmachung um das Bierbänzlein herum — nur Ersatz für etwas Fehlendes.

Auch Ignaz Loher war die ärmliche Auffassung der geschlechtlichen Liebe fremd. Auch für ihn handelte es sich dabei nicht um einen rein stofflichen Vorgang, um einen Teil der Gesundheitspflege. Es fehlte ihm die eisige Glätte der herzensleeren »Herzensbrecher«. Er übertrug den schalen Geschmack, den er regelmäßig nach einer gelungenen Verführung auf der Zunge spürte, schon vorher auf sein Opfer.

Er kam in der Hitze des Redens und Trinkens vom städtischen »Sie«, das einen unüberbrückbaren Abstand ausdrückte, zum vertrauteren »Du«, das auch ihr bei ihrem Namenstagsglückwunsch von den Lippen geglitten war, hielt wie nebenbei ihre rundliche, ein wenig arbeitsrauhe Hand in der seinen, streichelte sie, drückte sie, führte sie an die Lippen, scherzte, als ihm der zur Besiegelung des »Dus« im Großstadtleben übliche Kuß zunächst verweigert wurde: »Werst eppa do aufleina! Morign hamma März an Kalender!«, und wurde, als er ihre Lippen küßte, um die Beherrschung gebracht. Er hatte den blauen Vorhang ihres Kleides verschwommen im Auge, ließ ihre Lippen nicht mehr los, irrte mit der Hand auf das blaue Kleid hinunter, schob es zurück — sie sah seine schwarzen Augen ganz nah auf sich gerichtet, war erstaunt, wie groß die roten Punkte in den weißen Winkeln waren — und stieß ihn mit Kraft zurück. Der Griff seiner Hände wurde hart. Mit Anstrengung schüttelte sie ihn ab und sprang auf.

Ignaz Loher war augenblicklich ernüchtert. Auch er stand

auf und sagte mit einer Stimme, in der die Erregung nachbebte, etwas über die Freiheit des Menschen.

»Freiheit?« fragte Anastasia mit aufgerissenen Augen. »Bist du frei von dir?« In Riesenlettern standen die Worte des Breviers pro Juventute vor ihrem inneren Auge: »Sich liebend einem anderen Wesen hinzugeben, ganz eines Anderen Eigentum zu sein, und diesen Anderen ganz zu besitzen, ist tiefstes Verlangen des weiblichen Herzens.« Wieder fragte sie: »Bist du frei von dir selbst? Ich habe gelernt, daß die Frau dem Mann mit Scheu begegnen soll. Das möchte ich nicht verlernen müssen!«

Schmerzlich gedachte sie des Glücks ihrer Geschwister, des Elternglücks, das ihr bis jetzt versagt geblieben war. Wie gern hätte sie es genossen. Darum wehrte sie sich gegen den Geschlechtsgenuß ohne Heirat. Selbstverständlich wäre ihr ein Leben an der Seite Lohers lieber gewesen, als ein Leben der Einsamkeit, aber zu gut wußte sie, daß Loher nur das eine von ihr wollte. Und daß er sie dann verlassen würde. Sie würde schlimmer allein sein als vorher, allein mit der Selbstverachtung.

Ihr Verdacht wurde zur Gewißheit, denn Loher gab gleich auf. Er hatte keine Geduld mehr. Nicht die geringste Mühe gab er sich, zu verbergen, auf was es ihm angekommen war. Ja, er wollte frei bleiben, schreckte vor der Heirat zurück, sah aber deutlich, daß er sie erst n a c h der Heirat bekommen konnte. Darum gab er auf. Finster brütend und kein strahlender Eroberer mehr, stand er im Zimmer und fragte sich: Was ist denn los? Was ist denn los? Ich verstehe die Welt nicht mehr — ein Korb nach dem anderen — ein Korb nach dem anderen ... Auf und ab ging er mit den Händen auf dem Rücken, schaltete das große Licht ein.

»Damit du dir die Flausen über die Welt aus dem Kopf schlägst, will ich dir etwas verraten.« Er holte tief Luft — und redete schließlich doch nichts anderes, weil er nur immer wieder den selben Verhalt von verschiedenen Seiten darstellte, als vom Zerfall, von der Verstörung, vom Irresein, vom Kranksein zum Tod. Er »mankelte« nicht mehr, er »zahnte« nicht mehr, wie er es am Tisch des Augustinerkellers noch getan hatte, es gab keine Brücke mehr zum Ufer der Heimat, aber auch keine Hoffnung auf einen Zuwachs von Glück im Niemandsland.

Vorbei war es mit allem fröhlichen Getue. Seine Sprache war wie verflüchtigt, weil die Dinge, von denen er redete, gründlich zerstört waren, um und um zerfressen, in Fäulnis übergegangen. »Der Fisch stinkt nicht nur vom Kopf her, sondern von beiden Seiten«, rief er mit einer wegwerfenden Handbewegung. »Speiübel könnte es einem werden!«

Am Tag nach diesem traurigen Erlebnis kniete Anastasia in der Mariahilfkirche. Sie glaubte, jeden Augenblick müsse Loher bei der Tür hereinkommen und sich neben sie setzen. Aber er kam nicht.

Während der Ostervakanz wohnte sie in der Herzogspitalgasse. Bei den Kirchgängen der Karwoche wurde sie von Crescentia und einer dritten Frau begleitet — von Amalia. Nicht nur weil Amalia die Heimatpfarrei bevorzugte, ging sie mit, sondern weil sie wieder in der Herzogspitalgasse wohnte. Ihr früheres Mädchenzimmer hatte sie sich tapezieren lassen und einige gerahmte Kupferstiche aufgehängt. Ihre Möbel hatte sie zurückgebracht. Das Herz klopfte ihr bei der Rückkehr in die frühere Umgebung, aber in wenigen Stunden war sie eingewöhnt.

Am Palmsonntag waren in der Kreuzkirche alle Altarbilder verhüllt. In den vorderen Bänken, wo die Knaben saßen, wogte ein Wald von sogenannten Palmbuschen, die mit bunten Bändern auf lange Stiele gewunden waren. Niemand hätte den Knaben ihr altes Recht, einen Palmbuschen zu tragen, streitig machen wollen. Dennoch war es die Regel, daß manche Buben ohne Palm blieben und in einer Gruppe am Haupteingang des ehrenvollen Auftrags harrten, einen Palm in der Weihe zu halten. Anastasia hatte aus Buchs und Weidenkätzlein (die auf dem Markt gekauft worden waren) mit geschickten Fingern drei Kreuze geflochten und sie mit Bändern in den Farben weiß, violett und rot an einem kräftigen Stock befestigt. Schnell war der Buschen von einem schwarzen Lockenkopf entführt und vorn, wo es dem Hochaltar entgegenging, in dem Gewoge der anderen Palmzweige untergetaucht.

Die Knaben begleiteten mit ihren aufragenden Palmbuschen den Priester rechts und links in einer Reihe, legten — gleichsam vom Ölberg nach Jerusalem — den Weg von der Kreuzkirche zur Peterskirche zurück. (In Feldkirchen wurde der hölzerne Palmesel, der auf Rädern rollte, mitten unter der

Volksmenge gezogen. Auf seinem Rücken saß der ebenfalls aus Holz geschnitzte Heiland.)

Am Ausgang der Kirche empfingen die drei Frauen aus der Hand ihres Knaben, dessen Wangen vor Aufregung glühten, den geweihten Buschen zurück. Als Gegengabe erhielt er von Anastasia zwei gefärbte Eier und von Amalia ein rotes Zellophanbild, auf dem, wenn man es gegen das Licht betrachtete, der Einzug Jesu in Jerusalem zu sehen war. Daheim wurde der Palmbuschen auf den Eisenbalkon gelehnt. Seine Spitze wurde mit einem dunklen Tuch verhüllt.

Während Crescentia, Anastasia und Amalia in die Peterskirche gingen, besuchte Ignaz Loher die Ludwigskirche. Noch gestand er sich nicht ein, daß die Begegnung mit Anastasia ihm die Wiederbegegnung mit einer anderen Welt gebracht hatte. Er leistete am Vorabend des Gründonnerstages der Osterpflicht Genüge: Als er beklommen im Beichtstuhl der Ludwigskirche kniete, wandelte sich seine Furcht vor Strafe in die wohltuende Ahnung der Süße des Beichtgeheimnisses. Er entdeckte einen Lebensraum, der sich sogar zwischen Eheweib und Ehemann auftut.

Als er am nächsten Abend, am Gründonnerstag, in die Ludwigskirche ging, hatte er die auferlegten Gebete gesprochen. Aber er mußte ängstlich daran denken, daß der sonderbare weltliche Teil der Buße noch abzuleisten war — daß er Anastasia noch um Verzeihung bitten mußte.

Tags darauf, am »Freitag des Leidens und Sterbens unseres Herrn«, nach einem Fastenmahl aus gewässertem Erdäpfelmus, verließen die drei Frauen Amalia, Crescentia und Anastasia in schwarzen Gewändern das Haus in der Herzogspitalgasse.

Als sie wieder heimkamen, holte Anastasia den Palmbuschen vom Eisenbalkon in die Küche, legte ihn von dem dunklen Tuch frei, wickelte die Bänder auf und entfernte die drei Kreuze aus Weidenkätzlein vom Stock. Dann heftete sie die drei Kreuze der Freundin Amalia, der Tante Crescentia und sich selbst von innen mit einer Sicherheitsnadel an die schwarzen Kleider. Dann sagte Anastasia: »In Gott ist das Leid des Menschen. Im Leid des Menschen ist Gott.« Den dritten Satz: »Im Tod ist die Auferstehung« sprach sie noch nicht.

Johann Baptist Angermaier feierte das Osterfest mit seiner

Frau Elisabeth und seinen Kindern in der Nymphenburger Herz-Jesu-Kirche. Sein ältester Sohn Peter fand nichts dabei, um die Zeit herum, die als Sterbestunde des Heilands gilt, weil gerade schönes Wetter war, mit seinem offenen Sportautomobil übers Land zu fahren (an seiner Seite saß Ines mit Sonnenbrille und Kopftuch) und, wenn er eines besonders großen Flugzeuges ansichtig wurde, am Straßenrand zu halten und die Filmkamera zu zücken.

Peter Angermaiers Frau Ines und ihre Kopfbedeckungen

Die schöne Ines gehörte zu jenen Städtern, die sich mit einem von gewisser Fracht befreiten Glauben leichter tun, weil sie, auch wenn sie in einem gläsernen Flachdachhaus mitten auf dem Acker leben, kein Korn keimen, keinen Baum grünen sehen. Mit dem Bau des Flachdachhauses war folgerichtig das Reich des Menschen vergrößert und der Acker, von dem er sich nährt, verkleinert worden. Sie war das echte Gegenstück Crescentias, umgab sich gern mit einem fälschlichen Glaubensanstrich und legte sich bei, was sie nicht hatte: Bald steckte sie sich einen Gamsbart auf den Hut, bald trug sie einen Rosenkranz als Halskette — was dem Ehegatten unausgesprochen zu weit ging — und einen Turban dazu auf dem Kopf, die einstmals Todfeinde waren. Von Feindschaft, sagte sie oft, halte sie nichts, und wo alles einerlei sei, gebe es Frieden. Auch ein nordafrikanischer Burnus wurde ihr zur willkommenen Kopfbedeckung. Fast immer hatte sie nach indischer Art einen roten Tropfen mit Lippenstift auf die Stirn gemalt.

Wenn sie hörte, daß in der Kammer unter dem Turm der Peterskirche, hinter einem Berg von Buchs, Palm, färbigen Glaskugeln und Treibhausblumen eine Holzfigur des toten Jesus im Felsengrab zur Verehrung durch die Kirchenbesucher ausgestellt sei, schüttelte sie ungehalten den Kopf und nannte es Aberglauben.

Was ist Aberglaube? Was ist Glaube?

Ignaz Loher war noch nicht zu Anastasia gekommen. Er kam nicht mehr am Karfreitag. Er rang immer noch mit sich selbst.

Aber er kam doch. Er kam zur letzten möglichen Frist. Am Karsamstag Nachmittag besuchte er das alte Wirtshaus in der Liliengasse, zu dem er sie eines Abends heimgebracht hatte. Er ging mit hallenden Schritten durch den Gang im oberen Stock und klopfte zaghaft an der Tür, die man ihm gewiesen hatte. Aber niemand antwortete. Die Tür war versperrt. So versuchte er es in der Herzogspitalgasse. Er wagte sich, weil er wußte, daß der Laden geschlossen war, bis an die beiden schmalen Häuser heran. Er überwand sich sogar, auf den Klingelknopf zu drücken.

Nach einer Weile tat sich das Fenster auf und Crescentias Kopf erschien in der Öffnung. Loher nahm das Geräusch wahr, trat zwei Schritte zurück und schaute hinauf. Crescentia zog den Kopf zurück. Der Mann auf der Gasse war ihr unbekannt. Weil ihren alten Augen nicht mehr ganz zu trauen war, schaute gleich darauf Anastasia heraus. Nur kurz, dann verschwand ihr Gesicht, um gleich wieder aufzutauchen. Dann erschien ihre Hand im Fensterrahmen, öffnete sich und ließ einen Schlüssel in der Lederbörse fallen. Loher verstand die Bewegung, die seit Jahr und Tag von Crescentia geübt worden war, bückte sich, ergriff den Schlüssel, sperrte auf und ging durch das düstere Stiegenhaus in die Wohnung hinauf. Er war ahnungslos. Um so größer war sein Erschrecken, als ihm diejenige, deren Nähe er meiden wollte, im dunklen, bodenlangen Kleid, mit blaß aus den schwarzen Haarschnecken hervortretendem Gesicht, entgegenkam: Amalia. Sie lächelte. Lohers Verlegenheit war groß, viel größer, als wenn ihm nur Anastasia gegenübergestanden wäre. So hörte er es gern, daß keine Zeit für Erörterungen sei, weil man zur Vigil aufbreche.

Als Loher mit den drei Frauen durch die hallenden Gassen ging, sah er in der langsam einfallenden Abenddämmerung die silbrigen Palmkreuze auf ihren schwarzen Kleidern schimmern. Crescentia trug einen Zöger, in dessen Tiefe Kerzen klapperten. Amalia hatte einen kleinen Deckeleimer, aus Email, in der Hand. Anastasia hielt eine Stallaterne, deren Kerze nicht brannte.

Es war finstere Nacht, als sie bei der Peterskirche ankamen. Der Platz war von Menschen erfüllt. Der Subdiakon fachte mit einem Stein, wie es ihm vorgeschrieben war, das Osterfeuer an. Der Zunderschwamm begann zu glimmen. Nach und nach fingen die Holzstücke Feuer, die Flamme züngelte empor, leuchtete auf den Gesichtern der Menschen, sendete Lichtscheine an den Hauswänden hinauf.

Der Priester trat in den Lichtschein des Feuers. Ein Ministrant legte nacheinander mit der Zange drei Kohlenstücke in das lodernde Feuer, so daß ein Gestöber von Funken in den Nachthimmel sprühte. Ein anderer Ministrant brachte die große Osterkerze. Der Priester ritzte mit einem Griffel das Kreuz des Leidens in den Kerzenleib, zuerst den Längsbalken, und sprach dazu: »Christus heri et hodie«, dann den Querbalken mit den Worten: »Principium et Finis«. Über das Kreuz setzte er den griechischen Buchstaben Alpha, darunter das griechische Omega. In die vier Felder zwischen den Kreuzbalken schrieb er die Zahl des laufenden Jahres und sprach dazu: »Ipsius sunt tempora« — er ritzte den Einser ein — »et saecula« — er ritzte den Neuner ein — »Ipsi gloria et imperium« — er ritzte den Sechser ein — »Per universa aeternitatis saecula. Amen.« Er ritzte den Siebener ein. Dann reichte ihm der Diakon fünf Weihrauchkörner. Er besprengte, beräucherte und weihte sie. Dann fügte er die Körner in die fünf Wundmale, zwei zu beiden Seiten am unteren Ende des Längsbalkens, zwei an den äußeren Enden des Querbalkens und eines in die Vierung. Dann überreichte ihm der Diakon mit einem Wachsdocht das neue Feuer. Der Priester entzündete die Osterkerze.

Es ordnete sich der Einzug in die dunkle Kirchenhalle. Dreimal rief der Diakon: »Lumen Christi!« Das Volk kniete jedes Mal nieder und antwortete: »Deo gratias.« Beim ersten Mal zündete der Priester seine eigene Kerze am Lichte der Osterkerze an, beim zweiten Mal zündeten der Diakon und die Ministranten ihre Kerzen am Lichte der Osterkerze an, beim dritten Mal, als die Kirchenbänke schon von Menschen erfüllt waren, empfing das Volk mit seinen Kerzen Licht vom Lichte der Osterkerze. Crescentia maß ihren Begleitern die Kerzen zu. Auf einmal fühlte auch Ignaz Loher eine Kerze in seiner Hand. Anastasia, die links neben ihm stand, gab ihm das Osterfeuer, er gab es mit seiner Kerze an Amalia weiter. Alle anderen Lichter der Kirche wurden angezündet, viele Kerzen brannten — es herrschte große Helligkeit.

Während der Diakon mit dem Weihrauchfaß die Osterkerze umschritt, sprach Ignaz Loher leise zu Anastasia, die links neben ihm saß: »Auch ich will einen Neuanfang machen. Ich bitte dich für das Weh, das ich dir zugefügt habe, um Verzeihung.« Anastasia erschrak ein wenig. Bald gefaßt, antwortete sie, ebenso leise: »Nicht mich mußt du um Verzeihung bitten, sondern einen viel Größeren! Er hat dir aber schon verziehen.«

Während Ignaz und Anastasia miteinander redeten, wechselten auf dem Hochaltar Lesungen und Gebete. Zur Weihe des Taufwassers stand der Priester vor dem mächtigen Kupfergefäß.

Er sprach das Taufgelübde vor: »Gleichwie Christus von den Toten auferstanden ist, sollen auch wir in einem neuen Leben wandeln. Wir wissen, unser alter Mensch ist mit Christus ans Kreuz geschlagen worden, damit wir nicht mehr Knechte der Sünde seien.«

Crescentia füllte aus dem großen Kupfergefäß Osterwasser in den mitgebrachten Emaileimer und übertrug das Feuer ihrer Kerze auf die kleine, vom Glas geschützte Windlaterne. Dann wurde sie von Anastasia, die im Hinausgehen ihre brennende Kerze in den öffentlichen Kerzenhalten stellte, heimbegleitet. Das Osterfeuer und das Osterwasser trugen sie in die Herzogspitalgasse. Mitternacht war vorüber. Die jungen Menschen hatten sich vorgenommen, nachts in der Kirche zu bleiben.

Anastasia kehrte zurück und stellte sich mit ihrer wieder genommenen Kerze an den alten Platz neben Ignaz Loher. Kerzen waren auf die Armlehnen der Bänke geklebt, flackerten, tropften und schmolzen, brannten zu wächsernen Tropfgebilden herunter.

Die Osterlaudes, die vom Volk und von den Priestern abwechselnd gebetet wurden, dauerten bis in die Morgendämmerung.

Anastasia, Ignaz und Amalia gingen in die Herzogspitalgasse, wo in der Wohnung über der Devotionalienhandlung Crescentia, die einige Stunden geruht hatte, wartete, angetan mit einem hellen Kleid, in der Hand einen Henkelkorb mit Weihespeisen. Auch die beiden jungen Frauen wechselten ihre Kleider.

Dann gingen die drei Frauen mit Ignaz Loher zurück in die Peterskirche. Von weitem klang ihnen Jubel entgegen. Die Alleluja-Rufe steigerten sich zu einem großen Chor. Das Felsengrab war leer. Fast so schön — dachte Anastasia — wie in der berühmten Holzhausener Auferstehung erhob sich auf dem Hochaltar, höher als der am höchsten thronende, dreifach gekrönte Petrus, über dem brennenden cereus paschalis der Herold des Lichtes mit seiner rotweißen Fahne. Durch die Kirche hallte der Hochgesang: »Christ ist erstanden! Surrexit!«

In dem Korb, den Crescentia zur Speisenweihe mitgebracht hatte, lagen ungesäuerte Osterfläden, die in der österlichen Sprache »Brot der Lauterkeit und Wahrheit« hießen, Eier mit Salz und geselchtes Fleisch mit Kren. Obenauf, gut sichtbar, saß das Osterlamm aus weißem Eierschaum und streckte die Siegesfahne empor. Fleisch und Eier waren in der vierzigtägigen Fastenzeit nicht genossen worden. Man wollte sie nach der langen Zeit der Entbehrung aus der Hand der Kirche zurückempfangen.

Dann gab es in Johann Baptist Angermaiers ehemaliger Wohnung über der Devotionalienhandlung ein fröhliches Ostermahl. Es wurde in dem stillen Reich der alten Hausmagd Crescentia, auf ihrer »Insel«, eingenommen.

Im Kachelofen schwelte immer noch eine dunkle Glut. Es war der mitgebrachte, vom neuen Feuer entfachte und mehrmals genährte Brand. Die silvesterliche Zeit, um einen Bratapfel ins Rohr zu legen, war vorbei. Dennoch hatte Crescentia einen Apfel über den Winter gebracht: Es war ein verschorfter, zusammengeschrumpfter, wurmiger und in Fäulnis übergegangener, also durch und durch kranker Apfel. Sie hatte ihn vor wenigen Tagen aus dem Keller geholt. Nun legte sie ihn auf die Kohlenschaufel und vertraute ihn der Glut des Feuers an. Am Zischen und Prasseln hörte man, wie er verzehrt und selbst zu Kohle wurde. Erst jetzt übertrug sie den geweihten Brand auf einen Kerzenleuchter, den sie neben ihren Gebetstuhl zu Füßen der blauen Muttergottes niederstellte. Damit spielte sie auf den alten Osterbrauch an, daß die Vigil in der römischen Heilandsbasilika und das morgenliche Hochamt in der Marienbasilika auf dem nahen Esquilin begangen wurde, die Feier des Osteropfers also im Heiligtum der Frau, die dem blutigen Kreuzopfer beigewohnt hatte. Mit dem brennenden Osterfeuer unter dem Marienbild richtete Crescentia einen Gruß an die Mutter des Ostersiegers.

Dabei mußte sie der Muttergottes im Rosenkranz gedenken, die zwar geleimt, gefaßt und frisch vergoldet war, aber nicht mehr an der Decke des Ladens hing. Ähnlich wie es Johann Baptist Angermaier bei der gesprungenen Altöttinger Glocke gesehen hatte, stand sie, auf zwei Schragen gebockt und mit Blumen geschmückt, im Eck.

Man saß am gedeckten Tisch und aß. Dann füllte Crescentia die leeren Weihbrunnkessel in den Zimmern und Kammern aus dem von der Vigil mitgebrachten Emaileimer mit frischem Osterwasser. Von dem Osterwasser nahm jeder zwei Finger voll und bekreuzigte sich. Anastasia löste sich und Crescentia das Palmkreuz von der Brust und sagte den dritten, vor zwei Tagen verschwiegenen Satz: »Im Tod ist die Auferstehung.« Als sie das dritte Kreuz, das Amalia sich von der eigenen Brust gelöst hatte, in Empfang nehmen wollte, sah sie, daß Amalia es zerteilte und Loher die Hälfte über den Tisch hinüberreichte. Den Rest gab sie Anastasia. Diese zertrennte die Kreuzarme und gab die Teile an Crescentia weiter, damit sie das Haus damit versorge. Hinter die Wandkreuze wurden sie gesteckt, in Kästen und Schubläden gelegt, in den Keller und auf den Speicher gebracht. Und immer dazu ein Säcklein mit geweihten Eierschalen.

Ein einziges der von Anastasia mit sinnbildlichen Figuren und Farben bemalten Eier war noch nicht gegessen, lag unversehrt im Korb. Amalia ergriff es, schaute zuerst Loher, dann Anastasia an und fragte: »Darf ich?« Anastasia nickte. Amalia gab das bemalte Ei in Ignaz Lohers Hand. Als dieser, der das Osterei in seiner Tasche fühlte, durch das Stiegenhaus und endlich ins Freie hinausging, fiel ihm auf, daß auch das Ei nichts anderes als ein Sinnbild der Auferstehung war, das größte vielleicht: Die Schale bedeutete das Grab. Und aus der Schale ging das Leben hervor. Er sah sich um. Auch die Welt ging wieder aus dem Grab hervor. Die Wiesen glänzten im frischen Grün, die Sträucher legten ihren Blätterschmuck an, die Apfelbäume blühten, die Vögel sangen, die Sonne sendete Ströme von Licht über die Erde. Er fühlte sich wie neugeboren. Er wußte, daß er neugeboren war. Er breitete die Arme aus. Die Glocken läuteten immer noch, alle Glocken der Stadt läuteten, von nah und fern, stärker und schwächer, überall läuteten sie. Nur eine einzige Glocke läutete nicht. Sie war für immer verstummt.

DRITTES BUCH

Heimkehr und Geist

Ein Märchen für Erwachsene

SCHLOSS KALLING

Der Ahnherr Mayrhofen — Tontaubenschießen — Jagd und Kammermusik — Kalkofen — Topfgucker — Alois Wieser — Traum wird Leben und Leben wird Traum — der giftfreie Garten — Herz Jesu — die erbleichte Gräfin

Ankunft und Eingewöhnung in der Pracht

Nach beschwerlicher Tagreise kam Crescentia an einem sonnigen Sommerabend im Jahre neunzehnhundertachtundzwanzig in eine veränderte Landschaft. Maximilian, der neben ihr auf dem Kutschbock saß, deutete mit dem Peitschenstiel in das Tal hinaus, das vor ihnen ausgebreitet lag, und sagte: Das ist Kalling.

Durch einen engen Tobl waren sie auf die Paßhöhe gekommen. Der Adenberg und der Ruprechtsberg stiegen zu beiden Seiten an.

Sie rollten mit angezogenen Bremsen ins Tal. Die eigenartige Landschaft schwamm in die Abstufungen der Ferne hinaus. Das Schloß hüllte sich in die schrägfallenden Strahlen der Abendsonne. Immer näher rückte es, immer deutlicher tauchten Zinnen, Traufen und Türme auf. Das Schloß war kreisrund und wehrhaft gebaut. Das äußere Mauertor öffnete sich in einen Graben und leitete die Besucher um die abweisende Außenseite. Läden, Stäbe und Sprossen vieler Fenster huschten vorbei. Endlich rollte das Fahrzeug durch eine dunkle Einfahrt in den gepflasterten Hof.

Als Crescentia am nächsten Morgen in ihrer Kammer erwachte, war es Tag. Die Zofe kam und sagte, der Herr Graf erwarte sie im Frühstückszimmer. Crescentia fragte nach Maximilian. Sie erfuhr, daß ihr Reisebegleiter schon heimgefahren sei.

Als sie sich angekleidet hatte, wurde sie von der Zofe, die Johanna hieß, durch einen langen Gang, in dem dunkle Ahnenbilder in goldenen Rahmen hingen, zum Frühstückszimmer begleitet. Vergoldete Stuckzierate an der Decke, mattglänzende Seidentapeten und Kristalluster machten großen Eindruck auf sie. Da die Fenster nach Osten gingen, schien die Morgensonne, trotz halb geschlossener Holzjalousien, der Eintretenden ins Gesicht und ließ die Gestalten der gräflichen Familie wie schwarze Scherenschnitte hervortreten. Graf Hippolyt Joseph III. Clemens von Mayrhofen erhob sich aus einem seidenbezogenen Sessel und gab der Ankömmlingin die Hand. Gräfin Maria Sophia, eine geborene Preysing, blieb zu ihrem freundlich aber knapp gegebenen Willkomm sitzen, ebenso die Tochter Therese Charlotte an ihrer Seite. Neben dem Grafen stand der Sohn, der als Joseph IV. das Erbe des Vaters antreten sollte, aber — wie ein Mönch vor der Inclaustrierung noch weltlich, nämlich — Leopold gerufen wurde. Auch er reichte Crescentia die Hand. Ein zweiter Sohn, erfuhr sie, studiere in der Hauptstadt Rechtswissenschaft. Außer der Zofe, die in Erwartung weiterer Befehle an der Tür stand, gab es noch den Diener Zeno, einen unscheinbaren Mann, der eben dem Grafen in den Rock half. Auch der Sekretär und Archivar Doktor Anton Sturm erhob sich zur Begrüßung Crescentias. Dabei nahm er einen Augenblick die Brille ab, setzte sie aber gleich wieder auf.

Einen Rundgang durch Hof und Park machte sie mit dem alten Gärtner Korbinian. Dieser wies ihr die Ulmen, Blutbuchen, Ahornbäume und geschnittenen Akazien, führte sie an Magnolien- und Rhododendronbüschen vorbei, zeigte ihr die Beete, deren Blüten gruppenweise zu den Wappenfarben der Häuser Mayrhofen und Preysing geordnet waren, ging mit ihr durch den Gartenpavillon und an den Fischweihern entlang. Sie erreichten die Gebäude des Gutshofes. Dessen Pächter hatte eine Fläche von annähernd tausend Tagwerk zu bewirtschaften, davon über dreihundert Tagwerk Wald. Als der Gärtner auf die landwirtschaftlichen Gebäude deutete, kam ein Mann vom Roßstall herüber. Er war schlank, dunkelhaarig, schwarzäugig, trug schwarze Stiefel, eine Nankinghose und eine braune Samtjacke. Er stellte sich als Kutscher Alois Wieser vor. Er gab Crescentia die Hand und entblößte eine Reihe weißer Zähne.

Durch das Schloß wurde Crescentia von der Zofe Johanna geführt. Sie trat aus dem Garten durch ein Gitter in den gepflasterten Innenhof. Sie kam durch die Schloßkapelle, die dem heiligen Georg geweiht war, durch Gänge und kostbar eingerichtete Gemächer, sah den Fest- und Tanzsaal mit seinen Spiegelwänden, den Musiksalon, die Bibliothek, den Speisesaal und die Küche — ihr künftiges Reich. Dort wischte die Putzfrau Kuni den Ziegelboden auf. Nun war Crescentia beim »dritten Stand«, beim Adel, in Diensten.

Die Eingewöhnung fiel ihr nicht leicht. Ihre Schlafkammer war mit einer Bettstelle, einem Nachtkästlein, einem Schrank, einem Tisch und einem Stuhl — alles Kirschbaumarbeiten — ausgestattet. In einer Porzellanschüssel stand ein geblümter Wasserkrug. Auf dem Tisch breitete sie gleich am ersten Tag ihre Sammlung geliebter Dinge aus. Das Fenster öffnete sich in das Tal, aus dem sie gekommen war. Am Augenkreis standen die Umrisse des Adenberges und des Ruprechtsberges. Oft blickte sie hinaus.

Als Crescentia in der Küche am Feuerherd hantierte, erfuhr sie von der Zofe Johanna, daß Doktor Sturm, der nicht nur im Hausarchiv, sondern auch in den Archiven der Burg Trausnitz stöbere, von einer ehrwürdigen Ahnenschaft des Schloßherrn Kenntnis erhalten habe. Ein Vorfahr des Grafen, Joseph I. Hannibal von Mayrhofen, damals noch Baron, sei als Edelknabe unter den Begleitern des Kurprinzen und späteren Kaisers Karl VII. auf einer Italienreise gewesen. Der Baron von Mayrhofen sei wirklich in einer sogenannten »Resignation« der Reiseteilnehmer neben dem Grafen Hieronymus von Spreti als Page aufgeführt. Graf Hippolyt höre es gern, wenn man ihn auf seine erlauchte Ahnherrnschaft anrede.

Er liebte es, auf seinem Schloß Kammermusikabende zu geben, die er aus einer eigenartigen Laune »Interventionen« nannte. Der Graf spielte mit Glanz die erste Geige, sein Sohn Leopold die zweite, der Dorfpfarrer, der zugleich Schloßgeistlicher und ein Meister auf der Orgel war, die Bratsche und Doktor Sturm das Violoncell. Weit häufiger ließ er sich ein geübtes Streichquartett aus der Stadt kommen und mischte sich mit seiner Familie sorglos unter die Freunde des Hauses. Dann wurden Konfekt und Erfrischungen gereicht. Nur leider störte manchmal munteres Geplauder den zarten Klang der Streichbögen, bis ein durchdringendes »Pschscht!« aus dem Munde des Gastgebers Ruhe brachte. An solchen Abenden las Doktor Sturm regelmäßig aus der Regestensammlung vor. Er tat es mit aufgeklemmter Nickelbrille und erhobener Stimme: »Am Samstag, dem 22. Augustus 1716 wurde in Innspruckh die Zeit mit einem Tontaubenschießen und einem Scheibenschießen verbracht, wobey der Edelknab von dem Churprinzen, Hochwohlgeboren Baron von Mayerhofen, das beste, so in einem silbernen Aufsatz, bis 500 Gulden werth, bestanden, gewonnen.«

Was das Erfreuliche, fast Unglaubliche, an dieser Archiventdeckung war: Besagter silberner Aufsatz wurde in der Familie Mayrhofen bis zu diesem Tag bewahrt und nach der Vorlesung, mit Früchten gefüllt, den Gästen geboten.

Die Speisen bereitete Crescentia nach den handschriftlich von ihren Vorgängerinnen hinterlassenen Kochbüchern. Zum ersten Mal buk sie auch im Gedenken an ihre verstorbene Godin Crescentia Haselböck die sagenumwobene Bisquitroulade und übergoß das zarte Backwerk mit Ribislwein. Damit hatte sie beim Schloßherrn großen Erfolg. Die Zubereitung dieser Speise wurde ihr immer wieder abverlangt.

Graf Hippolyt nannte es geziemend und sinnvoll, daß die Schloßkirche dem heiligen Georg, dem Drachentöter, geweiht war. Zwar las der Pfarrherr an den Sonntagen hier die Messe, doch versäumte die gräfliche Familie kein Hochamt in der Pfarrkirche.

Das Dorf trug den Namen des Schlosses: Kalling. Es lag eingezwängt am Fuß des Berges zwischen Anhöhe und Flußlauf. Die Pfarrkirche war als Tochter des Passauer Bistums dem heiligen Stephan geweiht. Der auffallend hohe, von einer doppelt gekröpften Kupferhaube gekrönte Turm war im Wetteifer mit Landshut so hoch gebaut worden. Überhaupt wurde Kalling von Kennern wegen seiner Lage zwischen Fluß und Schloßberg, vor allem wegen der außerordentlichen Höhe des Kirchturms, »Klein-Landshut« genannt.

Die gräfliche Familie saß über dem Presbyterium in einem sogenannten Oratorium oder Betzimmer mit vergitterten Fenstern. Die Burschen blieben bis nach der Predigt vor der Kirchentür stehen. Daß die jungen Bauerntöchter zwischen Friedhofstiege und Kirchenportal mit gesenktem Blick Spießruten laufen mußten, war ihnen recht. So konnten sie die künftigen Mütter ihrer Kinder in Augenschein nehmen. Auch Crescentia, die immer als erste in ihrer Bank saß, mußte durch diese

Gasse. Der Kutscher Alois Wieser wartete mit den anderen jungen Männern den Vorbeizug der Dorfmädchen ab.

Zeit ragt in die Zeit

Als Crescentia in ihrer Bank einmal aufsah, bemerkte sie, daß der Kutscher Wieser auf der anderen Seite des Mittelgangs Platz genommen hatte, längst ehe seine Altersgenossen nachgekommen waren. Er mußte ihr auf dem Fuß gefolgt sein und den noch unbesetzten Platz eingenommen haben. Er behielt seinen Sitz bei, verteidigte ihn gegen später Kommende, die ihn zum Hineinrücken in die leere Bank zwingen wollten. Jedesmal stand er auf, ließ den anderen hinein, blieb unverrückt am Mittelgang stehen. Crescentia senkte die Augen in ihr Gebetbuch.

Als nach der Messe die Besucher im Mittelgang niederknieten, sich umwendeten und dem Ausgang zustrebten, fühlte sie auf einmal, daß Wieser neben ihr ging. Er wich nicht von ihrer Seite, streifte gelegentlich mit seinem Stoffärmel ihr Kleid und stieß am Weihbrunnkessel mit ihren Fingern zusammen. Sie fühlte sich an ein bestimmtes ähnliches Ereignis aus früher Jugend erinnert.

Als Graf Hippolyt einmal eine Schlittenfahrt unternahm, saß Crescentia neben dem Kutscher Alois Wieser auf der Bank. Er hatte sie an seine Seite geholt. Das Gesinde war vor dem Gutshaus auf die Schlitten gestiegen. Im ersten Schlitten saßen Graf Hippolyt und Gräfin Maria Sophia, im zweiten der Sohn Leopold und die Tochter Therese Charlotte, im dritten der Archivar Sturm und der Diener Zeno.

Die Schlittenfahrt ging durch den Auwald, der sich im weiten Flußtal bis zum Dorf Moosen erstreckte. Ein Reiter machte die Spitze des Zuges. Die Schlitten glitten auf lautlosen Kufen, aber mit schrill schwirrenden Glocken hinter den dampfschnaubenden Rössern durch die abenteuerlich im weißen Rauhreif erstarrten Auwälder. Es war das Jagdgebiet des Grafen. Crescentia flog dahin, ins Flockengestöber, das die Hufe aufwirbelten, und in wärmende Wolltücher gehüllt, mit brennenden Wangen, an der Spitze des Schlittenzuges neben Alois

Wieser, dessen linker Samtärmel wieder an ihrer Seite rieb, vor allem wenn er mit der Geißel ausholte und die glockenklirrenden Rösser antrieb. Crescentia hatte das Gefühl, daß das alles eine Erinnerung sei.

Nicht anders erging es ihr beim Feuerwehrfest im Frühjahr, als der schwarz gekleidete Alois Wieser auf dem Brettergestell mit ihr tanzte.

An Pfingsten, in der Pfarrkirche, wußte Crescentia wieder nicht, ob es eine Erinnerung war oder etwas Kommendes, was vor ihren Augen geschah. Ihre Verwirrung und ihr Zweifel, ob es etwas schon einmal Erlebtes sei, steigerten sich, als sie bei einem zufälligen Seitenblick Alois Wieser im schwarzen Nanking-Anzug auf der anderen Seite des Mittelganges knien sah.

Selbst wenn sie nicht ständig an ihn gedacht hätte, wäre sie seiner Gegenwart nicht entronnen, weil er sich immer wieder in ihrer Nähe blicken ließ.

An der Brücke in den Auwäldern gab es eine überlebensgroße, von einem Kupferdach geschützte Schnitzfigur des heiligen Johannes Nepomuk. Am Namensfeste des Flußheiligen wurde sie von Kindern mit Blumensträußen geschmückt. Er trug ein Handkreuz und einen Palmzweig dazu, genau wie die Nepomukfigur im Pfarrhof von Buchbach. Aber in einer Einzelheit war dieser Nepomuk anders: Er preßte den Zeigefinger seiner linken Hand auf die streng geschlossenen Lippen, in der Art wie es Graf Hippolyt tat, wenn er der schwatzenden Gesellschaft seiner Kammermusikabende Schweigen gebot.

Von dieser Brücke wurde der sogenannte Graskönig, ein junger Bursche, der bis zur Unkenntlichkeit hinter einer Hülle aus Ginster, Farnkraut und Blumen vermummt war, mit Riesengeschrei der versammelten Einwohnerschaft ins Wasser geworfen. Früher sei das blutiger Ernst gewesen, erklärte Korbinian, der den Blumenschmuck aus der Schloßgärtnerei beigesteuert hatte. Den letzten bissen immer die Hunde. Das letzte Stück Vieh, das beim Pfingstaustrieb auf die Weide trottete, wurde zwar prächtig mit Krone und Kreuz geschmückt, aber getötet. Auch bei den Pfingstläufen wurde um das nackte Leben gerannt. Wer als letzter durchs Ziel ging, wurde mit Ginster, Farnkraut und Blumen geschmückt, aber ins Wasser geworfen. Der ertränkte Graskönig mußte sich schwimmend aus den reißenden Fluten retten. Neuerdings hatte er es leichter. Zwei Kähne glitten durchs Wasser. Die Ruderknechte streckten dem prustenden Schwimmer lange Holzstangen entgegen, an denen er sich zum Kahn ziehen konnte. Als der triefende, von Frostschauern geschüttelte Graskönig im Kahn unter der Brücke vorbeitrieb und zu den schreienden Leuten hinaufnickte, erkannte ihn Crescentia, trotz der klatschnassen Haarsträhnen, die ihm ins Gesicht hingen: Es war der Kutscher Alois Wieser.

Die Menschenmenge lief lachend und schwatzend flußabwärts. Die Zofe Johanna rannte hinterher und zog ihre Begleiterin mit. Der Weg führte durch dämmeriges Ufergehölz. Allmählich rückte der Waldsaum vom Flußrand ab und wich außer Augenweite. Das Flußbett wurde breit und kiesig. Einmal stieg das Ufer steil an und fiel in wild zerklüftetem Kalkgestein zum Wasserspiegel ab. Weil hier, an einer Flußbiegung, das Trockenbett breit war, hatte sich der Bau eines Kalkofens angeboten. Das Wasser war seicht und die Strömung gering, so daß ein gefahrloses Anlegen der Kähne möglich war. Das unbenützte Gehäuse des Kalkofens diente zum Trocknen und Umziehen des Graskönigs. Berge losgebrochener, zerkleinerter Steine lagen herum. Der Ofen war Alois Wiesers Badhaus. Die Kähne waren an die Lände gezogen. Die Menschenmenge stand im weiten Kreis um den Kalkofen und ermunterte den Graskönig durch lautes Rufen zum Herauskommen. Der Held des Tages erschien in der Öffnung des Ofens. Er trug wieder seinen kleidsamen, schwarzen Anzug aus Nanking und begrüßte die jubelnde Menge mit erhobenen Händen.

Beim Rückweg nahmen Crescentia und Johanna den Gefeierten in die Mitte. Crescentia fragte ihn stockend, warum er beim Pfingstlauf der letzte geworden sei. Alois Wieser blieb stehen: »Wer hat dir das gesagt?« — »Der alte Gärtner Korbinian.« Wieser lachte und ging weiter: »Das stimmt. Früher ist es einmal so gewesen. Aber heute wird der Graskönig erwählt. Er muß Mitglied der Feuerwehr sein und einstimmig erwählt werden.«

Der Graf war leutselig, sonst hätte er seinen Bediensteten so reichliche Ausgänge nicht gestattet. Oft ließ er sich in der Küche blicken. Obwohl seinem Wunsch gemäß der tägliche

Speisenzettel am Vorabend vom Diener Zeno auf silbernem Tablett überreicht wurde, wollte er sich selbst von der Zubereitung überzeugen. Gerade im Beisein ihres Dienstherrn wurde es Crescentia bewußt, wie weit sie durch die andauernde Beschäftigung ihrer Gedanken mit Alois Wieser vom Küchendienst abgelenkt war. Die Arbeit ging ihr dennoch gut von der Hand, der Graf ermunterte sie, in ihrer Weise fortzufahren, forderte sie sogar auf, sich nicht von der einschüchternden Umgebung eines adeligen Hauses verleiten zu lassen, ihre heimische Küchenkunst gering zu schätzen. Wenn duftende Zwiebelzelten aufgetragen wurden oder saftige Semmelspeisen, spitzte er die Lippen. Als bei einem seiner Küchenbesuche die Zutaten für Maultaschen hergerichtet wurden, ließ er sich sogar zum Äpfelspaiteln herbei.

Crescentia konnte sich nicht genug wundern. Sie sah gut aus, trug ihr lichtes Haupthaar zur Krone aufgesteckt — hätte es aber für unmöglich gehalten, daß der Graf außer den halb fertigen Speisen andere Dinge in der Küche suche. Nicht so die Gräfin, die der Weg an diesem Vormittag vorbeiführte. Sie blieb hinter dem plaudernden und spaitelnden Grafen stehen, so daß er sie nicht sehen konnte und unentwegt weiterschwatzte. Kunigunde, die Putzfrau und Küchenhelferin, überlegte, wie sie dem Grafen aus seiner mißlichen Lage helfen sollte. Sie ging in der Küche auf und ab, spielte sich immer mehr in den Rücken des Grafen und lachte auf einmal glucksend los. Der Graf wendete sich ärgerlich um. Da erblickte er die Gräfin. Das Wort blieb ihm im Hals stecken, das Messer fiel ihm in die Schüssel. Schnell faßte er sich und lachte gellend: »Dabei ist der größte Witz, daß mir Mehlspeisen gar nicht schmecken. Am liebsten ist mir derbe und kernige Kost: Arwessuppe und Knödel jeder Art, Schweinsbraten in der Brüh!«

Die Gräfin schüttelte mißbilligend den Kopf, hörte damit auch nicht auf, als der Graf sich zum Kuß auf ihre Hand niederbeugte und sie, immer weiter lachend, aus der Küche zog.

Erntedank

In Kalling wurden die gebackenen Opfergaben mit den geernteten Feldfrüchten in der Schloßkirche zu einem regelmäßigen

Berg aufgetürmt und mit einer kunstvoll gebogenen Krone aus Getreide geschmückt. Die Bügel der Getreidekrone wurden mit Seidenbändern in dreierlei Farben umwunden, weiß, rot und lila.

Auf dem Hochaltar über der Getreidekrone stand eine lebensgroße Skulptur des Schutzheiligen. Sein Reitroß war ein tänzelnd aufgebäumter Schimmel mit geblähten Nüstern, eine erregte, vollblütige Stute mit blauen Scheuklappen, silberblauer Brokatschabracke und blauem Reiherfedernbusch auf dem Kopf. In die Steigbügel gestemmt stand Georg, der Überwinder des Drachens und Beschützer der Jungfrau Cleodolinde, das Vorbild aller Ritter und ritterlichen Menschen. Er war in weiße Atlasseide gekleidet und in einen blauen Umhang gehüllt. Auf die Schultern fiel ihm ein Hermelinkragen, darüber hing eine silberne Kette, an der das achtspitzige blaue Malteserkreuz baumelte. Es verbildlichte die Seligpreisungen der Bergpredigt, streckte aber, wie Crescentia entdeckte, aus den tieferen Einschnitten jeweils einen weiteren Zacken hervor. Auf dem Kopf trug er einen blauen Hut mit aufgebauschten weißen Reiherfedern. An der Seite hatte er einen silbernen Degen hängen. Mit beiden Händen stieß er die dreimal menschenlange Lanze dem Ungeheuer, das alle Borsten sträubte, in den zähnebleckenden Rachen.

Graf Hippolyt von Mayrhofen war wie sein Vorfahre, der in Hofdiensten Kaiser Karls, des Gründers des Georgiritterordens, gestanden war, ein großer Verehrer des heiligen Georg. Darum hatte er das altersgrau gewordene Gotteshaus vor nicht langer Zeit mit gebührender Sorgfalt auf seinen ursprünglichen Glanz bringen lassen. Eine später aufgestellte neugotische, nach seinem Dafürhalten minderwertige, Darstellung des Patrons hatte er gegen eine außerordentlich schöne barocke ausgetauscht. Die kleine neugotische Georgifigur hatte sich der Kutscher Alois Wieser, der ein begeisterter Reiter war, ausgebeten. Er hatte sie für die Zeit, bis ein besserer Platz gefunden war, erhalten. Von diesem besonderen Schmuck seines Zimmers hatte er Crescentia erzählt.

Als das Mädchen abends, bevor sie den Erntedanksturm unter dem Altar aufschichtete, mit Korbinian am fernen Ende der Gärtnerei stand und Früchte in einen Schubkarren lud, Blaukraut- und Weißkrautköpfe, Sellerieknollen und Rannen, bemerkte sie zu ihrem Schrecken an der weit entfernten Mauer des Gutshauses die als »Giebelsonne« bekannte Ankündigung eines bevorstehenden Unwetters. Jedes andere Gebäude war außer Ruf- und Sichtweite. Der Gärtner hatte sich wenigstens einen wollenen Havelock übergezogen. Das Mädchen war dünn angelegt. Sie schauerte im ersten kräftigen Windstoß, der ohne Hindernis über die flachen Gemüsefelder herankam. Der Gärtner riet ihr zu schleuniger Umkehr. Es war zweifelhaft, ob sie das schützende Dach des Gutshofes erreichen konnte. Nicht einmal zum Nachdenken blieb Zeit. Augenblicklich war die Luft von einem schwefelgelben Licht erfüllt. Crescentia ließ den Wirsingkopf, den sie in der Hand hielt, in den Schubkarren fallen und fing zu laufen an. Schwaden dunkler Fäden wehten vor dem gelben Hintergrund aus der schwarzen Wolkenwand. Den alten Gärtner, der sie zu schnellerem Laufen antrieb, hörte sie immer schwächer rufen. Da sah sie aus der Gegend des Gutshauses jemanden auf sich zukommen. Die Wolken jagten tief. Crescentia duckte den Kopf, als könnte sie dadurch dem Wasserguß entgehen, der nun auf sie einschlug. Die Erscheinung, die sich ihr winkend und schreiend näherte, tauchte auf — es war Alois Wieser, in einen Mantel gehüllt, der ihr einen zweiten Mantel und einen Schirm entgegenstreckte. Crescentia schlüpfte in die willkommene Hülle, ergriff den Schirm und spannte ihn, während sie weiterrannte, auf. Doch der Umgang mit dem Schirm wurde zum Kampf mit dem Sturm, der bald den Schirm umstülpte, und sie bald an dem griffigen Segel im Kreis zog. Wieser riß ihr den Schirm aus der Hand, wollte ihn zusammenklappen, focht mit dem Schirmstiel gegen den Sturm, ließ ihn fallen. Mit der freigewordenen Hand faßte er Crescentia unter dem Arm, zerrte sie weiter. Die fallenden Wasserströme hatten sie bis auf die Haut durchnäßt. Klatschnasse Strähnen hingen ihr, wie einst dem Graskönig, ins Gesicht. Braune Bäche strudelten. Weißer Gischt sprühte auf. Blitze zuckten. Langgezogener Donner hallte durch das Tal. Wurzelgleich verästelter Feuerschein huschte durch die Nebelschwaden.

Selbst seine beschwörenden Vorhaltungen, unter dem Dach des Gutshofes das Ende des Unwetters abzuwarten, konnten sie nicht hindern, weiterzulaufen. Sie schüttelte seine Hand ab, rannte, was Füße und Lunge hergaben, wurde von prasselnden Donnerschlägen verfolgt, bückte sich unter den brausenden Baumkronen des Parks, hetzte durch Gänge, über Treppen, und hielt erst an, als sie den Ziegelboden der Küche unter den Füßen fühlte. Da sie nun atemlos in einen Korbstuhl sank, verfolgte sie mit staunenden Augen, wie das Wasser von ihr troff und in Bächen über den Ziegelboden rann.

Die Magd Kunigunde und die Zofe Johanna waren ihr beim Auskleiden behilflich und hängten die Gewänder zum Trocknen über den Ofen. Die niederfallenden Tropfen zerplatzten auf der heißen Feuerplatte.

Als sie in ihrem Zimmer andere Kleider anlegte, hatte sich der Regen beruhigt. Nur sanft rauschte er noch auf das Fensterblech und gurgelte in den Ablaufrohren. Das Fenster öffnete sie hinaus in den Regen, der immer durchsichtiger wurde. Frische Luft strich durch die stickige Stube. Das blauschimmernde Land war erquickt und glitzerte wehmütig, regenüberströmt.

Jagd auf Tiere und einen Menschen

Es gab viele Abhaltungen durch die große Kirchweihjagd, so daß Crescentia lange nicht dazukam, den geliehenen Mantel zurückzubringen.

Die Kirchweihjagd war der Auftakt der herbstlichen Hochwildjagden. Wie die Vorfahren auf überlebensgroßen dunklen Ölbildern in der Ahnengalerie, saß Graf Hippolyt im Sattel seines tänzelnden Rappen. Er trug die rote Uniform eines bayerischen Marschalls, die sein Vater im Siebzigerkrieg getragen hatte. Eine silberbeschlagene Jagdbüchse hing auf seiner Schulter. Der Sattelknopf und die Steigbügel waren aus Silber und reich ziseliert. Die blaue Schabracke war mit Silberfäden ausgestickt.

Man brach vom Schloßhof auf. Der Graf traf sich mit mehreren Gästen aus den umliegenden Adelshäusern. Die Fenster des Schloßhofes waren voll mit Gesichtern, die auf das farbenprächtige Bild hinunterschauten. Auch Crescentia schaute hinunter. Auf einmal war ihr, als ob der Graf mit blitzenden Augen zu ihr hinaufsähe. Sie wurde rot, entdeckte Alois Wieser unter den Berittenen und zog ihren Kopf ins dunkle Innere des Bilderganges zurück.

Als die kläffende Hundemeute aus den Zwingern freigelassen wurde und durch das Tor hinausstürmte, gab Alois Wieser, auf den Ruf des Grafen: »Es lebe unser edles Waidwerk!«, das Signal zum Aufbruch. Er blies das geschwungene Waldhorn, dessen Naturtöne eine große Gewandtheit der Lippenstellung und Atemführung erfordern. Die schwarze Mündung des Waldhorns wies zu Crescentia hinauf. Die zum Tor hinaustrappelnden Roßhufe hinterließen eine Staubwolke.

Am nächsten Morgen nahm Crescentia den Mantel Wiesers aus der Besenkammer und trug ihn zum Gutshof hinüber. Sie hoffte, dem Besitzer des Mantels zu begegnen. Durch die Flötz trat sie in das Hausinnere und fand es menschenleer. Niemand war in der Stube. Alter Pfeifenrauch hing in den Vorhängen. Über die ausgetretenen Holzstaffeln stieg sie in die Höhe. Mitten auf der Stiege hielt sie ein, empfand es als ungehörig, ihm entgegen zu gehen. Sie kehrte um. Da öffnete sich die Haustür und Korbinian, der Gärtner, trat ein. Kaum sah er Crescentia, die unschlüssig auf der Treppe stehen geblieben war, als er sagte: »Wart, ich hol den Lois!« Crescentia fiel ihm ins Wort: »Ich wollte nur den Mantel zurückbringen, den er mir geliehen hat — ich häng ihn da her« und stülpte ihn über den unteren Holzknopf des Treppengeländers. Doch Korbinian schüttelte den Kopf: »Der Lois will dir etwas sagen. Wart nur, er kommt gleich.«

Kurz darauf trat Alois Wieser ein. Er ging auf Crescentia zu, stieg zwei Staffeln zu ihr hinauf. Er brachte einen Dufthauch vom Roßstall mit. Er hatte wieder seine schwarze Nankinghose und die braune Samtjacke an wie am Tag ihrer ersten Begegnung. Er lachte über das ganze Gesicht. Er nahm ihr den Mantel aus der Hand, wußte aber im Nehmen die Hand, die ihm das Kleidungsstück entgegenstreckte, mit zu fassen. Crescentia wollte sie ihm entziehen, aber er faßte fester zu. Er ließ die Hand nicht mehr los, zog Crescentia daran über die Stiege hinauf und verhieß ihr etwas Sehenswertes in seinem Zimmer.

— Was ist das? — fragte sie und blieb stehen. — Wirst es schon sehen! Wirst es schon sehen! — antwortete er. — Es ist etwas, das dir gefallen wird! — Crescentia zögerte. Er brach ihren letzten Widerstand mit den einschmeichelnden Worten: — Du wirst es nicht bereuen, wenn du dir das anschaust! — Er zog wieder an ihrer Hand — die Hand gab nach. Als Crescentia dieses Nachgeben ihrer Hand spürte, dieser fünf Finger, die ihr fremd vorkamen, durchlief sie ein leises Zittern. Es war kein Zittern der Angst, sondern der Wohligkeit und des Wünschens.

Alois Wieser stieß mit dem Fuß die Tür seiner Kammer auf und ließ Crescentia eintreten. Das Zimmer war einfach und ließ auf den ersten Blick erkennen, daß es von einem Mann bewohnt war. Wenn man von einigen Reiterbildern an den Wänden und einigen Büchern, die unordentlich auf dem Tisch lagen, absah, wies die Kammer keine Überflüssigkeiten auf. Ein verhängter Gegenstand auf der Kommode zog ihre Aufmerksamkeit an. Crescentia ahnte, daß unter diesem Tuch das angekündigte Geheimnis verborgen sei, und wartete darauf, daß Alois Wieser es lüfte. Aber er machte keine Anstalten dazu. Er hängte den zurückempfangenen Mantel in den Kasten und legte zwei Buchenscheiter in den Kachelofen. Alles tat er wortlos. Er schien unschlüssig, was er von dem Vorgenommenen zuerst beginnen sollte. Endlich zog er das Tuch ab.

Crescentia erinnerte sich, daß er ihr von der kleinen Statue des Ritters Georg erzählt hatte, war aber überrascht, als der Reiter vor ihr stand. Alois Wieser erklärte ihr das neugotische Schnitzwerk.

Crescentia wollte wissen, warum es verhängt gewesen sei. Alois Wieser schwieg eine Weile, dann erwiderte er stockend, fast vorwurfsvoll: — Es sollte eine Überraschung sein! — Er trat nahe vor sie hin, faßte sie an den Händen und sagte: — Ich hab dich gern Crescentia! Ich hab dich vom ersten Tag an gern gehabt! Das ist dir sicher nicht entgangen. Ich will dich nun fragen: Kannst du mich auch ein wenig gern haben? —

Crescentia, die auf dieses Wort gewartet hatte, zierte sich nicht. Ihr Gesicht wurde von einer dunklen Röte übergossen. Ihr lichtes Haar stach fast weiß ab. Keines Wortes war sie mächtig, aber ihre Antwort war deutlicher als Worte. Sie fiel dem geliebten Mann um den Hals. Endlich! schien sie sagen zu wollen. Endlich wird erfüllt, was Georg mir versprochen hat. Je heftiger aber ihre Empfindung des Glücks wurde, um so deutlicher wurde der Druck ihrer Arme. Die Leidenschaft, die so lang von ihrem Herzen aufgespart worden war, brach sich Bahn, noch nicht allerdings als geschlechtliche Freude, sondern als Glück, als fast überirdisches Glück. Wiesers Empfindungen gingen von einem anderen Punkt aus. Als er ihren Leib spürte, erwachte ein einziges Gefühl in ihm. Schneller als er noch vor wenigen Minuten gedacht hatte, loderte die Begierde in ihm auf. Er fühlte sich von der Flutwelle eines erhabenen Triebes ergriffen, der weit über das eigene Ich hinausreichte, von dem die Erfahrung gilt, daß »dagegen kein Kraut gewachsen ist, eher dafür«. Als er die glatte Haut ihrer Beine fühlte, kam er von Sinnen. Er warf sich mit ihr auf die Liegestatt.

Als Crescentia aus ihrem Glück erwachte, weil sie das Stöhnen seines Atems über ihrem Gesicht spürte, vermischten sich ihre Empfindungen mit der Erinnerung an das Gepumpere und Gerumple des Stiers auf dem Holzpflaster, gestochen scharf — wie zu zählen — waren die Stoppeln seines Bartes, riesengroß schwammen vor ihrem Blick die roten Punkte in den Augenwinkeln. Sie versuchte sich seiner zu erwehren, sträubte sich, stieß ihn zurück, setzte sich an den Bettrand und stammelte: — Das ist nicht recht! Das ist nicht recht! —

— Was soll daran nicht recht sein —, fragte Alois Wieser verwundert, — wenn wir uns gern haben? —

Crescentia sah ihn aus aufgerissenen Augen an: — So redest du, als wüßtest du nicht, daß unsere Freude ohne den Segen Gottes ins Unglück führt? —

— Aber ja! — sagte Alois Wieser, und es schien, als ginge ihm dieses Versprechen leicht von den Lippen: — Ich heirate dich doch. —

Crescentia lächelte, gab ihm einen leichten Kuß auf den Mund und erhob sich. — Ich danke dir. — Sie hatte ihn noch nicht verstanden.

Er faßte sie um den Leib und zog sie, da sie dem Standbild Georgs zugekehrt war, in die Richtung des Lagers zurück. Crescentia schüttelte ihn mit vermehrter Heftigkeit ab. Alois Wieser sagte vorwurfsvoll: — Ich heirate dich doch! Hörst du nicht, ich heirate dich! —

Crescentia strich die Falten aus ihrem Kleid: — Dann solltest du meine Ehre achten. Dann solltest du warten, wenn du mich gern hast. —

— Wenn man sich lieb hat, schickt es sich auch, daß man von der Freude genießt, die Gott schenkt! —

Crescentia war von dem Drang jedes Liebenden beseelt, das Erleben des Freundes zu teilen, war von dem Zwang des »Genausomachenmüssens wie der Geliebte« verfolgt. In diesem Augenblick hatte er sie an einen Punkt gedrängt, wo die Stimme des Gewissens unüberhörbar befahl: Bis hierher und nicht weiter!

Sie stand in der Mitte des Zimmers und stammelte in ihrer Ratlosigkeit unzusammenhängende Wörter. Sie wollte sich nicht einer möglichen Gefahr aussetzen, wollte nicht einen Mann, dem sie sich hingegeben hatte, verlieren. Obendrein hörte sie ihn deutlich sagen: — Wenn du mir nicht gehören willst, sind unsere Wege geschieden! — Crescentias Enttäuschung über die Lüge, die hinter der schönen Schale zum Vorschein kam, war grenzenlos.

— Denk immer daran —, hörte sie die Stimme des Verführers in ihrem Rücken sprechen, — daß du nicht mehr die Jüngste bist, daß nicht jeder Mann so viel Geduld aufbringt wie ich, vielleicht sogar *kein* Mann mehr, wenn du mich verschmähst! Überleg es dir gut!! — Er hatte einen solchen Zorn über ihre Unnahbarkeit in seinem Herzen aufgestaut, daß er sich vielleicht nicht einmal mehr Hoffnung machte, sie umzustimmen, daß es ihm nur noch auf eine Verletzung ihrer Scham ankam. Crescentia war keines Wortes mehr fähig, ging auf die Tür zu und wollte das Zimmer verlassen. Die Tür war verschlossen.

Alois Wieser, der ihren Schreck mit offensichtlichem Genuß beobachtete, lachte auf. Plötzlich stand er zwischen ihr und der Tür.

Crescentia schrie: »Laß mich hinaus!« Wiesers Zorn über seine Niederlage war so groß, daß er sich vergaß. Die Aushöhlung seines Herzens empfand er so deutlich wie nie zuvor, weil er nicht in der Lage war, sich in diese Menschenseele zu versenken, weil er, wenn er nach Freude trachtete, kalt, teilnahmslos, bestenfalls zerstreut blieb. Die Wut über den Fehlschlag verzehrte ihn. Er verstand es nur, Unruhe zu verbreiten, Begierde zu wecken und wie der Böse selbst um ihre Seele zu kämpfen. Crescentia wollte entrinnen, weinte und rüttelte an der Tür, so daß er endlich, wenn der Vorfall nicht im Haus ruchbar werden sollte, gezwungen war, den Schlüssel aus der Rocktasche zu greifen und ihr den Ausweg frei zu geben.

> I dua nur vorn Leitn, als wann ma nix waa,
> awa Herz und Gedanga haan dena so schwaa

Als Crescentia am nächsten Morgen in den Spiegel schaute, erblickte sie ein gealtertes Gesicht. Gänge und Säle des Schlosses waren voll von Spiegeln, hohen, kristallenen, goldgerahmten, in denen sie ihren Leib welken sah.

Am Fest Mariae Empfängnis fuhr sie nach langer Zeit wieder heim, um sich von ihrem Vater trösten zu lassen. Wieder machte sie die Erfahrung, daß dem Heimkehrer das Heimathaus eigenartig bescheiden und klein vorkommt. Vielleicht rührte es daher, daß die Abwesende es in die Welt hinausgenommen und in die Maße der Welt hineingestellt hatte. Auffallend eng kam ihr die elterliche Schlafkammer vor. Hier lag der Vater, der ihr helfen sollte, schwerkrank, und brauchte nun selber Hilfe. Zwar hätte nach Meinung des Arztes Aussicht bestanden, sein Leben zu erhalten, wenn er ins Biburger Spital gebracht worden wäre, aber der Vater hatte keinen Glauben mehr an seine Genesung.

Als Crescentia mit ihrer Reisetasche in die Kammer trat, saß die Mutter allein an der Bettstelle des Vaters, dessen gesträubter lichter Schnurrbart sich von seiner bleichen Haut nicht mehr abhob. Die alte Frau begrüßte die heimkehrende Tochter mit einem kaum wahrnehmbaren Öffnen der Lippen. Dann sagte sie leise und schleppend, sie freue sich, daß Crescentia auf ihren Brief gekommen sei. Crescentia schüttelte den Kopf: sie habe keinen Brief erhalten.

Der Vater wendete sein Gesicht auf einmal der Besucherin zu. In seine bisher ausdruckslosen Augen kehrte ein wenig Glanz zurück. Er fragte mit lallender Zunge, wo sie der Schuh drücke.

Crescentia erzählte von ihrem Erlebnis. Er rief zornig, ballte die Faust, aus der einige Perlen des Gebetskranzes hingen, und richtete sich auf: »Wer gstroacht is, den ghört 's Koi'kettl o'zogn!« Kein weiterer zusammenhängender Satz war aus ihm herauszubringen. Er sank erschöpft in den Kopfpolster zurück und starrte mit leeren Augen an die Kammerdecke. Auf einmal verlangte er nach seinem Sohn Sebastian. Die Mutter sagte es ihrer Schwiegertochter in der Küche. Diese lief in den Garten, rief nach dem Bauern. Der kam in die Kammer, eingemummt in Wollmantel, Halstuch und Handschuhe, den Hut auf dem Kopf. Noch einmal richtete sich der Vater auf und sagte mit klarer Stimme: »Dee naagst Haohzat muaßt gen du ausrichtn, das woaßt eh.« Da nickte der Sohn. Wieder sank der Vater in den Polster. Diesmal blieb er liegen. Die letzte Lebenskraft war verbraucht. Er hob zu röcheln an. Der Sohn holte sein Weib herein. Immer schneller gingen die Atemstöße des Vaters. Auf einmal setzten sie aus. Die Augen blieben offen stehen. Die alte Bäuerin Anna Weilbuchner warf sich schluchzend über ihn. Der Sohn nahm seinen Hut ab.

Am dreizehnten Dezember, als Lucia im Kalender stand, kehrte Crescentia ins Schloß zurück. In ihrer Kammer fand sie den verspätet eingetroffenen Brief der Mutter vor. Der Tag der heiligen Lucia galt im Julianischen Kalender als Wintersonnwendtag. Noch Crescentias Vater hatte zur Gregorianischen Sonnenwende am 21. Dezember »Luciatag« gesagt, obwohl es der Tag des heiligen Thomas war.

Jedermann unter den Trauergästen hatte dem Pfarrer von Bergham recht gegeben, als er an Sebastians offenem Grab die Worte sprach: »Es ist dem Menschen gesetzt zu sterben. Er weiß nicht wie, er weiß nicht wann, er weiß nicht wo.« Aber daß unter allen Anwesenden die Nächste, auf die seine Wahrheit stimmte, die Witwe des Prograderbauern war, hätte niemand vermutet, außer sie selbst. Ein fiebriges einwendiges Wehtum, das von einem lange verschleppten Gallenleiden herrührte, warf sie auf das letzte Lager. Als Crescentia die Nachricht von der lebensgefährlichen Erkrankung ihrer Mutter erhielt, war diese schon gestorben.

Mit jeder Verrichtung, jeder Erledigung, die ein Heimgegangener den Hinterbliebenen abverlangt, wächst ihr Weh. Die Mutter hatte ihrem Sorgenkind Crescentia, die so lang nicht hatte begreifen wollen, daß die Erde nicht allen Menschen, die zu allen Zeiten gelebt haben, Platz bieten kann, einen geheimgehaltenen Gegenstand, ein seltsames Ding, hinterlassen: Einen winzigen, auf der flachen Hand Platz findenden Sarg. Unter seinem Deckel, den man abnehmen konnte, lag ein Leichnam, klein und geschnitzt, mit kunstvoll geführtem Messer. Der Sarg war von der Mutter zur Anschauung der menschlichen Bestimmung in der obersten Schublade ihres Nachtkästleins verwahrt gewesen. Man fand es mit einem beigefügten Zettel, auf dem von ihrer Hand geschrieben stand: »Liebe Crescentia, liebstes Kind, darfst es gehalten von deiner Mutter, die dir vorausgegangen ist. Sei nicht traurig, daß ich in diese Kutschen gestiegen bin.«

Die Brosche von durchbrochenem Silber hatte man der Toten an das letzte Kleid geheftet, ihrem Wunsch gemäß. Als die Mutter aus dem Haus getragen wurde, ließen ehrsame Nachbauern ihren Sarg dreimal auf die Schwelle nieder, bevor sie ihn auf die Schultern hoben.

Traum

Eines Nachts träumte Crescentia, sie stehe in der Schloßküche am Herd und bereite ein Gericht aus schmackhaften Speisepilzen, die sie mit ihrem Bruder Sebastian im Frauenholz gesammelt hatte. Auf einmal hörte sie eine schneidende Stimme hinter sich. Sie fuhr herum. Da sah sie die Schloßherrin, die immerfort mit einem häßlichen Schimpfnamen auf sie einschrie: »Hennakreizenz! Hennakreizenz!« Die Dienstmagd fragte verwirrt, warum die Herrin so schimpfe. Da wurde die Gräfin noch heftiger: sie solle sich nicht so dumm stellen! Sie wisse genau, daß ihr Bruder Sebastian, der Klarinettenspieler, diesen Scherznamen erfunden habe. Ein Vergehen, jawohl ein schreckliches Vergehen sei es, wenn die Köchin ihre Gäste mit Knollenblätterpilzen vergifte! Jawohl! Das habe sie getan! Die Stimme der Gräfin überschlug sich.

Aus dem Speisesaal wankten in die Küche drei Gestalten: Der Graf Hippolyt, der Sohn Leopold und die Tochter Therese mit schwarzen Fingernägeln und schwarzen Lippen. Sie krallten sich in die Mauern, daß der Kalkstaub rieselte, kreischten, röchelten und starben unter gräßlichen Schmerzen. Die Gräfin schrie, als die drei Gestalten sich in Krämpfen auf dem Boden wälzten: »Das ist das Antoniusfeuer! Das ist das Antoniusfeuer! Und darum bist du entlassen! Schau, daß du aus dem Schloß kommst!«

Crescentia lief, wie von Hunden gehetzt, aus der Küche, kam in den Park, ihr Atem pfiff, stürmte über Wiesen und Hügel, sah sich mit einem Spritzkrug in der Hand Blumen gießen und geschmeidige Zweige einer Gartenlaube beiseitebiegen. Auf einem Tisch mit verschnörkelten Eisenbeinen stand eine Kaffeekanne. Neben der Kaffeekanne stand ein Aquarium, in dem Goldfische schwammen. Um den Tisch waren Stühle gruppiert, unter ihnen ein Ohrenbackensessel. Auf dem Ohrenbackenstuhl saß ein alter Mann, von dem allerdings nur eine weiße, brennschergelockte Perücke und darunter, in der Gegend, wo der Mund sein mußte, eine qualmende Tonpfeife zu sehen war. Crescentia nahm die Tonpfeife, die aus dem Mundstück Rauch ausstieß, beim Kopf und zog sie weg, um zu sehen, ob das Qualmen aufhöre. Wirklich hörte das Rauchen aus dem Mundstück auf, ganz als ob sie die Pfeife aus dem Mund eines Rauchers gezogen hätte. Sie ließ die Pfeife los — da fiel sie zu Boden. Und obwohl es nur ein kiesiger Gartenweg war, zersplitterte sie in Scherben.

Da sah sie, daß auf dem Tisch das Votivbild lag, das sie einst gemalt hatte. Sie nahm es in die Hand. Wenn wir uns freuen, hüpft unser Herz, und krampfhaft zieht es sich zusammen, wenn uns der Kummer überfällt. Ihr Herz zog sich zusammen, als sie sich vor der Himmelmutter knien sah. Das Bild dehnte sich, weitete sich um sie herum, und sie selbst war es, die vor der Madonna kniete. Auf einmal öffnete die gemalte Maria die Lippen und sagte: »Es wird mir schwer, das dauernde Stehen auf dem Postament. Meine Füße tun mir weh! Willst du nicht an meiner Stelle herstehen? Sonst falle ich vor Schwäche hinunter! Ich knie gern ein wenig für dich.«

Crescentia war entsetzt: »Aber Muttergottes, das geht nicht! Ich an deiner Stelle!«

»Doch! Doch! Das geht sehr gut!« erwiderte die Heilige. »Tu mir den Gefallen! Wenn du es nicht tust, falle ich hinunter!«

Crescentia, die am Boden die Scherben der Tonpfeife liegen sah, befürchtete, auch die Muttergottes könnte in Scherben zerspringen. Scherben dünkten ihr als ein Vorspiel kommender, größerer Verheerungen. So stellte sie sich widerstrebend auf das Postament. Maria kniete erleichtert am Boden nieder.

Da hörte man von fern aus den Wolken eine gewaltige Stimme: »Ja, was is denn dees?! Dees gibts fei' net!!« Es kam Gottvater, dessen Bart sich anfänglich nicht von den Wolken unterschieden hatte, schweren Schritts gegangen, holte mit seinem rechten Arm aus und stieß Crescentia vom Postament. Gleichzeitig wurde Gottvaters Stimme schneidender, ging in das spitze Geschelte der Schloßherrin über. Crescentia erwachte, war abgemattet, war zerknirscht über sich selbst wegen ihrer Hoffärtigkeit, lag im Bett und rieb sich die Augen, denn sie war wach, und vor ihrem Bett stand die scheltende Gräfin.

Das Ende vom Lied

Die grelle Stimme der Gräfin kam weniger vom Schelten als von offensichtlichen Schmerzen, die ihr Gesicht beim Reden verzerrten. Das elektrische Licht brannte, das vor einem halben Jahr ins Schloß gelegt worden war. Die Gräfin hatte an dem Schalter neben der Tür gedreht. Crescentia erschrak und richtete sich im Bett auf. Die Gräfin, auf die der Lichtkegel fiel, trug über dem Nachtgewand einen Seidenmantel und auf den Haaren eine Spitzenhaube. Crescentia wunderte sich, daß nicht die Zofe Johanna, sondern die Herrin selbst gekommen war. Die Gräfin schüttelte sich vor Schmerzen und hielt sich die Hände an den Leib. Crescentia solle ihr einen Kräutertee kochen, befahl sie, und die kupferne Bettflasche mit heißem Wasser füllen.

So nahm die langwierige und schmerzvolle Erkrankung der Schloßherrin, die das Leben auf Schloß Kalling völlig verändern sollte, ihren Anfang. Sie wurde für eine hartnäckige Magen- und Darmentzündung gehalten, bildete aber schließlich für die behandelnden Ärzte ein Rätsel.

Es war die Zeit, als die giftigen Unkraut- und Ungeziefervertilgungsmittel aufkamen. Seit man davon hörte, wie schädlich diese Gifte seien, die Jahr für Jahr in größeren Mengen gespritzt werden mußten, wurde dem Schloßgärtner Korbinian auferlegt, seinen Garten, der erkrankten Gräfin zuliebe, giftfrei zu halten. Wohl hatten die Äpfel ihre kleinen Schönheitsfehler, ihre Warzen und Schorfflecken, aber sie waren bekömmlich. Der Gärtner gab seiner Herrschaft recht. Auch er meinte, daß dem Schorf mancher Apfel geopfert werden müsse.

Wenn Crescentia in den Garten hinüberging, machte sie immer einen weiten Bogen um den Gutshof, damit sie Alois Wieser nicht begegnen konnte. Seit ihrem traurigen Erlebnis hatte sie den Kutscher nicht mehr gesehen.

Ende Mai traf ein Brief von Pfarrer Thomas ein. Wenige Tage später kam der wohlbekannte offene Gäuwagen mit dem Knecht Maximilian auf dem Bock in den Schloßhof gerollt. Der Buchbacher Pfarrherr wollte das Dreifaltigkeitsfest mit ihr feiern.

Und Crescentia fuhr nach Buchbach. Sie sah Thomas in der riesigen Rundkirche stehen, über sich das Deckengemälde mit dem Triumph der Dreifaltigkeit. Um den Kreis lief ein Schriftband: »Pio Sigismundi Favore e cinere erecta Anno 1766, Consecrata 1775, Restaurata 1907.« Der Priester küßte die Mensa, wendete sich dem Volk zu und sprach:

Orate, fratres.

Der Hochgesang von der Dreifaltigkeit wurde ihr liebster und blieb fortan in ihrem goldgeschnittenen Schott eingemerkt.

Sie mußte am Herz-Jesu-Tag wieder in Kalling sein. Der Pfarrer überraschte sie am nächsten Morgen mit einem Geschenk.

Sie sah einen fremden Menschen am Küchenofen hantieren, der so lange ihr eigener gewesen war, und wurde traurig. Die Magd Sophie wirkte gealtert, schien der Besucherin sagen zu wollen, daß man sich zum letzten Mal sah. Der Pfarrhof machte einen vernachlässigten Eindruck auf sie. Nicht daß er verwahrlost gewesen wäre, aber die Spuren der Abnützung waren deutlicher geworden.

Als sie durch die Küche in die Stube trat, führte sie der Pfarrer an den Tisch, auf dem, säuberlich in Glas und Rahmen, ein Farbdruck nach dem Gemälde in seiner Schlafkammer lag. Er hatte den Farbdruck in der Herzogspitalgasse bei Johann Baptist Angermaier senior gekauft.

Wieder saß Crescentia auf dem Kutschbock. Die Räder rollten unter ihr, der Paßhöhe zwischen Adenberg und Ruprechtsberg entgegen.

Die Schloßherrin von Kalling zeigte ein verändertes Krankheitsbild: Ihr Körper wurde von einer fortschreitenden Lähmung erfaßt. Je mehr ihre Verzweiflung über das unabwendbare Unheil wuchs, um so gereizter wurde sie. Die Zofe Johanna erzählte Crescentia in einer unbewachten Minute, was ihr über den Kutscher Alois Wieser zu Ohren gekommen war. Beide standen allein in der Küche. Crescentia mußte sich setzen, auf einen Leiterstuhl im Eck, als Johanna erzählte, daß Alois Wieser auch bei anderen Mädchen mit wechselndem Erfolg sein Glück versucht habe. Jetzt könne sie es ja sagen. Wenn sie es früher gesagt hätte, wäre es Einmischung gewesen! Jetzt könne sie es sagen, daß Alois Wieser vermutlich nie beabsichtigt habe, jemand anderen zu heiraten als eine reiche Bauerntochter im Dorf, die mit Eltern und Knechten auf dem Hof wirtschafte. »Jawohl, die Auserwählte gibt es! Aber es wird nichts daraus!« Johanna rückte näher. »Verstehst du?! Es wird nichts daraus! Weil die reiche Zukünftige von seinem Lebenswandel weiß und Dankeschön sagt!«

Crescentia sah die schmalen Züge der Zofe Johanna, diesen schlanken Kopf mit seinen leicht grausträhnigen Haaren, die aus dem weißen Spitzenhäubchen hervortraten. Ganz eng saßen die Backenknochen und die Augen beieinander, durch die ein Flackern der Genugtuung ging. Es lag etwas wie Hohn in diesem irrlichternden Glanz. Crescentia erschrak und fragte: »Bist du? — hast du? — auch du?«

Johanna nickte. Augenblicklich legte sie den Finger auf den Mund wie Graf Hippolyt und Sankt Nepomuk: »Pscht! Pscht!« — sie schaute um — »daß uns niemand hört!« und huschte zur Küchentür hinaus.

Die Gräfin ließ Crescentia eines Tages an ihr Lager rufen und eröffnete ihr, daß ihr nichts verborgen geblieben sei. Kurz und gut, daß ihre Geduld zu Ende sei. Lange habe sie dem Treiben zugeschaut. Nun wisse sie, daß ein geheimes Einverständnis, während sie ans Bett gefesselt war, zum Liebesverhältnis ausgeartet sei. Crescentia habe den Grafen, ein Vorbild an Treue und Redlichkeit, mit ihrem aufreizenden Wesen in Gewissensqualen gestürzt und verführt.

Crescentia ahnte in dem grünlich dämmerigem Schlafgemach mit den geschlossenen Jalousien die Gesichtsumrisse der bleichen Gräfin. Zuerst hatte sie geglaubt, Vorhaltungen wegen ihres Besuchs bei Alois Wieser gemacht zu bekommen. Auf den Vorwurf der Untreue mit ihrem Gemahl, dem erlauchten Schloßherrn, war sie nicht gefaßt gewesen.

Die Gräfin wollte von Crescentia eine Antwort hören. Es sei zwecklos, zu leugnen. Der Graf habe seinen Fehltritt bereits gestanden.

»Das ist nicht wahr!« platzte Crescentia heraus.

»Was! Du willst mich Lügen strafen!« Die Gräfin richtete sich drohend auf: »Dann wird man dich mit Schimpf und Schande aus dem Schloß jagen!«

Crescentia hörte sich kein Wort mehr an, lief auf ihr Zimmer, raffte geistesabwesend ein paar Habseligkeiten in ihren Koffer, nahm die Börse mit dem Ersparten, schlüpfte aus dem Schloß bei der Gartenpforte, beschleunigte ihren Schritt, wenn er im Laufen erlahmen wollte, kam zum Bahnhof und fuhr nach Landshut. Immer wenn sie aus dem fahrenden Zug in die vorbeihuschende Landschaft blickte, sah sie vor dem verwischten Hintergrund umrißklar eine Reihe weißer Novizinnen auftauchen.

Zu ihrer Schwester Maria, die seit 1929 als Mater Ambrosia in Seligenthal wohnte, ging Crescentia nicht. Einen Besuch bei der Schwester ihres Vaters, Mater Benedicta, zog sie vor. Der Trost der Älteren versprach ihr gründlichere Linderung. So machte sie sich auf den Weg zum Ursulinenkloster in der Neustadt.

Das Gassenportal, für nächtliche Besucher mit einem eisernen Klingelzug ausgerüstet, stand über Tag offen. Crescentia betrat einen dämmerigen Vorraum, in dem es ein altes nachgedunkeltes Gemälde der Klosteranlagen und ein verschlossenes Guckfenster gab. Neben dem Fenster baumelte ein zweiter Klingelgriff. Crescentia zog daran und wartete. Das Fenster ging auf. Das Gesicht der alten Mater Benedicta, Pförtnerin der Ursulinen, erschien im Ausschnitt.

Als Crescentia spät abends nach Kalling zurückkehrte, lief ihr der Graf in der Einfahrt entgegen, beschwichtigte sie, versicherte sie seines Schutzes, zeigte sich ratlos wegen der Gräfin, schrieb alles ihrem fürchterlichen Leiden zu und bat Crescentia inständig, an ihrem Arbeitsplatz zu bleiben.

Der Graf hatte nicht mehr die Überlegenheit seines gesellschaftlichen Ranges, war von einer hintergründigen Verwirrung und Verzweiflung. Wie die Gesundheit seiner Gemahlin, so verfiel das Leben auf dem Schloß. Aller Zauber war dahin.

Als der Graf, der im letzten Krieg zum Rang eines Obersten aufgestiegen war, am ersten Tag eines neuen Krieges einrücken mußte, hatte dieses Ereignis in den Augen Crescentias nichts mit den Kriegszügen verflossener Jahrhunderte zu tun, die dem Adel das Opfer des Waffendienstes für das Herrscherhaus abverlangten, wirkte auf sie wie der Schlußstrich unter einem gewaltigen Verhängnis. Der Waffenrock des Grafen war nicht mehr der alte, rote, sondern fahl und grau. Der zweite Sohn, der in der Hauptstadt studierte, wurde gleichfalls einberufen, besuchte einen Offizierslehrgang und brachte es in fünf Vierteljahren zum Fähnrich.

Vom Grafen kamen Briefe, in denen er über Gefahren an fernen Kriegsschauplätzen berichtete. In Kalling wurde es still. Die Zofe Johanna kündigte ihren Dienst und sagte zu Crescentia: »Hier ist es nicht mehr schön«. Sie arbeitete in einem Gewerbebetrieb im nächsten Ort, wo es geregelte Werkstunden gab. Auch der Kutscher, den Crescentia nicht mehr zu Gesicht bekommen hatte, suchte das Weite. Seine Rösser waren in den Kriegsdienst abgestellt worden. So blieb Crescentia nichts übrig, als der dringenden Bitte der gelähmten Gräfin zu folgen und ihr als Krankenpflegerin zu dienen. Auch die Tochter Therese, die zarte schmale Hände hatte und selbst von schwächlicher Gesundheit war, bat Crescentia um diesen Liebesdienst.

In den letzten Kriegsjahren wurde auch der junge Erbgraf Leopold Joseph IV. zu den Waffen gerufen. Die Verluste bei den Offizieren waren erschreckend. Eines Nachts brachte der Depeschenbote eine furchtbare Nachricht: Graf Hippolyt von Mayrhofen sei in einem Kessel eingeschlossen und mit seinem Stab aufgerieben worden. Zuerst galt er als vermißt — dann als gefallen. Wenige Tage später wurde auch der Tod des jungen Fähnrichs Mayrhofen gemeldet.

Das Schloß verarmte. Der Diener Zeno und der treue Doktor Sturm, die bisher ausgehalten hatten, sogar der alte Gärtner Korbinian, mußten entlassen werden. Obwohl von einer Bezahlung nicht mehr die Rede und auch die Ernährung kriegsentsprechend war, hielt es Crescentia, solange die alte Gräfin lebte, an ihrem Platz aus.

Das Schloß bot auch äußerlich ein Bild des Verfalls, als der Sohn Leopold aus dem Krieg heimkam. Die Felder lagen brach, die Parkanlagen waren verwildert, die Wege von Unkraut überwachsen, die Fenstersprossen verfault, die Läden aus den Angeln gerissen und zersprungen. Der Verputz war abgeblättert, die Dachrinnen waren verrostet, das Walmdach war eingesunken, die Schindeln waren durchlöchert; es regnete herein. Die Stukkaturen waren abgebröckelt, die Spiegel erblindet, von ungeheizten Wintern auch die Tapeten durchnäßt, verschimmelt und zerschlissen.

Die Erträgnisse der Landwirtschaft waren gesunken, die Vorrechte des Adels geschwunden, die Gebäudeschäden so erheblich, daß man vermutete, der junge Graf könne das Väterschloß vor dem völligen Verfall und Abbruch nur retten, wenn er eine gehörige Fläche Landes zur gewerblichen Nutzung an eine Fabrik veräußere. Da man auf dieser Seite der geldlichen Mittel nicht ermangelte, und der Graf sein Stück Land so günstig an den Mann brachte, daß vom Erlös die ganze Bauanlage instand gesetzt werden konnte, war ihm sein Schritt nicht zu verargen. Er ging mit Stiefeln, Bundhosen und Drillichjacke bekleidet durch die verwahrlosten Gebäude des alten Schlosses und machte sich ans Aufräumen, Ordnen, Umbauen.

Da verließ ein Überrest früherer Verzweiflung das irdische Jammertal: die alte Gräfin. Ihre Lähmung hatte das Herz erreicht. Die fünf Glocken der Stephanskirche läuteten eine Stunde lang. Einem Heerwurm gleich folgte die Menschenmenge in Trauerkleidern, mit schwarzen Handschuhen und wehenden Trauerschleiern dem Sarg, der mit einer Blumenkrone bedeckt war. Die würdige Ausstattung des Leichenbegängnisses hatte Graf Mayrhofen der bekannten Devotionalienhandlung Johann Baptist Angermaier überlassen. Der Geschäftsinhaber war selbst gekommen, hatte die bestellten Gegenstände gebracht: Wachsfackeln, Rosenbukette und Totenbilder.

Weil ihm beim Leichenschmaus Crescentias Loblied gesungen wurde und er nach einem Ersatz für seine unlängst gestorbene Köchin suchte, fragte er Crescentia, wie sie von einem Wechsel ihres Arbeitsplatzes denke. Crescentia erbat sich vom Grafen Leopold Urlaub.

Mit dieser Bitte war gerechnet worden, hatte offenkundig sogar die alte Gräfin gerechnet. Als Crescentia ihre Sammlung benötigter und geliebter Dinge in den Koffer packte, wurde ihr ein verschlossener Umschlag überreicht. Als sie ihn erbrach, erkannte sie die Handschrift der Gräfin und las gerührt: »Mit Fleiß, Redlichkeit und aufopfernder Trey hat mir Crescentia Weilbuchner durch neunzehn Jahre gedient.«

Sie blickte zum letzten Mal aus dem Fenster, sah vor den Höhen des Adenberges und des Ruprechtsberges die gewaltigen Kamine der Fabrik an roten Stahlgerüsten in den Himmel klettern.

MICHAEL STREITET MIT LUZIFER

Die aufgeblätterte Zeitung neben dem Bett — auf dem Dachboden gestapelte Eichentüren — Burnus und Rosenkranz — Heilung der Innenwelt, Genesung der Menschenseele

> Das Fremde, meine ich, ist das Böse.
> Richard Billinger

Die weihnachtliche Darstellung der Mutter mit dem Kind in einer muschelähnlich ausgekleideten Nische des Seitenaltars von Feldkirchen war über Nacht gestohlen worden. Als der Mesner zum Läuten der Frühmeßglocke in die Turmkammer trat, spürte er einen Luftzug. Als er der Ursache nachging, fand er ein zerbrochenes Fenster, am Boden herumliegende Glasscherben und die leere Nische. Zwar hatten die Diebe auch einige Silberleuchter, Reliquiare und Kanontafeln mitgehen lassen, doch der größte Verlust war der des Gnadenbildes. Entsprechend war der Widerhall in den Zeitungen. Dort wurde sogar die Frage aufgeworfen, welcher Wert höher einzuschätzen sei, der des Kunstliebhabers oder der des Andächtigen. In der Kirchenzeitung war der Vorfall mit einer Meldung von fünf Zeilen erwähnt.

Johann Baptist Angermaier, der in seinem Comptoir an der Herzogspitalgasse arbeitete, hatte diese Mitteilung mit einem ausfließenden Füllfederhalterstrich (er benützte niemals einen Kugelschreiber, höchstens einen Bleistift) eingerahmt und seinem Sohn auf dessen Schreibtisch hinübergeschoben. »Soviel Aufheben um einen Gegenstand des Aberglaubens?« — spöttelte er.

Peter Angermaier, der sich des Eindrucks nicht erwehren konnte, sein Vater suche Streit, sagte sich: Den kann er haben! Und erwiderte: »Freilich, die neue Richtung der Kirche ist schuld und ich bin schuld. Unschuldig bist nur du, obwohl du nach dem Tod von Anastasias Eltern vereinbarungsgemäß den alten Kammerlehner Herrgott abgeholt und in dein Schlafzimmer gehängt hast!«

Das war richtig. Allerdings hätte Johann Baptist Angermaier zu seiner Rechtfertigung vorbringen können, daß das wurmstichige Kreuz, wenn er es nicht genommen hätte, in die qualmende Abfallgrube oder noch wahrscheinlicher in die Hände eines Aufkäufers gefallen wäre.

Johann Baptist verzichtete darauf. Er gab aber dem Sohn seinen Vorwurf zurück: »Und du? Was hast du mit dem Schmerz- und Dankbild der alten Crescentia getan? Verehrst du etwa die Gottesmutter?«

Der Hieb saß, denn es war wirklich so, daß in weiten Kreisen, zu denen auch Peter Angermaier mit seiner aufgeklärten Frau Ines gehörte, an die Stelle früherer Verehrung von Göttern und Heiligen die Anbetung weltlicher Größen getreten war. Der weißgewandete ausdauernde Tennisspieler, Besitzer einer Segeljolle, mit der er an sonnigen Samstagen und Sonntagen die Wellen des Ammersees durchpflügte, der verwegene Fahrer eines schnittigen Sportautomobils, der allerdings auch Dauergast eines von Schauspielern in Anspruch genommenen Seelenarztes war, hielt nämlich die Verehrung der Muttergottes für lächerlich. Er fand auch die Ordnung der Welt immer noch nicht gestört, wenn in dem gewissen Laden um die Ecke die Wappenfigur der Stadt, nämlich der Benediktinermönch, nicht mehr als Mönch, sondern auf einem lebensgroßen Lichtbild als Weib dargestellt war, das die vom Kreuz gezeichnete Kutte öffnet und seinen splitternackten Leib zeigt. Dieses auffallende Bild war erst seit kurzem im Schaufenster und erregte in der Bevölkerung keinen Widerspruch mehr. Johann Baptist Angermaier konnte die zunehmende Gleichgültigkeit an sich selbst beobachten.

Die ausgesprochene Meinung tat dem Sohn bei weitem nicht so wohl wie der Genuß, den Vater ein wenig zu ärgern. Seine Absicht war Umwälzung, war Verneinung der väterlichen Welt. Er wirkte auf seinen Vater wie früher ganze Gruppen auf andere Gruppen gewirkt hatten. Je müder und gleichgültiger aber der Vater wurde, je mehr der Vater in seiner Unverwechselbarkeit nachließ, desto unsicherer wurde der Sohn. Je mehr der Widerspruch abprallte, desto deutlicher trat die Fragwürdigkeit seiner Übersteigerungen zutage.

Als er dem Vater die an anderer Stelle aufgeschlagene Kirchenzeitung zurückschob, gespannt wie seine Miene beim Lesen eines Aufsatzes von Jürgen Knöppke sein würde, erlebte er eine herbe Enttäuschung. Der Aufsatz, der sich nicht mehr gegen den alten Angermaier richtete, sondern gegen Michael Thaler, war als Visitenkarte des mutmaßlichen Nachfolgers für den aus Altersgründen ausscheidenden Prälaten Untersberger gedacht, war eine einzige Beweisführung gegen die Ehelosigkeit der Priester und gegen den priesterlichen Auserwähltheitsanspruch.

Johann Baptist Angermaier wischte das Blatt — mit herabgezogenen Mundwinkeln der Verachtung — vom Tisch und sagte leise: »Nicht mehr die ewig Gestrigen sind belächelnswert, sondern die ewig Morgigen. — Ich gehe zum Essen.«

Nach dem Mahl begab sich Johann Baptist Angermaier in sein liebgewordenes hinteres Zimmer, wo es Brettergestelle mit verjährten Ordnern und Kisten unausgepackter Devotionaliensendungen gab, entledigte sich seiner Jacke, hängte sie über die Stuhllehne, strich die Falten aus den schlaffen Schultern, knöpfte die Schuhbänder auf, streifte mit der Spitze des einen Fußes gegen die Ferse des anderen, stellte die Schuhe ordentlich unter den Stuhl, ächzte bei dem Auf und Ab seines schweren Körpers, ergriff die Wolldecke, die gefaltet am Fußende des alten Sofas lag, schüttelte sie auseinander, breitete sie über die Liegestatt, strich sie glatt, schlug sie zurück und fiel schließlich stöhnend auf das schwache, zusammengesunkene Sofa, daß es noch tiefer zusammensank und sich mit dem Krachen der Sprungfedern wehrte.

Auf dem Fußboden neben dem Bett hatte er schon von Tagen her teils aufgeschlagene, teils eingemerkte, teils angefangene, teils unaufgeschnittene, in Umschläge vermummte oder mit Streifbändern verklebte Bücher, Broschüren und Zeitungen liegen, die zu einem Stoß — er nannte ihn seinen »Turmbau von Babel« — übereinandergeschichtet waren. Fast allmittäglich vermehrte sich der Stoß um das eine oder andere Schriftstück, das er in der Zeit der Mittagsruhe durchlesen wollte, was ihm allerdings fast nie gelang, so daß der Stoß höher und höher der Stubendecke entgegenwuchs, bis er ihn eines Tages, ob gelesen oder ungelesen, abtragen und in die gehörigen Fächer oder Schubläden verteilen mußte.

So versuchte er auch an diesem Mittag, sich durch den Papierstoß zu arbeiten, ergriff einmal dieses, einmal jenes Schriftstück, blätterte, las, legte es zu Boden, ergriff das nächste, bis ihm, wie jeden Mittag, vor Ermattung die zuletzt ergriffenen Blätter aus der Hand glitten und die Augen zufielen.

Aber er schlief nicht richtig, schlief nicht tief. Die große Entfremdung zwischen ihm und seinem ältesten Sohn war es, die ihn undeutlich und schlafdämmernd fragen ließ, ob eine Erziehung ohne Gehorsam überhaupt möglich sei, und was er falsch gemacht habe, daß ihm Peter nicht mehr gehorsam sei. Lag es daran, daß die Zeit, in die sie beide hineingeboren waren, stärker zählte als jede Bindung, daß die Zeit sogar bestrebt war, Bindungen zu lösen? Daß er selbst unsicher geworden war und wie ein Schilfrohr im Wind schwankte? Was war es anderes als ein Schwanken, wenn er in Emanuel von Seidls Nymphenburger Herrschaftsvilla wieder die alten, gottlob noch vorhandenen, auf dem Dachboden gestapelten Eichentüren ausbessern und in die Angeln hängen, die Kunststoffplatten hinauswerfen und Holzriemenböden, schließlich nach und nach Fenster mit Flügeln und Sprossen einbauen ließ, die nun wieder kleiner wirkten? Wenn er sogar einen Kachelofen setzen ließ, um seine Holzabfälle verheizen zu können? Was drückte das in den Augen des Sohnes anderes als Unsicherheit aus?

Johann Baptist Angermaier hatte das Gefühl, daß das alles nicht mehr genüge, daß die Entwicklung der Zeit von der Haltung seines Sohnes auf die gegenteilige Haltung umschwenke, daß mit seiner Halbheit, mit seinem ewigen Dazwischenstehen keine Wendung zu erreichen war. Die Wendung mußten andere erkämpfen. Johann Baptist Angermaier hatte schon aufgegeben. Er sah vor sich nichts anderes als die Leere. O, Vater! seufzte er, wie rund war deine Welt! Gleich dem roten Faden im Herzen eines Tauwerks durchwaltete eine unzerreißbare Seele die Zeit mit ihren Dingen. Wie die Schraube aus der Mutter hervordringt, wuchs ein Ding aus dem anderen.

An der Wand war ein heller Fleck. Des beneideten Vaters Bildnis hing, während Johann Baptist halbschlafend — halbträumend lag, im Nebenzimmer... Die vergilbte Fotographie des verblichenen Johann Baptist Angermaier senior, auf der er mit listig blitzenden Äuglein aus einer anderen Zeit herüberblinzelte, war mit einem neuen Nußbaumrahmen umstrichen, denn Amalia hatte es in ihr altes, wieder instandgesetztes Mädchenzimmer gehängt. Sie saß in dieser Nachmittagsstunde an ihrem hellbraunen Sekretär aus Nußbaum, hatte die Schreibplatte herausgeklappt, das Tintenglas aufgeschraubt und die Stahlfeder eingetaucht, um einen Brief an Ignaz Loher zu schreiben.

Dieser saß um die nämliche Stunde in seinem Zimmer an der Türkenstraße, in der längst unbehaglich gewordenen »Betonschachtel«* — wie er sagte —, nachdenklich am Tisch. In einem Körblein lag ein buntes Osterei. Es zeigte sinnbildliche Figuren und Farben. Unter ihnen fiel der Pelikan auf, der mit eigenem Blut seine Jungen tränkt. Das Ei war von Anastasias geschickten Händen angemalt worden. Amalia hatte es ihm gegeben. Er hatte ihr einen Brief geschrieben und wußte nicht, ob sie ihm antworten würde.

Im selben Haus, in hellen Dachzimmern, wohnte der Leiter der Nachrichtenvermittlung Jürgen Knöppke. So viel war sicher, daß Prälat Untersberger ihn und keineswegs Ignaz Loher, an dessen Arbeiten er immer mehr auszusetzen fand, als Nachfolger empfahl.

Es war auf einmal alles schlecht, alles blaß, alles wässerig, was ihm aus der Feder floß. Der Kaltenbrunner Bräuersohn, der sich in der Großstadt so schnell zurecht gefunden hatte, begriff nicht, was mit der Welt geschehen war. Dabei wäre die Antwort einfach gewesen: Er hatte sich verändert, aber die Welt noch nicht.

Während Ignaz Loher so dachte, saß Jürgen Knöppke zu ebener Erde in der Gaststätte. Hier gab es schwarze Ledersessel und in der Ecke eine Musikkanzel mit Trommeln, Pulten und Mikrophonen. Knöppke saß bei dämmeriger Beleuchtung mit wächsernen Gesichtszügen, die von einer grünlichen Brille abgedeckt waren, in einem der schwarzen Ledersessel. Er trug einen gut geschneiderten Anzug. Er war spät ins Bett gekommen und erst mittags aufgestanden.

Er schnipste mit zwei Fingern den weiß gekleideten Oberkellner heran und ließ sich einen gemischten Schnaps mit Eiswürfeln bringen. Als er den ersten Schluck nahm, schüttelte es ihn. Dann wurde ihm ein geröstetes Lendenstück auf den

Tisch geschoben. Er übergoß es mit einer dicklichen braunen Soße und überstreute es mit verschiedenen Gewürzen, die er aus mehreren an seinem Platz stehenden Gläsern schüttelte. Er verschlang das Essen. Gelegentlich spülte er kaum zerkaute Bissen, auch zwei oder drei bunte, einer Schachtel entnommene Pastillen mit einem kräftigen Schluck Sodawasser hinunter. Fast wesenlos war dieser Mann.

Der Ausspruch: »Das mag man heute nicht mehr!« ging ihm leicht von der Zunge. Es war die von Florian Untersberger geschätzte Richtung, die den guten Johann Baptist Angermaier fast um den Verstand, sicher um Jahre seines Lebens gebracht hatte. Nun mußte Jürgen Knöppke noch ein Streitgespräch mit Michael Thaler bestehen. Dieser hatte darum gebeten. Seine schriftstellerische Arbeit war in einem umfangreichen Aufsatz, mit dem sich der künftige Leiter der Kirchenzeitung seinen Lesern vorgestellt hatte, der Lächerlichkeit preisgegeben worden.

Unterdessen lag Johann Baptist Angermaier auf dem alten Sofa seines Nachmittagszimmers im Dämmerschlaf und murmelte unverständliche Worte, wenn er sich in Träumen, die ihn bedrängten, Rede und Antwort stand. Seiner linken Hand, die über den Rand der Liegestatt mit gelösten Fingern herabbaumelte, war die neueste Ausgabe der Kirchenzeitung entglitten. Die Blätter waren nicht geordnet und gefaltet auf den Papierstoß zurückgekehrt, sondern auseinandergefächert auf den Boden geflattert. Die zuletzt gelesene Seite mit dem Aufsatz Knöppkes starrte nach oben. Die Zeilen legten sich wie ein Kranz um einen Kasten, der dem Füllfederhalterstrich um die Meldung von dem Feldkirchener Muttergottesdiebstahl ähnelte und mit einer gehässig gemeinten Auswahl aus Thalers Schriften gefüllt war.

Diese Auswahl sollte den Verfasser dem öffentlichen Gelächter preisgeben.

Längst vergriffen waren seine Bücher, zu herabgesetzten Preisen verschleudert, und, was noch immer unverkäuflich war, in der Papiermühle zermalmt. In der kleinen Wohnung an der Ackergasse waren Michael Thalers Bücher noch zu finden. Dort lehnten die Restbestände, nach Aufschriften geordnet, in die Papierumschläge der Verlage gehüllt, reihenweise nebeneinander.

Das Osterfest hatte er in Thalheim gefeiert. Mit weit besserem Gewissen war er den fragenden Blicken seiner ehemaligen Dorfgenossen begegnet. Dem Bedauern seiner Mutter Scholastika, daß aus ihm kein Geistlicher geworden war, hatte er eine Linderung verschafft. Seine Bemühungen, die er mit der Würde eines »Doctors cum laude« abgeschlossen hatte, waren von den vier niederen Weihen begleitet gewesen. Jetzt strebte er die drei höheren Weihen an.

In der Stunde von Angermaiers mittäglichem Schlummer ging er zu einer Besprechung mit Jürgen Knöppke. Er stieg bei der Ludwigskirche aus der Trambahn und ging die Schellingstraße hinauf. Er überquerte die Amalienstraße, verfolgte seinen Weg weiter und bog bei der Türkenstraße rechts ab. Hier war früher ein gelbes Biedermeierhaus mit ruhigen Simsen und ebenmäßigen Fenstersprossen gestanden. Vor drei Jahren war es abgerissen worden und einem siebenstöckigen Miethaus von Glas und Beton gewichen. In der Gaststätte zu ebener Erde erwartete Knöppke den Besucher. Als Thaler eintrat, eine auffallende Erscheinung in seinem langen dunklen Mantel, erhob sich der Mann mit der Sonnenbrille aus dem schwarzen Lederfauteuil. Er nahm die Augengläser nicht ab. Er wollte sich nicht in die Augen schauen lassen, die ihrerseits genau in den Augen des Besuchers zu lesen trachteten. Da stand er dem Verhaßten gegenüber, zum ersten Mal, und wunderte sich, daß er auf dessen Bitte um eine Begegnung eingegangen war. Die Neugier hatte viel zu dieser Entscheidung beigetragen, aber auch die Hoffnung, seinen ewigen stillen Widersacher zu bekehren oder durch die Drohung mit Schwierigkeiten in der beruflichen Laufbahn zum Einlenken zu bringen.

Dieser lachte, als er sich von den grünlich glasverdeckten Augen gemustert sah und platzte heraus: »Übrigens fanden meine Freunde die von Ihnen ausgewählten Stellen aus meinen Büchern herrlich, und ich danke Ihnen für die unfreiwillige Werbung!«

Thaler setzte sich in einen der schwarzen Ledersessel. Er sah auf dem Tisch den Teller stehen, der mit den Resten einer dicklichen Soße und ausgestreuten Gewürzen verschmiert war und unsauber roch ...

Johann Baptist Angermaier erwachte aus dem schlafähnlichen Dämmerzustand. Er fühlte sich nicht nachmittäglich erholt, sondern erschöpft wie nach einer Auseinandersetzung mit seinem Sohn. Er war in Schweiß gebadet. Er stand auf. Die Glieder waren ihm bleischwer, er torkelte, sackte in die Knie, mußte sich an der Stuhllehne festhalten, um nicht zu fallen. Er fühlte Hemd und Unterwäsche am Leib kleben. Wasser stand ihm auf der Stirn. Er zog sein Sacktuch heraus und wischte sich den Schweiß ab. Dann knickte seine schwere Gestalt auf den Rand des Sofas nieder. Er blieb in finsterem Brüten vor dem Turm aus Büchern und Schriftstücken sitzen.

Der Sturm war verrauscht. Angermaier hatte das unbestimmte Gefühl, daß es der letzte Sturm war, daß nun Ruhe einkehrte. Die aufgeschlagene und zerknitterte Zeitung lag immer noch am Fußboden, die Blütenlese aus Thalers Schriften obenauf.

Beschluß

Am nächsten Tag verbreitete sich in der Herzogspitalgasse das Gerücht, Jürgen Knöppke sei verreist. Am übernächsten Tag hieß es, er habe einen eingeschriebenen Brief an den Verlag der Kirchenzeitung geschickt. In der Sonntagsausgabe war dann zu lesen, daß Untersbergers Nachfolger buchstäblich im letzten Augenblick von der Vertragsunterzeichnung Abstand genommen und die Stadt mit unbekanntem Ziel verlassen habe. In der ersten Woche war er wie vom Erdboden verschluckt. Später erfuhr man aus den Zeitungen, daß er acht Schnellzugstunden weit in die Stadt seiner Herkunft heimgekehrt und immer noch schriftstellerisch tätig sei.

Über die Gründe seiner fluchtartigen Abreise wurde viel gerätselt. Die Meinungen gingen auseinander. Man kam zu keinem greifbaren Ergebnis. Die Folgen seines freiwilligen Weggangs waren aber unverkennbar.

Die junge Frau Ines Angermaier, da sie des Halts durch ihren Bruder beraubt war, fühlte sich unsicher. Galt es ihr früher als selbstverständlich, daß die Volksmusik anderer Länder nicht nur fremdländisch, sondern auch schicklich und aufregend, die Volksmusik des Landes, in dem sie lebte, langweilig und lächerlich sei, war sie dessen jetzt nicht mehr so sicher. Auch in ihrem Ehemann fand sie keine Unterstützung mehr. Hatte dieser früher schon einmal vorsichtig versucht, ihr begreiflich zu machen, daß sie unrecht habe, war ihm das Geschmücke und Geputze von Kopf und Hals mit Burnus und Rosenkranz bedenklich erschienen und hatte Anlaß zu mancher häuslichen Auseinandersetzung gegeben, so war es ihm nun auf einmal, als sei ein unerträglicher Druck von seiner Seele gewichen. Er konnte die Nachricht zuerst nicht fassen, war zu Tode erschrocken und fühlte sich seinerseits einer unentbehrlichen Stütze beraubt. Als er aber dank eigener Nachforschungen sicher war, daß es damit seine Richtigkeit habe, geriet manche seiner bisherigen Überzeugungen ins Wanken. Er duldete die Ehrfurchtslosigkeiten seiner Frau nicht länger, begann sich seiner früheren Worte: »Crescentia hat die Reinheit nicht freiwillig auf sich genommen — sondern keinen Mann bekommen« zu schämen.

Auch in der Bevölkerung schien der Bann gebrochen zu sein. Der berüchtigte Laden in der Damenstiftgasse wurde mehr und mehr gemieden, die Lichterflut verblaßte — eine Lampe um die andere erlosch — aus Sparsamkeit, wie es hieß. Keine zwei Monate waren vergangen, als handgeschriebene Zettel in den Schaufenstern klebten. Auf den Zetteln stand: »Räumungsverkauf wegen Geschäftsaufgabe«.

Zum Überhandnehmen der Kirchendiebstähle hatten verschiedene Ursachen geführt, nicht allein, wie Johann Baptist Angermaier vermutete, die Entthronung der Heiligen und die Entweihung der Altäre durch die Hirten selbst, sondern auch die Wohlhabenheit weiter Gesellschaftskreise, deren sittliche Kraft mit ihrer Geldkraft nicht Schritt gehalten hatte. Dennoch verdächtigte das Gerücht hartnäckig den abgereisten Jürgen Knöppke. Er stecke mit den Dieben der Feldkirchener Muttergottes unter einer Decke, hieß es, und sei an dem Lösegeld, das diese von der Kirchenverwaltung für die Herausgabe des wertvollen Schnitzwerks forderten, beteiligt. Daß dem nicht so war, hätte ein Vorfall der ersten Tage nach seiner Flucht beweisen können. Eines Morgens fand nämlich der Mesner von Feldkirchen, der seinerzeit als erster den Diebstahl bemerkt hatte, als er wieder zum Frühmeßläuten kam, ein Paket aus Zeitungspapier auf den Stufen der Turmkammer. Als er es vorsichtig auswickelte, kam die Feldkirchener Muttergottes, mit Mantel, Schleier, Kind und Krone zum Vorschein. Nicht im geringsten beschädigt war sie, nicht einmal das zierliche Zepter war gebrochen. Eiligst raffte er das Zeitungspapier zusammen, zerrte das schwere Paket in die Turmkammer, verschloß die Pforte, lief nach Hause und nahm sein Fahrrad. Er wollte die Neuigkeit keinen Augenblick für sich behalten. Er hetzte nach Bergham hinein und verständigte den Pfarrer. Dieser vermutete gleich, daß das berühmte Bildwerk einfach nicht verkäuflich war. Obwohl er mit seiner Vermutung sicher recht hatte und der Grund der Rückgabe keineswegs geheimnisvoll war, brachte die Bevölkerung den verschwundenen Knöppke mit der Rückerstattung in Zusammenhang. Auch das war verständlich, ja sogar entschuldbar, hatte doch sein Einfluß während der Zeit seiner Anwesenheit ans Unerklärliche gegrenzt.

Die allgemeine Umkehr hatte sich aber schon vor Knöppkes Weggang vorbereitet, war sogar die Ursache dieses Weggangs gewesen. Dennoch verwechselte man bei der Bevölkerung beharrlich Ursache und Wirkung. Man ließ nicht ab von der Meinung, daß manche Änderungen der Lebensführung erst nach seinem Fortgang möglich geworden waren. Gewissermaßen hatte man damit auch recht, aber auf andere Weise. Denn wenn es richtig ist, daß die fortschreitende Vergiftung der Seele die tiefste Ursache der Vergiftung der Umwelt ist und eine Heilung der Innenwelt einer Heilung der Außenwelt vorausgehen muß, dann war nichts anderes von ihnen gewichen, als die Vergiftung der Seele.

AUSKLANG
DER SILVESTER-ERZÄHLUNG

Zukunft und Vergangenheit stoßen zusammen

Eintreffen in der Hauptstadt — Werke der Barmherigkeit — Schloß Kalling wird wieder aufgebaut — Namenstage — Kräuterladen am Petersberg — Wohlriechender marianischer Quittenapfel — Besuch im alten Pfarrhaus von Buchbach

Johann Baptist Angermaier hatte vor zwanzig Jahren, als er einmal auf der Suche nach einer Haushälterin gewesen war, mit Erfolg bei den Augustinerinnen in der Dachauer Straße angefragt. In ihrer Anstalt wurden alte Dienstboten gegen einen geringen Zehrpfennig bis ans Ende ihrer Tage versorgt. Auch junge Arbeitskräfte wurden gegen eine unerhebliche Gebühr vermittelt. Hierher hätte er sich wieder gewendet, wenn ihm Crescentia nicht auf Schloß Kalling begegnet wäre.

Er hatte sie vom Hauptbahnhof abgeholt und ihre beiden Handkoffer in die nahegelegene Herzogspitalgasse getragen. Einen dritten schweren Koffer, der ihre gewichtigeren und sperrigeren Besitztümer enthielt, hatte der Hausmeister im hölzernen Handkarren geholt. Als man alles ausgepackt und in der Eckkammer zwischen Küche und Eisenbalkon, die fortan die ihre war, zu einem wohnlichen und gemütlichen Eindruck angeordnet hatte, erkannte Johann Baptist Angermaier das goldgerahmte Herz-Jesu-Bild wieder, das bei seinem Vater gekauft worden war.

In den Gasthäusern ihrer Heimat wurde beim abendlichen Aveläuten der »Engel des Herrn« gebetet. Als Crescentia eines Abends ums Finsterwerden und beim Einsetzen des Gebetläutens in das Weingasthaus auf der anderen Gassenseite kam, staunte sie, daß nicht gebetet wurde. Nicht ein einziges gefaltetes Händepaar sah sie. Sogar der Umstand, daß die Hüte der Gäste abgenommen waren, lag nicht am Gebetläuten, sondern an der städtischen Gepflogenheit.

Alle Schwierigkeiten, die in einem großen Hauswesen auftreten, meisterte sie bald mit Witz, List und Erfahrung. Die Liebe zu eigenen Kindern, die ihr versagt geblieben war, übertrug sie auf die Kinder ihres Brotherrn, besonders auf den Kleinsten, Hilflosesten. Sie pflegte ihn von einer langwierigen Krankheit, einem gefährlichen Keuchhusten, gesund. Er hing deswegen auch besonders an ihr.

Bis hierher hatte Crescentia in der schneereichen Silvesternacht aus ihrem vergangenen Leben erzählt.

Während in dem flaschengrünen Kachelofen Holzscheiter aus Johann Baptist Angermaiers Nymphenburger Garten krachten und die Stube mit wohliger Wärme füllten, erzählte sie. Während würziger Rotweindunst und von gestreuten, gemach verkohlenden Tannenzweigen harziger Nadelgeruch aufstieg, erzählte sie.

Anastasia hörte den Kanarienvogel trillern und wollte das ihr zugedachte Los nicht wahrhaben. Die Erzählerin ging keinen Buchstaben weit von ihrer Meinung ab und schloß mit den Worten: »Der Wind weht, wo er will. Du hörst sein Sausen. Du weißt aber nicht, woher er kommt und wohin er geht. So ist es mit jedem Menschen, der geboren ist aus dem Geist.«

*

Bevor sich der Ring schloß, hatte Crescentia ihre dritte Begegnung mit einem Mann. Eigentlich war es eine Wiederholung der zweiten. Als eines Spätnachmittags die Glocke an der Wohnungstür ging und Crescentia mit vorgelegter Kette einen Spalt weit öffnete, erkannte sie ihn gleich. Er hatte sich in den vergangenen Jahren verändert, war mager und bleich geworden. Der Nankingstoff war widerstandsfähig und trotzte der Zeit, aber die Hose war abgeschabt. Verlegen wartete er auf dem Fußabstreifer und drehte den Hut in den Händen. Nichts von seiner früheren Sicherheit war geblieben. Dennoch stand plötzlich die alte Kallinger Zeit vor ihr auf. Sie ließ ihn hereinkommen.

Dann ließ sie ihn durch eine zweite Tür in den Salon treten und forderte ihn auf, sich in einen der Sessel an den ovalen Nußbaumtisch zu setzen. Johann Baptist Angermaier hatte längst seinen Mittagsschlaf beendet und war über die eiserne

Wendelstiege in das Comptoir zurückgekehrt. Die Wohnung war still und menschenleer. Dennoch fühlte sie sich durch den Besuch beunruhigt. Sie saß ihm auf der Vorderkante ihres Sessels gegenüber, trommelte mit vier Fingern auf der Tischplatte, zuckte alle Augenblicke zusammen, wenn ein Fahrgeräusch von der Gasse heraufdrang, kehrte den Kopf zur Tür, wenn ein Möbelstück in der Wohnung knackte, war unschlüssig, ob es gehörig sei, daß sie ihm zu trinken anbiete, fragte ihn und war froh, einen Anlaß zum Aufstehen zu haben. Sie ging ans Büfett, in dem die altdeutschen Bierkrüge des verewigten Johann Baptist Angermaier senior standen, nahm ein geschliffenes Glas und eine Flasche süßer Lakrima Christi heraus, von der sie abends hie und da einen Schluck nippte, stellte das Glas auf einen strohgeflochtenen Untersatz, entkorkte die Flasche, schenkte ein, verschloß die Flasche, stellte sie daneben und setzte sich wieder.

Unter ihren Verrichtungen erzählte der Besucher schon. Er war verlegen und fühlte sich von ihrer Unruhe gedrängt. Er konnte keinen Augenblick Stille aufkommen lassen. Er hielt seinen Hut ans Knie gepreßt.

Er erzählte, wie es ihm ergangen war und wie er ihren Aufenthaltsort erfahren hatte. Er erzählte hastig, als wolle er es zu keinem Einwurf kommen lassen.

Er berichtete von Dingen, die sie schon wußte. Das konnte er nicht ahnen. Darum war sie sicher, daß er die Wahrheit sagte. Er habe ihr großes Unrecht getan, doch, wenn er eine solche Handlung büßen müsse, habe er einen kleinen Teil der Buße schon abgeleistet. Das Glück sei ihm — wie es das Glück mit unrechtem Gut an sich habe — bei der reichen Bauerntochter nicht hold gewesen. Seine Beziehung zu Crescentia sei deren Mutter hinterbracht worden.

Er habe sich nach dem Krieg, als die Roßhaltung immer mehr zurückging, umzustellen versucht und im Nachbarmarkt als Arbeiter in einer mechanischen Werkstätte verdingt. Aber das Gerücht sei seiner Spur gefolgt. Der Spott, der über den geprellten Hochzeiter und Erben ausgegossen wurde, sei nicht mehr zu ertragen gewesen. Er habe die Stellung gewechselt, habe sogar noch einmal einen Versuch im Schloß Kalling gewagt, wo man abwinkte. Er sehe keinen anderen Weg, als in der Namenlosigkeit der Stadt unterzutauchen und neu zu beginnen. Das sei ihm auch gelungen. Ein Arbeitsplatz in einem großen Verlagshaus am Altheimer Eck sei ihm zugesagt.

Und nun solle sie es nicht als Zumutung empfinden, wenn er am Anfang eines neuen Weges, den er mit allem guten Willen gehe, auch zu ihr komme, zu ihr zurückkomme, die er in den vielen Jahren immer als guten Geist empfunden, der er sogar seine Umkehr zu verdanken habe. Sie möge ihm in Gottes Namen verzeihen und Gelegenheit geben, sich ihrer Verzeihung würdig zu erweisen. Sie möge gegen den Umgang mit ihm nichts einwenden und ihm den verstohlenen Gedanken an eine innigere und dauerhaftere Verbindung erlauben.

Er schwieg. Einmal mußte er zu bitten aufhören. Doch auch sie schwieg. Eine Weile schwieg sie. Dann sagte sie leise, lächelte dabei ein wenig, stockte und tat, als wolle sie mit ihrer rechten Hand, die zuerst unruhig auf der Tischplatte geklopft hatte, Brot- und Staubkörnlein zu einem Häuflein zusammenschieben, bezweckte aber nur, ihren Augen ein anderes Ziel als das Gesicht des wartend gegenübersitzenden Mannes zu geben: »Ich möchte dich nicht in die Hoffnungslosigkeit stoßen, ich möchte dich trösten, wenn ich dir sage, daß ich auch allein bin, daß ich aber die Einsamkeit ertragen gelernt habe. Warum solltest du es nicht lernen? Warum solltest du nicht auf meine Weise glücklich sein können?«

Jetzt hatte Wieser die Sprache wieder gefunden und sagte schnell: »Wenn ich dich so reden höre und wenn ich sehe, wie gut du bist, dann weiß ich, daß ich es nicht kann. Ich habe mir alle Flausen über die Weiber aus dem Kopf geschlagen, weiß schon lange, daß die eine, die ich brauche und die ich glücklich machen möchte, nicht reich sein muß, nicht einmal gescheit, nicht einmal schön, bloß anständig. Und das bist du. Ich möchte dich noch einmal bitten, mich nicht abzuweisen.«

Crescentia senkte den Kopf und fühlte, wie ihr eine brennende Röte unter die Haarwurzeln schoß, dann schaute sie ihm voll in die Augen: »Bitte dränge mich nicht. Es ist spät geworden. Damals hättest du so zu mir reden sollen! Jetzt bin ich alt. Ich habe mein kleines Glück, habe Kinder genug, habe mein Leben, habe meine Aufgabe.« Daß sie so klare Worte fand, hatte einen Grund. Sie empfand ja das Haus, die ganze Umgebung, in der sie lebte, unwillkürlich als ein in ihre Zeit übertragenes »Barthsches Seelhaus«, mit dem Dienst in Haushalt, Küche und Krankenzimmer.

Der traurige Mann verlegte sich aufs Betteln: »Gib meinem Leben eine Wende, ein Ziel, einen Inhalt...«

Ihre Antwort klang hart: »Den Inhalt mußt du dir selbst geben.«

Alois Wieser zeigte sich verletzt. Und er begehrte ein letztes Mal auf: »Ich sehe schon! Du verachtest mich!«

»Warum sollte ich dich verachten?« Sie schaute ihn mit großen Augen an.

Er wich ihrem Blick aus. »Weil ich n o c h etwas getan habe. Auch das muß ich dir gestehen. Weil ich es war, der dich bei der Schloßherrin verdächtigt hat. Ich habe ihr die Gründe eingeredet, warum du dem Grafen so lieb warst. Und ich habe ein offenes Ohr gefunden.«

Crescentia sah, daß die rechte Hand des Mannes auf der Tischplatte lag. Sie legte ihre Hand auf die seine und sagte besänftigend, mit einem leichten Kopfschütteln: »Das würde eine Verbindung zwischen uns nicht hindern! Das müßte ich deinem damaligen Zorn zugute halten! Das würde ich entschuldigen. Aber ich kann wirklich, wirklich nicht!«

»Gut...« Alois Wieser zog seine Hand zurück, trank hastig sein Glas aus. Er schien sich mit ihrer Antwort abgefunden zu haben. Doch auf einmal fing er wieder an: »Dann laß dir wenigstens etwas schenken. Ich habe immer noch den geschnitzten Georg, den Reiter, bei mir.«

Crescentia wehrte mit beiden Händen ab.

»Doch, doch! Schlag mir wenigstens diese Bitte nicht ab! Der heilige Georg soll bei dir sein von jetzt an! Als ein Stück von mir.«

Er verstand nicht, warum es plötzlich in ihren Wimpern funkelte. Als er sie fragte, sagte sie ihm nicht den Grund. Sie stand auf und trat ans Fenster, damit er nicht sehe, wie Träne um Träne aus ihren Augen quoll.

Auch er stand auf und verabschiedete sich.

*

Mehrere Jahre waren seit Alois Wiesers Besuch vergangen. Da erfuhr Crescentia eines Morgens, daß der alte Hausmeister gestorben war. Er hatte in der Frühe das Haus und die Geschäftsräume nicht aufgesperrt. Als man in seiner Wohnung nachsah, fand man ihn tot. Eine lang befürchtete Kunde! Er war schon alt gewesen. Wenn Amalia nicht inzwischen ins Stammhaus Angermaiers zurückgezogen wäre, hätte Crescentia nun allein hier schlafen müssen.

Es war noch keine Woche vergangen, seit sich die Erde über dem Sarg des Hausmeisters geschlossen hatte, und Crescentia trat gerade aus der Kellerstiege mit zwei Eimern Briketts in den Hausgang, als ein alter Mann vor ihr stand. Er mußte, während sie im Keller gewesen war, bei der Haustür hereingekommen sein. Er war abgerissen gekleidet, der Wintermantel schlotterte um seine Füße, war viel zu weit, einige Knöpfe fehlten, die Hosenbeine waren ausgefranst, in der Hand hielt er ein geknüpftes Tuch. Sein Gesicht war abgemagert, daß die Backenknochen hervorstanden, sein Kinn starrte von weißen Bartstoppeln.

Ungewöhnlich war dieses Bild. Sie setzte die Eimer ab, die ihr zu schwer wurden. Wenn der Mann jung und redselig gewesen wäre, hätte das Mißtrauen, übertölpelt zu werden, in ihr keimen können, so aber regte sich nur Mitleid. Als er um einen Stuhl und einen Teller Suppe bat, forderte sie ihn auf, mitzukommen. Zuerst wollte sie nicht dulden, daß er ihr einen Kohleneimer abnehme, ließ es aber, weil er nicht nachgab, doch geschehen.

Das hoffe er noch zu leisten, sagte der Mann, als er in der Küche auf dem Hocker vor dem blanken Holztisch saß, das Bündel zwischen die Füße geklemmt — und noch mehr, wenn er wieder zu Kräften gekommen sei. Crescentia schöpfte dem Suppenhafen, der am Herd stand, einen Teller voll ab und stellte ihn auf den Tisch. Dabei sah sie den Mann schräg von der Seite an — da dämmerte ihr eine Erinnerung und sie erkannte ihn. Alois Wieser war zum zweiten Mal gekommen.

Er war Hausdiener und Bote in einem Zeitschriftenverlag am Altheimer Eck gewesen, genau wie er es ihr erzählt hatte. Vielleicht hatte der Geschäftsgang nicht den Erwartungen der Leitung entsprochen, jedenfalls war ihm bald, ohne daß er sich etwas hatte zuschulden kommen lassen, gekündigt worden. Er war eines Nachmittags am Bahnhof gesessen, unschlüssig, ob er nach dieser Enttäuschung aufs Land zurückkehren solle, als ihn zwei junge Burschen anredeten. Sie hatten schnell herausgefunden, wo ihn der Schuh drückte. Was sie noch nicht wußten, das erzählte er ihnen freiwillig. Sein Zorn auf den ungerechten Brotgeber war groß. Er nahm es für bare Münze, was ihm die beiden vorgaukelten. Sie wollten ihm bei der Beschaffung eines vollen Jahreslohnes helfen. In seiner dumpfen Wut fand er es nicht einmal unbillig, dem harten Herrn eine Entschädigung für den Verlust des Arbeitsplatzes abzunehmen. Daß es im Zusammenhang mit einem Abenteuer geschehen sollte, reizte ihn, ohne daß er sich diesen Hang zur Unordnung eingestand. Man sprach das gemeinsame Vorgehen, das für eine der kommenden Nächte geplant war, in allen Einzelheiten durch. Er bot sich an, den Schlüssel des Kassenraumes zu beschaffen, was ihm nicht schwer fiel, weil er täglich mittags absperrte, und billigte den Männern, die ihm zu seinem vermeintlichen Recht verhelfen wollten, einen Teil des erbeuteten Jahreslohnes zu. Daß die Helfer ausgekochte Halunken waren, die ohne weiteres die ganze Handkasse an sich brachten und nicht daran dachten, ihm einen Pfennig abzutreten, die nicht einmal davor zurückschreckten, um zu ihrem Ziel zu kommen, ein Menschenleben auszulöschen, damit hatte er nicht gerechnet. Am Schluß stellte sich heraus, daß er von Verbrechern geprellt und dem Gefängnis ausgeliefert worden war. Was dann kam, waren wochenlange Verhöre, die von den Tätern keine Spur erbrachten, aufreibende Gerichtsverhandlungen und eine mehrjährige Freiheitsstrafe.

Er versuchte nicht, sich von der Schuld reinzuwaschen, erzählte abgehackt, mit rauher Stimme. Er wollte sich, als er seine Suppe ausgelöffelt hatte, mit dem gebührenden »Vergeltsgott« auf den Weg machen.

Crescentia, die sich einen Hocker an den Küchentisch gezogen und gesetzt hatte, machte ihrem Besucher keine Vorwürfe, nur sich selbst, daß die seinem Leben keine andere Wendung gegeben, daß sie ihm keine Heimat geboten hatte, daß es ihr nur um die Bewahrung ihrer eigenen Heimat zu tun gewesen war.

— Wieviel besser habe ich es doch! —, sagte sie sich. Als er müde vom Tisch aufstand, fragte sie: »Wohin gehst du jetzt?«
»Ich weiß nicht.«

Crescentia dachte, wie schwer ein frisch entlassener Häftling Arbeit finden mochte. Ihre Eigenschaft, keine Unordnung zu dulden, alles Unordentliche in Ordnung zu bringen, der Umstand, daß Johann Baptist Angermaier einen verläßlichen älteren Mann als Hausmeister suchte, trafen auf wunderbare Weise zusammen. Sie forderte ihn auf, zu bleiben, schob ihn in ihre Kammer, hieß ihn den Mantel ablegen und warten, bis sie ihn hole.

Dann versuchte sie ihr Bestes. Als sie das Essen in den Speisesaal trug, redete sie mit Johann Baptist Angermaier, verschwieg nichts, bürgte mit Hab und Gut — was freilich keine große Sicherheit war — für den Mann, fand überraschend in Peter einen Verbündeten, der den schwankenden Vater zur Zustimmung brachte.

Nun beobachtete sie, wie er sich in der alten Hausmeisterwohnung, im Stockwerk über ihrem Domizil, für ein ruhiges Leben einrichtete, wie er das hölzerne Schnitzwerk des heiligen Georg auf den Tisch stellte. Gern hörte sie, was er Neues von Kalling berichtete: Graf Leopold habe geheiratet, hörte sie. Die Wiederherstellung des Väterschlosses habe er beendet. Alle im Lauf der Jahrhunderte mit mehreren Ölfarbschichten zugeschmierten Dielenböden habe er abgelaugt, bis die ursprüngliche Maserung mit den lebhaften Jahresringen zum Vorschein kam, die reichen Stuckfelder der Säle mit einem Gemenge aus Gips, Kalk und Sand geheilt, die hohen Fenster mit gerafften Vorhängen aus pastellfärbiger Seide verhängt und im Schloßgarten das große Allianzwappen der Mayrhofen und Preysing durch die Anpflanzung roter, weißer und blauer Blumen wiederhergestellt. Schon aus der Weite wurden die Besucher vom Pfauenschild und Rautenbanner begrüßt.

*

Als Crescentia Weilbuchner zweiundsiebzig Jahre alt war, feierte man Vater Angermaiers Namenstagsfest in der alten Weise. Er thronte unter dem Kreuz im Herrgottswinkel. Seine sieben Sprößlinge stellten in Kleidern, die sie beim Gewandmeister des Hoftheaters ausgeliehen hatten, die sieben wichtigsten Patronate des Sonnwendhansls dar, die an ihrer Berufs- und Standestracht kenntlich waren: einen Gürtler (so hieß der Gewandmeister), einen Gerber, einen Kürschner, einen Schneider, einen Färber, einen Maurer und einen Messerschmied.

Johann Baptist Angermaier dankte mit seiner dröhnenden Stimme, sprach ohne Anstoß zu erregen von der Evangelium- und Epistelseite an der Speistafel und schmeichelte der Dienstmagd für ihre Biskuitroulade, daß ihr ein breites Lächeln auskam. Schnell zog sie jedoch die Lippen mit allen Anzeichen der Verlegenheit über dem freigelegten Gebiß zusammen.

Allgemein wurde bedauert, daß die Wohnung keine Arbeitsstätte mehr sei. Wirklich benachteiligt waren bloß die Jüngsten: Andreas und Gertraud, die den Vater zu selten sahen und mit Recht beklagten, daß er in seinen besten Stunden außer (dem Nymphenburger) Haus arbeite, müde sei und Aufregungen scheue, wenn er heimkomme. Indessen durften auch sie hoffen, eines Tages mit ihm an seinem Arbeitsplatz vereint zu sein und die Wirkung eines freundlichen, verständigen und ernsten Vaterwortes zu spüren.

Als tröstlich empfand es jetzt Peter, daß er in den Jahren der Aufsässigkeit, in denen ihm Unterstützung von vielen Seiten zugewachsen war, nicht vermocht hatte, die festgefügte Rangordnung im Haus zu untergraben, daß er bei seinem Vater nie auf leere Worte, immer auf echten Widerstand gestoßen war.

Amalia hatte von niemand anderem als von ihrem Vater die Liebe zu alten Kleidungsstücken, zu raschelnden langen Rökken gelernt und wurde trübsinnig, wenn sie an die Gerissenheit dachte, mit der versucht wurde, Kinder zu späteren hemmungslosen Käufern zu erziehen.

Wie wohltuend hob sich die Sparsamkeit Crescentias ab! Man sah die Alte unausgesetzt nähen und flicken, waschen und bügeln. Große Sorgfalt verwendete sie darauf, langgediente Kleidungsstücke in gutem Stande zu erhalten. Auch nur den kleinsten Essensrest in den Abfallkübel zu werfen, hätte sie als sträflichen Mutwillen empfunden. Es gab kein Überbleibsel, das ihr für die Weiterverwendung zu gering gewesen wäre. Auch einem hart gewordenen Brotende bezeugte sie jene Achtung, die dem Brot nach ihrer Meinung gebührt, sie murmelte: »Vergeltsgott für die armen Seelen im

Fegfeuer«, wie wenn sie von der Godin Crescentia Haselböck am Seelentag einen fein mit Zuckerguß glasierten Wecken in Empfang nehmen würde, steckte den Brotrest in ein Leinensäcklein, aus dem, wenn es prall gefüllt war, eine leckere Brotsuppe hervorging.

Die Lebenskraft der alten Hausmagd übertrug sich auf alle, die mit ihr umgingen. Crescentia wußte ihre Umgebung zu erfreuen, vergaß nicht einen einzigen Namenstag aus dem Kreis der Verwandtschaft und Bekanntschaft, wußte die Tage der Heiligen auswendig. Und sie freute sich über die Beobachtung, daß es in der Stadt eine Rückbesinnung auf die Namenstage gab.

Im Herkommen der Namenstagsfeier Johann Baptist Angermaiers hatte es allerdings noch nie eine Unterbrechung gegeben. In diesem Jahr war zum ersten Mal die junge Frau Ines Angermaier unter den Feiernden. Ines war gesegten Leibes. Crescentia erinnerte sich, daß noch vor wenigen Wochen der Name »Eillen« für das erwartete Kind im Gespräch war. Johann Baptist Angermaier zeigte sich entsetzt. Seine Vorhaltungen fruchteten nichts. Er bestürmte Amalia, alles daranzusetzen, um Ines umzustimmen. Die Tochter beteuerte, sie habe sich ohnehin mit ihrer Schwägerin beinahe überworfen, habe alles Erdenkliche versucht, ohne Erfolg. Crescentia konnte die Halsstarrigkeit der jungen Frau bestätigen. Aus Versehen war ihr einmal, als die Rede auf das erwartete Kind kam, anstelle des zungenfremden Wortes »Eillen« der zwar auch nicht angenehm in ihren Ohren klingende, aber gewohntere Name »Erika« herausgerutscht. Ines war tödlich verletzt und machte Crescentia, die sich sofort verbesserte, aber dabei ins Stottern kam und alles nur verschlimmerte, bittere Vorwürfe.

Nun hatten sich alle Schwierigkeiten wie von selbst erledigt. Gegen das Vorhaben, für das erwartete Kind zweierlei Namen, Florian und Magdalena, bereitzuhalten, konnte Angermaier nichts einwenden. An solchen Einzelheiten wurde der unmerkliche Sinneswandel Peters deutlich. Unmerklich war die Ausräumung, Umänderung und Säuberung seines Schaufensters geschehen. Daß dabei der Geschäftsgang nicht Schaden litt, bestärkte ihn in seiner gewandelten Meinung. Das Schaufenster ähnelte von Tag zu Tag mehr dem seines Vaters, kehrte nach Inhalt und Aufmachung, mit Heiligenbildern,

Katechismusheften, liturgischen Nachschlagwerken, Meßordnungen und Erbauungsbüchern, zu seinem früheren Erscheinungsbild zurück, so genau, daß man sich fragte, ob es dazwischen eine andere Zeit gegeben habe.

Was die Rückkehr früherer Verhältnisse förderte, war der Umstand, daß Peter Angermaier seiner aufreibenden täglichen Fahrten ins Oberland überdrüssig wurde und sich mit dem Gedanken eines Verkaufs des Flachdachhauses trug. Seine Frau, die sich das Leben am Fuß der Berge anders vorgestellt hatte, war des häufigen Alleinseins müde und willigte ein. Er wollte auch künftig gern einen Teil seines Lebens auf dem Land verbringen. Er dachte an einige Sommerwochen, wie sie der Städter Johann Baptist Angermaier senior zur Freude seiner Kinder regelmäßig in einem Miesbacher Bauernhaus verbracht hatte. Noch nie hatte sich Peter so entschieden als ein Bürger dieser Stadt gefühlt wie jetzt. Mit Macht zog es ihn zurück in die Herzogspitalgasse. Am liebsten wäre er gleich am nächsten Tag eingezogen.

*

Zur Linderung ihrer Altersgebrechen bediente sich Crescentia der Hausmittel ihrer Jugendzeit. Nie wäre eine Tablette oder Pastille über ihre Lippen gekommen. Dagegen machte sie fast jedes Frühjahr eine Fahrt nach Kammerlehen, wo ihr ein kleines Altrecht verblieben war. Wenn die Gefrier aus dem Boden gewichen war, zapfte sie einige der mächtigen Birkenbäume an und füllte ihre mitgebrachten Flaschen. Nicht mehr als zwei oder drei füllte sie, vorsichtig auf alle Bäume verteilt, damit keiner Schaden leide. Solcher Saft, ob äußerlich oder innerlich angewendet, war ein Lebensborn, besänftigte Zungenschmerzen und Herzweh.

Auf dem Viktualienmarkt (sie sprach das Wort nach alter Weise »Mark«), wo die Ware wohlfeil war (sie sagte »woifa«), kaufte sie dunkles Roggenmehl zur Bereitung kräftiger Dampfnudeln, die dem Befinden zuträglicher waren als weizene. Auch ein Brotlaib wanderte in ihren Einkaufskorb. Dazu kaufte sie drei oder vier Stauden Häuptlsalat (sie sagte immer noch in ihrer Heimatsprache: »Häupelsalat«). Wenn sie ausgefallenere Salatgewächse und Heilkräuter begehrte, mußte sie gar nicht weit gehen. Am sogenannten Petersberg, wo die Erdstufe der Isar von der altersgrauen Apsis der Kirche zu den bunten Marktständen abfällt, gab es ein Kräutergeschäft. Hier luden zwei kleine Schaufenster zur Betrachtung ein, waren die getrockneten Samenkapseln und Krautblätter nach ihrer Gattung und Herkunft getrennt in zahlreiche Holzlädlein gefüllt, mit Namen und Heilwirkung bezeichnet. Wenn sich Crescentia mit plattgedrückter Nase am Anblick der vielfältig gebotenen Gottesgaben weidete, erinnerte sie sich an das alte Kräuterweiblein vom Frauenholz, aus dessen fleißiger Hand solche Reichtümer jahrelang in die Holzläden gewandert waren.

Je älter sie wurde und je häufiger sie erkrankte, umso fester vertraute sie daneben der Wirkung geistlicher Mittel, trug eine Münze des Kaisers Marcus Aurelius mit dem Kopf des Herrschers und dem Spruch »Magis Gratia Deis« in eine Ecke ihres Mieders genäht. Abgegriffen wie das Metallstück war, hatte sie es von der Pförtnerin der Servitinnen geschenkt bekommen. Von der ersten Äbtissin war es aus der Inselrepublik San Marco mitgebracht worden.

Vom Viktualienmarkt kommend ging sie immer an den zwölf Ständen der Schweinmetzger, Kuttler, Kronfleischsieder und Garköche vorbei, deren Zahl von den zwölf Aposteln genommen war. Dann verrichtete sie regelmäßig in der Peterskirche ein Gebet am Reliquienschrein der heiligen Munditia, der Schutzherrin alleinstehender Frauen, die ihr Leben dem Glück des Glaubens geopfert hatte, wie die eingeritzte Antiqua der beigegebenen Grabtafel verkündete.

Auch den Grüften unter dem Hochaltar stattete sie regelmäßig einen Besuch ab und betete am Epitaph des Kanonikus Barth, auf dem in erhabener Steinmetzarbeit sein Geschlechtswappen, ein gebarteter Mann, zu sehen war.

Gleich neben der Peterskirche gab es ein altes Kaffeehaus mit geschweiften Holzstühlen, Marmortischen, Zeitungen an hölzernen Haltern und Billardspielen. Die Umkehr und Heimkehr Peter Angermaiers fing damit an, daß er täglich nach dem Mittagessen eine Stunde hier saß. Als er eines Tages durch das Fenster blickte, sah er Crescentia aus einem Seitenportal der Kirche treten. Es war die Stelle, an der das Osterfeuer gebrannt hatte. Er lächelte.

Wohlriechender marianischer Quittenapfel

Johann Baptist Angermaiers alte Dienstmagd betrachtete gern die Rosenkranzkönigin, die im Ladengeschäft auf einem von Schragen und Brettern gebauten, mit Blumen überschütteten Hausaltar stand. Gern sah sie auch die Mariensäule auf dem Hauptplatz der Stadt. Dem alljährlichen großen Trachtenzug war diese Säule Mittelpunkt seiner Umkehrschleife. Die vorbeiziehenden buntgewandeten Schützen, Trommler, Pfeifer und Tambourine erwiesen der Himmelmutter von allen Seiten die Ehre. Crescentia nahm eine Klappstaffelei unter den Arm und begab sich in den schmalen Schatten der Säule, wo sie den Zug bequem betrachten konnte.

Doppelt war die Freude in diesem Jahr, weil der Rotmarmor der Säule und der umfriedenden Balustrade, den dreieinhalb Jahrhunderte mit schwärzlichen Sprüngen und Rissen durchzogen hatten, aus Spenden der Bürgerschaft erneuert worden war. Auch die Bronzeteile des Denkmals waren abgebaut, gesäubert und wieder zusammengesetzt worden. Von ihrer Staffelei konnte Crescentia die Säule betrachten. Oben stand mit Kind, Krone und Zepter die Himmelskönigin. Ein enges Kleid, das unter der Brust gegürtet war, floß in sanften Falten auf die Sandalen nieder. Ihre Sohlen standen auf der Sichel des Mondes. Dem Psalm getreu kämpften zu ihren Füßen vier Heldenengel mit Schwert und Spieß gegen die Schlange, als Verbildlichung des Unglaubens, gegen den Basilisken, ein hahnähnliches Tier, das mit seinen Blicken lähmen kann wie der Pesthauch, den es versinnbildlicht, gegen den Löwen, als Darstellung des Krieges, und gegen den Drachen als Schreckbild des Hungers. Durch die Erneuerung der Danksäule wurde bei vielen die Hoffnung geweckt, daß »Notre Dame la Baviere«, wie sie in einer Brüsseler Heiligenlegende hieß, die Feinde nicht noch einmal ihr Haupt erheben lassen werde. Die Inschrift war neu in den Rotmarmor gegraben und mit feinem Blattgold ausgelegt:

Rem, Regem, Regimen, Regionem, Religionem
Conserva Bavaris Virgo Patrona tuis.

Ein silberner Rosenkranz, ein von Pfarrer Thomas gestifteter, lag bei Crescentia vor Staub geschützt in einer mit blauem

Samt ausgefütterten Schatulle. Wenn sie betete, glitt er ihr, Perle für Perle, von Hand zu Hand.

Auffallend war, daß nun auch Peter Angermaier anfing, mit einem Rosenkranz herumzugehen. Um an diese Kette zu kommen, hatte ein Griff in eine Schublade des väterlichen Ladens genügt, aber was innerlich dazu geführt hatte, mußte ein schwierigerer Vorgang gewesen sein. Er ließ im Gespräch, im Auf- und Abgehen, Perle um Perle durch die Finger laufen, beruhigte sich mehr und mehr, vertiefte seine Heilkunst allmählich, indem er nach und nach zu den freudenreichen, zu den schmerzhaften und zu den glorreichen Geheimnissen überging. Gleich ob er es laut oder stimmlos tat, er fühlte sich nach einem solchen Gebet immer vollkommen entrückt, erquickt und entspannt, so daß er der Notwendigkeit seiner Arztbesuche und seiner weltlichen Entspannungsübungen enthoben war.

Crescentia stattete auch der Herzogspitalkirche regelmäßige Besuche ab. Dort beteten Servitinnen, die sich als Dienerinnen bezeichneten, Tag und Nacht, unbeeindruckt von Verweltlichungen, das ausgesetzte Allerheiligste an. Sie beteten an Werktagen in sprechendem Vortrag, an Sonn- und Feiertagen singend. Eine Maueröffnung hinter dem Hochaltar, in der die Monstranz glitzerte, ließ die Stimmen der Klosterfrauen aus der Hinterkirche in die Volkskirche dringen. Jedes Mal ging eine Welle der Rührung durch das flackernd erleuchtete Schiff, wenn in der Mitternachtsstunde, am Anfang eines Feiertages, das gewöhnliche Gebet in hellen Gesang umschlug.

Weil Crescentia wußte, zu welchen Werken das Beten die Servitinnen kräftigte, zur Unterhaltung eines Kindergartens, einer Volksschule und eines Mädchenheims, zum Dienst in Krankenhäusern und Altersheimen, betete sie in der letzten Bank stundenweise mit. Das Zusammengehörigkeitsgefühl, das aus diesen Stunden erwuchs, war eine Empfindung, die alle Bewohner der inneren Stadt, besonders die der Herzogspitalgasse, kannten.

Sie wußte aus der Erfahrung ihres langen Lebens, daß das zwanghafte Bedürfnis nach sofortiger Befriedigung eines Wunsches, wie es Alois Wieser so heftig empfunden hatte, böse Früchte zeitigt, daß aber mit der Rückgewinnung der Fähigkeit, ein weit gestecktes Ziel zu verfolgen, alle feiner unterschiedenen menschlichen Verhaltensweisen wiederkehrten.

*

Auch Amalia hatte aus ihrer Betrachtung der Muttergottesgestalt Gewinn geschöpft.

Sie hatte sich im Krankenhaus zwei Jahre lang der Kinderpflege gewidmet, empfand aber nun große Sehnsucht nach eigenen Kindern. Jene oft geschilderte Liebe, die sich an kein eigenes Kind wenden kann und auf andere Weise an der Schönheit der Welt mitschafft, fiel ihr zu schwer. Ignaz, der sie häufiger in der zurückgewonnenen Wohnung an der Herzogspitalgasse besuchte, erwähnte bei der einen oder anderen Gelegenheit seine Zeichnungen. Er mühte sich, den Makel, daß er damals die Unwahrheit gesagt hatte, loszuwerden. Als er ihr einmal eine leicht verunglückte Bleistift- oder Federzeichnung vorwies, lächelte sie, faßte ihn an der Schulter und meinte, er solle sich ihretwegen keine Mühe machen. Ignaz Loher antwortete ernst: Wenn schon seine Anstrengungen, das schlechte Gewissen zu beruhigen, kindisch seien, werde sie ihm erlauben, auf andere Weise zu versuchen, sich ihrer würdig zu erweisen.

Amalia sagte: »Dazu bietet sich bald Gelegenheit.« Während sie ihm nun antrug, in der Herzogspitalgasse zu arbeiten, weil der Verlag einen Buchhersteller suche, überlegte sie, wie sich eine künftige gemeinsame Wohnung in den geräumigen, ein wenig heruntergekommenen Häusern an der Herzogspitalgasse ausbauen ließe.

Während Amalia Angermaier mit Ignaz Loher sprach, war Anastasia bei der alten Haushälterin Crescentia zu Besuch und spülte am Ausguß die Tellertürme des Mittagsgeschirrs ab. An anderen Tagen hatte sie Erdäpfel geschält, Stiegen geputzt, Böden gewachst. Weil die alte Haushälterin immer häufiger kränkelte oder bettlägerig war, andererseits Anastasias Nichte Theresia, die sich zur Handarbeitslehrerin ausbilden ließ, darauf brannte, ihre Stelle an der Mariahilfschule einzunehmen, dachte sie allmählich an einen Wohnungswechsel.

Am liebsten hätte sie Kinder geboren und zu tüchtigen Menschen erzogen. Jetzt mußte sie sich fragen, ob ehemals der

Dienst in einem Seelhaus nicht auch ein Dienst an der Öffentlichkeit gewesen war. Und sie ahnte, welches Hauptgeschenk Johann Baptist Angermaier der alten Crescentia noch zurückhielt.

*

Michael Thaler hatte eine niederdrückende Erfahrung gemacht: Er bemerkte, daß es ihm schwerer und schwerer fiel, auch in bescheidenen Bereichen, das Ganze zu überblicken. Er fuhr ein Jahr lang beinahe täglich nach Freising und blieb das ganze Siebenundsechziger Jahr als Alumne in der dortigen Schule.

Hin und wieder machte er einen Besuch bei seiner alten Mutter in Thalheim und fuhr einmal, weil ihn die Silvester-Erzählung der Hausmagd Crescentia neugierig gemacht hatte, nach Buchbach.

Er nahm den Simbacher Zug und stieg zwei Haltestellen hinter Dorfen aus. Er fuhr mit dem Postomnibus weiter. Am Ziel neben der Buchbacher Kirche ausgestiegen, wunderte er sich, wie weit er bis zum Pfarrhof gehen mußte. Als er von der Sandstraße in die Abzweigung bog, sah er in einer grünen Talsenke den weißen Würfel des Pfarrhofs schimmern. Je näher er kam, desto mehr zerfiel das schöne Bild, das der Pfarrhof aus der Ferne bot.

Mit dem Garten fing das Elend an. Von den geschnittenen Hecken war nichts geblieben als struppiges, regel- und ziellos aufgeschossenes Strauchwerk. Die Wege waren von Unkraut überwachsen, die Blumenbeete nicht angepflanzt, nicht einmal umgegraben. Die Obstbäume waren weder geschnitten noch gestützt, hatten teils in unsinnige Höhen getrieben, teils armdicke Äste verloren, die wirr am Boden herumlagen. Manche Stämme waren geborsten. Der schmiedeeiserne Bogen, um den sich duftende Rosen gerankt hatten, lag am Boden. Die vier Steinbänke ragten aus knie- und hüfthohen Brennesseln.

Und das Haus! Die Fenstersprossen waren abgeblättert und vermorscht, alle Korbgitter verrostet. Allenthalben war Verfall! Der Frost hatte im Verputz gewütet, besonders dort, wo er aus beschädigten Dachrinnen mit Regenwasser getränkt worden war. Ziegelsteine lagen bloß. Schmerzlich war der Verlust einiger Mörtelbänder. Sogar aus der mächtigen Hohlkehle unter dem Dachansatz waren Teile herausgebrochen.

Das Innere machte einen verwahrlosten Eindruck. Wo der Anstrich nicht abgewetzt und verrußt war, breitete sich grüner Schimmel aus. Der Anblick war so trostlos, daß Michael fast Verständnis für den jungen Kooperator aufbrachte, der mit seiner Haushälterin beschlossen hatte, keinen Pfennig mehr in Ausbesserungsarbeiten zu stecken. Er hatte bei der bischöflichen Behörde um die Genehmigung eines Neubaus nachgesucht. Mochten sich die vorgesetzten Herren mit alten kalten Mauern herumärgern. Man beanspruchte zumutbare Wohnverhältnisse. Und sei es in einem Siedlungshaus!

Der alte Pfarrherr lebte noch. Er hatte sein achtundachtzigstes Lebensjahr vollendet. Er sträubte sich gegen die Preisgabe des Pfarrhofs.

Michael ging durch das Arbeitszimmer, durchquerte die Bücherwand, nahm den Weg, den das Mädchen Crescentia oft genommen hatte, und stand vor dem Lager des alten Thomas. Dieser lag sterbenskrank in den Kissen.

Angesichts der Verwüstung des Gartens gewannen seine flüsternd vorgebrachten Belehrungen über die Obstbaumpflege etwas Unwirkliches. Die Augen des alten Pfarrers glänzten, als er seinen Apfelbäumen nachrühmte, sie trügen die schönsten Früchte, wenn sie im vorhergegangenen Winter angereift gewesen seien.

Als Michael mit seinem Blick einmal den Augen des Pfarrers folgte, sah er das große gemalte Herz-Jesu-Bild. Er erinnerte sich an den glasgeschützten Herz-Jesu-Druck in der Magdkammer der Herzogspitalgasse, mit den vielen Sterbebildern in den Rahmenecken. Um so bestimmter fühlte er, daß er am Krankenlager des Pfarrers von Buchbach stand. Obwohl das Gemälde neben dem Fenster, also im Schatten, hing und stark nachgedunkelt war, ging von dem roten Herzen in der Mitte etwas Zauberhaftes aus. Bald schien es dem Betrachter von einer Dornenkrone umflochten wie in der Damenstiftkirche, bald wurde es ihm zu einer jener herzförmigen Silberurnen in der Öttinger Gnadenkapelle, bald zu dem herzförmigen Wachsstock des Berghamer Wachsziehers, von dem Crescentia erzählt hatte, bald zu einem der knisternd rot umwickelten lebzelternen Herzen des Mittefastenmarktes, —

gleichzeitig blieb es immer das Herz Jesu. Sichtbar lag es in der geöffneten Seitenwunde. Die Flamme schlug züngelnd hervor. Der Herr deutete mit aneinandergelegtem Zeige- und Mittelfinger darauf.

Michael Thaler kehrte öfter zum Buchbacher Pfarrhof zurück. Er wollte das künftige Los des Hauses nicht dem Zufall überlassen. Es drängte ihn, das Bauwerk in seine frühere Schönheit zurückzuversetzen, die er sich gut vorstellen konnte.

DIE ZERSTÖRUNG DER WELT

Trennung von Leib und Seele — Zerfallende Mauern — Letzte Ermahnungen — Ölkreuze

Michael Thaler kehrte öfter zum Buchbacher Pfarrhof zurück. Dort näherte sich der alte Pfarrherr seinem erlösenden Tod. Kurz bevor er das neunzigste Lebensjahr erreichte, erlitt er in kurzen Abständen mehrere Schlaganfälle. Er erblindete.

Michael Thaler, der eine Nachricht vom Kooperator erhalten hatte, kam in die Herzogspitalgasse und holte die alte Haushälterin Crescentia ab. Dann fuhren sie nach Buchbach.

Im Pfarrhof traten die Ankömmlinge durch die marmorierte, nun abgeblätterte Tür in das dämmerige Gemach.

Die hagerne Hand des Sterbenden, die nur einen geringen Spielraum auf dem Federbett beschreiben konnte, tastete nach Crescentias Hand. Die Besucherin ergriff die Hand des Priesters, betrachtete sie, weiß, daß der Hintergrund, den das Federbett abgab, nicht weißer war, von blauem Geäder durchzogen — dachte an ihre einstigen Wanderungen im Pfarrgarten, dachte an die bunt gemaserten Steine, die er gesammelt hatte.

Dem sterbenden Thomas war es auf einmal, als hätte er das Augenlicht wieder erlangt. Seine blaugeäderte, gelähmte Hand lag ohne Druck in der ihren und fiel, als diese losließ, auf das Federbett. Er sah deutlich, allerdings nicht mehr mit den Augen seines zerfallenden Leibes. Er sah seinen Körper auf dem letzten Lager unter sich liegen. Michael Thaler und Crescentia Weilbuchner standen weit unten an seinem Bett. Der Tag war trüb und regnerisch. Kein Sonnenstrahl brach durch das Gewölk. An den Scheiben rann das Wasser herab.

Er sah sich selber tief, immer tiefer unten liegen. Seine Lippen flüsterten unverständliche Worte.

Er ging durch eine enggebaute, menschenleere Gasse. Die Häuser hatten kein Beiwerk des Geschäftes und des Verkehrs, nur Mauern und Fenster. Alle Fensterläden waren geschlossen. Alle Gassen waren gepflastert. Er stand vor dem Posthaus. Neben ihm stand Michael Thaler. Sie machten sich auf den Weg zu den Wasserfällen des Marmorberges.

Der Steig war wegen der rauhen Felsen und tiefen Abgründe gefährlich, aber wegen der gegen Mittag liegenden Gegenden für das Auge angenehm. Beim Steigen blickten sie auf eine weite Ebene mit vielen Orangenbäumen hinaus. Der Fluß, der ungefähr zwölf Meilen entfernt aus dem Gebirge entsprang und durch manchen Zuwachs eine gewaltige Kraft gewann, brach in die Höhe aus und stürzte als ungeheuerer Wasserfall über einen zackigen Felsen. Aus dreihundert Schuh Höhe stürzte er sich mit solchem Ungestüm gegen einen anderen Felsen, daß davon ein Wassernebel, doppelt so hoch wie die Kaskade, aufsprühte und als Regen über der ganzen Gegend niederging. Hinter den Schleiern des Wassernebels tauchte Michael Thalers Gesicht auf. Die Männer gingen bergan, den heranflutenden Wassermassen entgegen. Es schien, als ob die Fluten schon oben ihren Lauf zum Absturz beschleunigten und die Zuflüsse um den Vorzug, herabzuschießen, im Streit lägen. In der Luft stieß und drückte einer den anderen, bis endlich alle im Abgrund zusammenfielen und sich nach lang anhaltendem Brausen tief unten zu einem breiten Fluß vereinigten.

Die beiden Männer stiegen immer höher hinauf. Nicht in gerader Richtung, sondern in weiten Kreisen näherten sie sich dem Gipfel, der hinter Wolken verborgen war. Ein Wetterleuchten schimmerte durch die Wolken. Grelle Blitze zuckten. Aber kein Donnerschlag folgte. Es herrschte Schweigen. Da sah Thomas, daß es keine gewöhnlichen Blitze waren, sondern Zeichen, mit riesigem Griffel in die Luft geschrieben. Einen Augenblick lang glühten sie auf, dann erloschen sie. Mehrmals geschah dieses Aufglühen. Es war nicht immer dasselbe Zeichen. Zuerst sah er einen waagrechten Strich und darüber noch einen waagrechten Strich, der in der Mitte zu einer halbkreisartigen Erhebung gebläht war. Als nächstes Zeichen erschienen zwei Fische, die vereinfacht in den Umrissen eines Zwetschgenkerns gezeichnet waren. Die Fische, die waagrecht übereinander standen, wiesen mit ihrem Kopf nach verschiedenen Richtungen, schwammen aneinander vorbei. Das dritte Zeichen war ein römisches P, dessen langer Schenkel unten durch einen Querstrich zum Kreuz gebildet war. Als letztes Zeichen erschien ein fünfzackiger Stern.

Aus dem Nebel tauchten die Umrisse eines Reiters auf. In der Nähe gewann sein Bild Fläche und Farbe. Es war ein unbekleideter Mann, der auf dem Rücken eines Hirschen saß. Er hatte eine Hanfschnur um den Hals und daran ein Scherprätzlein hängen. Der Hirsch äste. Dann tauchte ein Weib auf, unbekleidet wie der Mann. Sie hielt in der Hand einen roten Paradiesapfel. Der Mann ergriff die dargebotene Frucht und biß hinein. Im selben Augenblick gilbte die Frucht, wurde knochenfarben, bekam Augenhöhlen und einen zackig abgebrochenen Nasenstumpf, wurde ein Totenschädel. Das Weib nahm den Schädel und hielt ihn angstvoll in ihren Schoß, verdeckte mit dem Schädel ihre Scham.

Da fiel über die Frau, den Mann und den Hirsch ein großes Netz, warf sie zu Boden, ließ sie zappeln, raffte sie hinweg und hob sie empor, daß ihre Körper wie in einem Sack baumelten. Es war ein Fischernetz. Was Thomas bis jetzt für Luft gehalten hatte, war Wasser. Der Boden wimmelte von Schnecken in gestreiften Häusern, von Muscheln, Fröschen und Würmern.

Die Wasserflut verlief sich, der Wassernebel zerstäubte. Ein Ausguck wurde frei. Der Blick schweifte in Land hinaus. Die Krümmung der Erdoberfläche wurde sichtbar. Es gab keinen einzigen Orangenbaum mehr. Wo die vielen Orangenbäume gewesen waren, erhob sich, so weit das Auge reichte, eine einzige Stadt.

Der Berggipfel, auf dem er stand, entblößte sich zu kahler Öde. Schwindel erfaßte ihn. Da kam über die steilen Klippen ein Mann gegangen. Von seinem Haupt wehte langes Haar. Er trug knöchellange Gewänder. Die Sandalen an seinen Füßen wurden bei jedem Schritt sichtbar. Er hielt wie einen Fächer sieben Papyros-Rollen in der rechten Hand. Mit hallender Stimme sprach er: »De septem mundi miraculis«. Da gingen die sieben Rollen in Flammen auf. Die Flammen der sieben Rollen nahmen die Gestalt von Sternen an. Wo bisher öde Felsklippen waren, erblühten Blumen. Ein Strauch Johanniskraut schoß auf, die Blütenkelche öffneten sich. Sie gingen in Flammen auf. Die Blätter des Johanniskrauts schienen von vielen Öldrüsen wie durchlöchert. Sie boten dem Feuer gute Nahrung. Ein Kranz von Feldlilien stieß in die Luft. Aber sie leuchteten nicht so hell wie die Flammen, die aus ihren Stielen emporschlugen. Der Mann, der die sieben Sterne in Händen hielt, trug einen grünen Mantel. Bei näherem Hinsehen wechselte seine Farbe ins Rot. Ein Besen grünte zum Baum und ging in Flammen auf.

Ein schwarzer zottiger Hund mit heraushängender roter Zunge sprang über das Feuer. Auf seinem Rücken ritt ein Mädchen im frühen Volksschulalter mit blauem Dirndlgewand und bloßen Füßen. Ihr lichtes Haar war zu einer Krone aufgesteckt. In der Hand schwang sie eine Brennschere. Hinter dem zottigen Hund schritt ein Pfau mit blauem Halsschmuck, wippenden Aigretten und schillerndem Rad. Auf ihrer Haarkrone hatte das Mädchen ein schmales weißes Tuch liegen. Es nahm sich wie ein baumwollenes Leibchen aus. Aber sie fühlte sich noch nicht genug behütet. Sie spannte einen Schirm auf, keinen Schirm aus Stoff, sondern einen Papierschirm, der mit dem rosa-marmorierten Umschlagpapier der Schulhefte bespannt war.

Der Mann im roten Mantel hatte auf einmal einen Stock in Händen, der in einen Widderkopf auslief. Da fielen Gegenstände vom Himmel: Zuerst ein Rosenkranz mit feingedrechselten weißen Kugeln, dann wieder ein Rosenkranz. Rosenkranz über Rosenkranz fiel. Das reitende Kind konnte sich unter seinem Schirm des Hagels kaum erwehren. Der Boden war von einer hohen Körnerschicht bedeckt wie der Traidkastenboden nach dem Dreschen. Das Fallen wollte kein Ende nehmen. Eine schwere hölzerne Marienfigur fiel und zerbrach beim Aufprall in hundert Splitter, die sich mit den Körnern vermischten. Eine Uhr fiel. Das Werk zersprang. Auch die Zeiger verlor sie. Nur das leere Zifferblatt starrte in die Luft. Nun sah er, daß die Papierschirmbespannung des Kindes durchbrochen war. Nur die Stäbe waren stehen geblieben.

Er schaute sich um. Weit und breit sah er keinen Menschen. Michael Thaler mußte zurückgeblieben sein. Das Kind mit dem Hund und dem Schirmgerüst war unbeweglich und starr, erzeigte sich als holzgeschnitzt. Kaltes Grausen packte ihn. Er rannte hinab, stolperte, stürzte und raffte sich wieder auf: Nur weiter! Hinab! Vor ihm stand wieder die weiße Wand. Es zerteilte sich der Nebel, wieder lag die weite Ebene unter ihm, nun überhäuft von Abfall, Trümmern, Aschenbergen, Scherben, die wie Scherben irdenen Geschirrs anmuteten.

Er lief weiter und traf Michael Thaler, der unten stehen geblieben war.

Da sah er seine Schlafkammer im Pfarrhaus von Buchbach unter sich wie einen dunklen Schacht und weit unten sich selbst auf der Bettstatt liegen.

Die Stimme des blinden Sterbenden war deutlicher zu hören. Crescentia, die ihr Ohr an seine Lippen legte, konnte seine Worte verstehen:

Ich bin ein Hieronymus im Gehäuse meines Pfarrhofs. Ich deute meine Gesichte auf dem Marmorberg. Unvorstellbare Zeiträume liegen hinter uns, unvorstellbare Zeiträume liegen vor uns, unvorstellbare Zeiträume liegen um uns herum. Es gibt Mächte, vor denen Gußeisen zu Staub zerfällt. Das macht weder der Wurm, noch die Fäulnis, noch der Rost. Was jetzt zerfällt, ist aus Glas, aus Stein, aus Erz.

Ich sehe ein Weib mit glänzenden Haaren, mit weichen Wimpern, mit glatter Haut, mit weißen Zähnen, mit üppigem Leib — sie verliert ihre gelockte Perücke und ihre künstlichen Wimpern. Ihre Schminke bröckelt ab. Das Gebiß fällt ihr aus dem Mund. Stäbe von Fischbein, die unter ihre Brusthaut genäht sind, eitern heraus. Die Stöckelschuhe brechen zusammen. — Die Raute der Fruchtbarkeit ist kein Sinnbild mehr. Der geöffnete Mutterschoß ist verfault — ein Totenschädel quillt heraus.

Dem Überfluß am Unnötigen steht ein Mangel am Nötigen gegenüber.

Auf Bauwut folgt Bauzerstörung. Auf Lichterflut folgt Dunkelheit. Auf Lärm folgt Stille. Keine Lampe brennt mehr, die Nächte sind wieder Nächte. Die Flüsse sind seicht und rot vom Blut. Ich kann keine Freude für das empfinden, was kommt. Ich bin alt und sterbe. Aber mich dauern Menschen, die jung sind.

Michael Thaler, der schon oft in das Gesicht eines schlafenden Menschen geschaut hatte, glaubte, Thomas schlafe. Auch Crescentia glaubte es. Doch dieser machte die Augen auf, erhob die rechte Hand und schlug das Kreuz des Segens. Dann fiel die Hand schlaff zurück auf das Federbett. Auch seine Augenlider erschlafften und schlossen sich halb. Durch einen schmalen Ausschnitt war das Weiß des Augapfels zu sehen.

Das bisher immer noch ebenmäßige Greisengesicht mit dem

Silberhaar zerklüftete sich, die Falten gruben sich tiefer, die weichen Flächen zwischen Nase und Kinn fielen ein, die Augen sanken in ihre Höhlen.

Im Arbeitszimmer nebenan, unter der Bücherwand, wo in hölzernen Schubfächern die buntgemaserten Steine des Pfarrherrn lagerten, saß still der junge Kooperator, der vor einigen Wochen die Nachfolge des bettlägerigen Thomas Weilbuchner angetreten hatte. Die Haushälterin betrat an der Seite des Arztes die Sterbekammer. Michael Thaler fragte, ob der Pater Silverius Thalmayr gekommen sei. Die Haushälterin nickte. Er sei von Buchbach durch den Regen gekommen. Michael Thaler ging auf den Dielengang hinaus. Draußen stand Pater Silverius vom Kloster der Maria Auxiliatrix in Biburg, der seit vielen Jahren Beichtvater des Pfarrers war. Er folgte Michael in das Arbeitszimmer. Dort öffnete er einen mitgebrachten Lederzöger, holte seinen Chorrock und seine Stola, die weiße, heraus, legte beides an und ging in das Sterbezimmer.

Dann wurden alle hineingerufen in die dämmerige Kammer. Sechs Menschen umstanden in der Enge das Lager. Thomas hielt die Hände gefaltet.

Seine Atemzüge gingen in ein Röcheln über. Die geöffneten Augen waren verschleiert, wurden leer. Die Fenster verdunkelten sich. Wassergüsse trommelten dagegen. Fluten schossen an den Scheiben herunter. Die Räume, die Thomas betreten hatte, erschienen ihm weiter und reicher. Er war gestorben.

Beide Stellen, an denen die Handrücken mit Krankenöl bestrichen waren, begannen, wie im Traum des Sterbenden die Blätter des Johanniskrauts, in der Form der kleinen Ölkreuze durchscheinend zu werden. Das machte der zarte Glanz dieser Stellen, die vom Todesschweiß ausgespart waren.

Michael Thaler ging auf den Dielengang hinaus mit seinen bedächtigen Schritten, zog an der Schnur, die aus dem Deckenloch baumelte, und gab mit der kleinen Glocke des Dachreiters ein mit dem Buchbacher Mesner vereinbartes Zeichen. Noch nicht lange hatte das Zügenglöcklein gebimmelt, als das Geläute der Buchbacher Pfarrkirche antwortete.

Daheim in der Herzogspitalgasse klemmte Crescentia auf der »Insel« ihrer dämmerigen Schlafkammer ein neues Sterbebild zwischen Glas und Goldrahmen des Herz-Jesu-Druckes.

EINSTAND IM HAUS DES HERRN
ODER
JEDER DECKEL FINDET SEINEN TOPF

Maria-Thalheim im Holzland — Festzug — Primizsegen — Gäste und Geschenke — die Freude

> Qui corporali jejunio vitia comprimis,
> mentem elevas, virtutem largiris et praemia

Primitien, eigentlich primitiae, hießen bei den Alten die Erstlinge der Früchte, die einer Gottheit geopfert wurden. Darum nennt unsere Kirche das erste Meßopfer eines neugeweihten Priesters »Primiz«. Der ländliche Sprachgebrauch macht eine »Priminz« daraus.

Wenn jede Pfarrei zu ihrem Seelenhirten kommen soll, muß alle Menschenalter einer aus ihr hervorgehen, das ist alle dreißig Jahre, und wenn es hochkommt alle vierzig Jahre. In Maria-Thalheim war die letzte Primiz vor fünfundvierzig Jahren gefeiert worden. Also hatte nach dieser Rechnung irgend eine Pfarrei des Bistums mindestens fünf Jahre keinen Seelsorger gehabt. Leider sah die Wirklichkeit betrüblicher aus: Auch bäuerliche Pfarreien wie Holzhausen, die zum Wohl der Gewerbesiedlungen und Städte in kürzeren Abständen als anderswo Geistliche hervorgebracht hatten, wurden müde. Pfarrzusammenlegungen und Herabstufungen uralter Pfarreien zu drittrangigen Filialen waren an der Tagesordnung.

Jeder wurde gebraucht. Selbst wenn Thaler nicht geahnt hätte, daß sein Entschluß ein Kennzeichen des allenthalben einsetzenden Wandels sei, hätte er nicht gezögert. Sein erstes Meßopfer war für den zweiten Sonntag im Juli angesetzt.

Maria-Thalheim liegt fern jeder größeren Ansiedlung. Wie der Name der alten Wallfahrtsstätte sagt, kreuzen sich hier zwei Straßen auf der Sohle eines tief eingeschnittenen Tales. Aus dem Ackerland ragt nur die mächtige, zweimal gekröpfte Zwiebel. Erst wenn man hinabsteigt, enthüllt sich der Turm, taucht auch das Gotteshaus auf mit seinem Totenacker, mit

Nebenkirche, Kriegerdenkmal, Mesnergütl, Pfarrhof, Schloß, Feuerhaus, Wirt, Kramer, Bäcker, Metzger, Schmied, Schreiner, Schneider, Schulhaus und einem Schock Bauernhäuser, das ganze Gewürfel in der Tiefe wohl eingegrünt und umschattet von mächtigen Baumkronen.

Am Vorabend wurde der Primiziant auf der südlichen Anhöhe von der Pfarrgemeinde und vielem aus der Umgebung herbeigeströmten Volk empfangen. Quer über die Straße war eine üppig aus Tannengrün geflochtene Triumphpforte gespannt. Durch diese Pforte schritt nun der Primiziant, grüßte mit kleinen Gebärden, wurde vom Pfarrer und vom Kooperator willkommen geheißen. Die Musik spielte einen Tusch, dann traten die Schulmädchen mit Blumensträußen vor den Gast und sagten Willkommensgedichte. Der Mesner, der die Gewänder der Sakramentsspendung bereit hielt, überreichte sie dem Pfarrer. Dieser legte dem Primizianten das weiße spitzenbesetzte Kleid an und umgürtete seinen Hals mit der langen, auf den Körper niederfallenden Stola der Hochfeste.

Michael Thaler, dessen Name viel weniger wichtig war als früher, der nun einfach »der Primiziant« hieß, wurde mit Musik und Hochrufen, an dem offenen Rundtempel, der als Kriegerdenkmal diente, vorbei, in die Kirche geleitet. Hier verrichtete er mit dem Volk die Andacht des Vorabends. Auch in den Pfarrhof, wo er die Nacht verbrachte, wurde er vom Volk begleitet.

Am frühen Morgen weckten sieben Böllerschüsse die Dorfbewohner. Es war ein ununterbrochenes Kommen von Abordnungen, Vereinen und Festteilnehmern.

Als der Pfarrer und der Kooperator in das Gartentor traten, blickten sie auf eine große Menschenmenge. Kopf an Kopf setzte sich die Versammlung fort bis zur anderen Seite des Tals, wo die Wiesen über den Köpfen der Schaulustigen anstiegen. Dann kam der Primiziant heraus, mit dem Chorrock in Rischleestickerei und dem Birett.

Nun bildete sich der Festzug. An der Spitze ging die Thalheimer Feuerwehr. Dann folgten die Veteranen, Schulkinder und Lehrer. Die Gemeinderäte schlossen sich an, dann die Schützenvereine von Thalheim, Rappoltskirchen, Bierbach, Inning und Grucking: Immer vorn der Junker mit seiner Fahne und hinter ihm der Schützenkönig mit der schweren Kette.

Der Trachtenverein stellte sich im neuen Gewand vor. Er wirkte mit seinem Beispiel auf die Landleute der Umgebung. Die trübseligen, in Kaufhäusern feilgebotenen, schnell zerschleißenden Kleider der Großstadt wurden mehr und mehr abgelegt und gegen Gewänder des Thalheimer Schneiders vertauscht. Manche Bäuerin trug wieder den schwarzen Hut mit handbreit aufgerollter Goldschnur und faustgroßen Quasten.

Nach und nach ging die Weltlichkeit in die Geistlichkeit über. Den Anfang machte der Kirchenchor. Es folgten mehrere Pfarrherren des Bartholomäums Heiligblut in Erding, einige Kapuziner in braunen Kutten, unter ihnen Pater Silverius Thalmayr von Biburg, und zwölf Ministranten. Die beiden vordersten trugen die lilafarbenen Kirchenfahnen.

Dahinter fuhr der Primiziant in der schwarzen Ehrenkutsche. Der Pfarrer und der Kooperator hatten ihn in die Mitte genommen. Die drei nickten aus den Fenstern dem Volk zu.

Nicht nur Reitpferde zur Freude und Ertüchtigung, auch Zugpferde für festliche Gelegenheiten gab es wieder mehr. Die bäuerliche Bevölkerung hielt sich bereit, im Notfall wieder Arbeitspferde auf dem Acker einzusetzen.

Alle Glocken läuteten. Der Primiziant (vorn am Hochaltar zwischen dem Pfarrer und dem Kooperator, alle in starren Meßgewändern, auf und ab nach strengen Regeln gehend) sah die Schönheit seiner Jugendkirche von Girlanden, Kränzen und Blumen vermehrt.

Im Hintergrund, unter der Empore, zwischen den dichtgedrängten Menschen, stand Anastasia. Ihre Haare trug sie wieder in Zöpfen geflochten und zur Krone aufgesteckt.

Als der Primiziant seinen Segen über die versammelte Menschenmenge sprach und mit weit ausgestreckten Armen dastand, seine Handflächen nach unten auf die Köpfe der Menge gekehrt, schloß Anastasia die Augen.

Der Wahrheit eingedenk, daß alle Gesittung auf der Sitte der Totenehrung beruht, verrichtete der Primiziant ein Gebet am Grab seines Vaters. Dann gab er drei Spritzer mit dem Aspergill eines Zweiges Immergrün darüber, der im steingehauenen Weihwasserkessel bereitlag. In den letzten Jahren war kein Angehöriger beerdigt worden; das bescheidene schmiedeiserne Kreuz war erhalten geblieben. Es bedurfte nur stellenweise der Entrostung, der Lackierung und an den Strahlen, die aus der Vierung brachen, der Vergoldung.

Über der Haustür des Wirts war eine Holztafel an die Wand genagelt, auf der man in säuberlich gemalten gotischen Buchstaben lesen konnte: »Zur Priminz des H. H. Michael Thaler ladet ein das Gastwirtspaar Joseph und Maria Stulberger.«

Die engsten Verwandten und Freunde des Primizianten waren freigehalten. Die übrigen Geladenen leisteten für die Speisenfolge des Tages ein festgesetztes Mahlgeld. Es gab keinen freien Platz, weder in der oberen Stube, noch in der unteren, weder im Saal, noch in der Flötz. Im schattigen Garten sogar, den ein Bauer gern meidet, saßen die Gäste.

In der oberen Stube war eine lange Tafel gedeckt. Rechts vom Primizianten saß der Pfarrer, links der Kooperator. Ihm gegenüber saß die Mutter Scholastika, zu deren Linken der Bruder Bartholomäus Thaler und sein Eheweib. Am selben Tisch saßen Johann Baptist Angermaier und Frau Elisabeth Angermaier, der Sohn Peter mit seiner Frau Ines, Anastasia Weilbuchner und Fanny Burger, Ignaz Loher und Amalia Angermaier. Die übrigen Kinder Angermaiers hatten an der nächsten Tafel Platz gefunden.

Nur ein einziger Mensch aus Michael Thalers Umgebung fehlte: Crescentia. Ein schwerer Rückfall hatte sie aufs Lager ihrer Kammer in der Herzogspitalgasse geworfen. Alois Wieser hütete das Haus und gab dem alten Kater manchmal Milch in den Teller.

Amalia Angermaier, die ein schwarzes, knöchellanges Kleid angelegt hatte, trug ihre dunklen Haare in glänzende Schnecken über die Ohren gelegt und setzte, wenn sie in die pralle Sonne trat, eine altmodisch runde Sonnenbrille auf. In allem war sie ein Gegenbild Crescentias, aber auch der jungen Anastasia. Wenn die anderen beiden Frauen einen Zustand fast paradiesischer Unschuld nie verlassen hatten, so war ihr dieser Zustand als Ziel der Sehnsucht gut bewußt; sie strebte nach ihm und erreichte ihn auf dem Rückweg von der Selbstbewußtheit und Selbstverantwortlichkeit. Nicht anders verhielt sie sich als ihr Bruder Peter, der zwischen Ausfahrt und Heimkunft freilich eine weitere Wegstrecke durchmessen hatte. Ohne Vorbehalt, außer der Sicherung seines Auskommens, hatte ihm der fünfundsechzigjährige Johann Baptist Angermaier die Geschäftsleitung übertragen. Wie lange lagen die aufregenden Tage zurück! Johann Baptist Angermaier freute sich, daß ein Jüngerer — wie er sich ausdrückte — »Die Stafette übernahm und weitertrug«. Aber daß dieser Jüngere es mit rastlosem und restlosem Einsatz tat, verblüffte, ja erschreckte ihn. Immer noch war er geneigt, sich für seine eigene Vorsicht und Umsicht mit einer Lebensweisheit zu entschuldigen: daß ein alter Mensch sich nicht gern durch eisernes Beharren auf hergebrachten Meinungen lächerlich macht, daß er in Versuchung gerät, so zu tun, als sei er wenigstens geistig jung geblieben. »Alt sein und altmodisch zugleich, das ist zuviel«, hatte er einmal gesagt. Also galt auch der andere Satz: Wer jung ist, kann es sich leisten, altmodisch zu sein.

Peter Angermaier war viel gründlicher — oder wie dieses Wort meint »von der Wurzel her« — beharrlich und erhaltend als der Vater. Und er riß in den Strudel seiner unbequemen Unbedingtheit alle hinein, die mit ihm umgingen, zunächst Ignaz Loher, vor allem seine eigene Frau. Er zog sie in der Strömung, die er zu einem guten Teil selbst verursachte, hinter sich her.

Oberhalb der Kirche lag Thalers Heimat, ein kleiner Hof, auf dem sein Bruder wirtschaftete. Die alte Junggesellenkammer war als Besuchs- und Besichtigungszimmer ausstaffiert. An der Tür im ersten Stock wartete die weißhaarige Scholastika und begrüßte die Gäste.

Auf dem Sofa, auf dem Tisch und auf den Stühlen lagen die Geschenke zur Begutachtung ausgebreitet. Hochgewachsene Männer bückten sich beim Eintreten durch die niedere Tür, betrachteten, befühlten die Gaben und wogen anerkennend den Kopf. Ein ledergebundenes goldgeschnittenes Missale war von der Pfarrgemeinde gegeben worden. Johann Baptist Angermaier hatte sich von einem seiner schönsten Andachtsbilder getrennt: Es zeigte die schmerzhafte Muttergottes der Servitinnen in der Herzogspitalgasse. Ein tragbares Aspergill, keines aus Immergrün oder aus Pinselhaaren, sondern aus schwerem Silber, mit dem Benediktuskreuz in Email eingelegt, hatte Peter Angermaier gestiftet. Amalia Angermaier hatte ein großes geschnitztes Kruzifix mit der Mutter Maria am Fuß des Stammes geschenkt, Ignaz Loher ein Buch.

Der Primiziant schlug es auf. Die Überschrift hieß: Jugend

ist Kirche. Darunter stand in feiner Schrift mit Tinte: »Das erste Stück der Neuauflage mit der Bitte um Vergebung«. Es war das Buch über die Jugend und für die Jugend, aus dem so viel Unglück erwachsen war. Das Lächeln auf seinen Lippen erstarb. Er legte es zu den übrigen Geschenken.

Teller, Schüsseln und Gläser, alles mit Goldrand, war vom Bruder Bartholomäus gespendet worden, eine handgeklöppelte Spitzendecke von der Nachbarin Fanny Burger. Die wesentliche Ausstattung eines Priesters hatte sich Mutter Scholastika vorbehalten, das Gewand: eine brokatene, von Goldfäden durchwirkte Kasel. Eine fein gemusterte Altardecke hatte Anastasia gehäkelt und darauf einen goldenen Kelch gestellt.

Der Primiziant ging durch die Kammer und besichtigte die Sammlung mit Bedacht und Liebe ausgewählter Dinge, die ihn für immer an diesen Tag erinnern sollten. Am längsten blieben seine Augen an dem goldenen Kelch hängen und an den Zeichnungen, die Anastasia mit einem Grabstichel hineingeritzt hatte. Wie der Umfang des Kelches von einem fortlaufenden Rund gebildet wurde, so stellten die Zeichnungen ein fortlaufendes Band dar. Es zeigte Vögel beim Zug in der Keilform, Blütenpflanzen und Kürbiskerne, aus denen, zum Zeichen, was in ihnen verborgen war, eine einzige der vielen Eigenschaften, wie das Küchlein aus der Eierschale, hervorbrach: Im Sonnenschein abwärts gestülpte Blätter, die dem feuchten Erdreich und sich selber Schatten gaben. Sogar die Schriftzeichen, die im Kreis unter dem Band der Zeichnungen entlang liefen, hatten weder Ende noch Anfang. Dort, wo die Zeile »herrlich und wunderbar ist Gottes Schöpfung« ausgeschrieben war, stand ihr Anfang, denn unter dem Schriftrund lief derselbe Satz, in umgekehrter Reihenfolge der Buchstaben, rückwärts.

Der Primiziant hielt vor dem schwarzen Hintergrund seiner Soutane den goldenen Kelch mit beiden Händen und machte, indem er zwei Schritte auf Anastasia zuging, eine kleine, aus der Bewunderung geborene Verbeugung. Dabei wendete er die Augen aber nicht von ihr.

Anastasia stand starr und stammelte unvermittelt Worte, die sie bisher nie zu sprechen gewagt hatte: »Süßer Freund, du blickst mich so verwundert an...?«

Der Primiziant schüttelte den Kopf und lächelte. Er bemerkte von seiner Umgebung nichts. Ebensowenig tat dies Anastasia. Ringsumher lagen ausgebreitet und gestapelt Geschenke, standen der Tür zu noch einige Besucher, — der Primiziant und Anastasia bemerkten bloß ihr eigenes Gegenüber und sahen den Kelch dazwischen funkeln.

Anastasia fragte: Wirst du nicht mehr schreiben?

Der Primiziant antwortete: Meine Bücher waren Predigten. Und Predigten werde ich noch halten. Was die Zeilen betrifft: Du hast es — er zeigte auf des Kelches Inschrift — in dieser Zeile angedeutet, denn sie läuft bustrophedon, das heißt, so wie die Rinder beim Pflügen wenden. Damit hast du, vielleicht ohne es zu wollen, die Wahrheit gesagt: Unvergänglich sind nur die Zeilen, die der Pflug schreibt.

Der Primiziant, der den Kelch betrachtete, sah, daß auch Anastasias Hände auf dem Rund des Kelches lagen, von dem Augenblick her, als sie das Geschenk dem Tisch abgenommen und ihm gegeben hatte.

Zwei Besucher in der engen Kammer, Amalia Angermaier und Ignaz Loher, die den Beiden, die versunken voreinander standen, am nächsten, auf einmal sogar die einzigen außer ihnen in der Kammer waren, stellten sich schützend vor sie. Nicht einmal Peter Angermaier und Ines, die eintraten, sahen es, als die Lippen des Primizianten Anastasias Lippen berührten.

Anastasia war durch viele Kreise hindurchgegangen. Der innerste Kreis war die Forderung des Weibes an den Mann gewesen. Sie hatte auch den Kreis der Verzweiflung durchstoßen. Jetzt war sie in eine seltsame Weite hinausgetreten. Das Unwiderrufliche war es, was ihr in diesem Augenblick deutlich wurde.

Der Primiziant wollte ausdrücken, daß die Selbstverleugnung Hindernisse beseitigt, die der Liebe des Menschen zu seinem Nächsten im Weg stehen. Aber er sagte es nicht, denn das Gespräch anstelle der Haltung, alle Rückgriffe auf die Innigkeit, empfand er als peinlich, sogar als lästerlich. Er spürte so deutlich, inmitten des Bemühens um Schönheit, den Zerfall, und was er tat oder sprach, war nichts als ein ohnmächtiges Sträuben dagegen.

So heftig wie in diesem Augenblick hatte es Anastasia, deren Hände sich auf dem Kelchrund mit den Händen des Primizianten trafen, noch nie empfunden, daß das Leben des einen dem Leben des anderen dient.

Peter Angermaier drängte sich in diesem Augenblick heran, schlang die Arme um seinen Freund Loher, seine Frau Ines und seine Schwester Amalia, bezog auch den Primizianten und Anastasia in den engen Kreis mit ein. Dann gingen sie auseinander. Die Besucher fuhren in die Hauptstadt oder in die anderen Orte ihrer Herkunft.

Die Freude

Noch einmal stand Crescentia vom Krankenlager auf und waltete ihres Amtes in der dampf- und duftgeschwängerten Küche. Sie glich immer mehr der alten Berghamer Kramerin, die Bärendreck und Pfefferminz, aber auch Rat und Trost über die Ladenbudel hinabgereicht hatte, näherte sich der Lehrerin Concordia Witzgerl, die, mit einem Zeigestecken bewehrt, unschuldige Abc-Schützen durch den Irrgarten der Redekunst geweist und ebenso unschuldig wieder entlassen hatte.

Wenn Crescentia, auf gefatschten oder mit Gummistrümpfen gepanzerten Füßen, den schwappvollen Spritzkrug durch den Garten schleppte oder mit dem Einkaufskorb zum »Markh« und zur Andacht vor den Reliquien der heiligen Munditia in die Peterskirche humpelte, blieb dieser oder jener Vorübergehende stehen, der alt genug war, daß er sie altern gesehen hatte, überließ sein Gesicht einem mitleidigen Lächeln und murmelte: »Die guate Haut«.

Ignaz Loher, der von Johann Baptist Angermaier als »Kerzenloher« verspottet worden war, hatte in der Nymphenburger Villa mit Amalia Verlobung gefeiert und wieder aus dem chinesischen Teegeschirr des Großonkels Engasser getrunken. Einmal bekam er von Crescentia in der Herzogspitalgasse die Meinung gesagt. Weil sie ihn von Anfang an für schwankend und verführt, nicht für böse gehalten hatte, wäre ihr Vorwurf nur auf das eine hinausgelaufen, daß er nicht schon eher den Weg zur Lösung aller Mißhelligkeiten gefunden habe. Sie ahnte aber, daß bei einer Summe von Verwicklungen immer nur eine die andere aufheben kann und daß alles Zeit braucht.

So beschränkte sie sich auf einige Schein-Vorwürfe und dachte daran, daß auch Alois Wiesers Heimkunft vermutlich keinen einzigen Tag früher möglich gewesen wäre.

Ignaz Loher hatte in »Johann Baptist Angermaiers Handlung für Devotionalien, Krippen und religiöse Bücher« (der Name war nach Peters Geschäftsübernahme beibehalten worden) als Buchhersteller eine befriedigende Tätigkeit gefunden. Dank Michael Thalers und Peter Angermaiers öffentlicher Fürsprache wurde er mit Florian Untersbergers Nachfolge betraut: Eine große Freude für ihn. Der Loherbräu von Kaltenbrunn kam einmal in die Hauptstadt und ging in die Herzogspitalgasse. Er sagte zu seinem Sohn, daß er stolz auf ihn sei, nicht weniger stolz als auf seinen anderen Sohn Stephan, der die Bräuerprüfung mit Auszeichnung bestanden habe, daß allerdings Ignaz auch kein echter »Loucher von Louh« wäre, wenn er nicht das Zeug hätte, Menschen Freude zu machen.

Die Küchenmagd Crescentia, die nie davon abgelassen hatte, in die Kirchenzeitung zu schauen, die immer noch bei den Leserbriefen anfing und bei der Romanfortsetzung aufhörte, die alles was dazwischen lag mehr überblätterte als überlas, konnte keinen nennenswerten Unterschied feststellen, seit Loher für den Inhalt verantwortlich zeichnete. Was ihr einzig auffiel, war die Weissagung des alten Pfarrers Thomas, die sie selbst gehört hatte und im Kirchenblatt veröffentlicht fand. Michael Thaler hatte die Gesichte des Sterbenden aus der Erinnerung so wortgetreu wie möglich wiedergegeben. Loher hatte sie mit der Ergänzung versehen, daß Gottes Strafgericht vielleicht abgewendet werde, wenn sich die Menschen änderten. Es muß nicht Nacht werden, meinte er. Es muß nicht.

Michael Thaler hatte vor Monaten bei der bischöflichen Verwaltung um die Wiederherstellung des Buchbacher Pfarrhofs eingegeben. Auch der schriftlich niedergelegte letzte Wille des toten Pfarrers hatte so gelautet. Weil die Buchbacher Kooperatorstelle frei geworden war, lag es nahe, sie mit dem neugeweihten Priester zu besetzen.

Wieder wurde Crescentia bettlägerig. Die Abstände wurden immer kürzer, in denen sie Pflege brauchte. Auch Peters Wunsch war es nun, sie unter dem Dach des Hauses, auf ihrer »Insel« zu behalten. Wieder opferte sich Anastasia, umsorgte die Alte. Zugleich gewöhnte sie sich an den Gedanken des Verzichts auf den wohlgeordneten Schuldienst. Ihre Nichte Theresia hatte die Ausbildung als Handarbeitslehrerin abgeschlossen und erhielt von der Schulbehörde die Erlaubnis, zuerst ersatzweise, dann ständig Anastasias Stelle einzunehmen.

Der alte, pensionierte Untersberger hatte zeigen wollen, daß er mit der Zeit gehe. Darum hatte er jungen Tatchristen zur Hilfe in fremden Erdteilen geraten. Ignaz Loher, der ein junger Mensch war, schrieb als nachträglichen Einspruch gegen Untersbergers Meinung: »Die Hilfe beginnt in den Grenzen deines Landes, mitten in deiner Vaterstadt, in der Enge der vier Wände deines Nachbarn, wer weiß, vielleicht sogar in der Düsternis deiner eigenen Kammer. Hier ist sie am notwendigsten, hier fehlt sie am meisten. Bringe kleine Opfer.« Anastasia war ihm nicht böse, — sie schmunzelte nur. Sie wäre zu keinem anderen Opfer fähig gewesen, als zu diesem kleinen.

Johann Baptist Angermaier jubelte in seinem Herzen und hätte es jedem, den er an diesem Tag in den Räumen der Herzogspitalgasse traf, ins Gesicht schreien mögen, vor allem seinem Sohn Peter, daß er der alten Dienstmagd nun das ausstehende größte Geschenk zu ihrem siebzigsten Geburtstag machen konnte: Die Ruhesetzung, den Austrag, das Altersbrot, in seiner gestochenen Handschrift auf einem Quartpapier niedergelegt und ihr ans Bett gebracht. In seiner Brieftasche verwahrte er Anastasias Dienstverpflichtung. Er lächelte und klopfte an seine Brust, wo die Brieftasche steckte.

Das galt nicht mehr, was dem guten Johann Baptist Angermaier wie sieben Schmerzen im Herzen gewütet hatte: daß es keine Freude mehr gab. Er fühlte sich jung, wie wenn er die Devotionalienhandlung seines Vaters, dessen Messingschild mit den Versalien seines Namens frischpoliert an der Wohnungstür glänzte, nicht aufgegeben, sondern gestern übernommen hätte, schwirrte die eiserne Wendelstiege mit wirbelnden Füßen hinunter, brachte kein einziges Mal seine Absätze durcheinander, schwang sich vom Geländer insLadeninnere und ging mit ausgebreiteten Armen in sein Komptoir. So groß war seine Freude.

Anastasia gab ihre Kammer im Kothmüller-Anwesen an der Liliengasse auf und zog in ein freundlich ausgemaltes Zimmer der Herzogspitalgasse, das gleich an Amalias Zimmer stieß. Als Angermaier der Alten die Urkunde ihrer Ruhesetzung überreicht hatte, war sie mit dem Oberkörper aufgerumpelt und hatte gebeten, weiterarbeiten zu dürfen — nächste Woche fange sie wieder an. Johann Baptist klopfte ihr begütigend auf die Schulter, die langsam nachgab und in die weißen Pölster zurücksank.

Anastasia fühlte mit jedem Tag deutlicher, daß sie nur weitergab, was sie einmal unbewußt als Zuneigung empfangen hatte. Michael Thaler kam einmal aus Buchbach an das Krankenlager Crescentias und sagte im Hinblick auf Anastasia: »Die liebe Not bringt viel ins Lot.«

Crescentia lächelte, entschuldigte sich, daß sie nicht zu seiner Primiz gekommen war und gab dem Besucher ihr Geschenk: Zwei Dinge, wertvoll für einen, der ihrer Silvester-Erzählung gelauscht hatte, zwei Dinge, die getränkt von ihrem Wesen waren wie keine anderen, zwei Kinderspielzeuge, vor fast siebenzig Jahren auf dem Berghamer Mittefastenmarkt gekauft: Eine kleine Mundharmonika und einen winzigen Schellenbaum.

IM FRÜHROTSCHEIN

Die Erneuerung der Welt — Wie es war — die Wiederentdeckung — die Vortrefflichkeit — der Sturz — der Pfarrhof — die Stadt — die Erinnerung — die Verbindung — die Kindheit — die Servitinnen — das Seelhaus — das Erlöschen — Claustrophilie

> Zu den Quellen kommt man
> gegen den Strom
>
> Altes Sprichwort

Die Erneuerung der Welt

Michael Thaler stand am Krankenlager der alten Crescentia, hielt ihre zwei kleinen Kinderspielzeuge in Händen und wußte nicht, was er sagen sollte. Wie auf den Schalen einer Waage hielt er die beiden kleinen Dinge, als ob er prüfen wollte, welches schwerer wiege, die silbrig glänzende, in mattes, von der Mundfeuchtigkeit ausgelaugtes Holz gefaßte Mundharmonika oder der winzige Baum, von dessen Ästen wie zarte Maiglöcklein Schellen baumelten. Das Messing der Glocken hatte einen grünlichen Belag. Er fragte sich, ob es möglich sei, die Wirklichkeit der Erinnerung, die an diesen beiden Gegenständen hing, zu erneuern. War es möglich, fragte er sich, diese Wirklichkeit wieder aufzufinden, wieder bekanntzugeben, von der sich die Menschen immer weiter entfernten? Er wurde immer überzeugter davon, daß es möglich sei, der Weissagung des alten Thomas zu widersprechen.

Und auch wieder schwer fiel ihm dieser Gedanke, da es ihm, der den vordergründigen Sinn des Landmanns hatte, widerstrebte, nicht hinter der Erscheinung seiner eigenen gegenwärtigen Welt Gottes Schöpfung zu sehen, sondern immer nur in der Vergangenheit, die freilich, was die Vielfalt der Dinge anging, reicher war. Es konnte ihm nicht verborgen bleiben, daß die äußerlich greifbare Welt ärmer wurde, daß alle Erscheinungen der äußeren Welt, gleich wie auf einen Fluchtpunkt, auf eine Erfüllung der Weissagung des toten Pfarrers von Buchbach hindrängten.

War eine Gegenwelt der Schönheit zu denken, die im Kampf gegen die Verluste durch Würmer, Fäulnis, Rost, Motten, Feuer und Diebe siegreich blieb, eine Welt voll Schönheit im Dienste der Götter und Heiligen?

Michael Thaler betrachtete die beiden Kinderspielzeuge in seinen Händen und sah sie plötzlich (wenn er nach links schaute) als Spiegelbild auf einer Fensterscheibe, die hinter dem ersten Bild gleichzeitig den Blick auf ein zweites eröffnete, auf eine dahinter liegende Welt. Wieder war er von einer Macht umgeben, die der menschlichen Wißbegier Grenzen setzte, die das menschliche Schaffen und das geschöpfliche Wachsen im Gleichgewicht hielt. Den abgewickelten Faden — mit dem er Crescentias Lebensweg verglich — rollte er in Gedanken von der Spule her wieder auf. Schritt um Schritt ging er in ihr Leben hinein.

Wie es war

Wessen Heil vom Wetter abhängt, wie das des Landmanns, der erlangt von selbst einen gehörigen Teil Gottergebenheit. Wer keinen Erdboden unter den Füßen hat — so hörte Crescentia einmal ihren Vater sagen — der hat auch über sich keinen Gott.

Der Vater kauerte mit seinen Kindern auf dem Dielenboden in der Stube und schaute durchs Fensterkreuz in das Reich der Königin Nirdu hinaus. An der Stadelwand wuchsen Hollerstauden. Ihre weißen Blütenteller waren von Mücken umschwärmt. Crescentia und Anna zwängten ihre Köpfe durch die Gitterstäbe. Sie hüpften ins Freie. Auf überwucherten Pfaden, die zum Feichtenbichl führten, brockten sie Kräuter gegen das Antoniusfeuer. Am Waldrand, im hohen Gras, war die Kinderstube der Rehe. Crescentia und Anna mieden diese Plätze, schreckten keines der Neugeborenen, hatten eine heilige Scheu vor dem Graskönig. Die Kinder pflückten Kräuter, steckten sie daheim in Gläser und Becher. Der Mann im Mond zeigte sich ihnen, trug eine Strahlenkrone aus Gänsefedern.

Der heilige Laurentius weinte Tränen auf dem nächtlichen Augusthimmel. Jetzt hieß es heimlaufen! Die Körblein waren gefüllt. Auch Butzkühe und frühe Eicheln fanden sich darunter. Eine Leiter lehnte am Heuboden. Die Kinder kletterten hinauf. Nero, der schwarze Hofhund, kaußte hinter ihnen her. Der Fuchs Damerl wieherte.

Dann kamen die schwarzen Dreschmänner und hämmerten im Takt auf den Tennenboden mit ihren Flegeln. Männer trugen die Muttergottes von Haus zu Haus und baten um Herberge für sie. Es war eine andere Maria als die Himmelmutter, die im Giebel des Traidkastens hinter einer schmutzigblinden Glasscheibe schimmerte. Im Kachelofen brannte immer noch das Lucienholz, das aus zwölf verschiedenen Hölzern gemischt war. Wieder wuchs der Tag, spürbar und ruckweise, nach des Vaters Worten, der neben anderen Festen seinen eigenen Namenstag nicht vergaß: Z'Weihnachtn um an Hohschritt, Heiling-drei-Kini um an Hirschnsprung, Sebastio' um a ganze Stund und Liachtmeßn um zwo ...

Einmal sang die kleine Anna. Sie lallte unverständliche Worte. Als der Vater fragte, sagte sie: »Anna singt ebbs von Himmi daußt.« — Wie lang lag die Zeit zurück, als Anna jedem baumelnden, schaukelnden Gegenstand, etwa der Wicklermade, die an einem langen Faden vom Apfel hing und im Wind schwankte, zurief: »Hutschiheia!« Wie lang war die Zeit her, als das Kind Crescentia sein Stück Brot in die leere, blauglasierte Tasse und den Putzhadern in den hohlen Eimer tauchte.

Michael Thaler, der am Krankenlager der alten Hausmagd stand, machte sich auf die Suche nach ihrer verlorenen Kindheit. Wie lang war es her, daß ihr Vater sie auf den Arm hob, sich mit ihr drehte, immer schneller, und sagte: »Karussellfahrn!« Wie lang war es her, daß die kleine Anna ihren Kasperl fragte: »Kaspi, magst Karussellfahrn?« und ihn am ausgestreckten Arm im Kreis fliegen ließ. Welche Schätze galt es, aus dem Schoß der Erinnerung zu bergen: eine Roßdecke, über zwei Stühle gebreitet, einen kreuzweis geheftpflasterten Tisch, einen böhmischen Hausierer, der Ringe in den Ohren trug, zwei Finger voll Schnupftabak in seine Nasenlöcher schob und rief: »Jatz hots mi grissn!«, eine taube Magd, die hinkte — nein, hupfte —, die im Alter schwachsinnig wurde, die auf die

Kinder keifte oder anteillos vor der Stadeltür auf der Erde saß, Bilder aus einem verjährten Biburger Anzeiger schnitt und sie in eine Pappendeckelschachtel schichtete, manchmal Hals über Kopf ins Haus rumpelte und rief: »Da Scha'darm kimmt!« Dann die unverkennbare Handbewegung des Vaters, der seinen rechten Zeigefinger abschleckte und zur Prüfung der Windrichtung in die Luft streckte. Einmal sagte er: »Was amoi gwön is, dös wird nia nöt vogössn!« Ob es aber nicht endlich doch vergessen wurde, daß die Einwohner jedes Dorfs jedes Wort anders ausgesprochen hatten? Ob die vielen Dinge, die sie in ihrem Leben gesehen hatte, nicht doch vergessen wurden: der kühle Ziegelboden in der Flötz, das Kopftuch aus schwarzem Taft, das ihrer Mutter wie Schwalbenschwanzflügel vom Hinterkopf stand und auf den Rücken fiel, die Veigerlwurzeln und Zuckerzeltln, eingewickelt in knitterndes Pergamentpapier, der scheckige Arwa, der Steingutteller, gefüllt mit Zwetschgentauch, das Reibeisen, die Holztristen, die Bienenkörbe, das Zinkschaff in der Küche, das Pfauenrad, die Antlaßkränzlein, die Nachthaube der Bötin, die Zwanzig-Kreuzerstücke auf dem Rock des Vaters, die Milch in den Weidlingen, der Stiefelzieher, der Flederwisch, die Wachstuch-Chaisn, das Rasiermesser, der Lederriemen, die Radltrage, die Brechmühle, der steinerne Backofen, der Chapeauclaque, der Stall mit dem Barn, das Potschamberl, das Prell-Ei zum Brüten der Hühner, der Haarknoten der seligen Godin Haselböck, die kleinen gekümmelten Käselaiblein und die Fürbänk neben der Haustür?

Die Wiederentdeckung

Zum letzten Mal raffte sich Michael Thaler aus dem Hindämmern auf: Nichts da! Mit dem wehmütigen Blick in die Vergangenheit ist nichts getan! In dieser Zeit müssen wir uns bewähren!

Schon meldeten sich wieder Zweifel: Wir stehen bald näher, bald weiter von Gott, der »der unsrige« ist. Was oben ist, ist unten. Genauso verhalten wir uns den Dingen gegenüber. Unsere Kirche ist die Kirche der Lebendigen und der Vollendeten, die uns vorausgegangen sind. Er empfand es als Fügung, daß nichts bleiben konnte wie es war, daß nichts »daheim« bleiben konnte, daß es, um heimkehren zu können, erst fortgegangen sein mußte wie die Blüte, die im Sterben ihren Samen auswarf und dadurch wieder Blüte wurde, oder wie das Blatt am Baum, das von der wachsenden Knospe des kommenden Jahres aus dem Zweig hinausgeschoben wurde, bis es gilbte und fiel.

Immer noch hielt er die beiden Kinderspielzeuge in Händen und sah der hilflos lächelnden Spenderin in ihr von Alter und Krankheit gezeichnetes Gesicht.

Und es wurde ihm zur unerschütterlichen Gewißheit: Die Zurückgebliebenen, die Daheimgebliebenen, die Treugebliebenen, die (während andere das Unterste zuoberst gekehrt haben) dafür sorgten, daß Haus und Heim nicht verlottert und verkommen sind, das sind nicht die Dummen gewesen. Gewiß, niemand hat Sicherheit vor dem Tod, denn die Welt ist in ihrem Kern auf das Vergehen und auf das Gericht hin angelegt. Aber der Unabänderlichkeit des Vergehens muß wieder der menschliche Wunsch nach Dauer entgegengesetzt werden.

Klar stand es ihm vor Augen, daß Erneuerungen noch nie etwas anderes als Wiederherstellungen waren und Wiederherstellungen gar nicht anders beginnen konnten als mit der Erhaltung des noch Bestehenden, mit der Belebung des noch nicht Erstorbenen, mit der Begünstigung jedes neu im Keim sich Regenden, um so dem guten Geist, wo er immer sich zeigte, die verschiedensten Herde zu seiner Bildung zu bieten und allmählich aus dem Zustande des Unrechts in den des Rechts überzugehen!

Die Vortrefflichkeit

Noch im selben Spätherbst regte Michael Thaler bei dem jungen Bauern Martin Weilbuchner an, sich den schönen alten Kasten, der in der Holzleg auf das Los alles Brennholzes wartete, herzurichten, gegen Wurmfraß mit Öl einzulassen, abzuwaschen, auszubessern, zu leimen, zu schleifen, zu malen und zu wachsen, daß er mit seinen Ranken und Blüten dem Wohnhaus zu vermehrter Schönheit gereiche.

Das Korn der besseren Einsicht, das er gesät hatte, war auf einen fruchtbaren Boden gefallen. Als der Kasten in der alten

Leuchtkraft seiner Farben an der weißen Flötzwand stand, machte sich Martin an die Wiederherstellung der Michelikapelle. Sie erhielt neue Dachreiter, Regenrinnen und Ablaufrohre. Die Fensteröffnungen wurden mit Glas geschlossen, die Innen- und Außenwände mit Kalk gestrichen. Das Auge Gottes wurde in das Dreieck des Giebels gemalt. Das Betbänklein bekam einen Lacküberzug, das Gitter wurde mit einer Drahtbürste vom Rost befreit und neu gestrichen. Bei allen Arbeiten waren dem Vater die Kinder behilflich. Kamen sie aus der Schule, warfen sie ihre ledernen Ranzen ins Gras und packten zu. Jahrelang hatten sie beratschlagt, was zur Rettung der kleinen Wegkapelle getan werden konnte, hatten tausend Pläne geschmiedet — alle waren an der Untentschlossenheit des Vaters gescheitert. Nun war es ihr Ehrgeiz, das bescheidene geistliche Bauwerk zu einem Schmuckstück herauszuputzen.

Das umgesunkene Marterkreuz in der Eschengruppe wurde aufgerichtet und mit eingekeilten Steinen gestützt. Nun stand es wie früher als schwarzer Scherenschnitt vor dem hellen Himmel.

Am rückwärtigen Abhang des Kieblberges, an der steilen, im Winter von Schnee und Eis versperrten Fahrt nach Holzhausen, wo der Urgroßvater verunglückt war, errichtete der Bauer wieder ein schlichtes gußeisernes Kreuz, das er beim Alteisenhändler in Bergham erworben hatte. Das Gedenkkreuz für das Brotweiblein war nicht mehr aufgefunden worden. Also schnitt es der Schmied von Bergham aus flachem Eisen, wie es gewesen war, mit Lucia in Seitenansicht, die das Schwert im Hals stecken und ihre zwei Augäpfel auf dem Teller liegen hatte.

Auch auf den Brotlaiben tauchte das Zeichen des Kreuzes auf; der Bauer ritzte es vor dem Anschneiden hinein. Im nächsten Frühjahr wurde das Brot wieder von der Bäuerin selbst gebacken, wurde mit Kümmel, Koriander, Sternanis und Fenchel gewürzt.

Auf dem Dachboden fanden sich, übereinandergestapelt und verstaubt, alle früheren Einrichtungsgegenstände wieder. Der junge Bauer hielt sich den Kopf und konnte nicht begreifen, wie es jemand übers Herz gebracht hatte, soviel Schönheit vor den Augen der Mitmenschen zu verbergen.

Bald gab es wieder einen Glaskasten in der oberen Stube.

Als Schlafkammer wurde wieder die Kammer zu ebener Erde eingerichtet, bequem zu erreichen für Krankenbesucher, versehende Geistliche, Hebammen und Sargträger. Vor dem kleinen Fenster blühten wieder Geranien. Von oben hingen die grünen Triebe des Birnspaliers, mit dem eindrucksvollen Namen »Gräfin von Paris«. Die Flötz wurde wieder mit roten Ziegeln ausgelegt. Gegenüber gab es bald eine neue Stube mit einem irdenen Weihbrunnkessel, einem Kachelofen und einer Eckbank.

Die Eckbank war ein Werk des Schreiners von Bergham. Alle auf dem Dachboden entdeckten Gegenstände wurden von ihm instandgesetzt. Auch zusammengesessene und wackelige Stühle wurden von ihm zurechtgehämmert und geleimt. Sogar die alte Mostpresse machte er wieder betriebsfertig.

Der Schreiner Sepp glich dem alten Onkel, da er selber hoch in den Jahren war — er zählte einundsiebzig — mit jedem Tag mehr.

Der junge Schreiner, den er an Kindesstatt angenommen hatte, lernte unter seiner Anleitung mit Holz auf die alte, neuerdings immer mehr verlangte Weise umzugehen, arbeitete in der spinnwebverhangenen Werkstatt und fertigte bescheiden, was man von ihm forderte: bäuerliche Schränke nach dem bewährten Zuschnitt, unterteilt in eine rechte Hälfte für die Kleidung und eine linke für die Wäsche.

Der Bauer von Kammerlehen verschönte sein Haus mit jedem Tag. Er holte auch die goldene Uhr seines Vaters mit den eingeritzten sieben Gaben des Heiligen Geistes aus dem Schubladen des Nachtkästleins und steckte sie in die Gilettasche.

Der Wandel war allgemein. Das Bedürfnis, zu den Anfängen zurückzukehren, wuchs. Auch Bauernhochzeiten mit ihrer umständlichen Pracht wurden wieder gefeiert. Beim Jungbräu waltete wieder ein Prograder mit buntem Bänderbuschen seines Amtes. Es war der Kammerlehner Martin Weilbuchner. Den Stab mit dem geschnitzten Widderkopf hatte er vom Oberen Boden geholt.

Auf dem Grabplatz der Kammerlehner fehlte der kalte Marmorblock. Statt seiner war ein schmiedeisernes Kreuz aufgestellt worden. Wie das Leben in der Freude einer wiedergewonnenen Zeit nicht mehr das alte, sondern ein neues, ein er-

neuertes war, so war auch das Kreuz viel schöner als das alte.
Es zeigte, teils aus dem Eisen geschnitten, teils geschmiedet,
einen echten Golgathastamm, umgeben von drei Engeln, die
in Kelchen das Blut aus den durchnagelten Händen und aus
der klaffenden Herzwunde auffingen, darüber ein geschwungenes Wetterdach und als Spitze den Auferstandenen, der den
Kreuzstab in der Hand hielt und mit der anderen Hand segnete. Auch hier blieb das Beispiel nicht ohne Nachahmung.
Bald wurde ein zweites geschmiedetes Kreuz, bald ein drittes
aufgestellt, bald wuchs um die Kirche ein Wald von geschmiedeten Kreuzen.

Wenn der Bauer am Valentinitag im Gäuwagen auf dem
Kammweg nach Holzhausen fuhr, ließ er sein Gefährt von
einem Braunen ziehen, denn er hatte wieder ein Roß und einen
Heißen im Stall stehen. Von diesem Höhenweg sah man Kammerlehen in seinem wahren Zusammenhang, nicht mehr für
sich allein, sondern als einen von vielen hellen Punkten in der
hinausschwimmenden Hügellandschaft, als Nachbar (was eigentlich »nächster Bauer« heißt) unter Bauern, Söldnern, Gütlern und Häuslern. Dort wohnte der Asbek von Haslbach hinter einem Kranz dunkler Bäume, drüben der Auer von Hörlkam, gegen Feldkirchen lag das Anwesen des Schloutbauern,
hinter Kammerlehen der Weber vom Ödgarten, über dem
Bahngleis der Aigner, vor dem Holz der Scheuecker, weiter
links der Faltenberger von Gallusgrub, auf Biburg zu, wo das
Land besser ausgereutet war, der Kerschreiter von Kerschreit,
an der Augenlinie glaubte man verschwommen die Höfe der
Oheime Gregor Straßmayr von Goldbrunn und Ambros Pointenrieder von Loferneck zu erkennen.

Jeder Landwirt mußte mit dem anderen auskommen. Jeder
war auf den anderen angewiesen. Als größtes Lob eines Landmanns galt es, wenn sich niemand über ihn beschwerte, wenn
keiner über ihn Klage zu führen wußte. Mit der Gefahr hatte
es ein Ende: Nicht nur Martin hatte die heimatferne Fronarbeit aufgegeben, war wieder Bauer und konnte dank seinem
Fleiß und seiner Umsicht auskommen, auch die anderen
Lößbauern hatten sich durch sein Vorbild belehren lassen.
Was auf einige Wenige sich gehäuft hatte, es den meisten
entziehend, kam wieder den Vielen zugute. Der Dienst an
der Gemeinde entsprach wieder einer verlangten Leistung.

Man war der Abhängigkeit von Menschen, die nichts mit der hier geleisteten Arbeit zu tun hatten, ledig.

Als es Frühjahr wurde, gingen die Kammerlehnerkinder in das geheimnisvolle Frauenholz und beobachteten die Ameisen, die, wie der Vater erklärte, vom Abschneiden der Blätter und Holzstücke so hießen. Tatsächlich schnitten und schleppten sie Fichtennadeln, Holzsplitter und Ästlein auf den Ameisenstraßen zur großen Ameisenburg. Sie zerkleinerten den Abfall, damit er wieder Erde wurde. Das war ein wichtiger Dienst am Wald. Auch den anderen Dienst erläuterte ihnen der Vater: Zwischen ihren Kiefern trugen sie Nahrung herbei. Bei übergroßen Vermehrungen der Kerbtiere schleppten sie Raupen, Falter, Fliegen, Motten und Puppen in ihr Nest und hielten Schädigungen des Waldes gering. Die reiche Pflanzenwelt, für deren Wachstum die Ameisen Sorge trugen, auch das erklärte ihnen der Vater, bewährte sich als Deckung für das Wild, als Nistgelegenheit für die Vögel, als Bodenschutz vor Wind, Feuer und abfließendem Wasser. Sie hielt den Boden feucht, säuberte den Regen, der in den Boden sickerte, und sorgte für klares Grundwasser. Der Kuckuck, den man rufen hörte, verhinderte, daß die Vögel sich über Gebühr vermehrten. So war das Gleichgewicht im Waldreich ein Bestandteil menschlicher Ordnung. Auch der Mensch griff nicht mehr willkürlich ein, erbeutete nicht mehr unmäßig, baute nicht mehr ab, sondern gliederte sich ein, ergänzte, was er genommen hatte, bereicherte, erneuerte.

Im elterlichen Stall beobachteten die Kinder, daß jedes kleine Ferkel, kaum daß es auf die Welt gekommen war, seine eigene, unverwechselbare Saugstelle am Leib der Mutter hatte, an der es immer trank, die es als Quelle des Lebens verzweifelt verteidigte.

Der Kreis der Dinge und der Wirkungen, die sie hervorbrachten, wurde geschlossen. Es war nicht mehr möglich, von der frisch umgebrochenen Erde, deren Schollen dampfend vor Augen lagen, leichtfertig zu reden, über die Bifänge und Akkerfurchen zu spotten, wenn sie vom Roß krumm gezogen waren und einen raschen Abfluß des Wassers verhinderten.

In der Frühe, wenn alle Pflanzen vom Tau troffen, ging der Vater neben seinem ältesten Sohn mit geschulterter Sense zwischen den zwei Apfelbaumreihen hügelaufwärts und mähte Gras für die Kühe. Es war geheimnisvoll, daß der Zeitvorrat mit dem Zeitverbrauch wuchs, statt abzunehmen.

Um jeden Fußbreit Boden war der Bauer froh, den er mit seinem Weib und seinen Kindern bestellen konnte, froh war er um jeden Arbeitswilligen, der ihm dabei half. Es kamen wieder Menschen, die sich dankbar für Arbeit, für einen Strohsack und für ihr tägliches Brot erzeigten. In den Wintermonaten wurden Flachs und Hanf gesponnen. Aus Kastenfächern leuchtete schneeweiß gebleichtes, zu Rollen und Rosetten geordnetes Leinen. Immer mehr wuchs der Bauer durch seine Teilhabe an einem nicht verbrauchten, immer ersetzten und ausgetauschten Gemeingut in die Unabhängigkeit hinein.

So weit das Auge reichte, wurde die Welt geheilt, wurden trockengelegte Moore durch die Beseitigung beschleunigender Abläufe, durch das Zerbrechen eingezogener Ziegelrohre langsam zu dem verwandelt, was ihre Bestimmung war, zu einer Rückhaltung des Wassers, wurden begradigte Flüsse in ihre alten Krümmungen geleitet, wurden breite Rennstraßen durch das Umpflügen ihrer Ränder verschmälert, wurden Alleebäume gepflanzt, wurden regelmäßige Baumwände aufgerichtet, in deren Schatten es angenehm zu fahren war, die dem Wanderer gegen Schnee und Nebel Schutz gewährten.

Die Kapuzinerkopfvase, aus der grüne Kresse über den Schwengel des Pumpbrunnens quoll, wurde von der Bäuerin gegossen. Der Bauer Martin öffnete die Büfettkastenschublade, ergriff ein schwarzes Etui, klappte es auf, nahm Teil um Teil heraus und setzte die B-Klarinette seines Vaters zusammen ...

Der Sturz

Im Frühling des Neunundsechzigerjahres verkaufte Peter Angermaier sein Flachdachhaus im bergigen Süden und steckte den Erlös in eine gründliche Erneuerung der beiden Häuser an der Herzogspitalgasse. Er war seines ausgedehnten Aufenthaltsraums überdrüssig, der ein Feind von Vertrautheit und Behaglichkeit, von Bildern und Kunst, von Zurückgezogenheit und Behaustheit war. Sogar Ines hatte einsehen gelernt, wie schnell Sonnenanbeterei in Trostlosigkeit umschlagen kann. Am Schluß mußte Peter erfahren, wie geheimnisvoll die Öffnung zwischen drinnen und draußen ist, ein ehrliches Fenster, das den Gegensatz von Gehäuse und Umgebung nicht verwischt. Er konnte nirgends anders mehr wohnen als in der Stadt, und in der Stadt nirgends anders mehr als in der Herzogspitalgasse.

Er brachte Crescentias entliehenes Votivbild nach Feldkirchen zurück, lud alle übrigen Habseligkeiten in einen Lastwagen und bezog eine kleine Wohnung im elterlichen Stammhaus. Das hatte den Nachteil, daß er den Handwerkerscharen, die von Zimmer zu Zimmer vorrückten, bald hierhin, bald dorthin ausweichen mußte.

Er ging bei seinen Erneuerungsarbeiten von unten aus und bewegte sich nach oben vor. Das brachte eine Beschäftigung mit Gewölben, Bögen und Türen. Feuchte Verputzflecken wurden abgeschlagen, nasse Steine durch trockene ersetzt. Am sichtbarsten war die Verbindung der Bauteile mit der Erde in einem Hilfsmittel, das zwar gering an Umfang, aber in der Erfindung bedeutend war. Es war ein in Keilform geschnittener Stein, der auf dem Türstock mit der Spitze nach unten genau in zwei andere Steine mit abgeschrägten Seitenflächen gepaßt war. Der »Sturz«, der nicht umsonst so hieß, weil in seine kleine Spitze die Schwere der Mauer mündete, die über ihm lastete, verwandelte, obwohl alles an ihm zur Senkrechten drängte, den Druck von oben in einen Druck auf die Seiten. Daß die Dinge fielen, kam von ihrer Erdenschwere, daß aber das Zusammenfallen in ein Stehenbleiben umgewandelt wurde, war eine Kunst, die sich dem Gesetz der Schwerkraft unterordnete. Sogar die Ebenmäßigkeit, also das abgemessene Verhältnis der Teile zum Ganzen, schrieb Peter Angermaier diesem Gesetz zu. Nicht einmal eine gemeine Stubenfliege konnte er sich vorstellen, die solcher Ebenmäßigkeit entbehrt, also etwa nicht zwei Augen, zwei Flügel und auf jeder Seite gleich viel Beine gehabt hätte, viel weniger einen Bogen oder einen Sturz. Diese mußten einfach nach beiden Seiten die gleiche Last abgeben, mußten zwei Schultern haben. Solchen Gesetzen gehorchen und innerhalb der Grenzen, die sie zogen, Werke schaffen, das nannte Peter, als er die Grundfesten der Häuser teils unterfangen, teils in ihrem Ziegelgefüge bloßgelegt sah, Handwerk. Hier hatten die Zunftzeichen Winkel und Kelle den geistigen Bezug, der sie zu Hilfsmitteln der Kunst machte.

Die Wiederherstellung der beiden Häuser in der Herzogspitalgasse, die sich um die Insel der bettlägerigen Crescentia herum vollzog, war als ein Ankämpfen gegen den Tod zu verstehen, besonders der Austausch der wurmzerfressenen Deckentramen im Laden. Neue Balken aus langsam und gründlich getrocknetem Holz wurden eingezogen. Gleichwohl gab sich Peter nicht der Täuschung hin, alle Verwitterungen ausgeschlossen zu haben, wußte, daß Holz langsam wächst, langsam reift und langsam zerfällt. Ihren Eckplatz, wo sie auf Schragen gebockt gewesen war, verließ die holzgeschnitzte Himmelskönigin, hing wieder im Rosenkranz an der Decke, zur Überraschung der eintretenden Ladenkunden.

Die Beaufsichtigung und Einteilung der Handwerker, die Beobachtung, daß unter ihren Handgriffen die Schönheit der Häuser Stück um Stück zunahm, war eine späte Freude für den Hausmeister Alois Wieser. Im Gegensatz zu den halbherzigen »Modernisierungen« in Johann Baptist Angermaiers Nymphenburger Villa, waren die Erneuerungen Peters vollständige Wiederherstellungen.

Nach den Maurern und Malern gingen die Tapezierer, Schreiner und Vergolder ans Werk. Die Tapete im Salon hatte ein senkrecht verlaufendes Streifenmuster. Die Verbindung zwischen der Tapete und dem gemaserten Holzboden stellten handbreite, mehrfach gestufte Leisten her. Der Eckplatz wurde von einer Standuhr eingenommen. Ihr Pendel schwang langsam, ihr sanftes Ticken machte den Salon wohnlich. Zwischen den Fenstern hing der hohe ovale Wandspiegel mit einem von Rosen, Ranken und Putten wimmelnden, frisch vergoldeten Schnitzrahmen. Unter dem Spiegel stand auf zwei verschnörkelten Beinen ein Konsoltisch mit geschnitzten Muscheln in der Zarge. Er war ebenfalls frisch vergoldet. Über dem Sofa hingen zwei sorgsam gereinigte und gefirnißte Ahnengemälde. Sie stellten die Urgroßeltern Johann Baptist Angermaiers dar. Der Mann war als Kind in der Sterbenacht König Maximilians von dem greisen Herrscher gesehen worden, die Frau war in einem Dorf bei Ried im Innkreis geboren und aufgewachsen: Ein behäbiges, biedermeierliches Ehepaar, er im violetten Frack, mit schwarzem Plastron, sie mit Riegelhaube, Filigrankette und geschnürtem Taftmieder.

In der Mitte des Zimmers hing ein Glasluster. Vor dem

Sofa stand ein Tisch mit runder Kirschbaumplatte. Frisch überzogene Sessel waren im Kreis gruppiert. Im Eck neben der Eingangstür erhob sich finster das altdeutsche Büfett mit seinen gewichtigen Bierhumpen hinter der Glasscheibe. Die gegenüberliegende Seite wurde von einer Anricht aus Nußbaumholz eingenommen. Links neben der Eingangstür stand ein Ofen mit grünlich überflammten Kacheln. Durch die Tür, die wie alle Türen seidenmatt lackiert war, damit Kreidebuchstaben haften konnten, gelangte man in das kleine Verbindungszimmer. Aus diesem Verbindungszimmer führten fünf Stufen in den Speisesaal, wo Peter Angermaiers Familie die Mahlzeiten einnahm.

Die Schlagzither des alten Johann Baptist Angermaier, die auf ihrem Resonanzboden eine gemalte Darstellung des zitherspielenden Herzogs Max zeigte, wanderte aus dem Nymphenburger Versteck in die Altstadtwohnung zurück, wo sie, abgestaubt, gereinigt, lackiert und mit neuen Saiten bespannt, gut sichtbar, auf einem kleinen Tischlein vor dem Fenster des Verbindungszimmers lag, bereit, einmal von Peters Kindern gespielt zu werden.

Die Umbauarbeiten wurden an den Außenmauern der Häuser abgeschlossen, deren unterschiedliche Stockwerkshöhen auch an den zweierlei Ebenen der Fensterreihen zu erkennen waren. Zuerst wurde die Leuchtschrift entfernt, sehr zum Segen der Einwohner und ihres Nachtschlafes. Dann ließ Peter die vom städtischen Schmutz unansehnlich gewordenen Häuser abwaschen, weiß grundieren und in zweierlei gut aufeinander abgestimmten Kalkfarben zart streichen. Zuletzt wurde die Steintafel, auf der die jahrhundertelange Bestimmung des Anwesens als »Barthsches Seelhaus« erläutert war, gereinigt und ausgebessert. Endlich wurden die eingegrabenen Buchstaben frisch mit Blattgold ausgelegt. Vorübergehende Menschen, zumal solche von der anderen Gassenseite, blickten oft hinauf.

Der Pfarrhof

Michael Thaler suchte den Buchbacher Pfarrherrn von der Notwendigkeit einer Wiederherstellung des alten Pfarrhofs zu überzeugen. Wieviele Beweismittel, daß eine solche Lösung billiger sei, wurden aufgeboten! Vergeblich. Zu eindeutig hatte sich dieser gegen die Erhaltung entschieden. Zumal die bischöfliche Baubehörde in der Frage der Erneuerung des verwahrlosten Bauwerks mit dem Hilfsgeistlichen übereinstimmte, ersuchte der Pfarrer um seine Versetzung. Auch durch Thalers eindringliches Bitten war er nicht von seinem Vorhaben abzubringen. Dem Gesuch wurde stattgegeben, die freigewordene Pfarrstelle nach einiger Zeit mit Michael Thaler besetzt. Man hatte ihm allerdings keine Aussichten für die künftige Unterstützung durch einen Hilfsgeistlichen gemacht, was um so unangenehmer war, als auch die Haushälterin ihrem Arbeitsplatz untreu wurde und eilig dem Pfarrer folgte.

Da saß er allein in dem altersgrauen Gemäuer, umgeben von einer weitläufigen Pfarrei, zu der mehrere Filialen gehörten.

Der ausgedehnte landwirtschaftliche Grund war an die umliegenden Bauern verpachtet worden. Einstweilen war Michael Thaler froh, durch den Pachtzins, der jährlich mehrere tausend Mark betrug, zusätzliche Mittel für den Umbau zu haben. Zunächst ging er auf die Suche nach einer Haushälterin. Er fand sie in der Schmitten, einem außerhalb gelegenen Gehöft, wo das Schmiedehandwerk immer noch ausgeübt wurde. Eigentlich hatte er nur Eisengitter und eiserne Bänder für Fenster und Läden bestellen wollen.

Aus der Schmitten stammten die Lechner vom Ödgarten, die Nachbarn der Kammerlehner, die zu den Vorfahren des Weilbuchnergeschlechts gehörten. Hier war Crescentias Großmutter gestorben, die auf dem Buchbacher Gottesacker begraben lag. In einen Ziegelstein über dem Türsturz der Werkstatt hatte der Ziegelarbeiter vor dem Brennen eine Inschrift geritzt. Ihre Vertiefungen warfen im schrägfallenden Sonnenschein Schatten. Damals hatte der Hof Lechezhub geheißen. Der Mann wurde mit seinem Vornamen und Handwerk bezeichnet:

```
1 HANS    7
LEHEIZVEB
ERCHMITN
  7       3
```

Der Schmittner hatte eine ledige Schwester. Sie kam als Haushälterin mit in den Pfarrhof. Dort warteten Schutt und Schmutz auf sie: Der Umbau hatte begonnen.

Das Verwunderliche geschah, daß der Pfarrherr sich zum Handlanger machte. Sobald er nicht in geistlichen Pflichten unterwegs war, sah man ihn Mörtel mischen und Steine schleppen. Mancher Handwerker lächelte, ohne gewahr zu werden, daß ihn dieser Eifer zu vermehrter Eile trieb.

Das Bauwerk wurde ums Geviert unterfangen und bekam eine vertiefte Grundfeste gemauert. Schadhafter Verputz wurde abgeschlagen und nach gehöriger Durchlüftung des Mauerwerks erneuert. Die Fensterläden wurden ersetzt, sogar die Männleinköpfe wurden, sofern sie fehlten, wieder angebracht. Die zweiflügeligen, mit einer Quersprosse unterteilten Fenster wurden vom Schreiner wiederhergestellt.

Das schadhafte Dach wurde umgedeckt und mit Biberschwänzen aus Schiefer ergänzt. Alle Kamine wurden verputzt und mit regelmäßigen Zeltdächern gedeckt. Die Einfahrtstore bekamen frischen Verputz und eine Schindeldeckkung aus Lärchenholz. Die Türen wurden gestrichen und marmoriert, die Kachelöfen wurden ausgebessert und gereinigt, so daß die Blätter und Lilien deutlich hervortraten. Zum Schluß kamen die Maler, strichen das Gebäude außen und innen mit mehreren Kalkschichten, daß es wieder als weißer Würfel in der Landschaft lag; Michael Thaler sagte: wie eine Perle in der Muschel.

Im Arbeitszimmer war der Fichtenboden eingelassen worden. An der Wand hingen zwei neue Bilder, eigentlich waren es alte, der kleine Stich des gegeißelten Heilands von Holzhausen und Annas Totenbild, jedes von einem schmalen Kirschbaumrahmen umstrichen.

Im gegenüberliegenden Zimmer stand auf einer Kommode die Büste Kaiser Konstantins. Das Bildwerk, das aus der Akkergasse mitgenommen worden war, entfaltete erst in diesem hellen Zimmer seine Wirkung. An der gekalkten Mauer zwischen der Kommode und der mehrfach gestuften Hohlkehle hing ein lebensgroßes Brustbild Kaiser Karls V. Es war erst für den Einzug in den Pfarrhof angeschafft worden.

Der ehemalige Pfarrherr, den die Neugier um den Herbst in das wiederhergestellte Gebäude trieb, wo alles vor Neuheit blitzte, bekam den Sinn dieser Darstellungen so erklärt: Kaiser Konstantin habe das Reich ins Kreuz geführt und Kaiser Karl habe das Kreuz ins Reich geführt.

Karl V. war König von Spanien und Kaiser in Konstantins Reich. Seine Losung »Ecclesia et imperium« stand als erhabene Schrift auf dem rechteckigen Sockel der weißen Büste.

Dann Eugenio von Savoy und Maria Theresia. In der obersten Schublade der Kommode lag ein Quart-Umschlag mit der Aufschrift: »Die Dombaumeister«. Michael Thaler öffnete ihn. Da lagen Briefe des Prinzen und der Erzherzogin. Indem er die Schriftstücke aus Lumpenpapier, die sich weich wie Samt anfühlten, eines um das andere entfaltete, erläuterte er den Sinn des Zimmers.

»Dem Hang zur Ausschweifung, zur Gewalttätigkeit, zur Maßlosigkeit wurde die Übereinstimmung, das Gleichgewicht, das Ebenmaß entgegengestellt.«

Der Pfarrherr begab sich zurück in das Arbeitszimmer und bot seinem Besucher einen Platz an. Er setzte sich, als der andere sich niedergelassen hatte, vor den Bücherschrank. Der Besucher war des Lobes voll und mußte seinem Gastgeber gestehen, daß er nie fortgegangen wäre, wenn er diese Behaglichkeit und Wohnlichkeit geahnt hätte. Im Kachelofen prasselte ein Buchenfeuer, das den spätherbstlich kühlen Abend erwärmte. Die Dämmerung brach ein. Der Hausherr drehte am Lichtschalter. Im Kronleuchter wurde es hell. Dann griff er aus der Holzkiste einen Span, steckte ihn durch die Ofentür, daß er aufflammte, trug ihn, gegen den Luftzug mit vorgehaltener Hand geschützt, an den Lichtschalter — und siehe, neben dem Schalter hing ein Wandleuchter mit einer Kerze. Diese zündete er an, blies den Span aus und sagte: — Man kann gar nicht oft genug an die Entstehung des Lichts erinnert werden. — Der Besucher war ratlos.

Auf dem Schreibtisch lag das schwarzseidene Birett. Der Besucher trug einen hellgrauen Straßenanzug — sein Hut, der unten am Holzhaken hing, war aus gelbem Flanell. Der Besucher berührte das Birett und fuhr mit seinen Fingern an den zwei Kämmen entlang, die sich in der Mitte rechtwinklig kreuzten. Er hatte eine Frage auf der Zunge. Da wurde er gewahr, daß der gegenübersitzende Pfarrer die schwarze bodenlange Soutane trug. Der Besucher deutete zaghaft auf Thaler, dann auf das Birett, wollte etwas fragen, schwieg aber.

Der Besucher verabschiedete sich bald. Bevor er in die gewundene Stiege trat, hemmte er seinen Schritt und warf einen

Blick auf Johannes Nepomuk, dessen geschnitztes Ebenbild auf dem Volutensockel stand, in erregter Haltung, das Handkreuz umklammert, mit sternenumkränztem Haupt. Nicht nur der Zeigefinger, der auf den Lippen lag, deutete das Gebot des Schweigens an, auch ein kleines Amulett in Zungengestalt. Es war später hinzugefügt worden. Der zungenförmige Lederbehälter war von einem kunstvoll gezackten und ziselierten Silberrahmen umschlossen. Die Zungenspitze ging in einen Ring über, durch den die Halskette lief. Die Zunge trug die Aufschrift:

> Zähmt euere Zung,
> laßt sie nicht unbesonnen schießen,
> man muß nicht reden viel
> und auch nicht alles wissen.

Michael Thaler ließ das Amulett, das er zur besseren Betrachtung ein wenig emporgehoben hatte, auf die Brust des Heiligen zurückfallen. Dann verabschiedete er sich von dem Besucher.

Oft betrachtete er die Gesteinssammlung des Pfarrers Thomas, ließ Stein um Stein durch seine Finger gleiten und weidete sich an dem Gesprenkel, an dem muscheligen Bruch, an dem Farbenschimmer. Immer deutlicher empfand er, daß der umworbene Stoff eine Antwort gibt. Er hatte den kleinen Schellenbaum auf seinem Nachttisch stehen und verglich ihn mit den Maiglöcklein im Garten, die an langer Rispe ähnliche Glocken hängen hatten, gezackt und von weißem Schimmer wie edles Porzellan. Er blieb, wenn er durch den Garten ging, vor der Königin der Blumen stehen und betrachtete ihre ineinandergeschachtelten Blütenblätter von verschiedenen Seiten. Wenn er in der Schlafkammer des alten Priesters Thomas lag, hoffte er, daß die große Zerstörung, der er durch Bewahrung zu begegnen trachtete, abgewendet sei, fürchtete aber, daß auch er ihr Opfer werde. — Zwischen den Fenstern, genau vor seinem Blick, hing das Herz-Jesu-Bild. Die Fenster nahmen die Gestalt von Lilienkelchen an — und aus den Kelchen tropfte Licht.

Die Stadt

Als Crescentia zum ersten Mal von ihrem Lager aufstand, blühten im Hof die Goldballen. Als sie aus dem Fenster schaute, entdeckte sie den gelben Schein. Auch in die Küche schleppte sie sich und freute sich daran, wie alles glänzte. Am nächsten Tag humpelte sie durch den Wohnungsgang in den Salon, der zu einem Schmuckkästlein herausgeputzt war. Mehr als einmal glitt ihr ein »Ah« und ein »Oh« von den Lippen. Vorsichtig tastete sie über die seidig glänzende Tapete und strich über die schimmernde Kirschbaumplatte des Tisches. Kopfschüttelnd über so viel Schönheit, betrachtete sie die Wolkenschabracken der Vorhänge, trat näher, um die Fransen und Quasten zu begutachten, da sah sie — der zu einem Lobspruch geöffnete Mund blieb ihr offen —: Auch draußen auf der Gasse hatte sich die Welle der Erneuerungen fortgesetzt. Schräg gegenüber das gläserne Großkaufhaus, das die Stelle von zwölf Bürgerhäusern eingenommen hatte, war verschwunden, war wie vom Erdboden verschluckt. Die Hinausspähende traute ihren Augen nicht. An der Stelle des gläsernen Ungetüms standen Bürgerhäuser. Es gab keinen Zweifel: es waren die nämlichen wie früher, nur viel schöner, viel sauberer, viel angenehmer. Der Umbau war noch nicht einmal abgeschlossen. Überall sah man die Handwerker an der Arbeit. Auf die Fensterscheiben waren weiße Kreuze gemalt. Bei weitem nicht alle Türen waren eingehängt. An den Dächern wurde gedeckt. Manche Außenfront war noch, weil die Verputz- und Streicharbeiten andauerten, zum Schutz der Vorübergehenden mit Rupfenplanen verhängt.

Wer konnte es Crescentia verübeln, daß ihr dieser Anblick eine gewisse Genugtuung verschaffte? Nicht etwa, weil sie vor zehn Jahren gegen das scheinbar Unvermeidliche aufbegehrt und einen Abbruch der Bürgerhäuser zu verhindern getrachtet hätte. Aber jetzt, als die Häuser, in denen Menschen wohnen konnten, wiederhergestellt wurden, freute sie sich. Zu lebhaft hatte sie damals den armen alten Leuten, die rücksichtslos vertrieben worden waren, ihr Leid nachgefühlt. Es waren ja Nachbarn gewesen!

Die Hausverwalterin vom zweiten Haus hatte sich am längsten gegen den Auszug gesträubt. Seit dem Achtzehner Jahr wohnte sie hier. Das wußte sie gut, weil in diesem Jahr ihr Sohn auf die Welt gekommen war. Einschichtig lebte sie. Der Sohn war aus dem Krieg nicht heimgekehrt. Auch der Ehemann war gefallen. Immer wenn sie davon erzählte, nahm sie die Augengläser ab und trocknete sich die Tränen. Als Crescentia einmal zu ihr in die Wohnung kam, weil sie Gemüse vom Markt mitgebracht hatte, zeigte ihr die alte Verwalterin — sie tat dabei recht heimlich — Bilder vom »Buam«. Einen Untermieter hatte sie ab und zu, kassierte im Haus die Mieten, machte die Abrechnung. »Was soll denn werden?« fragte sie. »Die können doch nicht unsere ganze Stadt abreißen!«

Wer ein halbes Jahrhundert im gleichen Haus gelebt hat, kennt jeden. Die Frau nebenan war mit ihren Eltern hier aufgewachsen. Tagsüber konnte man sie nicht antreffen, weil sie zum Putzen ging. Im Parterre logierte eine Taubstumme. Sie war Vorhangnäherin. Wenn sie der gutmütigen Crescentia eine Besorgung auftrug, schrieb sie die Einkaufswünsche auf einen Zettel.

Im nächsten Haus wohnte ein achtzigjähriger Mann mit seiner siebzigjährigen Frau. Die Mieter des Hauses nannten ihn den »Nothelfer«. Verdiente er sich früher sein Brot in einer Eisenhandlung, so war er bis ins hohe Alter unermüdlich tätig, Schlösser instand zu setzen, Schlüsselbärte zu feilen und vielerlei handwerkliche Arbeiten auszuführen. Behend war sein Schritt. Immer, außer sonntags, trug er einen blauen Arbeitskittel. In Flaschen und Gläsern verschiedener Größen verwahrte er Nägel, Haken und Schrauben.

Sie wurden alle aus ihren Wohnungen vertrieben, in die vier Windrichtungen zerstreut, niemand wußte wohin, in welche entlegenen Außenviertel, in welche schnell gebauten Siedlungen. Wehmütig sah Crescentia bei ihren täglichen Marktgängen an den leerstehenden, ihres Abbruchs harrenden Häusern hinauf. Jede Treppenstufe, jede Tür, jeder Fleck an der Wand war gekannt und geliebt von vielen Menschen, die viele Male treppauf, treppab gelaufen waren. Vorbei. Die Mauern wurden verschmutzt, geschwärzt, Fensterscheiben erblindeten, waren plötzlich eingeschlagen, der Verputz rieselte. Stangen wurden über das Trottoir gelegt, Zettel baumelten daran mit der Mahnung »Vorsicht! Einsturzgefahr!« So schnell ging es, wenn Häuser leer standen. Bei dem kleinen Schreibwarenladen ums Eck war die Jalousie verklemmt und schief heruntergelassen. Für immer.

Dann wurden Sackrupfen aufgezogen, alle Stockwerke hoch, bis über die Dachrinnen. Dann standen die Türen der

Häuser reihenweise wie ein Palisadenzaun auf der Gasse. Staubwolken qualmten aus allen Ritzen. Hinter den Vorhängen begab sich das Unfaßliche. Als die Rupfenvorhänge fielen, gähnte ein Abgrund.

Kaum zu glauben war es, daß nun wieder Rupfenvorhänge in der Herzogspitalgasse aufgezogen worden waren, daß aber hinter ihnen kein Werk der Vernichtung vollendet wurde, daß die zwölf Bürgerhäuser wie der Phönix aus der Asche wiedererstanden.

Diese Wiedergeburt war eine Folge öffentlicher Einsicht in das Notwendige. Die riesige gläserne Kaufhalle hatte den Lärm gebracht, hatte die grelle Lichtwerbung, den Staub, die Unruhe und sogar, wovon der alte Angermaier ein Lied singen konnte, das Verbrechen gebracht.

Der Stadtrat hatte dem Vorstand des Kaufhauses, der nicht aus Bürgern der Stadt bestand, ein Tauschgrundstück angeboten, mit Lagerhallen und allerlei Häßlichkeiten, kleiner und weiter außerhalb, doch noch im Bereich der Stadt. Der Abbruch und Wiederaufbau wurde aus Mitteln bestritten, die von der Bürgerschaft in wohlverstandener Heimatliebe vorgeschossen und aus den Mietzinsen zurückerstattet wurden.

Zu Crescentias Freude wurde auch der kleine Schreibwarenladen wieder eröffnet, eine Bäckerei machte auf, eine Kurzwarenhandlung, eine Korbflechterei, ein Schuhgeschäft und eine Bierwirtschaft. Als die letzten Rupfenvorhänge gefallen waren, stand vor aller Augen eine wiedergeborene städtische Häuserzeile in ihrer Pracht, mit steilen Dächern, mit verzierten Kaminen, mit Gaupen, Fenstern, Putzbändern und Holztüren. Die Farbgebung der Häuser war unterschiedlich. Meistens war die Bemalung der Gliederungen und Gesimsvorsprünge in Kalkweiß gehalten, die Grundfarbe der Wände trat in Rosa, Gelb, Zartgrün oder gedecktem Blau zurück. Was verloren schien, war wiedergewonnen. Es war aber nicht nur wiedergewonnen, sondern erneuert. Gewonnen war mitnichten der frühere Zustand, sondern ein erneuerter Zustand von Reinheit und Unschuld. Auch die Leute, die in den Wohnungen eine dauernde Unterkunft fanden, waren keineswegs die alten. Es waren Kinder der alten Bewohner, und was die Kinder mitbrachten, waren wieder Kinder.

Crescentia, die am Fenster des gleichsfalls erneuerten Hauses in der Herzogspitalgasse stand, hörte Peter Angermaier zu Alois Wieser beiläufig sagen, daß auch der Georgiritter-Orden wieder eingesetzt worden sei. Er zeigte auf rotem Samtkissen den Orden, den sein Vater für Verdienste um die Stadt vom ersten Bürgermeister, in Wahrnehmung eines alten Rechts der Krone, verliehen bekommen hatte. Crescentia erschauerte: Es war das weißblaue Kreuz mit den zwölf Zacken und dem gleichschenkligen Rubinkreuz in der Mitte, das ihr einmal wie ein Malteserkreuz erschienen war.

Die Erinnerung

Johann Baptist Angermaier vermied es, den schweren Orden auf der Brust zu tragen. Er ließ ihn liegen, wo er seiner Meinung nach am besten lag: in der Herzogspitalgasse, in der Elfenbeinschatulle, auf dem roten Samtpolster. Er nahm ihn nicht nach Nymphenburg mit.

Bedrängt von seinem Sohn Peter, der das Votivbild nach Feldkirchen zurückgebracht hatte, gab Johann Baptist Angermaier den Kammerlehner Herrgott, was ihn hart ankam, dem Bauern Martin Weilbuchner zurück. Der überraschte Landmann ließ das Kreuz in Peter Angermaiers Geschäft reinigen und, wo die Bemalung gelitten hatte, neu fassen. Dann hängte er es über die Eckbank in der Stube.

Vater Angermaier beobachtete die allenthalben ausgebrochene Erneuerungswut mit gemischten Gefühlen. Er war, je älter er wurde, um so weniger in der Lage, sie mitzuvollziehen. Wie hatte er gegen die Kunststoffböden gewettert — er wurde seines Ärgers überdrüssig und fand sich mit ihnen ab. Wollte er nicht alle einscheibigen Kippfenster rücksichtslos herausreißen? Er ließ es mit einer Verbesserung einiger Fenster an der Schauseite bewenden. Wie aufgebracht war er über die Lackierung seiner Türen gewesen! Er war es lange müde, sein Haus von oben bis unten umzukrempeln. So wichen also nicht seine lackierten Türen, sondern die Kreidebuchstaben, die auf dem glatten Untergrund nicht haften wollten, wie früher die heidnischen Drudenfüße gewichen waren. Sogar die Räucherung am Dreikönigstag war im Nymphenburger Engasserhaus eingeschlafen, während sie in der Herzogspitalgasse durch den Kaplan von Sankt Peter wiederaufgenommen wurde.

Der Sohn war im Lauf der letzten zwei Jahre immer beharrlicher geworden, so daß ihm die Ausgestaltung seines Schaufensters am Schluß weit altväterischer als einst dem Vater geriet, der wenigstens hin und wieder zeitgemäße Devotionalien und Schnitzereien, Drahtplastiken und Bronzeschmuckstücke untergebracht hatte.

Johann Baptist Angermaier fühlte die Stimmung seiner Vaterstadt als eine zauberhafte der Residenzhöfe, Lindenbäume und Steinbrücken, aber er sah das alles als Vergangenheit. Was schön war, empfand er als Erinnerung. Er konnte es nicht in seinen Kopf hineinbringen, daß die sechsundzwanzigjährige Tochter Lisbeth statt vom Dienen zu reden lieber dienend handeln wollte — sogar das war ihm noch verständlich, nur nicht, warum es bei den Servitinnen in der Herzogspitalgasse sein mußte.

Nein, diese jungen Leute!, seufzte er seiner Frau Elisabeth vor, — so etwas gab es zu meiner Zeit nicht! Nein! Der erfahrene Mann schüttelte den Kopf. Nie im Leben hätte er gedacht und jedermann ausgelacht, der ihm hätte weismachen wollen, daß die Welt seines Vaters wiederkommen sollte. Er sagte nun »Büro«, denn endlich hatte er sich dem Sprachgebrauch der Zeit anbequemt — aber zu spät: sein Sohn sagte schon wieder »Comptoir«.

Der Vater wuchs in die Rolle eines gemäßigten Fortschrittlers hinein, mahnte Peter, nicht gar so altmodisch zu sein. Die Fronten waren vertauscht. Hatte der Vater eine zeitgemäße Armbanduhr angelegt, holte der Sohn die goldene Taschenuhr aus der Kommodschublade, zog sie auf, steckte sie in die Gilettasche, angelte sie, wenn er nach der Zeit sehen wollte, an der goldenen Kette hervor und drückte auf einen verborgenen Knopf, daß der bauchige Deckel aufsprang.

Der Vater kam nicht aus dem Staunen heraus. Als Abschluß des Umbaus brachte Peter eine alte Ladenglocke an, eine, wie sie der Großvater gehabt und Johann Baptist vor sechsundzwanzig Jahren entfernt hatte. Jedesmal, wenn ein Kunde eintrat, gab sie eine perlende Folge von sieben hintereinander angeschlagenen Metalltönen von sich.

Die Verbindung

Peter verkaufte seinen ehedem liebevoll »flotter Flitzer« genannten Wagen, weil er unabhängig sein wollte. Fühlte sich Peters Vater unabhängig erst m i t einem Vehikel — für Peter gab es Freiheit erst ohne ein solches. Mit einem Schlag war er aller Sorgen, aller Kosten, aller Gefahren ledig. Der Vater meinte mißbilligend: »Man kann doch nicht gegen die eigene Zeit leben.«

In der wiederaufgebauten Häuserzeile war auch das alte Bier- und Speisegasthaus mit seinen zahlreichen Sälen und Zimmern, mit seinen Holzvertäfelungen, wiederhergestellt worden. Manchmal ging Peter Angermaier mit seiner Frau zum Essen hinüber. Weiter kam er so gut wie nie: Vom Laden über die Wendelstiege in den ersten Stock, zurück auf der eisernen Leiter in den Laden, manchmal in den Keller, um einen guten Tropfen zu holen, und auf die Gasse, um in die Kirche zu gehen. »Bleib, wo du bist«, pflegte er zu sagen, »halte dich ruhig, sei sparsam im Umgang mit Weltgeschenken.«

Manchmal flüchtete sich Peter Angermaier aus dem Gewohnten in Gewohnteres, aus dem Geschützten in Geschützteres, begutachtete den Fruchtansatz der Obstbäume, das Wachstum der Fisolen im Gärtlein oder schlüpfte in die Stille hinter ein Buch. Er zerteilte die Seiten mit einem eingehefteten Seidenband. Von den Fenstern, die auf die Herzogspitalgasse gingen, wehte manchmal süßlicher Roßgeruch herauf, wenn die Bräugäule mit klingelndem Silbergeschirr vorbeizogen.

Die Mahlzeiten wurden in dem geräumigen Speisezimmer eingenommen. Der Vater, der nur noch vormittags im Geschäft arbeitete, fuhr zum Essen heim. Der Sohn verschmähte das alte Sofa seines Vaters im hinteren Zimmer nicht, hatte es nur ein wenig aufrichten lassen, ruhte nach dem Essen, hatte den Kopf auf den Polster seines Großvaters gebettet, auf den gestickten Spruch: »Nur ein Viertelstündchen«. Er lächelte nicht mehr darüber.

Auf einen Vorschlag Michael Thalers gingen die Worte zurück, die Anastasia Weilbuchner auf das Taufkleid von Peters Kind gestickt hatte. Weil es am Annatag auf die Welt gekommen und ein Mädchen war, verstand sich der Name, der ihm in der Peterspfarrkirche gegeben wurde, von selbst: »Sanctae Annae Matri Matris Domini Jesu Christi dedicatu.«

Was eine Lästerung und eine Herausforderung war, mied Peter Angermaiers Frau schon lange, trug nicht mehr ihre ausgefallenen Haartrachten, ihre ungewöhnlichen Kopfbedeckungen und ihre überspannten Halsketten. Ihr Äußeres wirkte einfach und heimisch. Eine Verspottung des Rosenkranzes wäre ihr nicht mehr eingefallen.

Wie andere Gegenstände auch, die allein durch die Berührung mit einem verehrten oder geliebten Menschen ihre besondere Heiligung erfuhren, brachte man Rosenkränze in Berührung mit Gnadenbildern oder mit Sterbenden, empfing sie gern aus der Hand eines zum Vorbild erkorenen Menschen, das Kind vom Paten, die Braut vom Bräutigam. Crescentias Kinderrosenkranz hatte Perlen aus rotem Böhmerwaldglas. Anastasias Rosenkranz, der ein Geschenk Michael Thalers war, hatte Paternosterperlen aus durchbrochenem Silber. Die kleinen Aveperlen waren aus rotem Achat, der im Volksmund »Blutstein« hieß. Auf Peters Rosenkranzschnur — er hatte zum letzten Namenstag den Rosenkranz des Großvaters geschenkt bekommen — waren Aveperlen aus blauschimmerndem Chalzedon gereiht (Johann Baptist Angermaier senior hatte scherzhaft »Katzentoni« gesagt). Als Peter im Lauf der Wiederherstellung der Rosenkranzmuttergottes die wachsende Neigung seiner Gemahlin zu dieser Gebetsübung bemerkte, schenkte er ihr einen Rosenkranz aus Perlmutterkugeln und gedrechselten Korallensteinen.

Die Kindheit

Amalia, die im Jahr des Umbaus Ignaz Lohers Gemahlin wurde, schenkte ihm einen Rosenkranz mit Perlen aus Horn und Kugeln aus Filigran. Es war am Abend, an dem sie mit ihm die frisch tapezierte und gestrichene Wohnung im zweiten Stock an der Herzogspitalgasse bezog. Im ehelichen Schlafgemach stand sie, hatte die Hand vom Geben noch geöffnet und empfing mit ihr aus Lohers Hand einen Kranz von Kristallkugeln und Perlen aus Jaspisquarz. Sie stand ihrem Gemahl gegenüber —, ihre Finger, auf denen die Silberkugeln dunkle

Flecke hinterlassen hatten, berührten mit schlanken Spitzen die seinen.

Am nächsten Morgen machte sie einen Rundgang durch die Wohnung, die ordentlich eingerichtet und peinlich sauber gehalten war. Da gab es Wassergläser aus Opal, von moosartigen Flechten und Zweigen gezeichnet, ein bunt gemaltes Osterei und einen Gipsmodel mit der erhabenen Darstellung der Öttinger Gnadenkapelle. Von vielen Seiten hatte man sagen gehört, mit dem Sturz der »Stürmerin« sei eine eineinhalbtausendjährige Treue zu den Kirchenglocken gebrochen worden. Keine Türme wurden mehr gebaut und keine Glocken mehr gegossen. Die Erdinger Glockengießerei mußte schließen. Tausende von Gußformen für Glockenverzierungen wurden mit dem Greifbagger zusammengeworfen und zersplittert.

Aber dann geschah das Unvorhergesehene: Bei der Erdinger Glockengießerei wurde eine neue »Stürmerin« in Auftrag gegeben. Sie wurde auf den Schlagton a mit einem Gewicht von vierundsiebzig Zentnern gegossen. Die Schönheit der neuen Glocke wurde von Loher in der Zeitung gerühmt. Einen der Gipsmodel, nach denen die Verzierungen der zweiten Stürmerin gegossen worden waren, bekam er vom Glockengießer geschenkt.

Vor Jahren hatte Ignaz in einem Gasthof übernachtet, wo am Ende eines Ganges, einander gegenüber, zwei Ölbilder hingen. Das eine stellte ein sommerliches Wagengefährt mit hübschen Mädchen in bunten Kopftüchern dar. Verführerische Männer mit schwarzen Schnurrbärten waren die Wagenlenker. Ein bellender Hund lief nebenher und schluckte Staubwolken, die von den kreisenden Rädern aufwirbelten. — Das andere Gemälde zeigte eine Schneelandschaft, durch die zwei vollbesetzte Schlitten auf blitzenden Kufen glitten. Wieder hielten bezaubernde Mädchen, diesmal in wärmende Gewänder gemummt, in samtene Mieder geschnürt, in weiche Halstücher gewickelt, die Zügel, wieder tauchten schnurrbärtige Männer hinter ihnen auf. Als Ignaz zum zweiten Mal in diesem Gasthof nächtigte, hingen die Bilder noch da. Er kaufte sie und hängte sie in sein Zimmer, so gut gefielen sie ihm.

Ignaz Loher gestand seinem Eheweib, daß er nicht mehr in solchen Gasthäusern übernachten könne, daß er überhaupt nicht mehr allein fortgehen könne, daß er vielleicht aus diesem Grund beide Bilder zu sich genommen habe. Immer sei das Weib um ihn, immer qualvoller werde ihm die Sehnsucht.

Amalia hoffte auf ein Kind. Ihre Jahre als Lernschwester im Kinderspital waren voll vom Erleben der kindlichen Hilflosigkeit gewesen.

Dann kam der Tag, an dem sie sich schwanger fühlte. Sie war auf diesen Augenblick vorbereitet. Es war das Gefühl des »gesegneten Leibes«, von dem sie erfaßt wurde. »O hehres Gottesgeschenk«, stammelte sie, als nachts die Gewißheit ihr den Schlaf raubte, »Geschenk vom ersten Augenblick an!«

Wochen später, als Amalia am Spiegel des ehelichen Schlafgemachs die wachsende Wölbung ihres Leibes zwischen ihren gespreizt aufgelegten Fingern empordrängen fühlte, nannte sie ihren Körper laut vor sich selbst »ein Gefäß für die Zukunft«. Keinen Augenblick hätte sie an den Gedanken verschwendet, sie sei Herr über das Leben in ihrem Leib und ein Dienst am Nächsten sei etwas anderes als ein Dienst an ihrem eigenen Kind. »Jetzt erst gehöre ich nicht mehr mir allein!« jubelte sie. Ihre Finger glitten aufwärts an die Brust, strichen über die Erhebung, übten gelinden Druck aus, spürten auch hier das Wachstum, faßten beide Spitzen, klemmten sie zwischen den Mittel- und Zeigefinger, brachten zwar noch keine Milch zum Austreten, lösten aber schon das Glücksgefühl aus, das einer engen Verbindung zwischen Kind und Mutter dient.

Amalia lächelte und strich sich über den Leib. Hinter der gespannten Bauchdecke lebte ihr Kind.

Der Vater, der seinem Kind gern zu sieben Tugenden verholfen hätte, zur Ordnung, zur Beharrlichkeit, zur Festigkeit, zum Maßhalten, zur Treue, zur Güte, zur Zucht, hatte die Angst in der kurzen Zeitspanne der Erneuerung noch nicht überwinden können.

Seit er nicht mehr selbst an den finsteren Erscheinungen seiner Zeit mitgewirkt hatte, war sein tägliches Stoßgebet gewesen: Herr, laß den Spuk vorüber sein, wenn meine Kinder ein Alter erreichen, in dem die Welt mehr Einfluß auf sie gewinnt als das Elternhaus! Die Schatten waren gewichen, aber dem Jungvermählten saß der Schreck noch in allen Gliedern.

Als Amalia sich unter diesen Gedanken die Wäsche über den Körper streifte und ihr Kleid anlegte, hörte sie durch das angelehnte Fenster Kindergeschrei vom Hof herein. Sie schob die Tüllgardine beiseite. Ihren Augen bot sich ein unvergeßliches Bild. Im hinteren Hof, der durch eine Ziegelmauer von Johann Baptist Angermaiers Garten geschieden war, tummelten sich vor dem Herzogspitalturm drei Dutzend Kinder, schrien, was ihre Lungen hergaben, wischten den ersten frischgefallenen Schnee von der Mauer und bewarfen sich mit weißen Ballen. Sie gehörten zum Kindergarten der Servitinnen. Hier wurden Kinder minderbemittelter Eltern in der Krippe verköstigt, wurden zurückgebliebene Waisenkinder, die noch kaum ein Wort sprechen, die sich nur mühsam aufrecht halten konnten, zum Stehen und Gehen gebracht, wurden singbegabte Kinder — wie einst im Gregorianum — zur Übung ihrer Kehlen angehalten und im Liedgesang auf die erste Stufe der Bildung gehoben. Man legte Wert darauf, die Kinder an Leib, Seele und Geist geduldig zu formen, die schöpferischen Kräfte der Gestaltung, des Ausdrucks, des Gemüts zu kräftigen. Zu diesem Ziel führte nicht zuletzt der Gesang. Er war Palästra für die Lunge wie das Schreien des Kleinkindes.

Amalia schloß das Fenster. Noch durch die Scheiben drang das Geschrei und hallte von fern der Gesang. Aus unersättlichen Kehlen wurden die Strophen wiederholt. Amalia lächelte schmerzlich: »Ach, lieber Gott, behüt die Stadt, damit mein Kind sie auch noch hat.«

Die Servitinnen

Lisbeth, Johann Baptist Angermaiers zweitälteste Tochter, trat mit sechsundzwanzig Jahren in den Orden der Servitinnen ein. Am dritten Sonntag im September wurde sie vor Tagesanbruch in die weißen Gewandstücke der Novizinnen gehüllt und unter dem neuen Namen »Electa a Jesu« in die Gemeinschaft aufgenommen.

Die Wegweisung durch die Klosterbauten begann im Gruftgewölbe. Durch ein weites Stiegenhaus, auf hallenden Steinstufen, gingen die Nonnen hinab. In einem feuchten Vorkeller stand ein Marmortisch. Die Schwester mit der Kerze leuchtete ihn an. Hier wurden Verstorbene im Zinksarg aufgebahrt.

Electa a Jesu ging durch den gewölbten Gang, wo auf beiden Seiten in zwei übereinanderlaufenden Reihen die waagrechten Schächte eingelassen waren, die zur Aufnahme der Zinksärge dienten. Viele Schächte waren mit einer weißen Marmorplatte verschlossen, auf der die wichtigen Jahreszahlen und die Namen der Bestatteten eingemeißelt waren. Viele Schächte waren leer und harrten der Aufnahme eines neuen Sarges. Die flackernde Kerze warf den Schatten der Nonne an die Mauern. Sie wußten links und rechts, fast in Tuchfühlung, die toten Schwestern ruhen, auf der linken Seite mit den Füßen am Gang, auf der rechten mit dem Kopf. Die Gesichter der Toten waren gegen die Morgensonne gekehrt.

In der Nähe der holzgeschnitzten Gnadenmutter mit dem Schwert im Herzen war vor Jahrhunderten eine Bruderschaft entstanden. Alljährlich am dritten Septembersonntag wurden feierlich neue Mitglieder aufgenommen. Electa a Jesu saß während der Festlichkeiten in der Hinterkirche zwischen den Mitschwestern auf einem lehnenlosen Taburett, schmeckte in ihrer Nase, bis hinab in die Mundhöhle, den würzigen Weihrauch, der im kalten Zustand ein Geriesel buntscheckiger Küglein war, rot, blau und gelb, farbenfroh wie Edelsteine. Geräusche und Gerüche gingen hin und her zwischen der Volkskirche und dem Klostersaal, weil die Trennungsmauer in der Mitte eine kreisrunde Öffnung ließ, in der die ausgesetzte Monstranz glitzerte.

Die Unterkunft in den Zellen war karg, das Essen, das im Refektorium an langen Holztischen eingenommen wurde, bescheiden, die Abgeschlossenheit streng. Die einzelne Schwester hatte wenig Bedürfnisse. Ihrer Veranlagung und Neigung bediente man sich in zahlreichen Werkstätten. In der Goldschmiede wurden Kelche und Leuchter getrieben. Aus der Wachszieherei gingen Kerzen für jeden Bedarf hervor. Mehrere Schwestern arbeiteten in einer Fahnenstickerei. Beliebt waren die Töchterschulen der Servitinnen: eine Haushaltungsschule und eine Handelsschule. Daneben unterhielten sie ein mehrstöckiges Heim für obdachlose Mädchen und einen Kindergarten, vorwiegend für zurückgebliebene und krüppelhafte Kinder.

In ihren wenigen freien Stunden arbeiteten manche Schwestern an der Ausschnitt- oder Richelieustickerei, nach der Sprachgewohnheit »Rischléstickerei« genannt. Auf gebleichte

Leinwand wurden Muster in großen zusammenhängenden Formen gezeichnet, Schnecken, Muscheln, Sterne, Kreise, Kreuze, vor allem Blätter, Zweige und Pflanzenranken. Dann wurden die Umrisse dieser Figuren fortlaufend mit Schling- oder Knopflochstichen umstickt. Schließlich wurden gewisse Stellen der Muster herausgeschnitten und die Öffnungen mit genähten Verbindungsstegen überbrückt: Eine jahrelange Mühe. Daß diese Stickerei eine begehrte Verzierung von Altardecken, Tafeltüchern, Versehdecken und Chorröcken war, galt als Nebenzweck. Hauptzweck war — auf eine andere als die betende Weise — Schulung gegen die Zeit. Die Rischléstickerei war Sinnbild einer Umgestaltung des Bestehenden, die nicht laut und aufwendig, sondern unauffällig und leise wie das Wachsen einer Pflanze vor sich ging.

Das Seelhaus

Crescentia machte das ehemalige Seelhaus wieder zu einem Krankenhaus. Johann Baptist Angermaier hatte einmal erklärt, daß es früher ein Rochusblatternhaus gewesen sei. Endlich stand sie vom Bett auf. Nach einigen Tagen ging sie wieder in die Peterskirche. Vorbei an der Wachszieherei Wesely und an der Bäckerei Zöttl raschelte sie durch das Herbstlaub am Petersplatz, stieg in die Gruft hinab und stand an der Grabplatte des Geschlechts derer von Barth. Das steingehauene Wappen des edlen Seelhausgründers zeigte einen bärtigen Mann.

Im Seelhaus an der Herzogspitalgasse unterwies Crescentia ihr Geschwisterkind im Einkochen süßsaurer Kürbisse. Immer wieder wurden die Schnitze mit ihrem gewürzten und weiter gekochten Saft übergossen. Jedesmal, wenn Anastasia meinte, daß die erlesene Speise fertig und haltbar zur Aufbewahrung in Steintöpfen sei, mußte sie von Crescentia die begütigenden Worte hören: »Laß dir Zeit. Wirst schon fertig werden. Hetz dich nicht. Geh Schritt vor Schritt. An dein Ziel kommst du früh genug. Muß ich mir nicht auch Zeit lassen, um an mein Ziel zu kommen?«

Sie buken miteinander Hasenohren und Maultaschen — sagten »Hosnouan« und »Maitoschn« — oder Picruden, gezackte Plätzlein, die dem Antlitz der Sonne genähert waren, putzten miteinander die Lusterkristallgläser im Salon, kochten Minzentee und riefen, wenn Peter Angermaier die Tasse auf die Untertasse fallen ließ, weil er sich die Lippen verbrannt hatte, im Chor: »Heiß muß es jedem recht sein, kalt wird's von selber.«

Auch das lernte Anastasia von ihrer Lehrmeisterin, daß es zu sparen, daß es Übriggebliebenes wiederzuverwenden galt. Wenn Crescentia zum sparsamen Verbrauch mahnte, so meinte sie damit nicht allein Geld, Kohle, Holz und Wasser, weil sie daheim erfahren hatte, wie spärlich die Arbeit ihres Vaters mit Silbertalern vergoldet wurde, wie mühsam das Holz aus dem Wald herbeigefahren werden mußte, was für ein Segensquell das Wasser des Pumpbrunnens war, nein, sie meinte auch den sparsamen Verbrauch von Verpackung, trachtete danach, die Waren offen zu bekommen und sich ihren Bedarf — wie früher bei der Berghamer Kramerin — in Papierstranitzen abfüllen zu lassen. Wie beim alten Brot, aus dem sie eine gute Suppe kochte, war sie bei Verpackungen bestrebt, nichts verkommen zu lassen, Benütztes wieder zu benützen, die Verminderung des Brauchbaren und die Vermehrung des Unbrauchbaren in geringen Grenzen zu halten. Die Abfallberge, von denen Anastasia ihr erzählt hatte, bekamen von ihr keine Nahrung.

Ignaz Loher, der das beobachtete, vermutete, daß Wohltaten, die der Einzelne von der Allgemeinheit erwiesen bekommt, ihr zuerst erwiesen haben muß. Wie Crescentia, war auch er sparsam, füllte jeden zum Schreiben bestimmten Zettel bis an den Rand, nutzte jeden Winkel des Papiers, verwendete unbeschriebene Rückseiten, verbrauchte Verbrauchtes zum zweiten Mal, überzog leere Kalenderblätter mit Schrift. Er hätte seines Lebens nicht mehr froh werden können, wenn er nicht so gelebt hätte, wie es für den Fortbestand der Welt nötig war. Dennoch verglich er die Welt mit dem Menschen und — als Crescentia wieder im Bett lag, diesmal auf den Tod — Weltkrankheit mit Menschenkrankheit. Unheilbare Menschenkrankheiten führen im Auf und Ab von Besserungen und Rückfällen bis ans Ende. Daß die Krankheiten der Welt immer schneller aufeinander folgen und immer tiefgreifender werden, könnte darauf schließen lassen, daß ihr Leiden unheilbar sei.

Das Erlöschen

Wenn Ignaz Loher an seinem inneren Auge die Zeiten vorüberziehen ließ, den Ursprung der Lebensbewältigung, ihr Blühen und Früchtetragen, ihr Verwelken und Absterben, und nun, in einem wieder schmäler gewordenen Abstand, eine neue Ordnung, die nach der Zukunft in der Vergangenheit suchte, dann fand er, daß die Sonnentage wie in einem zu Ende gehenden Jahr immer kürzer werden.

Was Crescentia und ihren Glauben an die Zukunft anging, so wußte sie kein besseres Beginnen, als eine gründliche Vorbereitung auf die Ewigkeit. Aus Leinwand von der Thalheimer Handweberei nähte sie sich selbst ihr Totenhemd. Eigenartig machte sich die Zeit deutlich: Im Zusammenhang mit den Erneuerungsarbeiten der Herzogspitalgasse hatte die Küchenuhr ein wiederhergestelltes Werk und neue Zeiger bekommen. Peter Angermaier hatte sich die Mühe des Zerlegens und Austauschens der Einzelteile, des Reinigens, Ölens und Zusammensetzens gemacht. Rädlein und Schräublein lagen tagelang auf einem ausgebreiteten Handtuch in der Küche. Peter saß darüber gebeugt mit Pinzette und Schraubenzieher.

Der Kanarienvogel war schon längere Zeit altersschwach. Als Peter an der Uhr arbeitete, trillerte er matt hinter seinem Gitter. Er siechte in den Wochen des Umbaus dahin. Eines Morgens, als das schwarze Tuch aufgehoben wurde, lag er tot am Boden des Käfigs. Kater Leo blieb am Abend vor Martini aus. Die Milch im Blechteller auf dem Gang war unangetastet, sein Roßhaarkissen, auf dem er sonst eingerollt lag, war leer. Der Hausmeister Alois Wieser suchte Keller und Garten ab. Er fand ihn hinter den Aschentonnen im Hof, totenstarr, nicht mehr zusammengerollt, sondern ausgestreckt, wie wenn er mit einem Riesensatz das entfliehende Leben hätte einholen wollen. Der Hausmeister begrub ihn wo er ihn gefunden hatte und erzählte Crescentia nicht eher davon, bis der Spaten wieder sauber war. Anastasia sollte sich keinen gefiederten Sänger, nicht einmal einen Mausfänger zulegen. Sie hatte den Ruf, der an sie ergangen war, ohne solche Übereinstimmungen verstanden.

Der Martinitag war gekommen. Anastasia hatte wie früher die Gans von Kammerlehen geholt, hatte sie mit Crescentia gerupft, gepechelt, gebrüht, ausgenommen, gefüllt und gebraten. An der Speisetafel wurde gebetet wie früher. Peter hatte die Aufgabe des Vorbetens übernommen und stimmte den Gesang vom Anser Martinianus an. Crescentia hatte ihr schwarzseidenes Kleid mit den Sauduttnknöpfen angelegt und schleppte die Platte mit der kunstvoll aufgebauten braunen Gans von der Küche herbei. Durch den Salon eilte sie, das kleine Verbindungszimmer durchquerte sie. Die erste der fünf Stufen ertastete sie mit gestreckter Fußspitze. Ihre Augen reichten über die Platte nicht hinaus. Ihre Füße bemaßen den Abstand der Staffeln zu kurz, die linke Fußspitze prallte gegen das Stiegenholz, der schwere Körper schoß in seiner Bewegung nach vorn und verlor das Gleichgewicht. Die Alte stürzte, schleuderte die Gans auf die höhergelegene Zimmerebene, zersplitterte die Platte und zog sich auf den scharfen Stiegenkanten einen Bluterguß am linken Fußknöchel zu. Ächzend raffte sie sich auf, klammerte sich an die von beiden Seiten untergefaßten Arme, duldete, daß man sie in die Küche schleppte und, als ihr schwarz vor Augen wurde, ins Bett brachte.

Was als Bluterguß begonnen hatte, erzeigte sich bald als tieferes Leiden: An der gegenüberliegenden Hüfte hatte sich ein Bruch des Schenkelhalsknochens herausgestellt. Ihr ohnehin geschwächtes Herz schlug immer schwächer. Sie war beförderungsunfähig, wollte nirgends anders bleiben als auf ihrer Insel.

Anastasia Weilbuchner umhegte die Kranke, die wieder zum Kind wurde, gab ihr frische Wäsche, flößte ihr Haferschleimsuppe ein, verband ihren wundgelegenen Rücken, ertrug alles Elend gehorsam.

Die Hoffnung auf Heilung trog. Im Gegenteil, ein heimtükkischer Luftzug brachte eine Lungenentzündung. Vor den Augen der Fiebernden schwebte eine Seifenblase. Die Kranke sagte ihrer Pflegerin, sie erblicke in der schillernden Haut, wie in einem Glasspiegel, ein Menschenauge. Es war nicht ihr eigenes Auge, es war Annas schwarzes Auge. Da zerplatzte die

Seifenblase. Auf ihren leise geäußerten Wunsch bekam sie den buntscheckigen Kasperl der Tochter Peter Angermaiers gereicht. Scherze, die ihr aus der eigenen Kindheit erinnerlich waren, machte sie mit dem Kasperl, rief ihm zu, wenn er in das Federbett zurückfallen wollte: »Bleib hocka, himmlische Docka!«

Wieviele Menschen fuhren in diesen Stunden, Tagen, Wochen und Monaten mit der Eisenbahn an einem Bahnhofschild vorbei, auf dem in blassen, vom Regen verwaschenen Buchstaben der Ortsname »Höhenberg« stand, am Rettenbach und am Schulweg nach Bergham, ohne zu wissen, daß einmal Kinder hier gespielt hatten.

Die Tauf- und Kommunionkerze wurde aus der Banderole, die von der feinen Hand ihrer Mutter in Haar- und Schattenstrichen mit dem Namen »Crescentia« beschrieben war, gerollt, auf dem Nachtkästlein in einen Kerzenhalter gesteckt und angezündet.

Langsam erlosch das Licht ihres Lebens. Am Unsinnigen Montag, der auf den Anfang des Monats Feber fiel, verlor sie das Bewußtsein. Der Fastnachtsdienstag wurde wie früher mit einem ausgelassenen Maskentreiben in den Gassen der Altstadt gefeiert. Ein Sterben in größerer Öffentlichkeit war nicht möglich. Alle Menschen, die im Haus wohnten und arbeiteten, standen auf dem schmalen Gang, drückten sich die Ellenbögen in die Rippen, reckten sich die Hälse aus. Die Vordersten, die in der Sterbekammer standen, mußten den gewaltigen Druck der Nachdrängenden auffangen und wurden fast jeden Augenblick einen halben Schritt weiter auf das Lager der Sterbenden zu geschoben, das ohnehin von Menschen dicht umringt war. Johann Baptist Angermaier war dabei, auch seine Schwiegertochter und sein ältester Sohn. Der zuverlässige Hausmeister Alois Wieser betätigte sich im offenen Türstock als Prellbock, stand mit ausgebreiteten Armen und stemmte die Nachdrängenden zurück. Andresel, der jüngste Sohn, der schon zwölf Jahre alt war, stand eingekeilt in der Menschenmenge und sah nicht darüber hinweg.

Zahlreiche Maskengruppen durchzogen in merkwürdigen Verkleidungen die Herzogspitalgasse. Schellennarren, Schreckmasken und singende Gruppen des Unterlandes trugen über ihren schwarzen Lederhosen und Schaftstiefeln weite weiße

Mäntel. Sonst war immer die Belegschaft des Hauses an den Fenstern gestanden, die Jüngeren hatten sich unter die Menge gemischt. An diesem Tag war es anders. Als durch die geöffnete Gangtür von beiden Fenstern des Salons her rauhkehliger Gesang in die Stille drang:

»Brüada, müaßts lusti sei',
derfts ja net trauri sei'«,

ging ein Geraune durch die Menschenmenge. Endlich hatten die Hintersten, die der Salontür am nächsten standen, begriffen und schlossen die Tür. Immer noch drang der Gesang der Maskierten herein, gedämpfter, aber deutlich zu verstehen:

»denn mit da Traurigkeit
kimt ma net weit«.

Auf einmal gab es einen Luftzug. An der Wohnungstür wurde gerüttelt — sie war wegen des erwarteten Besuchs des Geistlichen unversperrt —, sie wurde aufgestoßen, zwei grobschlächtige Burschen platzten herein, mit rußgeschwärzten Gesichtern. Auf ihre weißen Gewänder waren Schneckenhäuser und Tonscherben genäht. Sie achteten auf die Menschenansammlung nicht, meinten, weil alle Gesichter ihnen zugewendet waren, sie gelte ihnen, und sagten ungesäumt den Spruch auf, der mit einer üblichen Bitte um weizene Küchl endet:

»A lustiga Bua
braucht oft a paar Schuah —«

Weiter kamen sie nicht, weil sie vom Klingeln rasch näher kommender Ministrantenglocken unterbrochen wurden. Der Pfarrer von Sankt Peter, der wieder öffentlich durch die Gassen ging, mit hoch erhobenem Ziborium, kniende Menschen auf allen Seiten hinterlassend, hatte die Stiege erklommen und war, von betenden Menschen gefolgt, in die Tür getreten. Auch die Faschingssänger fielen auf die Knie, bekreuzigten sich, beteten das Pater noster qui es in coelis. Hochaufgerichtet durch die knienden Menschen schritt der Geistliche. Hinter ihm drängten die Faschingsgäste nach, immer noch betend, anerkennend, daß hier gestorben wurde.

Der Pfarrer von Sankt Peter trat ein. Der »Herr« von Buchbach, der neben Anastasia im Sterbezimmer stand, unterstützte ihn bei seiner Handlung, hielt ein silbernes Tablett unter die Hostie, die man der Sterbenden zwischen die Lippen schob.

Als Crescentia sich anschickte, den Ort, an dem sie so lang gelebt hatte, zu verlassen, fühlte sie sich von Anastasia bei der Hand genommen und am Gehen gehindert. Noch einmal erwachte sie. Dann hielt sie den Kuß des Todes aus und vertraute sich einem letzten, als Einheit, Sinn und Liebe verstandenen Geheimnis an.

Claustrophilie

Auf dem Antlitz der Toten war am nächsten Tag eine große Ruhe eingekehrt. Es war, als wenn sich ihre Züge immer noch ein Stück der Stille und Ruhe genähert hätten. Alle Spannung war aus dem Kinn gewichen, das weich und rund, ein wenig die Fülle des Halses in Falten schiebend, auf der weißen Decke lag. Anastasia hatte die Tote gewaschen, was früher zum Alltäglichen in diesem Haus gehört hatte, und acht gegeben, daß ihr das kleine goldene Benediktuskreuz, das beim Öffnen der Kleider überraschend an feiner Kette hervorbaumelte, am Hals hängen blieb. Da lag sie auf zwei über Stühle gelegten Brettern und war bis an das Kinn mit einem weißen Tuch bedeckt. Aufbahrungen in Wohnungen waren wieder erlaubt und gewünscht.

Die Verstorbene hatte ihre Krankenpflegerin zur Nachlaßvollstreckerin bestimmt, hatte Auskunft darüber gegeben, wo ihr eigenhändig geschriebener, mit Ort, Tag und Unterschrift versehener letzter Wille aufbewahrt sei, und sie angehalten, gleich nach ihrem Hinscheiden das Schriftstück durchzulesen. Anastasia öffnete die Schublade des Nachtkästleins, nahm ein schlicht gefaltetes Blatt heraus und schlug es auf. Außer der Verfügung, das Sparguthaben der Verstorbenen an die Nachkommen ihrer Eltern zu verteilen, enthielt es eine Liste aller Gegenstände ihrer Hinterlassenschaft. Hinter jedem Gegenstand war der Name des Erben eingesetzt. Anastasias Name kam am häufigsten vor. Die Verblichene hatte gewußt, daß sie niemand anderem so viel Freude mit ihren kleinen Dingen machen konnte.

Es war eine umfangreiche Sammlung von Gegenständen. An jedem hing eine Geschichte. Anastasia ließ alle durch ihre Hände gleiten, griff nach ihnen, tastete sie ehrfürchtig ab, fand sie handgemacht, nützlich und schön, fand sie gemacht, so lange wie möglich der Abnützung zu trotzen. Unverständlich war ihr, daß es Dinge gab, die immer schöner wurden, je abgegriffener sie waren, die so wertvoll waren, daß jede von einer jahrzehnte- oder jahrhundertelangen Benützung erzwungene Ausbesserung und Erneuerung ihren Wert nur steigerte, so daß mehr und mehr Menschen solcher Dinge, die vom Tag der ersten Benützung an bloß häßlicher und wertloser werden konnten, müde wurden.

Auf der Liste stand ein Perlmutterkreuz (das Sterbekreuz Crescentias und ihrer Mutter), die Nußbaumbettstatt ihrer Mutter und das Nachtkästchen ihrer Mutter. Auf der gemaserten Platte lag der abgegriffene, goldgeschnittene Dünndruckschott, daneben der silberne Rosenkranz mit blauen Kugeln aus Lapislazuli, in der Schublade neben Arzneiflaschen und Pillenschachteln die Brennschere, dann die wenig nützlichen Augengläser; wenig nützlich, aber von zeitloser Einfachheit und edler Rundung, so daß Anastasia sie länger als andere Gegenstände in der Hand behielt und ernsthaft erwog, wenn es nötig werden sollte, andere Gläser in das anmutige Gestell zu fügen.

Hinter ihrem Rücken stand ein Schrank im Wiener Barock — es war der Gewandkasten aus der Kammer des Großvaters. Anastasia wendete sich um und strich mit behutsamen Fingern über seine aus Wurzelholz eingelegten, polierten Flächen, verfolgte mit ihren Augen die Schwingung der Stuhlbeine, tastete scheu über die glatte Tischplatte, betrachtete die Waschkommode mit ihrem ovalen Spiegel in dem aufgeklappten Kirschbaumdeckel, bemerkte einen gepolsterten Fußschemel, blieb mit ihren wandernden Augen an der nützlichen, mit einer Wachstuchhülle gegen Staub geschützten Nähmaschine hängen, fand auf dem Dach des Kastens, an die Wand geschoben, den Vulkanfiberkoffer, sah im Rahmeneck des mächtigen Herz-Jesu-Farbdruckes Crescentias Erstkommunionbild stecken, das der Berghamer Lichtbildkünstler Kumpfmüller fachkundig auf die altmodische Platte gebannt hatte, und außer den vielen anderen Sterbebildern jetzt auch Crescentias

Sterbebild — Anastasia hatte es eingefügt. Neben dem Herz-Jesu-Bild hing in breitem Kirschbaumrahmen das Hochzeitsbild der Großeltern. In der oberen Schublade der Waschkommode fand Anastasia, immer von dem aufgeschlagenen, handgeschriebenen Papier in ihrer Hand geleitet, einen Tauftaler, ein Silberstück, entwertet und wertvoller als je, einen Kinderrosenkranz vom Biburger Schmuckhändler mit geschliffenen Kugeln aus rotem Böhmerwaldglas, Georg Zechmeisters Brief an das kleine Kind Crescentia und einen Wachsstock, der die Gestalt eines Gebetbuchs hatte, mit applizierten Lilien und Silberschnallen.
Auf der Liste waren weitere Gegenstände aufgeführt, in langen Kolonnen untereinander, eine Weckeruhr, ein hölzener Nudelwalker, eine Holzdose mit gemalter Aufschrift: »Maria, die gute Mutter«, eine kleine Monstranz mit den Buchstaben IHS hinter einem roten Glasfenster und eine Sanduhr, die immer denselben Sand durch ihre engste Stelle laufen ließ. Die Aufstellung enthielt auch einen Zinnteller, einen Glaskrug und eine Eierpfanne aus Kupfer. Diese Gegenstände hatte Crescentia neben der am Boden des Gewandkastens zusammengerollten Wehendecke, auf der so viele Menschen geboren worden waren, für Kammerlehen, den Elternhof, bestimmt.
Über der rotsamten ausgeschlagenen Gebetbank hielt noch immer die blaugewandete Himmelmutter den segnenden Jesusknaben auf die Hüfte hinausgesetzt. Auf dem Pult lag noch immer die alte Heiligenlegende ihrer Großmutter mit aufgebogenen Ecken, mit bunten Beichtbildern eingemerkt bei den zwei Namen Crescentia und Notburga, bestimmt für die junge Kammerlehnerin, Martin Weilbuchners Tochter Theresia, die Anastasias Platz als Handarbeitslehrerin eingenommen hatte. Alle übrigen, am häufigsten als Lesezeichen in ihrem Schott verwendeten Kupferstiche, unter denen Andachtsbilder des heiligen Theobald von Bergham, Sankt Martins von Biburg, der Muttergottes von Feldkirchen und des gegeißelten Heilands von Holzhausen waren, wollte sie dem Dienstherrn Johann Baptist Angermaier für seine Sammlung überlassen. Auch die Dreifaltigkeitsgruppe, den Gnadenstuhl des Pfarrers von Buchbach auf der Konsole über dem Kopfende der Bett-

stelle, hatte die Verstorbene aus Dankbarkeit für ihren Dienstherrn bestimmt.

Alle diese Dinge, daran mußte Anastasia lebhaft denken, hatte Crescentia oft gesehen, zum letzten Mal vor ihrem Hinscheiden, und sah sie als Lebendige nicht mehr. (Ignaz Loher schickte einem ausgekritzelten Zettel, wenn er ihn schließlich in den Ofen warf, einen Seufzer nach, daß er ihn zum letzten Mal im Leben sehe.) Dann spann Anastasia ihren Gedanken weiter in der Stille der Sterbekammer neben der aufgebahrten Toten, fragte sich, ob nicht Geburt und Tod ineinanderfließen, wenn man ein Auge, das brechend auf jedem Ding dieser Erde zum letzten Mal weilt, mit einem andern Auge vergleicht, das jedes Ding zum ersten Mal erfaßt.

Diese Kammer war Crescentias »Insel« gewesen, ihre Klause, ihr zauberischer Raum, in den sie eintreten konnte, der ihr immer augenblicklich einen Abstand vom »Draußen« gab. So war es gewesen. Aber nun empfand Anastasia, die hier stand, wie allgemach die Entwicklung zur Entrücktheit von außen her zu ihr hineindrang, wie sich die bisher nach innen verschlungenen und nach außen verschlossenen, an die schwierigen, cochenillrot leuchtenden Muster der Orientteppiche im Salon und im Speisezimmer gemahnenden Einschachtelungen, Wandungen und prächtigen Zellen auftaten, daß der Schritt in die Weite der Welt nicht nur aus einer dunklen Austragskammer gleich der Crescentias möglich war wie bisher, daß man ins Weltall gehen konnte wie aus einem Zimmer ins andere, weil auf einmal überall Freundlichkeit und Stille war, überall dieser leise Duft nach Kerzen und Blumen, überall sogar — sie brauchte nur an die Wirklichkeiten der Herzogspitalgasse denken — das flackernde Ewige Licht, überall Stufen, auf denen sich knien ließ, überall aufgebahrte Tote: Die Welt war plötzlich ohne Geheimnis, denn die Welt war selbst eine Laubhütte und ein Tabernakel.

Anastasia hörte die Glasscheiben der Küchentür in einem Luftzug klirren. Sie blickte unwillkürlich zum Fenster, das von den Blattbildungen und Ranken der Eisblumen überzogen war. Auf einmal fühlte sie, daß ihre Augen sich nicht mehr auf den Gestaltungen der Glasoberfläche sammelten, daß ihre Pupillen für eine weitere Entfernung eingestellt wurden, an den Hindernissen des Blumengerankes nicht mehr abprallten, sondern hindurchdrangen und in der Ferne hinter dem Fensterglas den Hof, den Garten und sogar eine Andeutung des Herzogspitalturms wahrnahmen. Augenblicklich ging es ihr durch den Kopf, daß es nicht mehr nötig war, eine Kette vor die Wohnungstür zu legen, weil es draußen auch nichts anderes als das stille Schlafgemach des Pfarrers von Buchbach gab, das Dienstbotenkämmerlein von Kalling mit seinem Blick auf den Adenberg und den Rupprechtsberg, draußen auch die verkleinerten Fenster Johann Baptist Angermaiers, Amalias Liebe zu langen Kleidern, Peters Neigung zur Häuslichkeit und zum Gehäuse. Ja, draußen auch die für dieses Jahr angesetzten Feierlichkeiten zum hundertjährigen Gründungstag der Devotionalienhandlung. (Die ersten Krippenfiguren waren aus einem schmalen Stubenfenster auf die Gasse verkauft worden, als oben immer noch Bresthafte gepflegt wurden.)

Peter Angermaier hatte die Selbstverständlichkeit entdeckt, warum kleine Fenster und starke Mauern so angenehm waren: weil sie das Haus im Winter warm und im Sommer kühl hielten. Überall, nicht nur in dieser Kammer mit alten Dingen war nun das bergende »Drinnen«. So war es wieder, wie es die Tote erfahren hatte, daß Kinder bei einer Abwesenheit ihr Geburtshaus größer machten und es bei ihrer Rückkunft so klein fanden, wie es war, am allerkleinsten die Elternschlafkammer. In den Wäldern bauten sich die Buben wieder ihre niedrigen Häuser aus Daxen und Zweigen, polsterten sie mit Gras und spielten das Spiel des Kampfrichters mit der aufgeblätterten Birkenrinde. Es kamen Kinder auf die Welt. In der Herzogspitalgasse wurden im nächsten Jahr winzige Puppenhäuser gebaut, standen im großen Haus kleine Häuser aus Brettern und Schachteln, waren im Innern ausstaffiert mit Bettvorlegern und Sofakissen, wurde die Sehnsucht nach dem Umfriedeten durch eifriges Klopfen von Wand zu Wand gesteigert. Überall, in allen Wohnungen, waren Puppenhäuser, Kinderhäuser, als ein allgemein Beschützendes, und nicht nur der Mutterschoß Amalias, jeder Mutterschoß war wieder ein Inbegriff des Schutzes und der Sicherheit.

Anastasia sah hinüber zu dem bleichen Antlitz der Toten, ging näher hinzu, beugte sich darüber. Nun fiel ihr ein Spruch ihres Großvaters ein, den sie oft aus dem Mund ihres Vaters gehört hatte:

> Bevor ma se umschaut, bevor ma se bsinnt,
> votrenzt ma sei' Lebn, als votragats da Wind.

Anastasia schüttelte den Kopf und sagte leise, aber so nahe, daß es dem Ohr der Toten, an dem sie sprach, wenn es gehört hätte, zu laut gewesen wäre: Die Zeit zählt nicht. Die Vergangenheit ist nichts Totes, die Zukunft ist nichts Verborgenes.

Am nächsten Tag mußte sich die Tote in die Umarmung noch engerer Wände begeben. Um ihren Leib fing sich sein engstes Zuhause zu schließen an. Immer hatte sie gern alle Türen um sich herum geschlossen gehabt, ein Gefühl, das wie ein böser Druck von Anastasia wich. Nun hatte sich die letzte Tür hinter der Toten geschlossen, als mit wuchtigen Schlägen auf die rund geschmiedeten Köpfe Nagel für Nagel in den schwarzen Deckel getrieben wurde. In diesem Augenblick mußte Anastasia deutlich einer für sie bestimmten Hinterlassenschaft gedenken. Jetzt erst, als dieser dunkle Holzdeckel sich unter dröhnenden Hammerschlägen schloß, nahm sie ihn ganz in Besitz: die kleine Nachbildung der berühmten sechs Bretter und im Innern eine abschreckende Darstellung des Menschenleibes, den sich die Mutter Erde wieder nimmt.

Vielleicht war auch deshalb die Welt um Anastasia herum so leicht und so luftig, vielleicht spürten auch deshalb die Menschen ihre Schwere nur noch so wenig, daß sie unaufhörlich hätten tanzen können — weil sie dieses da, diese Ausgangspforte der Zeit nicht mehr verschwiegen und weil jeder wußte, daß der nächste Tag sein letzter sein konnte.

DER SIEG ÜBER DIE ZEIT

Nachwort

Wie gern wäre Crescentia auf dem Gottesacker zum heiligen Kreuz bestattet gewesen, gleich ums Eck ihrer Unterkunft, hinter der Damenstiftgasse. Aber dieser Friedhof war aufgelassen und von Unkraut überwuchert. Ängstliche Aufklärer hatten sich vor zweihundert Jahren gescheut, ihre Toten unter den Fenstern der Lebendigen zu bestatten, hatten ihre verstorbenen Mitbrüder hinausverbannt, weit vor die Stadt, hatten sie aus den Gefilden ihres Glücks hinausgewiesen, aus den Augen der Hinterbliebenen entfernt. — Aus den Augen, aus dem Sinn! Warum hätte man — fragte sich Crescentia — nicht in der Erde um die Herzogspitalkirche bestattet werden sollen? Warum nicht? So umschloß die alte Stadt keinen Gottesacker mehr in ihrer Mitte. Wieviel besser hatten es die guten Haidhauser, die ihre Lieben immer noch in ihrer Nähe der Erde übergaben, die mit ihnen weiterlebten und bedächtig, Schritt vor Schritt, aus der Vergangenheit in die Zukunft gingen. Auch hier war ein enger Bereich.

Eines frühen Morgens trat Anastasia auf die Freitreppe des Haidhauser Gottesackers hinaus und stieg zur gepflasterten Gasse hinab. Sie legte ihren Kopf in den Nacken, sah rechts an der alten Kirche und an dem schlanken, spitzhelmigen Turm hinauf, senkte den Blick, wendete ihn und ließ ihn von ihrem erhöhten Standort aus über eine Zeile niederer Häuser gleiten. Ihre Augen irrten durch die Fenster in die Stuben. Über einer Haustür baumelte an geschwungener Stange ein kupfergetriebener Guglhupfmodel als Aushängeschild einer Zuckerbäckerei. Der Zuckerbäcker konnte von seiner Backstube aus den Fleck Erde hinter der Ziegelmauer ahnen, wo er einmal das Ende der Zeit erwarten sollte. Hier war ein enger Bereich, in dem es sich leben ließ. Keiner, der hier lebte, hatte größeren Anteil an diesen Häusern, an dieser Kirche und an diesem Friedhof, als er zum Leben und Sterben brauchte.

Vor Tagesanbruch hatte sich Anastasia, die des frühen

Aufstehens nicht entwöhnt war, auf den Weg gemacht. Als sie nach verrichtetem Gebet heimging, erwachte der Tag.

Eine alte Dienstmagd war gestorben, eine neue war an ihren Platz getreten, eine, die ihr sogar äußerlich ähnelte, lichthaarig und langsam stärker werdend um die Hüften. Sie hatte keine glänzende Stellung aufgegeben, war aber doch nach einer verbreiteten Meinung gesellschaftlich herabgestiegen. Mit kurzen festen Schritten ging sie in den erwachenden, von Geräuschen durchsummten Tag hinein, beobachtete das Versinken des nächtlichen Blütenduftes hinter kräftigeren und alltäglicheren Gerüchen, war weder traurig noch fröhlich.

Wie schnell war die Gegenwart eines kleinen Jugendstilkarussells verweht worden, wie schnell war das Lachen der Kinder verklungen, die auf dem Höcker des Dromedars geritten waren, die mit ihren Ärmlein den langen Hals der Giraffe umschlungen hatten, die sich an die Hörner des Steinbocks geklammert hatten, die aus dem Fenster der lautlos vorübergleitenden Karosse gewunken hatten.

In der Herzogspitalgasse stand wieder eine Dienstmagd am Herd, kochte und briet, spülte das Geschirr und schürte das Feuer, drehte ihre unterländlerischen Teigknödel, die den böhmischen glichen und besonders zum Schweinfleisch mundeten. Freitags schmückte sie das Maul der Fische, kochte Dampfnudeln und Germknödel, buk zum Zichorikaffee Biskuitrouladen, setzte Ribislwein an, wußte für jeden Speiserest eine Zubereitung, aß von einem beschädigten Teller auf dem blanken Küchentisch, bewahrte in reihenweis aufgestellten Gläsern die Früchte des Sommers, bereitete in bauchigen Emailhäfen das wohlschmeckende Powidl, putzte, bürstete, wusch und bügelte, grüßte lachend zum Straßenkehrer hinunter, der gebraucht wurde wie sie selbst, und zog allabendlich die Gewichte der Küchenuhr an rasselnder Kette in die Höhe.

Auf dem Gang hingen gerahmte, glasgeschützte Kupferstiche. Es waren Crescentias Andachtsbilder. In der Schlafkammer stand auf der Konsole die geschnitzte Dreifaltigkeitsgruppe. Johann Baptist Angermaier wußte sie gern am alten Ort. Neben der Bettstatt auf einem Kästchen lag das von eingeschossenen Lesezeichen geschwollene Buch »Pro Juventute« mit seiner handgeschriebenen Widmung »Reif, rein, reich«. Jeden Mittag mit dem Glockenschlag zwölf trappte es auf der gußeisernen Wendelstiege. Im Augenblick waren alle Plätze an der langen Tafel des Eßzimmers eingenommen. Die beiden engbrüstigen steildachigen Häuser mit dem klassizistischen Zierat waren in ihrem Inneren zu einer Einheit verwachsen, hergestellt aus Mauerdurchbrüchen, Türen und Treppen, die unterschiedliche Geschoßhöhen überbrückten. Man konnte den beiden Häusern ihren inneren Zusammenhang von außen ansehen. Er war an manchen durchgehenden Fenstervorhängen zu erkennen. Daß dieselbe Sorge über der Pflege dieser Häuser wachte, war offenkundig. Die stuckverzierten, zart bemalten Stirnseiten an der Herzogspitalgasse bewahrten ja nicht nur und schützten, was hinter ihnen verborgen war, sondern enthüllten auch und stülpten eine innere Schönheit nach außen.

Finis laus

Deo

Im gleichen Verlag erschien:

Wolfgang Johannes Bekh

DIE MÜNCHNER MALER

Von Jan Pollak bis Franz Marc
344 Seiten, 25 Farbtafeln und 100 Schwarzweiß-Fotos
Leinen, DM 34,—   ISBN 3-7787-3049-5

Dies Buch ist ein Genuß! Ich empfehle jedem seine Lektüre.
Karl Bosl

Dieses prächtige Buch ist ein glänzender Beweis dafür, daß der Anspruch Bayerns auf den Titel eines Kulturstaates zu Recht besteht und zwar schon seit Jahrhunderten.
Bernhard Ücker

Das Stupende an dem Buch ist seine Ausstattung und ihr Verhältnis zum Preis. Auf Kunstdrucktafeln und in den Text gestreut, haben wir nämlich genau 125 Abbildungen, davon gut zwei Dutzend in Farbe. Natürlich, zunächst das was man kennen muß, wenn man beim großen Stichwort Alt-Münchner Malerei mitreden möchte. Aber auch für den Galeriegänger ist die eine oder andere köstliche Trouvaille darunter. Man spürt eben auch hier das persönliche Engagement des Verfassers.
Benno Hubensteiner

Die Fülle des Gebotenen überrascht, vor allem wenn man weiß, wie unterschiedlich sich bisher die Forschung mit einzelnen Persönlichkeiten, wie z. B. mit Joseph Georg Edlinger befaßt hat. Aber nicht um die Aneinanderreihung einzelner Biographien geht es dem Verfasser, sondern er stellt die großen stilgeschichtlichen Epochen mit ihren bedeutenden oder weniger bekannten Vertretern vor und schafft dadurch ein Zeitbild, das oft mehr aussagt als persönliche Details und Fragen der Kunstkritik.
Hans Roth

Kunstgeschichte kann auch spannend geschrieben werden. Wolfgang Johannes Bekh hat es in seinem mehr als 300 Künstler aufführenden Buch vollbracht.
Wolfgang von Weber

Endlich ist ein umfassendes Buch über die Münchner Maler erschienen. Das reich bebilderte Werk gefällt vor allem durch seinen, selbst im Rahmen eines Sachbuches, ausführlichen Anhang.
Abendzeitung, München